ロデリック・ハドソン

Henry James
ヘンリー・ジェイムズ
行方昭夫 訳

講談社文芸文庫

目次

ロデリック・ハドソン

第一章

ローランド・マレットは九月一日発のヨーロッパへの渡航の準備を全部終え、出発まで二週間の余裕があるので、ご無沙汰している義理の従姉のセシーリアを訪問することにした。彼女は従兄の未亡人だった。彼女から、ちっとも遊びに来てくれないと苦情を言われていたので、この機会に出発の挨拶に出向いて数日滞在し、これまでのご無沙汰の埋め合わせをしようと思ったのだ。彼が従姉に好意を抱いていなかったというのでは決してない。むしろ遠くから憧れていたのだ。従兄が彼女を家に連れてきて、この人と結婚すると聞いた時には、見事な果実がもぎ取られて軽くなった枝が空に跳ね上がるのを見るような感じがして、こんなすてきな女性と結婚できないのなら、ぼくは独身を通すしかないとその時点で決めたくらいだ。では、なぜこれまで訪問しなかったかと言えば、事情があった（この物語の楽しみの一部として作者がいずれ示すことになるだろうが）。ローランド・マレットは、自分でも手に負えぬほど鋭敏すぎる良心の持ち主だった。ご無沙汰したのは、矛盾するようだが、彼女とその不運があまりにも気掛かりだったからだ。彼女は三つの不運に見舞われた。第一に夫を亡くしたこと。第二に財産を、少なくともその大部分を失ったこと。第三に彼女がマサチューセッツ州のノーサンプトンという辺鄙な村に住んでいることだった。しかし彼の同情は的外れだったかもしれない。何しろセシーリアは非常に聡明な女性で、不幸に負けぬ巧みな生き方をしていた。家を快適な住まいとしたし、金銭に関して人に迷惑をかけることなど一切ないし、未亡人だから黒い服を身につけていたけれど常に明朗に振る舞うのを忘れなかった。ローランドは彼女に何らかの援助を申し出ようと時々思ったのだが、そのことを思い出して、断念してきた。彼には金も時間もあったが、それを快く従姉に利用してもらえる方法を、見つけられぬままでいた。彼女と結婚したいという願望は今ではもう消えていた。八年の間に自然消滅したのだ。経済的な支援とか、何か役に立たせてほしいとかいう提案は、独立心が強く自分で何でもこなす彼女であるだけに、しにくかった。小切手とか、便利な家具とか、あるいは黒絹の衣装とかを贈るなどはもってのほかだ。その一方、これほど聡明で誇り高い女性が、あのようなつつましい環境で暮らしているのを見るのは辛かった。訪問が遠のいた理由は他にもあった。実は、彼女には皮肉を言う癖がある。彼女の魅力である愛らしい微笑は、潑剌とした言葉に皮肉がこめられている時、もっとも光彩を放つのだ。ローランドと対する時、セシーリアはいつも微笑を浮かべているのだが、どうやら、彼女の皮肉な気分を刺激するものが少なからず自分にあるらしいと気づいて、彼は心楽しめなかった。セシーリアは彼が、財力と余暇と機会に恵まれながら何もせず、無為に過ごしているのを内心批判している。確かに、自分はこれまで仕事らしいこともしたことのない無用な人間にすぎない。皮肉られても甘んじて受けるしかない。彼はそう素直に認めていた。一方、セシーリア自身はと言えば、自分で服を仕立て、自分の力で娘に王女のような教育を与えているではないか。

にもかかわらず、今回、ローランドが従姉を訪ねる決断をしたのは、ヨーロッパを訪ねローマで一冬滞在するというのは、彼としては珍しく積極的な行動計画だったからだ。セシーリアはその彼を、もう薄暗くなりかけた夕刻、手入れの行き届いた、花の香りでいっぱいの庭の門まで出迎えた。義理の従姉でバラ色の頬をした二十八歳になる未亡人が、夏の宵に香わしい田舎家で自分を歓待すべく待ち受けているというのは、ローランドの想像力を快く刺激した。セシーリアはいつでも愛想がよかったが、今日は嬉々としているとさえ言えた。これには何か内密の喜びがあるからで、従弟の久しぶりの訪問を喜ぶ気持ちとは別のものだと察せられた。おそらく明日になれば理由を聞かせてもらえるかもしれない、と彼は思った。

今のところ、彼女はもっぱら着いたばかりのローランド自身のことを話題にした。彼女の幼い娘もまじえてお茶を飲んだ後、バラで飾ったベランダに座り、ローランドは子供を膝の間に挟むようにして抱いた。子供は、とても嬉しそうで、お休みの時間を告げる時計がいつ鳴るかとびくびく耳を澄ましていた。

「ヨーロッパで何をするつもり?」セシーリアは袖口の襞飾りを折り曲げながらさりげない口調で尋ねた。折り曲げる仕種に何か皮肉がこめられているように感じられた。

「アメリカでしているのと同じですよ。害をなさぬようにするだけです」

「ここで害をしていないって、本当かしら? あなたのような立場の男性が何か積極的な善行をしないのは、害をなすに等しいのではないかしら?」

「そんな言い方では、ほめられたのか貶されたのか分かりませんね」ローランドが言った。

「いいえ、分かっているわ。わたしがあなたをどう思っているかご存じのはず。あなたは何か世のために尽くしたいと考えています。それが一番なさりたいことでしょう。あなたって、とても親切ですから。ベシーに訊いてみたら? 他の人よりあなたの抱き方がやさしいって」

「ハドソンさんよりやさしいわ」ベシーがはっきり言った。

ローランドは誰と比べられたのかわからなかったので、ほめられても特に嬉しいわけではなかった。セシーリアは自分の考えをさらに展開した。「あなたの境遇なら世の中の役に立ちたいと思うのが当然です。聡明で、知識も豊富ですから、慈善をなさる場合には正しく対象を選ぶでしょう。裕福で余暇もたっぷりおありだから、気前のいい寄付をなされるわ。だから、立派な善行をする方だと思うのです。さあ、頑張ってください。さもないと、美徳の持ち主でも役立たずのこともあるということになりますから」

「ぼくが美徳の手本を示すなど、ありえないことですよ！　でも何かいい例があれば、それに進んで従いたいものです。ぼくが何もしていないとすれば、見習うべきお手本にお目にかかっていないせいです。ねえ、何をすればいいでしょう？　孤児院とか、ハーバード大学の寮とかを建てるべきでしょうか？　孤児院も大学の寮もあまり立派なものを作るだけの資金は出せません。それに、告白しますが、多額の寄付をするには、自分は年齢的にまだ若いと思っています。霊感を待っているのです。ぜひこれに寄付したいと心を惹かれるような強い霊感が、もし四十歳の時訪れるならば、三十歳で寄付してしまっていたらとても悔やむでしょう」

「それでは、四十歳まで猶予をあげましょう。では、賢者への一言を。同胞のための貢献なしに生涯を終えてはいけません。それだけは言わせてね」従姉が言った。

　時計が九時を打つ音が聞こえた。ベシーは一打ちごとにローランドに強くしがみついてきた。大人ともっと一緒にいたかったのだが、母親からの鋭い一言で諦め、ローランドのほうを向いてキスを受けた。悲しくて一滴の涙を彼の髭に落としたけれど、母親のところに行ってお休み前の祈りを唱えた。きちんとしつけられているのは明白だ。ローランドは、従姉に断ってから葉巻に火をつけ、黙ったまましばらくくゆらせた。セシーリアが自分の生き方に関心を持ってくれるのは嬉しいことだった。

さて、ここで作者はローランドに虚栄心がないと述べるつもりはない。けれども、これまでの彼の態度を見ると、今夜従姉から受けた忠告よりもぶしつけな助言を他人から受けた場合でさえ、それなりに礼儀正しく聞いていることがよくあった。そのような場合、彼の自尊心はいったいどこへ行ってしまったのかと問われても仕方なかったのだ。今夜も、花の香り漂う星明かりのもとで、自分の話を従姉にしてもそんなに失礼にはあたらないのではないかと思った。実際、今度のヨーロッパ行きに関する計画が口から出かかっていた。計画というのは孤児院や寮の建設ほどではないが、それなりに善行だと思えるものだった。だが、気弱な彼はついにその話題を葉巻の煙とともにどこかに吹き飛ばしてしまった。善行に聞こえることを避けたかったからではなく、別の理由からなのだ。彼が考える自分を世に役立てる方法とはかなり違っていたからである。ローランドは芸術一般に関心が深く、ことに絵画には強い愛好心を抱いていた。これまで多くの作品を鑑賞してきたので、玄人並みの審美眼を持っていた。少し前、オランダとイタリアの絵画を購入しないかという勧誘があったため、今回、ヨーロッパへ行き、迅速に密かに数点購入してアメリカの都市に寄付しようと考えたのだった。その都市は美術館の設立を願いつつもいまだ実現しないでいたから、絵画を寄付することは意味のある仕事に思えた。フィレンツェの邸のかび臭い広間で、それほど色あせていないボッティチェリやギルランダイヨの作品を窓からの光にあてて調べている自分の姿を何度か想像した。自分の傍らには、家宝を売る羽目に追い込まれた邸の主人がいて、巨匠の卓越した手の描き方をローランドに説明するのだ。このような情景が頭に浮かんでも、それをセシーリアに伝えることは断念した。そして突然、その情景を自分の頭からも追い払うように、自分はもちろん何の役にも立たぬ怠け者で、アメリカにいる時よりもヨーロッパではさらにその度合いが深まるだろうと語り始めた。

「唯一の違いは、ヨーロッパでは、ぼくがあたかも何かしているかのように人の目に見えることです。それでアメリカにいる時より自分を役立たずと思わずに済むのです。そのため、上機嫌でいられます。あなたは、役立たずの者は上機嫌であるのを避けよ、不満をかこっているべきだと言うかもしれませんね。前にヨーロッパに行った時は、いろいろ経験したのですが、ローマで冬を過ごしたことはありませんでした。今回が初めてです。誰もが、冬のローマは独特の魅力に富むと言います。ローマを語る人はほぼ全員が、同じ口調でそう言っています。まあ、高等遊民の暮らし方として、一種の理想形にすぎないと思いますよ。でもローマでの受動的な生活は、印象の数と質のせいで、積極的に行動しているかのように見えるのです。ぶらぶら何もせずに暮らしていても、ローマならではの深い味わいを感じるのです。それはそれでいいのですが、ぼくは出発前からこんなことを予想していています。ローマに滞在していて、もし幸福になれるような具体的な行動を何もしないでいるとすれば、心が惨めになる可能性が十倍増すだろうということです。パラティーノの丘の遺跡を足しげく散策するとか、古代の水道橋の影の下で頻繁に乗馬するとかして、ローマ独特の雰囲気を味わおうとするのは、生まれつき感性の敏感な者なら避けるのがよいと思います。そのような行為をすると感情の琴線が張りつめてしまい、後になって、すっかりもろくなってしまいます。琴線に触れる際には、並べられた卵と卵の間を割らずに卵踊りをしたミニヨンさながらに、切れないようにそっと触れなければならなくなります」

「でも、あなたの感情の琴線はもろくないし、避けて踊る卵も固茹でなのではないかしら」セシーリアが笑いながら言った。

「ぼくは神経が鈍いから幸福になりうるって、おっしゃるのでしょ？　誓って言いますが、ぼくは幸福ではありません。鋭敏だから自分の資質以上のものを望むのです。自分自身にうんざりしています。自分の考え、自分の問題、自分自身と付き合うのにうんざりしているんです。真実の幸福は、自分自身から抜け出すことだと言われています。しかし、肝要なのは抜け出すことだけじゃなく、脱出した状態を持続することです。そのためには、夢中になれるような使命が要ります。残念ながらぼくにはそれが見つからない。ぼくに使命を託してくれる人もいない。誰かの世話をしたい、何かの手助けをしたいと、本気で思っているのです。信じられないかもしれませんが、熱意をこめて世話や手助けをしたいのです。今は病院や寮の建設に熱中する気はありません。実は、時たまですが、自分は未完成の天才ではないかと思うんですよ。表現能力に欠けるので天分は放置されたままです。でも表現欲だけはある。だから毎日、閉じた扉の掛け金を手探りで捜しています」

「どうやら、恋愛したいと言うだけのことに、何とまあ多くの言葉を使うのねえ！　恋愛のための天分なら、あなたにもあります。天分を信頼しさえすれば、他の誰にも負けません！」セシーリアが断言した。

「もちろん、恋愛のことも考えましたよ。でもぼくはどうもなかなか燃え上がらない性分のようです。ノーサンプトンにいる女性で、あらゆる魅力を備えた人、ご存じありませんか？」

「あらゆる魅力ね」セシーリアは眉を上げ、自分自身がいくつもの魅力を備えた見本だと意識しながら答えた。「ノーサンプトンでは魅力と言えば、主に家庭的な魅力のことを指します。よいお嬢さんはいます。中にはきれいな方もいます。よかったら、一人ずつ、お茶に招待しましょう」

「ぜひともお願いします。ぼくが女性に対してどれほど丁重に振る舞うかをお見せして、幸福でないのは、幸福になるための努力が足りないからではないのだと納得していただきますよ」

　セシーリアはしばらく沈黙していた。それから、「村のお嬢さんたちを思い浮かべると、ご紹介するのに値する人はいないようだわ。非常に美しい方も、非常に感じのよい方も」と言った。

「本当にそうでしょうか？」彼は、椅子から立ち上がり、葉巻の端を捨てた。

「わたしがあなたを独り占めしたくて、そう言うのだとでもお思い？　とんでもない。本当にいいお嬢さんがいないのよ。でも、あなたが変な言いがかりをつけた罰に、一番美しくない退屈なお嬢さんを招いて、あなたと二人だけにしますからね！」

ローランドはにっこりした。「そういう方が相手でも、ぼくは最大限の敬意を払ってお付き合いしたうえでなければ結論を出したりしませんよ」

女性に対して最大限の敬意を払って丁重に振る舞うというローランドの言葉は、世の若者たちが同じことを言った場合と比べ、たしかに真実味を帯びたものだった。それは、彼の生い立ちから今にいたるまでの経歴を見れば読者にも理解していただけよう。彼の半生は苦楽がまれに見るほど入り混じったものだった。厳格な清教徒の家柄に生まれ、現世での義務を、権利や喜びより優先して考えるようにしつけられた。先祖は、キリストの教義の面では、近年の緩和動向に従っていた。だから、若いローランドは「短い罪に対して長い罰」という脅しなどを含む、昔の教義に怯えることはなかったものの、それでも、すべてのことには正邪があり、その差異は、日曜日と平日との差くらいに大きいものだと思い込まされたのである。彼の父親は、原初の清教徒魂を維持していて、冷酷な微笑と厳しい渋面を常に浮かべる人物だった。そして息子には、教育方針として、微笑より渋面を見せるのが正しいとしていた。それでもローランド少年が成長して冷淡な人物にならなかったのは、生まれつき、生き生きとした水が心に湧き出る泉を神に与えられていたからだ。加えて、母親のおかげもあった。母親は結婚前はミス・ローランドといい、セイラムとニューベリポートの間を航行する船乗りの間でよく知られた退役船長の娘だった。船長は港に多数の荷物を運んできて、すでに巨大な利潤を上げていた貿易会社にさらに多大の富をもたらしたが、一方、彼自身も自前の貿易などで相当の資産を築いた。船長が、有能な船乗りにしては早期に引退してしまったのは、自分で稼いだ年金がたっぷりあったからだ。その後、セイラムの波止場で最高級のタバコを吸いつつ、水平線をじっと眺めている姿が一年間ほど見かけられた。いつも水平線をじっと見つめているので、事情を知らぬ人たちは、きっと何かを後悔しているのだと解した。そしてとうとうある晩、水平線のかなたに出かけていってしまった。船長としてたびたび外国を訪問していたが、今回は、船客の一人としてであった。それなのに航海術にくわしいため、航海についてあれこれ口を出して船長以下乗員にうるさがられた。五ヵ月後に帰国した時、驚いたことに、豊満で美しい若い女性を連れていた。女性は外国の言葉を話したため、周囲の人々は、どこの言葉かと様々に想像したが、結局、アムステルダムの言葉だと分かった。さらに意外なことに、彼女はローランド船長の正式な妻であった。なぜ船長が突然海を渡って外国の女と結婚するために出かけていったのか、二人の間には以前からいかなる関係があったのか、人々は聞きたがった。良き市民の彼にとって、謎めいた出自で髪の結い方も変わった肉体派美人との結婚は思慮に欠けると言われても不思議はないはずなのに、どうして結婚をしたのか。結婚しなければ、良心が痛むような事情があったのか。あれこれ周囲で議論が沸騰した。ここに挙げた疑問、さらには、結婚に直接または間接に関連する他の疑問についても、答えは、噂されるのみで本当のことは分からぬままだった。本書でも、その答えを出す必要はないだろう。船長夫人は非常な美人にしては、控えめな隣人であったが、主婦としては申し分なかった。自分の家の前の舗道にはめ込まれた小さな正方形のレンガを、故郷のオランダタイルに似せるようにきれいに磨くのを日課としていたが、アメリカ社会の中ではそんな作業をすることでしかオランダ生まれの者としての役割を果たした気持ちになれなかったのだった。しかし彼女のつややかな顔にはホームシックな気持ちがにじみ出ていた。ローランドは、子供のころこの祖母に会ったことを記憶していた。ひどく肥った、顔の青い人で、堅いチュール製の帽子をかぶり、強い訛のある英語を話し、浮腫症を患っていた。ローランド船長はというと、赤褐色の肌でやつれていたが、かなり風変わりな人物だった。ビールを飲むための東屋（あずまや）と緑色の小テーブルのある公共のプロムナードと、中国の提灯を照明にしたダンスの舞台を海岸沿いに設置するように公の場で提案した。町の公共図書館が日曜日にも開館されるようしきりに訴えたが、船長自身は平日でも図書館に現れたことがないので、この提案は人から相手にされなくても当然だった。だから、ローランドの母親が立派な道徳的な女性だったのは、詭弁を弄する傾向のある船長からの遺伝でないのは明らかだった。

ローランドの父、ジョウナス・マレットは、結婚した時点では、あまり見込みのない小規模の事業を黙々と、それでいて抜け目なく経営していた。年月とともに、彼の抜け目なさも沈黙も増していき、晩年には、たいした財産家だと噂される、身だしなみは非常によいが、冷ややかな目の、誰にもほとんど口を利かぬ紳士になっていた。情に乏しい父親だったから、ローランドの生涯の苦楽の「苦」は幼い子供のころから始まった。マレット氏は、息子を見るたびに自分が一財産築いてしまったことに対して、激しい悔恨の情を抱いた。財産は棚からぼたもち的に入手できたのでないと確信していたから、息子がぜいたくな生活で身を誤ることがあったにしても、自分の育て方のせいには帰させまいと決意した。それゆえ、ローランドは外国語と難解な科学については金持ちの子らしいレッスンを受けたものの、それ以外の点では貧乏人の息子と同じように育てられた。食事は粗末だし、いつもつぎのあたったズボンをはかせるというしつけによって忍耐心を養われた。生活習慣も極端なまでの質素を旨とした。実はそうするのに父親は多額の費用をかけていた。例えば、何ヵ月間も田舎暮らしをさせた。召し使いは少年に大きな怪我などないように見張れと厳命されていたが、その一方絶対に甘やかしてはならぬと、やはり厳しく指示されていた。父親が満足するほど厳格な教育をする学校などどこにもなかったので、ローランドは家庭教師について学んだ。質素の美徳を少年に説き聞かせるのみならず、教師自ら範を垂れるような教育をしてほしいとの依頼に対して、この教師は高い給与——といっても支払う側から見ての話だが——を要求したのであった。ローランドはごく普通の才能の子供とみられていた。事実、子供時代は、人生を楽にする遺産を相続することなどない子供と寸分変わらなかった。従順で、おとなしく、素直で、勉強には熱心でなかったが、マス釣りには夢中になった。髪の毛は、オランダ系の遺伝のため薄いブロンドで、顔はバラの花のように血色がよかった。十歳のころはウエストがひどく太かったが、これは成長過程の一現象にすぎず、成長してからはブロンドの顎鬚の男になり、肥っていると批判されることはなかった。幼年時代を終え、素朴で健全な丸い目の少年になり、自分を幸福にするのに父が強要した遠回しな教育法でなくてもよかったのではないかなどと父をうらむことはなかった。それでも、子供時代に自由を享受できなかったと時々思ったのは事実であり、これからは自由に楽しいことがたくさん見つかるだろうと漠然と期待した。実際、十五歳のころ、大いなる発見をした。母が聖人だという発見だった。母は以前からローランド少年の生活における大切な存在であったのだが、非常に心やさしく愛するタイプだったので、息子がその偉大さに目覚めたのは、母親を失う危険に直面した時になってからだった。母は大病を患い、何ヵ月もの間、生死の間をさまよったあげく、ようやく一命をとりとめた。長い回復期に、夫の命令でつけていた仮面を外す決意をやっと固めた。ローランドは母の側で何日も過ごして、やがて新しい友人を得たような気持ちになった。この時期の彼が母から受けた深い印象は、後年になってから思い返して検討することになったのだが、この時初めて、母が十五年間ずっと非常に不幸だったことを覚った。夫との結婚が修復しがたい誤りで、母は生涯かけてその誤りを正面から見つめていたのだった。夫の鋼のような意志を前にして彼女は表向きは絶対の従順しか示せなかった。心が萎えて、一時期はノイローゼになった。しかしやがて子供が幼児期を脱するころ、忍耐することにも意義があるかもしれないと思い、頭は使いようだと覚って、何とか自分なりに生きていけるのに気付いた。この時から、心を癒す空想の安息所を作り出した。彼女が亡くなる前に息子に渡したのはまさに、夫から隔たったこの安息所に入るための鍵だった。ローランドが大学時代に父からもらった小遣いは、まともな生活に何とか足りる程度で、卒業するとすぐに父親の会社の経理課に入れられ、ほどほどの給料で単調な骨の折れる仕事をやらされた。ローランドは三年間、コーデュロイを着た名もない掃除係と同じようにきちんと月給を稼いだ。父は首尾一貫して息子に冷たかったが、その徹底ぶりがさらに明らかになったのは死後だった。全財産の三分の一を息子に残し、残りは慈善団体と公共機関に寄付してしまったのだ。だが、三分の一でも裕福に暮らせる額で、そのため彼は父の寄付を残念に思ったことは一度もなかった。それでも寄付先のある機関が、十分すぎるくらいの額を受けたにもかかわらず、その後「さらに大きな金額を寄付すると記載した別の遺書が存在するはず」だと主張した時には、さすがの彼も、法に訴えてでもその主張を撃退する必要を強く感じた。激しい争いに発展したが、彼が勝訴した。その後すぐに、争われたのと同じ金額を別の機関に寄付した。金が惜しくて訴えたのではなく、彼の自由意志を阻害しようとする不当な運命に抗議したかっただけだった。少しは自分の思いどおりにしてもいいと思ったのである。といっても彼は身勝手な行動などほとんど取らず、一八六一年に始まった南北戦争への参加という国家のための行動を求められると率先して加わった。勃発と同時に志願し、民兵として三年の長きにわたって任務を果たした。どのような任務であったかは不明だが、指示されたとおりの使命を数回無事に果たし終えて本人は達成感を覚えた。軍隊で会社の仕事から離れていたせいか、戦後会社に戻ることに強い嫌悪を覚えた。金はあるのだから、稼ぐ必要はない。若い者は定職を持つべきだとは思っていたし、周囲からもしばしばそう聞かされたが、父の会社で儲ける仕事に従事することには精神的な喜びを見出すことができない。しかし、財産も時間もある青年で、彼ほど怠惰と結びつかぬ者はまずいない。人生を真面目に、慎重に、理性的にとらえる彼には時間を無為に過ごそうという考えはどうしても浮かんでこない。自分には高等遊民になるための要件がまったく欠けているようで、快楽を素朴に感覚的に大胆に味わうことなど自分にはできないと思った。しばしば憂鬱な気分に陥り、そういう時は、自分はどっちつかずの存在だと半ば諦念を抱いた。思索的すぎて一切行動ができぬというのでもないし、そうかと言って、決然と行動できるわけでもない。自分の心を満たしてくれる、永遠の魅力をそなえたものをいつまでも空しく追い求めているだけだった。強い道義心と不断の美的好奇心との奇妙な混交というのが実態だが、さればと言って、いくら頑張っても世直しなどできないし、水準以上の画家にはなれぬに決まっている。輝かしい幸福は、理想に向かって実質的な行動を取るか、あるいは、芸術のある分野で傑作を生み出すかして、初めて得られるように思えた。よく夢見たのは、自分が一文無しの力強い天才だったらどんなにいいだろう、ということだった。実際には自分は天才ではないから、絵であれば、他人の傑作を購入することで満足するしかない。行動に関しても、自分は進んで行動しえないので、他人が立派な成果を挙げる場合に周到な援助を差し出すことで満足するしかなかった。全体として、ローランドは終始変わらずつつましかった。明るい表情で、澄んだグレイの目のせいでそう見えないが、世の矛盾を人一倍感じていたのだ。それでも、自分のそのような性格を大目にみてほしいと人に求めたことはない。運命の女神は自分に飛びぬけて親切だったし、人生をうらみがましく思う口実などないと思う。女性は皆美しく、男は皆勇敢で、世の中は生涯そこに留まるべき快適な場所である、とできるだけ信じようと努めた。少なくとも、否応なしにその逆が正しいと証明されるまでは。

セシーリアの満開の花咲く庭と日陰のあるポーチは、休息し葉巻を吸うのに実に快適だとローランドはすっかり気に入った。彼女は、庭だけでなく客間も頑張ってきれいにしたのに、どうしてそちらもほめてくれないのかと、翌朝になって不満げな様子だった。彼女の後から客間に入るとすぐセシーリアは彼に向かって「昨晩すてきなお嬢さんを紹介するのをお断りした代わりに、すてきな青年を紹介しますね」と言った。

そしてさっと窓を開けて光を入れ、部屋の装飾品の中で目立つ場所に飾ってある小さな像を指した。ローランドは一瞬見て、驚きの表情で従姉のほうを振り向いた。彼女もちらと彼を見て、小像が従弟の興味を強く惹いたのを確認して、心得顔で微笑した。自分も逸品だと前から確信していたと言わんばかりだった。

「誰の作品ですか？　どこで手に入れたのです？」

「ええ、これはね、ハドソンさんの作った小品です」彼女は光線を調節しながら言った。

「で、ハドソンさんとやらは、いったいどこの誰なのです？」そう質問したものの、ローランドはすっかり魅了されてしまっていた。従姉の即座の返事が耳に入らぬほどの興奮状態だった。小像はブロンズ製で二フィートほど、瓢簞（ひょうたん）の盃から水を飲んでいる青年の裸像であった。その姿はごく素朴で、青年は両足を少し開き、大地をどっしり踏みしめて立っている。背中はわずかに窪み、頭をそらせ、両手を上に伸ばして、盃を支えている。頭には野生の花飾りが緩く載せられ、下を向いた瞼はじっと盃を見つめている。像の台座にはギリシャ語で「渇望」とある。像は、ヒュラース、ナルキッソス、パリス、エンデュミオンなど、古代神話の美形の青年の一人かもしれない。自然な動きならではの美しさだ。ある姿勢の完璧な美しさを表そうと努力を傾注した作品だ。自然の美を仔細に観察し、精妙に表現している。ローランドは像にもっと光をあてるように頼み、顔を傾けてあらゆる角度から像を眺め、意味もなさぬ感嘆の叫び声を何度も上げた。「人は醜い死すべき存在であるのに、これはまた何と美しい生物なんだ！」とつぶやいたが、それはこれまでルーヴル美術館やバチカン宮殿で一度ならず口にした言葉でもあった。これほど彼が喜びを覚えたのは久しぶりだった。「ハドソンっていったい何者なのです？」

「当地の青年ですよ」セシーリアが答えた。

「青年？　いくつ？」

「二十三、四じゃないかしら」

「当地というと、マサチューセッツ州ノーサンプトンですか？」

「ここに住んでいます。ヴァージニア州出身だけど」

「彫刻家ですか？」

「法学を勉強しています」

ローランドは笑い出した。「ぼくはブラックストン先生から法律を学んだけれど、ハドソン君は黒い石（ブラックストン）から彫刻を学んだわけだ！　彫刻は趣味でしているのですか？」

セシーリアはにっこりして「わたしのためにね」と得意そうに言った。

「それはおめでとうございます。ぼくのためにも、何か作ってくれるように説得できるでしょうか？」

「この作品は友情のしるしに贈られたのです。粘土の段階で見せてもらって、当然とても感心したの。その時は彼、何も言わなかったけど、わたしの誕生日の一週間前に、これを運搬車で運んできてくれました。チコピーの鋳物工場で鋳造させた、見事なブロンズ作品よね。わたしに受け取ってくれと言ったの」

「本当にまったく、いい仕事をしますねえ！」ローランドはそう言って、また作品をほめ始めた。

「芸術品としてすばらしいというのね？」

「ええ、そうですとも。ヴァージニア育ちのハドソン君は、まれに見る……」そこで言葉を切り、「彼はあなたの親友ですか？」と尋ねた。

「親友ですって？　そうねえ、どちらかというと、子供のようだわ」彼女はためらいがちに言った。

「子供だとすれば、聡明な子供ですね。ハドソン君のことをもっと教えてください。会ってみたいものです」

セシーリアが娘を音楽教室へ連れていかねばならない時間になった。いずれその彫刻家に引き合わせてあげましょうと約束した。よく訪ねてくるのだけれど、しばらく来ていないので、今夜あたり現れるかもしれません、と言って去っていった。一人になったローランドは、今度は小像を落ち着いて観察した。さらにその日のうちに数回見にもどって来た。作品として欠点がないではないが、大きな問題ではない。天才の作だ。ニューイングランドの村で、周囲からの援助や励ましもなく、モデルや財力もなく、これほどの傑作を苦もなく作成した青年に羨望を覚えていた。

第二章

その夜、ローランドがベランダで葉巻をくゆらせていると、庭の小道の砂利を踏む軽やかなすばやい足音が聞こえ、まもなく青年が現れてセシーリアにお辞儀をした。お辞儀というより、頷いただけのようでもあったが、それは青年がセシーリアとよほど親しいのか、それとも礼儀作法に欠けるかのいずれかだからだろう。庭に面した階段近くに座っていたセシーリアは、椅子を勧めたが、青年は女主人の足元の床に乱暴に座り、帽子で顔を扇ぎ始め、暑さについて威勢よく文句を言いつのり、「汗だくだくになってしまった」と言った。

「歩くのが速すぎるのよ。あなたって、何をするにもせっかちすぎます」

セシーリアが言った。

「そんなこと、自分でも分かってる、分かってますよ」若者は大声で言い、豊かな黒髪を指ですいた。乱れた髪は盛り上がって、一風変わった形になった。「ぼくは、何ごとをするにもゆっくりできない、いくらそうしようとしても。体の中にいるものが急がせるんです。せかせか鬼が」

　セシーリアは軽く笑った。ローランドはハンモックの上で体を起こした。ハンモックに横たわり、赤ちゃんになってベシーに寝かしつけられていたのだ。ベシーは側に座って、ハンモックを左右に揺すり、子守唄を歌っていた。赤ん坊のローランドが体を起こそうとすると、少女は押し戻そうとする。「お昼寝が済むまでそのままで」するとローランドが「でも体の中に鬼がいる紳士を見たいんだ」と言った。

「鬼って何？　あそこにいるのはハドソンじゃないの」

「とにかく、あの人に会いたいんだ」

「あんな人、気にすることないわよ」

「好きじゃないみたいに聞こえるね」

「好きじゃないもの」少女はそう言ってまたローランドを寝かしつけた。

　ハンモックはベランダの奥の、蔓が重なり合って影を作っているところに吊ってある。ベシーとの会話は母親には聞こえなかったようだ。ローランドは今しばらくベシーの赤ん坊のままでいて、ハドソンの声を聞くだけに甘んじた。やさしい声で、男性的とは言えない。特に今は、哀れっぽく、すねた口調だ。不機嫌で、暑さとほこりと足を痛める靴を罵り、さらに、町の向こう側まで一マイルも歩いていったのに、探していた当人が一時間も前にノーサンプトンを出発してしまっていたんだなどと愚痴ばかりこぼしている。

「お茶でもいかが？ 飲めば落ち着くかもしれないわよ」セシーリアが言った。

「でも、お茶を飲むと、ぼくは一晩中寝られなくなるんですよ。明日、事務所に行くのは普段でも嫌なのに、一睡もしないで苛立っているようなことになれば、家にいてお母さんにあたるほうがましかもしれない」ハドソンが言った。

「お母さまはお元気？」

「ええ、いつもと同じですよ」

「ミス・ガーランドは？」

「彼女もいつもと同じ。誰もが、何もが、いつもと同じです。この町じゃあ、何一つ変わったことは起こらない」

「言葉を返すようだけど、時には変化も起きるのよ。わたしの親しい従弟がね、あなたのブロンズ像を称えるためにわざわざ訪ねてくれました」そう言って彼女はローランドにこへいらっしゃい、ハドソンさんを紹介しますから、と声をかけた。そう聞くとローランドはさっと体を起こし、ハンモックから降りてきて、若者と握手した。ローランドは客間の窓からの明かりで若者をよく観察した。作品へのありきたりの称賛の言葉を拒絶するような何かが顔に現れているように感じられる。

「あなたのブロンズ像はとてもよい作品ですね。大いに楽しませていただきました」ローランドは物静かな口調で言った。

「従弟はよいものが分かる人なのよ。美術品の鑑定家ですから」セシーリアが言った。

ハドソンは微笑を浮かべ、目を丸くした。「鑑定家？　初めてです、鑑定家っていう人に出会うのは。どんな人種なのかよく見たいです」笑いながらそう言って、ローランドを明るい場所まで連れ出した。「鑑定家は誰もがこのように形の良い頭をしているものなの？　あなたをモデルにブロンズ像を制作したいです」

「そうしてください。そうすれば、ローランドはしばらくここに留まることになるわ。さもないとヨーロッパに行ってしまうから」セシーリアが言った。

「え、ヨーロッパに行くんですか！　羨ましいなあ」自分が行けないのをさも残念がっている口調だったが、本気ではないようにローランドには思えた。事実、その後の若者らしいお喋りは、羨望の気分などどこかに吹き飛んでいた。若者は背が高く、やせていて、表情豊かで賢そうな顔をしている。最初は生き生きと反応する顔だと感心しているばかりだったが、まもなくまれに見る美男子であるのに気づいた。目鼻立ちがくっきりと見事に整っている。明るく率直な微笑が常時浮かんでいて、花々の間を抜けてゆくそよ風のように、顔の魅力を一層引き立てている。若者の体格に欠点があるとすれば、ほっそりしすぎていることだろう。額は秀でていてよい形だが狭いし、顎や肩幅なども狭い。そのため活力に欠けている印象を与える。しかし後に聞いたところでは、この色白のやせた若者が、不思議にも、がっちりした体格の青年の多くを凌駕する活気と耐久力に富んでいるとのことだった。確かに目には永遠に生きることを可能にするような生命力が秘められている。大きな濃い灰色の目には、燃え上がるような光が輝いたり消えたりする不思議な魅力がある。この魅力があれば、たとえ不器量な顔でも人目を引くものとなっただろう。いわんや、目の輝きのせいでハドソンの上品な顔は時に驚嘆すべき美しさを呈した。ローランドの好意的な目には、これほどの美青年が紳士にふさわしいとは言えぬ安っぽい服装をしているのが多少痛々しかった。美しい女性を訪問するために服装を整えていて、白麻のスーツを着ていたのだが、もともと仕立てがよくないうえに着古したため、麻の布地にとって劇場の舞台に脚光が欠かせないのと同じくらい大事な「張り」がなくなっている。首に明るい赤のネッカチーフを巻いていたが、留め金はばかに光っているから安物だろう。黄色のキッドの手袋を引っ張ったり、握ったりして座りながら、会話で強調したいことがあると、銀の握り手のあるステッキを突き出したり横に振り回したりする。ロマンス物語に登場するヴァージニア州や南北両カロライナ州の主人公がかぶるへりの垂れたソンブレロをひっきりなしにかぶったり脱いだりしている。ソンブレロをかぶった彼は、不似合な服装にもかかわらず絵のように美しかった。脱いで、手でいじり回し、どうしたらいいのか迷っている姿でさえ、決して不格好ではなかった。彼は派手な装身具が生まれつき好きで、手に入るものは何でも身につけてしまうのだ。話し方も同じで、派手で響きのよい言葉、色彩豊かな単語を好んだ。

ローランド自身は口数の少ないほうだったから、黙って座っていた。セシーリアは従弟がハドソン青年をどう思うか聞きたがっていることもあって、ハドソンが洗いざらい内面をさらけ出すように話を仕向けた。彼女は生来人を操るのが巧みだった。今回も大成功で、ハドソンは一時間も一人で滔々と喋りまくった。大人のずるさと少年の無知が奇妙に入り混じった話し方であった。二十もの話題について自分の見解を述べたて、町の噂話を無数に披露し、ストライカー・アンド・スプーナー法律事務所での不快な業務を説明し、最近ウスターで見物した恒例のハーバード大学対イェール大学のボートレースの模様を言葉巧みに威勢よく報告した。選手が必死に漕ぐ様子や観客の観戦ぶりを彫刻家の目で見ていることにローランドは気づいた。青年の元気な話に感心し、大いに楽しんだ。ハドソンが若者らしい大言壮語で得意そうに語るのを聞きながら、セシーリアは嬉しそうに声を上げて笑った。

「何がおかしいの？　ぼく、そんな滑稽なこと言いました？」青年は尋ねた。

「その調子で続けていいのよ。あなたって、話が本当に上手ね。ストライカー所長が『アメリカ独立宣言書』を読むところをローランドに聞かせてあげて」

ハドソンは絵や彫刻の造形美術家に共通のこととして、物まねがうまかった。特に独立記念日に祝事の一部として独立宣言書を所長がもったいぶって読む時の態度、声の出し方を滑稽に再現してみせるのが実に巧みだった。ストライカー氏の朗々たる鼻声、独特の身振り手振り、奇妙な発音など、ハドソンはさっそくやってみせた。しかし、セシーリアのハドソンへの態度と、ハドソンが物まねを見せてというセシーリアの指示に嬉々として応じる態度とに、ローランドはやや違和感を覚えた。父親ほどの年齢ではないのだが、父親のように良心が少々痛んだ。従姉が自分の楽しみを優先して、青年への配慮をないがしろにしているのではないかと気になったのだ。ハドソンは、ローランドがブロンズ像を先ほどほめたことに対して、訪問が終わりに近づき別れの挨拶のために立ち上がるまで、実質的なことは何も言わなかった。ローランドは、青年はそんなことなど忘れてしまったに違いない、忘れるのも天才の当然の自信の表れだろうと思った。しかしハドソンは、別れの挨拶をする前に、ローランドの前に立ち、ソンブレロをぐるぐる回しながら、ためらうような様子を見せた。ローランドを澄んだ目でじっと見つめ、驚くほど率直な、愛想のよい微笑を見せて、「さっきぼくの作品についておっしゃったこと、あれは本気ですか？　本質的に良い作品だと認めてくださったのですか？」と切り出した。

「本気ですとも」ローランドは相手の肩にやさしく手を置いて言った。「君の言葉どおり『本質的に良い作品』です。そこが魅力です」

ハドソンの目は輝き、大きくなった。ローランドを黙ってしばらく見つめてから言った。「あなたは目の利く方だと思います。でも仮にそうでないとしても、それほど問題じゃありません」

「あのね、あなた自身は自分の作品が傑作だと分かっているのだろうかと、今日従弟に訊かれたのよ」セシーリアが青年に言った。

ハドソンは目を丸くして、ちょっと赤面した。「ひょっとすると分かっていないかも」と声を高めた。

「それはありえますよ。先日読んだ本にあったのですが、優れた才能の人は――その本には天才とありました――一種の夢遊病者だそうです。天才は夢の中ですごい仕事をするものなので、周囲の者は、天才がバランスを失わないように彼を目覚めさせてはならぬ、と書いてありましたよ」ローランドが言った。

「好きなだけ寝坊させてくれるっていうんですね！」ハドソンはちょっと笑った。「そう、夢と言ってもいいです。とても楽しい夢でした」

「ちょっと教えてください。水を飲んでいる若者にはどういう意味があるのですか。何かの理念を表しているんですか？　何かの象徴ですか？」ローランドが訊いた。

ハドソンは眉を上げ、軽く頭をかいた。「まあ何ていうか、まず若さです。それに無邪気、健康、力強さ、好奇心といったところでしょうか。そう、多くのものを表しています」

「盃も象徴ですか？」

「盃は知識、快楽、経験です。その種のもの全部です」

「熱心にがぶがぶ飲んでいますね」ローランドが言った。

ハドソンは力強く頷いた。「可哀そうに、若者はすごく喉が渇いているんですよ！」そう言うと、お休みなさいと挨拶し、庭の小道を跳ねるようにして歩いていった。

セシーリアはいったん、寝ているベシーが寒くないか見に行ったが、じきに戻ってくると、「彼のこと、どう思う？」とローランドに尋ねた。

「気に入りました。まだ大人になりきっていないけれど、見どころがあります」ローランドが答えた。

「あの人、変わった人でしょ」セシーリアが考え込むように言った。

「どういう家系の人なんです？ 学歴は？」ローランドが訊いた。

「独学で勉強した以外、ろくに学校には行っていないはず。母親は未亡人で、マサチューセッツ州の田舎の家の出身です。小柄で気の小さい人で、息子のことでいつもやきもきしています。彼女自身いくらか資産があって、ヴァージニア州の資産家と結婚しました。この相手が身持ちが悪く、一家はひどい苦境に陥り、ほとんどすべての財産を失い、おまけに彼女の夫も消えてしまった。大酒を飲み、ついに亡くなったのです。それが十年前のこと。未亡人となった彼女は、わずかな資産で育ち盛りの息子二人を育てる身となり、夫の借財を可能な限り返済してから、この土地に移ってきたの。ここに暮らしていた親切な親族が亡くなり、古風でみすぼらしい家を彼女に残してくれたのです。次男のロデリックは彼女の誇りと喜びであり、長男のスティーブンは母に慰安と安心を与えてくれました。長男には後に会いましたが、平凡な顔立ちのがっしりした実務に向いた青年で、次男とはずいぶん違う雰囲気の若者でしたけど、それなりによい人だったと思う。南北戦争が勃発すると、自分にはニューイングランドの血筋のほうがヴァージニアより濃いと気づき、即座に北軍に入隊し、西部方面のどこかで戦死してしまい、母親は悲しみのどん底に落ちてしまった。ロデリックのほうは母に心配ばかりかけていましたが、何とか説得されて、大嫌いな職につきました。確かに彼に向かない職で、わたしが機関車の運転に向いていないのと同じこと。彼は神の恩寵で成人して、母親からはひどく甘やかされました。三、四年前にこの近所の小さな大学を卒業したけれど、在学中は数学やギリシャ語でなく小説とビリヤードに熱中していたみたいね。卒業後は一日一ページのペースで法律書を学んでいます。弁護士になれたとしても、いくら親しいわたしでも彼に仕事を依頼する気にはならないでしょう。あの子は、一流か二流か三流かは知りませんが、本質的に指の先まで芸術家なのよ」

「そうだとしたら、どうして彫刻家を目指さないのですか？」

「いくつか理由があるわ。まず自分に才能があるという自信に欠けるから。やろうという熱情の炎は燃えていても、称賛の風で煽られた経験がない。自分の天分に気づかせてくれるような人に会ったこともないし、話を聞いたこともない。とても不満をかこっているけれど、相談する人もいない。それからお母さんがある時話してくれたんだけど、彫刻家という職業を道徳的にいかがわしいと思い込んでいるのです。人物像を作るのに服を脱いだモデルを使うから。それをとてつもなく不道徳だと思っていて、興奮しやすい性質の青年にとっては法律で身を立てるのが安全だと思っているの。自分の父が裁判官だったし、二人の兄は法律家であり、長男も同じ道を歩き始めたのだから、というわけ。ロデリックも同じ道を歩いてほしいのね。でも法律はロデリックを幸せにできないし、結局彼の気質が損なわれることになるとわたしは確信しています」

「ロデリックはどんな気質なのですか？」

「全体として信用できる人。気が短いところもあるけれど、度量もある。夜の十時に怒り狂っていたのに、翌朝には穏やかかな快い音楽みたいに喋っているのを見たことがあります。わたしはロデリックの姿を見ているのが楽しいの。わたしが彼を冷静に観察できるのは、この土地で彼と喧嘩したことがないのはわたしだけだから」

「友人はいないのですか？　あなたはさっき、ミス・ガーランドは元気かと訊いていましたが」

「彼の母親の家に滞在している遠縁の娘さんよ。平凡な気のよい娘さんですけど、彫刻家の目を満足させるような人ではないわね。ロデリックには昔の南部の男特有の傲慢さがあるの。貴族的な気質というのかしら。田舎町の人との交友を望まないのよ。『取るに足りない』連中だと言う。母親が付き合っている人たちに我慢できないのね。老婦人、牧師、お茶会の人たちなど、皆彼を死ぬほどうんざりさせるみたい。だからここへぶらっと来ては、何に対しても、誰に対しても不満をぶちまけるというわけよ」

ロデリックは二晩してまたやってきた。初対面で受けた好印象が強まるばかりだった。この前よりも落ち着いていて、口の利き方も冷静で、ニューヨークやボストンの美術界の現状についてローランドにナイーブな質問を発した。セシーリアは、彼が帰った後、ローランドに作品をほめられたので落ち着きを取り戻したのでしょうと言った。ロデリックには神経がピリピリしているところがあり、それがローランドの冷静な称賛のおかげで治癒し、乱れていた脈拍が正常に戻ったのだ。生まれて初めて一流の文化人に才能を認められ、そのありがた味を噛みしめていた。一方、ローランドは人間的な魅力と芸術家としての天分を併せ持つこの青年に強く惹きつけられ、少しでも力になってやりたいという気持ちを抱いた。ロデリックには、まだ汚れていない、活気に満ち、自信たっぷりの若者という、神々しいとさえ言えそうな何か、言うに言われぬ魅力があると感じざるをえなかった。そして翌日は日曜日だったので、一緒に遠出して、田園の風景でも案内してくれないかと提案してみた。ロデリックは喜んで同意した。翌朝、庭の出口でローランドが教会に向かう従姉に行ってらっしゃいと言っている時、ロデリックが道端の草を大股で踏み、教会の鐘の音が聞こえなくなるくらい大きく口笛を吹きながらやってきた。その日は夏のひどい暑さが一息つき、秋の気配も感じられるような快適な日だった。「安息日なのを忘れず、果樹園で果実を盗んだりしないでね」とセシーリアが別れ際に二人に注意した。

若い二人は、丘を越え、谷を渡り、森と野原を突っ切り、最後に苔むした岩と背の高いアメリカ杉が点在する丘に着いた。眼下には、きらきら光り大きくカーブした美しいコネチカット川が流れている。二人は草地に体を投げ出し、眼下の川に石を投げて遊んだ。以前からの友人であるかのように気軽に何でも語り合った。ローランドが葉巻に火をつけると、ロデリックは極端に不愉快そうなしかめ面をした。「葉巻ほど嫌なものはない。まともな人間がこんなものを我慢できるなんて理解に苦しむ」と言った。ローランドは面白いと思った。このようなぶしつけな発言でもロデリックが口にすると少しも不愉快に聞こえない。いくら攻撃的な態度を取っても、責任を取らされないで大目に許してもらえる人がいるが——それが羨望の的か軽蔑の的かは見方しだいであろう——この若者もその一人なのか？　木陰で寝そべって休んでいる彼を見ているうちに、ローランドは、彼のことを美しい、しなやかな、明るい目をした、じっとしていない動物になぞらえていた。その動作は上品な手足の繊細さを示す以外の意味はなく、人間にとって迷惑な動作をした場合でも可愛く見える——そんな動物に類似している気がした。二人のいる頂上までそよ風が吹き、楡の木が立ち並ぶ川沿いの草原から刈り取った草の匂いが運ばれてきた。ロデリックの傍らで体を起こし、遠くまで広がる風景をじっと見た。美しいなあと思った。その直後に、いずれずっと先の未来において後悔することになりそうだという不思議な気分に襲われた。後になってどこかヨーロッパの国で、今眺めている景色を懐かしく思い出し、母国を捨てたことを後悔するだろうという予感がしたのだった。

「よくないことだと思うのだ」ローランドは思いを口にした。「アメリカ人が母国を早く出ようといつも焦っているのは！　まるで生まれた国と喧嘩しているみたいだ。心の安寧は外国行きによってしか得られないのか？　今日はアメリカの休日だ。これはアメリカの景色だ。これこそアメリカの大自然だ。確かにいろんな魅力に富む。いつの日か、豊かな過去を持つイタリアに住んで悪寒でぶるぶる震えているような時、自分がすばらしい故国を軽視したことを悔いるかもしれない」

ロデリックは、新しい友人の愛国心に共鳴して心を熱くし、自分にとってアメリカは十分に立派な国であり、母国の発展に尽くすのがまともな市民の務めだと思ってきた、と強い口調で言った。これまでそんなことはまったく考えたことなどなく、その瞬間に思いついたことを述べたのは見え見えだった。しだいに気が大きくなり、自分は何にもましてアメリカの芸術を擁護するときっぱり言った。アメリカが世界一の芸術を生み出すことだってありうる！　最多の国民を保持しているのだから、最上の理念を持っていいはずだ。そうすれば、いずれ最上の成果を生み出すはずだ。アメリカ人は自分に対して誠実でありさえすればいい。頑張って、恐れず、ヨーロッパの模倣をやめ、独自のアメリカ性に注目するべきだ。「男子にとって遣り甲斐のある仕事がそれだ。今すぐこの場で宣言してもいい、ぼくは完璧な、典型的な、独創的なアメリカの芸術家になってやる！ 緊張感で身震いする」とさえ言ってのけた。

ローランドは吹き出した。そして、自分は君の屁理屈よりも作品のほうが好きだし、今述べたよりも冷静な動機によって、瓢箪の盃から飲んでいる若者像が誕生したのだろうと思う、と言った。そう言われてもロデリックは腹を立てず、三分後には控え目なことを語り出した。しかしローランドは自分の考えに夢中で、ロデリックのお喋りにはあまり注目しなかった。やがて、ずっと考えていたことの結論に達してすぐ披露した。「ねえ、どうだろう、君、ローマに一緒に行かないか？」

ロデリックは目を丸くした。そして笑い声を上げ、アメリカ賛美の話題をさっさと追い払ってしまってから、それは嬉しい話ですと答えた。「ローマに行くなら、アテネ、コンスタンチノープル、ダマスカス、それにインドの聖地ベナレスにも行きたいな。ベナレスには二十フィートのブラフマー神の金像があるって聞きました」

「いや」ローランドは真顔で答えた。「ローマに行くとしたら、そこに落ち着いて仕事をしなくては。アテネも芸術家にとって意味のある土地かもしれないが、当面、ベナレスは勧められない」

「具体的な話は、荷造りを始めてからでもいいでしょう」ハドソンが言った。

「彫刻家になる気なら、できるだけ早く荷造りを始めるほうがいい」

「なるほど、そのとおりです。でもぼくは実際的な男ですからね！　ローマで一年間暮らして、芸術への情熱を保ち続けるためには最低限費用はいくらくらい必要でしょう？　まず、それを知っておかないと」

「君が集められる最大限の額はいくらかな？」

ロデリックは薄い色の顎鬚をなでてひねった。それから、思い切ったように、「三百ドル」と言った。

「費用のことは何とかなる。金を集める方法があるから大丈夫」ローランドが言った。

「金集めの方法があるなら、知りたいです。ぼくには方法が見つかったためしがないのです」

「方法の一つは、自分一人では使いきれないほど金を持つ友人を見つけ、その金の一部を受け取るのを自尊心から辞退したりしないことだ」

ロデリックはまた一瞬目を丸くし、顔を紅潮させた。「ということは……」口ごもり、すっかり興奮してきた。

ローランドも少し赤面して体を起こした。ロデリックも飛び起きた。「こういうことなのだ。ロデリック、君は彫刻家になるのだから、ローマに行って古代美術を学ばなくてはならない。それにはお金が要る。ぼくは美しい彫像が好きだけど、自分で作るのは残念ながら無理だ。注文して作ってもらうしかない。そこで君に一ダースほど注文しよう。君の都合の良い時に作ってくれればいい。前金で支払うから、それをローマ行きの費用にあてればいい」

ロデリックは帽子を脱ぎ、相手の顔を見つめながら額をふいた。「ぼくが成功すると見込んでくれるのですね！」ようやく声を高めて言った。

「君が仕事をし、辛抱し、頑張り、夢の実現のためにあらゆる犠牲もいとわぬというのなら、成功すると思う。でも、君の役に立とうとするあまり、かえってその妨げになるといけないから、ぼくの口からローマに行きなさいとは言えない。君自身で決めてほしい。ぼくにできるのは機会を提供することだけだから」

ハドソンは重々しく考えながらしばらく立ち尽くしていた。「ぼくの他の作品をまだ見ていないじゃないですか。ぜひ見に来てください」

「今？」

「そう。家まで歩きましょう。問題を解決しましょう」

彼は自分の腕をローランドの腕に回し、二人は一緒にもと来た道を戻り出した。町に戻り、巨大な楡の木の影で薄暗い幅の広い田舎道を進んだ。ローランドは自分の腕の中で連れの腕が震えているのに気づいた。そして陰気な感じのツガの木に両側を挟まれた、大きな白い家の前まで来ると、立ち止まった。苔むしたレンガを敷いた狭い前庭を通り抜けた。前庭には背の高いスゲの縁に囲まれた花壇があった。家屋は古風な威厳があったが、ところどころ傷みが出ていて、小人数の家族が暮らしているようだった。おそらくロデリックの母親が朝など白いエプロンと使い古した白手袋をはめて花壇の手入れをしているのだろうと、ローランドは想像した。ロデリックのアトリエは裏手の地下にあった。そこは大きながらんとした部屋で、壁紙がはげかかっていた。壁紙は五十年前に流行した珍しい景色がいくつも描かれたもので、制作がうまくいかずにいらいらした時などにはいで破った形跡がある。部屋の隅の板の上には粘土が置かれ、床には制作中の作品が壁に沿ってずらりと並んでいる。円形浮彫、胸像、裸体像など、完成したもの、未完のものなどさまざまだった。台座がないので、ローランドに見せるため、作品を一つずつ荷造り用の箱の端に置かねばならなかった。黙々と作業を続けていたロデリックだが、自分の作品に突然好奇心を抱いたようにじっと見詰め始めた。大部分は肖像で、ロデリックが一番長く見ていた三点は完成した胸像だった。一つは大きな黒人の頭で、挑戦的に顔を上にそらし鼻腔を脹らませている。二つ目は青年像で、ロデリックに似ていたためすぐに亡くなった兄のスティーブンだと分かった。三つ目は鼻がとがり、口髭のない鼻下が長く、顎先に皇帝髭のある紳士だった。これは彫刻には特に適さない顔であったが、実感表現作品としては最上の部類のもので、見事な出来栄えだった。素朴な本物らしさと簡素な巧妙さを持ち、ローランドに初期イタリア・ルネサンス作品を思い起こさせた。台座には「バーナビ・ストライカー殿」とある。これはロデリックが働いている法律事務所の所長の名前だとローランドは思い出した。胸像は制作者がわざと不快な顔にしたところは見受けられなかったが、秘密が読み取れる者には滑稽なほど、モデルになった人物の顔がしばしば苛立った目で彫刻家に眺められたことが明らかだった。この他には、裸体像の未完成の習作、空想的な半身像などが数点。もっとも目を引いたのは小さな墓石のひな形で、独特の美しさがあった。スティーブンのためのものらしく、若い兵士が刀を握り永久の眠りについていた。ゴチック様式の大聖堂にある昔の十字軍兵士に似ている。

ローランドは自分の判断にあまりに多くのことが委ねられているのを意識して、結論を下すのに慎重にならざるをえなかった。ロデリックがしびれをきらして、「誓って言いますが、ぼくにはどれもすばらしく思えます」と言った。

実際、ローランドの慎重な判断でも、とても優れたものばかりだった。若々しく、ぎこちなく、無教養であり、成功より努力の跡が目立つ。しかしその努力は非常に力強く知的だった。傑作に到達するにはもう一歩頑張りさえすればよいのだ。数点はすでに立派な成功作となっている。ローランドがロデリックのほうを向くと、青年は手をポケットに入れ、乱れた髪のままローランドの反応を横から見ていた。そして、ローランドの目に感嘆の輝きがあるのに気づくと、ロデリックの美しい顔がたちまち明るくなった。ローランドは最終的に、「才能は確かだ。後は仕事をしさえすればいい」とおもむろに言った。

「どういう意味なのか、ぼくには分かります」ロデリックは言った。横を向いて、がたがた揺れる椅子に体を投げ出すと、膝に両肘を置き、頭を両手でかかえた。「仕事、仕事か。すぐにでも始められればいいんだけど」ようやく頭を上げて言った。部屋の中を見渡し、目が棚の上のバーナビ・ストライカー氏の鮮明な顔と出会った。途端に彼の顔から微笑は消え、いかにも憎々しげに睨んだ。「そうだ始めるぞ！　仕事始めにこれ以上の作業はない。さよなら、ストライカー殿！」部屋を横切り、側に置いてあった槌をつかみ、礼節上は問わぬにしても、ローランドが芸術作品として壊すのは惜しいと止める前に、ロデリックはストライカー氏の頭を打ち砕いた。胸像はいくつもの砕片に割れ、床の上にどさりと落ちた。ローランドは胸像の破壊もロデリックの目つきも快く思わなかったが、口を利こうとした矢先、ドアが開いて、若い女性が現れた。突然、大きな物音がしたので不安になり、急いでやってきたらしく、驚いた表情を浮かべている。壊れた粘土の山とロデリックが握った槌を見て、彼女は叫び声を上げた。ローランドがいるのに気づくと、急いで声を抑えたが、「ロデリックったら、いったいどうしたの？」と非難がましく小声で言った。

ロデリックは崩れた破片を嬉しそうに蹴飛ばし、「金貸しを寺から追い払ったぞ！」と叫んだ。

破片から、誰の胸像なのかは十分に分かり、彼女は嘆声をもらした。ロデリックの言葉が聖書からの引用だとは分からなかったようだが、その乱暴な口調から、きっとよくない意味があるのだろうことは分かった。そしてローランドにも責任の一端があるだろうと察し、ローランドを鋭く、ありありと不信の目で見て、開いたドアから出ていった。ローランドは彼女の後を非常に興味ありげに眺めていた。

第三章

　翌朝はやく、ローランドは新しい友人の訪問を受けた。ロデリックは心が浮き立つようなうれしさを抱く反面、腹を立てても無理からぬ事情もあったため、喜びは半減していた。家庭内で争いがあったのだ。ストライカー事務所と縁を切ったことで母親と喧嘩になってしまい、言い負かしたものの、いまだ興奮さめやらぬ様子だった。

「昨夜母と言い争いになってしまったんです。そうなるのを恐れていたんですけどね。母はすごく心配性で、ぼくが何か気に食わないことをすると、両目に涙をたたえて、黙ったまま、まるで悪魔でも見るみたいにじっとこっちを見つめるんです。困ったことに、ぼくは生まれた時からずっと、母にとって気に入らない子供だったらしい。ちっとも信用してくれない。これまでも、今後もそうでしょう。でもぼくには母の気にさわるようなことをした記憶はないんですよ。ところが母は、いつも涙を浮かべた顔で見つめてくる。ぼくが従順すぎたのがいけないのでしょう」彼は口髭をひねりながら話し続けた。「子供のころは毎日母の側にくっついていたものです。母はそういう甘えん坊の息子をいつも叱って、ぼくは言いなりになっていた。夜十一時までにベッドに入っていないと、メイドが灯火を持って探し回った。振り返ってみると、言いなりになっていたのは誤りだったようです。成人した今だって、聖人みたいな生き方をしているのに、母からは罪人扱いされている。たとえ半年でもいいから、世間並みに勝手気ままな生き方をぼくもしてみたいんです！」

「そんなことはしないほうがいいよ」ローランドが言った。「これまで良い子だったのなら、それを台無しにする必要はない。君は無理して良い子をやってきたにもかかわらず、とても幸せだったんだと思う。それに母親から愛されすぎることよりもっと辛い運命が世の中にはたくさんある。ぼくはまだ君の母上に会っていないけれど、母上の過度の愛情に問題があるようだ。母上は君を熱愛している。君への期待の強さが——期待というものは皆同じだが——ともすると心配に変わってゆくのさ」そう言いながら、ロデリックのような美青年なら、母親だけでなく叔母や年上の従姉たちにもさぞ愛されただろうと直観した。

ロデリックは顔をしかめて、いらいらした素振りを見せ、「ぼくは母の気持ちを尊重しています。だから母にもぼくを尊重してほしいんです」と言った。そして少し間を置いてから、「この機会に家の事情を全部話しましょう」と語り出した。「ぼくは母相手に、一人二役を演じなくてはならないんです。ぼく自身であるだけでなく、兄にもならなくてはならない。二役なんて無理な話です。とりわけぼくは、自分以外の人を演じるのが下手だから。兄とぼくが子供だったころ、ぼくは巻き毛の可愛い坊やだと言われていました。ぼくのマグカップは銀製で、おやつを分ける時には一番大きいプディングをもらい、家の中にいるといつも叔母たちにちやほやされていた。その間、兄は庭で泥だんごを作っていて、誰も注目しなかった。本当は、兄はぼくの五十倍もの価値があったのに。その兄がヴィックスバーグで頭に弾丸を撃ち込まれて遺体になって帰ってきた時、母は初めて自分が兄をちゃんと可愛がっていなかったと気づいたんです。兄の棺を前にして母は泣きながらぼくを抱きしめて、これからはあなたがスティーブンの代わりもするのよ、と言い、ぼくは泣きながら、そうすると誓いました。そのつもりだったけれど、当然、約束は守れなかった。だってぼくは兄と違い、怠惰で、落ち着きがなく、自己中心的で、不満ばかり言っていたから。悪いことはしなかったけど、よいこともしなかった。兄がもし生きていたら、五万ドルくらいは稼いで家にガス水道を引いてくれたでしょう。母は兄の死について一日中考えていて、結局、兄の果たさなかった孝行を金銭的な面で考えるようになった。その点から見て、ぼくは母を失望させたのだと思います」

ローランドは友人の家庭の事情を聞かされて、どう受け取るべきか困惑した。哀れを誘う話だが、内容が一面的すぎるように思えた。「だったら急いで傑作を作ることだね。そうすればガスも水道もすぐ引いてあげられるじゃないか」

「ぼくも母にそう言ったのだけど、傑作だの収入だのの話なんて半分も信じてくれない。

彫刻家を志すなんて、悪魔の罠だと思っているから。ぼくが一生法律の仕事に縛られることをよいことだと思っている。杭につながれて草を食む山羊のようにね。確かにそうしていれば母の目の届くところにいることになる。『法律はまともな職業よ』と母は言うけれど、ぼくに言わせれば、まったくの身の破滅。ところで、一般的に言って、芸術家というのは悪者なのでしょうか？　ぼくは芸術家を一人も知りません。立派な人もいると言って、反論することができない。母は以前リッチモンドである肖像画家と知り合いだったから、説得に迫力があるんです。その画家は母の肖像を細密画にして黒いレースの手袋に描いたのはいいのだけど——手袋は居間のテーブルに置いてあるから見られます——ブランデーをストレートで飲み、妻を殴るような人だった。ぼくは自分が彫刻家になっても、妻に対する振る舞いはとにかく、お母さんをぶつようなことは絶対にありえないって言った。ブランデーはストレートだろうが薄めたものだろうが、大嫌いだとも言いました。それでも母は一時間も泣きじゃくって座ったまま。ぼくは一生懸命、自分がこれからどうするつもりなのか整理して話しました。そのように話すことは自分にも有益だったと思う。母を説得しながら、自分が前よりしっかりした人間になったと自己満足を覚えました。最後に母にキスして、『言いたいことはすべて話した。お母さんに我慢してもらうしかないよ』ときっぱり言った。今朝はもう泣いていなかったけれど、家にいるのはあまり楽しくない。家にはいたくない気分なんです」

「ぼくが、君や母上をそんなに悲しませてしまったなんてとても心苦しく思う。母上には何か埋め合わせをしなくてはならない。お目にかかれるだろうか?」ローランドが言った。

「そう、あなたが会ってくれれば、事態はかなり収まるかもしれません。でも率直に言って、あなたと会うのは、母には勇気が要るでしょう。だって、あなたのことを悪魔の手先だと思っているのだもの。どこからともなく突然現れ、そのため、ぼくが周囲の人と仲がいするようになったなんて母には納得できないんです。純情な若者を堕落させ、息子を愛する母親まで惨めにするような悪事をあなたが悪魔の手先として働いているものと思い込んでいるのですからね。どうか誤解を解いてください。母が一番許せないと考えているのは、ぼくをローマに連れていくことです。ローマという言葉は母の語彙では、『地獄行き』と同じく、声を落として発音すべき恐ろしい言葉なんです。母にとってはノーサンプトンが地球の中心で、ローマは遠く離れた暗黒の地であり、まっとうなキリスト教徒が足を踏み入れてはならない土地なんです。つい昨日までストライカー法律事務所という真面目な職場に通っていた息子がそそのかされて連れ去られてしまうと母は思っている」

「ストライカー氏は君が決心したのを知っているのかい?」ローランドが訊いた。

「もちろん。彼はぼくに自分の法律書を勉強させる親切な弁護士というだけでなく、母の特別の友人であり相談相手でもあるんです。母の財産を管理しているのみならず、ご親切にもぼくをその財産の一部だと、母同様に思っています。ストライカーさんとぼくは昔から意見が合わないけれど、彼がぼくの頭を百八十度回転させようと努力したのは認める。彼はぼくを理解しなかったし、ぼくがいくら理解させようとしても無駄だった。だって、彼とぼくは違う言語を使い、人間としての中味も違う材質でできているのですから。昨日ストライカーさんの胸像をたたき壊したのは、不愉快な思いをさせられた腹いせです。おかげで気分がすっきりした。これで完全に関係が終わった。もう憎んではいないし、むしろストライカーさんのことを気の毒にすら思います。あの男のことを気の毒に思うなんて、ぼく、あなたのおかげで人柄がよくなったみたいだ。違いますかね？　彼にとってぼくは強情で、法律の学習を邪険に拒む愚か者だった。彼がぼくに我慢していたのは、母を尊敬しているからなのですよ。今朝思い切って、昂然と対決してきました。ぼくの部屋でずっとほこりをかぶっていた法律書をかかえて、事務所に行き、『全部お返しします。もう用はありません。今後も二度と再び必要ありません』と言いました。すると、『じゃあ、何かね、書いてあることを全部覚えたっていうのだね。ずいぶん時間がかかったが、覚えないよりましってところか』とあの男はにやりとして言いました。『あなたに教わったことなど、何一つ覚えませんでしたよ。しかしもうご迷惑はかけません。彫刻家になりますから。近くローマに行くんです。出発前にまたお会いしますので、まだ別れの挨拶はしません。でもこの事務所とは、ありがたいことに、これでおさらばします。事務所がこれほど不愉快なところだとは今まで気づかなかったけど、まるで墓場です。スプーナーさんによろしく。法律家にしてくれなくて、どうもありがとう！』」

「ストライカーさんとまた会うつもりだと聞いてよかった」ローランドは、ロデリックの話に最初は笑いそうになったが、考え直して真顔で言った。「所長が君を理解しなかったにしてもお世話になったのだから。正直言って、君の態度には人をまごつかせるところもあるね」それから間を置いてから、「君の今後について、意見を聞きたい人がもう一人いる。ミス・ガーランドはどう思っているのだろう？」と尋ねた。

ロデリックは少し顔を赤らめ、じっと相手を見てから作り笑いを浮かべて、「彼女がぼくの今後について意見を持っているのだと、何を根拠に思うんですか？」と言った。

「昨日ちらと見かけただけだけど、とても理知的な人だと思った。当然、何か考えがあるだろう」

ロデリックの笑みが急に消えてしかめ面に変わり、「あの人はきっとぼくと同じ考えですよ」と言った。

二人がその日別れる前に、ローランドはロデリックがこれからのことについて不安を抱かぬようにしておこうと考えた。「君を船出させるわけだから、無事に港に着くのを見届ける義務がぼくにはあると思う。年長であり、世間のこともよく知っているから、最初は一緒に旅をするほうがいいだろう。ローマまで同行し、バチカン宮殿などの見物を済ませたら、十分な粘土とともに君を缶詰にする。そこまでがぼくの責任だと思う。出発は九月五日だ。準備を始められるかな？」

計画を聞いてロデリックは、万事、あなたの賢い判断にお任せすると率直に言った。必ず成功してみせるなどと誓われるよりも、ローランドにはそのほうが嬉しかった。「ぼくは旅の準備など要らない」彼はにこにこして両腕を上げ、さっと振り下ろした。ほら身軽なんですよ、と。「旅に持参するものは、ここにあります」そう言って自分の頭を指さした。

「君は楽でいいな」ローランドが言った。自分の頭の中には何もないのと、嵩張る荷物が銀行に預けてあるのを思い出し、溜息をついた。

ロデリックが帰ると、ローランドはセシーリアを探した。彼女は日の翳った窓辺に座って刺繍をしていた。インド更紗のカバーを掛けた椅子に座るように勧められたローランドは、何かをしきりに考えながら、所在なげにはさみを握り、意味もなく毛糸を切っていた。自分の決めた計画について彼女がどういう批判をするかを想像し、それへの返答を考えていたのだった。ようやく、ロデリックのローマ行きの話を始め、なぜ自分がロデリックに勧めたかを説明した。彼女は、驚きを隠さず、どうしてもっと早く自分に相談してくれなかったのかと、控えめながらも不満をはっきり口にした。

「もし相談していたら、何とおっしゃったでしょうか？」ローランドが尋ねた。

「まず最初に『後生だから、ノーサンプトンでわたしを楽しませてくれる唯一の人を連れ去るのはよして!』と言ったでしょうね。その次には『ばかなこと! 彼はここで十分楽しく暮らしているのに。余計なことはおやめなさい』と言ったでしょう」

「それは最初の五分間でのことでしょう。その後は何とおっしゃったでしょうか?」

「余計な介入をするのが嫌いなあなたにしては、おせっかいなことね、と言うでしょう」

ローランドの顔には失望の色が浮かんだ。黙って顔をしかめた。それを見ていた彼女の目から、徐々に苛立ちが消えていった。

「厳しいことを言ってごめんなさいね。でも、ロデリックがいなくなると、わたし、とても困ってしまうの。この一年の間、元気に暮らしてこられたのは、彼が夜、よく遊びに来てくれたからです。おかげで暗い日々が明るくなりました。彼が特別優れた人物だなどとは言わないけれど、わたしには得がたい人です。でも、もちろん、彼がいないとわたしが淋しいからというのは、立身出世を求める若者を止める理由にはならないわ。男性は仕事し、女性は泣く、それが定めなのでしょう」

「そうです、理由にはならないですとも!」ローランドはかなり強い調子で言った。ここに来た当初、セシーリアが交際好きなのに気づき、まもなくロデリックが遊びに来て、その様子から彼女がロデリックの少年のようなお喋りを大いに楽しんでいるのを発見した。ロデリックとセシーリアの交友は、思慮深く考えれば、セシーリアが一方的に満足を得るものであり、ロデリックにとっては損失にならないかと危惧しても当然だろう。その点セシーリアがこの件に関して思慮深いと言えないのは明白だった。質素な暮らしぶりを強いられていて万事に控えめな彼女だが、ロデリックとの交友に関してだけは、いわば自分にぜいたくを許しているようだ。彼女はあるがままのロデリックが気に入っている。彼のご機嫌を取ったり、おだてたり、話を聞いて笑ったり、可愛がったり、何でもしたが、彼のためになるような助言などはしない。一種の戯れといえば戯れだが、普通の戯れの楽しみをともなわないものだった。彼女は自分が年上ゆえにロデリックが彼女を恋する――そうしていたら彼に有益だったかもしれないが――のを許さなかった。セシーリアは彼のたわいないお喋りが危険な線を越えることがないように、ロデリックを実際以上に年下であるように扱おうと心がけていた。セシーリアが気晴らしを楽しむこと自体は望ましいことであって、それくらい許されるかもしれない。しかし、ロデリックの将来の成功に役立つかどうかを考えれば、セシーリアが彼との交友で青年を正しく導いているとは言いがたい。ローランドはロデリックを思う気持ちが強くなったあまり、そう考えた。ロデリックの美しい女性への関心が、セシーリアに対してのように金銭のかからぬ愛情に限られていればよかったのにとローランドは後に思い返すことになるのだが、それはまだ先の話である。

「あなた、彼の世話できっととても忙しい思いをするだろうって、今から忠告しておきますよ」

「そのことはぼくも考えました。でもそれはぼくにとってむしろ嬉しいことなのです。何よりも、彼を気に入りましたし、先日も言いましたけれど、何か人のためになるような仕事がしたいんです。才能ある青年を世に出して栄光への道を歩ませることを思いついた時は名案だと思いました。その後で、この計画には危険や困難もいろいろあるだろうと気づき、人の将来に関わる大事な決定に介入する権利が自分にあるだろうかと反省しました。彼にはすばらしい素質があるという確信が答えになりました。彼は、人類を幸せにするために神に命じられてこの世に現れたのです。そんな貢献はぼく自身にはできませんが、天分に恵まれた青年が資金の面で困っているのを見て、彼が天命を実現する機会を与えることが、自分の生涯を間接的にでも役立たせることにつながると感じたのです。これは、自分を卑下して言っているのではありません」

「まあ、それじゃわたしは人類全体のためにあなたに感謝しなくてはいけないようね！でも、その前にわたし個人も彼のために喜びたいわ。とにかく、彼が傑作を生んでくれると、確約してくれますね？」

「毎年一作、今後十五年間続けて」ローランドはにっこりして言った。

「もっとたくさん、お願いしますよ。それに、芸術家として大成するだけでなく、彼が一個の人間として落ち着くと保証して」

「落ち着く？」ローランドは真顔で訊いた。

「情緒面で安定することよ。ここに暮らしている今は、その点では完璧だわ。彼が安定を保つために誰もが無言で協力していますからね。ひょっとすると、あなたは、天才は心に嵐が吹き荒れるのが当然だなどと思って、彼に情熱的な恋を勧めたりするかもしれないわね？　どう？」

「いいえ、その逆です。天才も普通人並みに情熱を大事にすべきだと信じていますが、普通人程度でよいと思います。むしろ芸術家は情熱にかき乱されず、落ち着いた生活を送るのがよいと確信しています。そのことを、口先だけでなくお手本を見せて説くつもりです。ぼくにひどく面倒をかけることになりそうだとあなたは予想しているのでしょう？」

「いいえ。ただロデリックは土地の環境に影響されやすい人だと思うの。この部屋で五年間も不平不満ばかり言っていたけれど、結局土地の人と折り合いをつけて、ここに根を下ろして花を咲かせたことでも分かるでしょう？　ローマに植え替えられたら、おそらくもっとよく成長するでしょう。彼が変化する様子を見たいから、変化するたびごとに手紙で知らせてほしいわ。成長して花を咲かせ、よい実を結べばいいと心から願っています。こんな言い方をしても不可能だと思っているのではないのよ。ただ、あなたはわたしたちの期待に対して責任を負っているのだということを、いつも念頭に置いてください」

「人間は、誰しもまず自分自身で最大限頑張るべきであり、どうしても援助が要る場合だけ、援助を受けるべきだと思っています」ローランドはしばらく間を置いてから言った。

「人間は、何かに影響を受けて急に成長し始めると、止まらなくなり、成長しすぎて破裂する危険があります。しかし危険を伴うにしても、人間が成長するのはよいことだと思います。だって人間は大きく育つことができるようにできているのですから。それに加えて、天才、本物の天才は本質的にあらゆる面で頑健ですから、大丈夫、破裂などしないと信じています」

「そこまで考えたうえでの決断なら結構ね」セシーリアは仕方がないという口調で言った。その言い方で、ロデリックに関して、ローランドは自分が批判されるほど熱心になりすぎているのかもしれないと反省した。彼女は「では今日の夕飯の時ロデリックの健康のために乾杯しましょう」と言った。

ローランドは、ロデリックの母ミセス・ハドソンに自分が純粋な気持ちで行動しているのを理解してほしいと強く願った。そこでその日の夜、夫人宅を訪問すると、広い客間に通された。キャンドルのわずかな明かりで見る限り、客間には家具が少なく、大事にしているためなのか、まれにしか使われていないようだった。窓は開いていて、夏の夜風が入ってくる。部屋には三人がいて、彼が現れると遠慮して黙ってしまった。三人のうちの一人がミセス・ハドソンだった。窓の側に座り、膝に置いた手にはハンカチを握っているが、その様子から、涙をふくのに使い慣れているようだった。ソファで夫人と一緒にいるのは、客扱い不要の親しい男性のようで、半ば座るような、半ば横になるような格好で脚を組んでいる。不格好なブーツを履いた足を絶えずぶらぶら動かしている。痩身で、薄茶色の髪のこの紳士は、あのバーナビ・ストライカー氏の胸像のモデルだとローランドには分かった。テーブルでは、キャンドルを近づけて、若い女性が縫い物をかかえ忙しそうに針を動かしていた。ロデリックのアトリエで見かけた女性で、のちにハドソン家の親類でミス・ガーランドという名前だと分かる人だった。この女性の澄んだ、人を見抜くような眼差しが、客を迎える唯一の挨拶だった。ミセス・ハドソンは何やら悲しそうにつぶやきながら立ち上がったものの、客を前にすると身を縮め、震えて立っているだけだった。できれば開いた窓から逃げてしまいたいと望んでいるように見える。ストライカー氏は、客に挑みかかるように長い足を振り動かしている。この家には形だけでも歓迎の意を示すとか、心にもないお愛想を言うとかできる者は誰もいないようだった。やむをえず、ローランドは自己紹介をし、用事があって訪ねたことを述べた。

「ええ、息子から聞いています」夫人が震え声で言った。「お目にかかったほうがよいと思ったのですけど。とにかくおかけになったら?」

椅子を勧められたので、側にあった椅子に座ろうとした。

「あ、その椅子は駄目です」しっかりした真面目な声が注意した。見ると、その椅子の背には、一束の絹糸がこんがらがったままぶら下っている。これから糸巻に巻くところだった。手厳しく注意の言葉を発したのが、興味ある顔をした例の若い女性だったので、ローランドはほんの少し苛立った。というのも、この女性の関心を引きたいという気持ちが彼には少しあったからだった。何か気の利いた言葉を言えば、この緊張がやわらぐかもしれないと思い、「いいえ、ここに座りますよ。そしてぼくが喜んで糸巻に巻くのをお手伝いしましょう」と返した。

冗談めかしたつもりだったが、彼女は驚きを隠さず、大きく目を見開いただけだった。「やはり、この紳士は予想どおり、油断できない人だわ」といわんばかりの目つきでミセス・ハドソンに視線を向けた。しかし年長の女性は床に目を伏せ、両手をしっかり組んで座ったままだった。ローランドは夫人には不快感より同情を覚えた。夫人の態度は彼に対して、冷淡というより一種の心配というか恐れに近い感情を抱いているようだった。小柄で、真摯で、青ざめた顔に不安そうな表情を浮かべている。そのためか、はじめは老けてみえたのだが、しばらく彼女の顔を見ているうちに、思っていたよりだいぶ若いことに気づいた。多分かなり若いころに結婚したのだろう。愛らしい花嫁だっただろうが、教会での式でひどく怯えていたであろう情景が容易に頭に浮かぶ。華奢で、ロデリックがほっそりして優雅なのは、この母譲りなのだな、と思った。帽子はかぶらず、非常に細い亜麻色の髪を、清教徒らしくきちんとなでつけ結っている。極端に恥じらい、すべてに控えめな態度を取る人らしい。十分人生経験があるにもかかわらず、これほど自分に自信を持てず、将来のこと全般に対してこれほど消極的な人は珍しい。ローランドはすぐに夫人に好意を抱き、自分が善意の者であることと、ロデリックがきっと間違いなく成功して喜ばせてくれるだろうことを、一刻も早く告げたいと思った。話せば分かってくれそうな気がしたのだ。易しく説明すれば、不安をやわらげ、戸惑いながらも、しだいにローランドをすべての面で信頼するようになるだろう。だが、ほの暗いキャンドルの明かりで目を凝らして縫い物をしている若い女性のほうは、女性らしいわだかまりがいろいろあって、彼への誤解を解くのは容易ではなさそうだと、漠然とだが思わずにはいられなかった。ローランドが記憶しているところでは、セシーリアはミス・ガーランドが彫刻家を喜ばせるような顔をしていないと言っていた。しかし彼女の顔は彫刻家ではまったくない男を十分に喜ばせてもおかしくない。世間一般の基準では彼女はきれいではないかもしれない。しかしそれは彼女への悪口にはならない。というのは、ローランドはこの時すでに彼女の外面を云々する段階から内面にあるものを評価する段階に達していたからだ。ミス・ガーランドの顔からはさまざまに変わる内的思考がうかがえる。しかしその変化は、例えばロデリックの顔の場合に見られる、風に揺れるキャンドルの炎のように、刻一刻目まぐるしく変わるのとは違う。彼女の内面はもっとゆっくり、明確に、生真面目に変化するので、変化の節目で一種の痛みを覚えるのではないかと想像できぬこともなかった。ミス・ガーランドは背が高くほっそりして、乙女らしい率直さと決断力を備えていた。額は広く、黒い眉は古典絵画に描かれる美女たちよりさらに濃い。灰色の目は澄んでいるが、きらきら輝いているわけではない。目鼻立ちは整っていないし口は大きかったが、彼女の顔の最大の魅力は笑顔であるため、口の大きさは適切と言えた。実際、笑顔を気前よくしばしば見せる人だった。ローランドはまだその恩恵に浴したことはなかったが、生真面目な顔には正反対の笑顔があるに決まっていると確信していた。地味な白服を着ていて、どことなく田舎風な感じがあるので、若いご婦人というより若いお嬢さんととらえる人もいるだろう。しっかりした意見を持つ反面、柔軟性には欠けるようだ。大きな鋼の指ぬきを使って台所用のふきんの縁どりをしていた彼女が、ようやく真面目な目を再び縫い物に落としたため、ローランドはミセス・ハドソンに向かって自己紹介を続けた。

「息子さんと急にとても仲良くなりましてね」と語りかけた。「それでお母さまともお知り合いになるべきだと思ったのです」

「それは結構なことです」夫人はささやくように小声で言った。そしてさらに何か言いそうになったのだが、その時、ストライカー氏が、まず咳払いしてから口を挟んだ。

「失礼ながら一つ質問させてもらいますよ。あなたはロデリックと知り合ってどのくらいになりますかな?」氏はまだ足をぶらぶらさせ、相手に視線を合わせない。あたかも、ローランドが問いつめられて慌てふためく様子を見たくないため向こうの壁をじっと見つめているようだった。

「ごく短いのは認めます。かろうじて三日間です」

「それなのに、仲良くなったというのか！　このわたしなど、三年間、毎日会っていたんだが、今朝になってようやく、彼のことがよく分かったと言えるようになったのです！　今朝、事務所で数分間話し合い、不明だった真実がやっとつかめた。だからこそ、今ようやく『ロデリックをよく存じている』と自信を持って言えるのです。だが、それには三年待たねばなりません。いいですかな？」ストライカー氏は口を閉じたまま、体全体を静かに揺すって笑った。

ミセス・ハドソンはストライカー氏の主張がよく理解できないまま微笑を浮かべた。ミス・ガーランドは縫い物に視線を向けたままだったが、少し顔を赤らめたようにローランドには思えた。「三年付き合えば、むろん、もっとよく知り合えますね。でも奥様、そんなに長くかからずに」ローランドは夫人に向かって言葉を続けた。「世間は彼を知るようになります。令息は偉い人になりますよ」

ミセス・ハドソンは、最初こそ、ローランドが自分をますます困惑させようとしている嫌な人だと思ったような表情だったが、彼のやさしい顔によって徐々に安心し始め、訴えるような目を向けて「本当ですか？」とおどおどしながら訊いた。

しかしローランドがそれに答える前に、またもやストライカー氏が介入した。「貴君が言われた言葉、わたしの耳が正しくとらえましたかな？　ハドソンが偉い人になるって？」

「偉い芸術家になるでしょう」ローランドが答えた。

「これは珍奇な見解だ」ストライカー氏が法律家らしい落ち着きを取り戻して言った。「我々もロデリックに関していくつかの見解を持ってきましたが、正直な話、どれも偉い人になるだろうと言うまでには達していない。彼のことを偉いと主張する責任を誰も取らなかったのです。ねえ、ご婦人方、そうじゃないですかな？　ここの者たち——母上、ミス・ガーランド、それにわたし——の見解では、彼が得意とするのは」ここで氏は片手を空中で不格好に振り回した——「軽い装飾品みたいなものを制作することだと考えているのだが」と言った。氏は不出来な弟子にうらみを抱いていたが、自分を公明正大な人物に見せたくもあり、ご婦人方の気持ちを考慮しようとしているようでもあった。しかし、氏は女性の不思議な心理に通じていないらしい。客が現れる十分前までは、皆悲観的な見方をしていたのに、ロデリックの才能がたいしたものでないと氏が客に伝えるや否や、二人の女性はそれに反発したのだ！　夫人は短く溜息をもらし、ミス・ガーランドは上目づかいにストライカー氏を冷ややかに見た。

「奥様」とローランドはロデリックが偉大かどうかの議論を避けて夫人に言った。「息子さんが故郷を離れて勉強したいと望むようわたしが計らったことを喜んでくださっていませんね。わたしはあなたを敵に回してしまったのでしょうか？」

ミセス・ハドソンは指先で口を覆い、本心を述べようという気持ちと失礼にならぬかという心配との間でひどく困っている様子だった。その時、ミス・ガーランドが「伯母は誰の敵でもありません」と、穏やかではあるが、しっかりした口調で言った。

「敵としての役目はあなたに任せるというわけですか?」ローランドは微笑しながらも思い切って言った。

「ここでは皆キリスト教の教えに従っていましてね」ストライカー氏がまた口を挟んだ。「とりわけミス・ガーランドはそうです。というのも」ここで氏は、彼女の紹介がまだだったことに気づいたのか、自分が紹介をしてやろうとまた手を振り回した。「彼女は牧師の娘さんで、祖父も兄も牧師です」ローランドは恭しく頭を下げたが、ミス・ガーランドは、このように身元が明かされても別に恥ずかしくもないし、嬉しくもないというように、ひたすら縫い物を続けた。ストライカー氏が言葉を続けた。「ハドソンさんは、心が乱れていてあなたとうまく話せないようです。それでわたしに代わりに尋ねてくれというのです。令息に何をさせようとしているのか、一つ、きちんと話してほしい」

夫人はローランドのほうをお願いしますというようにじっと見た。その目は、ストライカーさんはわたしの願いを代弁してくださったけど、わたし自身なら挑戦的な言い方は避けます、と言っているようでもあった。しかしストライカー氏の皺だらけの青い目は、ずるそうではあるものの、人が好さそうで、挑戦的な意図はないとローランドは思った。氏は大げさでうぬぼれ屋なだけであり、ロデリック・ハドソンを真面目に働かせようといういかなる考えも滑稽だと思っているにすぎないのだ。

「奥様、何をするってお尋ねですね。わたしは何もするつもりはありませんよ。するのはロデリック自身です。わたしはただ彼に機会を提供するだけです。彼は研究し、仕事をすることになりましょう。懸命に仕事をしてくれましょう、きっと」

「あまり懸命でないほうがいいけれど」夫人はささやいた。息子が暇を持てあまして困るとさっきまでこぼしていたのに意見を変えたのだ。「あの子は体が丈夫でないし、ヨーロッパの気候は厳しいのでしょう」

「研究?」ストライカー氏はローランドの使った言葉に飛びついた。「ロデリックはどういう方面を専門にするのかな?」それからロデリックと無関係に好奇心に駆られて、「彫刻の研究っていうのはいったいどうやってするのですか?」と質問した。

「モデルを見て、模倣するのです」

「モデル?　どういう種類のモデルです?」

「最初は古代美術です」

「あー、古代美術ねえ」ストライカー氏は笑いを誘うように、ローランドの言った言葉を繰りかえした。「奥さん、聞きましたか?　ロデリックは古代美術の模倣を研究するためにヨーロッパへ行くそうです」

「そのことに特に問題はないのでしょうね?」夫人はちょっと心配そうに、体をよじりながら言った。

「古代美術というのは、わたしの理解するところでは、異教の神の像だ。発掘時の泥がまだくっついている。腕もなければ、鼻もない。服もない。ご立派なモデルですなあ！」

「いろんな像の特徴をまとめて述べるのが、お上手ですね」ローランドは笑いながら言った。

「あらまあ、そうですの」夫人はローランドの愛想よい対応から勇気を得て元気に言った。

「しかし、彫刻家の研究は古代美術に留まらないのでしょ？」ストライカー氏がまた話し出した。「今言ったような像を三、四年研究した後、今度は……」

「生きたモデルを研究します」ローランドが言った。

「それにもさらに三、四年かかるのですか？」夫人が訴えるように訊いた。

「芸術家の適性によります。本当の芸術家なら二十年後もまだ研究しています」

「まあ、ロデリックも可哀そうに！」息子の未来がどの点から見てもひどいと思って悲しそうな声を上げた。

「で、生きたモデルの研究ですがね、ハドソン夫人に説明してあげてください」ストライカー氏が言った。

「まあ、結構ですわ！」夫人は身をすくめながら言った。

「その点もローマ留学の理由の一つです。ローマ人は美しいですからね。あそこに行けば、きれいな男女が大勢います」ローランドが言った。

「立派で力強いヤンキーより、ローマ人のほうが優れているとは思えない。同じ神様が我々のことをお作りになったのだから」ストライカー氏が、脚を交互に組み替えながら言った。

「そうですわね」ミセス・ハドソンは小声で言ったが、客に「どうなんでしょうね」と問いかけるような視線を向けた。ローランドの見解に重きを置き始めたのは明白だった。ローランドは急いでストライカー氏に賛同すると言った。

するとミス・ガーランドが顔を上げ、一瞬ためらってから、「ローマの女性はとても美しいのですか？」と尋ねた。

ローランドは答える前に少しためらった。相手をまじまじと見ながら、「全体としては、ぼくはアメリカの女性のほうが好きです」と言った。

彼女は縫い物を膝に置き、両手をその上で組み、頭を少し後ろにそらしていた。個人の好みでなく一般論を期待していたので、やや不満そうな様子だった。何か言いかけたが、無言のまま、また縫い物を始めた。

彼女が彼のことを不快なほど世慣れた男だと判断しているという、これで二回目になる印象を受けた。また、ふきんの縁どりがひどく粗いのにも気づいた。それでも先ほどの返事は彼の内面で鳴り響いていて、「全体としては、ぼくはアメリカの女性のほうが好きです」と再度心の中で繰りかえした。

「ええと、生身のモデルだが」とストライカー氏が話し出した。「ある姿勢を取らせるのですな？」

「ある姿勢、そのとおりです」

「そして彫刻家は椅子に座って、それを眺めるってわけですな？」

「あまり長く座っているわけには行きません。粘土を運び、モデルにインスピレーションを得たイメージを彫刻に仕上げなくてはなりませんから」ローランドが答えた。

「なるほど。一方でモデルがある姿勢を取り、一方で彫刻家もある姿勢を取り、両者の間に粘土があり、あなたの話では、それがしだいに作品に仕上がっていく。こうして午前中が過ぎるとして、その後、外出して散歩でもして、仕事の疲れを取ることになりましょう？」

「そのとおりです。しかし、仕事に熱中する彫刻家にとって、どんな時間も無駄にはなりません。彼が見るものは、何であれ何かを教え、あるいは、何かを暗示するのです」

「うーん。法律書を一ページも捲らず、ハエがぶんぶん飛ぶのを見たり、窓枠で霜が溶けるのを観察したりして、何時間も座っていた青年にとって、それはさぞ魅力的な作業になるだろうなあ！　わたしは気づかなかったが、ロデリックは法律事務所でもそんな仕方で知識を蓄えていたんでしょうなあ！」

「十分ありえますね」ローランドは、相手の皮肉を気にせずに微笑を浮かべた。「そういう怠惰に見える観察のおかげで、今に一流の芸術家として成功を収めることになるでしょう」

　息子の将来について巧みに明るいものだと解き明かしてもらった経験のないミセス・ハドソンは、ローランドの話を聞いて非常に喜んだようだった。自分がさっきまで取っていた奇妙な立場、つまり反対尋問ばかりする法律家と組んで可愛い息子を批判してきたことが急に嫌でたまらなくなったのだ。

「あなたのお話では、息子には優れた才能があるのですね？」夫人は思い切ってローランドに尋ねた。

「わたしの見るところ、非常に優れた才能があります」

　夫人は満面に笑みを浮かべて喜び、一緒に喜びましょうと誘うかのようにミス・ガーランドを見やった。しかし、西の夕日が弱いため東の空が輝かないのと同様に、若い娘の顔に微笑は浮かばなかった。「それ、本当に確実だと言えますの？」ミス・ガーランドがローランドを見ながら訊いた。

「才能について云々するのは証拠がないと確実に分かるとは言えません。証拠を提示するには時間が要りますしね。でもそう信じることは可能です」

「で、あなたは信じるのですね?」

「信じます」

そう答えても、彼女は進んで微笑することはなかった。むしろ、ますます真面目な表情になっていく。

「そうねえ、わたしはうまく運びそうな気がしますよ」夫人が言った。

ストライカー氏は、やや不快そうに夫人をちょっと見た。女性らしい諦念から述べたにすぎないのだろう。なぜかは不明だが、夫人はしだいに、手厳しい見方をせず婉曲な話し方をする知り合ったばかりの客の言い分に慰めを見出し始めたようだ。ストライカー氏はそう思った。彼はずれ上がったチョッキを引き下げもせず、女性の裏切りを皺ばんだ顔で嘲笑しながらさっと立ち上がった。「ロデリック君の才能なるものは、わたしには無に近い。彼の才能に使い道があるとも思えない。とにかく、彼は自分の息子ではない。しかし、この一家の親しい友として、すばらしい将来があると聞いて嬉しいですよ、奥さん。母親の愛情には保証を与えてあげませんとね!」と言った。それから顎鬚をなで、首を傾げて、間を置いてからローランドに向かってウインクした。いかにもグロテスクだったが、何か意味があるのだろう。ローランドは面白いとも言えないウインクに、いったいどういう意味があるのか考えていると、ストライカー氏は言った。「あなたは教養豊かな人で、特に美術方面ではトップクラスなんだろう。一方、わたしは平凡な、老実務家だ。誇るべき国で立派な職についていることに満足している。仕事の研究とかでヨーロッパに留学したこともないし、手を取って導いてくれる人もいなかった。何でも自分でしなければならなかった。こんなわたしだが、自分で自分をたたき上げたのです。ところで、ロデリックが名声と財産を得る運命を神に与えられているのならば、ローマ行きはその妨げにはならんだろう。だが、言っておくが、ローマに行けば必ず成功する、などということはない。あなたが彼を成功させると引き受けたのなら、注意しておくことがある。人が収穫する果実は、蒔く種しだいだ。彼はこの時代最大の天才かもしれんが、彼のジャガイモは、彼自身が鍬で世話をしなければ、芽を出さないのだ。彼が気軽に考えているなら――わたしの事務所で面倒見てやった二、三の天才青年の場合もそうだった――彼の作品は決して賞を取れないよ。目標に一歩一歩近づくように地道な努力をしないで、一晩中成功の夢を見て、朝起きたら成功していたなんて、そんなことは現実には絶対に起こらない。行う価値のあるような事柄は、やると決めてからが大変なのだ。もしロデリックが怠惰で仕事を真剣にやらず、人生は楽しいものだなどと嘯くようであれば、どんな結果になってしまうことか！　わたしの事務所に行って、ロデリックが返してきた書物を見るといい。以上のこと、ぜひとも言っておこうと思ったのだ。悪意はない。じゃあ、お元気で」

ローランドは、これは意味深い助言だと、正直に思った。ストライカー氏が帰りかけた時、好意をこめて握手の手を差し出した。しかし、ミセス・ハドソンたちは、ストライカー氏の悲観的な見解で一時的に気が滅入ってしまい、ローランドの明るい見通しをもっと聞いて、元気になりたいと思ったようだった。

ローランドはもうしばらくハドソン家に留まった。一つには、二人の女性を元気づけたかったからだが、それだけでなく、この家にいるのが楽しかったからだ。二人が世間知らずであれこれと心配したり、希望を抱いたりする様子には心打たれるものがあった。特に夫人が母親らしい強い愛情からそわそわし震えるのを見ると気の毒に思った。夫人は、さまざまな新しい話題を提供し、話が尽きると、今度は客の年齢、家族関係、職業、趣味、宗派などを質問するのだった。それに答えているうちに、ローランドは夫人が自分のことを完璧な人物だと思い込むあまり、後にささいなことでも自分の短所として大きなマイナスとしての評価を受けるのではないか、という不安を覚えた。それゆえ、夫人が彼には欠点もあると気づくのに役立つ失敗談を思い出そうとしたが、すぐには頭に浮かばない。もっとも、ミス・ガーランドはローランドのことを心密かに疑っているらしいから、彼が帰ってから、批判的なことを夫人に話すかもしれない。そんなことを考えていると、ミセス・ハドソンがわが子について、小声で語り出した。

「あの子は本当に可愛いのです。よく知れば、それが分かるはずです。もちろん、ちょっと甘やかされています。わたしにいつもわがままを言っていました。でも善良な子ですの。保証します。多くの方が魅力的だと、思ってくださっているようです。どこへ行っても注目を浴びます。ハンサムだとお思いになりません？　顔は亡くなった主人とそっくりです。お聞き及びかもしれませんが、もう一人息子がいました。可哀そうに、戦死しましてね」夫人は涙を抑えて笑みを浮かべた。「その子もいい子でしたが、ロデリックとは違ったタイプでした。ロデリックには一風変わったところがあって、昔から扱いにくい子でした。わたし時々、自分はガチョウみたいだと感じるのですよ。ねえ、メアリ、ガチョウだったわね？」自分自身をガチョウに譬える大胆さに驚きながら、ミス・ガーランドに向かって言った。「白鳥の卵を孵したガチョウだか、メンドリだかの話がありますね。わたしはそんな立場のような気がします。家ではあの子が要るものを与えられませんでした。もっと裕福なら、あの子は自分の居場所を見つけて幸福になるだろうにと、わたしはいつも考えてきたのです。しかし、同時に、わたしはあの子のために世間を恐れていました。世間って、広すぎて危険で怖いです。むろん、わたしは世間のことなど何も知りません。白状しますけど、あなたのような寛大な方がその世間にいるなんて、考えたこともありませんでした」

　ローランドが、「奥様は世間を実際より悪く見ていらしたようですね」と言うと、すぐに「いいえ、そんなことはありません」とミス・ガーランドが反対した。「お伽噺みたいなのです」

「え、お伽噺？　どういうことですか？」

「見ず知らずのあなたがある日、突然現れたでしょ。そして、お金持ちで、礼儀正しい方だと分かりました。伯母がすっかり夢見心地になったのも無理ありませんわ」これが揶揄であったとすれば、効果は大きかった。ローランドは彼女の大きな澄んだ目の奥に皮肉を言う可能性があるかどうか黙って考え込んでしまった。辞する前に、夫人は再度、息子の天才ぶりについてローランドに確認した。ローランドを賢い人物だと信じ、すっかり頼りきってしまっている。「間違いなく、目の覚めるようなよい仕事をしてくれますわね？」夫人が言った。

「そうできないはずはありませんよ」

「今伺ったことを、あの子がローマにいる間、メアリと二人でここに座って思い返すことにします」彼が帰りかけると夫人が言った。「ではお任せします。あなたがあの子にとってよい友人であり続けるのは分かっていますけど、万一、あの子のことを忘れたり、あるいは、あの子に興味を失ったりした時には、あるいは、あの子に悪いことが起きたり、面倒に巻き込まれたりした時には、どうぞ思い出してくださいね」そこで声を震わせた。

「思い出すって何を？」

「あの子はわたしの持つ唯一の宝物で、わたしにとってすべてであり、万一、何かあったら辛すぎるということを」

「わたしの力の及ぶ限り、成功させてみせますよ」ローランドは夫人にそれだけ言ってから、ミス・ガーランドに向かい、お休みの挨拶をしようとした。ミス・ガーランドは率直な人であり、控えめで、大胆ではないが、だからといって素朴でシャイというわけでもないようだ。彼女と口を利きたいあまり、「あなたからぼくに何か注文はありますか?」と質問してみた。

ちょっと彼を見てから、彼女は顔を赤らめて言った。「彼に最善を尽くさせてください」

ローランドはその言葉に、強い情熱がこめられているのに気づくと、「あなたはロデリックに大きな関心を寄せていますか」と言った。

「ええ」ミス・ガーランドが答えた。

「それでは、もし彼があなたのために最善をなさなければ、ぼくのためにも最善をなさないことになります」彼女はまた顔を赤らめて、向こうに行ってしまった。彼はハドソン家を辞した。

さまざまなことを考えながら、ローランドは家路についた。暗闇の中で、ノーサンプトンの楡の大木が道の両側から伸び、頭上で交錯していた。枝の間から月の光が漏れ、あたかもアーチ形の天井に銀色のランプが灯ったように見える。先刻までの話し合いは非常に重大なものだったのだと感じられた。自分も一緒に笑い、喋り、立場を説明するため思い切った主張をした。自分がこの静かなニューイングランドの家庭に介入したこと、ヨーロッパでの夢のような計画のために、ここでの安定した暮らしを乱したことを反省し、自分でないいかにもおせっかいな自分にしては珍しいことをしたものだ！　そんなことを喜んでさせたロデリックに対して軽い苛立ちを覚えた。枝で覆われた風景を遠くまで眺めやると、切れ切れに差し込む月光の中にはっきりと白い家々が見え、この静かな土地で生活を楽しむのがどんな人にも最高の幸福であろうと、ほとんど信じそうになった。ここには親切、慰安、安全があり、義務を果たせとの声は聞こえても、誘惑は完全に沈黙している。銀色に淡く輝くアーチ形の景色を見渡し、さらに向こうの何となく巨大で奇妙で夜想曲風に見えるアメリカの夜の澄みきった大気を眺めた時、彼は思わず、ここにだって美があるぞ、芸術家が枯渇しないで済むほど十分な美があるぞ、と叫びたくなった。暗闇の中で夢中になって立っていると、まもなく道の向こう側で、すばやく歩く足音が聞こえ、それから元気いっぱいに吹く口笛が聞こえてきた。一瞬後、人影が一筋の月光の中に現れた。ロデリックだとすぐ分かった。セシーリアを訪問して戻ってきたのだ。突然歩みを止めて月を見上げたので、その顔がくっきりと照らし出された。ロデリックは、突然、テニソンの詩を朗誦した。

　輝きが照らす城壁と
　物語に古き雪の山頂よ

そして周囲に堂々たる声を鳴り響かせ、内面の思いの深さから翼が生えたように体を左右に振りながら、再び暗闇の中に姿を消した。ヨーロッパの名所、岩山の天辺に聳える城、歴史上有名な風景などに思いを馳せているのだろう。ロデリックが今はまだそれらを直接見ていないことを残念に思いながら、ローランドは自分の道を歩き出した。

第四章

セシーリアが、ロデリックは環境の変化によって人が変わったようになるでしょう、と言ったのは至言だった。ローランドがニューヨークに電報で蒸気船のベッドの追加を依頼し、了承の回答が届いた瞬間から、ロデリックの意気はぐんぐん上昇していった。誰にでも愛想よく接するようになり、この快活さを維持できれば、きっと輝かしい未来が保証されるだろうと思えた。敵対していた人を許し、いつも口にしていた不平を忘れた。これから広い社会で活躍するのだから、周囲と折り合いをつけてゆこうと覚悟したようだった。とても口数が多くなり、時には奇想天外なことを口走ったりした。セシーリアが言ったように、あまりに品行方正になってしまったので、ヨーロッパでなく、天国に向かうのではないかと心配されるほどだった。たびたびローランドと散歩し、その都度ローランドは青年がまれに見る天賦に恵まれた芸術家だと感嘆する気持ちが深まった。ローランドはロデリックの家を数回にわたって訪問し、母親とミス・ガーランドがロデリックの幸福をともに味わえるよう最善を尽くしている姿を目撃した。ミス・ガーランドは、初対面の時と比べると、愛想のよい態度を見せるようになった。ローランドは何とか彼女と二人だけで会話をしようと試みたのだが、彼女は極端に遠慮がちなため、ひどく曖昧な微笑を浮かべてくれただけでも満足するしかなかった。それでも、ここではっきり述べておくが、たとえ曖昧な微笑であれ、それを目にした彼の喜びは大きく、二回目の訪問以後、深く脳裏に刻まれた彼女の微笑を、何を見ても――「こんなところに！」と思える場所にも――見出すようになった。何でもない微笑が、これほど人を喜ばせることに不思議に思わずにはいられないが、実際、ローランドは不思議なほど喜んだのだった。そしてその喜びは彼にとっていまだかつて経験したことのない質のものだった。ローランドはそう気づくと何だか落ち着かなくなり、少々憂鬱になった。あれこれ考えたり、願ったりして、心ここにあらずの状態であちこち歩き回った。考えたことの一つは、もっと深く知り合いたいと願う女性と、母国を数年間離れようとしている今になってどうしてめぐり合ったのかということだった。自分は幸福の機会を逃しているような気がしてならない。幸福が得られる兆しがあれば、何としても機会を逃してはならない。もしヨーロッパ行きが自分だけのためであるならば、取りやめてしばらく待つべきだと思った。しかしロデリックを連れていくことになっている。彼を失望させるわけにはいかない。でもロデリックがいなければ、船が自分を乗せずに港を出ていって一向にかまわないとさえ思った。ミス・ガーランドについてロデリックにいくつか質問したのだが、他のことならテキパキ答えるのに、何やら理由があるらしく、口を閉ざしたままだった。そのため、ローランドの好奇心は深まるばかりだった。ミス・ガーランド自身は苛立たしいほど寡黙なので、周囲の人が彼女について言葉を濁せば濁すほど、ますます興味をかき立てられる。ロデリックから聞いたところでは、彼女の父は、同じ州の別の地域に住む貧しい牧師で、牧師はミセス・ハドソンのいとこだった。牧師の六人いる娘の一人で、二、三ヵ月前に訪ねてきたのだという。「さらに長く滞在することになるでしょうね。ぼくが留守の間はうちにいることになったから」とロデリックは言った。

ヨーロッパ行きについてのロデリックの満足な気分はさらに高まってゆき、二人が出発する数日前に頂点に達した。その夜、彼はセシーリアの家のベランダで客人たちと一緒に過ごしていたが、ロデリックは三十分くらい黙りこくったままだった。蔦のからまる柱に寄りかかり、ぼんやりと星を眺めながら、彼だけに許されている無遠慮な態度で、小声で鼻歌を歌っていた。そんな仕種一つ取っても、ハンサムな彼にはどこか品格があった。やがて彼は突然すっくと立ち、「ああ、じっとしていられない！」と大声を上げた。それから、「今のぼくにふさわしいこと――どんなことでもいい。力いっぱい動き回りたい！」と叫んだ。

「それなら、晴天続きの今だから、いい考えがあるわ」とセシーリアが言った。「ピクニックに行きなさいよ。いくらでも体力を使えるわ。それに、あなたの心の高まりだけでなく、皆の高揚した気分を賢明な方向に向けるのにも役立つと思います」

ロデリックはセシーリアの提案を聞くと、いったんは笑い飛ばしたものの、二日後には、彼のほうからピクニックに行こうと言い出した。家族だけの内輪のはずだったのだが、鷹揚な気分になっていたせいでストライカー氏にも加わってもらおうと言い出した。それを聞いてローランドはいい考えだと思った。「それからストライカーさんの奥様も来てくだされば、母も喜ぶ。それは無理でも、ミス・ストライカー、あのすばらしい娘ペトロニーラもぜひ招こう！」とロデリックが言った。こうして、ペトロニーラ、ミセス・ハドソン、ミス・ガーランド、セシーリアが一行の女性陣となった。ストライカー氏は、ロデリックを上回る鷹揚さを発揮して午前中の仕事を休み招待に応じた。男性陣には、もう一人、ギリシャ正教の若い司祭ホワイトフット氏が加わった。どこで食事にするかはロデリックが決めた。彼は、ピクニックでいく草原をよく知っていた。夏の午後をしばしばそこで過ごしていたのだ。草の上に寝転がり、地平線の青い起伏を眺めたものだった。そこは森林に接していて、草むらから苔むした岩が顔を出し、森林と反対の側には小さな湖があった。

当日は、雲一つない八月の穏やかな日だった。ロデリックは出席者を楽しませようと陽気に振る舞った。その頂点に達した時、ロデリックはストライカー氏の白い山高帽を借りてかぶり、壊れた茶碗でシャンパンを飲んで氏の健康を祝したりした。父親と同じ青い目をしたミス・ストライカーは、写真スタジオで写真を撮ってもらう時のような正装でやってきて、湖を見下ろす岬に長い間ロデリックと一緒に立っていた。ミセス・ハドソンは穏やかで、気遣わしそうな微笑を浮かべて座っていた。何か事件でも起こるのではないかと心配そうだったが、ミス・ストライカーが（確かにお転婆だったけれど）ロデリックをふざけて絶壁から突き落としでもしない限り、事故など起こりそうもなかった。ミセス・ハドソンはピクニックが始まった時も終わった時も、何の変化も見せず、服装にも皺一つ生じたようには見えない。ホワイトフット氏は――このピクニックの十二ヵ月後、宗旨が自分と合わないとギリシャ正教から英国国教会にさっさと改宗したような人物だった――この時も口うるさく明瞭な声で何ごとかをセシーリア相手にまくし立てていた。ポケットに小型の本を入れていて、時々取り出しては彼女の足元に寝転がって読み聞かせていた。その小型の本が何であったか、セシーリアが決して明かさないので、よく冗談のタネになった。彼女はホワイトフット氏の朗読をまったく聞いていなかったのだ！

　草原での食事の間、ローランドはミス・ガーランドの傍らにいた。彼女はジプシー帽と呼ばれる帽子をかぶっていた。小さな麦わらの帽子で、目がまぶしくないように外側にリボンを回して耳の下まで縁を下げていた。昼食が終わって、皆が帰り支度を始めたころローランドは、森を散歩しませんか、とミス・ガーランドを誘った。彼女は戸惑って、許可を求めるように伯母へ視線を向けた。だが、伯母は大言壮語するストライカー氏の対応に追われていた。氏はチョッキのボタンを外し、帽子を鼻に載せ、くつろいだ様子で夫人と話していた。

「伯母様とならこれからいつだって一緒にいられます。でもぼくにはもう会えないかもしれないのですよ」ローランドが言った。

「もうお目にかかれないのなら、お友だちになっても仕方ないのじゃありません？」分かり切った理屈を述べたが、それでも散歩に同意したので、二人は地面に落ちた松ぼっくりを踏みながら歩き出した。

「得られるものは、何でもすべて得るのがよいのです」ローランドが言った。「たとえ三十分間の友情でも楽しいものです」

「ノーサンプトンにはもう決して戻っていらっしゃらないのですか？」

「決して、というのは大げさですけど、かなり長期にわたってヨーロッパに滞在する予定です」

「母国よりあちらのほうがお好きですの？」

「そうは申しません。でもぼくは残念ながら怠け者でしてね。ヨーロッパでは、アメリカよりも怠け者に風当りが強くないのですよ」

彼女はしばらく黙っていた。それから、ようやく、「それじゃ、アメリカのほうがヨーロッパより優れているのですね」と言った。ローランドは、「ある程度はそうです」と言ったが、彼女にもっと話させたいので自分は言葉を濁した。

「何か仕事をしてアメリカと仲良くするほうが、怠けていてヨーロッパと仲良くするより、よろしいのではありません？」彼女が質問を発した。

「そのとおりです。でも仕事を見つけるのは困難なのです」

「あたしの出身地では誰もがたくさん仕事をしています。誰だって働いていますわ。あたしの知り合いで働いていない人はいません」それから間を置き、「だから、あなたを好奇の目で見てしまいます。あなたは、あたしがこれまで会ったことのない、仕事を持たない人ですもの」

「あんまりじろじろ見ないでください。さもないと視線の圧力で地面にめり込んでしまいますから。あなたのご出身地はどちらなんですか？」

「ウエスト・ナザレスといいます」ミス・ガーランドは相変わらず生真面目に答えた。

「ノーサンプトンに比べれば小さいけれど、そんなに狭い土地ではありません」

「ウエスト・ナザレスに行けば、ぼくにも何か仕事が見つかるでしょうか？」

「あなたの気に入るような仕事はないでしょう」彼女は考えながら言った。「あそこにはここよりずっと見事な森林があります。森林が何マイルもずっと続いています」

「でしたら木を伐採する仕事ならありそうですね」ローランドが言った。「許可が得られればのことですが」

「許可ですって！　そんなものは要りません。誰もが薪のために自由に伐採しています」そう答えてからすぐに冗談だと気づき、横目で彼を見やった。それでも彼女自身は真面目な調子を変えず、「あなた、仕事を全然したことがないのかしら？　職業についていらっしゃらないのですか？」と尋ねた。

ローランドは頭を横に振った。「ええ、どんな職業にもついていません」

「一日中、何をなさっていますの？」

「語るに値するようなことは何もしていません。だからヨーロッパに行くのです。あちらに行けば、何もしなくても、見るべきものがたくさんあります。生産者でなくとも、観察者であることは可能です」

「観察ならアメリカでもできますでしょう？」

「そうですとも。あちこち観察しましたよ。でも、正直なところ、アメリカにも観察すべきものがあるのに、ぼくにはきちんと評価できないのです。その点は自分でも気づいています。例えば、ウエスト・ナザレスも見てみたいと思っているだけで終わるでしょう」

彼女は目を見開いてじろっとローランドを見た。ウエスト・ナザレスを見たいというのは別に滑稽な願望ではないのだから、ぼくが冗談を言っていると彼女が思ったのではなさそうだ、だとすれば、ぼくに秘めた動機があってそう言ったと想像したのだろうか、とローランドは考えた。ごく素朴に、ぼくの発言が本気かどうか知りたかっただけなのだろう。

ローランドはこのように考え、ミス・ガーランドのそうした態度も、容貌すらも、すっかり気に入ってしまった。彼女の魅力は独特のもので、どこの生まれかはほとんど無関係だろうが、念のためウエスト・ナザレスに行き、その点を確認したかったのだ。するとミス・ガーランドは彼の言葉を素直に受け取った。「何でも好き勝手になされるのですから、訪ねてごらんになったらいかが?」

「今はそういうわけには行きません。ヨーロッパへ行くとロデリックに約束しましたから。ぼくの提案を彼は喜んでくれたんです。今更撤回はできません」

「ロデリックのためだけにヨーロッパにいらっしゃるのですか?」

ローランドは少し返答をためらった。「ええ、そう言ってもよいと思います」

ミス・ガーランドは黙って歩き続けた。「ロデリックのためにずいぶん尽くしてくださるおつもりなのね」

「ぼくにできる範囲のことだけです。彼が自分でできることに比べれば、ごくわずかにすぎません」

彼女はまたしばらく黙った。「あなたは寛大な方ですね」真面目な口調で言った。

「いいえ、ずるいだけです。ロデリックはお返しをしてくれるでしょうからね。一種の投資ですよ」それから、しばらく間を置き、続けた。「あなたは、初めはぼくの行為をほめてくださらなかったでしょ？　信用してくださらなかった」

　彼女はそれを否定しようとしなかった。「あなたがロデリックにいったいどうして現状に対する不満を抱かせたりするのか、理解できなかったのです。そんなことをする人は不真面目だと思いました」

「その推測は正しくなかったわけですね。ぼくは不真面目ではありませんよ」

「不真面目だと思ったのは、あなたが他の方、あたしが今までに会ったことのある男性と違うからです」

「どう違うのでしょうか？」

「さっき、ご自分でおっしゃったでしょ。何の義務もない、何の職業もない、故郷もないって。ご自分の楽しみのためだけに生きているって」

「全部、そのとおりです。でも不真面目ではありません」

「そうでしょうね」ミス・ガーランドはそっけなく答えた。二人は、森の中で道の分岐点に来ていた。いずれの道も進む先は緑したたる樹木が生い茂っている。進むべき道を選べないのなら、もと来た道を引き返すのがよい、というのが彼女の考えのようだった。ローランドは別の考えで、左の道を行くべきだと思った。二人はひとまず倒れている丸太に座った。ローランドは、周囲を見渡し、ぶちのある真っ赤な葉をつけた野生の灌木を見つけて、一枝取って彼女に渡した。ローランドには珍しい植物だったが、彼女はすぐに名前を言い、彼が知らなかったことに驚いた。ありふれた植物ですよ、とミス・ガーランドが言うと、少ししてからローランドがまた別の小さな青縞のある花をつけた、か弱い感じの植物を取ってきた。そして、「これもありふれたものかもしれないが、ぼくは見たことがない。少なくとも気づいたことがない花です」と言った。すると今度はミス・ガーランドも珍しいものだと認め、その花の名前を思い出すのに時間がかかった。やっと思い出して、普通は開けた沼地に生えているもので、森で見つけるなんて珍しいのです、と言う。ローランドは、彼女の豊富な植物の知識に感心した。

「名前を知っていても役に立つわけではないのですけど、知り合った方のお名前と同じで、一度見た植物の名前は覚えておきたいのです。故郷で森を散歩する時――よく散歩するのですけれど――見かける花の名前を知らないのは不自然だと感じます。街中で顔は知っていてもお名前を知らない人と出会うときまりが悪いのと同じですわ」

「さっき不真面目を話題にしましたが、あなたには不真面目なところが少しもありませんね。もちろん、ウエスト・ナザレスでは、森林を散歩している自分に向かって頷いている野生の花に挨拶を返すのが不真面目だとされるのなら、不真面目かもしれませんけど。もっとあなたご自身のことを話してくださいませんか」そして話を促すために、「神学者の伝統のある家系だと伺いました」と続けた。

「いいえ」彼女は慎重に語り始めた。「先祖は皆牧師ですが、神学者ではありません。学問としての神学とはあまり関係はありません。もっと実践的な宗教と関わっています。説教文を書き、実際に説教します。その他、多くの骨の折れる労働もします」

「その骨の折れる労働で、あなたの分担はどういうものでしたか？」

「もっとも厄介だったのは、何もしないことです」

「何をもって何もしないというのですか？」

「しばらく学校で教えたことがあります。教育は何かしたことになりますわね。でも、正直に言って、その仕事は嫌いでした。それ以外には、家でささいな仕事を、必要に応じてやってきました」

「どんなお仕事ですか？」

「あらゆることです。あたしの故郷の家をごらんになれば、お分かりになるでしょう」

ローランドは具体的に話してほしかった。世間の女性たちの複雑な事情に耳を傾けるよりも、彼女の素朴な身の上話を聞かせてほしいと強く感じた。「幸福であるためには、仕事が必要なのでしょうね。何か打ち込むことが」と言うに留めた。

「以前はそうでしたが、年を取るとともに変わってくるようです。今は余暇が不愉快でなくなってきました。この三ヵ月、伯母と一緒にいてたっぷり余暇を味わいましたら、意外にも、そういう生活も嫌いじゃないと分かったのです。ロデリックが留守の間、ずっとここにいれば、もっと長い余暇を過ごすことになるでしょうが、自分がそれに抵抗する気が起きないのは不思議です」

「では、あなたがここにずっと留まることはもう決まったのですね？」

「故郷の家からそうしてよいという連絡があるかどうかにかかっていますけど、多分そうなるでしょう。あくまで忘れてならないのは、留まる理由は伯母を孤独にしないためだということです」彼女は立ち上がりながら言った。

「そうなれば、あなたがどうされているかを伺う機会が多いでしょうね。嬉しいです。はっきり申し上げます。あちらで、しばしばあなたのことを想うことになるだろうと」彼は半ば衝動的に、半ば意図的に言った。それはありのままの真実だった。彼女に真実を言っていけない理由はないはずだ。けれども、今言ったのは真実のすべてではなく、彼女が残りの真実を聞くことになるか否かは、彼女の受け止め方しだいだった。ローランドの予想どおり、彼のやさしい言葉に対してミス・ガーランドは嬉しそうに耳を傾けようなどといった態度は見せない。それどころか苛立ち、非難するような様子さえ見せ始め、歩みを速めた。彼女の様子を聞くことに喜びを見出すというローランドの言葉は、好きな異性の噂を耳にする密かな喜びでなく、単なる知人の消息を知る喜びであるべきだと思ったのだった。彼女は何も言わず、ローランドも黙っていた。樹木の影のせいで暗い森に続く道を眺めながら、彼の念頭にあったのは、今後三年間ずっと続きそうな彼女との隔たりだった。ピクニック仲間のもとに戻るまで、彼はあたりさわりのない話題で会話を続けながら、その現実を嚙みしめていた。

彼女とは、ローマへの出発前にもう一度会う機会があった。ローランドは出発の二日前にニューヨークへ行く用事ができ、その間、ロデリックは家に残り、ぎりぎりの時間に追いつくように取り決められた。ローランドはノーサンプトンを離れる前の晩、ミセス・ハドソンに別れを告げに行った。挨拶は短いものだった。夫人が今にも泣き出しそうだと気づき、ロデリックのために尽くしますという約束の数々をいちいち繰りかえさず、全部ひとまとめに、無言の握手にこめて彼女の手を堅く握り、すぐに別れた。夫人によると、ミス・ガーランドはロデリックと一緒に裏庭にいるということだった。裏庭に近づくと、ロデリックの甲高い声が灌木の背後から聞こえ、木にもたれているミス・ガーランドの前でロデリックが興奮して何ごとかを語っている姿が見えた。ローランドはミス・ガーランドに近づき、邪魔をした詫びを言い、別れの挨拶をしにきたのだと告げた。彼女は握手の手を差し出し、ローランドは黙って手を握り返した。それからロデリックに向かって、「船の出発時間に遅れないように」と言い、「身内と一緒にいてもう里心がつき、土地を離れる決心を鈍らせることがないように」と付け足した。

「そんなことはさせません」ミス・ガーランドが朗らかとも取れるような口調で言った。「時間に遅れないようにさせます。行くのはいいことなのですもの。ローランドさん、ロデリックのヨーロッパ行きの正しさを疑ってごめんなさい」周囲はすでに薄暗くなっていたが、彼女の微笑は想像していたよりもっと美しいとローランドは思った。

ロデリックは船に時間どおりやってきた。二人は出発し、最初の数日、ローランドは船内での手続きや荷物の片づけなどで忙しかったので、ミス・ガーランドへの恋心は意識に上らなかった。しかし、それは心の奥にひそんでいて、徐々に強く意識することになっていった。天候はよく、二人の青年は夜遅くまで一緒に甲板に座って過ごした。ある夜、遅い時間まで、巨大な船の船尾で、船が大洋の黒い波を打ち砕いて燐光を発する泡に変えていく様を眺めていた。二人はあらゆることについて語り合った。二人の間に隠しごとなどなくなったようだったが、ロデリックが大事なこと、心の奥に秘めたものをまだ話してないことを気にかけている様子なのをローランドは見て取った。何についても、いつまでも黙っていることのできない率直な性格なのだ。

「話しておきたいことがあるんです。ぜひ知っていてほしいのです。知ればきっと喜んでくれるでしょう。時間の問題で、三ヵ月もすれば、ぼくが言わなくてもわかるだろうけど。実は、ぼくはミス・ガーランドと婚約したのです」

ローランドは目を丸くした。海は平穏だったが、船が大きく揺れ出したような気がした。が、すぐに何とか動揺を隠して答えようとした。「ミス・ガーランドと婚約したって！　それは気づかなかった。想像もしなかったよ、君が……」

「ぼくが彼女に恋していることを？　ぼく自身も、この二週間前まで気づかなかったのです。でも、あなたが現れて、ぼくをものすごくいい気分にしてくれました。それで、どこかの女性に好きだと告白したい強い欲望を覚えたんです。ミス・ガーランドはすばらしい女性です。彼女をほとんどご存じないからよさが分からないでしょう。ぼく自身、この三ヵ月間、気づかぬうちに徐々に恋するようになっていったくらいですから。愛していると告げた時、彼女もぼくに好意を持っていると分かりました。それで、婚約が決まった。もちろん、結婚する前にぼくはお金を作らなくてはならない。これから数年離れ離れになる女性と婚約するなんて、確かにおかしいかもしれない。今後、彼女もぼくもたがいに心の中だけで恋をするしかないでしょう。でも、ぼくは今後の歩みに彼女の祝福が欲しかった。だからどうしても求婚せざるをえなかったんです。男というものは、よほどの自分中心主義者でもない限り、自分以外の誰かのために仕事をする必要がある。ぼくが成功したという知らせを彼女がノーサンプトンで待っていると思えば、仕事が捗るでしょう。今後ぼくが退屈な話し相手になったり、物思いにふけったりすることがあれば、ぼくが恋していて、相手の女が五千マイル離れたところにいるのを思い出して大目にみてほしいです」

ローランドは、運命の女神が自分に手の込んだいたずらをしたものだと感じながら、話を聞いていた。女神は彼を大西洋の真ん中まで誘い出し、海を平穏にし、風を静め、心の通い合う親友を与えておきながら、突然、態度を変えて胸に強烈な一撃を食らわした。婚約についての、通り一遍のお祝いを何とか言い、それから、「そうだね。ミス・ガーランドがノーサンプトンで君を待っていてくれるほうが、いい仕事ができるのは確かだな」と付け加えた。

ロデリックは言おうか言うまいか迷っていたことを全部吐き出したので、あとは雄弁になり、自分がいかに幸福であるか信じてほしいと、繰りかえした。すべてを語り終えると、急にあくびをして、もう寝なくてはと言った。ロデリックを先に船室へ帰すと、ローランドはしばらく海と空を見つめ、遅くまでそこに座り続けていた。

第五章

ローマの秋、穏やかで暖かいある日、ロデリックとローランドはヴィラ・ルドヴィージの庭園にある松の巨木の下に座っていた。庭園にあるかび臭い小さな館の中を一時間ほど見物してきたところだった。展示室の薄暗い片隅で有名なユーノー女神の巨大な仮面がうつろな目でどこかを睨んでいる姿を鑑賞していると、オリュンポス山から降ろされて以来とうとうこんな所に置かれてしまったと、女神がうらみごとを言っているように見えた。その後、二人は館から庭園に出て、絵のような庭の魅力に酔いしれながら、緩やかに散策して午前中を過ごした。ロデリックは、ユーノー女神のような優れた彫刻を見た後では、空と樹木以外、いかなる作品を見ても、芸術に対する冒瀆になる、と強い口調で言った。しかし館には他にグエルチーノのフレスコ画も所蔵されている。ローランドは以前のローマ訪問時にも見ていたが、もう一度そのすばらしさに触れたいと思い、館の中に戻ることにした。が、ロデリックは、見たことがないにもかかわらず、どうせ愚作だろう、つまらない作品はごめんだと言って、芝生の上に、脱いだコートを敷いてごろりと横になってしまった。天才というものは、面倒なことは考えずに気楽に結論に達しうるのだなと、その知的な安楽さを羨みながら、ローランドは館の中に入った。鑑賞し終わって戻ってみると、ロデリックは肘を膝につき、頭を両手で抱えるようにして座っていた。ローマのヴィラ(元来はローマの上流階級の別邸であり、美術品で飾った館を中心に庭園や礼拝場などもあったので、今は美術館、公園として観光客を入場させている)特有の豊潤な魅力のおかげでよい気分になったローランドは、グエルチーノのフレスコ画のすばらしさについて語った。さらに、それにも増して印象的だったのは、館の屋上の小さな見晴台から見た風景で、まるでお伽噺の城の小塔から見る景色のようだったと続けた。

「あなたの言うとおりだろうね」ロデリックはあくびをしながら体を後ろにそらして言った。「でもぼくは見なくていい。もう見すぎたもの。言うなれば、山の頂上まで登りつめた感じです。印象に残る作品を見すぎて、もう消化不良になった。これ以上のものを受け入れるには、いったんリセットでもしなければ不可能だ。あと一ヵ月くらいは人の作品なんて見たくないな。風景すら見たくない。見るならロデリック・ハドソンの作品がいい。巨匠の作品を見て回った結果、怖くなくなりました。ぼくだって頑張れば、巨匠たちに負けない作品を作れるかもしれないという気がしてきた。ユーノー女神の作者だって自分の力でベストを尽くしただけだと思う。先日ミケランジェロのモーゼ像を見た時には、ぼくも挑戦してやろうという気分が湧いてきた。偉大な傑作を受動的にありがたがっていた状態への反動です。目の前にあるモーゼ像が傑作なのは言うまでもない。でも絶対に近づけない神秘ではない。いつの日かぼくも作ることができると断言はできないけれど、少なくとも可能性ならある。そんな気がしたんです」

「君の言うとおりさ。うん、やるしかないよ。成功は情熱と努力の賜物だもの」ローランドが言った。

「情熱は燃えている。ずっと燃料を積み重ねてきたんだから。さっき気づいたんだけど、ノーサンプトンを出てからちょうど三ヵ月になる。信じられない！」

「もっと経った気がするよ」

「十年経った気がする。以前のぼくは何という愚か者だったのだろう！」

「それほど賢くなった気がするのか？」ローランドが訊いた。

「そうですとも！　そう見えない？　昔の顔と違うでしょう？　目も表情も声も、すべて」

「ぼくは君の変化の過程をごく近くで見てきたから、分からないのかもしれない。でも十分ありうることだ。君はどんどん洗練されてきたから。ミス・ガーランドなら分かるだろう」ローランドが言った。

「彼女なら、洗練されたと言わずに、堕落したって言うだろうな」

ローランドはミス・ガーランドについて尋ねることはほとんどしなかったが、ロデリックが語る時は一言残さず耳を傾けた。

「そう言うっていう確信でもあるのかい?」

「もちろん。彼女は厳格な道徳主義者だもの。ぼくの今の外観を見て皮肉な享楽主義者になったと判断するだろう」実際、彼は首にはヴェネチア製の鎖時計を、左手の薬指にはローマ製の見事な沈み彫り細工の指輪をつけていた。

「もしぼくが、君は彼女を表面的に見ているだけだと言ったら、おせっかいな奴だと思うかな?」ローランドが言った。

「頼むから、彼女が道徳主義者でないなどと言わないで! だって、そういう人だから愛したのだもの」

「道徳主義者ではあるさ。でも、君が思っているほど狭量ではない、心の広いモラリストなのさ。これは程度の問題ではない。種類が違うんだ。これまで話してなかったかもしれないが、ぼくは彼女をとても尊敬している。彼女に狭いところがあるとすれば、経験不足な点だけだ。ぼくの印象では、非常に知的能力の高い人だ。まだその能力を発揮する機会はないようだけど。いつの日か、あらゆるものを公正に、賢明に、評価すると確信している」

「ちょっと待って! ほめすぎです! ぼくとしては、彼女がぼくのことを、つまりぼくの長所をちゃんと評価してくれさえすれば、それで満足です。他のことなどどうでもいい。彼女は真面目な、人に尽くすことを善とする女性だ。いつまでもそうであってほしいと思います。ぼくは変わったけれど、それでも彼女を愛しているんだ」ロデリックは一気に言った。

しばらくの沈黙の後、ロデリックは自分について語り始めた。「ヨーロッパに来てからの三ヵ月のように、毎日強烈な影響を受け、激しく感情を刺激されながら過ごしてきた場合、その時の影響や記憶はいったいどうなってしまうのだろう？　一週間に――時には一日に――至上の時間が二十分、極め付きの印象を与えられたことが二十回あった時もある。これほど充実し高揚した時期は生まれて初めてだ。一つの感動を追いかけるように、別の新たな感動が押しかけてきて、前のものを追い払ってしまう。前のものも後のものも、全部混じり合って、どちらが前かどちらが後かなど問題でなくなる。不思議なのは、そういう感動を受け入れれば受け入れるだけ、心の中に新たなスペースが生まれ、いくらでも受け入れが可能になるということなんだ。まるで、アメリカに移住してきたアイルランド人一家みたいさ。アイルランドの移民の家では、家族は部屋の片隅で暮らし、空いたスペースに下宿人をいくらでも受け入れている」

「心に無限のスペースがあるのは、人間の幸運じゃないかと思う」ローランドが言った。「君もぼくも、いずれ年を取るだろうが、今はまだ若い。無限の心を持つのは若さの特権だと思う。老人は末期になると、窓も戸もない頑丈な壁に行く手を阻まれ、ごつんごつんと拳でたたいても壁は動かない。音はするし、壁の向こうに何かあるらしいが、壁はびくともしない。若い間は、できるだけ長い期間、すべてのドアを開けておくのがいい」

「ドアを開けておく？　ああ、ローマに向けてすべてのドアを開けておこう！　気分的には、ここは永遠に温暖な季節なのだから」ロデリックが言った。「しかし、ドアは今日も開けておいてもいいけれど、訪問客を迎え入れるのはごめんだ。ぼくはゆっくり休養したいんだ。自分が制作する彫刻についてじっくり考えたい。もう二ヵ月働いてきたのだから、ぼくにだって、夢を見る権利くらいはあるでしょう」

一方のローランドも、休息を取りたい気分だった。二人は、しばらく途切れ途切れに雑談をしながらそこに留まった。ローランドはロデリック以上に頭を休める必要を痛切に覚えた。教会や彫像や絵画を見て回るのを一時中止したかった。この三ヵ月、自分だけでなくロデリックの知的生活にも深く関わってきたため疲労がたまっても当然だった。そしてローマでの充実した数週間を振り返り、満足と安堵の溜息をもらした。今までのところ、ロデリックは、ローランドの高い評価が正しかったことを証明してくれている。隠れていた天分をすぐに現し、理想的な逸材へと成長しつつあった。ロデリック本人も変わったと言ったが、本人が気づいている以上に変貌を遂げている。言うなれば、本来彼のものだった世襲財産を、ヨーロッパに来て、当然の権利として相続したのだ。権利を阻害されていた若い遺産相続人が、裁判に勝ち今では財産を惜しみなく使っているのとよく似ている。

目つきも声も、セシーリアの家のベランダで、あの夏の夕暮れを活気づけた時と同じだったが、ヨーロッパ生活に慣れた影響でよい品格が身についてきた。ヨーロッパに着いてすぐにローランドは、ロデリックの直観的ですばやい観察力と、自分に有用なものを取り入れる器用さに舌を巻いた。例えば、イギリスを旅し始めて半時間も経ぬうちに、自分の服装がいかにも田舎者風だと気づき、おしゃれな服を新調した。新しいものに貪欲で、典型的な外国のものを目にするとすぐに飛びつく。それでいて半時間もすると、珍しさの秘密を見つけ、謎を解き明かしてしまう。するともう新鮮味を感じなくなるのだった。もっと鋭く、感覚を刺激するものを求め、より新しいものを獲得しようと意欲を燃やす。そして一ヵ月も経つと、逆にローランドは少し心配になってきた。ロデリックはヨーロッパの本質を直観的に把握してしまったのではないか。観察し、楽しみ、批評し、堪能し、ヨーロッパのすべてに興味をかき立てられ、その多くは喜びとなったのだが、もう何に対しても驚かなくなってきたのだ。ヨーロッパ理解への近道を発見し、いつのまにか予期せざるものをすんなり受け入れる準備もできるようになっていた。こうしてヨーロッパ生活のすべてに溶け込んだのは驚嘆すべきことだが、そのスピードがあまりにも速すぎる。ローランドは時々ロデリックの未来について不安に駆られざるをえなかった。すでに退屈の兆しが見えないでもない。しかし人は自分の脈拍に従って動かざるをえない。ロデリックの脈拍は極端に速い。彼は想像の世界では――実生活では違うのだが――天性の「世慣れた人」

であった。さらに芸術家として本能的にいわゆる歴史感覚を持っている。部分を一瞥するだけで、全体を把握する能力を備えていた。ローランドにヨーロッパ社会について質問するのだが、答えられぬようなものばかりで、そうした質問の材料をいったいどこで集めたのか、不思議でならなかった。結局、満足できる答えを自力で探してくるのだった。やがて、二人の関係は逆転した。散歩の時も、語り合っている時も、信用できる情報はロデリックが提供するようになってきた。ローランドはロデリックの自信たっぷりのすばやい判断力を寛大な気持ちで喜んだ。ロデリックは、彼の年齢だったころのローランドよりもずっと若さにあふれていた。若さと天分が手をとりあって動き回るのは、この世でもっとも美しい光景だ。ロデリックはそれに加えて、独特の魅力を発揮した。大胆な想像力、鋭敏な感性、上機嫌の時に――不機嫌な時にはますますもっと――発する言葉の絵のような美しさ、あふれんばかりのユーモア感覚、率直さ、翳りのない正直さ、どんな印象でも友と分かち合おうとする不変の姿勢がある。そのため、友人関係は純粋な喜悦であり、ローマに至るまでの長い旅路中の訪問地での散策や思索や語り合いは、限りなく快適なものだった。

二人はイギリス滞在からまもなくパリへ移動して、ルーヴル美術館に数日通い、夜は劇場で過ごした。ロデリックはティツィアーノの絵画にもマダム・デラポルトの演技にもすっかり感動し、いずれがより優れた芸術家であるか、判断に迷った。フランスからイタリアに入りジェノバからミラノを通過して、ヴェネチアで二週間、フィレンツェでも二週間滞在し、それからローマに着いて、もう一ヵ月経った。ロデリックは、三ヵ月間は仕事を一切開始せずに、見て吸収して、思考するつもりだと以前から言っていた。根気よく見て回り、確かに偉大な作品——時には明白に芸術家の意図を凌駕するような偉大な作品——を多数見た。いくらたくさん見ても、彼は評価を誤ることはほとんどなかった。また自分が好む根拠を理論的に説明しようとして時間を浪費することはなかった。直観的、情熱的に判断しながらも決して卑俗な好みに堕ちることはない。ヴェネチアでは、数日の間、自分が画家でなく彫刻家の道を選んだのは、誤った判断ではなかったか、と半ば憂鬱症に取りつかれた。同じ芸術家でも、ティツィアーノやヴェロネーゼなどの画家のほうが彫刻家より偉大だという思いに捉われていた。その後、ある朝二人はトルチェロ島までゴンドラで行った。日焼けしたゴンドラ漕ぎのイタリア青年がアドリア海の青空を背景にして見事な筋肉の動きをくっきりと見せる姿を、ロデリックは二時間ほどじっと観察していた。やがて突然、ゴンドラがひっくり返るのではないかと思うほど乱暴に立ち上がった。そして「巨大なブロンズ像を制作して公共の広場の光のもとに据えることこそ、ぼくに課せられた唯一の人生目標だ！」と宣言した。ローマ到着後、ロデリックが最初に行きたがったのはバチカン宮殿だった。何度も繰りかえし訪ね、バチカン教皇庁全体が彼を喜ばせた。そこでようやく最初から探していた場所、ノーサンプトンと正反対の場所を見出したのだ。

実際、ローマはローランドなどロデリックと心の通い合う人々──つまり、人生における人為的な要素および複雑な歴史を好む人々──にとっての聖地である。太古から続く伝統のある都市であるから、そこのよどんだ空気には因習がこもっている。その空気が黄色い光を彩り、ひんやりする影を濃くする。そして二人が訪れた今の時代においても、古都の歴史の中でもっとも印象的な慣習がいまだに継承されていることは、誰の目にも明らかだった。街路を行く四頭立ての黒馬の引く、きらびやかな馬車に乗る教皇の振る舞いは昔とまったく同じだった。ロデリックのローマでの最初の二週間は、高度な美的陶酔の時間だった。「ローマはぼくの感性と知性を言うに言われぬほど鋭敏にする。ここでの生活は他と比較できないものだと全感覚で感じる。他ではありえない、何かとんでもないことがぼくの身に起こるに違いない」その思いから、ロデリックはローランドに、ここでは自由奔放に生き、興味あるものを見つけたら何でも自由勝手にやるつもりだから、そのつもりでいてほしいと告げた。これを「放蕩の脅し」と取る理由はローランドにはなかった。第一に、放蕩はいかにきれいごとを言っても、卑俗な部分があり、卑俗を嫌うロデリックの好みに合わない。第二に、彼は自分の彫刻家としての立場からあらゆる物を見、自分の情熱により彫刻家としての達成を優先して考えている。さらに健全な好奇心の範囲を逸脱せずに十分奔放に生きられる男だ。ローマでのすべての印象から早く何か形あるものを生み出したいと切望する彼の様子に、ローランドは大きな満足を覚えた。しかし今のところ、ロデリックが受けた印象は、彫刻制作とは無関係の、日常の無難なことをするのに活用されていた。ミス・ガーランド宛てに、長い手紙を始終書いてローマ情報を伝えているようだった。手紙を投函するため、ロデリックに同行したローランドは、かなりの郵送代を要するこれらのまとまりなく書かれた長い手紙の運命はいかなるものかと、せつない思いで考えた。ミス・ガーランドからはきちんと返事がきたが、細字で薄い紙に丁寧に書かれた短いものだった。彼女からの返信が届いた時に居合わせた場合、ローランドは目をそらし、他のことを考えた――少なくとも考えようとした。ロデリックと心が離れるのはこの短い時間だけだった。それ以外の時は、ヨーロッパでロデリックが花開くのを、美しい夏の日の出を見るように楽しんだ。この一ヵ月、ローマはよい季節だったし、不快な観光客が押し寄せる季節は先だったから、土地全体にのんびりした雰囲気がみなぎっていた。

ヴィラ・ルドヴィージで、ロデリックが、鑑賞してきたばかりのユーノー女神の巨大な仮面の印象をスケッチするためにノートを取り出したところ、突然、砂利道で音がした。二人のいるほうへ、三人の人物が進んできた。一人は堂々とした中年婦人で、派手な襞飾りのついた服を着ている。すれ違う時二人を恐ろしげな目でじろりと見、それから肩越しに、後ろからゆっくりとついてくる若い女性に急ぎなさいと視線を投げた。あまりに態度が大きいため、このヴィラの所有者で、今日は訪問客を歓迎する気分ではないのかもしれない、とローランドは想像した。婦人の傍らには、黒い上着のボタンをきちんと留めて着込んだ小柄な初老の男がいた。上着はみすぼらしかったが、折り襟に花を挿し、汚れた淡い色の手袋を握っていた。異様な感じの昔風の紳士で、窮乏のため裕福な外国人のガイドをしているようにも見える。小さな黒目はダイアモンドのように輝き、水銀玉のようにくるくる動く。短く整えたごわごわの口髭は使い古したブラシのようだ。卑屈な笑みを浮かべ、低い、なめらかな声で話しているが、婦人は聞いていない様子だった。二人よりかなり遅れて、二十歳くらいの娘がついてくる。背が高くほっそりして、非常にエレガントな服装をしている。変わった服を着せた大型のプードル犬をリードで引いていて、犬は生贄の羊のように毛が整えられ、化粧されていた。胴体と臀部は薄いピンクで、ふわふわした頭部と肩は宝石屋の使用するコットンのように真っ白く、尾と耳は長い青色のリボンで飾られている。犬は主人の傍らで鹿爪らしく澄まし込んで歩いている。このような風変わりな姿の犬を年若い女性がにこりともせずに連れて歩く様子はいささか滑稽に思えたので、それを見たロデリックはいつもの率直さで大胆に笑った。それに気づいた令嬢は、敬意を払えというようにロデリックを睨んだ。しかし、彼女の顔をよく見たロデリックは、敬意でなく、服従と称賛の表情を見せた。そして笑いはすっかり消え、じっと見続けていた。ロデリックの目に映ったのは、深い青の美しい目、額にかかる豊富な黒髪、非の打ちどころのない瓜実顔(うりざねがお)、軽蔑の印を刻む少し歪んだ口元、大儀そうで王女のような歩調と身のこなしだった。彼女はゆっくりと歩き、長い衣装の裾を砂利にこすっている。二人は、彼女が顔を向こうに向けてしまうまでの間、じっくり観察した。通り過ぎてしまうと、曖昧な甘い香りが後に残った。

「不滅の神々よ！」ロデリックが大声で語り始めた。「何という美しさだろう！　彼女は一体全体誰なのだ？」すっくと立ち上がると、彼女が道の角を曲がるまでじっと見つめていた。「何という身のこなしだ！　何と見事な姿勢だろう！　何というすばらしい頭の形だろう！　ああ、彼女がぼくのモデルをしてくれたら！」

「行って頼んでみたらいい」ローランドは笑いながら言った。「本当に目立って美しいなあ！」

「美しいなんてもんじゃない！　美、そのものだ！　彼女は美の権化だ。この世のものとは思えない。夢想だ。空想だ。幻影だ」

「プードルは生身の犬だった」

「いや、犬も『ファウスト』における黒犬のように、異様な幻影だ」

「あの若い女性がメフィストフェレスと共通点を持たねばよいと思うよ。危険な感じがするもの」

「もし美が、ノーサンプトンで考えられているように不道徳だとすれば、そう、彼女は悪の権化だ。だが、あの母親と奇妙な老紳士はこの世の人だから、彼女も生身の人間なのだ。あの連中はいったい何者だろう？」

「ルドヴィージ侯夫妻と姫君じゃないかな」ローランドが思いつきで言った。

「そんな人はいないよ。それに、あの小男は彼女の父親じゃない」ロデリックが言った。ローランドはロデリックがどうして自信ありげにそう判断したのか不思議に思い、微笑を浮かべていると、ロデリックがさらに言葉を続けた。「あの老人はローマ人で、母親の腰ぎんちゃくだ。時々晩餐会にお供として招待される、重宝な男にすぎない。二人の婦人はどこか北方の外国人だな。どこの国かは分からないけど」と言った。

「ひょっとするとノーサンプトンの北、メイン州出身かもしれない」

「いや、アメリカ人ではない。賭けてもいい。彼女はヨーロッパの人間だ。また会えるように、自分の星に祈るよ。たとえ再び会えなくても、幸運に感謝だ。予想もしていなかった経験ができた！　理想美を目撃したのだ！」そう言うと、彼は座って、ユーノー女神のスケッチを続けた。十分で急いで描き上げ、黙ってローランドに渡した。一目見てローランドは驚きと感嘆の声を上げた。頭の格好、眉、ヘアバンドは女神のものだったが、目と口と人相はプードルを連れた女性を正確に描いたものだった。「主題がなくて困っていたけれど、おあつらえ向きのが見つかった。さあ、仕事にかかるぞ！」

二人が娘に会うことはもうなかった。ロデリックはピンチョの丘で何台もの馬車を覗いてみたのだが、いなかった。彼女たちにとってローマは通過地点だったのかもしれず、今はナポリかフィレンツェに滞在中で、ヴィラ・レアーレかボーボリ庭園をプードルと一緒に、皮肉な笑みを浮かべて散策しているのかもしれない。ロデリックは仕事を始め、アトリエに一ヵ月閉じこもった。アイデアが浮かぶと、それを具象化するまで落ち着かないのだ。コルソ通りからサンタンジェロ橋に至るくねくねしたいかにもローマ的な長い通りに面した薄暗い、崩れた古い家の地下室をアトリエにしていた。ここのアーチの架けられた屋根付きの黒い入り口は、かつてはギリシャ神話にある、あの臭気に満ちたアウゲアス王の牛舎の門であったとしても不思議でないほど汚かったが、そこから入るとまもなく、かび臭い小さな中庭に出ることができた。中庭の奥はテヴェレ川の上に張り出す、狭いテラスになっている。この欄干に沿って六点の未完成の彫刻の一部や、テラコッタの植木鉢に植わった貧弱なオレンジの木、花を咲かせたことのないキョウチクトウが一本あった。欄干の近くに立つと、眼下には、汚いけれども由緒のあるテヴェレ川が流れ、背後には黒ずみ悪臭を放つ建物の壁が聳えている。壁にはいくつもの窓があり、古着が吊るしてあったり、植木鉢が置いてあったりする。遠く対岸に目を転ずれば、茶色の土手があり、その向こうには大天使が見守る巨大なサンタンジェロ城のドーム、サンピエトロ大聖堂のドーム、ヴィラ・ドリアの松の大木が見える。家は古く、みすぼらしく朽ちていたが、テヴェレ川の眺めは見事だし、家賃は安く、すべてが絵画のように魅力的だった。ロデリックは最初から気に入り、ここで一時間も仕事をすれば、ノーサンプトンでの二十年分に相当するとまで言った。アトリエは大きくがらんとしていて、円天井には昔描かれたフレスコ画がまだうっすらと残っている。ローランドはここを一時間ほど訪ねる時は決まって天井を眺め、かすかに残る衣装や組んだ腕の絵の断片から昔のフレスコ画の華麗さを想像したものだった。経済的な理由もありアトリエと同じ地域にかまえた住居は、リペッタ通りに面した建物の六階にあり、帰って寝るためだけに使った。仕事をしていない時は、ローランドのぜいたくな部屋でくつろぐか、大通りや教会や庭園を散歩していた。

ローランドのほうは、トレヴィの泉からほど遠からぬ所にある、堂々たる古い宮殿の便利な一隅を見つけて、住居にした。書物や絵画や版画や風変わりながらくた家具を収集して来て生活感のある家庭的な雰囲気をかもし出していた。ローランドには収集家としての趣味があり、午後になると、ほこりっぽい骨董屋の倉庫を漁ったり、しばしば掘り出し物を求めて金に困ったローマ人の家庭の奥にまで入り込んだりした。彼らは、扉を閉ざした家の中で曖昧な微笑を浮かべながら、代々伝わる家宝を手放すようにいとも簡単に説き伏せられるのだった。ロデリックとローランドは、夜になるとカーテンを閉め、磨いた彫刻や古い絵画が暖炉の火の明かりを反射する部屋で、ランプのもと頭を突き合わせ、沈み彫り細工、エッチング、水彩画、彩飾された祈禱書などの骨董としての価値を話し合った。あらゆるジャンルの芸術作品の価値をロデリックが瞬時に判断するため、ローランドは、ミケランジェロやダ・ヴィンチが画家、彫刻家、ソネット作者、彫版師などすべてにおいて卓越していたのを思い出した。ロデリックは日々、高揚し集中した濃密な時間を過ごしていたが、ローランドは有意義な生活をしようとするものの、結局散漫に毎日が過ぎていくだけだと嘆息した。ロデリックと比べると、自分には行動力もなければ、生得の才能もないことを痛感し、溜息をもらしながら――自分が哀れにならぬように溜息は半ばに留めたが――ロデリックに対して嫉妬心に近い感情を覚えざるをえなかった。しかしローランドには、いらいらせず心に満足を与える手立てが二つあった。読書と乗馬だった。ドイツ語で書かれた分厚いイタリア史を読みふけり、長い午後にはローマを取り巻く広漠とした草原を馬でめぐった。やがて社交の季節になり、パーティが開かれるようになると、ローランドにはもともと知り合いが多いのだが、この冬はさらに多くの人と知り合う機会に恵まれていることに気づいた。応接間の静かな一隅で感じのよい婦人と付き合うのは案外楽しかった。いわゆる社交というものにはいろいろ面倒が伴うものの、パーティへの招待を受け入れ、きちんと出席することにした。パーティの愚かしい部分に圧倒されないための唯一の方法は、その愚かさを大真面目な態度で受け入れることだ、と割り切った。そしてロデリックをさまざまな人物に紹介し、相手とどう付き合うかは彼自身に任せた。ロデリックはほどなく、彼らしい社交術を発揮するようになった。常に好印象を与えるわけではなく、人を困惑させるようなこともあったが、かえって招待される回数は増えていくのだった。鴨が水になじむように、彼はパーティに慣れて、冬の半ばころまでには、ローマの外国人居留地でもっとも頻繁に、もっとも気軽に話題に上る青年になっていた。ローランドはロデリックについての自分の義務は、彼を自由に行動させ、危険な落とし穴や浅瀬がある場合にだけ予め注意し、狭くて入りにくい場合は後ろから押してやることだけだ、と考えていた。パーティでのロデリックの態度は、セシーリアの家のベランダでの場合とまったく同じだった。つまり世間一般の礼節を守らなかったのだ。しかし、前と同様、いくら彼が礼節を破っても、周囲を不愉快にすることはあまりなかった。パーティの席で人の話を遮り、反対を唱え、初対面の人に紹介されずに話しかけ、招待主に挨拶せずに帰った。人前でだらしない姿勢を取ったり、あくびをしたりした。低い声で話すべき時に大声で話し、大声で話すべき時に低い声で話した。その結果、彼をやりきれぬほどうぬぼれているとと断じ、甘やかされた著名人のように振る舞うのなら、その才能を証拠立てる作品を制作すべきだと言う人も多くいた。しかし、彼に好意を抱く多くの人は、ロデリックを素朴で自然のままの人物として受け入れるのが正しいと主張した。ロデリックは衝動的で、自発的で、誠実だった。晩餐の席でもアトリエでも、そのように形容できない人のほうがずっと多いではないか。彼のような珍しい青年には可能な限りの自由を許すのがふさわしく、もし誰かが周囲の感心を誘う巧みな発言をしようとしたその瞬間に、ロデリックが邪魔をするような場合があっても、彼には悪気はないのだ。ただ、思いついたことを言いたくて我慢ができできなくなり、喉から出てしまっただけなのだ。それに、他人の発言が完結するのを慎重に待ちそれから発言する人の中には、ロデリックより数百倍も慇懃無礼な輩がいるではないか！　彼を弁護する友人たちはそう述べた。当然ながら、ロデリックはいろいろな人から――女性が多かったが――礼節を心得た社会人になるための善意の忠告を聞かされることもあった。彼は素直に耳を傾けた。後になってから、彫像についての批評に怒らず率直に耳を傾けるようになったのと同じ態度だった。その結果、社交生活を続けていく間に、徐々に、航海でヨットの帆を縮帆するように、多少控えめになっていった。それでも生まれつき冒険心に富んでいるので、抑制され飼いならされた青年になるのは無理だった。結果として、最後まで多くの点で、派手でがさつなヤンキー男であり続けた。あのストライカー氏を失望させた、平然とわが道を行く男のままだった。彼に好意を持つ者（主に女性）が彼の初々しさを語る時にも、彼に批判的な者（主に男性）が彼の無遠慮を非難する時にも、「派手で幾分がさつなヤンキー」というレッテルを張られることになった。この印象を深めたのは、彼の外観――ハンサムな容貌、相手をじっと見るきれいな目、子供っぽい一本調子の声――であった。後になって、彼を愛した者が涙に暮れた時、この穢れのない美しい外観には、悲しみの原因を嘲笑うような力があった。

ローマで実力を試そうとして移住したアメリカの天分豊かな若者たちは何世代にもわたって存在してきたが、その中で、ロデリックほど見事なスタートを切った青年がいなかったことは確かだった。特別な幸運に恵まれて、いわば同時に二つの馬を乗りこなした。仕事と遊びの両方を組み合わせた生き方を実に適切にやってのけたのである。アトリエで一日中、山ほどの粘土を相手に格闘し、夜は遅くまで社交界で過ごした。一種の天賦の器用さだった。仕事に情熱を燃やし、自分の力を感じているようだった。ローマの審美的な雰囲気の中で才能が開花するのが、周囲の者にも分かった。高揚した気分が永遠に継続すると本人は堅く信じているようだったが、それも当然だった。母国にいた時は、実際の作品制作をいつも邪魔されていただけに、ローマで自由に腕を振るえるのを大いに楽しんだ。熱心なあまり、モデルが疲れ果てるまでアトリエに留めて仕事を続けた。他の日には、頭がふらつき手足が寒さで硬直するまで、カピトリーノの丘やバチカン宮殿でデッサンに励んだ。短期間に「アダム」と呼ぶ等身大の彫刻に着手し、日々完成を目指して頑張っていた。完成を急ぐ様を見て、薄笑いを浮かべる訳知りが大勢いて、「ヤンキーらしいお粗末さで、よちよち歩きしている。まだ立って歩くこともできないうちに踊りたがるのか！」と嘲笑した。批判者の言うことも正しかったし、ロデリックの自信も正しかった。それほど彫像の成功は人の予測を超えるものだった。成功したのは奇跡的としか言いようがない(ロデリックはその後これを凌駕する作品をついに出さなかった)。今世紀に制作された彫刻の最高作だと言ってはばからない一流の批評家があちこちにいた。ローランドは、ロデリックについての高い期待が見事に裏付けられたと感じ、天才を発掘した功績により著名な収集家として通用するだろうという確信を得た。この自信と興奮により、すぐにカラーラまで大理石の原石を注文しに出かけ、最高級の大理石を石切り場で見つけた。原石がローマに届くと、二人の青年は二人だけで祝った。アルバーノまで馬車で行き、宿屋で豪華な（各自別々に好みに合わせて）朝食をとり、カヴォ山の頂上でひなたぼっこしながらのんびりと時間を過ごした。ロデリックの頭は今後の制作予定の作品の着想でいっぱいで、その作品がまるでもう完成して目の前の台座に載って展示されているかのように、力をこめて雄弁に語った。彼の想像力は留まるところを知らず、都会や田舎で見た物、聞いたり読んだりした物、他の芸術家の作品について修整すれば改善されると思った部分など、すべてを自分への一種の挑戦だと受け止め、手袋をはめ、粘土を形にし、作り終えて鏝を置くまで、ひどく落ち着かなかった。

大理石のアダム像が完成すると、多数の人が見に来た。作品への批評についてはここでは記さぬことにする。その多くについて、二人は一ヵ月間毎日笑う材料にした。さらに収集家の用いた、辛口であれ甘口であれ、お定まりの称賛の表現のいくつかは、今後長くロデリックが使う冗談の種になった。しかし、センスのある表現で称賛してくれる人が大勢いたので、ロデリックは自分がすでに半ば有名人になったかのように感じた。像は正式にローランドの所有になった。台座に著名な彫刻家の署名が刻まれている場合のようにかなりの金額が支払われた。何しろ貧しいロデリックはこれまですべての金をローランドから借りていたのだ。しかしアダム像が完成したのと同じ日に、休みを取らずに直ちにイブ像の制作に着手したのは、経済的な理由からでなく、制作意欲が高まったからである。この仕事も前作同様に順調に進んだ。モデルが美しい理想像からあまりにもかけ離れていると言い、よくモデルに腹を立てた。しかし、イブの理想像はすでに頭の中にでき上がっているから、時給四十スーという低料金で働くモデルが無能でもかまわないんだ、と言ってローランドを安心させた。イブ像はわずか三ヵ月で完成し、女性像の美しさとともに、その早業が非凡だと評価された。春がやってきて、堅苦しい古都をゆらゆらする花輪で飾り始めると、ロデリックは冬の間仕事を一生懸命にやったのだから、休暇を取ってもよいと思った。そして長い休みを取り、何も仕事をせずに美しいローマの五月をゆっくり楽しんだ。自分自身に満足し、時には自信があらわに出すぎることもあったが、周囲の誰もが大目にみるのだった。彼は「勝利して意気揚々」としていたわけだが、この決まり文句をローランドはロデリックに適切だと思った。ロデリックは時にじっと物思いにふけることがあり、そこから急に覚めると、得意満面になるのだった。ローランドはロデリックがどれほど得意になっても当然だと思い、アダム像とイブ像の完成度にこの上なく満足を覚えた。二つの作品を自分の部屋に運ばせ、五月のある暖かい夕べに、ロデリックのために祝賀晩餐会を開いた。小人数の会であったが、人選には意を用いて、知り合いの中から四名を選んだ。いずれも彼がある程度親しく交際している人だった。

第六章

その一人はアメリカ人の彫刻家だった。フランス系だということだったが、グロリアーニという家名を誇りにしていたから、わずかにイタリア人の血も引いているのかもしれない。年齢は四十歳。もう何年も前からパリとローマに暮らしていて、装飾的で風変わりな彫刻の制作をかなり手広く行っている。若いころは裕福だったが、財産を無思慮に、それも大部分は他聞をはばかることに浪費してしまい、二十六歳になった時には、彫刻家としての生来の才能を生かさざるをえなくなったのだ。この才能は他の追随を許さぬものであり、十五年間の不屈の修業により、完璧の域に達していた。ローランドはグロリアーニの作品を自分の好みではないと思ったが、その力強さは認めていた。ローランドが感心するのは、グロリアーニが芸術について途方もなく意欲的に、ほとんど厚かましいと言えるほど率直に考えていることだった。彼には明確な、実際的な方向性があり、しかも理屈を並べるだけでなく、考えに沿った作品を制作する力量が確かにあった。その点で彼には揺るぎない徹底があった。芸術家の世界には多くの流派があるが、どの流派の芸術家も未知なる海で自分が目指している方向も分からず、もがいているだけだ。しかしグロリアーニは、明確な指針を持ち、簡潔であり、きわめて理知的で才気にあふれている。自分自身の仕事については独断的だったが、他の芸術家の仕事については、穏やかに敬意を払うもの の、実はきわめて無関心であった。ローランドは、グロリアーニの作風自体は嫌ったが、他の芸術家から得られぬ新鮮で知的な刺激を多分に受けた。多くの人は、彼の作品を非常に堕落した──明白に下品だと断言する者さえ少なからずいた──流派のものだと考えていた。一方、玄人好みの凝った逸品だと考える人もいて、とてつもなく高価な代金で購入する人さえいた。事実、自分の書斎の片隅にグロリアーニ作の人物像があるということは、自分が目利きだと示す証拠になりうるほどだった。確かに背徳的な作品ともいえるのだが、彫刻史上の最新の成果でもあった。グロリアーニの芸術論によると、美醜の間に本質的な差異はなく、両者は分かちがたく結びついていて、どこで一方が始まり、どこで他方が終わるなどと言えるものではない。美の極致から突然醜悪さが顔を出すし、醜悪の懐からあっと驚く美が出現する。美と醜の間に哲学上の差異を想定するのは思考力の浪費であり、両者の間に架空の区別を設けるのは無益な遊びである。芸術家が目指すべきは、完成した作品の豊かな表現のみである。そこに至るには工夫の才が要る。その目的に適わぬものなどない。完璧な作品は、純粋さと不純さ、上品と下品の「ごった煮」である。芸術作品の主要な目的は、楽しませ、疑問を抱かせ、惹きつけ、楽しませ、複雑な想像力をかき立てることだ。これがグロリアーニの基本的な考えだった。この考えに基づいて制作された彼の彫刻は、派手でけばけばしいものとなる。まるで金細工師の作品を拡大したようだった。非常に優美なのだが、ローランドは魅力を感じず、よって一作も買っていない。しかしグロリアーニは作品を買ってほしがるような男でないし、何よりも注文が殺到しているので、二人の友情に影響はなかった。グロリアーニはフランス人といっても通用した。何しろ口が達者だった。それに人目を引く外観をしている。ほとんど禿げていて、小さな目はきらきら光り、鼻は不格好だ。口髭は先端をワックスで固めている。時々自宅に人を招き、そういう場面では控えめな女性を妻だとして紹介するのだが、実は妻ではないのだった。ローランドの二人目の客も芸術家だったが、グロリアーニとはまったく異なるタイプだった。友人の間ではサム・シングルトンとして知られている。アメリカ人で、ローマに移ってきてから二、三年になる。小さな風景画を主に水彩で描いていた。絵画店に展示してあるのをローランドが見つけてとても気に入り、すぐ画家の住所を確かめ、バルベリーニ広場近くの粗末なアトリエを訪ねた。名声と財産はまだ彼のアトリエを訪れていないようだった。ローランドは彼の作品同様、人柄も気に入り、数点を購入した。この画家はほとんど口を利かないが、ローランドに深く感謝したのは明白だった。後で聞いた話では、ローマに来た当初はつまらぬ駄作ばかり描いていて、見込みもなさそうだったが、辛抱強く努力した結果、しだいに上達してきたという。今では、地味な作風ながら才能豊かだという点について誰も反対しなかった。しかし、まだ知名度も低いので生活は苦しかった。ローランドはシングルトンの水彩画を書斎にかけて、日々接するうちに、ますます好きになっていった。シングルトンは小柄でやせているため、ませた子供のようにも見える。広い額は突き出ていて、透き通るような茶色の目を持ち、微笑を絶やさず、控えめで辛抱強い独特の表情をしていた。自分が喋るより、相手の顔を見て、人の言うことにじっと耳を傾けた。口を開く時は赤面し、とりわけ何か意見を述べる時は、生意気だと思われるのを恐れるように、正面からでなく、横を向くようにして遠慮がちに伝えた。そのためかえって注目されてしまうのだが、注意して聞いていると、どの発言も的を射るものばかりだった。地味に努力を重ねているのに裕福な支援者に恵まれぬ芸術家は少なくないが、まさにその典型だった。ローランドはできればこっそり彼を支援してやりたいと願った。シングルトンはロデリックの作品を熱烈に称賛していたが、それまで彫刻家本人に会ったことはなかった。シングルトンが晩餐会に着いた時、ロデリックは暖炉にもたれていた。ローランドはすぐにシングルトンと引き合わせた。シングルトンは両手をつつましく組んで立ち、赤面し、微笑を浮かべ、ロデリック自身がまるで台座に立つ像であるかのように仰ぎ見た。そして、尊敬している方にお会いできて嬉しい、と小声でつぶやいた。ロデリックの彫刻に感銘を受けていると伝えたいという思いが強すぎ、息苦しくなった様子だった。ロデリックはそれを見て、最初は驚き、それから急に笑い出した。シングルトンは、一瞬口を閉ざし、それからさらに微笑して、言葉を続けた。「ええと、やはりその、あなたの彫像は見事です」

ローランドの他の二人の客は女性で、その一人、ミス・ブランチャードはある流派に所属する芸術家だった。アメリカ人で若く、美人だった。ローマには誰の援助も受けずにやってきた。年配の付き添いとして、眉の濃いメイドがいるだけだった。もっとも、親切な隣人であるマダム・グランドーニと親しくなって、社交の場であれこれ困ることがあれば、いつも支えられていた。今夕も二人は一緒に現れた。ミス・ブランチャードには財産があったが、作品を売らずに暮らしていけるほどではなかった。彼女の描いた、露の滴るバラの絵は、露が実物そっくりなのが特徴だった。あるいは、道端の小さな祠の前で背中を向けてしゃがんで祈っている農婦の絵もよく描いた。背中の描写はとても上手だが、顔はつたなかった。しかし花は得意で、筆使いは古風で凝りすぎているものの、腕前はすばらしかった。彼女の絵を買うのは主にイギリス人だった。ローランドは冬の初めに知り合い、彼女も乗馬好きなので、一緒に乗馬に出かけ、護衛役を務めた。このようにして、二人はかなり親しい仲になっていた。名はオーガスタといい、ほっそりし、色白で、優雅だった。頭の形もよく、美しい金褐色の髪を古風にあっさりと結っている。穏やかなやさしい声で話し、時に凝った言い回しを使った。時々文学作品から言葉を引用するのだが、いずれも母国の作家のものばかりだった。ローランドは、マリオ山のコルクガシ林でアメリカ詩人シガーニー夫人の引用を一度ならず聞かされたし、ウェイイ遺跡ではやはりアメリカの詩人ウィリス氏の引用を聞いた。ローランドは彼女について一ダースもの相互に矛盾する考えを持っていた。彼女を好きかどうかが大事な問題だとして時々考えている自分に半ば驚いた。彼女には感心すべきことがいくつもあった。美貌と才能、孤独と自立とを自身の中で見事に調和させていた。時々、彼女がアトリエに使っている高い壁龕（ニッチ）のある居間を訪ね、開け放った窓の側で、ローマの青い空を背景に、六インチ四方のパネルに向かって絵を描いている彼女の姿を眺めた。目は温和だが威厳のある態度で彼を迎え、その姿はまるで教会のステンドグラスに描かれた聖女が全身に陽光を浴びているような印象を与えた。彼女についての世間の下品な噂など、その印象のためどこかに吹き飛んでしまう。それにしても、ローランドは自分がどうして彼女に夢中にならないのかと、自問した。理由はすぐ見つかった。もっと好きな女性がいたからだった。心の中のその女性の姿が、彼に他の女性を排除させるのだ。

　すでに述べたように、メアリ・ガーランドがロデリックの婚約者だと突然知ったローランドは、船のデッキの星明かりと波の間に一人残されてから、心を癒すためのもっとも簡単な解決法として忘却を選んだ。それ以来、忠実な召し使いの死を悲しむ期間を短縮したいと願った著名な哲人をまねて、「メアリ・ガーランドを忘れることを忘れるなかれ」と自分の心に毎日言いきかせたものだった。うまくいくこともあったのだが、まったく予期していない時に、彼女の名前が突然口から出てきたり、彼女の眼差しが脳裏に浮かんだりすることがよくあった。落ち着かぬ気分を味わい、そのことでロデリックとの間に不和が生じそうな感じを抱いた。不和は彼の好むものではなかったし、いかなる場合も強い感情に支配されるのは避けたかった。とにかく、何も気づかぬロデリックを嫉妬するなど、考えただけでも不愉快だった。メアリ・ガーランドを忘れるのが良識ある態度というものだと、以前にも増して思った。それゆえ、ミス・ブランチャードと交際していても、メアリ・ガーランドを忘れようと心がけないわけではなかった。ミス・ブランチャードの性格はまあよいとはいえ、少し冷淡だし、気取ったところがある。純粋だというが、取り澄ましたところもあるようだし、教養は豊かだが、知ったかぶりでもある。メアリ・ガーランドを諦めなくてはならない彼に、神様が埋め合わせをするために、彼に恋愛の権利を与えて、不似合な女性に好意を寄せうるかどうかを試させているのかもしれない。怒り悲しみながらそんなふうに想像することもあった。それに、おそらく夢に終わるであろうメアリ・ガーランドとの結婚という、ほんのわずかな可能性に心を煩わせるのは無意味だった。たとえ、彼女がロデリックの婚約者でなくとも、自分が彼女に愛される権利があるなどとどうして考えられるのか？　目の前にあるもので満足すべきではないか？　ミス・ブランチャードは髪も美しいし、たとえ今はややオールド・ミス的な部分があるかもしれないとしても、結婚してしまえば、その部分は自然に消滅するであろう。ローランドはそのように思うこともあった。

もう一人の客がマダム・グランドーニで、ミス・ブランチャードの連れだった。二人の関係は、マダム・グランドーニから見れば年下の美女の庇護者であり、ミス・ブランチャードから見れば社交界で役立つ助言者だった。マダム・グランドーニは平凡な顔立ちの老婦人だったが、温かい思いやりと鋭いが面白味もある良識のゆえにローマ社交界で高く評価されていた。彼女は、カピトリーノの丘にあったプロイセン公使館の専門職員としてローマにやってきた、ドイツ人考古学者の未亡人だった。良識に欠ける行動が過去に一回だけあった。それは再婚だった。再婚というのは重要な出来事ではあるかもしれないが、それに失敗したからと言って、彼女が良識に欠ける人だと決めつけることはない、というのが一般の見方であった。最初の夫の死の一年後、十歳下の、ヴァイオリンの他に財産のないナポリの音楽教師に求婚されて再婚した。この二回目の結婚はとても不幸なもので、マエストロ・グランドーニはヴァイオリンを妻を殴るのに使用したと疑われている。彼は結局、ある「高慢ちきな」プリマドンナと駆け落ちしたが、この女が綽名にたがわず彼をひどい目に遭わせればいい気味だと周囲の者は思っていた。彼はまだ存命だと信じられているが、マダム・グランドーニの生涯におけるただ一つの小さな汚点になっていて、マダムもこの十年、一度も彼の名前を口にしたことはない。マダムは明るい亜麻色の鬘（かつら）をつけていたが頭にうまく合っていたためしがない。でも鬘のことを秘密にしていないので、それはたいした問題ではなかった。「わたしだって以前は今よりましな容貌だったのよ。髪も娘のころは、鬘と同じようなブロンドだったわ」とよく言っていた。服装は、ずっと以前から常に変わらず、古いブルーサテンのドレスと派手な刺繡のある白いクレープのショールを身につけていた。マダムは、見かけはあまり冴えないが、長い伝統あるゲルマン民族の由緒ある家系の出で、物腰はいつも鷹揚として誰にもいい印象を与えた。先祖がフレデリック・バルバロッサ皇帝の宴会責任者を務めたという淑女にふさわしかった。ローマの社交界を三十年間も観察してきたので、機知に磨きがかかり、頭には無限の噂話の蓄積があった。その一方で、汲めども尽きぬゲルマン魂の泉をどこかに隠し持っていて、自分が特に好意を抱く人に恩恵を施すのだった。ローランドが常にマダムに深い尊敬の念を示していたので、そのお返しに、良い結婚相手を紹介しようとした。彼に会うたびに、オーガスタ・ブランチャードこそ適任の相手ですよと耳元でささやくのだった。

そのオーガスタ・ブランチャードが暖炉の前の絨毯の上に優雅に立ち、丸い食卓の中央の花束の背後に美しい姿を見せているのを見ると、ローランドはそれが一種の結婚の前兆であるかのような気がした。晩餐会は大成功で、ロデリックは祝宴の主人公の役割を見事に演じていた。いつも楽しそうにしていたが、とりわけ今夕は祝福されて無邪気に喜んでいる。威勢よく飲み、大胆に語った。ポケットに手を突っ込んで、椅子にふんぞり返り、際限なく弁舌を振るった。シングルトンは、じっと目を凝らして座り、まるで太陽神が語るのを聞いているかのようにロデリックのお喋りに心を奪われていた。グロリアーニは目を皮肉に光らせ、ロデリックの発言から本音を探ろうとしている気配が見てとれた。ローランドはそれを残念に思った。ロデリックは小難しい芸術論などは語れない。発言によって彼の芸術作品を評価するのは公平ではないのだ。

「アダムとイブからスタートしたのだから、今後も聖書の人物像をずっと作り続けるのですかな?」グロリアーニはロデリックを新進気鋭の彫刻家だと思っている人々の一人だった。

「ダビデは作るかもしれません」ロデリックが答えた。「でもそれ以外、旧約聖書をモチーフにして作るつもりはありません。ユダヤ人は好みではないのです。垂れた鼻が嫌なのです。でも少年時代のダビデは例外です。ダビデは若いギリシャ人として見られうるし、ぼくはそのように扱います。競い合う敵との戦闘場面で先頭に立ち、石を投げようとして走っている姿は、オリンピックに出る美しいアスリートそっくりです。ダビデを制作した後は、一気に新約聖書まで行き、キリスト像を作ろうと思っています」

「キリスト像はアスリート的なものにしないのだろうな」グロリアーニが言った。

「伝統的なキリスト像とはまったく違うものにします。何と言うか、もっと、その……」ロデリックはちょっと考えた。キリスト像についてロデリックが話すのを聞いたのは、ローランドには初めてだった。

「もっと理性的なものでしょう?」ミス・ブランチャードがロデリックに代わって言葉を補った。

「もっと理想的にしますよ。精神的な完璧さを表現するため形も完璧なものにします」ロデリックがきっぱり言った。

「対になるようにユダ像も作ったらいかが?」ミス・ブランチャードが言った。

「ありえませんよ! 醜いものは絶対に作りません。ギリシャ人は醜いものは何も作らなかった。ぼくはギリシャ主義者ですからね。ヘブライ主義者ではない。最近はカイン像を作ろうかと考えているけれど、醜いものには絶対にしない。とてもきれいなカインに仕上げる。ギリシャの装飾壁に描かれているように、敵に切りかかる戦士のような美しい動きを見せながら、弟を殺害するために棍棒を振り上げる姿にしようと思います」

「ギリシャ人になろうとしても無駄だ」グロリアーニが言った。「もしフェイディアス(古代ギリシャの代表的な彫刻家)が今の世に舞い戻ってきたら、君に諦めろと忠告するだろう。わたしは半分イタリア人で、半分フランス人で、全体としてはヤンキーだ。そのわたしだって、ギリシャ人になるのはまったくありえない。先刻の話だが、ユダ像を作るというのはすばらしい考えだ。ブランチャードさん、提案に感謝します。陰険な悪漢が、金の入った袋を持って座り、裏切りを計画している姿、これはいい作品になる。ユダヤ人の垂れ下がった鼻もそこに表情を付与すれば、豊かな人物像ができるのだ」

「まあそうでしょうね。でもぼくはその種の表情は好みません。完璧な美だけに関心があります。ほら、あそこにあるアダム像がそうです。あれにぼくの理想がもっともよく実現されています。今後、ぼくの作る作品がまともに美を表現していなかったら、それは失敗作だと思ってください。美があるかないか、それがぼくの芸術に対する基準です。時代の好みに反しているのは承知しています。理想の一つとしての美を大胆に理解する能力を現在の人々は失っています。筋肉が衰え、先祖が苦もなく持ち上げていた物をふがいなく見つめる人種のように突っ立っています。しかしぼくはもう一度高々と持ち上げるつもりだと、敢えて宣言しよう。時代の殻を破ってみせる！　それが自分の芸術についての考えです。つまり、単純で、大きくて、無限に開かれた作品を目標にします。無限かどうかは皆さんに見ていただきます。偉そうな口を利いて、ごめんなさい。ルネサンス期のイタリアの芸術家は皆偉そうな口を利いていたものです。当時は、見事に人間をかたどった大理石像が誕生すると、それを眺める人々の心に共通する畏敬の念、宗教的な畏怖の感情が生じたのです。フェイディアスとプラクシテレスが制作した女神像の除幕式がエーゲ海の神殿に集まった人々の前で行われた時には、強烈な高揚感や神秘的な畏敬の感情が湧きあがったと思いませんか？　それを現代に復活させたいのです。人々の心を高鳴らせる、そんな芸術を復活させたい。見る人が心を震わせるユーノー像、美しさに驚いて卒倒するヴィーナス像を制作するつもりです」

「あなたの彫刻を拝見しにくる時は、必ず気付け薬を持参しなくてはならないってわけね」マダム・グランドーニが言った。「それから失神して倒れ掛かれるようにソファも用意してくださるわね」

「フェイディアスとプラクシテレスは女神の存在を信じていたでしょうから、仕事もしやすかったでしょうね」ミス・ブランチャードが言った。「あたしもキリスト教以前の神話を信じています。神話は作り話でなく、ヴィーナス、ユーノー、アポロ、マーキュリーがオリュンポス山から雲に乗って他ならぬここローマの町まで降りてきたのだとわたしは信じます。人々が今では英語を喋っているこのローマに現れたのです！」

「雲に乗ってきただなんて！　そんなことありませんわ。ハドソンさんはフェイディアスの再来かもしれないけれど、現代のヴィーナスとユーノーはね――オーガスタ、あなたとわたしよ！　――ここに来るのに乗ってきたのは、雲でなく汚らしい馬車ですよ。おまけに馭者に運賃を吹っかけられてね！」マダム・グランドーニが言った。

グロリアーニはロデリックに反論した。「アポロ神だのへーベー神だの、まさか、もう引退した神々の像を本気で作るつもりじゃないのだろう？」

「あなたがどう呼ぼうとかまいませんがね、要するに、ぼくの作る像は神のような姿にします。美、英知、力、天才、勇気などを表す彫像を作ります。ギリシャの神はそういうものでしたから」

「観念的ね」ミス・ブランチャードが言った。

「ロデリック君、君って、本当に若いのだねえ」グロリアーニが言った。

「いつまでも若いままでいてください」シングルトンが、共感のため白い額を紅潮させて言った。「その気になれば、あなたなら可能です」

「彫刻の主題として、自然力、自然の要素、自然の神秘というのもある。朝と夜も作ってみたい。大洋、山脈、月、西風も作りたい。それからアメリカという巨大な像も」ロデリックが言った。

「アメリカ、山脈、月だって！　そんな巨大なものを圧縮して、古典的な彫像にするのは難しいのではないかな？」グロリアーニが言った。

「方法ならあります。工夫をするのです。ぼくの彫刻には身体のひねりがありません。それでいてものすごい迫力がありますからね」ロデリックが言った。

「ミケランジェロ作品にはたっぷりひねりがあるわね」マダム・グランドーニが言った。

「ひょっとするとあなたはミケランジェロを高く評価していないかもしれないけれど」

「ああ、ミケランジェロはぼくじゃありませんからね」ロデリックは尊大な口の利き方をした。皆大いに笑った。しかし、ロデリックもすでに立派な作品を数点制作していたことは誰もが認めるところだった。

ローランドは先ほど召し使いの一人にロデリックの作品の写真集を持ってくるように命

じていたが、そこから青年が瓢箪の盃から飲んでいるブロンズ像の写真を取り出した。ローランドは、ロデリックがそこに座って、グロリアーニのような世間ずれし堕落した支持者を相手に理想主義を弁護する熱弁を振るうのを見て喜んだ。グロリアーニがやりこめられるのが見たかったので、ロデリックのあのすばらしい小像の写真を見せたのだった。

「これはいい！　ロデリック君が作ったのですか？」

「ずいぶん前です」ロデリックが答えた。

グロリアーニは感心したように写真をしばらく見ていた。

「とても美しい。だが、いいかね、この基準をずっと維持するのは不可能だよ」

「これよりもっといいものを作ります」ロデリックが反論した。

「いや、おそらくもっと悪いものを作ることになるだろう。弱気になるだろう。弱気になって改竄だの、ひねりだの、ロマン主義だのにすがることになる。この作品はね、変な言い方だが、いわば、ズボンの尻で体全体を浮上させようと頑張る人みたいだ。つま先立ちまではできるだろうが、それ以上は無理だ。この作品では、君はとても品よくつま先立ちしているね。それは認めるが、浮上はできない。頑張っても無駄だね」

「ぼくのアメリカ像をご批判への回答にしてみせます」シャンパングラスをグロリアーニに向けて差し出し一気に飲みほして、ロデリックが言った。

シングルトンは写真を手にして、歓喜の小声を上げながら、見入っていた。

「アメリカにいらした時の作ですか？」

「マサチューセッツ州、ノーサンプトンの四角くて白い木造家屋で作りました」

「古風な白い木造家屋、懐かしいわ」ミス・ブランチャードが言った。

「そこでこのような作品を作れたのなら、ローマに来たのは、むしろ損したことになりませんか」シングルトンが赤面し、微笑を浮かべながら言った。

「それにはローランドに責任があります。でもぼくは損するのを覚悟しています」ロデリックが言った。

写真はマダム・グランドーニにも回された。「この写真を見ると、わたしが何年も前、初めてローマに来たころに知り合ったある青年がよくしていたことを思い出しますわ。青年はドイツ人で敬虔な画家オーヴェルベックの弟子で、宗教絵画を崇拝していました。黒いビロードのチュニックに襟ぐりの大きいカラーをつけ、病気の鶴のような長い首をしていたわ。髪を肩まで垂らしてね。シャーフガンスという名前。神聖を犯す絵は描かないから、一杯やってる男の絵などは一点もないのよ。欲望というような卑俗なものを持たぬ人物だけ描いたのね。だから彼の人物は四角の角と長い線だけでできていて、まるで人間の図形でした。幾何学的な存在で生身の人ではなかったわ。ハドソンさん、あなたがグロリアーニと意見が合わないように、彼もグロリアーニとは意見が合わなかったでしょう。わたしによく会いに来ていて、そのころはわたしも彼のチュニックと長い首を天才の確実な証拠だと思い込んでいました。金色の後光とか、聖人の前に神様が出現するとか、そんなことしか話題にしなかったの。食事は、弱いワインとビスケットだけで、何とかいう聖人の毛髪を小さな袋に入れて首のまわりにぶら下げていました。才能があれば、フラ・アンジェリコのような画家になれたでしょうね。ハドソンさんが夢を実現するように願っていますけれど、お話ししたシャーフガンスの生涯を大きな抱負への戒めとして覚えていてほしいわ。シャーフガンスはある晴れた日、ローマ人のモデルの女性に恋してしまいました。胸の大きい血色のよい、厚かましい女だったから、彼のモデルをした経験はないでしょうね。だって彼は青白い病的な女しか描かなかった。彼が結婚を申し込むと、女は彼を頭の天辺から足元までじろりと見て、肩をすくめ、それから同意したのです。でも彼はローマで家を持つのを恥じて、二人でナポリに引っ越したわ。わたしは、数年後にナポリで彼に会ったんですよ。すっかり堕落していたわ。妻によくぶたれて、お酒を飲むようになっていました。みすぼらしい黒い上着を着て、顔は赤ら顔になり、しみもあった。妻は洗濯女になっていて、彼に客の洗濯物を取りに行かせていた。画家としての才能はすっかり消えてしまったようで、ヴェスヴィオ山の噴火の絵を、ソレントで売る小箱に描いて生活費を稼いでいたわ」

「教訓は、胸の豊かなローマ女と恋に落ちるな、ということでしょうか」ロデリックが言った。「話を聞かせていただいて、感謝します。だけど、ぼくは誰とも恋に陥らないから大丈夫です」

グロリアーニはまた写真を手にして、興味深そうに眺めた。「若いからこそ作れた作品だな。でも、この水準をいつまでも維持するのは、とうてい無理だ」

晩餐の後、二人の彫刻家は応接室で話を続けた。ローランドは彼らが部屋の片隅で遠慮せずに議論を戦わせるに任せた。ロデリック作のうっすらと白く美しいイブ像が、シェードをつけたランプに照らされながら、若い理想主義的な彫刻家の守護天使のように二人を見守っていた。シングルトンはマダム・グランドーニの話を聴き、ローランドはソファでミス・ブランチャードの隣に座って相手をした。とりとめのない話題で気軽に話し合った。時々マダム・グランドーニがその様子を眺めていた。ミス・ブランチャードはロデリックについて、人柄、出身地の他、ローランドが才能を見出して、費用を負担してヨーロッパに連れてきたというのは真実かと質問した。ローランドは、まあそうです、と答えた。最後に彼女は、彼をじっと見ながら、「あなたって寛大な方ね」と言った。言い方は好意的なものだったが、彼は喜びも動揺も覚えなかった。同じ言葉を以前にも聞いたことがあったからだった。ロデリックが計画したピクニックの日にメアリ・ガーランドと二人で森を散歩した折、彼女が生真面目な口調で言ったのが突然思い出された。あの時は嬉しかったのだが、今は、ミス・ブランチャードにお茶でもいかがですかと尋ねただけだった。

女性二人が帰ることになり、ローランドは馬車まで送っていった。そして応接室に戻り、室内にいた三人の芸術家の組み合わせを見て、はっとし、開いていた戸口の前で立ち止まってしまった。イブ像を前にして、ランプの光が顔と頭にあたったまま若い彫刻家がランプを持ち上げて像のさまざまな部分を二人に熱心に説明している。三人が絵画の中の人物のようであり、各人が何かを象徴していると気づいた。ロデリックはランプを手にして光の輪の中で輝き、誠実さと力を結合する天才の美しいイメージだ。首を片側に傾げ、長い口髭を引っ張り、半ば目を閉じて、照らされた大理石像をじっと見つめているグロリアーニは世俗的な動機、信念の伴わない技巧、単なる卑俗な巧みさの極致を表している。一方、シングルトンは、両手を背後で組み、顔を上に向け、ロデリックの説明に従って忠実に指摘された箇所を目で追っていて、自らは飛び立つことのできぬ率直な憧れの象徴だった。ロデリックの役割がもっとも大事だった。

ローランドが近寄っていくと、グロリアーニは親指でイブ像を指し、半ば好意的で半ば皮肉な微笑を浮かべて言った。「傑作ですよ。すごくいい。牛乳桶の表面の泡のように新鮮だ。彼なら一回、二回、いや、連続して六回は高いレベルを維持できるかもしれない。でも……」

そして先ほどの主張を繰りかえすと、ローランドがそれを遮って、「いや、彼なら続けられます。わたしが保証します」と微笑んで言った。

グロリアーニが激励してくれたわけではなかったにもかかわらず、ロデリックは微笑を浮かべて耳を傾けていた。深い自信の波に浮かんでいたからだった。しかし、急に苛立ちを見せ始め、「あなたは、要するにぼくが失敗すると予言しているのですね！」と周囲に響きわたる大声で迫った。

グロリアーニは動じもせずに、ロデリックの肩を軽くたたきながら言った。「ねえ君、情熱は燃え尽きるし、霊感は衰えるものだ。どの分野の芸術家も、ある日突然、粘土、無地のキャンバス、空白の原稿用紙を前にして、芸術の女神(ミューズ)が訪れるのを空しく待つことになる。だから女神の助けなしでも仕事ができるように自分を鍛えておく必要があるんだよ。気まぐれな女神が訪れるのを忘れた時に、決して頭髪をかきむしったり、自殺を考えたりしなさんな。わたしのところにいらっしゃい。自分を慰める方法を教えてあげられるだろう」

「もしぼくが挫けたら、そのまま倒れているでしょう。芸術の女神が捨てるなら、少なくとも良心に痛みを感じさせてやる」ロデリックが言った。

「この席で女神が訪ねてくれないなどと語るのは不適切ですよ」ローランドはグロリアーニに言った。「シングルトンは女神のおかげで立派な仕事をしているのですからね」そう言って、近くの壁に飾った二枚の小さな風景画を指さした。

グロリアーニはシングルトンの絵を仔細に眺めた。シングルトンは神経質に笑った。そして著名な彫刻家が自分の絵を気に入ってくれるようにと期待して震え出した。「うん、この絵も新鮮ですな。とても。君はおいくつですか？」

「二十六歳です」

「二十六歳にしては大変新鮮ですなあ。ずいぶん時間がかかっただろう。ゆっくりした仕事ぶりですね」

「そうなのです。わたしは仕事が遅くて。一方は六週間、もう一方は二ヵ月要しました」

「これは驚いた！　女神はゆっくり留まってくれたのだなあ」そう言ってからグロリアーニは絵の制作者のほうを向き、じろじろと眺めた。シングルトンは微笑を浮かべ、また額の汗をぬぐった。「なるほど。君なら長続きできそうだ」

晩餐会から一週間してローランドはロデリックのアトリエを訪ね、彼が未完成の自作の前にいるところに出くわした。頭を垂れ、重苦しい目をしている。グロリアーニが予言した運命の時がもう来たのかと想像しても不思議はないほどだった。ロデリックは暗い表情であくびをしながら立ち上がり、彫刻用具を投げ捨てた。「駄目だ。諦める」と言った。

「どうした？」

「浅瀬に乗り上げた。順調に航海してきたのに、ここ数日、船は海底をぎしぎしこすっているばかりで前進しない」

「難しい箇所なのかな?」ローランドは大まかなところは仕上がった粘土像を眺めながら同情的に尋ねた。

「悪いのは粘土じゃない」ロデリックは答えた。「問題はここなんだ」そう言って自分の胸のあたりをたたいた。「どうしたのか自分でも分からない。考えがまるで浮かんでこない。急に何もかも嫌になるんだよ。前に作った作品が醜く見える。すべてが愚かに思える」

ローランドは困惑した。サラブレッドを安定したギャロップで進めてきた人物が、突然馬がよろけたり、尻ごみし始めたりした時に感じる気分を味わった。これまでは天才の陽光だけ見てきた。天才に暴風が付随するのをすっかり忘れていた。むろん、暴風もあるのだ。ロデリックへの思いやりがふつふつと湧いてくるのを覚えた。友情の力があれば、悪天候を安全に切り抜けるのは可能だ。「君は疲れているのだ! そう、疲れているのさ。当然な話だよ。疲れる権利だってある」

「疲れる権利が?」ロデリックは相手を見つめながら言った。

「あれだけ立派な仕事をたくさんしたのだもの、当然さ」

「とにかく、良かれ悪しかれ、ひどくくたびれた。冬中、仕事を大量にやった。気分転換が必要なんだ」ロデリックが言った。

ローランドは、確かにそうだ、そろそろローマを離れよう、と言った。北に向かい、旅をしよう。スイス、ドイツ、オランダ、イギリスへ行くのだ。ロデリックは同意し、目を輝かせた。ローランドは旅行中に一緒にすることを一ダースほど列挙したのだが、ロデリックはよく聞かずに、急にそわそわと歩き出した。言いたいことがあるのに、言うのをためらっている様子だった。彼がためらうというのはめったにないことなので、ローランドは奇妙に思い、しばらくして何を迷っているのかと尋ねた。

「ぼくが何を言っても怒らないでしょう？　ぼくはあなたの善意に絶対の信頼を置いているんだけど……」

「いいから、言ってみたらどう？」ローランドが言った。

「旅のことだけど、一人で行ったほうがいいと思う。もちろん、一緒に行動するのなら、およそ生存しているどんな人よりもあなたと一緒が好ましい。この六ヵ月もずっと一緒でどんなに楽しかったことか！　でもあなたがいると、よい作品が仕上がるのを始終期待されていると感じる。ぼくのすることを非常に高い基準で測っていると感じる。ねえ、ぼくを見張っているんじゃないよね？　見張られるのは嫌だ。自分のやりたいようにしたい。好きな時に仕事をし、好きな時に遊びたい。あなたにどんなにお世話になっているか分からないのではない。親友じゃないと言うのでもない。完全な自由を味わってみたいだけなんだ。だから別々に行動しようじゃないですか」

ローランドは握手を求めた。「結構だとも。好きなようにしたまえ。ぼくは淋しく感じるだろうし、こういっては何だが、君も一人だと淋しいだろう。でもしばらく別々に行動しよう。ただし、もし何かトラブルに巻き込まれた場合には、すぐ連絡してくれ」

ローマを出発しても、しばらくは一緒だった。アルプス連峰のサンゴッタルド峠越えの馬車では一つの膝かけにくるまって並んで座った。ローランドは前からの約束を守るためイギリスに向かい、ロデリックはスイスとドイツをこれという目的もなしに気の赴くままにぶらぶらすることになった。ロデリックは、夏を過ごせるだけの金はあるし、使いきったらローマに戻ってもう一つ像を作ればよいと思っていた。馬車が途中の小さな山村で止まった時、ロデリックはここで降りると言い出した。高地を散歩し、松林の陰で昼寝をするという。馬車は馬の交代をしていたので、二人は徒歩で村の通りを進み、家畜の糞を積み上げた山と山の間の狭い道を抜け、冷たい明るい大気を吸い、泉から湧き出る水音と牛の鈴（カウベル）の音を聞いた。馬車の準備が整って、乗り込もうとした瞬間、ローランドは一人で行くのがたまらなく嫌になった。

「君がそうしろと言えば、ぼくもここに留まるよ」ローランドが言った。

ロデリックはしかめ面を浮かべた。「ぼくを信用していないんでしょう。自分で自分の世話さえできないとあなたは思っているんだ。見張られているように感じると言ったけど、やはりそのとおりだった！」

「ぼくに見張られると文句を言うけれど、見張られるよりもっと困難な状況に君が陥ることがないように祈るよ！　でも、見張るのはやめにしよう。さようなら」そう言ってローランドは馬車に乗り、自分の席から後を振り返り、ロデリックがまだ道端で佇んでいるのを見た。ロデリックの背後では雪山が夕日でピンクに染まり始めた。ほっそりしてまっすぐなロデリックがまだ真面目な顔で帽子を振っている。ローランドは席に座り、これが一本立ちへの健全な一歩だと思った。ロデリックは、大自然の純粋な懐を頼りにして森や氷河の中にいるのだ。それに、メアリ・ガーランドと婚約していることは、それ自体が愚行を犯さないという保証のはずだ、と確信していた。

第七章

夏になるとローランドはイギリスに行き、数人の旧友や新しくできた友人の家に泊まって過ごした。イギリスに着いた時、ミセス・ハドソンに手紙を書かなければならないと思った。自分がロデリックの世話役を一時的に免除されたことなどを知らせなくてはならない。何しろ夫人は、ローランドのことを息子に影のように寄り添う不変の世話役だと思い込んでいるのだ。事実を知らせても夫人が驚かないように、まずロデリックのローマでの輝かしいデビューぶりをくわしく知らせた。以下のような文面だった。令息の可能性についての予想が的確であったと判明したのです。ロデリックの彫刻家としての成功は、ストライカー・アンド・スプーナー法律事務所での不面目な苦労より実り多かったとご理解いただけましょう。ロデリックはこれまでの立派な働きに対して当然の休暇を取り、世界各地を周遊しています。休暇の後はまた一段と仕事に精を出すことになりましょう。芸術家は時々休息して、自分の目で観察するのがよいのです。そのためわたしから数ヵ月離れて生活しますが、それは令息がもう一人前になり保護者を必要としないからです。秋にはローマで再会します。そのころにはさらによいご報告をすることになりましょう。ロデリックのこれまでの成果が母上の大きな喜びになるであろうことを想像して、わたしは非常に嬉しく存じます。ミス・ガーランドにもよろしくお伝えください。

この手紙にはすぐに返事がきた。驚いたことにミス・ガーランドの手になるものだった。同じ便で、セシーリアからの手紙も届いた。セシーリアの手紙は長いので、ここでは抜粋に留めざるをえない。

「ローランドさん、あなたのお手紙からすばらしいローマの雰囲気がとてもよく伝わってきたので、わたしは羨望のあまり気分が悪くなったほどです。お手紙をいただいてからの一週間、ここノーサンプトンを、やりきれないほど退屈な土地だと思いました。でも、ようやく以前の諦めの境地に戻りつつあります。家の近くを人が通れば、窓辺に駆け寄り、ささいなニュースにも感謝する習慣が戻ったのです。お手紙によると、ロデリックはもう有名人になったのですって？　あなたの予言が正しかったと判明したのですね？　お二人におめでとうを言います。こんなにうまく計画が運ぶなんて、ありえません。ロデリックがすべてを冷静に、理知的に受け入れて、平静を失っていないなど、にわかに信じがたいことですが、本当によかったです。たった一日でのあなたの判断が、半年かけてのわたしの判断より正しかったということですね。わたしは彼が、おとなしく振る舞えないと思っていました。立派な成果を上げられるだろうとは信じていましたけれど、仕事と仕事の合間に悪い遊びをたくさんするだろう、彼の美しい像は若気の道楽のあげくに生まれるだろう、と予想していました。ところが、あなたの報告ですと、ストライカーさんの予言はまったくの誤りだったというわけですね。でも、友人として一つだけ言っておきます。ロデリックは率直な人のように見えますが、手の中を明かさないところもあります。あなたの心を煩わすような計画を隠しているかもしれない。メアリ・ガーランドとの婚約のことだってそうでしょ？　あなたはこの婚約をどう思っています？　この件ではロデリックだけでなく、彼の母親もメアリも冬の間ずっと沈黙を守っていたのです。母親の家に二週間前にローマからロデリック作の彫像の大きな写真が届いた時、母親はまず写真を壁に飾り、それから町に出かけて、何軒もの家を訪ねて、ロデリックとメアリが婚約したことを伝えたのです。伝えたのはミセス・ハドソンだけで、メアリは家にいて遠方の人に手紙で知らせたのでしょう。この婚約は、正直なところ、わたしには大変な驚きでした。ずっと毎晩のようにわが家のベランダにやってきてわたしのご機嫌を取っていた間、実はメアリを他の女性の誰よりも愛していたなんて、全然気づかなかったんですもの。わたしのご機嫌取りなんて、わたしが独りよがりに思っただけだったのかもしれないけれど。ところで、ロデリックのことだから、もうローマで幾人もの美女と仲良くなっているでしょうが、あまりたくさんの女性と仲良くしないほうがいいですね。帰国してあまりに愛想がよすぎると、メアリは彼を堕落者だと見なすでしょうから。メアリは天才にはよい妻になるでしょう。天才というのは、結構ずるくて自分に好都合な相手を選ぶようだけれど、メアリはまさにうってつけの女性なのでしょう。夫が晩餐会で近くの席の麗人の中で誰が最高の美女かを探っている間、自分は家にいて、夫の靴下をつくろい、家計のやりくりをし、ランプの芯を調整し、暖炉の火を絶やさない。そんな妻ね。ミセス・ハドソンとメアリ・ガーランドは見たところとても幸福で、すべてはあなたのおかげだと、感謝の気持ちを決して忘れていないようです。ミセス・ハドソンはあなたのことを語る時は目に涙を浮かべています。アメリカ有数の慈善家だと思っているようです。本当の話、恋をするのは女にとってよいことで、メアリ・ガーランドは近頃美しくなったみたい。この間の夜、あるお茶会で会った時、髪に白いバラを挿して、きれいなアルトの声でセンチメンタルなバラッドを歌っていました」

メアリ・ガーランドからの手紙はずっと短いので、全文披露しよう。

「拝啓

伯母は、ご存じのように、目を使うことが困難です。そこで、わたくしが六月二十二日のあなたの美しいお手紙にお返事するよう命じられました。伯母はあなたのお手紙に心から感謝しています。あなたに大きな借りができたと思っているとお伝えするようにとのことです。ロデリックが成功し、皆さまから高く評価されているというお知らせは、伯母を非常に幸福にし、伯母は今後もすべてが順調に行くように願っています。少し前にロデリックが二つの彫像を異なる角度から撮影した大きな写真を数枚送ってきました。わたしたちは彫刻のことはよく分かりませんが、とても美しいと思います。ボストンに送って、きれいな額縁に入れてもらいました。お店の人は、送り返す時、陳列室に一週間飾っておいたら、大変な関心を呼んだ旨知らせてきました。見事な額で、今は客間に並べて飾ってあります。おかげで昔からある壁紙や図版などがひどくみすぼらしく見えてしまうというのが、この写真の困った点です。ストライカーさんは先日いらした時、写真の前に十分も立ち尽くしてごらんになってから、ロデリックの頭がこういうものでいっぱいだったのなら、法律文書の書き方を身につけられなかったのも無理はない、とおっしゃいました。当地ではとても静かで単調な日々を送っているので、あなたに興味のありそうなことを書くのは不可能です。伯母は、『わたしたちの身のまわりはごくささいなことばかりです、何しろわたしたちは一つのことだけを考えて暮らしているから』とお伝えしてほしいと言っています。一つのこととは、伯母の大事な息子のことです。彼があなたのようなよいお友だちを持っているのを伯母は神に感謝しています。こんな内容では手紙が短すぎると伯母は言うのですが、わたくしとしてはこれ以上書くことはありません。

かしこ

メアリ・ガーランド」

読者にその理由が分かるかどうか疑問だが、この返事はローランドに非常に大きな喜びを与えた。簡潔であるのも内容が貧弱であるのも気に入り、ミス・ガーランド自身からの追記がないのも申し分ない控えめな人柄の証拠に思えた。文頭も文尾の形式も結構だった。彼は、ルネサンス以前の絵画にしばしば描かれている、表情豊かな若い女性の素朴な振る舞いを好んでいたのだが、それと同じ喜びを与えた。出発前にメアリ・ガーランドは、豊かな感性と堅苦しいまでの素朴さとが結合した女性だという印象をローランドに与えたが、それがこの手紙で蘇ったように思えた。地味な堅苦しさは、彼女が夫人の言葉として伝えたように、一つの献身的な思いに集中した日々の生活から必然的に生じたものだった。二人の女性は単調な日々を送りながらも、ヨーロッパにいるロデリックとの再会の日を、大きな時計がチックタックと動くのに合わせて今か今かと待っているのだ。

ロデリックからは何の音沙汰もない。彼の今の心境について、ローランドは空しくあれこれと想像をめぐらせるしかなかった。ロデリックが筆不精なのは知っていたし、ついこの間も、手紙を書くくらいなら記念碑を作るよ、などと言っていた。それでも、別れてから一ヵ月経っても何の連絡もないので、心配になり、また腹立たしくもなった。そこでヨーロッパの銀行気付で短い手紙を出し、せめて生きている証拠を示してほしいと促してみた。すると一週間後に返事がきた。短い手紙で発信地はバーデンバーデン。「今まで何の連絡もしなかったのは悪かった。でも本当に、ぼくは自分が今どうなったのか分からなくなっています。最近、どうすれば何もしないでいられるのか、そのコツをうまく会得してしまったんだ。そういえば、母やメアリにも長いこと連絡していない。ああ、母たちに神のご加護がありますようにと、急いで祈ろう！　自分が何をしているか、していないか、それをあなたにどう伝えられるか分からないのです。何かしている最中は結構面白いのだけど、それを厳格なあなたへの手紙に書くとくだらぬことになってしまう。実はスイスでバクスターに出会ったんです。彼がぼくに気づいたというほうが正確かもしれない。とにかく、彼はぼくの腕をつかんで、ここバーデンバーデンに連れてきた。ぼくは、それまでアルプスで日に二十マイル歩き、人里離れた羊飼いのシャレーでミルクを飲み、人並みに睡眠を取り、楽しい日々だと思っていた。ところがバクスターからそんな生活は駄目だ、アルプスなど『愚の骨頂』、楽しむならバーデンバーデンに限る、君も楽しみたいなら一緒に来いと強く勧められたんです。確かにここは楽しい所だけど、ありがたいことに、バクスターは『トラント・エ・カラント』とかいう賭博に悪態をついた末に先週立ち去った。だが、バーデンバーデンがどういう所か、あなたも知っているでしょう？　ここで何をして遊ぶか、する可能性が高い遊びが何か、知っているでしょう？　実は、ぼくも男が皆ふける遊びをやってしまった！　ここにぼくを叱って蹴飛ばす人がいてくれるといいのだが。あなたじゃ駄目です。あなたは寛大だから靴を脱いでから蹴飛ばすだろう。ああ、アトリエが恋しい。夏が過ぎ、ローマに戻り、アトリエのあたりをぶらぶらできたらいいのに。彫刻の鑿しかぼくを満足させるものはないように感じます。ミケランジェロのように夢中で大理石に向かっていけるような気がする。当地にはローマの人が多くいる。英米人も多い。ぼくは英語を話す人たちの間にいて、朝から晩までくだらぬことを喋っている。ある女性とも付き合っている。彼女と話す時ぼくはまともなことは話さないし、ぼくが彼女に言うことは、何一つとして本気ではない。ああ、自尊心を取り戻すには一ヵ月は仕事をしなければならないでしょう」

手紙を読んで、ローランドは動揺した。行間からうかがえる状況に驚いたのだ。ヨーロッパ到着以来の九ヵ月間行動をともにした限りでは、彼は女遊びに関心がないように見えただけに、そのような面の危険はないものと安心していた。女からの誘惑にこうも容易に負けてしまうのかと思うと、暗澹たる気持ちにならざるをえない。もっとも、具体的にどういう女性関係であるかはまだ曖昧であり、ただ無為な生活にうんざりして、早く仕事に戻りたいというだけなのかもしれない。怠惰な生活を試してみたものの、ただ良心が苛まれるだけだというのが分かったのなら結構だ。この手紙の具体的な意味を解くには鍵が要る、とローランドは思った。そして鍵は一週間後に届いた。「お願いだから、百ポンド貸してほしい。賭博で最後の一フランまですってしまった。借金が山ほどできた。まず送金を、お説教はその後で」ローランドはすぐに金を送ったが、その後はロデリックへのお説教などでなく、自分自身が何か重大な過ちを犯さなかったかどうか、しばし考え込んでしまった。ローランドはロデリックにひどく失望した。失望する権利はないと自分に言いきかせたが、やはり失望した。ロデリックは若く、衝動的で、禁欲的な生活に慣れていないのだ。だから愚行を繰りかえしているに違いない。しかしローランドは、ロデリックには「自分は普通の愚かな若者とは違う、大事な使命を帯びた芸術家としての道を進むのだ」という覚悟ができているものと思い込んでいた。しばらく怒りのあまり心が痛んだ。ノーサンプトンのすばらしい女性と婚約している男が、下劣で感覚的な喜びを味わう権利などあるはずがない！　ローランドは失望感に苛まれた。ロデリックへの手紙に、すぐさまバーデンバーデンを離れるようにという緊急の勧告と、どこでも貴君の指定する土地で会おうという申し出を書き添えた。返事はすぐ来た。「もう五十ポンド送ってください。また賭博ですってしまった。金が届いたらすぐにここを離れ、ジュネーヴで会いましょう。会って、すべてを話します」という内容だった。

ジュネーヴには昔から知られている、木々が植えられ、ベンチが置かれている台地がある。周囲にある立派な邸宅から眺められる位置にあり、そこからはアルプスの山々がとてもよく見える。何世代にもわたって、散歩の名所とされてきた。多くの友人同士や恋人たちが散歩を楽しみ、内緒話や重要な会談が行われてきたのだった。ある朝、二人はこの台地の古ぼけた緑色のベンチに座り、ロデリックは約束どおり、何もかもをローランドに打ち明けた。前夜ジュネーヴに着いた彼は疲れた様子だったが、ローランドに会うと顔を紅潮させ、興奮した。後悔しているという明確な言葉はなかったが、きわめて率直に告白したので、反省しているのは当然と判断して差し支えなかった。放蕩はもうこりごりで、仕事に戻れる日を今か今かと待っている――そんな気持ちがどの発言の端からもうかがえた。したがってここでは、告白の詳細を伝えずとも、要点だけを記せば十分であろう。

――ぼくはバーデンバーデンに来て、遊興好きの人々と付き合うようになり、男同士で好みの女を張り合うことの面白さを知った。あの土地で時間を過ごすのに何をすればいいだろう？　ぼくには読書の趣味はないし、仕事をするにもアトリエがない。でも、時を過ごすには何かしなければならないので、美女たちにちょっかいを出したりして時間を過ごした。女性と一緒に木の下に座り、魅力的な顔をじっと眺め、ほめそやし、相手が微笑し、顔の筋肉を動かし、唇を開き、歯を見せるのを観察するのは彫刻家には役立つ。この種の女たちには取り巻きの男がいて、彼らは香水を身にまとい、昼に起き出して深夜に食事をする。ぼくはしだいにこの種の男どもを面白い連中だと考えるような気分に堕ちてしまった。悪趣味だと思ったけれど、気づいてみると、いつしかぼくも連中と女を競い合っていた。しかし、それにはとてつもなく金がかかると分かった。社交界で女性と付き合うには、必ず高価な花束を贈らねばならず、「黒い森」でのデートで乗る馬車も立派でなければならない。評判のパティ嬢が出演する夜のオペラ鑑賞、カジノでの軽い食事、城へのドライヴなど、いずれも大金が要るし、その上、正装など身だしなみに配慮し、装飾品や手袋も必要だ。社交は特権かもしれないが、大金の支払いという代償が伴う。そこで賭博をして、金を調達することになる。バーデンバーデンでは人口の半分が賭博で生活をしている。それでぼくも賭博に手を出した。最初は大成功で、大いに儲かった。しかしそれも束の間のこと、金がありそうに見える若造は、借金ばかりが増える事態に陥ることになる――ロデリックがここまで語った時、ローランドはサッカレイの小説『ニューカム家の人々』に登場するマダム・クラチカセといういかがわしい女を思い出した。黙って最後まで聞いていたが、これは困った事態だと思わざるをえなかった。ロデリックもそれを認めて、どれほどの借財ができたかを告白した。賭博での運がつき、あっという間に借金で首が回らなくなった。ローマで制作した像で得た膨大な収入が全部消えてしまった。ぼくは愚か者だったが、取り返しがつかないこともない。数ヵ月のうちに、また別の彫像を作るから。

最後の言葉を聞いてローランドは顔をしかめた。「頼むから、君の才能をそんなことのために使うのはやめてくれ。才能があるということはすばらしいことなのだから、大事にする義務がある。決してくだらないことのために浪費してはいけない」そう言ってから、もし自分が助けの手を伸ばさなかったら、ロデリックはどうなっただろうかと考えた。もちろんそんなことは口にしなかったし、ロデリックには思いも及ばなかったに違いない。ロデリックはその夜、改めてバーデンバーデンでの出来事について語った。今回は客観的に、つまりあたかも他人が経験したことであるかのように話したのだった。そして自分が経験した半ダースほどの愚かしい出来事の一部始終を話し終えた。包み隠さず話したことで、責任から解放されたと言わんばかりに、体験を思い出しては大笑いした。ローランドは、いつものように笑いには引き込まれず、真顔のままだった。ロデリックは、突然、この機会にふさわしいと思ったのか、女との交渉は彫刻家として必ずしも収穫がなかったわけではなかいと言い出した。ローランドにマダム・クラチカセを思い出させた女は、とても像に向いた体型だったからだ。それを聞いて、「そういうことは、経験により自分が本当に賢明になったと感じる場合にだけ許されるのだ」とローランドはやっとの思いで言った。「賢明になるというのは、目的達成のための意志が強固になるということだよ」

「意志のことは問題にしないでくださいよ」ロデリックはさっと頭上を見上げ星を眺めながら答えた。二人は野外の、流れの速いローヌ川にある小さな島（ジャン＝ジャック・ルソーの記念碑が立っている）で語り合っていた。「意志というものは、謎の中の謎だと思う。自分の意志について客観的に認識している人はいないし、自分の意志が強いかどうかなど分からない。意志と欲望との間には、よく分からない潮流みたいなものが渦巻いていて、みんなはこの二つが心臓と肝臓のように体の別の側にあって、独立しているかのように言う。けれど、ぼくの場合には両者はずっと近い関係にあるんです。状況しだいです。意志が乾いた小枝のようにポキリと折れてしまうような時って、誰にだってあるでしょう」

「意志の強さが先天的に決まっているなどと言ってほしくない。意志は決意だ。そう見るべきだと思う」ローランドが言った。

「好きなように考えて結構です。夏の経験で得た確信はね――真実を直視するのがよいと思うのだけれど――ぼくが美女の影響に対してひどく敏感な感受性を持っているということです」ロデリックが言った。

ローランドはあきれたように目を見開き、それからそっと、何も耳にしなかったかのように、口笛を吹きながら立ち去った。ロデリックのこの発言が、ローランドには不吉な意味を持つように思えたのだが、そのことを自分にさえ認めたくなかったのだ。

数日して、二人の青年はイタリアに向かった。すぐにローマへは戻らず、フィレンツェにしばらく立ち寄ることにした。フィレンツェでロデリックは以前の無邪気さと勉学の楽しさを取り戻したようだった。ローランドは、バーデンバーデンでの経験を悪夢、あるいは一時的な遊びにすぎず、ロデリック本来の性質に根ざすものではないと考え始めていた。そして二週間、絵画を見たり、人里離れた場所で、フレスコ画や彫刻を探したりして過ごした。ロデリックは以前の鑑賞と批評の才能を取り戻し、ローマに戻ると、熱心に仕事を再開し、出発時に作りかけていた小品を一、二ヵ月で完成させた。懐かしいローマに戻ってきたことを喜ぶあまり、くだらぬ冗談までとばした。ローマへ戻ってから最初の日曜日の午後、ローランドと一緒にサンピエトロ大聖堂を訪ねた時は、大聖堂とバチカン教皇庁がいかにすばらしいか、感激のあまり賛辞を並べ立てた。それがあまりに大きな声だったため、中央会衆席（ネーブ）に恥ずかしいほど響きわたり、たまたま聖歌隊席に向かって進んでいた聖堂参事会員の行列が、その瞬間歩みを止めたほどだった。仕事の面では、新しい像を作り出した。婦人像だったが、その像のモチーフについてローランドは事前に何も聞いていなかった。椅子にだらしなく座った女性像で、何かに耳を傾けるように頭を下げ、唇に微笑を浮かべ、とりわけ美しい両腕で膝を抱えている。身体全体がもっと頑健であれば、カピトリーノの丘にあるネロの母親アグリピナの気高き像に似ただろう。ローランドは眺めながら、自分の好みではないと思った。

「これは誰？　何と呼べばいいのかな？」ローランドが尋ねた。

「好きなように呼んでくれて結構。ぼくは『聴いている女』と命名した」ロデリックが答えた。

その時ローランドは、バーデンバーデンでロデリックの話に聞き入った女の一人が「像に向いた体型」だったと言っていたのを思い出し、それ以上何も訊かなかった。これが経験から得るということだと、ロデリックは思っているらしい。

その数日後、ローランドはこの季節最初の乗馬で大草原へ出かけ、帰りに荒廃した塔の長い影の側を通り過ぎた時、近くで絵を描いている小柄な男を認めた。近づいてみると、シングルトンだった。この誠実な画家の顔は南の太陽のおかげで真っ赤に日焼けし、その上、恩人とも言えるローランドに出会ったので、嬉しさのあまり一層赤くなっていた。丁寧な描き方で魅力的なスケッチを描いていた。夏はどうしていたかと聞かれると、各地を旅したというのだが、その様子を聞いて、ローランドはロデリックのバーデンバーデンでの過ごし方とあまりに違うので思わず溜息が漏れた。シングルトンはイタリアから出ずに、奥まった地域に分け入り、すばらしい絵の題材を発見したのだった。観光客などの訪れぬアペニン山脈の村々で、ペンシルを手に、リュックサックを背負い、わらの上で寝、黒パンと豆を食べて過ごした。各土地特有の風俗を発見して楽しみ、明暗法を試みて夢中になり、宝のような思い出を獲得した。苦労して得た知識と金のかからぬ質素な生活に心から満足していた。ローランドは彼のスケッチを見に行く約束をした。そして翌日、約束通り午前中をかけて一枚一枚全部見ていった。シングルトンは以前よりもよく喋った。すべてのスケッチを解説し、描いた時の面白いエピソードを語った。

「今日はいつになく口数が多くて、自分でも驚きました。わたしのお喋りなどなしで、もっと静かにごらんになりたかったでしょうに。自分がこんなに喋る人間だったなんて知りませんでした。でも幸福なのです。腕が上がったように感じるのです」

「まさにそのとおりですよ」ローランドが言った。「夏の三ヵ月でこんなに進歩した人を知りませんね。自信がついたでしょう?」

シングルトンは長いこと床の節目を見つめていた。「ええ」とようやくおずおずと言った。「何だか自分に才能があると思えてきたのです」それから、勇気を奮い起こさなくては言えない秘密を告白するように声を低めた。「自分の勘違いかもしれないと恐れて、そんなこと言えなかったのです。でもあなたがそう思ってくださるのなら、真実なのでしょう。大きな幸福です。大金をもらっても人に渡せぬ幸運です」

「そう、最大の幸せですとも」ローランドが言った。「口で言えないほどの至福だと本当に思いますよ。でもそんなにはしゃぐのは、みっともない。満足しすぎるのは、芸術家にとって果たしていいことかな?」

シングルトンは、ローランドが真面目に警告したのだと勘違いしてぎょっとした。じきに、ちょっとからかっただけだと気づき、さも嬉しそうに笑いながら部屋の中を歩き回った。ローランドがいとまを告げた時、「あの、ハドソンさんはお元気ですか?」と訊いた。

「ええ、元気にしていますよ」ローランドが答えた。「仕事を再開しました」

「羨ましいです。わたしなど仕事を始めて一、二ヵ月後に中断してしまったら最後、そのあと再び継続すべきかどうかとおずおず自問してしまうのですけどね。そんな反省など必要のない人もいるんですねえ！　そういう人が仕事を止めるのは休息するためです。ハドソンさんはどこで夏を過ごしたのですか？」シングルトンが尋ねた。

「大部分をバーデンバーデンで」ローランドが答えた。

「ああ、黒い森のある所ですね」シングルトンは歓楽街のことには触れなかった。「あそこでは樹木を観察したり、研究することができるそうですね」

「そのようですね」ローランドは微笑を浮かべ、相手の丸い肩に父親のような手を置きながら言った。「残念ですけど、ロデリックが研究したのは樹木ではなかったのです。ところで、よろしかったら、彼のアトリエにいらしてください。彼が最近作り始めたものを君がどう思うか、お聞きしたい」シングルトンは喜んで伺うと答えた。ローランドは仕事を始める彼のもとを辞した。

昨冬付き合った友人の何人かと会い、マダム・グランドーニ、ミス・ブランチャード、グロリアーニたちがローマでの生活を意気揚々と再開したのを知った。女性たちは夏をどのように楽しんだかを語った。マダム・グランドーニはリミニで海水浴をし、ミス・ブランチャードはチロルで野生の花々を描いた。ミス・ブランチャードの肌の色は少し日焼けしていたが、それが彼女にはよく似合った。花の絵は際立って美しかった。グロリアーニはパリへ行き、パリの芸術界には自分より優れた者がいないのを知り、得意になって帰ってきた。ローマに戻って数日経ったある午後、ローランドがロデリックのアトリエにいると、グロリアーニが訪ねてきた。ロデリックの制作中の作品を謙虚な態度でよく見て、良いものになりそうですねと言い、作者をいらいらさせるようなコメントは一切控えた。しかしローランドは、この利口な彫刻家の内部にロデリックの現状を嘲笑している態度が透けて見えたので、隠している本音を探ろうと、グロリアーニと一緒にアトリエを辞すことにした。

「お話ししましょう。さっき言ったように良い作品だと思いましたよ」グロリアーニは、ローランドが心配そうに尋ねたのに答えた。「さっき言った以上に気に入ったとも言えますな。ロデリックが怒るといけないので、はっきり言いませんでしたが。しかし、これでもう、彼をほうっておいても大丈夫です。いい方向に来ていますから。しかし、卓越した手法を維持し続けることは不可能だと前に言ったでしょう？　その点では、やはり申し上げたとおりになりました。お気づきでしょう？」

「実は、わたしも今作っている婦人像は気に入らないのです」ローランドが答えた。

「それはあなたが理想主義者だからですよ。とても巧みです。玄人ならではの作品で、すごくきれいでもある。しかし、三ヵ月前に見た、あの高度な芸術品とは違う。わたしが予想していたよりも早く作風が変わりました。私生活で何か起きたのでしょうか？　失恋でもしたかな？　まあ、わたしの知ったことではありませんが。現実的な人間になったことをわたしは祝福します」

しかし実はロデリック自身も、グロリアーニが想像したほどには、満足していなかった。自作に納得できず、仕事に熱中せず時々思い出したように制作に戻る、という態度だった。自分がどこかおかしくなった、非常に落ち込んだ気分になったとローランドに言い、「こんな気分に陥るのは、芸術家なら避けられないことなのでしょうか？」と尋ねた。いいかげんな答えでは満足しないと言わんばかりに、怒ったように目を光らせていた。真面目に彫刻家として精を出せば気分よく暮らせると保証してくれたのに、ローランドがその義務を果たしてくれていないと、今にも食ってかかりそうな勢いだった。「夜寝る時、明日の朝起きて最高の気分であるか、それともかんしゃくを起こしているのか、とても不安になるんです。芸術家が自分の才能に自信が持てるのは一時的なもので、その期間はあっという間に終わってしまうのでしょうか？　六ヵ月前のぼくは、毎日、自分の作品と堂々と向かい合って仕事ができたのに。自分が現在どんな気持ちなのかと自問することになるなどと考えたことは一度もなかった。でも今は朝起きて、仕事に取り掛かる気になれないこともある。アトリエに入ってゆくと、自分の作っている像がひどい駄作で、その場で壊してしまおうかと思うことさえある。結局、作品の前でふさぎ込み、何とか耐えようとして数時間も座り続けることになるんです」

「そういうことは、どの芸術家にもあることだと思う。解決法は力強い勇気と信念を持つことだ」とローランドは言い、さらに、グロリアーニが去年そういう否定的な心理について警告したじゃないかとも言った。

「グロリアーニなんて愚か者だ」ロデリックは激しい口調で言った。

彼は馬を借りて、ローランドと一緒に大草原に乗馬に出かけることにした。楽しい乗馬で機嫌がよくなり明るさを取り戻したが、仕事の意欲を取り戻すには至らないようだった。ロデリックは美しい風景を目にするたびに馬を降り、また入り込んだ岩場では横たわって日光浴をし始めるため、長い遠出になった。ローマの強烈な太陽をロデリックは大胆に受け入れたが、ローランドにはとてもまねできないと思った。しかし、ロデリックの話がおもしろく、興味が尽きなかったので、日射病の危険を冒してもロデリックと行動をともにした。そしてロデリックの気晴らしに付き合ううちに、高級な芸術も低級な芸術も彼が生み出さない現実をしばしば忘れることができた。しかし遠出もロデリックの役に立ったのか、その後、しばらくの間、午前中には懸命に仕事に励む日が続き、いつしか新しい像を仕上げていた。新しい像が完成したとの知らせを聞き、ある午後、ローランドは作品を見に行った。するとロデリックがさっそくどう思うかと尋ねてきた。

「君自身はどう思っている？」ローランドが尋ねた。自分の目に自信がなかったわけではなく、本当に判断がつきかねたからだった。

「不思議なほど駄作です」ロデリックが答えた。「最初からまずかった。根本的な欠陥があって何とかごまかしたけど、修整はしなかった。いや、修整できない。できないんです」彼は夢中で言った。「欠陥がぼくを見つめるんだ。ぼくにはそれしか見えない」

ローランドは細部について批評をし、具体的な修整案を提示した。しかし、ロデリックはどんな意見にも反対した。この作品には欠陥があるけれど、ローランドが指摘する欠点とは違う、と言う。ローランドは怒ることなく、最後に、欠点が何であれ、一般の人はこの像を気に入ると思うと言った。

「誰かがこれを買ってくれて、ぼくの目の届かない所に持っていってくれればありがたいんだけど」ロデリックは大声で言った。「ぼくはこれからどうしたらいいのだろう？　アイデアが湧いてこない。主題は思いつくが、生命のない名前のままだ。単なる言葉で、イメージではない。どうしたらいいだろう？」

聞きながらローランドは少し苛立ってきた。「一人前の大人になりたまえ。頼むから、愚痴っぽい言い方はやめてくれ」ともうちょっとで言いそうになったその時、彼が言葉を発する前に、アトリエの外扉のベルが大きく鳴り響いた。

ロデリックは笑い出した。「噂をすれば影とやら。あれはきっと客に違いない。ね、そうであってほしいな」

第八章

アトリエの扉はすぐに開けられ、婦人が敷居まで入ってきた。堂々たる大柄な人で、戸口は彼女一人でいっぱいになった。前に会ったことのある女性だと、ローランドはすぐ気づいたが、もしゃもしゃの口髭を生やし、目を光らせた小柄な紳士をお供に引き連れているのを見て、はっきり誰であるか思い出した。ちょうど一年前に、ヴィラ・ルドヴィージの庭園で際立って美しい若い女性が、この二人の後から歩いてくるのを、ロデリックと一緒に目撃したのだった。その時の美女を探すと、やはりすぐに後からやってきた。前と同じく、若い麗人らしい風情で、雪のように白い大きなプードルを連れている。犬の首輪はまだら模様のリボンで飾られている。年配の婦人は二人の青年にほどほどに上品な挨拶をし、小柄な紳士は微笑みながらきびきびした態度でお辞儀をした。若い娘はいずれの青年にも目を向けず、椅子を見つけると面倒くさそうに座り込み、プードルを引き寄せて首輪のリボンの結び目を直した。視線を下に向けていても、その美しさは眩いばかりだった。「勝手にお訪ねしてよろしかったのでしょうか？」年配の婦人が礼儀上尋ねた。「ハドソンさんは公開日を決めていらっしゃらないと聞いたのです。お邪魔でなければよろしいのですが」

ロデリックはローマの芸術界では新人なので、これまで熱心な観光客に押しかけられることはなく、アトリエの公開日も決めてなかったから、接客の準備もしていない。ロデリックは客の問いかけには応じず無言のままだった。びっくりしたように令嬢をじっと見つめ、他のことにはまったく気が回らぬ様子だ。そして「驚いたな！ ヴィラ・ルドヴィージの女神だ！」と思わず大声を出した。ローランドも、客の突然の訪問に少し慌てたものの、礼儀正しく応対した。小柄な紳士は、ばか丁寧な微笑を浮かべ、どうぞおかまいなくと言った。「わたしどもは、あちこちのアトリエにお邪魔していましてね」強いイタリア語訛の英語で言った。

「どこへでも参りますのよ。芸術が大好きなものですから」婦人が言った。

ローランドは共感を示すように微笑を浮かべ、ロデリックの新作に目を向けさせた。ロデリックに合図して、客の相手をさせようとしたが、プードルの飼い主の美女を見つめたままだった。犬は上を向いてロデリックを見ていた。令嬢の眼差しには大胆さはなく、けだるい無関心が読み取れた。まれに見る美しさは一年前よりさらに磨きがかかっていた。これほどの美貌の場合、目をそらしたり、赤面したりといった、乙女らしい恥じらいはかえって不似合になる。自然の女神が見る者に喜びを与えるために創造した女性であり、人に賛美されるに任せて本人は冷静で無関心のままでよいのだ。しかしロデリックの容貌も令嬢に劣らずハンサムなことに、彼女が気づいたかどうか、今のところ不明だった。ローランドは彼女はしばらくするとゆっくりと部屋を見回し、ようやく女性像に目を止めた。ローランドは訪問客への接待は自分がするしかないと覚悟を決め、まず犬をほめた。

「ええ、そうでしょう?」令嬢は小声で言った。「フィレンツェ生まれよ。あそこでは人より犬がきれいね」ローランドが犬をなでると、「名前はステンテレッロです。ステンテレッロ、お兄さんにお手をしなさい」と言った。犬への指示はイタリア語だった。

犬は前足を出して、高い声で四回短く吠えた。それを聞いて、年配の女性が振り向き、人差し指を上げた。

「あなた、場所柄をわきまえなさい。愚かな娘で、済みません。プードルのことしか頭にないものですから」婦人は愛想のよい微笑を浮かべて、ローランドに言った。

「あたしに代わって話すようにしつけているのよ」娘は母親のいうことに気も留めずに言った。「社交の場で簡単な挨拶をさせるの。そうすれば、あたしは面倒なことから逃れれて、大助かりよ。さあステンテレッロ、にっこりと挨拶しなさい」犬は白い頭――メイクで使う白鳥の綿毛のパフに似ていた――を振り、また吠えた。

「これは動物として、とても立派な姿をしていますね」ローランドが言った。

「あら、動物なんて言わないで。動物っていうと、黒くて汚くて、触れないものを思いますもの」

「とても高価な犬なのです」母親が説明した。「フィレンツェのある公爵が娘に贈ってくださいました」

「だから可愛がってるってわけじゃないわ。この子の魅力がそうさせるのよ。だってこの子のほうが公爵なんかよりすてきですもの」

「そんな失礼なこと言って！」母親は娘をたしなめながら、ローランドのほうに意味ありげな視線を向けた。貴族に対してこんなに平然と語れる娘のことを誇りにしているようだった。

一年前にヴィラ・ルドヴィージの庭園でこの親娘を見かけた時、彼女らの国籍と社会的な地位についてロデリックとあれこれ想像した。ロデリックは二人のことをヨーロッパの女性だと言っていた。しかし、年配の婦人はもちろん自分らと同国人であることが、今ははっきりと分かった。婦人は「どっしりした」体型であったが、化粧のおかげもあるにしても、若いころはかなりの美女だったとうかがえるし、今でもきれいなほうだった。娘は素顔でもきわめて美しいのは明白であったが、母親と違って賢い女性だとローランドは思った。母親は何も考えていない顔、利己的で世間体ばかり気にしているような顔つきをしていた。一方、娘は、プードルにうつつを抜かしているように見えるが、決して思慮が足りないわけではない。彼女なりの理由があって、その時々の役を演じているにすぎない。その役、その理由はいったいどういうものだろうか？　興味を惹かれる女性だ。出生にはどんな秘密が隠されているのだろう？　母親がアメリカ人なら、娘も同じ土地から生じた名花であろうが、彼女の美しさにはアメリカ娘らしい素直な愛らしさとは異なる、歴史を感じさせる落ち着きがある。異国で暮らしてきたせいか、話す英語にわずかな外国訛がある。小柄なイタリア男は、ローランドが女性客の身元についてあれこれ推測していることに気づいたのか、一歩踏み出して司会者のようにお辞儀をし、「お二人をまだご紹介しておりませんで、大変失礼しました。こちらはミセス・ライトとミス・ライトです」と言った。

ローランドは名前だけ聞いたところで二人のことが分かるわけではないと思ったが、ロデリックはそう紹介されて、ようやく客への義務に目覚めたようだった。照明を調節し、数点の作品を客人の前に引き出してきて、見せるほどの作品が少ないのを詫びた。「まだ初心者ですし、ここも展示場ではないのです」

「あら、初心者ですって！　初心者にしては、とてもお上手だわ」ミセス・ライトがはっきりと言った。「ねえ、ジャコーザ、こんなに良い作品を見たのは初めてねぇ？」

同伴者は感心したように微笑し、「すばらしいですな」とささやいた。「ローマのアトリエはすべて訪ねましたが、作品を見て感嘆したのは今日が初めてです」

「すべてだなんて！　そんなことありえないわ！」ミセス・ライトが大声で言った。「でも美術にくわしい友人に勧められたアトリエには行きました。アトリエって楽しいものです。自分も芸術家になれればよかったと思います。ハドソンさん、初心者でも、あなたにはすでにファンが多くいますわ。あなたの作品をぜひ見るようにと勧める人が何人もいましたよ」このほめ言葉に対してロデリックは反応せず、アトリエの反対側にいたミス・ライトに近づき、彼女の周囲を回って歩いていた。「娘の美しさに引きよせられたのね。でも、娘に夢中になるのは彼が最初ではありませんのよ」ミセス・ライトはローランドに向かって、打ち明け話をするように低い声で言った。知り合って間もないにもかかわらず、気を許してくれていることにローランドは気づいた。「芸術家は皆あの子に夢中になりますの。アトリエに行くと、娘の美しさで絵の美しさが台無しになるんです。それから、舞踏会へ行けば、他の女性が皆見劣りしてしまいますの」

「本当に美しいお嬢さんです」ローランドはそれだけ言った。

ミセス・ライトは長い柄の金縁眼鏡を通して周囲のものを見ているようでもあり、あるいは目に入らぬようでもあったが、今は周囲を見たり大声を出したりするのを一時中断し、ローランドをじっと観察し始めた。頭の天辺からつま先まで調べるような感じだった。ローランドという人物がロデリックのアトリエにいつもいるという話は、どうやら聞いていなかったらしい。嫁入り前の美貌の娘を持つ慎重で野心的な母親は、裕福な青年に対して常にこういう態度を取るのであろう。詳細な観察の結果、合格点を得られたようだ。「あなたも芸術家ですの？」と親しみをこめて尋ねた。その裏で、あなたは裕福な感じのよい青年だとお見かけしました。どうかわたしの目に狂いはないとおっしゃってね、と言っているようだった。

しかしローランドは表面の質問に、「いいえ、違います。ハドソン君の友人というだけです」と答えただけだった。

仕方なく、ミセス・ライトは彫像に目をやった。アダムを剣闘士に、イブをロマの娘と勘違いしていたが、別に恥じなかった。彫刻って大理石像に仕上げられる前の段階だとよく分からないわ、と不満を述べた。ローランドは一瞬迷ってから、ロデリックが有名になるのに役立つだろうという思いから、「わたしはロデリックの作品の完成品を数点所有しています。よかったら見にいらしてください」と言った。夫人はすぐに同伴者に住所を書きとらせた。「あなたは芸術のパトロンなのですね。わたしも財産があれば、そういう立場になりたいと思っています。どのような形式であれ、美しいものすべてが好きなのです。でも芸術家って、大金がかかりますでしょう。たいそうなお金持ちでもないと、要求に応じかねますわね。二十年前に、夫がわたしの肖像画をここローマで、当時有名だったパプッチという画家に依頼したことがあります。わたしは舞踏会用の衣装を着て、宝石をつけ、肩や腕もむき出しで、派手な装いをしました。画家は六百フランを受け取り、満足していました。家族が一年に五千スクードで王侯貴族のように暮らせた時代のことですからね。ジャコーザも昔はとてもダンディーでした。あら、照れなくてもいいわ。わたしもそうだけれど、あなたが昔すてきだったのは、誰にでも分かりますから。ジャコーザがどんなに見栄えがしたか、お聞きになるといいわ。でも今は鉄道のおかげで、下卑た人たちがヨーロッパにやってくるようになってきました。蛮族の侵入とわたしは言っていますけど。哀れなわたしどもはどうしたらいいのでしょう?」

ローランドは何か言いかけたが、部屋の奥から発せられたミス・ライトの「お母さま」と言う声に遮られた。

「何?」

「この方があたしの胸像を作りたいって。お母さまがお答えしてください」

ジャコーザが少し笑った。「もうですか!」

ローランドも、ロデリックの提案が早いのに驚いて、振り向いた。ロデリックは令嬢の前で両腕を組んで、あたかも「メディチ家のヴィーナス」を鑑賞するかのような態度で突っ立っている。ロデリックはお愛想を言わない人だから、その要求も唐突に突きつけたのだろうと——聞いていなかったが——容易に想像できた。

「この方、あたしを一年前に見て、それ以来ずっと考えていたんですって」令嬢の話し方は普通とは変わっている。いわゆる気取った話し方とも異なり、故意に無表情に話しているようだった。

「お嬢さんの胸像を作らせていただきたい」ロデリックは熱をこめてそれだけ言った。

「プードルの胸像を作ったらいかがかしら。面倒？　あたし自身は、これまで写真のモデルをずっとしてきました。あらゆるポーズで、あらゆる髪型で。もう十分すぎるほどポーズを取ったと思います」

「クリスチーナ、ポーズを取るのはあなたの務めかもしれませんよ。でも娘があなたの作品のモデルをするかどうか、存じ上げない若い彫刻家のためにそんなことをするべきかどうか、考えてみなければなりません。ハドソンさん、頼めばなんでも叶えられるというものではないでしょう？」ミセス・ライトが言った。

「モデルになっていただけない場合には、記憶から作ることもできます」ロデリックは力をこめて言った。「でもいったん作るとなれば、できる限り正確を期したいのです」

「お母さまが迷っているのはね」娘が言った。「こちらがあなたに代金を支払うのかどうか分からないからよ。母は一切払いませんよ」

「言葉を慎みなさい」ミセス・ライトは叱るように言った。それからすぐに付け加えた。

「もちろん、作品はこちらの所有になりますのね」

「もちろんです」ロデリックが答えた。

「お母さまったら、大理石の像をどうやって運んで旅を続けるの？」娘が言葉を挟んだ。

「胸像のモデルを連れていくだけだって、手がかかるのに」

「くだらぬことばかり言わないで」母親は怒ったように言った。

「売ればいいわね」娘はまた無表情を装って言った。

ミセス・ライトは苛立ち紅潮してローランドに助けを求めた。「娘は今日は手がつけられません」

ジャコーザは黙ってにやにやし、親子喧嘩の場から逃げようとするように帽子を口元につけて、つま先立って歩いていってしまった。代わってローランドが割って入った。「お嬢さん、ハドソンのこれまで作った大理石像をごらんになる前に、モデルを断らないほうがいいですよ。お母さまがわたしの所有する彫像を見にいらっしゃることになっています」

「ありがとう。あたしも伺います。ハドソンさんはお上手でしょうよ。でも、あたし、今風の彫刻は趣味ではないので」

「ぼくの作る胸像なら気に入りますよ、絶対に」ロデリックは笑いながら言った。

「ミス・ライトの満足のためには、古代ギリシャの彫刻家でも生き返らなくてはなりません」戻ってきたジャコーザが言った。

「この方をモデルにするのは、古代の彫刻家にも喜びでしょう」ロデリックが言った。ローランドが知るかぎり、これはロデリックが初めて口にする称賛の言葉だった。

「フェイディアスが制作中、面白いことを言って笑わせてくれるのなら、モデルになってあげてもいいわ。ねぇ、ステンテレッロ、どう？ あなたはフェイディアスのモデルになってあげる？」

「この件はまた別の機会に相談しましょう」ミセス・ライトが言った。「冬の間ずっとローマに滞在しますから。お邪魔しました。さあ、馬車を呼んで」ジャコーザは親子を先に行かせ、自分は近衛兵よろしく後に従った。ミス・ライトはロデリックとローランドのそれぞれのほうにあまり目を向けず、頭だけ下げた。

「ああ神よ、何という美しさだろう！」ロデリックは一行が去った後、大きな声で叫んだ。「運命の出会いだ！」

「確かに美しい人だね。でも胸像を作ると申し出たのは、まずかったんじゃないかな」ローランドが言った。

「え、どうして？」

「面倒なことになりそうだから」

「どういう面倒？」

「分からない。でもとにかく変わった親子だ。母親は野心家だな。娘がどういう人物なのかは、見当もつかない」

「女神だよ！」ロデリックが言った。

「そのとおり。だから余計危険なんだ」

「危険？　ぼくに何をするっていうの？　かみつくわけじゃないし」

「どんな危険なのか、まだ不明だ。ねぇ君、もう分かってもいいと思うけれど、女性には二種類あるんだ。安全な女と安全でない女と。ミス・ライトは、ぼくが誤っていなければ、安全でない女だ。賢者にはこの一言で足りるね」

「どうもありがとう！」ロデリックは言い、まもなくやってくる美しいモデルを祝福するかのように、勝利の口笛を吹き出した。

若い女性とその母親を変わった人種だと呼んだ時、ローランドは二人の経歴など知らぬまま、おおよその見当で自分の推測を表現したのだった。アメリカからヨーロッパに来ている千篇一律な連中と一線を画するのは明白なので、好奇心に駆られたが、二人がアメリカ女性の評判を高めるかどうかは、大いに疑わしいと思った。一週間ほど親子が毎日、立派な馬車で、ジャコーザとプードルを前の席に座らせ、これ見よがしにドライヴする姿をローランドは目撃した。ミセス・ライトは丁寧な——生来の尊大な態度のために割り引かれてしまうのだが——会釈をしたが、ミス・ライトはいつも自分の前だけを見ていて、観察者に対してきわめて無関心だった。それでも彼女の際立った美しさのために見物人は大勢いて、ピンチョの丘に出入りする人たちの間で噂話が飛び交うようになった。その一部がローランドの耳にも届いたが、彼はあやふやな噂話は信用せず、真実の情報を知りたかった。そして、はからずもマダム・グランドーニから教わることになったのである。彼女はミセス・ライトとその美貌の娘クリスチーナを以前から知っていたのだ。

「ミセス・ライトと親しくなってからもう二十年になります。わたしと同じくらい長くここに住んでいる人なら、誰でも彼女をよく覚えていると言うでしょう。あの美しい娘が真っ赤な顔で皺くちゃの赤ちゃんだった時、わたしの膝に抱いたこともありますよ。赤ちゃんの時は大きな目以外は、あれほどの美女になるような様子はまったくなかったけれど。十年前にミセス・ライトはどこかに消えて、ローマでは見かけなくなりました。例外的に昨冬の数日間だけ、ナポリへ行く途中でローマに滞在したのです。ヴィラ・ルドヴィージの庭園であなた方があの三人を見かけたのはその時ですね。わたしが最初ミセス・ライトについて知ったころ、彼女は未婚で適齢期でした。父親はアメリカ人の絵描きで、下手な風景画を描いていた。ヨーロッパにいるアメリカ人は気の毒だからと買ってあげましたが、暖炉を使わない季節に暖炉をふさぐための板に使ったものです。名前をサヴェジ（乱暴）といって、この名前には誰もが笑いました。穏やかで暗い感じの同情を買いそうな老人だったから。結婚した相手が昔舞台に立っていた意地悪なイギリス女で、画家が仕事で使う長い棒で夫を打ち、お金がなくなると、夫をアトリエに閉じ込めて、下手な絵を半ダースほども描き上げるまでアトリエから出さなかったという噂でした。女には派手な美しさがありました。夫を閉じ込めた部屋の鍵をポケットに入れて、外出し、美貌を利用して、ある種の人に夫の絵を買わせることができたのね。結局、イギリスの貴族と駆け落ちしてしまい、もうローマにはいませんでした。絵描きの一人娘のミス・サヴェジ——結婚前のミセス・ライトのことです——はとてもきれいでしたわ。もっとも今のクリスチーナにはとうていかなわなかったでしょうけれど。彼女が結婚したライト氏はアメリカの領事で、アドリア海沿いの港町のどこかに着任してきたばかりでした。おとなしい性格の、金髪の頰ひげの青年で、財産が少しありました。わたしの推測では、母国で悪い仲間と親しくなり、悪事に手を染める前に、家族が外国領事の地位を金で入手してやったのでしょう。休日にローマに来て、ミス・サヴェジと恋に落ちてすぐ結婚しました。結婚して三年経つか経たない頃、ライト氏はアドリア海で溺死。死亡の経緯は不明。若い未亡人となったミセス・ライトは、ローマの父の家に戻ってきて、その後まもなくサンピエトロ大聖堂の近くの家で女の赤ちゃんを産みましたが、その後、再婚はしませんでした。再婚の機会は大いにあったのですが、高望みをしましてね。財産と爵位のある人でなければというので、これは結局、無理だと分かりました。それでも結構男性にもてて、本人はそれを喜んでいましたよ。とても虚栄心が強く、世俗的で、おもしろみのない女性でした。それでも可愛い未亡人でもあり、ボンネットを驚くほどいくつも所有し、男たちをはべらせていました。今一緒にいるジャコーザはその時期から関係が続いている人です。彼はローマ人だと言っていますけど、本当はアドリア海沿いのアンコーナから彼女にくっついてきたのでしょう。彼は家事係で、彼女のもらった花束を預かり、手袋とサテンの靴を磨き、使い走りをし、オペラの座席を確保し、買い物で値段交渉の手助けをするのです。彼女は借金で首が回らなかったから、手助けするのは大変だったでしょうね。彼女はとうとう債権者を逃れてローマから逃げ出しました。絵描きの父親は、気の毒にも置き去りにされ、もう衰弱していて、仕事もできない状態でした。その後アメリカ人の仲間たちがお金を出し合って、父親を帰国させました。母国の養老院のようなところで亡くなったと聞いています。その後、ミセス・ライトという美女が、フランスやドイツの行楽地に出入りしているという噂を数年の間、時々耳にしましたよ。ある時、イギリスの上流階級の男性と結婚するという噂があったのですけど、相手のイギリス紳士が考え直したようです。結局、彼女は何とか借金せずに自力で生きてゆくことになったそうです。賢い人ではなかったから成功したかどうか分かりませんね。あの人、高貴な婦人ぶっていますけど、わたしの見るところでは、家(うち)で働く洗濯女のフィロメナのほうが家柄の面ではずっと上だと思いますよ。でも運はいいのね。亡くなった夫の一族の相続財産にからむ裁判でアメリカに行き、相当の資産を勝ち取って、戻ってきました。イタリアにまた現れて、しばらくヴェネチアで暮らし、それからフィレンツェにきて数年暮らし、わたしが知り合ったのもその時期です。去年ナポリに行きましたが、どうやらナポリが彼女に一番合う土地のようです。そしてこの冬はローマで作戦を開始したってわけですね。今はとても裕福らしいです。豪邸の一階を借り、自家用の馬車を持ち、彼女と娘はふんだんに帽子を買っているようです。ジャコーザは、まるでアンコーナで彼女が戻るまでじっと冬眠して待っていたみたいに、前と変わらぬ姿でまた現れました」

「母親のそのような生き方は、娘にどんな影響を与えたのでしょう?」ローランドが尋ねた。

「一風変わった教育になったでしょうね。王女並みの教育をしているって、フィレンツェで聞きましたよ。つまり、三、四ヵ国語喋れて、フランスの小説は数百冊ほども読んだそうです。クリスチーナは相当に賢いようです。最初に会った時は、美しさに圧倒されました。もし顔に真実が出るのなら、天使の心を持っているでしょう。ひょっとするとそうなのかもしれません。わたしにはあの人がどういう人なのか断定できません。特別な人です。五歳の時から母親に、一日に二十回、あなたは美女中の美女で、顔は財産で、うまく振る舞えば公爵とも結婚できる、などと聞かされてきたのですからね。もし取り返しがつかないほど堕落しているのでなければ、優れた人ではあるでしょう。わたしの印象では、彼女は善と悪、野心と無関心の混合ね。ミセス・ライトは自分が結婚に失敗したから、希望を娘に託したのです。ずっと希望を抱いてきて、今では実現可能だと信じ切っています。ミセス・ライトには、秘密に行っている趣味があります。いつかあなたも目撃するかもしれません。夜に予告なしに訪ねてみると、カップの中の茶葉を入念に吟味している場面とか、油じみのあるトランプで娘の運勢を占っている場面とかに出くわすかもしれません。娘相手に、『あなたは現役の君主と結婚できる』と保証しています。でもミセス・ライトは、愚かであっても妥協することを知っています。君主が国の事情で恋愛結婚できない場合に備えて、君主より地位の低い相手でも妥協するつもりでいます。イタリアの公爵でもいいし、イギリスの貴族でもいいし、大金持ちならアメリカ青年でも結構だというわけです。それでもまだ成功に至っていません。今度こそと思って画策し、そのたびに失敗しています。クリスチーナがあれほどの美女でなければ、母親の野心はただ醜いと思われるだけでしょう。でも誰でも、あの娘を見ると、あの子なら歴史に残るようなすばらしい、ロマンチックな結婚をどこかの皇太子としても不思議ではないという気がしてくるのです。『今のフランス皇帝の奥方だって結局どういう身分の女だったかしら？　クリスチーナと比べたら、あの奥方はずっと見劣りします』とミセス・ライトはよく言います」

「ご存じでしょうが、クリスチーナ本人はどう思っているのでしょうね？」ローランドが訊いた。

本当の気持ちは誰にも分からないでしょう。おそらく態度を曖昧にしていると思います。クリスチーナのとてもプライドが高いから、自分には君主のお妃になる資格があると思っているでしょう。でもどんな美女でも、もし君主に言い寄って失敗すれば無様に見えることも心得ています。だから、自分は無関心を装い、母に危ない橋を渡らせるのです。もし君主と結婚できれば、それはそれで結構。不首尾に終わっても、自分が軽くあしらわれたと思わずに済むように企んでいるのです」

「今伺った、ライト親子についての話は、王立科学院に提出する学術論文のように見事です」とローランドはマダム・グランドーニにお礼を言った。その話を聞いた数日後、ミセス・ライトとクリスチーナがジャコーザとプードルと一緒に、ロデリックの彫刻を見るためローランド家にやってきた。事前にマダム・グランドーニの話を聞けたのは幸運だった。交渉相手がどんな人物か分かっているだけで安心できるというものだ。

ミセス・ライトはばか丁寧に、彫刻だけでなくローランドの所持品すべてにお世辞を言った。「裕福な殿方は快適に暮らしていらっしゃること！　わたしたち女がここの安楽椅子や装飾的な骨董品の半分も持っていたらすっかりのぼせ上がって手がつけられなくなるでしょう。こんなお宅にたった一人で暮らすなんて、本当にぜいたくすぎます。ジャコーザ、こんなに多くの部屋だの、部屋を飾る絵画や彫刻だのを持っていたら、どんな気分がするかしら？　クリスチーナ、あのモザイクのテーブルを見てごらんなさい。マレットさん、あの椅子、くださいませんかって懇願したいくらいですわ。ええ、あのイブ像は本当にすてきです。わたしたちの先祖があんな美しいのなら恥じる必要はありませんね。イブがあんな美女なら、世の中に美しい女性がいる証明になります。何とかいう名前の彫刻家はどこかしら？　ここにいてほめてほしくないのかしら？」

クリスチーナは、ローランドが勧めた椅子にわずかな時間しか座っていなかった。彫刻をさっと見ると椅子から離れて部屋の中を歩き出した。鏡に映る自分の姿を見てから、飾られている品々に触れ、書物や版画を眺めた。ローランドの居間はがらくたでいっぱいだったので、見ていて尽きることがなかった。ローランドが彼女に近づき、自分の大事にしている品々を説明した。

「玉石混淆ね」クリスチーナは遠慮なく言った。「きれいなものもあるけど、凡庸なものも結構あるわ。でも、凡庸でも上品さがあれば好きです。それにきれいと言っても最近のものはひどく俗っぽくなった。品の良さが分かる人って多くないわね。ただ、上品さでさえ、近頃ではひどくありふれたものになったみたい。マダム・バルディが作ったボンネットなどにもそれらしいものがこめられているのだから。あたし、人様の持ち物を拝見するのが趣味なの。人の性格を知るのに役立ちます」彼女はローランドのほうに視線を向け、しばらくそのまま黙っていた。

「収集品を検討して、ぼくの性格がお分かりになったと理解していいですか？」ローランドが微笑を浮かべて訊いた。

「迷っています。だってあなたは、所有物が多すぎるうえに、所持品の多くが相互に矛盾していますもの。あなたは芸術好きだけれど、その一方で散文的な人ですね。『幅広い』趣味をお持ちだけれど、同時に、偏った見解や好き嫌いが多くあるみたい。もしあなたがあたしの知人だったら、嫌うでしょうね。あなたを好きになれないでしょうね」

「ぼくは頑固ではないし、愛想のよい人間です」ローランドが言った。

「では、あたしの誤りかしら。もし、あたしがあなたのことをもっとよく知れば、あたしが誤っていると分かるのでしょうね。でも自分が誤っていると分かれば、あたしは苛立って、あなたを嫌うでしょう。だから結局、あなたとあたしは敵同士ね」

「ぼくはあなたを嫌ってなどいません」

「ますます、いけないわ。だって、あなたが今後あたしを好きになる可能性は低いのですもの」

「悲しい見方をなさいますね」

「あたしはね、真実を直視するのが好きなんです。あなたは、否定するかもしれないけど。ところで、あなたのお友だちはどこ？」

「ロデリック・ハドソンのことですか？　彼はこれらの美しい作品の中にいると言えます」

ミス・ライトはいくつかの彫像をしばらく見ていた。「そうね。ローマでこれまで見てきた大部分のものほどひどくはないわ。風格はないけど、美しい」

「適切な批評ですね。美しいけれど、風格がない。そのとおりです」ローランドが言った。

「彼があたしの胸像を作る時もそういうものにすると約束するのなら、モデルを承諾してもいいかなと思っているの。ああいう言い方で出されたお願いだから叶えてあげるに値するもの」

「ああいう言い方？」

「聞いていなかった？　彼は、『お嬢さん、あなたはぼくの美の概念をほとんど満たします。胸像のモデルになってください』と言ったのです。あたしは彼が『ほとんど』と言ったから、モデルを承諾するのよ。彼はあたしと似ていて、真実と直面するのが好きね。彼とならあたしもうまくやっていけるはずよ」

ジャコーザは、ローランドの見事な収集品を見せていただいた、と礼を言いながら近寄ってきた。その微笑は限りなく穏やかで、口調も感じはよいが、こびへつらい取り入るようでもあった。ローランドは、決まった動作と声を発するように仕組まれた蠟人形を相手にしているような妙な感じを受けた。この蠟人形にも以前には心があったはずだが、今は失せてしまったようだ、しかし古風なイタリア人なら形だけの礼儀作法などではない、その人ならではの個性を持っているはずだ、とローランドは思った。事実、ジャコーザには彼個人として言いたいことがあると相手に伝えるだけの心は残っていた。自分は雇われた観光案内人などではなく、年長のローマの紳士だということをローランドに伝えたがっているようだった。ローランドは、なぜか分からないが、何となく彼を憐れんだ。そして、またお一人でもいらしてください、いつでも歓迎します、と親しい口調で伝えた。相手は大喜びで丁寧にお辞儀をした。「ありがとうございます。よろしければ、いずれそうさせていただくかもしれません」

ミセス・ライトもそろそろ辞去しようとしていた。「今度は、わたしどものほうにもいらしてくだされば嬉しいです。家には何もないのですけど。絵画も彫刻も。娘とわたしがいるだけです。ねぇ、そうでしょ、クリスチーナ？」

「え、何ですって？」クリスチーナが言った。

「そう、ジャコーザもいますわ」ミセス・ライトが付け足した。

「プードルもよ」娘が大声で言った。

ローランドはジャコーザに視線を走らせたが、彼はますます穏やかに微笑するばかりだった。

数日後、礼節上、ローランドはミセス・ライトを訪問した。デル・アンジェロ・クストーデ通りの豪邸の一つに住んでいた。表敬訪問のつもりだったが、驚いたことに「奥様は在宅です。どうぞお入りくださいませ」と告げられた。半ダースほどもある部屋部屋を通り抜け、広々とした客間に通された。その端に夫人が座って刺繍をしていた。ローランドを見ると愛想よく挨拶し、謎めいた態度で、大きな窓の狭間を覆うように広げてある、大きな屏風を見るように促した。「わたしは見張り役なんですよ」と夫人が言った。ローランドが、怪訝な顔をすると、夫人は一歩進んで屏風の向こう側を見るように促した。それに従い眺めてみると、ロデリックがこちらに背を向けて立ち、即席の台座の前で粘土の塊に形を与えようと熱心に励んでいるのが見えた。台座には、クリスチーナが、肩をあらわに出した白いドレスをまとい、豊富な髪をクラシカルなスタイルに巻き上げ、頭を格好よく保って座っていた。ローランドと視線が合うとにっこりしたが、青灰色の目の奥で微笑するのみで体は動かさない。うっとりするような美しさだった。

第九章

　すばらしいローマの冬がまためぐってきた。ローランドはローマ滞在をある意味で以前滞在していた時よりも深く味わった。あらゆる景色や刺激にわれを忘れるほど熱烈な愛着を覚えて、ここの空気を吸うことが自分の人生には不可欠だとさえ感じた。と言っても、ローマへの大きな愛を定義することも説明することもできない。具体的に魅力を一つ一つ数えあげて、愛着の根拠を人に示すことも不可能だろう。曖昧で、穏やかな、損得を超えた深い愛情であり、この愛について語りうるかもしれぬもっとも適切な説明があるとすれば、その愛のおかげで、今の時代や、現実にあるものや、感覚に訴えるものなど、この瞬間の条件での存在すべてを平静な気持ちで受け入れられるということくらいだ。ローマの魅力で気分が爽快になる一方で、心に時々憂鬱な低音が流れるのも、ひょっとするとこのいかなるものでも許容する精神のせいなのかもしれない。もっとも、ローランドの視野は元来、世間一般の人よりずっと狭いのだから憂鬱は避けがたいとも言えよう。世間には、永遠の命の保証はローマ教会の専権事項だとして、自分は信者でないから永遠の命は保証されないで結構だという人もいる。あるいは、古代ローマ人の体験の残響や記憶が後世に重くのしかかる雰囲気の中で暮らしてきたので、自分の意識の中にあった喜怒哀楽のすべても、いずれ朽ち果て、未来に生きる人々の足元の塵芥とか、肺に入り込むマラリア熱の毒気とかに化すと信じる人もいる。何を信じるかにかかわらず、およそローマに暮らす者なら誰しも、気づかぬうちに自分の抱く希望を半ば不本意に捨て去らざるをえないのが常であり、例外的な事情が生じて初めて希望の喪失に気づくのである。だから、日常生活を送っている間はこれほど快適な土地は他にないくらいなのだが、その一方、憂鬱な気分に突然落ち込んだ時にこれほど耐えがたい土地も他にないのだ。実際、ローランドは、ローマで暮らすのは感性と想像力を涵養（かんよう）することだという前から抱いていた予想が的中するのをよく経験した。しかし、物静かな素人芸術愛好家（ディレッタント）という身分に進んで収まるのでもない限り、想像力や感受性を豊かにすることが人を幸福にするか否かは怪しいと考えることも時々あった。彼は周囲の状況に対して、習慣的に寛容な態度を取っていたが、時々神秘的な内面の衝動に駆られて、それでよいのかと不安になった。彼の良心が「でも今後は？」と執拗に問いかけるのだ。そのような場合、彼は「明日など存在するかどうか分からないし、とにかく今日はいつになくすばらしかった」という控えめな答えをするしかなかった。しばしば重苦しい気分に陥った。理由もなく憂鬱になった。自分の見上げる天空には暗雲は見えないのに、気分に雲の影がさすのだ。その影は、結局、ロデリックに関することが思いどおりに運んでいないのではないかという過度の懸念から生じるものだった。自分がそのことで苛立っていることに気づくと、心が乱れる。毅然とした態度を取っていないと反省する。一方、たとえロデリックが自ら邪道に転落しても、ローランドのせいではない。こちらは友情、同情、助言などを、常に提供しているのであり、今後も提供し続けるつもりでいるのだから、こちらに責任はない。それに、ロデリックのような人を別人格に作りかえてみせるなどと宣言した覚えもないのだ。

ローランドが、自分がローマの土壌に根付き、根を張っていると感じたとすれば、一方、ロデリックもローマの影響力のなすがままになっていた。サンピエトロ大聖堂の影が届く範囲の土地で生き、死ぬつもりだから、アメリカの空気を吸えなくても一向にかまわない、とローランドに一度ならず宣言した。「ぼくのような気質の者には、ローマは生きていける唯一の土地だ。その事実を後悔せぬよう早く認めるのが肝要だ。だから、母国へは強制されない限り戻るつもりはありません」と言った。

「君が言う強制って、どういう意味だい？　いずれ帰国すべき立派な理由があると思うがね」ローランドが言った。

「婚約のこと？」ロデリックは目をそらさずに言った。「うん、ノーサンプトンではそのように了解しているはずだ」ロデリックは近くにいる者にかすかに分かる溜息をついた。

「ノーサンプトンとローマを両立させるのは難しいだろうなあ。結婚するならメアリがローマに来るほうがいい。ぼくは、いずれ帰国するにしても、六年から八年はここを離れる気はありません。婚約をそれほど長く延期するなんて非常識だろうね」

「ミス・ガーランドが君の母上を置いてくるのは難しいな」ローランドが反論した。

「もちろん、母も一緒にローマにくるのさ。この次の手紙で提案してみよう。母が決心するのには一、二年かかるだろうけど。でも、同意すれば、母の気分は明るくなる。気弱な老女にとってさえノーサンプトンでの生活はせせこましく、退屈です。メアリは今のままでよくできた人だから、変化があるとすれば、悪い変化しかありえない。それでも広い世界を見て、視野を広げるのはよいと思う。改善の必要がないほどよくできた人は存在しないのだから」

「母上とミス・ガーランドにローマに来てもらうのなら、君が迎えに行くのがいいね」ローランドが言った。

「いや、しばらくはここを離れたくありません。いい夢を見ている最中に起こされるようなものだもの。ローマに来たことが、今ちょうどぼくにいい効果をもたらし始めたところです。こちらの生活に慣れ、旅行者でなく住人の気持ちになってきた。もしノーサンプトンに帰って大通りを見たら、気が転倒しそうだ。その後遺症が心配だよ」

調子が出てきたとロデリック本人の口から聞いてローランドは安心感を与えられた。少し心配していたので、この言葉で杞憂が晴れるのを覚えた。ロデリックが婚約者の名前を口にしたのは、ジュネーヴで落ち合った時以来だったが、いったん口にした後は、しばらくの間何度もメアリ・ガーランドの名前を出した。しかしその都度、義理を立てるために言及していると言えなくもない口ぶりだった。事情を知らぬ者が聞いていたら、メアリというのは、中年女性で、人のいい独身の叔母か何かであり、以前彼が大いに感謝している親切、例えば千ドルの小切手でも贈られたのだと思ったかもしれない。婚約直後の六ヵ月の沈黙と現在の多弁の差にローランドは注目した。結婚が先延ばしになるにつれて頻繁に語るようになるというのは不自然ではないかと気になることが時々あった。ロデリックとメアリの婚約に関して、ローランドは問題点のすべてをあらゆる角度から考えていた。そもそもロデリックが彼女と恋に落ちたということ自体、とうてい納得できない。ローランドが考えるに、メアリはロデリックが好きになるタイプではない。恋愛はいかなる場合でも神秘的なもので合理的な説明は難しいのであろうが、この場合は特にそうだ。ロデリックが彼女に心を惹かれないだろうと思う根拠は何か？　的確な答えは見つけにくいだろうが、自分とロデリックとを比較すれば得られるだろうとローランドは考えた。彼とロデリックは、これほど異なる二人の人間が存在するのかと驚嘆するほど相違している。それなのに、ロデリックは、ローランドがずっと以前から憧れていたタイプの女性を突然恋したのだ。ローランドがメアリの数ある魅力に強く心を惹かれたのだとすれば、ロデリックだって好きになったとしても、そう意外ではないという見解にローランドは賛同しかねた。

世の中には男なら誰しもが多少とも惹かれるような女性、つまり華やかな美女で利発で魅力的な女性がいる。例えば、ミス・ライトがそうだ。彼女と接した男なら誰でも、愛を告白せずとも、心をときめかせたり、動揺を隠せなかったりする。一方、別の種類の女性もいる。非常に美しい場合もあれば、そうでない場合もあるし、もしかすると平凡な顔立ちの場合もあるだろうが、男性を魅することはまれでも、いったん惹きつければ永久に愛されるのだ。メアリ・ガーランドはこの種類の典型だった。可能性の原則から言って、こういうタイプの女性がすべての男に同様の魅力を感じさせることはありえない。ロデリックがいかなる魅力を感じたかと言えば、若さ、思いやり、親切心、愛想のよい表情も魅力であったろう。だが、これは彼女だけに見出される魅力ではないから、是が非でも彼女でなくては、ということにはならない。一方、ローランドがメアリに見出した魅力は、神秘的なこと、個性的な点、女性らしさであり、メアリだけの持つ特質である。ロデリックがメアリとの関係で有利なのは、彼女が彼に好意を抱いたという要素で、これはローランドも認めざるをえなかったのだが、彼としてはそこをあまり大きく考えたくなかった。メアリがロデリックを恋し、そのために気に入られるように振る舞ったということをローランドが敢えて想像しなかったのは、一つには、彼女に対して失礼だと感じたからだ。もう一つには、愚かしかったからだ。結局、ローランドは、頭の中で、メアリとアメリカで別れて五日目と同じく、今でも鮮明な姿で現れるのを感じるだけで満足した。ローマに行くか否かを決定しなければならなかったあの時期にあっては、ロデリックが絶対にメアリでなくてはならぬというわけではなく、他の女性でも彼の欲望を満足させたのではないか、という確信にもしだいに近づいていった。そうだ、今でもロデリックは他の女でもいいのだ！彼がバーデンバーデンでの女性体験をジュネーヴで告白した時にも、女なら誰でも満足だと言っていたではないか！

美貌のミス・ライトの胸像の成功においても、女性にからむロデリックの軽薄な性質が証明された。像は彼女が二週間ほど連続してモデルを務めたため、予定以上に速やかに完成した。完成が近づいたある日のこと、ロデリックはローランドに胸像制作に関する助言を求めてきた。制作はミセス・ライトの家で行われていて、それはロデリックのアトリエは湿気があって嫌だと彼女が言ったからだった。ローランドが作業現場を訪ねると、クリスチーナは肩まであらわな白いドレスを着て鏡の前に立っていた。髪型のことでロデリックと言い争っている最中で、彼女は豊かな髪を自分で結っているところだった。ロデリックは彼女の傍らに立ち、命令口調で指示を出しており、二人がかなり親密になっているとローランドは思った。クリスチーナはロデリックの指示に苛立ち始め、「それなら、あなたがやってよ！」と怒鳴り、巻き毛をさっと振りほどいて、肩まで垂らしてしまった。

実に見事な髪で、長く垂れ下がる巻き毛の間から見える顔の造形が完璧であったため、あたかも清純な聖女が殉教のため引かれてゆくような印象を与えた。ローランドの目には強い感嘆の気持ちが浮かんだであろうが、クリスチーナがそれに気づいた様子はない。ちょうど彼によく見える瞬間を狙ったかのように髪を振りほどいたことからもうかがわれるように、彼女は男の気を引く女（コケット）だったとしても、最高のコケットだった。

「ロデリックは彫刻家だが、ぼくはいっそ画家になりたかったんですよ」ローランドが熱をこめてミス・ライトに言った。

「あなたが画家でなくてほっとするわ。あたしがいくら魅力的だからって、じろじろ見られるのはもううんざりだもの！」

「ハドソンさんったら！　手をお放しになって！」ミセス・ライトが前に出てきて娘の髪をつかんだ。「クリスチーナ、そんなこと言って、マレットさんに失礼じゃありませんか」

「はしたないかしら？　マレットさん、ごめんなさい」クリスチーナが言った。ミセス・ライトが娘の豊かな髪を両手ですくいあげると、指の間から美しい髪がさらさらと流れ落ちた。ミセス・ライトは、その間意味ありげな微笑を浮かべてローランドに視線を向けていた。ローランドは東欧に行ったことはなかったが、もし奴隷商人がチェルケス族の美女の魅力に買い手の客の注意を向けようとしている場面を描く画家がいれば、ミス・ライトのこの微笑とそっくりの微笑を描いただろう。「ママは本気で怒っているわけではないわ」クリスチーナは母の芝居の秘密を明かすように言った。「ハドソンさんが髪を傷つけて、その結果、あたしの商品価値が下がるのを心配しているだけよ」

「親不孝な子ね。罰として、みっともない髪に結ってやってもいいところだけど」そう言いつつも、実際は数回娘の髪をなで、巧みに巻き毛を一束にまとめ上げ、頭上に王冠のように載せた。

「お母さまがあなたを叱る時、何をなさるのですか？」ローランドは、クリスチーナのうなじの美しさに感嘆しながら尋ねた。

「叱るのは、この子がわたしの言葉尻をとらえたりする時なのですけどね。そのような時、母としてはどうしたらいいのでしょう？」ミセス・ライトはローランドに逆に答えを求めた。

「マレットさん、お暇な時に考えればいいのよ」クリスチーナが言った。「いい答えが浮かんだらあたしにも教えてください。でもあたしはあなたの案に賛成しませんからね。あなたのお顔には、母が心から嘆くようなことをあたしに言わせる何かがあるの。初めてお会いした時に、気づきました。多分お顔が大きいからでしょうね。あなたを見ると、一種の怒りを覚えますの。なぜか、大きい顔を見ると苛立つのです。去年の夏もオーストリアのカールスバードでオーストリアの伯爵と知り合いました。広大な土地を持ち、お仕事は裁判所の長官だとかいう方でした。あたしに気があって、しつこく言い寄られたから、あたしがいいと言いさえすれば結婚だってできました。でもしなかった。顔の横幅が一ヤード半を超えていたから。おまけに金髪だったので、なおさら嫌だったのです。あたしのプードルそっくりの金色のふんわりした毛でした。そこで『光栄ですが、伯爵様、あなたの礼服はご立派ですけれど、お顔が大きすぎるので、結婚できません』とはっきり言いました」

「あなたに苛立つ顔だと言われて、ぼくもふくれっ面になっていることでしょう」ローランドが笑いながら言った。

「あたしたち親子が夫探しをしているのはご存じでしょう？　お金持ちでなければ、申し込む資格もないってこと。ねえ、ママ、お二人の前では、隠さなくてもいいのよ。お二人とも候補者から外れているから。マレットさんは裕福だけど、あたしの相手として足りるほどのお金持ちではない。マレットさんのお宅へお邪魔した翌日、それが分かったの。家具があまりにすてきなのに感心して、ママが調べてみたら、それでは財産不足だって分かったのよ。だからよほどのお金持ちでないとあたしの相手になる資格はありません」

「まるで乞食になったような気分になります」ローランドが言った。

「いずれあたしより立派な女性が現れて、よく考えた末、あなたの財力で満足だと思うでしょうよ。ハドソンさんは問題外だわ。天賦の才ときれいな目しかないのですもの」

ロデリックは、彼女が他聞をはばかることを冗談めかして平然と喋っている間、じっと彼女を眺めていた。彼女は話し終わると、ロデリックのほうを向いた。二人の目は合い、彼は一瞬赤面し、「ぼくのモデルになってくれれば十分。あなたと結婚できる奴は、そうミセス・ライトは娘が喋っている間もその髪を整えながら、「娘は人が思うほど無分別ではありませんのよ」とローランドにはっきりと言った。そして「腕を貸してください。像を見に参りましょう」と続けた。

胸像の前にくるとクリスチーナは、「これが無分別な娘の像かしら？」とローランドに問いかけた。

ローランドは生身の彼女と胸像とを何度も見比べた。「若い令嬢の像ですが、分別がないかどうか、即座には判断できません」

「そうかもしれないのに、言い切る自信がないのね。ありがとうございます。もう六回もあたしと会っているのに判断できないとおっしゃるの？　あなたが非常に愚鈍なのか、それともあたしが非常に分かりにくい女なのか、どちらかなのでしょう」

「ぼくは確かにのろまです。あなたがどういう人か判断するのに半年はかかるでしょう」

「六ヵ月待ってもいいわ。その代わり、判断の結果を、本当に率直に言ってくださるわね？　あたしは忘れませんよ。催促しますからね」

「ぼくはのろまですけれど、かなり大胆ですよ。いずれお分かりになるでしょう」ローランドが言った。

クリスチーナは自分の胸像を見て、溜息をもらした。「彫刻家が作品に込めてくださった以上の知恵が入っているはずもないわね。ハドソンさんは、制作中はとりわけ賢そうに見えたのですよ。しかめ面や、困った顔はしたけれど、口は一切開かなかったの。あたしがあくびしているところを描かなかったのでたすかりました」

「制作中にもしぼくがくだらぬお喋りをあなたとしていたならば、この作品は今の十分の一の魅力しかなかったでしょう」ロデリックが言った。

「結局これは優れた作品なの？　マレットさんは著名な美術鑑定家でしたね。ここにいらしたのも、それを判断するためでしょ？」クリスチーナが言った。

胸像は実際非常に見事な出来栄えだった。ロデリックはよい題材に見合う仕事を成し遂げた。最近の彫刻の世界では、美女の胸像というと優美な主題でありながら、曖昧で幻想的な作品が多いのだが、それとは異なり、肖像として完璧だった。モデルそのものであり、細部もきわめて忠実に再現されていて、しかも高貴な素朴さがあった。顔は理想化せず、それでいて美の理想を表現している。しかし、誰もが知るように、ローランドは大げさなほめ言葉を用いるのを好まなかった。結局、よく検討した後で、細部の修整を提案するのみだった。

「まあ、よくそんな冷たいことばかりおっしゃれますわね」ローランド言葉を聞いて、ミセス・ライトが非難めいた口調で言った。「すばらしい作品じゃありませんか」

「いいえ、ローランドはこれが秀作だと認めているのですよ。彼の顔を見ればぼくには分かります。なぜなら先日、ぼくの作った別の彫刻を見た時、駄作だと思ったはずです。その時の表情は今とはまったく違っていましたから」ロデリックが言った。

「どんな表情だったのかしら？」クリスチーナが訊いた。

「ローランド、ぼくが話しているのは女の坐像のことさ。あなたはあれを見た時、サイズの合わない小さいブーツに強引に足を突っ込んだようなしかめ面をしていたね」

「クリスチーナ、あなたはそんな言い方では分からないでしょ？　小さすぎるブーツなんて履いたことがないから」ミセス・ライトが言った。

「ハドソンさん、胸から上だけの像だから、足が作れなくて残念だったわね。でもスリッパを首のまわりにぶら下げることならできるわよ」クリスチーナが言った。

「もしかするとそんな表情をしたかもしれないが、君の冗談に比べれば、彫刻のほうはどれでも好きだよ。とりわけ、これは見事な彫像です。ミス・ライト、誇りに思ってよいですよ」ローランドがとうとう言った。

「誇ってもいいって、嬉しいわ、マレットさん」

「早く大理石になった像を見たいわね。赤いビロードの幕をバックにして飾ってあるところを」ミセス・ライトが言った。

「サッソフェラート（甘美なマリア像で知られる十七世紀のイタリア人画家）の絵の下に飾ればいいのじゃないかしら？」クリスチーナが言った。「ハドソンさん、この仕事であなたには金銭的に得るものがないのを、覚悟しておいたほうがいいわよ。ママがその気になれば、胸像の写真を何枚も撮影させて、スペイン広場で一枚五フランで売らせるかもしれない。でもあなたの収入にはなりません」

「それで結構。『そのことは証文に記されておりました』とシャイロックも言っていた。ぼくの儲けはここです」ロデリックは自分の額を指した。

「ここって言えば、もっと可愛いのに」クリスチーナは自分の胸のあたりを指して言った。

「クリスチーナ、あなたという人は口数が多すぎるわ」ミセス・ライトが小声で言った。

「マレットさんのせいよ。あの方が部屋にいる限り、あたしはまっとうな発言ができないのよ。マレットさん、お帰りになってほしいから言ったのではありません。自分の弁護のために言っただけです」クリスチーナが弁解した。

「なるほど、自己防衛のためですか」ローランドが言った。

ロデリックはそろそろ仕事をしなくてはと言い、クリスチーナにいつものポーズを取るようにと言った。そこでミセス・ライトは、ローランドを自室に誘った。夫人の部屋は「控えの間」の広さしかなく、応接室につながっているだけで、他に出入り口はなかった。部屋に入ると、ドア近くのソファにジャコーザが座っていた。両腕を組んでうつむき、目を閉じている。

「おや、一休みですか」ローランドが笑いながら言った。

「怠慢だわ。いけないことよ」ミセス・ライトが棘のある口調で言って、眠りから覚まそうとした時、ジャコーザははっと目を開き、微笑し、一礼して立ち上がった。

「奥様、失礼しました。あまりの暑さで、ついうっかり……」

「ジャコーザ、ばかをおっしゃい！　寒くて誰もが死にそうなのよ。あなたは、どこかで頭を冷やしてくるといいわ」

「そういたします」ジャコーザはローランドにまたお辞儀をしてから、慎重につま先歩きで立ち去った。ローランドも時を置かずに辞去することにした。ミセス・ライトに好感が持てなかったし、彼がその気になりさえすればお気に入りにしてあげようという夫人の態度に心躍らせる気などさらさらなかった。自分が礼儀正しいあまり、夫人に気に入られたのだろうと思い、自己嫌悪に陥った。そして邸の中庭で、前を歩いていたジャコーザに追いついた。彼は門番の小屋に立ち寄り門番の娘に声をかけていた。まだ幼い少女で、汚れたエプロンをつけていた。ジャコーザは少女を腕に抱いて、子守唄を歌って聞かせ、少女のほうはローマ人らしい大きい穏やかな目で彼を見つめている。ローランドに気づくと、ジャコーザはキスしながら少女を下ろし、照れたように微笑を浮かべて、近寄ってきた。丸々と肥った幼女をうれしそうにあやしている姿を見られ、恥ずかしそうだった。ローランドは、彼が夫人に部屋を出ていけと言われた時、あまりにも素直に従ったので、気の毒に思ったのだった。

「わたしを訪ねてくださるという約束を守ってくださいませんね」ローランドが言った。

「いずれいらしてください。三十年前のローマのことをお聞きしたいのです」

「三十年前ですか。ローマはあまり変化しない土地です。相変わらず不思議なことが起きています。でも幸福なことも起こります。お訪ねするようにとまたお誘いをいただいたのもその一つです。ご親切ですね。いつお邪魔したらよいでしょう？　午前中か、午後か。あるいは夕刻か？」

「あなたのご都合のよい時いつでも結構です。待っていますよ」

ジャコーザは大げさな言葉で感謝した。年取ったジャコーザに対して、ローランドは寛容だった。この零落した紳士に親切にするのは、不愉快ではなかった。

ミス・ライトの胸像はしばらくの期間、ロデリックのアトリエで展示され、ローマで暮らす外国人が大勢見に来た。しかし、胸像が完成したからといって、ロデリックのミセス・ライト邸への訪問は決して終わることはなかった。夫人の応接室で時間の半分を過ごしていて、クリスチーナへの特別の「関心」が噂されるようになった。胸像の成功で彼は落ち着きを取り戻し、上機嫌に喋りまくり、今は何にもましてクリスチーナに関心があるのだとローランドに語った。二人でクリスチーナを話題にしている時、ローランドはあまり話さず聞き手に回ることが多かった。一つには、ロデリックがあまりにも声高に語り、嬉しそうだったからで、もう一つにはローランドが彼女を危険だと評した時、ロデリックに嘲笑されてうまく反論できなかったからだ。しかし彼女が危険だという印象は消えなかった。彼女は複雑でわがままで、情熱的であり、その気まぐれな心の渦に信じやすい青年を巻き込んでしまうかもしれない。とはいえ、ローランドも彼女の魅力を強く感じた。渦には不思議な吸引力がある。ロデリックは、胸像制作の過程で何度も彼女と身近に接し、クリスチーナに対する称賛の気持ちが一段と深まったらしく、その美について飽きもせずに長広舌を振るうのだった。

「彼女の体の曲線を丁寧に再現しようという目で眺めるまでは気づかなかったけれど、あの顔立ちはおよそ創造主が作ったもっとも精妙な傑作だ。どの線にも意味があり、髪の毛一筋だって完璧に吟味されて作られている。それから口。純粋な真実を何の歪みもなく完璧に発するように作られている」さらに、彼女がモデルを始めて一週間も経つころには、「仮に彼女が平凡な顔立ちであったとしても、すべての女の中でもっとも魅力的だと思う」と言った。「彼女の美しさを忘れた。というか、美を彼女の他の部分から独立した別のものだと考えるのをやめた。彼女はすべてが一体になっていて、容貌も思想も行動も感情も理性も感性もすべてが最高に興味深い」と評した。

「行動や物言いの面で、ミス・ライトは他の女性とどう違うの?」ローランドが訊いた。

「物の言い方? 時には無言だし、時にはあらゆることを言うよ。同じ状態では決してない。時には、あたかも退屈極まるというように、一言も発せず、微笑も浮かべず、深刻な顔で、緊張して部屋に入り、椅子に座る。引き上げる際にも、作品に目を向けず、ぼくも見ない。ある時は、笑い、喋り、際限なく質問を繰りかえし、思わず吹き出すような冗談が口をついて出てくる。気分屋で、予測不能。絶えず観察していないと、すぐに気分が変わってしまう。彼女は世間のいろいろな面を見てきた。彼女の話にはとても信じられないような噂話も多くあるんだ」

「確かに非常に珍しいタイプの女性であることに異論はないし」ローランドは言った。

「それに彼女は魅力的であるにしても、適齢期の女性のオーソドックスな魅力、つまり無垢から成長した、素直でやさしい女性に特有の魅力とは違う。アメリカ娘は他国の娘より抜け目がないと言われているが、彼女も国籍上はアメリカ人だね。しかし、今の彼女を作ったのは二十年に及ぶヨーロッパ暮らしだ。最初に会った時、君は彼女がヨーロッパの産物だといったけれど、あれはあたらずといえども遠からずだったわけだ」

「彼女には雰囲気がある」ロデリックがほめ上げるように言った。

「若い未婚の女性は雰囲気などあまり持たぬように注意するべきじゃないかな?」ローランドが言った。

「ローランド、あなたは彼女にやりこめられたから怒っているんでしょう。あのような女性に注目されたら、それだけで男として喜ぶべきですよ」

「しかしその女性に好かれないのなら、決して喜べないよ」

「好かれていないって? あなたらしく卑下するのだなあ。うぬぼれの強い男なら、同じ待遇を受けても、自分は好かれていると思うのに」

「そう思い込むには、よほど自信がないとね」ローランドは笑いながら言った。心の中で、婚約していない女を、婚約している女より愛するということを、ロデリックはいったいどうやって自分の良心と妥協させているのか疑問に思った。しかし、ロデリックがメアリ・ガーランドのことをあまり愛していないのを知っていると決めつけるのは、失礼かもしれない。とにかく、ロデリックのように何でも楽々とこなす並外れた天才は、自分のように平凡で気弱な男の場合とは異なる、もっとゆるめの道徳によって裁かれるのかもしれない、と陰気な気分で考えた。スケールの小さい自分のような者は、創造主から立派な肉体と精神を授けられたのにそれを十分に活用しきれていないのだから、道徳を緩めてくださいとお願いする資格はないのだろう。ロデリックは、クリスチーナ・ライトについて夢中で喋り続けている最中も、無邪気で曇らぬ青い目をこちらに向けたり、あるいは、平凡人なら受ける非難を美しい茶色の髪を一振りして払いのけたりする。これは、自然の摂理の一部かもしれない。あるいは、彼にはもともと良心などないのかもしれない。とにかく、幸運な男だ!

あのグロリアーニも、ロデリックがクリスチーナをモデルにした胸像が完成したお祝いを述べにやってきた。像を見ると、「こりゃあいいね。どこもかしこもすばらしい出来栄えだ」とほめた。「うなじと喉、これは見事だ。鼻筋もきれいに仕上がっている。これほどすばらしいモデルを使えるなんて、君は憎らしいほど幸運だなあ。だが、ちっぽけな胸像だけに使うなんて、もったいない。もっと大作にすべきだった。わたしがこのモデルを使うのなら、嫌だと言われても全身像を作るね。彼女が時間一フランで雇える、ぼろを着た貧しいモデルならなあ、好都合だろうに。わたしは、一風変わった婦人像を制作しようという案をずっと暖めているんだがね、いいモデルが見つからなくて実現できないんだ。モデルに使えそうな女に会ったことはあるが、ミス・ライトにはとうていかなわない。彼女ならまさにぴったり、完璧だ。彼女を初めて見た時、『わたしの理想とするモデルそのものだ！』と思わず叫んだよ」

「どんな婦人像を作る気なのです？」ロデリックが尋ねた。

「気を悪くしないでほしいのだが、実は、彼女なら最高のヘロディアス（古代ユダヤ大王ヘロデの妻でサロメの母、洗礼者ヨハネを殺害した首謀者）像ができると思ったんだ。わたしは自分の観察眼に自信がある」

たとえロデリックが感情を害したとしても（その可能性が低かったのは、グロリアーニの知性について、前にも述べたように、彼は否定的だったからだ）、サム・シングルトンの率直な賛辞によって慰められたに違いない。シングルトンはロデリックのアトリエに来て、彫像とその制作者の前でひれ伏すような気持ちで一時間も座っていた。この称賛者にたいしてロデリックは親しみを覚えたようであったが、背が低く醜男であることを嘲笑し、軽蔑を隠さなかった。シングルトンが、自分の画家としての仕事をあまりに卑下し、ロデリックの才能をほめちぎるので、ローランドは、「羨ましがることはありません。あなたは、いわば岸辺近くだけで船を進めているけれど、だからこそ荒波の危険を免れているわけですから。自分には自分なりの方法があると、割り切って考えることです。さあ、わたしのために、もう一点あなたの絵を描いてください」と言った。

「わたしはハドソンさんの持つ魅力の中の何か一つでもいただきたいとは思いません。だって、何であれ、一つでも取り去ったら、完璧な美が損なわれるからです。『完璧』——それがハドソンさんです。一方、わたしのように手先だけ器用な者は半分熟したプラムです。太陽にあたった面だけ美味しいのです。ハドソンさんは、生まれつきの完璧さに加えて、幸運です。ローマでもっともハンサムな男性で、天分も最高、さらに最高の美女が進んでモデルになる。それが完璧ということでないなら、他のどこに完璧があるというのです?」シングルトンが言った。

第十章

ある朝ローランドがロデリックのアトリエを訪ねると、ミス・ブランチャードを接待しているところだった。「接待」と言ったが、彼女の来訪をただ表面的に、丁重に受け入れる態度にそのような言い方を使用するのが適当だとしてのことだ。何しろロデリックは前から彼女を嫌っていて、彼女の家の二階にあるアトリエにバラの精巧な絵を見に行ったことなど一度もない。ある時、彼女をからかって、テニソンの詩を引用したことさえあった。

　バラの蕾の中に
　道徳が閉じ込めてあるだろうか？

「ミス・ブランチャードの描くバラのすべてに必ず道徳がしまってある」とロデリックは言った。「道徳が蕾から頭をちょっと突き出している。バラの香りを嗅ごうとして鼻を近づけようものなら、『道徳』に引っかかれるぞ」しかしこの朝、彼女は友人のレヴンワース氏を紹介するという、ロデリックのご機嫌を取るための土産を持って現れたのだった。レヴンワース氏は背の高い、恰幅のいい、穏やかな紳士で、手入れの行き届いた頰ひげを生やし、大きくて色白の端正な顔立ちだった。慈善心に満ちた微笑を浮かべ、額が白くなめらかなので、派手な絨毯を敷き壁に絵画が一枚も掛かっていない、だだっぴろい客間のような顔だった。頭をやや上向けにして、力強い話し方をし、会って五分も経たぬうちに、妻を亡くした身で、心を癒すために旅をしているのだと告げた。ペンシルヴァニア州にある大きな硼砂鉱山の社長を最近退いたということだった。亡くなった奥方のための墓石の注文に来たのかとロデリックは最初思ったが、ミス・ブランチャードとの親しげな接し方から判断して、亡妻のための注文ではないだろうと考え直した。完成するころには、自分にはもう愛妻の墓など不要になっていると自覚している、利口な男だと推測できた。墓の注文ではなく、何か別の彫刻を注文するつもりの様子だった。

「アメリカ出身の才能ある芸術家を援助したいと思っています」氏が言った。「オハイオ州の川岸に建造中の邸も、地元の建築家に依頼したのです。かなりの出費だったが、芸術は癒しだと言うでしょう？　だからこそ、ここに来たわけです。趣味のよい邸に住み、旅行で入手した美術品に囲まれ、落ち着いた余生を味わいたいというのがわしの願いです。パリでは食堂用の備品一式を注文してきました。それで、書斎用に君に何か作ってもらえないかと思っているしだいです。書斎は有名作家の豪華な装丁本でいっぱいにするようにもう発注してあります」ここでロデリックの彫刻の一つを指しながら「わしの書斎に、この純白な像が立っていれば、モロッコ革の装丁と金色の文字とよく調和して、さぞ立派に見えるでしょうなあ。像の主題はもう決めてあります。『文化』を象徴する像が欲しい。どうでしょう、こういう考えで仕事を引き受けてもらえますかな?」促すようにロデリックに言った。

「真面目な方がお考えになる、とても興味深い主題ですわ」ミス・ブランチャードが言った。

ロデリックは彼女をちょっと見てから、「わたしにできる一番簡単なことは、ミス・ブランチャードの全身像を作ることでしょうね。手に古代の書物でも持たせれば、主題の『文化』の象徴になるでしょう」と言った。

ミス・ブランチャードは赤面した。ハドソンさんはあたしを皮肉っているらしい。彼の天分に疑いを抱いているのをずっとうらんでいるのだろうとミス・ブランチャードは思った。レヴンワース氏は、「ミス・ブランチャードの美しさには敬意を表するが、今は生々しさのない、記念碑的な、個性を脱した作品のほうがいい。それに、ミス・ブランチャード像を所有するとすれば、象徴でなく実物のほうがいい」と言った。

ロデリックは注文をお受けすると返答した。そして二人が相談をしている間に、ローランドは抜け目のないミス・ブランチャードと内緒話をした。「いったいどういう人なのですか?」

「偉い人よ。一代で財産を成したのですからたいしたものだわ。それに生まれつきの紳士だし」

この言葉はやや大げさに響いたので、ローランドは返事をせず、ミス・ライトの胸像のほうに目を向け、話題を振った。このころまでには、ローマの他の人と同じく、ミス・ブランチャードもクリスチーナの美しさについて意見を持ち、それをいかにも彼女らしく気取って、「ミス・ライトは半分マリア様で、半分バレリーナね」と言った。実に気の利いた、言い得て妙な言葉だからみなさんの引用にだって値するでしょう、そう言わんばかりの得意げな表情を見せた。

レヴンワース氏とロデリックの相談もまとまり、最後にロデリックは注文主の考えに沿った像を作るように努力しますと愛想よく約束した。しかし、客が立ち去ると、すぐ「あの男の考えなど、くそ食らえだ!」とローランドに向かって言い放った。「あの男の頭にあるのは、ふんわりしたクッションに座って、耳にペンをさし、手に株式のリストを持つ婦人像というところだ。まあ、いい作品を何とか考えてみよう。金をもらうのだから、見合ったものにする」

ミセス・ライトはローマ社交界で大物になりつつあった。マダム・グランドーニはローランドに、ミセス・ライトの成功ぶりをいくつもの証拠を挙げて説明してから、「どうやってのし上がったものやら、神のみぞ知るね」と言った。「あの人の場合は大胆さが武器だったのね。一ヵ月前までは、ローマでの知り合いと言えば、雇っている洗濯女くらいだったのに、今では王侯貴族の訪問を受けているそうよ。社交界で必ず成功しようと決心し、お金持ちの知人を作るには、まず自分自身が人の近づきたがる人になることだと考えついたのね。そこで、人も驚くような立派な客間を用意し、ふんだんに高価な服を作り、晩餐会、舞踏会、音楽会を催そうというわけ。二、三週先に、大金を使って社交シーズン最初の豪華な舞踏会を主催する予定だと聞いています。むろん、成功すればクリスチーナの美しさのおかげで、誰もが好奇心を抱いて一目会いにくるでしょう」

「ミス・ライトに魅了されて、客が繰りかえし訪ねるということになるでしょうね。本当に、クリスチーナは注目に値する人です」ローランドが言った。

「わたし、クリスチーナのことはよく分かっているつもりなの。先日もつくづくそう思う機会がありました。あの人が、自分から会いたいとやってきたんです。一時間付き合ったのですが、とても興味深かった。彼女は役者ね。演技中は、自分の演技を現実のことだと信じているみたい。先日は、自分がひどく不幸だと思い込み、不幸な女を演じました。とても悲しそうなあなたが今いるところに座ってわが身の不幸の数々を告白し、泣き出しました。あげに泣いたわ。人生にうんざりしたとか、身の不幸を打ち明ける人はおば様しかいないとか、喋らないと気が狂いそうになるとか。迫真の演技でした。彼女が泣くところを感受性豊かな青年が見たら、さぞ感動するでしょう。『ママは不道徳です』と強い口調で言っていましたが、どういうことかしら? 返せない借金を平気ですることかしら。『あたしたち親子の人生はひどいものだわ。娘を世界中あちこち連れていって売り物にし、最高の値段をつける男に売り渡そうとするなんて、ひどいでしょ。あたしがそんな目に遭う運命なんて、ありえない。貧乏でも幸福になれます。欲しいのはお金じゃない。信じていただけないでしょうけど、あたしは真面目に生きていくことが好き。毒を仰いで死んでしまおうと思うことだってあります』こんな調子でまくし立てたの」

「それで、あなたは何と言ってあげたのですか?」

「毒を仰ぐのはやめて、わたしに会いにいらっしゃいと勧めました。毒よりは助けになるし、毒ほど不愉快ではないから。もちろん、わたしにできるのは、彼女に自由に喋らせ、彼女にキスし、美しい手を軽くたたいてやり、辛抱していればまた幸せになれると励ますだけ。おそらく二ヵ月に一回くらい先日と同じようにまた現れるでしょうね。それ以外の間は、わたしの存在など念頭にないでしょう。わたしはやさしく接してやり、あなたのために、人柄がよく財産もほどほどに持つ夫を見つけてあげてもよいとまで言いました。でも彼女は夫という言葉を聞いただけで怒り出したわ。そんな話は二度としないでほしい、とむきになりました。確かに唐突に、夫にふさわしい男性云々などと言ったのはまずかったかもしれない。彼女と結婚するのを恐れず、彼女を幸福にできる男性なんて存在しないでしょう。そう考えると、彼女も同情されてもいいようだわ。彼女が話したことは全部本気なのか、本気ですべて話しているのか、よく分からないけれど、とにかく気の毒です」

ローランドはパーティでライト親子に数回会った。クリスチーナを一種の憐れみの気持ちで眺めた。親子の間で、パーティへの出席に関して激しい言い争いがあったのではないかと思うことがよくあった。ミセス・ライトがどう説得して娘に出席させたのだろうかとあれこれ想像した。クリスチーナの表情からは何も読めない。美しく、無言で動き回り、ぼんやりと人々の顔から視線を上にそらして部屋中を見渡し、自分の側に押し寄せてくる男性たちに目もくれない。あたかも、世に飽きた人間の魂が女神の美しい体内に宿ったような印象を与える。彼女を観察した人々は、「ミス・ライトはまだ二十歳なのに、夢を全部捨ててしまったようだ。いったいどこでそうなったのか?」と問うた。そして全般的な評判は、彼女は比類なき美女だが、鼻もちならぬほど誇り高い、というものだった。世間の美女ならざる若い女性たちは、彼女が「誰にも愛されていない」と勝手に考えていた。

この考えに合致しない男が多数いるという事実を、こういう女性たちも気づかぬでもなかった。とりわけ、ロデリックの彼女への執着は、女性たちの考えの逆だった。他の男はともかく、少なくとも彼がクリスチーナ・ライトに強い好意を抱いているのを、ローマ中が見ていたと言えなくもなかった。彼女がどこにいても、彼が待っているか、後からついてくるかした。常に彼女の側に来て、途切れた会話の流れを復活させようと努めたりする。だが、彼女の表情から判断すると、彼女のほうはまったく無関心のようだった。人の好いアメリカの青年彫刻家が、ミス・ライトにのぼせ上がっていることについて、多くの人は苦笑し、別格の美女が駆け出しの彫刻家などの手に入ると本気で思っているのだろうかとうわさし合っていた。クリスチーナの対応は見事なまでに無反応であったのだが、ロデリックは無視されてもあまり応えたようには見えない、とローランドは思った。それだけに、ある晩起きた出来事は驚きだった。演奏会が呼び物のパーティでのことだった。ロデリックはいつものように来ていて、並べられた椅子に婦人たちが座り出すと、すぐさまクリスチーナの隣の椅子に座った。大部分の男性客はまだ立っていたので、ロデリックの振る舞いは、ハムレットがオフェーリアの足元に座った場面のように、人の注目を浴びた。ローランドは少し離れた場所で暖炉に寄りかかっていた。演奏が始まるまでまだ少し間があった。その間にクリスチーナがすっと椅子から立ち上がり、衆人環視の中で、広い部屋の端から端まで移動し始めた。そしてローランドの前で足を止めた。彼女は青ざめてもいないし、紅潮もしていないで、落ち着いて微笑を浮かべている。

「お願いがありますの」

「何なりとどうぞ」ローランドが答えた。

「今でなくてよいけれど、なるべく早い機会に、ハドソンさんに、ここはニューイングランドの村じゃないと教えてあげてください。毎晩同じ女にだけ話しかけるのはローマの慣習ではない、と伝えて……」

その時、音楽が高らかに鳴り出して、声は聞こえなくなった。彼女は苛立った様子を見せた。ローランドが腕を貸して、もとの席まで連れていった。

翌日、ロデリックに彼女の言葉を伝えると、陽気に笑い出した。「彼女、とっぴなことを言うもんだな。面白い。頭に浮かんだら直ちに実行しなくては気が済まないんだ」

「彼女から、あまり話しかけないでほしい、と言われたことはない？」

「逆だよ。何度も、『あのね、ここにいて。あの退屈な何とかさんが来るから』と頼まれたよ。あの人もぼくと同じように世間並みの慣習など気にしない。五百人もの客が見ているのに、あなたのところに行ったのが、何よりの証拠だ。それがローマの慣習だとでもいうのだろうか」

「ではなぜあんなことをしたのだろう？」

「あそこに座っていた時、そうしようと頭に浮かんだからさ。彼女にはそれで十分な理由になるんだ。彼女はぼくの幸福を願ってくれていると思うよ。昨夜はあんなふうにぼくをあしらったけれど」

数週間後、マダム・グランドーニが予言したように、ミセス・ライトはローマ社交界の全員を豪華な舞踏会に招待した。ローランドは遅れて行ったが、いくつものフラワーポットと大勢の召し使いで階段がふさがれているので、招待主に近づくのはさらに遅れてしまった。ようやく側まで近寄ると、ミセス・ライトは膝を軽く曲げ、ローマのお偉方や貴族に丁重なお辞儀をしているところだった。夫人はパーティが大成功なので、暑さのせいもあるだろうが顔を火照らせていた。自分にも、客にも、盛大なパーティを開くことができる幸運にもすっかり満足しているようだった。ミス・ライトが満足したかどうかは、母親の場合ほど明白ではなかった。というのも、彼女はどの客にも万遍なく冷淡に挨拶していたからだ。だが、その夜の彼女ほど美しい女性はありえなかった。白バラをアクセントにしただけのシンプルな白い服を着て、顔立ちもスタイルも完璧で、神秘的な深みのある表情を浮かべ、最高級の真珠の白い光で輝いていた。どの客のことも、それぞれ人格を持った存在とは認識せず、ろくに顔も見ずに視線を下に向けたまま、ゆっくり型どおりの挨拶をした。彼女の前に立った時、ローランドは彼女のお辞儀の仕方が皮肉っぽく、少し大げさな気がしたが、クリスチーナは気に留める様子もなく一人で微笑するのみだった。ローランドは通り過ぎながら、仮に彼女が自分を嫌っていたとしても、こちらには嫌われるような理由はないと思った。会場中を歩き回っていると、ミス・ブランチャードと会ったので言葉をかわした。彼女は髪にカメオのヘアバンドをつけ、レヴンワース氏の腕にもたれていた。最後に、遠慮深く片隅にいるジャコーザにも会った。小さな紳士は、上着の襟に大きな花を挿し、首に三十年ほど前に流行した大きすぎる白いハンカチを巻いていた。両腕を組み、らんらんたる鋭い目を細めてパーティの様子を眺めていた。ローランドに会うと、すぐに、せっかくお宅に招待していただきながらまだ伺えずに申し訳ない、と詫びを丁重に述べた。

「いつもここの二人の淑女のお世話をしていて、一瞬たりとも気を抜けないものですから」と申し開きをした。

「そのとおりですね」ローランドが答えた。「あなたは献身的なご友人です。ミセス・ライトは、パーティの準備などで、あなたの存在にさぞ助けられているでしょう」

「昔からの友人でしてね。夫人のことはずっと以前から存じております。ローマ一の美人でした。アンコーナでもそうでしたが、やはりローマでのほうが価値があります。ところで、美しいクリスチーナのほうは、現代ヨーロッパ一の美女と言えるでしょう」

「そうかもしれません」ローランドが言った。

「わたしがあの子に読み書きを教えました。小さな手を取って、ピアノも教えました」霞んだ記憶をたどるにつれ、彼の目には涙が浮かんだ。「その子が今では、先日ごらんになったように、わたしにひどい扱いをしましてね」などと、抑えている怒りをぶつけるかもしれぬと半ば予想したが、そうはならなかった。ただ皺の寄った顔で、ローランドを凝視しただけで、「文句は言いません。不平をもらすほど浅はかな人間ではありませんから」

と暗に言っている様子をうかがわせただけだった。

ジャコーザは確かに浅はかではない。そこで、ローランドは「あなたは献身的なご友人ですよ」と再び言った。

「はあ、わたしは献身的な友人のつもりです。もう二十年になりますから、そう自分の口で申しても許されましょう」

ローランドはちょっと間を置いてから、舞踏会の華麗さに触れ、見事なものでしたね、と感嘆の言葉を述べた。

「驚嘆に値します」ジャコーザは真剣な口調で同意した。「すばらしいパーティになりました。多くの名士だけでなく、ローマの公爵が四人も臨席されています」そう言って指を折って数え、勝ち誇ったように手を上げた。「わたし、ジュゼッペ・ジャコーザが読み書きとピアノを教えた美しい令嬢があそこに堂々と立っております。比類なき美しさのゆえに、公爵たちがやってきて挨拶をしています。この目立たぬ片隅で、令嬢の年老いた教師が彼女を誇りに思っても許されましょう」

「あなたは実にやさしい方です」ローランドが微笑を浮かべて言った。

ジャコーザはさらに目をすぼめて、また鋭く周囲を見渡した。「当然です。クリスチーナはわたしのささやかな奉仕を覚えていてくれますから。あ、こちらに、芸術の王子がやってきます。彼はどの公爵よりも深々と礼をしましたね」

ローランドが周囲を見ると、ロデリックがゆっくり会場を横切って、いつものようにあたりを無遠慮にじろりと見渡しながら、近寄ってきた。やがて合流して、親しげにジャコーザに頷き、すぐローランドに、「彼女に会わなかった？」と尋ねた。

「ミス・ライトなら会ったよ。すてきだ」

「ぼくは今、彼女の美に酔っているんだ！」とあまりに大きな声で言ったので、近くにいた人が思わず振り返った。

ロデリックは興奮していて、ローランドがその腕に手を置くと、全身が震えていた。

「帰るのなら一緒に出よう」ローランドが言った。

「帰るだって！」ロデリックは怒ったように言った。「彼女とダンスをするつもりなのに」

ジャコーザはしばらくロデリックの様子を観察していたが、やがてその腕にやさしく手を置いた。「まあ、まあ焦らないで。友人として言わせてください」

「敵として語ったってかまいません」ロデリックは眉をひそめながら言った。

「でしたら、聞き分けよく、お引き取りになるように」

「何だって帰る必要があるのですか？」

「あなたが恋しているからですよ」ジャコーザが答えた。

「誰にどこで恋しようと、勝手じゃないですか！」ロデリックが抗弁した。

「クリスチーナからできるだけ遠いところで恋をなさるがいい。彼女はあなたを相手にしません、できないのです」

「できない?」ロデリックが強く反論した。「彼女がそんなことを言うはずはない。その気になれば、何でも思いどおりにできる人だ。好きなことは、何でもしているじゃありませんか!」

「ある程度まではね。説明の時間が足りません。もしミス・ライトを愛し続けるならば、非常に不幸になります。あなたには公爵の位がありますか? 公爵並みの財力がありますか? ないのなら、絶対に彼女はあなたのものになりませんよ」

そこまで言うと、ジャコーザは、義務を果たし終えたというようにまた両腕を組んだ。ロデリックは、額の汗をぬぐい、ローランドを横から見て、その心中を推察して少し赤面した。しかし平然と微笑を浮かべて、ジャコーザに向かって言った。「教えてくれてありがとう。助言されたお返しに話しておきますが、ぼくは彼女を愛してなんかいませんよ。あなたが彼女を愛していないのと同じです。ローランドはそのことをちゃんと知っています。ミス・ライトの美しさを賛美しているのは確かですが。でも、これはぼく自身の問題であって、他人は無関係だ。あなたの言うように、ぼくには公爵並みの肩書も資産もないけれど、肩書や財産にぼくの権利を侵害させるつもりはない」

「恋していらっしゃらなくて、よろしかったです」ジャコーザが胸に手を置き、謝るように微笑を浮かべて言った。「でも、友人として申しますが、ご自分の感情を観察されますように。お若いし、ハンサムだし、すばらしい天分と寛大な心をお持ちではありますが、――これは絶対の自信を持って申しますが――クリスチーナはあなたのものにはなりません」

ロデリックは自分が愛していようといなかろうと、ミス・ライトに愛される可能性は絶対にないと諭されて不愉快になった。「彼女がすでに相手を選んだようなおっしゃり方ですね。ぼくは内密の情報を持たないけれど、まだ選んでないと確信しています」きつい口調で言った。

「おっしゃるとおりですが、いずれまもなく決めなくてはならんのです」ジャコーザが言った。そして人差し指を上げ、自分の下唇に押し当てた。「彼女は肩書と財産を選ばねばならないのです。実際、そうするでしょう」

「いや、彼女は自分の好みに従って選びますよ。たとえ一文無しでも、自分が気に入った人を選びますよ。ぼくは彼女については、あなたよりもよく知っています」ロデリックが言った。

ジャコーザはいつもより少し青い顔で丁重に応えた。「いえ、わたしよりよくご存じということはありません。わたしのように二十年間、日々観察してきたわけではないのですから。あの子にはわたしも感心しています。思いやりのある子です。わたしに意地の悪い言葉を使ったことは一度もない。ああ、マリア様に感謝します。でも彼女は輝かしい運命を選ばねばならない。前から決められているのであり、従うしかないのです。わたしの言葉をお信じなさい。多くの苦痛を免れることになりますから」

「いずれ分かるでしょうよ」ロデリックは興奮して笑った。

「ええ、そうですな。だが、わたしが誤っていると証明しようと躍起になるのはやめてください。どうやら、もう興奮されているみたいですね」

「一時間後にあの美女とコティヨンを踊る予定の男なら興奮するのが当然でしょう」

「コティヨンを？　彼女が約束したのですか？」

ロデリックは自信満々の態度で言った。「今に分かります」あたかも彼とミス・ライトとの関係では予めの約束など必要ないと言わんばかりだった。

ジャコーザは大げさに肩をすくめた。「あなたのおかげで悲しむ者が大勢いるでしょう」

「泣いている人がアメリカにいる」とローランドは心の中でささやいた。ロデリックとジャコーザの間でロデリックの女性関係が話題になったのは今日が初めてではなかった。ロデリックは「ぼくには婚約者がいますから」と告白して、ジャコーザの懸念を解くという簡単な方法を取るのをいつも避けていた。避けているのはメアリをもう愛していないからであろうが、もっと他にまっとうな理由でもあるのなら結構だが、とローランドはやや批判的に考えた。ロデリックが婚約者に良心の痛みを少しも感じず、熱心にクリスチーナを賛美するのに、これ以上付き合うと苛立ちを覚えそうなので、その場を離れることにした。客の流れは晩餐会場に向かっていて、ローランドも戸口まで流された。そこはあまりにも混雑していて身動きが取れない。数分待って、ようやく人の群れが自分の背後で二手に分かれて移動するのを感じ、振り向くと、クリスチーナが一人で人込みの中を進んでくる姿が見えた。客の誰にも挨拶もせず進んでいるので、彼女が招待側の人だとは誰も思わなかったであろう。ローランドに気づくと、差し招いた。ローランドが近寄ると、彼の腕を取り、食堂に連れていってほしいと頼んだ。彼が人を押し分けて食堂の中に入っていくと彼女は黙ってついてきた。やっと周囲に人の少ない場所に着いた。

「できるだけ人のいない片隅を探してくださいな。見つかったら、お願い、パンを一つ持ってきてくださいね」

「それだけ？　あんなにご馳走があるのに」ローランドが言った。

「ロールパンを一つ。絶対にそれだけにして。ご自分には何を取っても結構よ」

窓の朝顔形（ローマの大邸宅の朝顔形は深い）が隠れ場所としては適当だとローランドには思えた。クリスチーナが彼の冷静さを覆すような計画を何か考えているにせよ、そこで打ち明けるのが好都合だろう。彼女を座らせてから、ロールパンを取りに行き、それを手渡しながら、「密かなお喋りの相手に、どうしてあまり好意を抱いておられないぼくを選んだのか、分かりません」と言った。

「そうね、あなたのことは嫌いだったのね。すっかり忘れていたわ。ここにはもっと嫌いな人が大勢来ているものだから、あなたを見た時、あなたが親友に思えたのよ。あのね、隅っこを選んだのは単なるお喋りのためではないのです。あたしがいつもくだらないことばかり言っていると思わないでください」

「くだらぬこと以外をおっしゃるのを聞いたことはありませんよ」ローランドは、彼女にお世辞を使う義理はないと思い、遠慮なく言った。

「結構ね。あなたの率直なところが好きよ。あたしって、変わっているでしょ？　第一に、とても身勝手なの。それをあなたが指摘したからって、自分のことを賢いなんて思わないでくださいよ。指摘されるまでもなく、あたしは気づいているんですからね。確かに身勝手よ。身勝手にならざるをえないの。自分自身に死ぬほどうんざりしています。自分から抜け出せたらどんなにいいか。でも結局、あたしが出会う人の大部分と比べて、自分のほうがずっと興味深いと気づくの。誰かがあたしに親切にしてくださりたいというのなら、その方に言うわ。『あたしに興味を起こさせて！　涙を流してお願いします。そのために必要なら、どんな不愉快な男になってもかまわない。強くても、積極的でも、傲慢な男でも結構。とにかく、あたしが、大嫌いな自分自身を忘れられるような人になってください』これもくだらないお喋りかもしれないわね。そうだとしても、しょうがないの。くだらないと分かっても、つい口にしてしまうのよ。ごめんなさいね。それにはわけがあるのだけど、説明できないわ。ああ、もしあたしが努力すれば、あたしの言いたいことを理解していただけるかしら？」

「残念ながら、意図的にくだらぬことを言う人の気持ちなど理解できませんよ」ローランドが言った。

「それであなたが女を理解していないと分かります。でも率直さはいいわね。先日、あなたのことを嫌いだと言った時には、あなたが堅苦しい、というか、もったいぶってると思ったの。あたしは気が変わりやすいの。今日のあなたは好きよ」

「ぼくはもったいぶってなんかいませんよ」ローランドが真面目に言った。

「じゃあ、そう思ったことを謝ります。あたしにとって頼りになるお友だちになっていただけそうな気がしてきたわ。何でも話せる親しい友ね。そういう友だちがぜひ必要なの」

ローランドはいささか戸惑って相手を見た。これは心からの真実なのか、それとも媚態の一種なのか。美しい目は率直そのものに見える。しかし率直さが美であるとしても、美はともすると曖昧だ。「そういう親しい友人にぼくがふさわしいかどうか自信はありませんが、親しい友人に依頼するようないかなることでも、してさしあげますよ」と言った。

「嬉しいわ。友人にお願いする最初のことは、あたしを個々の行為によってでなく、すべての行為によって、判断してください、ということです。あなたの判断をお聞きしたいの。どうしてだか分からないけど」

「正直言って、どうしてだかぼくにも見当がつきかねます」ローランドは笑いながら言った。

「今日のこと、どう思います？」彼女は彼の笑いを無視して尋ねた。

「舞踏会のことですか？　もちろん、豪華です」

「ひどいものだわ。烏合の衆よ。あたしが会ったことのない人だの、招待されてない人だのもいるわ。ママが誰でも招き、おまけに、知り合いを連れてくるように触れ回ったから。たくさんの人を集めるためなら、ママは何でもする人なの。だからきっと満足でしょ。とにかくあたしがしたことではないのよ。あたしはうんざりして怒っているわ。泣きたい気分。自分の部屋に逃げて、ドアに鍵をかけ、ママの好き勝手にやらせておこうと、よく思うわ。ところで」どうして急にそんな話題になったのか、ローランドには不明だったが、「何か本を紹介してくださる？」と彼女は言い出した。

ローランドは質問の唐突なのに驚いた。

「ねえ、あたしが読むのにふさわしい書物を教えてくださらない？」彼女はまた言った。「あなたが大の読書家だって知っています。他に尋ねる方がいないの。あたしたち、本を買うお金はないのよ。宝石、ボンネット、ボタン十個つき手袋は借金して買っています。でも書物などは買いません。ところが、あたしはね、意外でしょうけど、本好きなのです」

「喜んでお貸しします。明日数冊選んで、お届けします」

「小説は嫌。飽きてしまったから。これまで読んだのより、面白い話を自分で想像できますもの。いい詩がもしあれば、お願いします。回想記、歴史書、実録ものなども」

「ご要望どおり。ぼくの趣味と合致しますね」

彼女は彼のほうを向いて、しばらく黙っていた。それから突然、「ハドソンさんのこと、教えてください。親友なのでしょ？」と切り出した。

「ええ、親友です」

「彼について話してください。さあ！」

「どこから始めます？　もう知っているでしょうに」

「いいえ、知りません。容易に知ることのできる人だとは思わない。あたしの彫刻を完成し、仕事と無関係にうちに来るようになってから、彼はよく喋る人になりました。結構なことおっしゃるのだけど、あれ本気でしょうか？」

「彼が本気で語る相手はごく少ないと思います」

「でも、あなたはそういう数少ない方じゃないかしら。彼のことは何でもご存じですわね。あなたが彼を発見した、と彼が言っていますもの」ローランドが黙ったままなので、クリスチーナが続けた。「彼、頭が切れると思います？」

「疑問の余地なしです」

「彫刻家としての才能は本当に世にまれなのですか？」

「そう思います」

「要するに、彼は天才ね？」

「ええ、天才と言っていいでしょう」

「小さな村で無意味に暮らしているのをあなたが見つけて、ローマに連れてきたのですね」

「皆さんの間ではそういう話になっているのですか？」

「謙遜することないわ。それほどほめられるほどのことでもないもの。少なくとも、あたしが発見したのだとしたら、ほめられるような気持ちにはならないでしょう。本当の天才なんてどこにでも転がっているわけじゃないから、未開地で天才を発見したら、市場に出して、どう振る舞うか見てみたいわ。さぞ面白いでしょうね。あなた、ハドソンさんについてそう思うのでしょ？　いかが？　ねぇ、彼、偉人になるでしょうか？　有名になって、伝記なんかが書かれるような人になるでしょうか？」

「予言はしませんが、そのように期待しています」

クリスチーナは黙った。むき出しの腕を伸ばしてぼんやりと眺め、それから腕を捻って肘の窪みのあたりを見ているようだった。これは彼女がよくやる癖で、ローランドは前にも見たことがあった。周囲に誰もいない時、化粧台に向かってしているごく自然な仕種だと想像できた。「なるほど。彼は天才なのね」急に口を開いた。「天才がいつもあたしにまつわりついているなんて、誇らしく思うべきかしらね？　天才を見るのは初めてだけど、彼が普通の人でないことにはすぐ気づいたわ。だって変わってますもの。第一に、あの人、礼儀作法を知らない。あたしも礼儀知らずだから、彼のことをとやかく言える立場でないと言われるかもしれないけれど、あたしは彼と違う。あたしはその気になれば、きちんと礼儀正しく振る舞える――それはたしかよ、いつか見せてあげてもいい――だけど、ハドソンさんは常に礼儀知らずだわ。それでも彼が紳士だってことは何となく分かる。何かに突き動かされ、促され、押されて、その結果、いつも緊張し、挑戦的になっている。それはあの目の中に見えます。あんなきれいな目をあたし見たことない。あのような目を持っていれば、誰だって行儀悪さを許してしまう。目にあるのは、いわゆる『聖なる炎』というものでしょうね」

ローランドはそれには答えず、しばらくしてロールパンをもう一ついかがとだけ尋ねた。彼女は頭を横に振っただけで、言葉を続けた。

「彼を見出した時のことを話してください。どこで見つけたの？　その時の彼はどんな様子でした？」

「ノーサンプトンという村にいました。聞いたことありますか？　法律を学んでいましたが、ものになりませんでした」

「どうもひどいみたいね」

のでしょ？」

「そのちっぽけな村のことよ。社交もなければ、楽しみもなく、全体として活気がない

「誤った印象を持っていますよ。ノーサンプトンはローマみたいに派手ではありません

が、ロデリックには数名のよい友人がいました」

「話してください。どういう人たちなの？」

「そうですね、まずぼくの従姉。彼女を通してぼくはロデリックを知ったのです。楽しい

女性です」

「若いの？　きれいなの？」

「ええ、両方です。それに賢い」

「彼、その人に言い寄った？」

「いや、そうしませんでした」

「他に誰がいましたの？」

「彼は母親と暮らしていました。すばらしい人です」

「母親がどういうものか、あたし、嫌でも分かっているわ。でも母親は友だちに入らな

い。他に誰がいます？」

ローランドはためらった。クリスチーナの熱心な質問はロデリックの前歴についての一

般的な関心なのか、それとも何かについての疑惑を問いただすためなのかと考えた。彼女を見ると、ローランドの答えを待ちながら、視線を斜めにはずしていた。ロデリックはジャコーザにクリスチーナへの気持ちを聞かれた時、自分に婚約者がいると言わなかった。そして、この美しい女性にもそれを隠している可能性があった。だが、婚約は正式に公にされているものであり、ミス・ガーランドは婚約していて幸福であり、それを誇りにしている。ローランドは一種の無言の怒りが心にこみあげてくるのを覚えた。一分間、じっくり考えた。

「どうしてしかめ面をしていらっしゃるの？」クリスチーナが訊いた。

「もう一人女性がいます。一番大事な女性、フィアンセです」

クリスチーナは眉を上げて一瞬目を丸くした。「まあ、ハドソンさんは婚約していたの！」と短く言った。「その人、きれい？」

「いわゆる美人ではありません」ローランドは答えた。それから、余計なことは言わないつもりだったのだが、さらに一分後に付け加えた。「もっときれいでも、彼女ほど大きな喜びを与えない美女に会ったことがあります」

「あら、その方、あなたのことも喜ばせるのね？　ハドソンさんはどうしてその方と結婚なさらないの？」

「結婚する余裕ができるのを待っているのです」

クリスチーナはゆっくりと手を伸ばし、肘の窪みを見ながら言った。「そうなの、ハドソンさんには婚約者がいたのですか。あたしには言わなかったけど」

この時、周囲の客が舞踏場に戻り始めているのに気づいた。その後すぐにロデリックが人波をかき分けて、二人の話している所にやってくるのが見え、やがてミス・ライトの前に現れた。

「ぼくと組んでコティヨンを踊ると約束してくれたとは言わない。でも踊ってくださると信じても大丈夫だと思わせてくれたでしょ？」ロデリックが言った。

クリスチーナはちょっと彼を見た。「どんな約束もしていませんよ。あたしはこの家の者だから、自分を自由にしておいて、成り行き任せで相手を決めるのが務めです」

「一緒に踊ってください」ロデリックが熱心に頼んだ。

クリスチーナは立ち上がり、笑い出した。「あなたはなかなかお上手な誘い方をするけど、イタリア人はもっと巧みだわ」

この発言の正しさが証明されそうな状況になった。ミセス・ライトが、間違いなくイタリア人の顔立ちのほっそりした背の高い青年を引き連れて――青年が先に立っているのでなく――急ぎ足で近寄ってきたからだ。「クリスチーナったら、いったいどこに隠れていたの？　二十分も探していたのよ。ダンスのお相手を選んであげました。とてもよい選択よ」

青年はミセス・ライトから離れ、クリスチーナに丁寧なお辞儀をし、両手を合わせ、うっとりしたような微笑を浮かべて小声で言った。「お嬢様、踊っていただけましょうか?」

「もちろんお相手しますよ。娘にとって光栄ですわ」ミセス・ライトが言った。

クリスチーナは一瞬ためらっただけで、青年の丁寧さに劣らぬほど丁重に膝を曲げて挨拶した。「ご親切なお申し出ですが、遅すぎました。たった今、申し出をお受けしてしまいましたの」

「まあ、あなたっていう人は!」ミセス・ライトはつぶやいたが、それは悲鳴に近かった。

クリスチーナとロデリックは目を見かわした。一瞬だが、ともにきらきら輝く目つきだった。彼女は手を相手の腕に通し、ロデリックは豊かな巻き毛を軽やかに振り、美女を連れて去っていった。

その少し後、クリスチーナに袖にされた青年が戸口に寄りかかっているのをローランドは見つけた。端正ではないけれど、気品がある青年だ。生気のない黒目に、さえない肌色、長くて細い首をしている。髪は短く刈り、非常に若いが、ひどく退屈している。天井を眺め、あるかないかの口髭をなでている。ジャコーザが近くにいるのに気づいたので、ローランドはそっと近づいて、青年の名前を尋ねた。

「重要人物です。ナポリ生まれのカサマシマ公爵です」ジャコーザが答えた。

第十一章

ある日、ローランドがロデリックを訪ねると(最初住んでいたリペッタ通りの質素な所でなく、コルソ通りに面したぜいたくなアパートメントに引っ越していた)、テーブルに一通の手紙が置かれていた。ローランド宛てのもので、たった三行しか書かれていない。「フラスカーティに行ってきます。瞑想が目的。金曜日に戻っていなければ、そちらに来てください」金曜日もまだ留守だったので、ローランドはフラスカーティに出かけた。ロデリックは宿屋に泊まっていて、彼自身の説明だと、毎日ヴィラ・モンドラゴーネの樹木の下で横になりアリオストを読んでいたそうだ。しかし不快そうな様子から見ると、「瞑想」してもあまり効果がなかったらしい。

ミセス・ライトの舞踏会の夜以来、二人の間には、この物語に特に関連する事件は何も起きなかったが、それでも舞踏会の席でローランドがクリスチーナに婚約の事実を伝えたことをめぐって、二人の間で言い争いがあった。舞踏会の翌日、ローランドはすぐロデリックのアトリエを訪ね、ミス・ライトに彼が婚約しているのを知らせたと伝えた。「君が感謝するかどうか分からないが、彼女に話したのを君に知らせる義務があると思う。ひょっとすると、もう彼女から聞いたかもしれない」ロデリックは少し顔を紅潮させて友人をじっと見た。「ぼくは自分の婚約を恥じてなどいないのだから、当然伝えてもらって感謝するよ」

「君自身は黙っていたようなので、彼女に知らせたくない理由があるのかと思った」

「婚約などは世間の人に軽々しく喋るものではありません」ロデリックの声には苛立った調子があった。

「世間の人にならむろんそうだけど……」ローランドは微笑しながら言った。

ロデリックは黙って仕事を続けた。しかし数分後に、しかめ面のままで友人のほうに振り向き、「黙っている理由がぼくにあると知りながら、どうして彼女に喋ったんです？」と尋ねた。

「言っておくけど、無暗に喋ったのではないよ。よく考えたうえで、話そうと決めたんだ。そして、話したことをすぐに君に伝えることも最初から決めていた。君に婚約者がいるのをミス・ライトが承知しているほうがよいと判断したものでね」

「ぼくが彼女に言い寄っていると、ジャコーザがあなたに思わせたのでしょ？」

「いや、そうだったら、彼女に話したりしない」

「というと、彼女がぼくに言い寄っているというつもり？」

少し間を置いてからローランドが言った。「こういうことなのだ。彼女は、無頓着を装っているけれど、君を好きだから君が関心を持ってくれているのを喜んでいる。だから、君が婚約していて、他の女性に関心を寄せる自由などないのだと、知らせておいたほうがよいと思った」

「婚約者に許される自由がどの程度か、ひどく堅苦しく考えるんですね」ロデリックが抗議した。

「ぼくの言い分を聞いてくれたまえ。ミス・ガーランドから君を引き離した責任はぼくにある。彼女はローマで君がどんな誘惑にさらされうるかについて何も知らない。君を誘惑にさらした責任はぼくにある。君がヨーロッパに来た結果、万が一にも彼女が不幸せになったりしたら、謝罪のしようがないじゃないか」ローランドはやや興奮した面持ちで反論した。

「ミス・ガーランドのことをそんなに気にかけているなんて、予想もつかなかった。でも熱心すぎませんか。彼女が自分の幸不幸を気遣ってくれとあなたに頼んだわけでもないのに」

「君の身に何かあったら、ぼくに責任がある。それは分かるだろう?」ローランドが言った。

「そんな見解は受け入れられません。ぼくだけでなく、あなたのためにもマイナスになる。そんな考えだとあなたとぼくの関係もぎくしゃくするだけです。あなたにどんなに世話になっているか、それはよく承知しているつもりですよ。身に染みて感じているもの。でも、ぼくはもう子供ではないし、単純なお人好しでもない。何をするにしても、よく考えたうえでやっている。いい成果が得られれば、功績はぼくにあるし、悪い結果になれば、責任はぼくにある。ぼくがあなたの神経にさわるなんて、おかしな話だ。神経はもっと有効に使うべきです。もしミス・ガーランドとぼくが喧嘩しても、二人で解決するから心配ご無用」

ローランドはロデリックには良心がないのかと、しばらく前に思ったが、今は、人の心を察する気持ちがないのかもしれぬと気になり出した。ローランド自身は、これまで述べてきたように、道徳心が強かった。ロデリックのヨーロッパ行きの計画は道徳心ゆえの部分がかなりあった。二人の間では、最初からいずれの側からも友情を誓ったことはなかった。恩着せがましく言いはしなかったが、それでもローランドは友人ならではの精神的、物質的な支援をロデリックに提供したのであり、ロデリックも友人として受け入れたのだった。ローランドは自分の友情をロデリックが以心伝心の形で気軽に受け入れたことに非常な満足を覚えていた。めったにない嬉しいことだが、ロデリックは素直に自然体で口には出さず感謝できる人だ。ロデリックは恋愛にだけ可能だと言われていること、すなわちプライドを捨てることが「友情」に対してもできるようだと感心した。時が経つにつれて、ローランドのロデリック観も変化していったが、ロデリックへの愛情――すなわち人の想像力を魅了しやさしい気持ちを誘うロデリックの人柄の魅力を喜ぶ感情――は一度も揺らいだことはない。ロデリックの先ほどの言葉を聞いて、思わず苦笑した。

「ぼくが熱心すぎるなんて、そんな言い方は嫌だ。もしぼくが熱心でなかったなら、君のことなどまったく気にも留めなかっただろうから」

ロデリックの顔は紅潮し、彫刻刀を粘土の中に柄までぐっと差し込んだ。「はっきり言ってください。ぼくを信じたのは間違いだったと思っているのでしょう」

「そんなことを言いたいわけではない。ぼくが間違いだなどと思っていると君だって本気で思っているはずはない。そもそも、そんな言葉に反論するなんて、ぼくも人が好すぎるな」ローランドが言った。

ロデリックは椅子に座り、腕を組み、じっと床を睨んだ。その姿をローランドは数分もの間、凝視した。ロデリックの矛盾した要素の入り混じった性格、つまり力強さと弱さ、絵のように美しい外観と強引な身勝手さ、高邁な理想と幼稚な短気さが混合しているのを、これほど鮮明に見たのは初めてのような気がした。しかし、もし総体的にとらえて、ロデリックが度量の大きい人物ではない、と考えねばならぬとしたら、さぞ気分が悪かったであろう。実際には、ロデリックのすばらしさを認めるのを断念する気はまったくなく、問題は天才特有の複雑さのせいにすぎないと思うことにした。ローランドは、理論家でもないし危険な学説の唱道者でもなかったから、天才の本質的な健全さに信を置くしかなかったのだ。ロデリックに対する憐憫の気持ちが急に自分の内部で湧きあがってくるのを抑えられなくなった。美しい彫刻を作る能力はいわば両刃の剣であり、天分の所有者に向かって逆手で襲いかかることがあるのだ。天分は貴重で、神の授ける神聖なものであるが、時には気まぐれで、不気味で、残酷でもある。したがって、天分を与えられた天才は羨望の的である一方、非常に気の毒でもある。ロデリックが「天分」に捕えられ、抵抗できずに受け身の状態で怯えている、と感じたのは、ローランドにとって初めてではなかった。「天分」は今のところ、まだ冗談半分にロデリックの体を揺すっただけだが、今後はもっと乱暴に扱うつもりかもしれない。だから、天才の友人たる者は同情し、辛抱してやらなくてはならないのだ。

「悪い結果になれば、自分の責任だと君は言う。しかしぼくが気にするのは、まさに、誤りが君の責任だからなのだよ」ローランドがようやく言った。

ローランドの声には、感情をこめて語った時、この上なく気持ちを癒すものがある。ロデリックは床をじっと見つめていたが、さっと立ち上がり、ローランドの肩に親しそうに手を載せた。「あなたはこの世で一番善良な人だ。ぼくときたら、最悪の人間だ。ただ」言葉を切ってから続けた。「あなたはぼくを理解していない」そう言って、あまりに感情たっぷりな目で見つめるので、ロデリックの美しい魂を理解できないということは、できない側が鈍いからだとローランドは思わざるをえなかった。

ローランドは淋しげに微笑んだ。「どうした？ 問題は何だい？ 説明してくれたまえ」

「説明できない！」ロデリックは苛立って叫び、仕事に戻った。「自分の一番深い気持ちを表現するには、ぼくにはこの方法しかない。これだ」そう言って彫刻刀を振り回した。

半分できた作品を一瞬見て、それから刀を放り投げた。「だがこの仕事さえも、ぼくの要求に半分も答えてくれないんだ」

まだ苛立ちが収まっていないようだった。ローランドには不愉快なことを言う趣味はなかった。しかし、先ほどから言おうと思っていたことを控える十分な理由が見つからなかった。そして「人は自分にできることをし、それに感謝すべきだと思う」と言った。「それからこれだけは言っておきたい。ミス・ライトと関わり合いを持つことは君の役に立たないよ」

ロデリックは手を額に荒々しく押し当て、それから絶望したようにその手を空中で振った。イタリアに来てからよくする仕種だった。「いや、いや。無駄だ。あなたはぼくを理解していない。でも責めませんよ、だってあなたには無理なのだから」

「では彼女との付き合いが君に何かをもたらすとでも思っているのか？」ローランドはいぶかりながら尋ねた。

「あのね、美しくてすばらしい作品をぼくに期待するのなら、ある程度の行動の自由を許すべきだと思う。十分な自由を与え、好みに従い作品制作に役立つ材料が見つかりそうなどんな場所にでも行かせるべきです。母親はしっかり食事をとらないと授乳できない。芸術家は多くの経験をしないと物の見方を円熟させられない。芸術家に豊かな想像力を持てと要求しておきながら、想像力を育成するものを禁じるのは間違いだ。作業中は霊感を得た女預言者のように情熱的であらねばならず、一方日常生活では単なる機械であれ、なんて無理ですよ。芸術家を相手にするなら、長所も短所も、清濁併せ呑んでもらわねば。芸術家なんて人種は、知り合って楽しい人間だとか一緒に暮らしやすい人間だとか、そんなことを言うつもりはない。普通の人より自己充足の才があるとも言いません。ただ、芸術家にいい作品を作らせたいのなら、インスピレーションが湧く機会を与えなくてはならないと言いたい。鳥に歌ってほしければ、鳥籠を袋で覆っては駄目。芸術家が公衆道徳のためにならぬと言うのなら、射殺しても、溺死させても、絶滅させてもいい。多分、それが道徳には役立つでしょう。でも、生かしておこうというのなら、彼らの望むように、必要欠くべからざる欲求に応じてやるべきです」

ローランドは笑い出し、「君を射殺する気も溺死させる気もないよ」と言った。「君が自由自在に伸びるようにと思って警告したら、ばかに大げさな大砲で反撃してきたね。どうしてなのだ？　ミス・ライトと恋愛を始めたいという欲求を本気で感じているというのかい？　彼女との恋愛が幸福につながるか否か、意見が分かれるだろうが、今の状況では、どう見ても清純なものではありえない。君の去年の夏の恋愛遊戯のほうがまだ清らかだった。自分好みの生き方をさせろというが、君はもっと違った生き方をしようと決めたのだと思っていたよ」

「何も決めていない。何かを決めたなどと言ったつもりはない。ぼくは若いし、やりたいこともたくさんあるし、探究心が強い。そしてミス・ライトに夢中だ。それで十分だ。恋心が導くままに突き進んでゆきたい。恐れてなどいません。本物の芸術家は時に狂人かもしれないが、絶対に臆病者ではないのだから」

「なるほど。芸術家には恋愛も一種の投機になるんだね。しかし、恋愛でも芸術活動でも、期待どおりにならなかったらどうする？」

「そうなるようになれだ。もし失敗するのなら、そうなることを早く知っておきたい。失敗しそうな気がすることもある。しかし、少なくとも、どこかにいって失敗の原因になるものが何かを探らせてほしい。ここに座って創作の着想を得ようと頭を絞りながら待っているのは嫌だ」

いくら考えても、ロデリックの必死の奮闘は、とりわけミス・ライトとの恋愛遊戯に関しては、期待外れな幻想にすぎないとしかローランドには思えなかった。けれどもこの問題は、ロデリックがすっかりその気になっている以上、議論しても空しいと分かった。ロデリックの肩に手を置き、困惑した目で一瞬相手の顔を見つめ、それから無念げに頭を振り視線をそらした。

「もう仕事はやめだ。あなたのおかげでやる気が失せた。外出してピンチョの丘でも一回りしてくる」とロデリックは言って仕事着を脱ぎ捨て、外出の準備を始めた。鏡の前でネクタイをしめている時、何かが頭に浮かんだように考え込んだ。しばらくして二人が一緒に外出するためドアの取っ手に手をかけた時、ロデリックが立ち止まり、「ミス・ライトにぼくが婚約していると話したのは、あなたの立場からもまずかったと思う」と言った。

ローランドは半ば疑わしそうに、半ば肯定するように相手を見た。

「彼女があなたの言うように、男たらしなら、ぼくを婚約者から奪うために腕を振るう口実を与えたようなものじゃないか！」

「君はそんなことをする女と親しくしようとするのか」ローランドが思わず声を上げた。

「そうは言ってない。世界一興味深い女だとしか言ってない。断っておくが、この次にぼくのために何かしてくれる時には、前もって言ってほしいな」

この発言の二週間後に、フラスカーティにいるから来てほしいなどと手紙に書くのはいかにもロデリックらしかった。まるで喧嘩など忘れたかのようだ。ローランドは彼の度量が大きいからだと思った。度量が大きいというのでないにしても、友人を不愉快にするようなことを言ったのをケロッと忘れる鷹揚さはある。そういう性格のロデリックの誘いにすぐ応じるのは、いかにもローランドらしかった。従姉のセシーリアにあなたは人が好すぎると言われたことがあったが、これがほめ言葉か否かは読者の判断にお任せする。いずれにせよ、確かにローランドには何ごとであれ、寛大な解釈をする傾向が生来あった。しかし、ロデリックが反省して改まるだろうとか、ロデリックの性格にはさまざまな要素があるが総体としては長所が短所を凌駕するとか、そういうローランドの見解が誤りだとする事件は何も起きなかった。フラスカーティでロデリックは、かなり気落ちしていた。怠惰で、落ち着きがなく、憂鬱そうだった。その一方、これほど従順であるのは珍しかった。暦の上では冬になっていたが、天候はとても穏やかだった。二人の青年は丘の上を長時間、ゆっくりと散歩し、いくつかのヴィラに立ち寄っては午前中を過ごした。フラスカーティのヴィラはいずれも楽しく、ロマンチックな雰囲気に満たされている。ロデリックは、自分で言っていたように、瞑想をしていた。瞑想から傑作が生まれるのなら、ローランドとしては進んで瞑想する彼に付き合い、良い成果を期待する気だった。しかし、ロデリックは、自分は惨めな気分であり、いくら想を練ってもレヴンワース氏注文の彫刻のアイデアが湧いてこないと言うのだった。

「ローマにいた時よりも悪い。ここでは一向に頭が働かず、とても困っている。ローマでもアイデアが湧かなかったが、あそこには悩みを忘れさせることがあった」これは、クリスチーナ・ライトとの交友への言及であった。仕事ができずに困惑しきっている状況で、よくもそんなことを平気で言えるものだ、あまりにも無神経だ、とローランドは思った。仕事の邪魔になるものに対する呆れるほどの無責任さはロデリックの困った癖だった。ロデリックは、長時間沈黙しながら困惑の表情を浮かべ、眉の間に皺を寄せていることがよくあった。病気になりかけたのかと本気で心配になったローランドが、具合でも悪いのかと尋ねようと思ったことが何度もあった。時にはまた、とめどもなくあらゆる話題について喋り続けることもあった。ヴィラ・モンドラゴーネがすっかり気に入った時のことだった。ティヴォリ地区と虹色のサビニ山脈が見渡せる大きな見晴台を、冬の陽光を浴びて散歩しながら、ロデリックはとっぴな言葉を用いてヴィラを賛美した。アリオストの詩集をポケットに入れていて、時々取り出しては、ローランドに聞かせるために六連ほど吟じることもあった。ロデリックは読書好きというほどではなかったが、時々、古い詩を好んで読み、特定の詩人の詩を一月くらい毎日拾い読みするのだった。ろくに勉強せずともどうにかイタリア語を身につけ、きれいに発音できるようになっていて、音読する時には、ほれぼれするようなきれいな音声なのに、意味は半分も分かっていなかった。一方、ローランドは発音は下手でも読解力は完璧で、ある機会に、アリオストは彫刻家が読むのにふさわしくないからダンテがいい、と所持しているダンテの『地獄篇』を貸し、読むように勧めた。ロデリックは喜んで借りて、読むよ、これで知恵がつくかもしれないと言った。しかし翌日にはうんざりした様子で返してきた。やりきれぬほど気が滅入ったのだという。

「彫刻家はダンテが書くように制作すべきだ、それはあなたの言うとおりさ。でも、自分の才能が枯渇した時には、ダンテは黒煙ばかり出すランプだよ。それにしてもいかなる運命のいたずらで、ぼくは彫刻家に生まれついたのだろう。彫刻家なんてひどく厄介な天分だ。扱う主題がほとんどないのだから。彫刻すべき主題が人生にはほとんど見つからない。いかなる気分になっても、その気分を彫刻作品の主題にできないんだから」（これと正反対の見解をロデリックの口から聞かされたことがローランドには十回以上あった）「画家であれば、わが友シングルトンみたいに穏やかで、地味な、写実的な画家であっても、アリオストの詩集を開けば作品の主題も、構成法も、手法も見つかるのに。あるいは、詩集のページから目を上げて、青空を背景にしたあの新味のない山や、司祭の行列のようにうねうねと延びる檜の小道や、サビニ山脈の岩山や谷間を見さえすれば、絵を描き始められるのに。あるいは、アリオストや仲間の詩人のようになれたらもっと楽かもしれない。詩人なら、自然に存在するすべてのものが創作のヒントになるし、あらゆる形式の美が自分の資産として蓄えておける。何かを見るたびに、常に無念の涙を浮かべて、『うん、とても美しい、でもぼくの仕事にどう生かせばいいのか！』などとぼやく必要は詩人にはない。画家や詩人と比べて彫刻家はどうだろう？　彫刻家は、生計のために働かねばならないのに、生まれつきの性質で客の注文どおりの仕事ができず、たまたま時計を装飾してほしいという仕事が来たとしても、骨折る価値がない仕事だなどと言って断る始末だ。サージのコートをまとった『檜』も、老いぼれた『トリトン神』も、干上がった泉の陽光に照らされた『悲哀』も、いずれも彫刻の主題にはできない。『陽光』を彫刻に注入するのは不可能だ。せっかく美しくやさしいイタリアの陽光を無償でふんだんに使える機会があるのに。彫刻家も生涯に十度ほどは、創作可能なアイデアに恵まれることがある。つまり、想像力が主題を見つけ出し、主題が想像力に応える。しかし儲かる仕事が可能なのはその十回のみだ。それ以外の時期は一体全体どうやって暮らしていけばいいのだろう? 彫刻家っていうのは、まったくもって結構な職業だ」

ある朝、ヴィラ・モンドラゴーネの野原で、斜めに生えた松の根元の暖かい場所に陣取って休んでいる時、ロデリックは天才の陥りやすい苦難について沈鬱な瞑想の一端を述べた。「時計が動かなくなったらどうする? ねじを巻く鍵を失くしたら? ある朝起きた時、気づいたら時計が頑として、無情にも動かなくなったとしたら? こういうことは実際にこれまで起きている。無理して微笑してぐっとこらえるしかない。天分なんて風と同じで自らの意志ではどうにもならない。『好む所に吹いていく』(聖書、ヨハネ伝)ので、そのメカニズムは誰にも不明だ。調子が狂ったら、直しようがない。すっかり壊れたら、もう動かせない。『天分』は自分なりの速さで動いていて、周囲はバランスを崩さぬようにと見守るしかない。天分は大きなカップ、小さなカップと、人によって神から与えられる量が異なる。自分が受けた分け前を食べ終えたら、『もっとおかゆをください』と頼んだオリバー・ツイスト坊やと同じように頼んでみても無駄だ。もし大き目のカップでもらえたら幸運だ。暗闇で飲み込むから、最後の一滴を飲みほすまでカップの大きさは分からない。人によって天分が生涯続くこともあるし、数年で尽きることもある。どうした、なぜ笑う？」それからまた続けた。「スピードの出せる馬で旅に出発した芸術家が突然降ろされて、徒歩で行くように命じられる、というのはよくあることだ。そういう目に遭った人は何千人にも上る。二、三回成功した人だの、一晩でろうそくが燃え尽きた人だの、中には一度も成功せずに手探りで進み続ける人もいるし、自分は盲目だと断念して道端に座って物乞いする人さえいる。ぼくがそういう落伍者の一人ではないと誰が言えよう？　ぼくの天分は永久に続くなどと誰が保証してくれよう？　証明するものは何もない。ぼくは自分に天分があると主張した覚えはない。もし主張したとすれば、故郷で受けた邪魔な影響を払いのけたいという願望から言ったまでだ。もしあなたがぼくを天才だと信じたとすれば、あなた自身の責任でしたことだ。人間という存在は、たとえ最高の人間であっても、実験の対象にすぎない。成功するのか、失敗に終わるのかは、試してみなければ分からない。もちろん、ぼく自身には決められない。失敗の覚悟はできている。失敗したら生きていないだろうから、失望はしないだろう。ぼくの場合、仕事の終止符は命の終止符になるだろう。最後の切札を出したら、勝敗の行方などどうでもよくなる。自殺などという俗な脅しをするつもりはない。運命の女神は、ぼくにそんな面倒をかけないように、ひどい不運続きに見舞われるように計らってくれるだろうから。でも、最期の到来を時計でここに（そう言いながら彼は額をたたいた）知らされれば、ぼくは消え去り、溶解し、雲にのって運ばれると確信している。この十日間というもの、こうした運命の幻が眼前に始終去来している。ぼくの心は熱帯の海の完全な凪のようだ。そして想像力はコールリッジの『老水夫行』に登場する幻の船のようにまったく働かなくなる」

これまでに聞いたロデリックの雄弁な長話と同様、ローランドはこの気負った独白を聞いて、信用できぬ点が多々あると批判的な気分になった。ロデリックは真面目に話す時も冗談めかして喋る時も、意図を超えて大げさに語る。耳を傾けながらも、彼の理想の熱意も絶望の苦悩も、実例を挙げて説明するほど強烈なものではなさそうだと感じられた。芸術家の歓喜や落胆などのさまざまな気分は、カリグラファーが字を書く時にペンを振り回してインクを空中に飛ばすのに類似していると、ローランドはよく思っていた。側で見物していれば、インクが目に飛び込んできたり、ペン自体が目にぶつかったりすることもあろうが、見事な字を書くのは間違いない。現在ロデリックがこれまでになく落ち込んでいるのは確かである。天分が何年もつかなどと心配していたが、それに反論するため、どの哲学者の言葉を引用して助言すればよいだろうかと、ローランドは困惑し、溜息をついた。「君にあのサム・シングルトンのような落ち着きが少しでもあればいいんだが……」と思わず口に出した。それを聞いたロデリックは、「サム・シングルトンは天才ですか?」と反論した。それに対して、ローランドは、「才能のことをそんなに気にするのは不健全とまでは言わないが、無用に思えるよ。プディングの味は食べなければ分からない、というではないか。やってみなければ結果は分からないのだ。死んだ天才を生き返らせることについては知らないけれど、懸命な努力をすれば末期の病気だって治るという事実をぼくは知っているよ」と答えた。「ロデリック、一時的な感情に流されるのはやめたらどうかな。君の肺の力で風を生じさせれば、海は波立ち凪は終わる。仕事があるなら、気分が乗るまで待たず、すぐに取り掛かりたまえ。そうすれば、後からやる気が追いかけてくる」

「すぐに仕事に取り掛かって、愚作でも作れというのですか?」ロデリックは怒鳴った。「そんな助言は他の者にしたらいい。ぼくの場合、楽しい仕事ならするけど、そうでなければ、何もしたくない。さっきも言った通り、ぼくは駿馬に乗っていくか、さもなければ一歩も動かない。二流の仕事はしたくない。しようとしてもできない。インスピレーションなしで、何とか巧みにごまかして制作することなどできない。グロリアーニじゃあるまいし」それからしばらくして、「あなたの言うとおり、無用なお喋りを長々としてしまったな。頭痛がしてきた。昼寝して、うまいアイデアを夢見られるかどうか試してみよう」と言った。

第十二章

ロデリックは松の大木がパラソルのように日射しを遮る場所で、仰向けで横になり目を閉じた。まもなく眠り込んだので気の滅入ることは一切忘れたのであろう。季節は一月だったのだが、穏やかな静けさの中でかすかに夏の物音が聞こえているようだった。ローランドはロデリックの傍らに座り込んで、その物音に耳を傾け、彼が冷静さを取り戻せば、おたがいにありがたいのだがと切望していた。ロデリックは頭の切れる男だが、切れる男によくあるように、もろさがあるのだろうか？　そんなことを考えていると、やがて静けさを破るはっきりした物音が聞こえてきた。灌木の茂みを越えた、近くの小道の曲がり角で複数の人が話し合っている。一瞬の後、一人の声の主はよく知っている人だと分かった。まもなく大きなプードルが姿を見せ、その後からゆっくりと飼い主が現れた。ミス・ライトはローランドとロデリックに気づくと立ち止まったが、二人に気づかれたのが分かっても、自分から挨拶することはなかった。やがて、まっすぐこちらに進んできた。ローランドは立ち上がり、ロデリックを起こそうとしたが、彼女は口に指をあて、起こさぬようにと合図した。そしてしばらくロデリックの美しい寝顔を見ていた。

それから「楽しい無我の境地にいるようね。幸せな人だこと。ステンテレッロ、この人を起こして頂戴」と犬に命じた。

犬は長いピンクの舌を出し、ロデリックの頰を舐め始めた。

「どうしてそんなことをするのです？　気持ちよく眠っているのに」ローランドが言った。

「不幸をかこつ仲間が欲しいのです。それに愛犬の自慢もしたいのよ」彼女が言った。ロデリックは目を覚まし、むっくと体を起こすと、目を見張った。同時に、ミセス・ライトが両わきに二人の紳士を伴って歩いてきた。一人はジャコーザで、もう一人はカサマシマ公爵だった。「あたしも草原に横になって眠りたかったわ。でもありえないことね」クリスチーナが言った。

「必ずしもそうではありません。『眠れる森の美女』の例があります」公爵が折り目正しい英語で言った。

「まあ、お見事ね」ミセス・ライトが声を上げた。「クリスチーナ、聞いたでしょ？」

「公爵が気の利いたことをおっしゃった時には、聞き逃すともったいないわね。公爵様、お上手だこと」クリスチーナはそう言い、少し間を置いてから公爵に向かって微笑した。

彼女の言い方をほめ言葉と受け取ってよいかどうか迷っていた公爵は、彼女の笑顔を見て安心したようだった。

一方、ロデリックはきちんと立ち上がっていた。ミセス・ライトは偶然出会った事情について語り出した。とてもよい天気なので、田園に行こうという気分になったのです。でも、ハドソンさんとマレットさんが木の下で寝ていらっしゃるなんて誰が想像できたでしょう、と。

「お言葉を返すようですが、ロデリックはとにかく、わたしは眠っていませんでした」ローランドが言った。

「マレットさんはハドソンさんのお目付け役だってこと、ママ、知らなかったの？　狼が羊に近寄らないように見張っているのよ」クリスチーナが言った。

「見張っても無駄でした」ローランドがクリスチーナを指さしてミセス・ライトに言った。

「あなた、いつもそうして時間を過ごしていらっしゃるの？」クリスチーナがロデリックに質問した。「女の人が見ていない時、男性が何をしているのか知る機会がこれまで一度もなかったけれど、分かってみると、つまらないことをなさっているのね」

「教えてください、女性が我々男性を見ていないのはいつですか？　さあ！」ロデリックが乱れた髪をなでつけながら訊いた。

「まずは何をなすべきかを教えてあげましょう。ここフラスカーティにはいつから滞在なさっているの？　前にお会いしてからだいぶたちます。もうここの住人だと言ってもいいでしょうから、来たばかりのあたしたちのために土地案内をしてください」クリスチーナが言った。

ロデリックが、広い見晴台とそこからの景色以外には、ここにはお見せするほどのものはないと答えると、十分後、一行は見晴台に集まった。ミセス・ライトは感激して絶景をほめそやした。クリスチーナは無言でサビニ山脈を眺めている。カサマシマ公爵はミセス・ライトの感激ぶりを見てしかめ面をした。

「この見晴台の景色などたいしたことありません。誓って申しますが、サンガエタノの見晴台をごらんになっていないので、感心なさるのです」

「ああ、あそこですか。さぞすてきでしょうね」ミセス・ライトが熱をこめてささやくように言った。

「見晴台の全長は四百フィートもあり、大理石で敷き詰められています。景色はここより数千倍もきれいです。遠くに紺碧の海が見渡せるし、ヴェスヴィオ山の煙も少しは見えますよ」

「クリスチーナ、聞こえた？　公爵は、四百フィートもの長さがあって全部大理石で舗装された見晴台を所有していらっしゃるんですって」

ジャコーザは咳払いをし、眼鏡をふいた。

「まあすばらしい」クリスチーナが言った。「その見晴台の端から端まで行くのに、きっと公爵は黄金の乗り物をお使いになるのね」見晴台のすばらしさに加えて、公爵の裕福さをあてこすった。

「ミス・ライトはいつも私のことを笑っています。私はいったい何を言ったらよいのでしょう?」公爵が言った。

ミス・ライトは公爵を見て、困ったように薄笑いを浮かべた。「いいえ、公爵様、あたしは笑ってなどいません。とんでもない。笑うなど許されない方ですもの。あなたのご身分は分かっておりますよ。公爵未亡人であるお母さまの家伝のダイアモンドのお値段も伺っていますわ。いくらだったかしら?」

「まだ私のことをからかっていますね」公爵は青ざめた顔のまま、こわばった様子で立っていた。

「金額をおっしゃらなくても結構です。あたしは忘れても、ママが小さなノートに書いていますから」

「公爵様、笑われたとしても内輪のことですからお気になさらないで」ミセス・ライトがやさしく言った。公爵の腕を取ったのは、彼がクリスチーナに笑われたショックでどこかに行ってしまうのを押し留めるためのようだった。公爵は浮かぬ顔で、クリスチーナがロデリックやローランドと親しく話すのを羨ましそうに眺めていた。自分も平民の身分なら自由に振る舞えるのに、とでも思っているのだろうか。

「このヴィラには人が住んでいるのかしら？」見晴台に接する大きな暗い建物を指しながらクリスチーナが尋ねた。

「個人の所有ではなく、ジェスイット系の男子中学校になっています」ロデリックが答えた。

「女性が中に入ってもいいのかしら？」

「それはまずいでしょう」ロデリックが笑いながら言った。「少年たちが、ラテン語の語尾変化表から顔を上げた瞬間、輝く美女の姿が見えたら肝をつぶします」

「あたし、バラ色の頬に黒い制服を着た生徒たちを見たい。可愛い子だったら、ためらわずにキスする。でもその楽しみが許されないのなら、代わりになるような別の楽しみが欲しいわ。すてきな見晴台の中央で、地面に打ち込んだ楔みたいに憮然と突っ立っているなんてつまらないもの。ダンスしたり、パーティをしたり、何かにぎやかなことをしましょう。今日のランチはフラスカーティの宿に戻って取ろうとママは決めているのでしょうけれど、それはやめてここで食事しましょう。ジャコーザが宿へ食事を取りに行けばいいのよ。待たせてある馬車で行けばいいわ」

ミス・ライトはさっそく口にした計画を実行に移した。手初めにジャコーザを呼んだ。彼は彼女の前で帽子を手にして下を向き、恭しく直立の姿勢で指示を聞いた。あたかも彼女が公爵夫人で彼は家令であるかのようだ。一方、彼女は彼の上着の襟のボタンホールに挿した花に気安く手を触れ、いつもご親切ね、と言った。彼女は勢いづいてとめどもなく喋り始めた。「宿に最上の料理を頼んでね。破産してもかまわない。最上の料理だと言っても、もしまずければ面白い結果になるでしょう。マレットさんは、礼儀正しいから飲み込もうとするけれど、ハドソンさんは、こんなまずいものを口にするくらいなら、窒息したほうがましだ、とおっしゃる。その様子を見るのが楽しみだわ。それからマカロニも忘れずにね。公爵にはナポリ貴族のお食事をお出ししなければいけませんもの。とにかく、ジャコーザ、万事あなたに任せます。どうすべきか、心得ているわね。ギターも忘れずに借りてきてください。マレットさんがギターを弾き、あたしはハドソンさんと踊り、ママは公爵と組んで踊ればいいでしょ。ママは公爵が好きなんですもの」

指示を与え終えると、ミス・ライトはジャコーザの肩をぽんとたたいた。彼はロデリックをちらっと見た。小さな黒目が光り、このように彼女はいい娘だって申しましたでしょ、と心の中でつぶやいた。

ジャコーザは指示された通り迅速にこなし、ランチを入れた重いバスケットを持って、宿の使用人とともに戻ってきた。ヴィラの門番に依頼したところ、快くテーブルと椅子を一ダース用意してくれた。テーブルに一品ずつ並べ終えると、ようやく食事の準備が完璧に整った。それなりに成功と言えた。絵のように美しいというほど豪華ではないが、これでまともな食事ができる。クリスチーナはますます上機嫌になり、周囲の者を魅了した。彼女をどう考えるにせよ、美しい女性が生き生きと動き回る姿くらい目を楽しませるものはこの世にない、と誰もが思った。それに彼女の上機嫌には伝染力があった。一時間前まで自殺や狂気などと口走っていたロデリックが、クリスチーナの軽い冗談を聞いて大笑いするし、カサマシマ公爵まで満足げに口髭をひねり、何を聞いても爽やかな微笑で応じるようになった。ミセス・ライトは、公爵とローランドに挟まれて嬉しそうで、両青年に代わる代わる打ち解けた口調で語りかけた。ジャコーザだけは食事の世話にひどく真剣に取り組んでいて、その様子が皆の笑いを誘った。ローランドはどうだったかと言えば、陽気な気分に誘われて、働き者のジャコーザの健康のために祝杯を挙げようと提案した。しかしその一分後、提案したことを後悔した。全員が善意で盃を挙げたものの、ジャコーザ自身は自分ごとき者が祝杯を挙げられるのは恐縮ですと繰りかえし言い、態度でも恐縮しきっていた。身分が低くなった今は、上から目線の親切だと少しでも感じられると、素直に喜べなくなっているようだった。二人の女性に対する義務をせっせと果たすのが精いっぱいで、自分自身の功績を賞揚されるなど、願い下げたいのだろう。ローランドが気づいたところでは、ミセス・ライトは、いつもは機転が利かないのに今回はジャコーザの気持ちを察したようで、乾杯の時はグラスを口にあてただけで、称える言葉など一切口にせず、すぐ別の話題に移った。ダンスのためのギターが用意できなかったため、食事が済むと、全員が一緒にいる理由がなくなり、クリスチーナとロデリックは見晴台の端まで歩いていった。それを見ていた公爵の顔から微笑が消え、ミセス・ライトの隣でステッキの頭をぎゅっと握りしめて座っていた。ローランドはジャコーザに償いをしたいと思い、親しげに話しかけていた。ジャコーザはローマの人と場所のことなら何でも知っていて、由緒あるヴィラ・モンドラゴーネについても興味深い逸話をいくつも聞かせてくれた。歴史もこのように教えてもらえればすばらしい、とローランドは思った。今話題にしている史跡の周囲を歩きながら、土地の人から昔のエピソードを聞けるなんて、理想的な学び方だ。公爵の側を通った時、ローランドはその悲しげな顔に気づき、見晴台に視線を走らせて、クリスチーナとロデリックがどこかに消えてしまったのを確認した。公爵は子供のころからのしつけで、堅苦しく姿勢を正して座っていたのだが、しだいに顎が下がり、今ではその顎をステッキで支えている有様だ。どんよりした黒い目はクリスチーナとロデリックが消えた跡を凝視している。目鼻立ちはよくないし、表情はうつろだった。それでも顔にはどこかに気品を感じさせる。おそらく、何世紀にも亘ってカサマシマ公爵一族を造ってきた自然の女神が、時に応じて祖先以来の容貌に変化を与える一方で、素材を巧みに混ぜ合わせて純度を保ち、造化の全過程をきわめて円滑に成し遂げてきたからであろう。公爵の顔はそうした想像をかき立てる。とにかく、公爵はスマートとは言えないが、気立てはよい人だとローランドは思った。公爵には自分自身のことをばかに大真面目に考える傾向があった。ローランドはジャコーザの腕に触れ、憂鬱そうな公爵のほうを指した。

「一体全体なぜ公爵はクリスチーナを追っていき、自分の相手もしてほしいと言わないのですか？」

「あまりにプライドが高いからです」ジャコーザが答えた。

「それは分かりますが、クリスチーナほどの女性を相手にするならプライドは忘れるべきです」

「もうすでにずいぶんプライドを捨ててきたと思っているのです。何しろ名門中の名門ですから。六百年にわたり、貴族の令嬢以外とは結婚したことのない一家です。しかし彼は、クリスチーナを恋している。彼女が応じさえすれば、明日にでも結婚します」

「でも彼女は応じない？」

「彼女もプライドが高いのです」ジャコーザは一瞬沈黙した。率直に話してよいものかどうか迷ったらしい。しかしローランドの口の堅さを知っているからか、続けて話し出した。「実現すれば玉の輿です。彼女は財産も身分もなく、あるのは美貌のみですから。でも彼女は相手の財産も身分も考慮しません。彼女のことはよく存じております。公爵との結婚に関心があると人に思われるくらいなら、美貌を失ってもかまわないと言うのです。もし公爵を受け入れるとすれば、彼がひざまずいて懇願した場合に限ります」

「彼女は関心を持っていると思いますよ。ひざまずかせるために、ロデリックに興味があるふりをして、公爵の嫉妬心を刺激していますからね。はっきり言えば、そういうことです。あなたも同意見ではありませんか」

クリスチーナの心理についてのジャコーザの読みもローランドのそれに負けなかった。

「そんなことはございません。何しろあの娘は独特です。そしてロマンチックな恋愛にも興味があるのです。あなたのお友だちのような立派な芸術家に惚れ込む一方で、公爵のような申し分なしの求婚者を敢えて拒むこともできます。真剣な恋愛にどんどん突き進むでしょう。しかし、結局、ハドソンさんは不幸な結末を迎えることになります。彼女は最後には引き返しますから」

「やはり稀有な女性ですね」ローランドが言った。

「ええ、引き返して、公爵との輝かしい結婚を選びますよ」

「でもどういう動機から？」

「そうせざるをえないでしょう。事情があって……これ以上は申し上げられません」

「拒絶された公爵が彼女のところに戻ってくるという前提で話されていますが、これ以上待てないと言い出す可能性はないのですか？」

「公爵は必ず戻ってきます。あの様子をごらんなさい」ローランドが公爵のほうを見ると、ミセス・ライトの隣から離れて、見晴台の欄干とヴィラの間を往復しながら、時々時計を眺めている。「この国では未婚の女性が男性と二人きりで歩く慣習はないので、公爵にはクリスチーナの行動を理解できないのです」

「とんでもないことだと思っているでしょうに。それに抗議しないのは、よほど愛しているからでしょうね」

「ええ、抗議はしません。ぞっこん惚れているからです」

「彼女に好都合なこの青年は、どういう家柄なのですか？」

「ナポリ人です。イタリア最高の名門の出です。英国流にいえば王侯貴族です。王侯貴族にふさわしい財産を所有していますから。まだ若くて、やっと成人に達したところです。昨年の冬ナポリでクリスチーナを見かけ、一目惚れしたのですが、家族が反対し、年配の伯父で高位聖職者のB氏がナポリに急行してきて、青年に外出を禁じました。しかしやがて成人に達し、自由に結婚できる立場になったのです。一族はあらゆる手段を講じて二人の結婚を阻止しようとしています。もし一定の条件を満たさぬ相手を妻に迎えるようなことになれば、財産を放棄せねばならぬという取り決めがあるという噂が流されたのですけれど、調べてみたら、脅かすために一家が仕組んだ嘘でした。彼は自由に振る舞えます。途方もないほどの財産を持っているので、一族が騒ぐのも当然です。それも、イタリアでは珍しいのですが、抵当の入っていない相続財産なのです。公爵は、三歳の時から遺児ですから未成年時代が長く、自分の財産に手を触れないで生活してきたわけです。それに彼は金銭に関してはとても慎重でしてね。将来、財布の紐が堅すぎるようにならぬかとわたしどもは心配しているほどです。財産はごく最近までB氏がきわめて巧妙に管理してきました。借金を完済し、植林し、鉱山を開発したのです。資産は巨額に達しました。その上、身分も高いのですから、どんな女性との縁組も可能です。それにもかかわらず、あちらの森を貧しい彫刻家と散歩している娘の足元に全財産を捧げようとしています」

「まさに最高の求婚者じゃありませんか！　ミセス・ライトはさぞ満足されていますでしょう」

ジャコーザは落ち着いたままだった。「奥様は公爵の性格を尊重されています」

「どういう性格なのですか？」ローランドは微笑を浮かべて訊いた。

「カサマシマ公爵は正真正銘の公爵です。気のいい青年です。頭が切れるとか機知に富むというのではありませんが、人の笑いものになることは絶対にありません。カトリック教会の真面目な信者です。新教徒のクリスチーナと結婚する気でいますけれど。宗教のことは結婚後に何とかするでしょう。彼はあのとおり、頭の中に多くの考えがあるわけではないのですが、一つやっかいな思い込みがあるのです。つまり、自分のような身分の持ち主に求婚されればどんな女でも名誉だとして感激するはず。もし女が背を向けたりしたら不思議だ、という考えです。それゆえ、今途方に暮れているのです。でもわたしは毎日のように『公爵様、辛抱が大事ですよ』と耳元でささやいています」

「ミス・ライトは最後には彼の求婚を受け入れるものと、あなたは信じていますね」ローランドが言った。

「まあそうです。彼女は身分の高い人の奥方にふさわしく生まれついているのですから、運命を逃れることはできません」

「その一方、それまでの間、ハドソンと交際するのも、真面目な気持ちでのことだと、あなたはおっしゃるのですね？」

ジャコーザはちょっと肩をすくめ、不可解な微笑を浮かべた。「クリスチーナはとてもロマンチックな娘です」と言った。

「とてもロマンチックだから、最終的に公爵を受け入れるとすれば、心変わりの結果でなく、謎めいた外的圧力の結果だとあなたは言うのですね？」

「万策尽きたら、外的圧力という手を使います。しかしそれは、おっしゃるように、謎めいたものです。推測しても正体は探れません。いずれにせよ、あなたにはお分かりにならぬ事情ですから」

「そうなったらクリスチーナは悲しみますね」

「ひどくは悲しまないはずです」

「では注目すべき青年のほうはどうなるのです？　彼女に惚れ込んだら失望するしかない、ということですか？」ローランドが追及した。

ジャコーザはちょっと迷った。「そうですね、フィレンツェにでも行って勉学を継続するほうがいいです。ウフィツィ美術館に行けば、すばらしい古典が見られますから」

ローランドはまもなくミセス・ライトと合流した。公爵はまだ戻っていなかった。すると夫人は、「公爵はまだいらっしゃいません。あ、ここにお座りください。お話ししたいことがあります。友人として力を貸していただきたいのです。実際、ぜひとも助けていただかなくてはなりません。あの意気消沈した公爵をごらんなさい」

「そう、不幸せそうですね」

「彼は成年に達したばかりです。イタリア最高の名門で、あんなにお金持ちなのに、娘に恋い焦がれてやせ衰えています」

「ジャコーザから聞いています」ローランドが言った。

「あの人、余計な噂なんかして。そういうお話はわたしがするのに。さっきも言いましたけど、公爵は鬱々としています。やせ衰えているんです。本物のイタリア人ならではの情熱です。それがどういうものか、わたしは知っていますの」そう言って夫人は思わせぶりな表情を浮かべた。自分自身の若いころを思い出し、一瞬媚びるような目つきさえ見せた。「それなのに、娘ときたらハドソンさんと森の中に隠れているじゃありませんか。こっぴどく叱りつけてやりたい思いです」

「場合によっては、ジャコーザに二人を連れ戻させたらいかがですか？」

「それは絶対にできません。わたしには手出しなどできません。そんなことをしたら、クリスチーナがジャコーザを叱りつけ――神よ、娘をお許しくださいませ――わたしに伝言を寄こします。『その気になれば、深夜まで森の散歩を続けますからね』とでも言うでしょう。ジャコーザがそんな伝言を持ってきて、公爵のいる場でわたしに伝えたとしたら、大変な事態になります。絶好の機会をそんなことで逃すことは許されません。あの子が求婚を受け入れれば、公爵は明日朝六時にでも結婚しようとしているのに」

「確かに困った事態ですね」ローランドが言った。

「口先なら何とでも言えます。あなたがハドソンさんを故郷の村でのんびり暮らすままにしておけば、どんなにわたしは助かったことでしょう」

「危地に飛び込んでいらしたのは奥様ですよ。奥様が突然ロデリックのアトリエのドアをノックなさったのじゃありませんか」ローランドが反論した。

「運が悪かったのですわ。どうかあの人を説得してください」

「わたしとしては説得すべく最善を尽くしました」

「聞き入れられないのなら、どこかに連れ去ってください。あなたは裕福でいらっしゃるから、お願いします。二人で旅にお出かけください。どこか僻地へ、例えば、アフリカのティンブクトゥを訪ねてください」そう言ってから少し間を置いて、「娘がカサマシマ公爵夫人になってからなら、ハドソンさんがそうなさりたければ、どうぞお戻りください」と続けた。

「クリスチーナはロデリックのことを本気で好きなのでしょうか?」ローランドが唐突に尋ねた。

「自分ではそう思っているのかもしれません。クリスチーナは謎だから分かりません。頭に浮かんだことは何でもとことんまでやってみるのです。幸い長続きのすることはまずありません。ところが、今回だけは長続きしていて、公爵をうんざりさせかねないのです。もしそんなことになったら、どうしてよいかわたしには分かりません。ひどく惨めになります。クリスチーナを散々苦労してここまで育てたあげく、長年の苦労があの子の気まぐれのために無に帰すなんて、残酷すぎます」ミセス・ライトはさらに、「もし娘が世界一の美女だとすれば、一部はわたしの手柄ですからね」と言った。

ローランドは、むろんそうですとすかさず答えた。夫人の神経はすっかり傷ついていて、お世辞でもいいから癒してほしいと願っているだろうことは明白だった。そこで、彼は、クリスチーナの母親として、これまでどんなことをしてきたのか、ぜひ聞かせてほしいと言った。夫人はさっそく、身分と財産のある夫を娘のために手に入れる目的でした苦労、期待、夢、予感、失望について語り出した。長々とした打ち明け話だった。話が続く間中、公爵は、クリスチーナが正気に戻るまでに許される時間を計る振り子のように、緊張しながらも超然としてそのあたりをうろうろしていた。

ミセス・ライトはずいぶん前に母親として娘に抱くすべての願望を一種の聖像——神聖

な呪物(じゅぶつ)——に具現化し、信仰の対象にして祈りを捧げお香を焚いてきたらしい。他の信仰を持たない夫人にはそれが宗教であり、もっぱらこの聖像のために日中から人目もかまわず祈禱式を行った。長い年月の間に古くなった聖像は、愛撫され、壁龕から出され、しまわれ、手から手へ渡され、着せられ脱がせられ、触れられ、祈りを捧げられてきたので、今では最初の初々しさを失い、古びて、変わり果てた聖像になっていた。それでも苦難に遭った際には引き出され、華美な帯で飾られて祭壇に安置された。ローランドはその聖像を見せられながら長話を聞き、この夫人にもそれなりに母親らしい良識があると気づいた。クリスチーナを王侯貴族と結婚するように育てたことで立派に義務を果たしたと夫人は考えている。だから、将来が暗く見える場合には、運命の女神がわたしのように努力した者を罰することはありえないと考えることでわずかな安心を得ていた。しかしミセス・ライトの良識なるものは娘の真の幸福を願う世間一般の価値観とは違い、どこかずれているように思え、運命の女神が手を差しのべてくれる云々の話のところで、ローランドは笑い出しそうになった。

「予感というものをあなたが信じていらっしゃるかどうか知りませんけれど——まあどちらでもかまいませんが——わたしはこの十五年間ある予感を信じてきました。そのことで人々は嘲笑いました。しかし、わたしは笑われたくらいで、その予感を信じるのをやめたりはしませんでした。それがわたしにはすべてであり、それなしでは生き続けられなかったからです。それは娘が五歳の時のある一瞬に突然、わたしの頭に降りてきたのです。その日付も場所も昨日のことのように覚えています。あの子は、生まれた時はとても可愛いとは言えない赤ん坊でした。最初の二年間、彼女を見るのが辛かったほどです。娘があまりに可愛くないので、わたしはよく泣いて、目を腫らしたものです。雇っていたイタリア人の乳母がいて、彼女はクリスチーナをとても可愛がり、いずれ大きくなれば美人になりますと頑として譲らず、彼女とわたしはよく言い争いました。そのころのわたしは愚かで──真実を告白してもいいでしょう？　──何でも面白がって笑っていました。娘がきれいでないのなら、ママに似てないということなのだけど、いったいどうしてかしらね、などとくだらない冗談を言っては、笑ったものでした。まわりの人たちはわたしが娘を大事にしないのがいけない、と言いました。確かにそのころはそうだったかもしれませんが、その後は改めたとお思いになりません？　ある日、散策のため馬車でピンチョの丘に行きました。気分は落ち込んでいました。ある男性が──名前は申しません──わたしの信頼を裏切ったのです。広場で彼の馬車とすれ違うと、不和の原因のひどい女も一緒でした。わたしは馬車を降りて、あたりを歩き、やがてベンチに座りました。どこだったか、今でもお教えできますよ。すると、一人の子供が道に沿って歩いてきました。四歳か五歳の少女で、虹色の奇妙な服を着ています。わたしの前で立ち止まり、こちらをじっと見ました。イタリアの農婦の衣装のような変ちくりんな服にまず目を引かれました。それからその子の顔を見て驚きました。何て可愛い少女なんでしょう。すばらしい目、豊かで美しい髪！　クリスチーナがこの子のようだったらどんなにすばらしいか。その子はゆっくり立ち去りましたが、時々振り返ってじっとこちらを見ています。突然、わたしは叫び声を上げて、走っていってその子を両腕で抱きしめ、何度もキスをしました。その子こそわたしの大事な子、クリスチーナだったのに、乳母がふざけて変な服を着せていたので、気づかなかったのです。あの子はわたしだと分かっていたのですが、わたしの顔があまりに怖くて黙っていたと後で言いました。わたしは悲しくて怒った顔をしていたのです。クリスチーナを抱きかかえて、馬車に乗り、家まで急ぎました。変な服を脱がせ、ベルベットと毛皮を着せました。それまでわたしは気づかなかったのです。ひどくうかつでした。気づいてみれば、娘は千万人に一人しかいない美少女でした。比類のないお宝でした。その日以後、確信は深まるばかりでした。以来、わたしはあの子のためだけに生きました。朝から晩まで娘を眺め、可愛がりました。崇拝しました。身体の相談を医者としました。勧められたことは何でもしました。あの子が百パーセント完璧であるように心がけたのです。そのためにどんなことをしたか、お話しすれば笑われるでしょう。出費も手間もいといませんでした。もし真珠をつぶして粉にしたものを入れた風呂に毎朝入るのを勧められたら、手間をいとわずそうしたでしょう。あの子はといえば、万事人任せで自分は何もしませんでした。香水の香りのする息をするだけでした。ベルベットの上を歩いていました。いつもわたしの目の届く所にいました。あの日から今に至るまで、わたしは叱ったことが一度もありません。十歳になるまでには、天使のように美しくなり、どこへ行ってもすぐ注目されるようになりました。そこで年頃の令嬢であるかのようにヴェールをつけさせました。髪は足元まで長くなっていました。手は皇帝の奥方のようでした。それから美しさに劣らず頭脳も明晰で、何をしてもすぐ上達しました。中学の教員や大学の教授などあらゆる先生について学ばせました。どの教師も天才児だと保証しました。フランス語、イタリア語、ドイツ語は母語話者より上手に話します。音楽にも天分があり、もしピアニストを目指せば一財産を築けるそうです。わたしたちはヨーロッパ中を旅行しましたが、誰もが彼女のことを奇跡だと言いました。パリのオペラの監督が、温泉地での子供のパーティで娘が踊るところを見て、もし彼に預けて、バレエダンサーに育成させれば、大金を差し上げる、と言っていました。『お断りします。娘は舞台の女王などより上を目指しておりますので』と答えてやりました。あの子なら、誰とでも結婚できる、公爵夫人にもなれると堅く信じていました。わたしは諦めたことは一度もありません。そのために恥ずかしいこともしました。お金の苦労もしました。白状しましょう、あの子の美貌を利用すれば借金ができました。ユダヤ人の金貸しのところにあの子を連れていき、ヴェールを外させ、『この娘の母なら貸しても安全だと思いませんか』と訊きました。クリスチーナはまだ母の野心的な夢が分かる年齢ではなかったのですが、すでに自分の未来の可能性に気づいていたようです。字が読めるようになる前に、貴族のお嬢様のような物腰、趣味、直観を身につけていました。みすぼらしい物も人も一切受け入れません。着ているワンピースが汚れでもしようものならかんしゃくを起こして、ずたずたに破きます。ニース、バーデンバーデン、ブライトンなどどこの都市に滞在しても、貴族の家から子供たちと遊んでほしいとクリスチーナにお招きがありました。現在は王位についている方と子供同士のキス遊びなどしたのです。子供時代のあのキスが、いずれ貴族になれるという保証だったのだと、わたしは時々思います。お笑いになってもよろしいけれど、こういうことは歴史上これまで、はっきりした動機もなしに何度もなされていますわね？　歴史は繰りかえすものです。三十年前に二流の寄宿学校にスペインの少女がいて、その子が今はフランスの皇后様になったのはご存じかしら？　きれいな方だけど、クリスチーナと比べたらどうでしょう？　あのニュースを知った時は、一ヵ月毎晩のように娘の未来の夢を見ました。よく新聞に広告を出している占い師の老婆のところに相談に行ったかどうかは秘密。わたしのことを愚かだと世間の人は言うかもしれません。多くの名家からの縁組のお申し出をお断りしてしまったのですから。でも、身分違いの結婚には戦争や革命などが必要だとしても、娘はきっと貴族と結ばれると信じていました。どこかでクーデターが起き、立派な若い皇族が妻にする女を探すこともありましょう。しかし」ミセス・ライトは非常に深刻な口調で続けた。「お気の毒なナポリ王とお妃の打倒、古風なイタリアの大公たちの追放、世界中に広まる恐ろしい革命の噂などを知ると、もしクリスチーナがそのような地位にいたら大変だろうとわたしは気が気ではありません。高い地位についたあの子は威厳を保ち、万一革命などが起きても、民衆の激怒に妥協しないでしょう。そのような危険を考慮すれば、結婚相手として最善なのは、高位であってしかも統治していない貴族だという結論に達します。あそこで、その最高の適任者が娘を待ってそわそわしているでしょう？　時計を何度も見て、今か今かと戻ってくるのを気にしていますわ」

この話を聞いてローランドはクリスチーナに対して同情の念を禁じえなかった。何という育て方をされたものだろう。人格の面でも人の歩くべき道についても、何というしつけだろうか。公爵も同じ話を聞かされたのだろうかと考えた。もし聞いて、それでもクリスチーナと結婚する気なら、公爵はよほど大胆な人物なのだろう。聞き終わって、ローランドは「うまく捕まえられればいいですね。お嬢さんを使って危険なゲームをなさって、負けることになったら、さぞ残念でしょう。でもまだ希望はあります。彼女が戻りました」と夫人に言った。

ローランドがそう言った時、クリスチーナが現れた。出かけた時と同じく、無頓着な態度でロデリックと連れ立って戻ってきた。頬には出かけた時には見かけなかったかすかな紅潮が認められる気がした。一方、ロデリックの目に久しぶりに明るさが戻ったのは見誤りようがなかった。

「あらどうしたの？　じろじろ見るのねえ」クリスチーナは近寄りながら大きな声で言った。「宗教裁判の被告扱いじゃないの」それから立ち止まって、公爵から母親へ、ローランドからジャコーザへと視線を移した。それから頭を上にあげて、よく響く声で笑い出した。「いったい何だっていうの？　不始末でもしたかしら？　公爵様、あたしが許されざる罪でも犯したかのように見つめていらっしゃいますのね」

「ぼくなら二人だけで一時間も森を散歩しましょうなどと言い出さなかったでしょう」公爵が言った。

「そんなのおばかさんだわ。散歩は楽しかった。皆さんもそれぞれに楽しかったのじゃありません？」

「クリスチーナったら、いいかげんにして。家に帰ったらあなたに話すことがあります」ミセス・ライトは公爵の腕を取りながら言った。「さあ、馬車に戻りましょう」

「話ですって！　やはり宗教裁判なのね。ハドソンさん、あなたもしっかり頑張ってね。予め打ち合わせておいた以外の白状はしないと約束しましょう。もしかするとまず拷問されるかもしれないわよ。マレットさんも何かあたしにお話があるようよ」クリスチーナが言った。

ローランドは、先ほど彼女に対して覚えた同情心をこめた目で相手を眺めた。「そうかもしれませんが、後にしますよ」と言った。

「お好きなように。どうやら明るい気分が消えてしまったようね。あたしとしては、楽しいことをしただけなのに。がっかりだわ。ジャコーザ、あなただけは親切にしてくれるわね。見慣れたあなたの顔からは、何を考えているか読み取れないけど。腕を貸して。馬車まで連れていって頂戴」

一行はヴィラの庭に待たせていた馬車まで進んだ。ローランドとロデリックは一行に別れの挨拶をした。クリスチーナは体を投げるように馬車に乗り込んで座り、目を閉じた。それを見たローランドは、馬車の中で彼女が目を閉じていれば、公爵は、彼女への不満を抱いたことなど覚られずに、きれいな顔を眺めていられる、さぞ嬉しいだろうと想像した。

翌朝早く、ローランドは眠りから起こされ、気づくと目の前にロデリックが立っていた。手に鞄を持ち、出かける準備がすっかりできていた。「ローマに帰るよ。仕事に戻る。着想が浮かんだ。鉄は熱いうちに打て、というからね。さよなら」そう言って一番列車でローマに戻っていった。ローランドも次の列車でローマへ戻った。

第十三章

ローランドはよくコロッセオに出かけた。この古代の記念建造物は何度見ても飽きることがない。フラスカーティから戻って一ヵ月経ったある午前中、コロッセオ内部の広大な闘技場を横切って歩いていると、古代の欄干に沿って並べ置かれた岩石の塊の一つに、女性が座っているのに気づいた。以前会ったことがあるような気がしたものの、どこでだったか思い出せない。彼女のそばを通った時、コロッセオ警備をしている赤脚絆のフランス兵士の一人が近寄って彼女に何か歓心を買うようなことをささやいているようだった。それに応じて彼女が浮かべた晴れやかな微笑を見て、ミセス・ライト邸の玄関で来客を迎える、きれいな顔立ちのアッスンタというメイドだと分かった。ローランドは、邸を訪問するたびにこの女性の微笑に迎えられ好感を抱いていた。コロッセオでいったい何をしているのかと思ったが、女主人のように部屋を持たないので、ここを私室代わりに使っているのだと推測した。ご主人のミス・ライトだけでなく彼女自身にも賛美者がいて、彼女はコロッセオで逢引きすることにしているのだろう。しかし、今の状況から判断すると恋人は時間に遅れているようだ。ローランドにとってコロッセオは久しぶりだったし、この日は晴天で上層部からの景色がとりわけ見事だろうと思われたので、しばらく景色を楽しんでいこうと考えた。係の者が大きなくぐり戸を開けてくれ、ローランドは古代ローマの群集が殺到したであろうラセン状の階段と回廊を経て、上の階へとどんどん登っていった。最上階に到達すると、期待にたがわず見事な展望が開けていた。サビニ山脈を照らす光線がこれほど美しく見えたことはなかった。

景色を心行くまで眺めてから、来た道を取って返した。しばらく歩いて下の橋台(アバットメント)まで降りてきて、足を止めた。ここに立つと遺跡の内部を見下ろすことになり、その高さに目がくらむようだった。コロッセオの上層部には凸凹の起伏があちこちにあり、アルプス山脈の崖に突き出た頑丈な岩石そっくりである。起伏の裂け目には、長年の間に土壌が積もって草花が根付き、あたかも高山に生えているように美しい花が咲き、風にそよいでいる。この景色を一瞥してからまた歩き始めると、下から人の声が聞こえてきた。数歩戻って下を覗くと、日のあたる片隅の狭い岩棚に座る二人の男女の姿があった。人目を避けてこの高所を選んだようだが、頭上の橋台に立つ人から見下ろされるのには気づかないようだった。逢引きの場所を探してここまで階段を上がってきた男女の、女性の顔には厚いヴェールがかかっているので、たとえ上からでなくても誰だか分からなかっただろう。男も顔は見えなかったが、豊かな髪の頭を振る動作で誰だかすぐに分かった。ローランドは一瞬考えて、女性も誰だか分かった。アッスンタ自身が逢引きしに来たと勘違いしていたが、実はミス・ライトのお供で来て、薄暗い闘技場で辛抱強く待っていたのだ。ロデリックとクリスチーナだと分かるとローランドは躊躇した。そっと退散すべきか、それとも親しく挨拶の言葉を投げかけるべきか？　どちらにすべきか考えている間に、二人の会話が下から聞こえてきた。その内容からローランドは退散したくなくなった。もし彼が聞いているとわかればさぞ気まずいことになるだろうからだった。

「あなたがおっしゃるとおりなら、あなたは、要するに弱気だっていうことになるわね。残念だわ。あなただけは違うと思っていましたのに。本気で信じていました」クリスチーナの物言いは穏やかで慎重であり、下から聞こえてくるとローランドの耳に改めてその特色がはっきり分かった。

「いや、ぼくは弱気ではない」ロデリックは強い調子で言った。「弱気なんかでないと断言できますよ。不完全な人間かもしれないけど、しかしそれは生まれつきで直せない。弱気というのは意志で修正できる」

「じゃあ、不完全だということでもいいわ」クリスチーナが笑いながら言った。「満足のいく仕事ができないという点では同じですもの。とにかくあたしは、自分が何度も夢見てきた男性とはいつまで経っても親しい関係になれません」

「夢見た人？」

「あたしが全面的に尊敬できる人のことよ」彼女は急に熱をこめて言った。「無条件で尊敬できる人。出会っただけならこれまで何度かあるの。つまり、一般の男性よりスケールが大きく、性格が大らかで、才能豊かで、意志も強い、と無知なあたしが最初は信じてしまった人はいたのよ。そのような人なら、これまで迷ってきたあたしが心を許しても安心だし全面的に深い信頼が置ける、と思ったのよ。あたしのことだから時には他の男性とも付き合うことがあっても、いずれその人のところへ戻っていく。あなたが正にそういう男だと思ったの。最初会った時──隠して見せなかったけれど──すごく強い印象を受けました。女性特有の綿密な観察で、あなたには聖なる炎があると思いました」

「神に誓って言いますけど、ぼくは今も聖なる炎を持っているつもりですよ」ロデリックが大声で言った。

「でもわずかじゃありませんか。炎はゆらめき、明滅し、音を立てて消えてしまう。何週間もずっと消えていることもあるって、あなた自身がおっしゃったじゃありませんか。あなたのお話から判断すれば、仕事の面でも失敗者なのかもしれない」

「ぼくに聖なる炎があるって言ったけど、実は、ぼくも自分自身についてそんなことを思うことが時々ある。しかし、同じことでもあなたが言うのを聞くと、何だか自分にはすごいことができるような気分になる」

「あたしが強いと思うのはね、あたしの言葉なんかで元気が出たり、がっかりしたりすることのない人です。あたしは哀れなか弱い女。自分に力はないし、人に力をあげるのも不可能。あたしは虚栄心と愚かさの哀れな混合物なの。未熟だし、無知だし、気取っているし、偽者だわ。あたしは、貧弱な土壌に蒔かれた腐った種から生じた貧弱な植物の実みたいなもの。そんな者にすぎないけど、あたしにも一つだけ特技がある。立派な人に会えば、見分けられるということ。そういう人が見つかれば、その時こそ全身全霊で喜びを表すことができます。それまで遠慮していた埋め合わせになるほど十分にね。あたしにある感情を抱かせてくださる男性がいれば——そんな感情を抱いたことはまだ一度もないけど、抱けば「これだわ！」と分かる自信はあります——カサマシマ公爵もその財産もさっさと見限って、その人について行きます。こんなことを言うあたしをあなたがどう思うか分からない。あなたもあたしも、こんな高い場所まで上ってきたのは、人目を避けて遠慮なく本当のことを告白したいからではなかったの？　なぜあなたは、自分が小物であって大物ではない、弱い男であって強い男でないなどと、わざわざあたしに言うの？　あなたの目はあなたが強い男だと告げていると素直に思っていたのに。でも本当のことは声で分かるわ。いつも声が気になっていたのよ。あなたの声は征服者の声ではないって」

「征服する対象をください」ロデリックが大声で言った。「それから、ぼくがあなたに心から感謝していると言った場合、その声は、あなたがどう思おうと、真実を語っていますよ」

クリスチーナは一瞬黙った。ローランドは興味をそそられ、その場を動けなくなった。

「あたしを献身的に愛するとおっしゃるけれど、そのアメリカ女性もあたしも、どちらのことも本気で選んでいないと思うわ」

「お願いだから、彼女のことは話題にしないでください」クリスチーナが言った。

「どうして？　あたしは悪口なんか言いませんよ。立派な方だと思います。あたしよりいい方だし、あたしよりもっとあなたを幸福にできるでしょう、きっと」ロデリックが言った。

「あなたと一緒にいる今がぼくにとって幸福というものです。あなたはぼくを苦しめることばかり言うことにかけては天才ですけど」

「じゃあ、ご自分が値する以上に幸福を味わっていることになるわ。だって、あなた、選んだことがないでしょう？　選ぶのが怖いのでしょう？　ずるい男だから、自分が人の信頼を裏切ったと真面目に考えたことがないのでしょう？　自分はひどい男だと反省したことがないのでしょう？　あなたは、なに、たいした問題じゃない、自分は罰を受けても平気だし、恥にも耐えられると思っているのよ。目を閉じ、記憶を封じ込めようとしているんです。見かけほどひどい振る舞いをしているわけではないし、好き勝手にしても面倒に巻き込まれないで済むだろう、そう思い込もうとしているのよ。あなたはふらふらと迷い、いろんな事件に遭い、今は、自分が本当に欲しているものが何なのか、分からなくなっているのでしょう」

ロデリックは両手で膝を抱きかかえるようにして座っていた。額を膝の上に載せて前屈みになっている。

クリスチーナはいまいましいほど冷静に言いつのった。「アメリカにいる方のこと、本気で愛しているわけではないのでしょう。あたしのことも同じだけど。自分と自分の将来にしか関心がないのでしょう。本当に大物になれるなら、それも結構よ。世にまれな才能があって、そのすべてを活用して立派なことを成し遂げるのなら尊敬してもいいわ。でもその才能が、たいしたものでないと分かったらどうなるのかしら？　三流程度の才能しかないのに、散々苦労して頑張っても仕方ないでしょ？　あなたが自分の才能に疑いを抱いても、あたしは助けてあげられないわ。あたし自身、この世のどんなことについても自分に疑いを持っているのだから。あなたは彫刻家としてロケットみたいに高い所まで上がったと世間の人は言っています。でも棒切れみたいに落ちてくることはないの？　あたしには分からない。あたしは前に言ったことを率直に繰りかえすだけよ。つまり、現代彫刻はすべて下品で、あたしが好きなのはバチカンにある古代彫刻だけだということ。駄目、駄目よ。あなたを元気づけることはできません。そして、あなたが自分は小物だと時々感じると――あたしの分別を信頼しての発言だと気づいていますけど――打ち明ける時、あたしには、だったら本当に小物だからでしょうと答えることしかできない。愛する男性からは、絶対的な自信の言葉を聞きたいの」

ロデリックは頭を持ち上げたものの、無言だった。二人はじっと見つめ合っているようだったが、ロデリックは何か小声でつぶやきながら体を後ろにそらしたようだった。会話が聞こえなくなったので、ローランドはそろそろ退散しようとしたが、その時、クリスチーナが手を上げた。青空のどこかを指さしているようだった。ロデリックはその視線の方向を見た。

「薄暗い壁龕を背景にして見えるあの花ですけど、ヴェールを通して見えるほど真っ青なのかしら？」彼女は、話をあたりさわりのない方向に転じるためにそう言ったようだった。

ローランドが立っている場所からもその花は見えた。クリスチーナのいる場所からおよそ二十フィートの高さにある壁の巨大な突起物の上に育った鮮やかな青色の可憐な花だった。

ロデリックは頭を回して、無言で花を眺めていた。ようやく振り向いて、「ヴェールを外したらどう？」と言い、彼女がそれに応じると、「外しても青く見えます？」と訊いた。

「そうね、とってもきれいだわ」彼女は首をちょっと傾げて言った。

「あの花が欲しい？」

彼女は一瞬目を見開いたが、それから大声で笑い出した。

「あれが欲しい？」ロデリックがよく響く声でまた言った。

「あたしに食いつきそうな言い方はやめて！　そうね、ええと答えても害はないわね」

ロデリックは立ち上がり、じっと花を見つめた。花の咲いている場所と彼が立っている場所は、垂直に切り立つ険しい岩石で隔てられている。しかも壁は闘技場の裏手の薄暗い洞穴にまっすぐ落下している。彼は突然上着を脱ぎ、後ろに放り投げた。クリスチーナが立ち上がった。

「花を取ってくる」ロデリックが言う。

彼女は彼の腕をつかんだ。「気でも狂ったの？　落ちたら死んじゃうわよ」

「死にはしないさ。さあ、座りなさい」

「嫌よ。あなたが座るまでは嫌」彼女は両手で彼の腕をつかんだ。

ロデリックは彼女を振り払い、乱暴な態度で彼女の座っていた場所を指さし、「あそこへ行って」厳しい口調で言った。

「絶対に駄目。ねえ、お願い」彼女は両手を握りしめ、小声で懇願した。「やめて、お願いだから」

ロデリックは彼女を見て、ローランドがいまだかつて聞いたことのない、雷のような声で叫んだ。「座れ！」遺跡全体に鳴り響いた。彼女は一瞬ためらったが、やがてその場に座り込み、両手で顔を覆った。

二人のこのやり取りすべてを目撃したローランドは、その後に続くことも予想できた。

ロデリックがごつごつした垂直の壁の片隅を左手でつかみ、それから足を壁に這わせて足場になる出っ張りを探す。ローランドは一目でロデリックが壁を登れる可能性はきわめて低いと察知した。壁には一つながりの狭い出っ張りがいくつかついていた。ずっと以前に崩壊したアーチ形天井を支えていたレンガ造りの蛇腹の残りで、見るからにもろかった。ロデリックは、この出っ張りの一つに足のつま先を載せ、頭と同じ高さにある別の突起物の片隅を手でつかんで登ってゆくつもりのようだ。しかしもろい蛇腹が足場として役に立たないのは明白だった。だが、ローランドはロデリックを止めに行くのをためらった。もしロデリックが成功すれば、快挙になる。騎士道に適う勇敢な行為になるのだ。クリスチーナの嘲笑への勇気ある回答になる。しかし成功するはずがない。ローランドは階段を急いで駆け下り、ロデリックのところまで行くとあっという間にしっかりした手でロデリックの肩をつかんだ。

ロデリックは青ざめ、怒りの表情を浮かべてローランドを睨んだ。クリスチーナも青ざめた表情で目を見開いたが、驚嘆したその顔は美しかった。「いいかい、ロデリック、ばかなまねはやめたまえ。君が蜘蛛なら手柄になるだろうが、前途ある彫刻家がそんなことをしても無意味だ」ローランドが言った。

ロデリックは額をぬぐい、壁を見上げて、目を閉じた。今になって目がくらんだのだろう。「君に抵抗はしないよ」とローランドに答え、それからクリスチーナに向かって、「君を征服者の声で座らせたじゃないか。これでもぼくは弱虫だと言うのかい？」と言った。

クリスチーナは落ち着きを取り戻し、ロデリックでなくローランドに話しかけた。「お願いですから、この怖い場所から連れ出してください」

彼女を回廊まで案内し階段を一緒に下り出すと、ようやくロデリックも後ろからついてきた。下りながらローランドは、まだ驚いた様子の二人から、「あそこまでどこから上がってきたのか？」「壁に登りかけた瞬間に現れることがどうしてできたか？」などの質問を浴びることになった。上の回廊を歩いていたら、下のほうで男が何かとてつもなく危険なことを始めそうだった。それを見ていた女性が気を失っているようだった。そこで二人に介入すべきだと判断し、実行に移したのだと答えた。ロデリックは、危険な愚行を止められた者らしくうなだれるどころか、明るい顔で、上を向いて歩いていた。クリスチーナに対して、自分が彼女の憧れる大物並みに、命令口調で話せたことに満足しているのだろう。クリスチーナは考えごとをしているように無口で下りていた。ロデリックと二人だけで人目につかぬ場所にいたことを弁明しようなどとはまったく思っていないようだった。ローランドならニューヨークなどでもっと大胆な女性をたくさん見ているだろうから、こんなことぐらい気にしないにちがいない、とでも思っているのだろうか。彼女の心が動揺している唯一の証拠は、メイドと出会った途端に、家まで歩けないから馬車を呼ぶように命じたことだけだった。コンスタンティヌス凱旋門の陰に馬車が止まっていた。馬車に乗り込んだ後、ほっとした彼女はヴェールの下で涙を流しているだろうとローランドは想像した。

ローランドは、自分が二人の会話を聴いたおかげで惨事を防ぐことができたので、盗み聴きを詫びる必要などまったくないと思ったが、ロデリックにはクリスチーナとの会話を一部聞いてしまったことを知らせておいたほうがよいと思い、手短に話した。

「ぼくが彼女に夢中だという証拠だ、とあなたは思っているのだろう」

「ミス・ライトは自分自身をよく理解しているようだな。君のことも、自分の意のままに扱っていた。君を試そうという気持ちが彼女にあったとは思わない。しかし、彼女の言葉を聞いて君が無謀にも花を取りに行こうとしたということは、彼女にはもしその気になれば、君を笑いものにすることだって簡単にできるということだ」

「うん、確かにぼくを笑いものにしているね」ロデリックは考え込みながら言った。

「その結果、どういうことになると思う?」

「いいことには絶対にならないだろう」ロデリックはそう言ってポケットに手を入れ、あたかも世の中で一番不愉快な事実を口に出してしまったと言わんばかりの表情を見せた。

「では今の話し合いの結果として、クリスチーナの心に生じたものは何だと思う?」

「それが分からない。分かれば万事順調に運ぶだろうけど。しかし、ぼくのことを弱い男、意気地なしだとはもう言わないだろうと思う」ロデリックが言った。

「自分は弱い男ではない、と君は断言できるのか？」

「軟弱かもしれない。しかし、もう彼女にそんなことは言わせない」

その後ローランドはコルソ通りに出るまでは無言だったが、通りに着くと、ロデリックにアトリエへ行くつもりなのかと聞いた。

ロデリックは夢想から覚めたようにはっと驚き、両手を目にあてた。「いや、行かない。あんなことの後では落ち着いて仕事なんてできないもの。さっきは首が折れても平気だったけど、今は怖い。ピンチョの丘で日光浴でもするさ」

「では約束してくれないかな。つまり、君が今後ミス・ライトに会う時には、地面の上にすること。決して、高い所では会わない、と」


フラスカーティから戻って以来、ロデリックはレヴンワース氏が注文した像の制作に熱意を注いでいた。ローランドが見る限り、初めはとても快調だったのだが、ロデリックが公言していたように、彼は作品にも注文主にも愛情が持てず、レヴンワース氏のように退屈な人物の所有になってしまう作品に情熱を注ぐのはもはや無理だった。相性が悪かった。愛情を持たずに制作するしかなかった。とはいえ、それなりによく働いて、像はしだいにでき上がっていった。レヴンワース氏は彫刻以外にもさまざまな芸術品を注文していたのだが、その制作者の多くは、ロデリックが交際するのは恥だと思うような連中ばかりだった。ロデリックが言うには、昔の著名なテーラーの中には、自分が好む帽子屋から帽子を買わない客の服の注文は断った者がいたという。そこでロデリックは、自分にも、制作した像が「ペルージャの真珠」のような絵画などと一緒に飾られることを拒絶する権利があってしかるべきだと言うのだった。「ペルージャの真珠」は、レヴンワース氏の見解では「色彩感覚抜群」のアメリカ人の画家が描いたものだった。金払いのいい客である氏は、作品制作の進捗状況を見たり、時に制作に注文をつけたりするためによくロデリックのアトリエに立ち寄った。氏はどっしり座り脚を広げ、脚の間に太いステッキを突っ立て、金細工を施した取っ手に両手を置き、芸術作品の道徳性について長々と論じることもあった。言葉は、氏の道徳意識の井戸のごとき深みから、バケツ何杯分でもとめどもなく湧き出てきた。無知な者を啓蒙してやろうという氏の底なしの尊大さはロデリックに大きな羽毛布団をかぶせて窒息させられる感覚を与えた。悪いことに、氏の虚栄心は鉄面皮であるため皮肉の矢など歯が立たない。仕事中の天才が蒙るいくつもの災害の一つが、親切気に語られる退屈な道徳講話であり、氏はそれが芸術家にどれほど有害かまったく気づかない、とロデリックは嘆いた。

コロッセオでの一件のマイナスの影響は長く続いたようだった。ロデリックの神経が傷ついたのと同じく、彫刻への意欲も回復までに時間を要した。そして冷静さを取り戻すのに、彼らしい方法を選んだ。女遊びに走ったのだ。しばしば帰宅は午前四時に及ぶまでになり、「乱れた生活」としか呼べない日々を送った。これまで彼は、芸術家仲間と交友することはほとんどなかったが、それは自分がそうすべく努めなかったからだ。さらに、仲間の好意に頼らなくてもいいという態度をこれ見よがしに示したからでもあった。本来は、仲間から刺激を得るためにも彼のほうから積極的に交際を求めるべきだった。ローランドは、他の芸術家と少し付き合ったらどうだと一度ならず勧めた。ロデリックは、自分は別に意識的に交友を避けているわけではないから、みんなにアトリエへ来てもらうのはかまわないと答えた。しかし実際に訪問してくる客はごくわずかだったし、その上、彼は訪問されたらこちらも訪問するという芸術家間の慣習を無視するのだった。芸術家仲間といっても実際に会ってみたいと思うほどの作品を制作しているような才能の持ち主など周囲にいないじゃないか、と切り捨てた。グロリアーニに対しては、口に出して言えぬほどの軽蔑を抱いていた。そのため、一度作品を見に行ってから、二度と訪ねていない。仲間の中で、ロデリックが関心をわずかに持つと認めたのは、小柄なシングルトンだけだったが、実際に出会った時には滑稽な奴だと思ったし、会っていない時は存在を忘れていた。もちろん、ロデリックのほうからシングルトンを訪問することなどない。しかしシングルトンは時々おずおずとロデリックのアトリエを訪ねてきた。そして控えめな言い方で、ハドソンさんのような方は、客の訪問を受け入れるのはかまいませんが、ご自身から訪問する必要などありませんよ、と言った。ロデリックはいくら人にほめられても礼を言うこととは決してなかったし、そもそもシングルトンが非難したのかほめたのかも分からなかったようだった。

総じてロデリックの友人の選び方は呆れるほど気まぐれだった。誰が見ても立派な人物が交際を求めてくると、死ぬほど退屈な奴だなどと言う。それなのに、寛大なローランドから見ても許せないと思うような人物のことを、付き合ってみたい相手だと言うのだ。そしてその理由はとうてい納得できそうもないものだった。例えば、髪へのブラシのあて方しだいで親しくなれないと言う。その一方で、どこが魅力なのか不明な男を好きな理由は、十三世紀に遡るような先祖が妻を生きたまま壁に閉じ込めたからだ。「妻を生きたままで壁の中に閉じ込めるような先祖を持つ男と話せるなんてすばらしいじゃないか」と言う。それで「どこがいいのかわからないだろうな。みんなはP君を退屈な奴だと思うだろう。先祖は三日いい。彼に感心してくれとは頼まない。でもぼくにはぼくなりの理由がある。先祖は三日の間妻の顔に布をかぶせて壁に閉じ込めて放置した後、変わり果てた自分の姿がよく見えるように、布を取り去り、目の前に鏡を置いたそうだ」

このように、ロデリックは、友人の選択が悪趣味で、ローランドがまっとうと考える友人の範囲を越えるような連中と付き合っていた。ロデリック自身も変な奴らだと認めていた。そしてその中の一人と、特に親しくなった。中米のコスタリカの密使としてローマにやってきた変わった男で、ローマ教会を相手に組織上の交渉を行う目的で来たのだが、ローマ教会に冷たくあしらわれ、密使として挫折したため、その埋め合わせに「世慣れた男」として世間に認められることを望んだ。この男の派手な二輪馬車と黒人の下男はピンチョの丘で数週間目立った存在だった。男はイタリア語、スペイン語、フランス語、英語を混ぜ合わせ、さらに聖職者の使うラテン語まで混入させて滑稽極まる混合語を喋った。こんな生意気なしゃれ者のどこがいいのかと尋ねられると、ロデリックは「奴のくだらない話を聞くためならどんな犠牲でも払う」と質問した相手を青い目で見つめながら答えたものだった。ある晩、ロデリックはこの男とスペイン語圏出身のローマ在住者の間で有名な婦人が主催する晩餐会に出かけた。深夜になって帰宅する途中、ローランドの家の窓に明かりがまだ灯されていたので、立ち寄った。ローランドはちょうど寝るところだったのだが、酔ったロデリックは平気で安楽椅子に座り込み一時間も喋りまくった。コスタリカの密使の仲間たちは密使同様に愉快な連中で、全員おたがいによく似ている。晩餐会を主催した邸の女主人は、黄色のサテンのドレスを着て、底が金のスリッパを履いていた。この婦人が余興の終わりにカスタネットを持ってこさせて、ペチコートをたくし上げてファンダンゴを踊った。男どもは床に胡坐をかいて座って眺めた。「すべてがひどく下品なんだ」ロデリックが言った。「急にそう感じて引き上げてきた。ああいう余興は最初はいいが、半分も経たないうちに死ぬほど退屈する。気分が悪くなる。いまいましい。どうしてぼくはのんびりと物事を楽しめないのだろう？　ぼくの幻想はすべて途中で息切れして、前進したくても二十歩以上は進めない。ぼくは、笑って忘れるということができない。笑いは笑い出す前に消えてしまう。あなたが好んで読んでいるスタンダールは表紙（ぼくはそこしか読まないんだ）に『わたしは完全美を人生の早すぎる時期に見てしまった』と書いているね。スタンダールが何歳の時完全美を見たか知らないが、ぼくは生まれる前に見た。赤ん坊になる前の状態の時だ。完全美がどういうものか、スタンダールは明確に述べていないが、とにかく現在はどこにも見つからない。完全美は、シャンパングラスの底には見つからないし、それから——変わった見解だと思えるかもしれないが——女性が舞踏会用の衣装をつけた時に誇らしげに見せる肩にも見つからない。騒がしい晩餐会——頭髪にポマードをつけた醜い男どもがワインと熱気でさらに醜くなった晩餐会にも見つからない。あるいは、パーティの帰りに、汚い裏通りを経て、フォロ・ロマーノに入り、地面からまるで齧った骨のように崩れて立つ石柱にも完全美はない。ありとあらゆるものが卑しく、薄汚れていて、みすぼらしい。中でも、豪華な社交界に出入りする男女がもっとも卑しく、もっともみすぼらしい。連中は本当の意味での自発性を持たず、おうむにすぎない。バッタと同じく威厳がない。ぼくの制作した像にしても一作以外はどれも駄目だ」ロデリックはそう言うと椅子から立ち上がり、明かりの中でぼんやりと光る彫像の一つをじっと見つめていた。

「ああ、分かった、分かったよ。君が何を頼りにしているのか教えてくれたまえ」ローランドが言った。

「ぼくの彫刻はほどほどの出来栄えだと思う。でも着想自体はもっと優れていた——そこが大事な点だ」ロデリックが言った。

ローランドは黙っていた。ロデリックが頭に浮かぶ考えを次々に披露し結末に至るのを待っていたが、彼が勝手に演じる一人芝居の解説役(コロス)を自分が務める気はさらさらなかった。

「夜のこんな時間に階段を上がってきて生き方についてうるさく喋る厚かましさを持つとは、ぼくのことを悪魔にも劣る奴だと思うだろうな。あなたの目をごまかし、悪事を隠すために喋っているんだと思うだろう。いかにもあなたらしいきわめて合理的な推論だ」

「ぼくがどんな推論をしようと勝手だろ」ローランドが言った。

「じゃあ、あなたはもうぼくを見限ったんだね？」

「いや、判断を中断しただけさ。待っているのだ」

ロデリックはローランドを一瞬見た。「何を待っている？」

ローランドは怒ったような身振りをした。「所期の目的を達成し、さらに人々が尊敬してくれるようになったのだから、そんな調子で武器を振り回して周囲の者を傷つけるのはやめたらどうだ？　ぼくはもう眠い、お休み！」

第十四章

数日後、ローランドは午後の長い散歩で川向こうのトラステヴェレ地区の静かな地域にやってきた。ローマの中でも特に好きな場所だったが、その魅力を説明するのは難しい。薄暗く立て込んだユダヤ人居住地のあたりから少し離れると、人影のない、静まり返った、雑草の生えた小道に出る。ここ一帯にはみすぼらしい家屋が多くあり、一見誰も住んでいないように見えるが、足音がすると戸口に住人が現れるのでぎょっとする。記念碑など特別なものは何もないが、ローマ中でここほど歴史を感じさせる土地は他にない。昔はよく知られていたものの今は忘れ去られた物悲しさが漂い、歴史の重みが感じられる。黄金の午後の陽光が土色の崩れた壁を照らし、閉じられた小さな教会の草の伸びた中庭に影が長く伸びた午後など、不思議な魅力を呈してくる。聖チェチーリア教会には陽光に照らされた、かなり荒廃した中庭がある。本堂自体は半ば見捨てられて静まり返り、たまに信心深い人が訪ねて、その人たちからの寄進が唯一の収入であるらしい。ローランドはこの教会の前を通れば決まって訪れていたが、人影はめったになかった。しかし今日は、先客が二人いた。いずれも女性で、一人は側面の祭壇で祈っていたが、もう一方は中央会衆席の端にある円柱にもたれるように座っている。ローランドは祭壇に近づき、祭壇の下の壁龕に安置されている、亡くなった聖人像をちらと眺め、芸術家の卓越した技にいつものように敬意を表した。振り返ると、クリスチーナ・ライトの姿が見えた。彼女も気づいたようなので、近寄って話しかけた。

クリスチーナは両手を膝に置き、疲れた様子で座っていた。簡素な装いだったのは、おそらく散歩中に人目につかないためだろう。ローランドは挨拶しながら、彼女の連れに目をやると、忠実なアッスンタがいた。

クリスチーナは笑みを浮かべた。「ハドソンさんを探していらっしゃるの？　幸い、一緒ではありませんわ」

「いたとしても不思議はありません。ここはあなたが一人でいるにはふさわしくない地域ですから」ローランドが言った。

「そんなことありません。世間の人はあたしのことを変わった女だと言っているのですから、あたしがここにいたとしても、何の不思議もないでしょう。散歩に出たのです――世間ではあたしが散歩するのも変だと思われているようですが、でも、午前中ずっと家のソファでくつろいで午後に馬車をお上品に乗り回すというのはあたしの趣味じゃないのです。家にいると、ひどく気が滅入ることがありますの。動きたいし、何かしたいし、何か見たいのです。ママはお茶を楽しむのがいいって言うけれど、あたしは着古した服で、ヴエールを何枚もかぶってアッスンタと散歩に出ます。プードルを連れていけないのが残念ですけど、目立つから仕方ない。どこへでも散歩します。そういうのが大好きなのです。素朴な趣味だとほめていただきたいわ」

「あなたの賢明さを称えますよ。ローマに住んでいながら出歩かないなんて、もったいないことですから。しかし、お宅からずいぶん遠くまで来られて、お疲れでしょう」

「少し疲れています。それで教会で休んでいるのです」

「お休み中にお喋りしてもよろしいですか？」

「楽しいお話ならね。今、あまり気分がよくないもので」

できるだけそうしますと言いながら、ローランドは椅子を持ってきて彼女の側に置いた。クリスチーナを愛しているわけではないし、好ましく思っているわけでもないし、信用しているわけでもない。にもかかわらず、彼女を眺めるのは特権のように思え、言葉をかわすだけでも胸がときめいた。彼女の過去がいかなるものだったか、いかに複雑で謎めいていたか、いくらでも想像が膨らむ。あれこれ探るだけで脈拍が速くなる。この機会を利用して、美しいクリスチーナと話し合うのは有益なことだろう。今後会った際に見当外れなことを言うのを避けられるだろう。

アッスンタは祈りを終え、ローランドが椅子に座るのと同時にクリスチーナのもとへ戻ってきた。しかしクリスチーナは祭壇のほうへ行くように仕種で指示を出した。「お祈りを続けていて。あたしのために祈ってね。あたしがばかなことを言わないように祈って」それからローランドに、「アッスンタは三十分も祈るんですよ。神様と話すことがたくさんあって羨ましい」

「善良なカトリック教徒を羨ましいと思うことはよくありますね」

「それなら、あたしのことも羨んでください。善良なカトリック教徒だったのですから。尼僧になりたいと強く望んだこともありましたのよ。笑いごとじゃない、本当のことです。十六歳の時でした。『キリストにならいて』と『聖カタリナの生涯』を読んだのです。聖人の奇跡を頭から信じて、自分にも——聖人からはほど遠かったけれど——奇跡が起きるように切望しました。奇跡でなくても、こじつけで奇跡と考えられる出来事が起きていたら、あたしは修道院に入っていたでしょう。信仰心が本当に強かったのです。その心は消えましたが、ここに座って、あの時の心は今どうなったのかと考えていたところです」

この女の口調には真実らしさが欠ける感じがあると、ローランドは前から気づいていたが、今語った信仰心についても本人の実体験だとは思えない。しかし聞いていて不愉快ではなかった。というのは、彼女自身が自分の嘘に誰よりも騙されていたからだ。彼女にはその架空の過去があり、本人は本当の過去よりもそちらを信じ込もうとしていた。彼女はその場の雰囲気に合わせて即興的に思い出を創造する無限の才能の持ち主なのだ。話を面白くすることが好きで、自分の想像したことを面白く、美化する習性がある。活発で自発性に富む性格だということもあって、この習性で過去の経験を色付けして語るのだ。彼女の語る話の中で開花する多彩な花々は、事実を歪曲したというより心をこめて誇張した結果だと見られぬこともない。クリスチーナが自分自身について語ることは、すべて彼女の想像上のことなのかもしれない、とローランドは感じた。彼女の話し方には、活力も、大胆さも、追求心もある。「ぼくは自分でも呆れるくらい関心に乏しいところがありまして、ローマに数ヵ月も滞在しているのに、カトリック教の信仰については外部から眺めるだけです。指先ほどの裂け目を見つけても、内部を覗くことなど一度もありません」ローランドが言った。

「あなたは何を信じていますの？　宗教ですか？」

「ぼくはとても古風でしてね。神様を信じています」

クリスチーナは、美しい目でしばらく視線をどこにも合わせずにいたが、短い溜息をもらし「羨ましいわ」と言った。

「あなたに羨ましがられることなど、何もないのではありませんか？」

「ありますよ。あなたの落ち着いていらっしゃるところ」

「落ち着きが羨ましいなんておっしゃるにはあなたは若すぎます」ローランドが言った。

「あたしは若くないわ。若かったことなんて一度もないのよ。だって、ママがそのように育てたのですから。十歳ですでに皺くちゃの可愛いお婆さんだったわ」

「ご自分を卑下するのがご趣味のようですね」

彼女はしばらく黙ったまま彼を見ていた。その後、「あたしに永遠の感謝をさせたくありません？　それには、あたしが自分で思っているよりましな人間だと証明してくだされぱいいのです」

「まずご自分をどう評価していらっしゃるのか教えてくださらないと……」

彼女は頭を横に振った。「それは駄目。あたしが自分をどう考えているかを聞いただけでもあなたは呆れ返るでしょう。あたしのこれまで犯した過ちから、あたしがいかに悪に通じているかに気づいてショックを受けるでしょう」

「それでは何もお聞きしません」ローランドが言った。「でも、大胆に予言すれば、いつの日かあなたが何か良い行為をなさっているところをきっと発見するとぼくは信じています」

「あなたまでお世辞をおっしゃるの？　あなたとあたしは正直に話し合えるものと思っていましたのに」

「そうです、正直に話すのをやめたわけではありませんよ」ローランドが言った。そして自分が真実を語る人間だと信用されていることをこの際、率直に口に出そうかと思った。今がまたとないその機会だろう。しかし、どう切り出せばいいのだろう？　迷っていると、クリスチーナのほうが前屈みになって、両手を膝に置き、「あなたの宗教のことを聞かせてくださる？」と言った。

「聞かせる？　それはできません」ローランドは強い口調で言った。

彼女は少し顔を赤らめた。「絶対に秘密だから言葉で言い表せない。特にあたしのような者には教えられない、というわけですか？」

「宗教心はぼくの人生の一部をなす感情で、自分をそれから十分に切り離せない。だから語れない、というだけです」

「宗教は雄弁で攻撃的なものだと、あたしは思うのですけど。宗教は元来、人を帰依させたり、説いたり、教えたり、支配したりするのを望むはずよ」

「人によって宗教への態度も異なります。ぼくは攻撃的ではないし、むろん雄弁でもありません」

「あなたがご自分の宗教心について何をおっしゃっても、あたしは特に気にかけないでしょうよ」クリスチーナが言った。「どうせあまり熱のこもらないお話でしょうから。あなた、今のご自分に満足していらっしゃらないでしょう？」

「どうしてそれがお分かりですか？」

「あたしには観察力があるのです」

「完全に満足している人などいないのではありませんか？　でも、ぼくは何についても不満は言いませんよ」

「そんなことおっしゃると、正直者の評判に傷がつきます。そもそも、あなた恋しているでしょう？」

「恋しているのなら、不満など言わないのではありませんか」

「でもその恋がうまくいっていないのです。残念なことに、何かが邪魔をしているのでしょう。あたしは、そこまでは分かるのです。あら、抗議なさることなんてありません。あたしは問いつめたりしません。あなたは誰にも、特にあたしには、打ち明けたりなさらないでしょうから。最近、どうして訪ねてくださらなかったのかしら？」

「お訪ねしていたとしても、それは一ヵ月ご無沙汰したのでとか、近くまで来たのでとか、お慕いしているのでとかの理由ではなかったのです。はっきりお訪ねする目的があったのです。しかし、決心がつかないので、足が遠のきました」

「意地悪ですね。いつも耳にする話はくだらないものばかりでうんざりしています。それなのに、特別にお話ししたいことがあるのに黙っていらしたなんて！　さあ、焦らさないで、早く話してください」

「気に入っていただける話かどうか分かりませんよ」

「あたしが魅力的だとか、そんなお世辞ではないでしょうね？」

「あなたの物分かりの良さと、関係のある話だと言えそうです。それもあなたの魅力の一つです。実は、先日フラスカーティでそれとなく申した話です」

「あれ以来、あたしに言うか言うまいか躊躇していらしたのですか。さっさとおっしゃって。あたしは耳をふさいだりしません」

「ハドソンに関したことです」そこでローランドは間を置いた。クリスチーナは関心ありげな顔を見せたものの、その表情からは何も読み取れなかった。「ハドソンのことで気になることがあるのです。彼が時々ぼくを失望させるようになりましてね」そこでまた一呼吸置いたが、クリスチーナは無言だった。「こういうことなのです。ぼくの助言で故郷の仕事をやめ、芸術家の道を歩み出しました。背水の陣を敷かせようとして、ローマに連れてきました。彼を世に出すことにしたのです。『きっと成功します』と彼の、ええと、母親に請け合いました。しかし期待したほどには順調に運んでいません。何とか軌道に乗るよう祈り続けています。そのためには、仕事にもっと集中しなくてはなりません。しかし、彼は仕事よりもあなたを熱愛するのに夢中です。こんなこと、あなたには珍しい話ではないでしょうが」

　クリスチーナは沈黙したままだった。目をそらしたが、それは困惑しているからではなく、何かを深く考えている様子だった。驚くほどの率直さが、彼女の性格の基調だとローランドは思っていたが、その一方、とても優れた思考力の持ち主でもあると一度ならず感嘆したことがあった。今も彼女の沈黙は不気味と呼んでも誇張ではないという印象を与える。未婚の女性に向かって、ある男性が彼女を熱愛していると告げるのは——それもこちらの都合で——かなり悪趣味だとローランドは反省しないわけではなかった。表面的にみれば、女性を自分の利益のために利用するに等しい行為と言えぬこともない。しかし、話の内容から、たとえいくら遠回しな言い方をしたところで失礼にならざるをえない。しばらく待っていると、彼女が非礼を許してくれたようなので、ローランドはほっとした。

「ハドソンさんがあたしに夢中なのは本当だと思います」

ローランドはちょっとたじろいだ。それから、「ぼくの立場から見て、それを喜ぶべきでしょうか、それとも残念に思うべきでしょうか?」と尋ねた。

「あなたの言う意味が分かりません」

「ハドソンは幸福か、不幸かということです」

彼女はちょっとためらった。「あなたは彼に仕事の面で成功してほしいのね。そのために生活面で幸福である必要があると考えているのでしょう?」

「そのとおりです。すべての芸術家について一般的にそうなのかどうかは分かりませんが、ハドソンの場合はそうだと思います」

「もし非常に幸福なら大成功を収めるだろうというわけね?」

「少なくとも才能を開花させられるでしょう」

「大芸術家になれるかしら？」

「間違いなしです」ローランドが答えた。

クリスチーナは椅子にもたれ、破損しているもののよく磨かれた床をじっと見ていた。まもなく顔を上げると、「ハドソンさんが婚約しているとおっしゃったのを、お忘れではないでしょうね？」と言った。

「ええ、覚えています」

「今でも婚約しているのですね？」

「ぼくの知る限りではそうです」

「それなのに、あたしが彼のために何かをしてあげて、彼が幸福になるのがよいと思っていらっしゃるのね」

「ぼくが願うのはこういうことです。あなたは彼に大きな影響力をお持ちだから、それを彼の幸福のために行使してくださいということです。影響力で彼を助けるべきで、邪魔してはならないということです。あなたを慕う男たちは常に落ち着かぬ気分でいます。ぼくは二人の例を知っています。あなたは、どちらを好きなのかはっきり決めていらっしゃらないので、あなたの魅力の虜になった者は犠牲を強いられるのです。率直に話し合っているのですから、はっきり申してもよろしいでしょう？」

「あなたからお聞きするまでもないわ。何がおっしゃりたいか、存じていますもの。そう、あたしはひどい男たらしよ」

「いえ、ひどくなどありません。あなたの寛容さを信じているからこそお願いしているんです。あなたは、ご自分がロデリックと結婚することなど想像していらっしゃらないでしょう?」

「あたしには想像できないことなど何もありません。そこが困った点です」

ローランドはいらいらして眉をひそめた。「では、はっきり申してしまいましょう、あなたがハドソンと結婚することは、ぼくには想像できません」

クリスチーナはかすかに頬を赤らめた。それから穏やかな口調で、「あたしは、あなたが思っていらっしゃるほど悪い女ではありません」と言った。

「悪い女かどうかという問題ではありません。状況から判断して、あなたが彼と結婚なさるとは思えないのですよ」

「あたしがひどい女だとおっしゃるのね。まるで脅しや賄賂しだいで自分の行動を決めるみたいじゃありませんか」

「率直に語るとおっしゃりながら、そうでもないのですね。ぼくは率直に申します。ハドソンは芸術家としての仕事以外に強い感情や情熱の刺激を必要としません。刺激がないほうがいいのです。誰からも刺激されなければ、過剰に感情的、情熱的になるのを抑制できます。激しい情熱に襲われなければ、落ち着いて仕事に集中できます。恋愛するだけで結婚に発展しないのなら、恋愛しないほうが彼のためです。もしあなたが結婚してもよいと思うほど、彼を愛していらっしゃるのなら、何も言うことはありませんし、余計な介入などしません。しかし、あなたがその点で曖昧だと思いますので、彼をほっとくようにお願いするのです」

「あたしがほっとけば、新品の時計のように働くというのね？」

「ええ、今より仕事に精を出しましょう。口実や言いわけを言わなくなりましょう」

「彼、仕事をサボる言いわけにあたしを使ったの？　まあまあ、ありがたいこと！」クリスチーナは笑いながら言った。「今、何をしているのかしら？」

「さあ、分かりません。ロデリックは古ぼけた時計のようですよ。気分屋で、いいかげんで、怠惰で、不定期で、空想的ですから」

「まあ、悪い所ばかり並べたのね。それもあたしのせいだとおっしゃるの？」

「いえいえ、全責任があるとは言いません。原因の一部です。でもあなたにお願いするのは、あなたが他の原因よりも明確で、著しく、責任も重いからです」

クリスチーナは片手を目のあたりにまで持ち上げ、考え深げに下を向いた。ローランドは自分の思い切った訴えへの彼女の反応を計りかねた。そして予想外に穏やかな様子に、やや驚いた。まもなく、彼女は先ほどの姿勢のままで、「仮にあたしがハドソンさんと結婚したら、アメリカのフィアンセはどうなるのでしょうか？」と尋ねた。

「この上なく不幸になる、と思わざるをえません」

クリスチーナはそれ以上何も言わなかった。ローランドは彼女の考えるに任せようと、席を立ち、じゃまにならないようにあたりを歩いた。アッスンタは、辛抱強く石のベンチに座っていた。今回はコロッセオの時のようにフランス兵が声をかけてくる気晴らしもないようだった。アッスンタはローランドと目が合うと、明るく微笑した。待ちくたびれたという気持ちと女主人を気遣う気持ちから出る安堵の笑みだろう。ローランドはまもなくクリスチーナの側に戻った。

「アメリカの小さな村のフィアンセに対するあなたのお友だちの裏切りをあなたはどう思っていらっしゃるのかしら?」彼女が急に尋ねてきた。

「よく思いません」ローランドが答えた。

「彼はその女性を深く愛していたのですか?」

「求婚したくらいですからね。ご判断に任せます」

「裕福な方ですか?」

「いいえ。貧しいです」

「女性のほうも惚れ込んでいたのですか?」

「それが判断できるほどぼくは彼女のことを知りません」

クリスチーナはまた沈黙し、それから続けた。「あたしが彼の求婚を絶対に受け入れない、とあなたは勝手に決め込んでいらっしゃるのね?」

「受け入れると証明されない限り、結婚はありえないと思っています」

「どうすれば証明されるのです? 彼とあたしの間柄をご存じですの?」

「むろん、外から見たことでしか判断できませんが、ぼくはあなたと同じく、よく観察する人間でして、見たところ彼は幸福な恋人には見えません」

「彼がしょんぼりしているのには、理由があります。良心がとがめるからです。少なくとも、そうであってほしいものです。ところで、あたしはハドソンさんの単なる友人としても、彼に害をなすとお思いかしら?」彼女は穏やかに訊いた。

彼女の控えめな言い方は、発言する際の美しさとあいまってローランドの心を強く打ち、そのため議論で自分に勝ち目がなさそうに思えて困惑した。

「時には、あなたが彼の単なる友人として親切なことをなさる機会も必ずありましょう。でも今のあなたには、友人らしい親切をする余裕などないのではありませんか? あなたが活躍されている社交界に、貧しい芸術家が入り込むことは不可能ではないでしょうか」

「単刀直入に言えば、あたしが不真面目だから友人として落第だというのでしょ? ずいぶん遠慮した言い方をなさったけれど」

「ぼくは思ったことを遠慮なく申しました。良かれ悪しかれ、あなたは性格も環境も、社交界の方です。社交界を華やかに飾るべく生まれていらしたのであって、芸術家の妻にふさわしい方ではありません」

「なるほど。でもおっしゃるとおりであるにしても、それはその芸術家しだいではありませんか？　だって、人並み外れた才能のある芸術家なら、社交界入りだって可能でしょう？」

ローランドは微笑した。「そのとおりです」

「あなたがあたしを低く見ていらっしゃるとしても――いえ、否定なさらなくていいのです――いくつかの事情をお話しすれば、あたしへの見方が変わるでしょうか？」クリスチーナが言った。

「いくつかの事情？」

「例えば、あたしの生い立ちとか。ひどい教育を受けたのです。そのことに自分自身で気づいて、自分を変えようとしました。自分の立場を客観的に見る能力など、あたしにもいろいろ長所があるのですよ」

「もちろん、分かっていますよ」ローランドは抗議するように言った。

彼女は小声で笑った。「お聞きになりたくない。そういうことを考慮に入れるのがお嫌いなのね」

「お聞きする権利がぼくにあるでしょうか？　ぼくに向かって、ご自分の身のあかしを立てる必要などありませんよ」

彼女は美しい目で彼を見たが、また考え込んでしまった。「小説か芝居にそういう話がありましたね。美しい悪女が純情な青年をたぶらかし、青年の父親が息子を解放してくれと頼みにくる話が？」

「そういう話はよくあるでしょう。その作品では、女が聞き入れてくれたのでしょ？」

「それは忘れました。でも教えてください。あなたが提案しているように、ハドソンさんが真剣に仕事に取り組めるように、あたしが彼とお付き合いするのをやめたら、それが『崇高で、見上げた、見事な』といった立派な言葉で呼べるような行為になるの？」

ローランドは、彼女に願いを聞き入れてもらえそうになって気持ちが昂ぶり、そうしていただければ、誰にもほめ称えられましょう、と答えそうになった。しかしすぐに、そんなお世辞を喜ばないだろうし、その言い方では自分の本意が伝わらないだろうと思い直した。

「尊敬すべき行為です」と簡潔に言った。

彼女は返事をしなかった。やがてメイドを手招きした。「今日のあたしの予定は？」と尋ねた。

アッスンタはちょっと考えた。「はい、お忙しい日でございます。幸い、お嬢様よりわたくしのほうがよく覚えております」メイドはローランドに向かって言った。それから予定を指折り数えあげていった。「洗濯するようにと送っておいたあのレースのことでピエ・デイ・マルモに行かねばなりません。お嬢様はまた、ピンクの服についてブオンビッチーニに苦情を言うようにとおっしゃっていました。今夜のために苔バラの蕾が要るとおっしゃいましたが、これは簡単には入手できません。晩餐はオーストリア大使館でして、お出かけの前にあのフランス人から御髪に髪粉をつけてもらわねばなりません。奥様が舞踏会を開催なさいますので、お客様を迎えられる時間に間に合うようにご帰宅なさらねばなりません。このように朝までいろいろあります」

「そうね。苔バラね」クリスチーナは楽しそうに小声で言った。「たくさん要るわ。少なくとも百本は。蕾だけよ。ドレスの前面に大きなエプロンを広げたように蕾を縫い付けるの。蕾がたくさんあると異国情緒が出てすてきよ。二十個は髪につけます。髪粉と苔バラは相性がいいでしょう?」メイドにそう言ってから、ローランドに向かって、「ポンパドール夫人風に装って晩餐会に参ります」と言った。

「どこでの晩餐会ですか?」

「スペイン大使館でもどこへでも」

「まあ、お嬢様、苔バラを前面全部にですか! それは大変ですわ。お時間をくださらなくては!」アッスンタが声を上げた。

「ええ、帰りましょう」そう言ってクリスチーナはその場を離れた。教会の戸口に向かって石畳を見ながらゆっくり進んだ。彼女が苔バラを縫い付けることを考えているのか、それとも崇高なことについて考えているのか、ローランドには見当がつかなかった。彼女はまっすぐ出口へは向かわず、わきにそれ、ほの暗い祭壇の上の古い絵を眺めながらしばらく立ち止まっていた。その後、ようやく二人は中庭に出た。その時、ローランドは彼女を見て驚いた。彼女の目に、急いでぬぐったような涙の跡があったのだ。遅くなってしまったわねとアッスンタに言い、馬車を探してくるように命じた。パラソルの先で地面を突きながらしばらく口を閉ざしていたが、やがて顔を上げてローランドを見ると、自分に「物分かりのよさ」があると認めてもらって嬉しい、と言った。「善行をすると期待されるのは気分がよいものです。これまでずっと、悪いことばかりするように教えられ、命じられ、強制されるのに慣れっこになっていましたから。さっきのお話、よく考えてみます」人通りのあまりない地域なので、馬車も少なく、アッスンタはなかなか戻ってこなかった。その間にクリスチーナは、教会、絵のように美しく古風な中庭、ローマの荒廃した地域などについてローランドに話し続けた。ローランドは戸惑い、居心地の悪い思いがした。ようやく馬車がやってきたが、彼女はすぐには乗らず、その場に留まったままだった。「あたしが彼の邪魔になるとあなたは信じていらっしゃるのですね」と突然言った。

「そのような言い方をされると自分がひどく意地悪な人間だと感じてしまいます」

「彼は大変立派な青年だから、邪魔などしたら大きな損失だというわけでしょ?」

「今後は彼のことをほめるのは慎みます」

彼女は急いで馬車に乗ろうとしたが、やめてしまった。「あなたと初めてお会いし、それからまもなくしてからの約束のこと、覚えていらっしゃる？　あたしがどういう人間だと思うかを六ヵ月後に話してくださるとおっしゃったわ」

「つまらない約束でした」

「とにかく約束なさったのです。覚えておいてください。先ほどのお話、よく考えてみることにします。では、さよなら」クリスチーナとアッスンタは馬車に乗り込み、走り去った。ローランドは馬車を見送りながらしばらく立ち止まり、それから溜息をもらしながらその場を離れた。溜息が彼女への疑いを示したとしても、三日後には疑いが晴れたはずである。というのは、ローランドは三日後に郵便で次の言葉を含む短い手紙を彼女から受け取ったからだ。

「ご依頼のこと、しました。あたしを尊敬してください。クリスチーナ・ライト」

完全に喜ぶには、裏付けとなる証拠が必要だった。その夜、ロデリックを訪ねると、それが見つかった。戸口で年配のメイドから、ロデリック様はナポリに旅立たれました、という知らせを受け取ったのだった。

第十五章

それから一ヵ月後、ローランドは従姉のセシーリアに一通の手紙を書いた。次はその一部である。

「……ぼく自身のことはこの辺で終わりにします。もっとも、これからロデリックの現状をお知らせするので、ぼくのことにもまた触れることになるでしょう。というのも、ぼくにとっては、彼について考えるのが世界中の他のことよりずっと多いからです。ロデリックのその後をあなたに伝えるには勇気が要ります。何しろ、あなたは最初から警告を発していたのにぼくがそれを軽視したのですから。ロデリックに関して、ぼくはあれこれ希望を抱いただけでなく、何かと心配してきたのですが、これまでのあなたへの手紙では努めて期待や希望を前面に出してきましたね。それなのに今は、ぼくの自負心は消えてしまい、彼について愚痴を述べたくなりました。『ロデリックについてのあなたの懸念は正しかったのです。ぼくは間違っていました。あなたは賢明な観察者で、ぼくは愚かなおせっかい焼きでした』と言いたいのです。『天才の健全さ』をあなたと論じた時のことを思い出すと、恥ずかしくて赤面します。ぼくがロデリックのおかげで経験したものが『健全さ』だとすれば、疫病にかかるほうがまだましです。ぼくは死ぬほど苦しんでいます」「慢性的な頭痛状態のまま働いていて、悔恨の涙を流すことさえあります。冷静だと思われているぼくが今はそんな状態です。あなたに分かっていただけたら、どんなにありがたいでしょう。ロデリックのことが分かるようにあなたに教えていただきたいと願っています。ぼくには彼がまったく分からなくなりました。彼は、解けない謎、答えを探す人を嘲る謎です。もう諦めます。いや、諦めません。諦めるのは無理です。一時間ごとに何とかできないかと頭をかかえて座っています。ノーサンプトンでは、あなたはぼくが気軽に考えすぎるとおっしゃいましたね。今なら深刻に考えすぎる、とおっしゃるかもしれません。ぼくは総じて考えすぎなのかもしれません。でも仕方ないのです。自慢ではありませんが、ぼくはすぐ同情する質なのです。他の人なら、ここまで立ち至る前に、心配など捨て去っていたでしょう。『ロデリック、すべては君の自業自得だ』と言ったでしょう。あるいは、ぼくが大騒ぎしているだけなのだから、彼にロープを投げてやり彼がそれにつかまりさえすればいいのだと、批評する人もいるでしょう。しかし、そうしたところで、ロープをぐいぐい引っ張られるので、安閑としてはいられないでしょう。ロデリックの渡欧を、ぼくは最初から実験として始めたのです。必ず成功するとまで保証した覚えはありません。彫刻家として有望だから、機会を提供しないのは恥ずべきことだとは言いました。

最善を尽くしました。ですから、比喩的に言えば、機械が故障してがたがた鳴り出したら、今はわきに寄って放置する権利がぼくにはあるのです。『権利があるぞ、確かに！』と、文章では書けるけれど、そう感じることはできません。理屈の上での正当さを主張するのは好みではありません。ぼくは寛大に振る舞うことしかできないのです。彼の行動や言動を理解するかどうかが好きですから、放っておくことができないのです。彼の行動や言動を理解するかどうかは別問題です。あなたでさえ今の彼を理解できるかどうか、疑わしいと思います。ローマでぼくは、自分に理解する能力があるかどうか、日夜大いに悩まされています。ロデリックとミス・ライトという、いずれも変わった人間を相手にしているのですから、理解不能だと嘆いても仕方がありません（ミス・ライトのことはもうお話ししましたね？）。昨冬はすべてが順調でした。ロデリックは堂々たる船出をし、傑作を数点仕上げました。予想どおり頑張りました。力強いし、すばらしかった。ぼくもすっかり安心して、よくやったと自分をほめたりしました。彼は、危険をものともせず、一気に広い海に乗り出したのです。しかし、夏になると事情が変わりました。心配まではしなかったのですが、見ていてちょっと不安になりました。彼がローマに戻ってきた時、潮の流れが変わり、岩石にぶつかりそうになっているのに気づきました。神話のオデュッセウスが、魔女セイレーンの妖しい歌でおびき寄せられそうになったのと同じ状況に彼は陥ったのです。オデュッセウスは自分をマストに縛り付けて難を逃れたのですが、ロデリックは違いました。彼は並外れた人間で、さまざまな資質が複雑に混じり合っています。あれほどの強さと弱さが共存するなんて理解できません。あれほどの立派な才能があれほどの欠点に支配されるのは理解不能です。ロデリックは不完全な人間です。しかしそれは彼の責任ではありません。生まれつきのせいです。いったん耳を傾けようとしなくなったら、あれほど助言に従わず、援助を拒む者はいない。彼の性格を解く鍵を求めて、いろいろ探しましたが無駄でした。しかし、神は、鍵をかけた後で、鍵をどこかに捨ててしまうほど残酷だとは信じられません。ぼくを死ぬほど悩ませ、忍耐心も限界に達するほどであっても、ロデリックはぼくを魅了するのです。ぼくは彼が一かけらの良心も持たぬと思う時があるし、過剰に持つと思う時もあります。ロデリックは物事をごく気軽に考えるし、同時に非常に深刻にも考えます。いいかげんである一方真剣だし、なげやりである一方野心的であり、冷静である一方情熱的です。あなたが予言した以上に成長が早く、良かれ悪しかれ、ぼくには手に負えぬほど大きな存在になっています。確かに、硬くて曲がらず、もろいです。知力も精神力も十分ありますが、真心と呼べるものを持っていません。ミス・ガーランドが真心だと信じ込んでいる何かは持っているのでしょうけど。ミス・ガーランドは判断力のある人だと思いますが、わずかな証拠で判断しているだけなのです。一方、ミス・ライトは時々彼に真心があると信じるふりをしているので、それらしい何かが、彼にあるのかもしれません。しかしミス・ライトには判断力などまったくないのです」

「ぼくの考えでは、自己中心主義というのは行動において結局失敗に終わるものです。芸術面でも同じでしょうか？　ロデリックは、作品を評価する基準を高くしています。それは認めなくてはなりません。基準以下の仕事はしません。インスピレーションが湧くのを待つ間、彼は、何か『気晴らし』を欲するのです。上品な表現でなく具体的に言えば、放蕩を好み、今もナポリ――放蕩するのに好都合な都市――で悪い仲間と一緒に遊び暮らしています。天才は皆こうなのでしょうか？　ローマにはわき目も振らずに仕事に打ち込んでいる芸術家が大勢います。仕事を習慣にするのに成功しているのに感心し、驚きもします。しかし、こういう真面目な芸術家の誰一人として、ロデリックの才能に及ぶ人はいません。ロデリックが負けるのは量の面だけです。いわば、彼の瓶から何も出てこなくなったのです。瓶をひっくり返しても、無駄です。『空っぽだ、なすべき仕事はすべてしてしまった』と彼は時々言います。これは愚かな言い草だと思います。彼の関係者がぼくだけなら、空なら仕方ないな、と言うかもしれませんが、ロデリックの母上とミス・ガーランドがノーサンプトンで彼の成功を祈りながら待っているのです。そのことが常にぼくの念頭にあります。あの二人を思うと、自分が詐欺師であるかのような気分になります。たとえロデリックの仕事へのインスピレーションが五年に一回しか湧かないとしても、ぼくだけでしたら辛抱強く待ち、それまで彼の意欲が続くように面倒を見ても結構です。しかしそれでは母国の二人への報告としてはとても物足りません」

「五年も経てば結果がはっきり出ましょう。ロデリックに、妥協を拒む天才の部分がもっと少なく、大まかな仕事師の部分がもっと多ければよいのにと願うこともあります。彼はあまりにも純粋で、首尾一貫しすぎます。例えば、船荷の一部を海に投棄して、他の船荷を救うようなことを絶対に拒否するのです。彼のすばらしい容姿、ハンサムな顔立ち、無造作な歩き方、現代のアポロといった印象などを頭に描くと、その彼が堕落するのはあまりにも見るに忍びないのです。分かっていただけるでしょう? 昨夏もバーデンバーデンでずいぶん放蕩してきたのですが、ローマに戻ってからは、しばらくの間、立ち直って仕事に励みました。それから再び、よろめき始め、ついに転倒しました。今は、文字どおり、倒れたままです。昨夜、哀れなほど酔いつぶれてぼくの部屋まで訪ねてきました。本当にがっかりしました」

「さて、ミス・ライトですが、長い話になります。あらゆる時代を通じての最高の美女の一人で、昔の巡礼者が裸足でサンピエトロ大聖堂まで来たように、いくら苦労してでも、女神見に来る価値があります。彼女の肌、眼差し、歩き方、黒髪など、どこを取っても、女神においてなら見られたかもしれませんが、生身の人間の女性にはありえません! これが真実だと申し上げられるのは、ぼくが彼女に恋していないからです。恋とは逆の気持ちを抱いています。彼女の受けた教育はひどいものでした。それゆえ、彼女は堕落し、性格も歪み、女王のように傲慢です。しかも多情です。その一方、寛大で、賢明でもあり、こちらが誠心誠意頼めば想像力をよい目的に使ってくれることもあります。先日、ぼくは彼女の想像力を味方につけようと努力しました。偶然会って話す機会があり、まっとうな方向に話題を向けられたので、思い切ってロデリックとの関係で、彼の心を乱さないでほしいと懇願しました。すると、あれこれ文句を言ったものの、結局、同意してくれました。翌日、ロデリックをたった一言でナポリの歓楽街に傷心旅行に行かせました。彼女は邪悪な気分の時よりも健気な気分の時のほうが一層力を発揮するのだという結論にぼくは達しました。多分男に背を向ける姿態がこの上なく男の欲望をかき立てるのでしょう。彼女は役者です。男を追い払う時にも、劇的に行うのを好むのです。劇的な技巧が妖しい魅力を発揮するのです。ぼくはもちろん、ロデリックの自尊心を傷つけぬように別れてほしかったのですが、彼女は派手に別れる演技を演じたかったのです。そしてこの演技は、熱しやすい若い芸術家から理性を奪ったのです……ロデリックは冬の初めに彼女の見事な胸像を制作し、それを見た十人ほどの女性が、それぞれ違いはあるにしても、同じ様式で制作してほしいと注文しました。皆身分の高い女性ばかりでしたが、ロデリックはどの女性の顔にも興味が湧かぬし、もし引き受けたりしたら身の破滅になると言って、すべて断ってしまいました」

ローランドはこの長い打ち明け話の手紙をここまで書いて、ひとまず終わりにした。三日ほど置いて読み返した。最初は破ってしまおうかと思ったが、この手紙がセシーリアの良識を発揮させる切っ掛けになり、よい知恵を授けてもらえるかもしれぬと期待して、そのままにした。ぼくに人からの助言を生かす才があるのは確かだ、それにセシーリアの返事でメアリ・ガーランドの今の様子も分かるかもしれない。そう思って、以下のように新しい気持ちで数行書き足した。

「先日は背負っていた重荷を下ろすように困ったことを全部打ち明けました。おかげで気分が軽くなりました。書き直さずにおきます。憂鬱で心が乱れ、そこから抜け出したかったのです。ぼくが穏やかに議論するのを好むことはご存じですね。しかし当地には、賢明なあなたのように穏やかに語り合える人がいません。例外的にマダム・グランドーニというすばらしい老婦人がいて、よく語り合うのですが、この人はロデリックを最初から嫌っていて、彼女の意見に従えば、さっさと手を切ればよいということになってしまいます。ぼくは今浮かぬ顔をしているからあなたが見ればきっと笑うでしょうが、こんな状況でなくてもあなたにはいつも笑われていますね。この手紙でロデリックの負の部分を強調しすぎたのではないかと気になります。実際には、疑念よりも深い信頼を抱いているのですから。彼は昨夜ここに来て、ナポリ博物館、アリスティデス将軍像、銅像、ポンペイの壁画などについて、あまりにも知的な話し方で語りました。彼の将来に疑いを抱くのは冒瀆に思えましたよ。家まで送っていきましたが、その間ずっと夏の月光のように穏やかでした。言うに言われぬ魅力があって、人を魅了し、納得させるのです。彼に関しての結論も手厳しいものではありえません」

この手紙を投函してからまもなくロデリックのアトリエを訪ねると、レヴンワース氏が来ていて、例によって勝手なことを偉そうに喋りまくっていた。ロデリックはうんざりし、不機嫌に応対していたが、我慢の限界に達しているようだった。ごく最近、ひなたぼっこをしているナポリの物乞いの彫像を制作し始めていた。のんびりと無責任に欲望に従うままの生き方を描いた作だ。現実の物乞いは、ロデリックも認めているように、薄汚い代物だったが、できあがった彫刻は理想化したもので、円熟したイタリア文化の精華だった。

レヴンワース氏の目がたまたまその像に留まった時だった。

「瀕死の剣闘士といったところかな?」氏は気に入ったように言った。

「いえ、違います。死にかけてなどいません」ロデリックはしっかり反論した。「酔っているだけです」

「なに? だが酔っ払いなど、彫刻にふさわしい題材ではないのではないか? 彫刻は一時的な状態などを扱うべきじゃあない」レヴンワース氏が言った。

「酔って寝るというのは、一時的な態度ではありません。これほど永続的、これほど彫刻的、これほど記念碑的な態度は他にありません」

「時間があれば、君の逆説について議論するんだがね。きっと楽しいだろうな。フィレンツェでミケランジェロ作の酔っ払いの彫刻を見た覚えがあるが、偉大な彫刻家の才能の浪費だと思った。わしは、酒は一滴もやらない。ヨーロッパ中を旅して常に水を飲んできた。何種類もの上等なワインを勧められたが、すべて断った。ワインを注文してコルクの栓を開けさせたことなど一度もない」

「コルクを抜く動作にはさまざまな筋肉を併せ用いることが必要です。その状態を作品にしてみようと思います」ロデリックが言った。

「バッカスを写実的に彫刻に刻むだって？　ハドソン君、芸術家としての高邁な使命を忘れてはいけない。純白の大理石は悪徳でなく美徳を表すべきだ」そう言ってレヴンワース氏は、だらしないのはいかんというように、手を振った。その間に穏やかで寛大な眼差しを移動させ、別の作品を眺め始めた。大理石で作ったクリスチーナの半身像のレプリカだった。「理想的な頭部だね。風変わりな異教の女神のいずれかだな？　ディアナか、フローラか、ナーイアスか、ドリュアスか？　アメリカの芸術家たる者、そんな名前の大昔の女神などをありがたがるのはやめるほうがいい。くだらんよ」

「ナーイアスでもドリュアスでもありません。名前はあなたやわたしと同じ人名ですよ」

「何という名かな？」

「クリスチーナ・ライトです」

「ああ、アメリカの美女ですな。異教の女神ではないか。アメリカ人でキリスト教徒の婦人だ。ミス・ライトとは話したことがある。彼女の話術は特に優れているわけではないが、美しさは群を抜いている。先日ある大きなパーティでお見かけしたが、ヨーロッパの著名な貴族が何人も出席していた。公爵夫人だの、侯爵夫人だの、子爵夫人だの、他にも似たような爵位の人だ。だが、美しさ、優雅さ、上品さの点で、アメリカのミス・ライトに勝る者はいなかった。真に洗練されたアメリカ女性ほどすばらしい女性は世界にいない。当地の公爵夫人もわしの目には魅力的には見えなかった。粗野で俗物に見えた。貴族の顔が尊敬されるのは、けしからん階級差別が存在するからだ。ブロードウェーに行けば一時間も経たないうちに、ヨーロッパ旅行で見かけるすべての美女より多くの美女に会える。ミス・ライトだって、ブロードウェーでなら格別目立つこともないだろう」

「ブロードウェーなんか、どうでもいい」ロデリックが小声で言った。

レヴンワース氏はその言葉を、愛国心に欠ける発言だといわんばかりに驚いて目を丸くした。それから厳しい口調で、「ミス・ライトのニュースは聞いたんでしょうな？」と言った。

「どういうニュースですか？」ロデリックは、それまで氏に背中を見せて、ナポリの物乞いの像に雑に手を触れていたのだが、レヴンワース氏の言葉で、つと振り向いた。

「最新のニュースだ。ミス・ライトは当地の名士たちから敬意を払われている。誰も言外に最高の美女だと認めているのだろう。何人ものヨーロッパの貴族から求婚されてきたらしい。それにもかかわらず、彼女が全員を断って、嘆かせてきたと知り、感心した。肩書とか華やかな宝冠に心を奪われなかったのは偉いものだと思った。彼女は求婚者を一個の人間として見て、不足だと判断したのだろう。しかし、中の一人、若いナポリの公爵が、長い間受け入れてもらえなかった後に、ようやく求婚に成功したと聞いた。ミス・ライトはついに承諾し、婚約が公表されたところだ。わしはゴシップを好まないのだが、この情報は一時間前にある婦人から聞かされたところだ。ヨーロッパではこういうくだらぬことが大騒ぎする事件になるのか、と呆れたので記憶に留めた。わし個人の意見では、ミス・ライトが古ぼけた外国の男と結婚するのを残念に思う。アメリカの女はアメリカの男と結婚するのがよい。アメリカ男性と結婚したいのなら、いくらでも世話ができる。立派な夫が望みなら、やる気十分の現代青年を、わしの生まれ故郷のオハイオ州コロンバスから一歩も外に出なくとも探し出せる。財産が望みなら、一生かかっても使いきれない財産を持つ青年を二十人くらいすぐに見つけられる。ヨーロッパのように、広大な土地と言っても熱病が流行っているとか、大邸宅といっても虫食いしているとかでなく、すぐ使える財産を所有する青年を紹介できる。婚約したイタリアの公爵は何という名前だったかな？　キャタウェー公爵だったかな」

レヴンワース氏は自分の滔々たる弁舌に夢中だったため聞きもらしたのだが、ロデリックは、その「最新ニュース」を聞いた時に愕然として、叫び声を発したのだった。そして口をわずかに開けたまま、目を赤くして、レヴンワース氏に相対して立ち尽くしていた。

「女性の地位はヨーロッパでは低いものだ」ロデリックの叫び声に気づかなかったレヴンワース氏は、自分の考えに夢中でまた話し始めた。「アメリカなら低い身分の女性でも敬意を払われている。しかし、こちらの王女がその程度でも大事に扱われているかどうか疑わしいものだ。一国の文明度は、女性に向けられた敬意によって測られるべきだ。その尺度で測れば、ヨーロッパの国々の文明度はいかがなものだろうか?」

レヴンワース氏は気づかなかったが、ローランドはロデリックの心の起伏を観察していたので、レヴンワース氏の押しつけがましい喋り方で伝えられたニュースがロデリックを激しく苛立たせ、今にも感情の爆発が起こりそうなのを感知した。レヴンワース氏はまったく気づかずに、地雷を踏んだのだった。

「さて文化の彫像だが」と氏は、相変わらず晴れやかな口調で語った。そして離れたところに立っている像を指して、かけてある覆いを取り除くように命じた。

ロデリックはいかにも不愉快でたまらないという態度で相手を見ながら立っていたが、そう指示されると像に近寄り、乱暴に覆いを取り除いた。レヴンワース氏はあたかも、「お客様、どうぞごらんになってください」と言われたかのような態度で椅子に座り直し、未完の像を見た。そして、「全体としては満足な出来栄えだと正直に言える」と評した。「うん、堂々としている。晴れ晴れした表情もよい。しかし、どうだろう、額が理知的だとは言えないと思う。文化の彫像では、そこが重要なポイントの一つなのだ。理知的な印象を与えるためには、目と額の調和が大事だ。額をもっと理知的に見えるように少し修整できないかね？」

ロデリックは答える代わりに像に覆いを投げかけて、また覆ってしまった。「お願いですから、もうこの像については何も言わないでください」

「何も言わない？　なぜだね？」

「決して何も言わないで。屈辱ですから」

「屈辱だと！　わしの注文した像が屈辱だと！」

「確かにあなたの像ですよ、まさにそのとおり。わたしのものじゃない。わたしはここで縁を切ります」ロデリックが言った。

「縁切りだと？　いいだろう。ただしまず完成してからだ」

「壊してしまいたい」ロデリックが大声で言った。

「愚かなことを言うな。契約はどうなるというのだ？」

「契約などしていない。彫刻家は洋服屋ではない。『インスピレーション』って聞いたことありますか？　あれが死んでしまいました。笑いごとじゃない。あなたが殺したのです」

「わしが君の『インスピレーション』を殺しただと?」レヴンワース氏が憤懣に駆られたように怒鳴った。「恩知らずの若僧だな。わしは他の誰よりも、君に好意的にしてきたじゃないか！　いつも励ましてやったじゃないかね?」

「善意はありがたく思っています。失礼なことは言いたくないのですが、あなたの励ましは不要でした。あなたのために仕事はできません」

「なるほど『不機嫌』ということのようだな」レヴンワース氏はロデリックを貶める語を見つけたように言った。

「ええ、わたしは『不機嫌』そのものです」ロデリックが答えた。

「ミス・ライトの結婚の話を持ち出したのが不適切だったのかな?」

「あなたの言動すべてが不適切ですよ。怒らせるためにそう言っているのではありません。怒らせたら申し訳ありません。関係を完全に決裂させるために言ったのです」

ローランドはこれまで黙って立っていたが、ここで介入した。「よく聞いてほしい」ロデリックの肩に手を置いて言った。「君は今崖っぷちに立っている。この件で仕事を辞めるのなら、決定的に取り返しのつかないことになる。仕事が気に食わない云々はプロにとってささいなことだ。何とか頑張って仕上げれば、賢明に振る舞ったと評価できる。仕上げた後で、もしどうしてもしたいのなら破壊したらいい。だが、まず頑張って仕事を完成させることだ。ぼくは本心から話しているつもりだ」

ロデリックがローランドを見る目には、助言に従えなくて申し訳ないという、穏やかともいえる表情があった。そして「あなたもですか？」と言った。

ローランドは、ロデリックを説得するのは、磨いた水晶から水を絞り出す試みに匹敵すると感じた。横を向いて、手の打ちようがないと絶望しながら、その場を離れ次の間に入っていった。そして数分してから戻ると、レヴンワース氏はすでに立ち去っていた。おそらく憤然とした態度でそうしたのであろう。ロデリックは両肘を膝につき、頭を両手で抱えるように座っていた。

ローランドはもう一度試みた。「ぼくの助言を聞き届けてほしい」

ロデリックは「後生だから、ぼくを放っておいてください」と言った。

「もう一つ言っておく。今後一ヵ月間、ミセス・ライトの家を訪ねないこと」

「今夕、訪ねるつもりです」

「それもまったく愚かな行為だ」

「愚かな行為が必要なこともあります」

「君はよく考えもせずに喋っている。激情に駆られて喋っている」ローランドが言った。

「ではなぜ喋らせるんです？」

ローランドはちょっと考えた。「君の一番の友人を失うことも必要なのか？」

ロデリックは顔を上げた。「それはあなたが決めることでしょう」

ローランドは帽子をさっとかぶり、歩き去った。じきに背後でドアが閉まった。

第十六章

ローランドは数時間ただただ歩き続けた。コルソ通りを抜け、ポポロ門を出て、ボルゲーゼ公園に入り、ぐるっと一周した。激しい苛立ちは収まったが、心は耐えがたいほど重く沈んでいた。夕闇が迫ったころ、マダム・グランドーニの家の近くにいるのに気づいた。夕食前の時間に何度も訪ねたことがあった。今はぜひとも気を紛らしたい気分で薄暗い階段を上り、たるみ気味のベルの紐を引いた。出てきたメイドの話では、マダムは今は手が離せないけれど、中でお待ちくだされぱすぐにお目にかかれます、とのことだった。暖炉の火を眺めながら十分ほど待っていると、戸口のベルの音が聞こえ、玄関で衣擦れの音とささやき声がした。小さな応接間のドアが開き客の姿が現れる前に、ローランドは声の主が誰だか気づいた。プードルに続いて、クリスチーナ・ライトがドレスの裾で狭い部屋をいっぱいにするような勢いで入ってきた。暖炉の火の点滅につれて、彼女の姿も明るくなったり暗くなったりしている。

「あなたがおいでだと聞きました」腰を下ろしながら彼女が言った。

「それでも入っていらしたのですか。物おじしない方ですね」ローランドが言った。

「そうおっしゃるあなたのほうこそ、物おじしない方だわ。マダムはどこ？」

「今はご用事があるようですが、まもなく見えます」

「まもなく？」

「十分待ちましたから、もうすぐでしょう」

「それまでは、あなたとあたしだけなのね？」彼女はそう言って、部屋の薄暗い隅に目をやった。

「プードルを除けば」ローランドが答えた。

「この子はいいの。可哀そうに、この子はあたしの秘密を全部知っていますもの」彼女はしばらく座ったまま黙って暖炉の火を見つめていた。それからようやくローランドを見て、「さあ、何か楽しいお話を聞かせてください！」と大きな声で言った。

「婚約なさったそうでおめでとうございます」

「ああ、その話はやめて！　朝食の時以来、何度も聞いたから、もううんざり。一ヵ月前に聖チェチーリア教会で伺った、あの思いがけず楽しかったお話みたいのがいいわ」

「あの時はお気を悪くなさったのではありませんか？　そう思いましたが」

「あら、そうお思いなの？　あれ以来お会いしていないのは、そのせいかしら？」

「さあ、ぼくにも分かりかねます」そう言ってから、彼は言いわけを探した。「何度かお宅へ伺ったのですが、いつもお留守でした」

「あたしがいない時刻を狙ったのでしょう。あたしがどういう女か、決めつけていらっしゃるわね。本人を前にして、まっとうな青年が付き合うには汚れた女だと、落ち着き払っておっしゃるのね。あなたのお友だちは善良な青年だから、彼の品行に注意しているあなたとしては、上品な人とだけ付き合わせたい、だからあたしには引っ込んでいてほしい、というわけ。あたしに、それを受け入れてすぐに行動してほしいというのね。虚栄心をくすぐる提案だったこと！　それでも、虚栄心は悪いものだから、正しいものを求めてあたしはおとなしく聞き入れたでしょ。あたしに欠点があれば、自分でも大体分かっているつもりよ。何とかして直すように最善を尽くしている。もちろん、自分が青年を堕落させる女であるかのように扱われるのは不愉快ですけれど、反省するのも悪くないし、批判はまったくの嘘でないかもしれませんから。とにかく人は、誰しもできるだけいい子になりたいと思っているわ。そこが大事よ。それに謙遜の美徳を発揮できるよい機会だし。もし何か疑われることが生じたら、自分に問題があるせいだと反省するわ。聖カタリナ、聖テレサなどの聖女が誰もしたことで、その結果、またとない喜びを味わったと言われています。誰だって、そんなすばらしい喜びだったら少しでも味わってみたいじゃありませんか。だから、あたしもそうしてみたのです。涙を抑え、頭を下げ、誓いました——うらまず、激昂せず、復讐せず、特に女にありがちだとされている態度は取らないでおこうと誓いました。あたしはあなたが思っているような悪女じゃないけれど、そこは言い争わず、絶対に正しいと認められることをしようと決めました。あなたから頼まれたことを、六時間も――あたしは何も考えないように見えるかもしれないけれど――考え抜いたあげく、ついに実行したのです！」

「そんなに興奮なさらないで」ローランドが言った。

「それ以来ずっと、またとない喜びの到来を待っています。でもまだ現れない」

「ぼくの言うことを聞いてください」ローランドが言った。

「でも何にも、何にも起こらない。生まれてからこんな惨めな一ヵ月を送ったことはないわ」

「あなたって本当に規格外な人ですねえ」ローランドが言った。

「規格外とは、どういう意味ですの？」

「いろいろな意味です。いずれお話ししましょう。しかし、まず怒らせたとしたら許してください」

彼女はためらいながら一瞬彼を見たが、それから両手をマフに入れた。「それは無意味よ。許すのは同等の人同士のことで、あなたはあたしを同等だと見なしていないじゃありませんか」

「おっしゃる意味が分かりかねます」

クリスチーナは立ち上がり、部屋の中を移動した。それから彼を見て、「あたしを信頼していないのね、少しも。あなたに信頼されるためならどんなことでもするのに」

ローランドは抗議しようと立ち上がったが、数歩も行かぬうちに、細い仕切りカーテンが上げられマダム・グランドーニが髪を直しながら現れた。「でもいずれ信頼させるわ」とつぶやきながら、クリスチーナは女主人に走り寄った。

マダム・グランドーニはやさしくクリスチーナに接した。「今日は真面目にキスしなくてはならないわね。今話題の人ですもの。本当に公爵を受け入れたのね?」

「世間ではそう言っています」

「でもあなたが一番よくご存じでしょ?」

「さあ、どうかしら。どうでもいいの」彼女はそう言い放って、マダムの両手に自分の手を預けて立ち、ローランドを横目で見た。

「公爵夫人になろうという女性の言葉としては風変わりだこと」マダム・グランドーニが言った。

クリスチーナは肩をすくめた。「あたしが玉の輿に乗って、有頂天になっていると皆思っているようですね。くだらない。誰もが陰で笑っているくせに。夕飯をご馳走していただけるかしら?」

「リゾットでよかったら、どうぞ。でもお宅ではあなたが帰るのを待っていらっしゃるのじゃないかしら」

「そうなの。カサマシマ公爵が家族の一員として夕食をなさるの。でもあたしはまだ彼の家族ではないわ」

「あなた、自分の意地悪さに気づいているの？　いけないわ。そんな意地悪い人は、本当なら、ここから追い出したいくらいですよ」

クリスチーナは考え深げに下を向いた。「ここにいさせてください。意地悪を直すには、忍耐と親切心が要ります。でも直す価値はあります。まずあたしを信頼してくださらなくては」ここでまたローランドを見た。それから突然、口調を変えて、「自分の言っていることが分からなくなってしまった。もう疲れちゃった。これほど淋しかったことはないわ。ああ、死にたい」涙があふれ出し、一瞬こらえてマフに顔を埋めたが、ついにとめどもなく泣き出して、マダム・グランドーニのうなじに両腕を回した。夫人はローランドに意味深長に頷き、ちょっと肩をすくめ、それから娘をやさしく次の間に導いた。一人残されたローランドはどうしたらよいか分からなくなり、ミス・ライトのプードルと向き合って立っていた。犬は女主人を思って甲高い声で鳴いていた。ローランドは鳴いている犬の鼻をステッキで軽くつっつくことで困惑のはけ口を見出した。そして急ぎ足でマダムの家を出た。外にはミセス・ライトの馬車が待っていた。

結局クリスチーナは帰宅して、カサマシマ公爵との食事に臨んだと後で聞いた。その二日後、ローランドはフィレンツェに二週間の予定で出かけた。イタリアとはすっかり縁を切りたい気分がしないでもなかったが、イタリアに留まるなら、ローマでなくフィレンツェでのほうが気軽に今後のことを決められると思った。心の底からうんざりしていた。いつもの慎重な、思いやり深い気分は戻らず、苛立ちはなかなか収まらなかった。

三月半ばのことで、この時期までにフィレンツェはすでに暖かい春になっていた。ローランドはフィレンツェも春も大好きだったのだが、アルノ川沿いの散歩も、美術館めぐりも、苛立ちをやわらげることはなく、時の経過で怒りが収まるどころか、かえって深まるばかりだった。運命の女神に文句を言いたい気分だった。彼は本来温厚な性格だったのだが、今回だけは寛大な態度を取るのは不可能だった。自分は賢明なことを行ったし、親切なことをしたつもりだし、有意義な企てに携わったのだ。それにもかかわらず、賢明さ、親切、精力が全部投げ返されてしまった。そして、失望した。失望には怒りの火花が伴っている。時間を浪費し、希望や信頼は無意味に終わったという気分がいつまでも消えず、うらみがましさだけが残った。周囲にある美しいものが、かえって不満を募らせる時すらあった。ピッティ美術館でラファエロの『小椅子の聖母』を見ても、晴れやかなやさしい気分にはなれず、自分は永久に平静さを得られぬという思いが募り、癒されるどころではなかった。夕暮れに橋の上で佇んでいると、太陽の光と山々の美しさは分かったものの、その事実の中にはとても不愉快なものがひそんでいるように感じた。自分は、ひどく裏切られ、復讐心に燃えている。運命の女神は自分に埋め合わせをする責任がある。埋め合わせが見つかるまでは、落ち着かず、怒りは収まらない。その埋め合わせがいったいどこにあるのか、彼は知っていた——知っているような気がした。しかし、自分自身にも、それがどこにあるかなかなか言えず、困り果てた末に渋々白状したのだった。財布が空になった男が、管理してもらっていた財産の存在を思い出すようなものだ。浮かない気分であれこれ考えていると、現状より良いもの、そっとやさしく確実に励ましてくれるもの、人生を機械的でも不確実でもなく強烈で熱意のこもったものにするもの、言い換えれば、具体的に埋め合わせとなるものを探していると、いつのまにかメアリ・ガーランドにたどり着いた。

ここまで切羽詰まった今、二年前にごくわずか交流した地味な女性のことをローランドがこれほど大切に思っていることを、不可思議だと感じる読者もいるかもしれない。穏やかで強く迫ったりしない女性が、このように深い印象を与えたのを不思議だと思うかもしれない。確かにそうだと認めねばならない。こういう感情は、ロマンチックな詩人たちの証言によると「不可思議」と言うしかないものだとだけ述べておこう。ある夜、彼は半時間しか眠れなかった。頭が異常に興奮してしまっていた。ほぼ夜じゅう部屋の中を歩き回っていた。部屋はアルノ川に面していて、開いた窓から川の流れる音が入ってきた。服を着替えて通りに出たい気分だった。室内で歩き続け、夜明け近くになってようやく椅子に身を沈めた。すっかり目がさえていたが、興奮は収まっていた。ある「考え」が念頭に浮かび、「考え」を外から眺めているような気がした。「考え」を冷静に検討した結果、ほめられるようなものではないと判断した。しかし「考え」は目の前にすっくと立ち、鮮明で、毅然としていた。日中は、「考え」を追放し忘れようと試みたが、駄目で、逆に「考え」に捕まえられ、時に脅かされる気がした。気をそらすために、楽しみを求め、人を訪問したり、ぶしつけな行為をしたりしてみた。もし彼が何か罪を犯したとすれば、この日彼に会った人たちは、確かに奇妙なことばかり口にして常日頃の彼らしくなかった、と証言するだろう。彼自身もいつもの自分とは違うように感じていた。後日、この時期を振り返って、文字どおり気がふれていたと思ったものだ。その「考え」は執拗な物乞いのようにまつわりついた。それは、大まかに言えばこういうものだった。「もしロデリックが、本人も認めているように、一度の栄光の後であっけなく消えていくのであれば、それを自分が手助けしたほうがいいのではないか、地獄落ちを手伝うのがよいのではないか」というものだった。ロデリックが上品で美しい姿のままでダイバーのように靄に包まれた淵に飛び降りてゆく幻が、四十八時間も立て続けに眼前に浮かんだ。淵は破壊・消滅・死であるが、もし死が宣告されているのなら、苦悩は短いほうが望ましいのではないか。この幻の上に重なって別の幻もかすかに見え始めた——幻灯機で壁に複数の画像を連続して映す時、前の画像がかすかに残っている時に新しい画像がその上に重なるのと似ている。それはメアリ・ガーランドの立ち姿の幻だった。眺めていると彼女の目に浮かんでいる恐れはしだいに薄れ、下ろした両手をローランドが握ろうとしても抵抗しないのだ。

大昔、火刑の際にその場に居合わせねばならないのは過酷であったが、居合わせてしまった以上薪を積み上げるのに手を貸して、炎が燃え上がり、煙が犠牲者を包み込むのを早めるのが慈悲であったという。慈悲心がある人にとって、もしかするとこれが義務であったのかもしれない。とりわけ、犠牲者が死亡したことによって自分が得をするような場合には手を貸すのがよかったのかもしれない。

ある朝、ローランドはこのような「考え」にとらわれたまま、散歩に出た。気づいてみるとフィレンツェの門の一つを出て、古都フィエーゾレに向かう道を進んでいた。その日は快晴で、ロバート・ブラウニングが歌ったように三月の陽光が五月のように感じられた。別荘や農園の壁に垂れ下がる満開の灌木やつゆ草がふくよかな香りを暖かく静かな大気に送り込んでいる。ローランドは曲がりくねった狭い上り坂を進んだ。古めかしい檜を頭上に見ながら上がっていき、低い欄干のそばで立ち止まった。そこからは魅力的なフィレンツェの市街を見下ろし、アルノ渓谷をも一望できる。聖堂の前の小さな広場に着くと、大きな薄暗い聖堂の中で一休みした。その後、さらに坂を上ると、大きな丘の頂上に静かに立つフランチェスコ修道院に着いた。小さな門の鈴を鳴らすと、みすぼらしい、年をとった赤ら顔の修道士が涙を流さんばかりに優しい態度で招じ入れてくれた。チャペルの中も回廊も暗く冷え冷えとしているので、足早に通り抜け、丘の前頭部にある、植物が自然にはびこった古い庭に出た。庭は急斜面になっていて、雑然としているがとても居心地が良く、以前何度か来たことがあり、非常に気に入った場所だった。

この庭はまるで宙に浮かんでいるような印象を与える。ローランドはテラスからテラスへと移動しながら、いつ何時庭全体が、荒れ果てたままの姿で、眼下にみえるロマンチックな渓谷に向かって崩落しても少しも不思議ではないと思った。彼はここにちょうど正午に来て、あちらこちら歩き回ってから苔むした古い石のベンチに体を投げ出し、日射しを避けて帽子を目深にかぶり直した。茶色の檜の影は短かったが、しだいに長く伸びてきた。しかし彼はまだ修道院に戻らなかった。色あせた黄褐色の衣服をつけた修道士の一人が、手垢まみれの祈禱書を読みながら庭に入ってきて、突然、ローランドが座っているベンチのほうに近づき、彼に気づいて立ち止まった。ローランドは両膝に肘をつき、頭を両手で支えてうずくまるように座っていた。修道士のサンダルの音は聞こえなかったのだが、視線を感じて、顔を上げた。正午に修道院に入れてくれた老いた修道士でなく青い顔のやせた人で、生真面目で禁欲的な印象を与えたが、やさしそうだった。ローランドの顔にはひどい苦悩の跡があり、修道士は指を祈禱書に挟んだまま両腕を胸の上で絵に見るように美しく交差させた。修道士がその姿勢を取ったのが幸せな偶然だったのか、ローランドの苦悩を察した結果だったのか、判然としない。いずれにしても、苦悩するローランドには願ってもない質問の機会が与えられたように思えた。そこで、ベンチから立ち上がり、修道士に近寄り、その肩にそっと手を置いた。

「修道士様、悪魔を目撃された経験はおありですか？」

修道士は真剣な表情を見せ、十字を切った。「とんでもない、ありません」

「悪魔がここにいたのです」ローランドが続けた。「この美しい庭にいたのです。悪魔は、昔は天国にいたのでしたね。三十分前です。でも大丈夫、わたしが追い払いましたから」そう言ってローランドは屈んで帽子を拾い上げた。シクラメンの花壇に転がっていて、悪魔との取っ組み合いの争いの証拠とも考えられた。

「誘惑されたのですか？」修道士がやさしく尋ねた。

「とても強引に」

「でも抵抗し、屈服させたのですね？」

「はい、征服したと思います」ローランドが答えた。

「聖フランチェスコのおかげです。よくなさった。よかったらあなたのためにミサを行いましょうか？」

「わたしはカトリック教徒ではありません」

修道士は厳めしい顔をほころばせた。「それなら一層ミサを行う理由になりますよ」

「では修道士様が決めてください。わたしと握手してください」ローランドが言った。

「それでミサの代わりになります。それから帰る前にチャペルに寄らせていただきます」

二人は握手して別れた。修道士は十字を切り、祈禱書を開き、西の空を背景にその姿を際立たせながら歩み去った。ローランドは修道院に戻り、チャペルで寄進箱をゆっくり探した。「大きな恐怖」を味わったのであり、その瞬間は悪魔の存在を信じた。そのため悪魔を遠ざけてくれる教会に寄進をしようと思ったのだ。

翌日、ローマに戻り、その次の日、ロデリックを探しに出かけた。するとピンチョの丘で、群衆に背を向けて夕日を眺めているロデリックを見つけた。「フィレンツェに行っていた」ローランドが言った。「もっと先まで行こうかと思ったが、君に助言する目的で戻ってきたのだ。君は絶対にローマを去らないつもりだね？」

「ええ、決して去らない」

「君に責任感──君が忘れているいろんな大事なことへの責任感──を取り戻させるには、母上に連絡してローマに来ていただくしかないと思う」

ロデリックは目を丸くした。「母を呼び寄せるだって？」

「母上とメアリ・ガーランドだ」

ロデリックはまだ目を見開いたままだった。それからゆっくりとかすかに赤面した。

「メアリ・ガーランドと母をここへ呼ぶだって？」

「教えてほしい。何度か尋ねようと思ったが、今まで遠慮していた。君はまだ彼女と婚約しているのだろう？」

ロデリックは不快そうに顔をしかめたが、そうだと答えた。

「だったら会えるのは嬉しいだろう？」

ロデリックは横を向き、数分間沈黙した。「嬉しいだって？　苦痛とも言える」

「ぼくは君のことを病人だと思っている」ローランドは続けた。「ミス・ガーランドは当然病人のそばに付き添いたいだろうね」

ロデリックは信じられぬというように横からローランドを睨んだ。「ぼくを罠にかけようとでもいうのか？」とゆっくり尋ねた。

フィレンツェから戻った時点では、ロデリックへの忍耐心が甦ったと思ったのだが、このロデリックの言葉を聞くと、ほとんど寒気を覚えた。「神よ、ロデリックを許したまえ」と苦々しい気持ちで言った。「ぼくの考えはこうだ。頼むからきちんと理解してもらいたい。ぼくは君を援助しようとした。君を助けて、自信を抱かせるように努力した。そして失敗した。君を母上と婚約者から奪ったのだから、二人のもとにお返しするのが義務だと思う。それ以外に他意などない」

そう言って去ろうとしたが、ロデリックが力ずくで押し留めた。ロデリックが物事をどう受け取るかは、ほぼ予測不能と言ってよかった。当然の報いで非難された時、気の毒なほどおとなしく受け入れることもあるが、その一方、穏やかに批判されただけで怒ることもよくあった。今回の反応は、幸い前者だった。「ちょっと待ってください。つまらぬ発言をしたことを許してほしい。考え直させてほしい」そう言って、ロデリックは考え込みながらあたりを歩いた。ようやく立ち止まると、ローランドがこの冬の間一度も見たことのないようなやさしい表情を浮かべた。はっとするほど美しい顔だった。

「何て奇妙なのだろう、もっとも簡単な方策を今までまったく思いつかなかったとは」そう言って急に朗らかに笑った。「メアリに会うのは、まさにぼくの望むところだ。母も、そう母も、今はぼくを叱ることもないだろうし」

「では手紙を書く？」

「電報にするよ。ぜひとも来てもらおう。旅についてはストライカーさんが手配してくれる」

その数日後、母親とフィアンセの二人がまもなく、イタリアのリヴォルノ港とニューヨーク港の間を往復する定期船でローマに向かうという電報を受け取ったとローランドはロデリックから伝えられた。一ヵ月以内にこちらに着くはずだった。ローランドはこの一ヵ月を落ち着かぬ気持ちで過ごした。これは心からの善意から出た提案であったものの、突然ヨーロッパに呼び出される二人のか弱い女性の苦労を気の毒に思った。なけなしの金を集めて、連絡があってから二十四時間も経たぬうちに乗船し、心配事が待っているかもしれない、見知らぬ国へ旅立つ心細さはいかばかりだろうか。自分としては真心こめて世話することしかできない。いろいろ考えねばならないことがあり、あまり余裕はなかったが、それでもロデリックの様子を観察することはできた。母親と婚約者がわざわざやってくることになって、いかなる変化が態度に出るのか確かめたかった。ロデリックの行動はいつも変わっているのだが、今回はとりわけ不可解だった。母と婚約者が救済をもたらしてくれるのならば、それまでの一ヵ月はどんなにだらしない生活をしても差し支えないと考えたようだった。事実、何もしなくなった。彼の場合、何もしないというのは、これまでにないほど穏やかに陽気に振る舞うことを意味した。よく笑い、口笛を吹き、ミセス・ライト邸を頻繁に訪ねた——クリスチーナの婚約で彼女との関係にどういう変化が生じたのかは不明だった。

一ヵ月はじきに過ぎ、ローランドは毎日、ロデリックがリヴォルノ港に二人の船が着くのを迎えに行ったと聞くのを待った。しかし三、四日経っても連絡がないので、ある夕刻ロデリックの家に寄ってみた。一台の馬車が通りに止まっていたが、数軒離れたところだったので、気に留めなかった。ロデリックの部屋に行く階段の登り口のロビーは、ローマのロビーの例にもれず、暗かった。ローランドは開いた戸口で足を止めた。中から足音がしたので、衝突を避けようと思ったのだ。その時、振り返るとロデリックがちょうど帰ってきたところだった。その瞬間、中から出てきた女性が通りの街灯の中に現れた。半ば驚いた顔でローランドを見ていた。ローランドは声を上げた。メアリ・ガーランドだった。

彼女の視線は彼を通り越して背後のロデリックに向けられた。一瞬の後、彼女の口からショックの叫び声がもれた。ローランドが振り返ると、ロデリックが真っ青な顔して立ち尽くし、何か言おうとしていたが、言葉は出てこなかった。口は半開きで、体は妙に揺れている。明らかに酔っ払っていた。その時、ローランドの目はまたメアリ・ガーランドの目と交差した。ロデリックに向けられたその目は険しかった。

第十七章

母の到着の際に、いったいいかなる事情でロデリックがリヴォルノ港まで出迎えに行かなかったのか、結局判明しなかった。本人がくわしい説明を避けたのである。ロデリックは、これからすることについて（特に私的な行動について）進んで語らぬし、過去の出来事についても、反省の弁を述べるなど一切しない。仮に、港に着いたばかりの母親を直ちに抱きしめるために昼夜を問わず急いだとしても、親孝行だとほめられることなど望んでいたわけではなかっただろう。実際には、迎えに行かず、その結果、母親が息子の住居を探さねばならぬという事態になったのだが、それを詫びもしないのだ。少なくとも、ローランドのいる場で詫びることはなかった。船旅に好都合の季節と天候だったため、船は予定日時より早く到着したらしい。ロデリックが計画どおりに迎えに行っていたとすれば、先に着いた二人をリヴォルノで一、二日待たせることになるところだった。ロデリックが迎えに行かなかったのは、クリスチーナに引き留められたためだとローランドは密かに推察した。クリスチーナが引き留めたとしたら、無意識でしたのか、意図的にしたのか、どちらだろう？ ロデリックはおそらく母と婚約者がまもなく到着するとクリスチーナに話したであろう。クリスチーナが不可解な動機で行動する女性であることを考慮に入れると、どちらであったのかは謎のままだった。

リヴォルノ港に到着した母親と婚約者が、ロデリックが待っていないのを知ってどう行動したかについて、ローランドはメアリ・ガーランドから聞くこととなった。メアリは到着が予想外に早すぎると船中で聞き、実際にリヴォルノ港では自分たちだけで行動しなければならないと知った時、ロデリックに電報を打ち返事を待つのがよいと思った。しかしミセス・ハドソンは息子のことを心配した。夫人は、そもそもローマに呼び出されたのは、ロデリックの体調が悪いからだと想像していたのだ。迎えに来ていないのも、病気の証拠だと言うのである。それに、たとえ一時間でも再会が遅れるのは、母にも息子にも耐えられない。だからすぐローマに出発しましょうと主張したのだった。二人の女性は、まったく旅慣れないので（海外はもちろん国内でも）、かなり苦労してローマにたどり着くことになった。宿泊についても無知なので、とりあえずローマ駅から馬車でロデリックの住所に向かった。ようやく正しい住所までたどり着いた時、ミセス・ハドソンは精根尽き果て、馬車の中で震えて泣きながら待つことになった。メアリは勇敢にも住居の中に入り、薄暗い階段を上ってロデリックの住む部屋の戸口に到達した。出てきた年配のイタリア人の家政婦から、ロデリック様はお元気で、数時間前に気晴らしだとおっしゃって帽子をあみだにかぶって出ていかれましたと聞き出した。海上での余暇を利用してイタリア語を少し勉強しておいたので何とか理解できたのだった。

この顛末は、二人が到着した翌日の夕方、ローランドがホテルを訪問して聞いたのだった。ミセス・ハドソンも細部にわたって語ったが、語りながら、ローランドへの絶大な信頼をあらわに示した。この世で一番頼りになる人物だと信じ切っているかのようだった。ようやく不安感が少し薄れていたが、それでもまだ、深い海で溺れそうになり、助けられて浜に引き上げられ、荒く呼吸をしているようだった。生まれて初めて外国に来て、途方に暮れ混乱していた。当分は、周囲の人たちにやさしく扱ってもらえることを願わずにはいられないのだろう。連れのメアリ・ガーランドに関しては、ローランドは彼女の前にいると自分の心がかなり動揺しているとはっきり気づいていた。なにしろ、ローランドには彼女の心中がなかなか推し量れない。とりわけ、昨夜の出来事をどう思っているのか、非常に気になった。彼女は最後に会った時からずいぶん変わっていたので――それも良いほうに変わっていたので――一層、その内面を知りたいと思った。年を重ね、硬さがほぐれ、解放され、幾分社交的にもなっている。この二年の間に洗練されてきれいになり、表情も豊かになった。そして、ローランドへの態度も――言葉遣いの変化のせいでそう感じたのかどうかは不確かだったが――昔とはまったく変わった。彼を絶対的に信頼しているかどうかは別にして、彼の堅実さを信じている。それに気づくと、ローランドは、これからの数週間、自分はぜひとも堅実であるように努めなくてはならないと思った。ミセス・ハドソンとメアリは小さなホテルに滞在していて、居間の照明といえば二本のろうそくだけだった。ローランドはこの暗さを利用して、昨晩メアリの目に浮かんだショックの残光を探ろうと試みた。ショックの原因となったロデリックの酔いそのものはすぐに消えた。事情を察知してロデリックのショックの酔いはたちまち覚めた（それに気づいたローランドは、心の中で「ロデリック、助かったな」と、あの時あの場で祝福してやった）。ロデリックは一瞬の後に気を取り直して、よく澄んだきれいな声で歓迎の言葉を述べながらメアリに近寄り、両腕で抱きしめたのだった。その後、すぐに馬車に走り寄り、母親の涙と抱擁のために半ば息ができなくなった。それから、ローランドは、二人を近くのホテルに案内してから、差し出がましいことはせず帰宅したのだった。一夜明けた今、ロデリックは遠来の客を上機嫌でもてなしていた。メアリも晴れ晴れとした表情を見せている。昨夜の出来事から二十四時間も経過したので明朗に振る舞おうとしているものの、しばらくの間継続しただろうあの時の「ショック」は、その後メアリの中でどうなったのだろう？　彼女の記憶の奥深くに入り、まだ頭の片隅に残っているはずだ。思い出して、ロデリックへの愛情を考え直し、ローランドに対する態度を変えるかもしれない。ローランド自身はというと、現在を大いに楽しんでいた。とりわけメアリの近くにいられる幸運を意識して過ごした。二人の女性は旅の疲れのため、この日は外出しなかった。ローランドが見るところでは、メアリはそれほど疲れていないのだが、ミセス・ハドソンの世話をするために外出を避けたようだった。夫人は、ノーサンプトンからローマに来て、北の気候から南の気候に、宗教もプロテスタントからカトリックに変わったので、ここでの生活が複雑で面倒なものになるのではないかと心配していた。夫人がメアリに頼んだのは、せいぜいお茶をたくさん飲ませてほしいということと、ソファでの膝かけ用にいつもの白黒のショールを持ってきてほしいという程度のお願いだった。一方、メアリはローマでの生活で何かを学べるだろうという期待で胸を弾ませ、落ち着きなくそわそわと部屋の中を歩き回ったり、窓辺に立って外を眺めたりしていた。イタリア人の召し使いたちが出入りする様子をじっと観察していた。フランス人のメイド相手に「ローマにおけるバチカン教皇庁の地位」について論じ合ったこともあった。また、イタリアの家具や陶器とアメリカ製のものではどこが異なるのかとか、通りから聞こえてくる物音を聞き、アメリカとの違いに聴覚でも神経を集中させたりと、あらゆることを注意深く観察していた。その様子を見てローランドは感心し、機会さえ与えられれば、本格的な異文化研究ができる人だと確信した。上質のブドウの房を収穫するように、印象に残ったあらゆるものを集めていて、必ずや最高のワインを醸造するに違いない、できれば自分もその成功に手を貸したい、そうだ、ローマを案内しよう、むろん主にロデリックが案内するだろうが、空いている時にはぜひ自分がローマの魅力を見せてあげたい。ローランドはそう思った。

「ご自分の幸運をじっくり味わうのが大切ですよ」ローランドがメアリに言った。「若くて柔軟性があり、しかも、新旧文化の差異を的確に見分けられる年齢に達した時に、生まれて初めてイタリアを訪問するというのは、人生の与えうる最高の喜びです。こんなことを申し上げるのは、滞在を十分に生かしていただきたいからです。万一にも、もっと楽しめばよかったなどと、後悔しないように」

メアリはローランドをじっと見つめてから、また窓辺に近づいた。「楽しむつもりです。大丈夫ですわ。あたしは機会を無駄にしない質ですから」

「アメリカ人でもローマを楽しめるかしら。わたしにその資格があるかしら?」ミセス・ハドソンが言った。「豊富な知識が必要だと聞きます。参考になる本もたくさん読んでいなくてはならないそうです。アメリカ人の教養は貧弱ですわ。わたしはね、学生のころ、『古代学習優等賞』というピンクのリボンのついた金メダルをいただいたことがありますの。七人の王様、七つの丘でしたっけ? それと歴史家としてクィントゥス・クルティウスとジュリアス・シーザーなどについて暗記したものです。メダルはまだどこかの抽斗にしまってあるでしょうが、勉強したことは全部忘れてしまいました。でもロデリックがローマに行ってから、メアリと一緒に勉強しました。昨冬、メアリは夜になるとスタール夫人の『コリーヌあるいはイタリア』をわたしに読んでくれました。メアリ自身は別の本を午前中読んでいました。あの本、何だったかしら? 十五巻もある本」

「シスモンディの『イタリア共和国史』です」メアリが簡潔に答えた。

それを聞いてローランドが突然笑い出したので、メアリは赤面した。「あれを全部読まれたのですか？」

「ええ、そうですよ」

「歴史がお好きなのですか？」

「好きな部分もあるけど嫌なところもあります」

「女性はよくそういう言い方をなさいますね。芸術は？」

メアリは一瞬沈黙した。「見たことがありませんので」

「ねえ、メアリ、今こそ絶好の機会ですよ。ロデリックもマレットさんもいらっしゃるのだから」ミセス・ハドソンが口を挟んだ。「こんなに、案内してくださるのにふさわしい人たちに恵まれている人はいませんよ。ロデリックは芸術の実践を、マレットさんは理論を教えてくださるでしょう。芸術家の妻になるにはそういう知識が必要ですものね」

「ローマで普通に暮らしているだけでも、芸術について学ぶことがたくさんあります」ローランドが言った。

「芸術の真っただ中にいるのね。すばらしいこと！」ミセス・ハドソンが言った。「芸術が街中にまで姿を見せているのでしょ？　昨夜駅から馬車で通った時にはあまり見かけなかったけれど。暗かったし、緊張していたからでしょう。今は落ち着いたし、気が楽になったわね、メアリ？」

「あたし、幸せですわ」メアリはまた窓辺に行きながら落ち着いた口調で言った。

その時ロデリックがやってきて、母親にキスをし、それから窓辺のメアリに近づいた。ローランドはミセス・ハドソンの隣に座った。夫人が彼だけに言いたいことがあるようだったのだ。夫人はしばらく息子をじっと眺めていた。

「わたしがどんなに幸せな母親であるか、あなたにお伝えしたいのです。すべてあなたのおかげですわね。感謝しきれませんわ。ロデリックがあんなにハンサムで、裕福そうで、優雅で、有名になって、母としてどんなに嬉しいことでしょう。あなたを疑っていたなんて、わたしはどうかしていたんです。あなたはわたしたちの守護神です。よくメアリにそう言っていますの」

ローランドはこれを聞いて、曖昧な表情しか見せられなかった。令息が幸福だとお分かりになってよかったです、と小声で言うしかなかった。もしかしたら、母親に息子についての懸念をわずかでも知らせておくべきかもしれない。そうすれば、真実を知った時の衝撃が薄れるからだ。そうも思ったが、やはり今は何も言うまいと決心した。そしてロデリックが、心から彼の成功を期待する二人との再会によって新たなインスピレーションを得て立ち直るかもしれないと願うことにした。現に今、窓辺でメアリからインスピレーションを得ようとしているはずだ。しかし、しばらくして暖炉のほうに移動してきたロデリックは、眉をひそめていたので、メアリの影響で心を癒されることはなかったようだと思わざるをえなかった。やがてメアリも暖炉に近寄り、ロデリックの様子が変だと思っているような素振りを見せた。ロデリックがあんな態度を取っているのだから、彼女がそう思うのも無理はない、とローランドは考えた。ロデリックはローランドに懇願するような眼差しを向けた。どうやら二人の女性を案内する手間を分担してくれということのようだった。早くも二人にうんざりしたというのか、驚いたものだ、とローランドは呆れた。

「お母さん、明日からローマ見物を始めよう。疲れるかもしれないけど、その点はローランドがうまく計らってくれると思う」ロデリックが言った。

「あなたが言うようにしますよ」ミセス・ハドソンが言った。「あなたが側にいてくれさえすれば、どこへでも行きます。マレットさんにあまりご迷惑かけてもいけないわ」

「ローランドなら大丈夫。いくらでも時間を割いてくれるもの。ローランド、そうだね？　これまでもぼくのためにいろいろしてくれた。最初はどこへ行く？　スカラ・サンタからクロアカ・マキシマまでどこでも選べるよ」

「計画を立てて名所を順々に見ていきましょう」ローランドが言った。「最初はサンピエトロ大聖堂がいい。ミス・ガーランド、あそこをぜひ見たいと思いませんか？」

「あたしはまずロデリックのアトリエに行きたいわ」ミス・ガーランドが言った。

「アトリエは汚いけれど、それでもよかったらどうぞ」ロデリックが言った。

「そうね、あなたの美しい作品を見てからがいいわ。さもないと他のものを落ち着いた気分で見られないもの」ミセス・ハドソンが言った。

「アトリエには美しいものは一切ないんだ。でも、あるものは何でも見て結構。そういえば、お母さん、何だか以前と違って見えるけど、どうしました？」

唐突に向けられた質問を聞き、夫人は助け船を求めるような目をメアリに向けながら自分の髪をなでつけた。

「髪じゃない。顔です」ロデリックが言った。「この二年の間になにがあったの？　顔つきが変わったもの」

「お母さまはずいぶんお祈りをされてましたけれど……」メアリはそれだけ言った。

「もちろん、何か悪いことのせいで変わったとは思わない。とてもいい顔になった。これは作品に活かせるかもしれない」ロデリックはそう言ってキャンドルを母の顔に近づけた。

夫人はすっかり困惑した。「ロデリック、ロデリック。いったいどういうことなの？　お母さんには理解できませんよ」夫人は子供を叱るような口調で言った。

ロデリックはすぐに以前の快活さを取り戻した。「息子が愛する母の顔を見て、すばらしいって感心してもいいでしょ？　ねえ、お母さん、ぼくの作品のモデルになってくれない？　胸像を作りたいんだ。女王様でも作ってもらえないような見事な像を制作してみせるよ」

ローランドは、控えめな言い方で、同意するよう夫人を促した。ロデリックがその気になっているのだから、きっといい作品を作るだろうと思った。夫人は嫌だとか困るとか小声で言っていたが、最後には同意した。ただモデルをしながらでも編み物はさせてほしいと頼んだ。

ローランドは翌日、ロデリックに割り当てられた観光案内という任務を熱意をもって遂行しようという気構えで、二人のホテルへやってきた。まず四人で大聖堂に行くことになっていた。四輪馬車の中でロデリックは上機嫌で、自分の母親の顔を半ば息子として半ば彫刻家としてよく観察していた。夫人は馬車から見える細長いみすぼらしい家々を不安げに眺め、荒海に浮かんだボートに乗っているように馬車の側面にしがみついていた。ローランドはミス・ガーランドと向かい合って座っていた。彼女は馬車がホテルを出発した時から、まるで一人でいるかのように、馬車の中から見えるあらゆるものを夢中で眺めた。もしローランドに気持ちの余裕があれば、その熱中ぶりをからかったかもしれない。時々場所や建物の名前を教えもしたが、ローランドを見もせず頷くだけだった。馬車がベルニーニの列柱の間を通過してサンピエトロ広場に入った時、メアリは伯母の肩に手を置き、馬車の中でしゃがんで大聖堂の黄色い正面を見上げた。いよいよ聖堂の中に入ると、ロデリックが母の腕を取って案内したので、ローランドはメアリ専用の案内係になった。どこもかしこもゆっくりと歩き、この建物について知っている限りのことを話しながら、まず一周した。盛りだくさんの説明にもかかわらず、メアリは円天井に目を据えて注意深く聞いていた。ローランド自身にも聖堂がこれほど厳粛に思えたことはなかった。あたかも自分が聖堂を設計し、それを誇っているかのような気分を味わった。メアリを聖歌隊席の階段に座らせて休ませている間に、自分はミセス・ハドソンのところへ行った。夫人は、聖ペトロ像の前でひざまずく、ぼろをまとった一群のイタリア農家の娘たちを眺めていた。ぼろの模様にすっかり魅せられたようで、怯えながらもじっと同情の目を向けていて、そこから目を離そうとしなかった。ローランドはメアリのところに戻り、腰を下ろした。

「ヨーロッパをどう思いますか？」微笑を浮かべながら尋ねた。

「うらめしいです」メアリは言った。

「うらめしいですって？」

「とても変な気持ちで、泣きたいくらいですわ」

「変な気持ち？」

「過去が気の毒なのです。あたしの過去は一時間前に、心の中で死んでしまいました」

「でも喜んでいらっしゃるのでしょ？　興味を持っていらっしゃるでしょ？」

「ええ、とっても嬉しくて、圧倒される思いです。ここでの一時間ですべてが変わりました。心の中にあった壁が一挙に倒された感じです。前面には堂々とした新しい世界が広がって、そのためにこれまで故郷で慣れ親しんでいた狭い過去の世界が哀れに思えます」

「その狭い世界をいつまでも大事にするためにローマまでいらしたのではないでしょう？忘れることです。狭い小さな世界に背を向けて、ここのすべてを楽しむべきです」ローランドが言った。

「あたしも楽しみたいのです。でもさっきここに座って、金色の靄に包まれた円天井を見上げていると、靄の中に郷里の人や物の影が薄く見えるような気がしました。ここにあるものを楽しむというのは、過去と決別することです。決別は苦痛です」

「苦痛を気にしないことです。やがて気にならなくなりましょう。楽しむことですよ。それが義務、とりわけあなたの義務です」

「どうしてとりわけあたしの義務ですの？」

「あなたが、興味深いもの、美しいものすべてを識別できる数少ない方だと確信するからです。あなたは頭脳明晰な方です」

「あたしのこと、ご存じないのに」

「こういうことは、知る知らぬでなく、感じるのです。ぼくはあなたのことをご本人以上に分かっていると思います。偉そうな言い方になりますが、あなたほど成長なさる資格を持つ方はいません。よい友人と交わり、自分を信じ、羽を伸ばすことです」

メアリはしばらくローランドから目をそらし、聖堂のすばらしい景色を眺めていた。

「でもあなたがおっしゃることは、変われということになりません？」と訊いた。

「いい方向に変わるのです」

「どうしてそう言えます？　変わると、とても悪いこともあるような気がします。成長するのは怖いような気がしますわ」メアリは率直に言った。

「人生、どのように生きるか、いずれにしても自分で決めるしかないのです。こうと決めたら、潔くわが道を行くべきです。人生から逃れられないからには、人生と握手したほうがよいのではありませんか？」

「人生って、これのことですか？」

「これって？」

「大聖堂、豪華さ、ローマ、絵画、遺跡、彫刻、物乞い、神父などです」

「大体そういうことです。そういうものすべてに人生が含まれています。古代の複雑な文明の成果です」

「古代の複雑な文明？　あたしの好みではないようですね」

「まだ結論を出すことはありません。古代文明に触れるまで待ちましょう。それまでの間、美しいものをたくさん見ることになります。あなたは美を理解する才能を生来お持ちです。美は、あなたを虜にし、あなたを離そうとしないでしょう。その時点まで待って判断なさるがいい。あなたの能力をぼくが知らないなどと言わないでください。あなたの成長を期待する権利がぼくにはあるのですよ」

　メアリはその間円天井を見上げていた。「あれを理解できているかどうか、あたしには自信がありません」

「ざっと見て、いい印象を受ければ結構です。思いのままに感想を述べてよいのです。あれを意外に小さいと評する人もいますよ」ローランドが言った。

「十分に大きいです。傑作です。ローマには驚くほど美しいものがありますのね」メアリがローランドを見て言った。

「そうです。数多くあります」

「世界中でもっとも美しいものもあるのですね？」

「疑問の余地なしです」

「でもいったい、美しいものって何ですか？　どういうものが最高の美と言えるのでしょう？」

「個人の趣味しだいですが、ぼくなら古代ギリシャ、ローマの彫刻だと答えます」

「全部見るのにどれくらい掛かりますか？　一応の知識を得るために？」

「ただ見るだけなら二週間あれば可能です。しかし理解するとなると、余暇全部を使うことになりましょう。古代彫刻の中心地で芸術鑑賞に時間をかければかけるほど、ますます好きになります」それから少し間を置いて、「あなたは時間を気になさる必要はないでしよう？　彫刻家の妻になればいつも芸術に接していることになるのですから」

「ええ、そのことも考えました。ここに暮らして、世界中で一番美しいものに囲まれて暮らすのだと」

「そうですね。十年後のあなたにお目にかかりたいです」

「その時には、ずいぶん変化しているだろうとお思いでしょ？　でも、あたしにも確信していることがあるのです」

「何でしょう？」

「十年経っても自分はほとんど変わっていないだろうということです。あたしの理解力をほめていただいてとても嬉しいのですが、それが本当かどうかには関係ない話です。生まれついたあたしのままだろうと思います。田舎出の女のままでしょう。古くて複雑なヨーロッパ文化でなく、新しくて素朴なアメリカ文明から生じた人間のままでいると思います」

「そう伺って嬉しいです。すばらしい人生観です」

「もしかすると、もっとたくさん見せてくださった時、あたしの反応をごらんになって、あたしの人生観にうんざりなさるかもしれませんよ。今から警告しておきます」

「うんざりなど絶対にしません。実は、お願いがあります。どうか今のあなたのままでいてください。ご自分が望むままでいてください。でも、時には、ぼくが頼んだように行動してください」

ローランドがメアリの今後に何の不安も持たなかったように、彼女自身も不安を抱いていたわけではないが、ローランドの言葉で少し動揺したようだった。そして、「伯母さまたちに合流しましょう」と言った。

ミセス・ハドソンは小声で話していた。新教徒がカトリックの教会を訪ねた際に、よく敬意に欠けると非難されることがあるが、夫人に関してはそのようなことはなかった。それでも、聖ペトロ像を眺めながら、「ねえメアリ、あのぞっとする真鍮の足の指にキスしなくてはならないとしたらどう思う？　ノーサンプトンの家のドアノッカーをあの足の指くらいピカピカにしていられればと思いますよ。何て異教的なのでしょう！　しかしロデリックはあの礼拝の仕方を厳かだと思うと言うのですよ」と言った。

ロデリックは明らかに少し意固地になっていた。「お母さんの信じている宗教で信徒がやらされていることより厳かだと思う」

「確かに、アメリカの教会では、面倒な義務を課せられることがありますわ」メアリが言った。

「うん、漆喰塗りの礼拝場に座って、鼻声の清教徒の牧師の説教を聞かされるのは、ものすごくつらい。でもあれは厳かじゃない。ぼくは儀式、形式のことを問題にしているんだ。形式を尊ぶのはぼくの専門だから。聖ペトロの足の指にキスするのは美しい形式だ。

メアリ、君はキスできる？」

メアリはロデリックをじっと見て、頭を横に振った。「できないわ」

「どうして？」

「さあ、分からないけど、とにかくとてもできません」

この議論の間、四人は気高い聖ペトロ像の側に立っていた。大柄のむさくるしい農夫——イタリアの典型的なぼろをまとった乱暴者に見えた——が、像の前にひざまずき、足の指にキスし、十字を切りながら去っていった。ミセス・ハドソンは怯えて身震いした。

「今の人、お祈りを済ませそれで罪はすべて許されたと思うのでしょうね。あら、また別の人がきたわ。まあ、何てきれいな方でしょう」

そこへ若い婦人が像に近づいてきた。婦人は連れから離れて、一人で像の真鍮の足の指にまずキスし、次に額をつけてから、ロデリックの一行のいるほうを向いた。ローランドはクリスチーナだと気づいた。彼女が急にカトリック教徒になったことに驚いた。つい数週間前に、自分はカトリックにはまったく関心がないと話したばかりだったのに！　カサマシマ公爵夫人になるため、身分に合わせて宗教も変えたのだろうか？　ローランドがそんなことを考えていると、クリスチーナは大祭壇に向かって歩き出し、四人とすれ違った。しかし最初は彼らに気づかなかった。

メアリ・ガーランドは先ほどからクリスチーナを観察していた。「ローマには世界で一番美しいものがあるっておっしゃっていたけれど、あの女性は紛れもなくその一つですね」彼女はローランドに言った。

その瞬間、クリスチーナの目がロデリックの目と合い、彼女はロデリックに挨拶する前に、一行に視線を走らせた。まずミセス・ハドソンに目を向け、次にメアリを眺め、そしてメアリの頭からつま先まで、じっくりと観察した。ゆっくり歩いていたため、そのようなことが可能だったのである。それから、その時初めて気づいたかのようにロデリックに向かって魅力的な仕種で頷き、明るく微笑した。ロデリックはすぐさま側に駆け寄っていった。するとクリスチーナは立ち止まり、ロデリックと話を始めたが、その視線はまだメアリを見つめていた。

「あらまあ、ロデリックはあの方を知っているのね。貴族かと思っていました」ミセス・ハドソンが小声で言った。

「ええ、そう言ってもいいでしょう」ローランドが答えた。「ヨーロッパ最高の美女で、ロデリックはあの人の胸像を作ったのです」

「胸像ですって！　あらまあ」夫人はショックを受けたようだった。「あの方のボンネット、変わっていますね」

「目も変わっていますわ」メアリが目をそらしながら言った。

二人の女性はローランドとともに聖堂の出口に向かって歩き始めた。途中でミセス・ライトとジャコーザとプードルとすれ違った。ローランドは、彼らとクリスチーナの関係を説明した。

「メアリ、考えてごらんなさい。ロデリックはこちらですばらしい人たちと知り合いになったのねえ」夫人が言った。「ノーサンプトンを退屈だと思うのも無理ないわね」

「わたしはあの淋しげな老紳士が気に入りました」メアリが言った。

「どうして『淋しげ』だというのです？」メアリの言葉に反応してローランドが言った。

「わたしにはそう見えました」メアリは率直に言った。

三人が聖堂の出口に着くころ、ロデリックが追いついてきた。彼はたった今クリスチーナと話したことですっかり上機嫌になっていた。「あなたは貴族などとお付き合いがあるの？」ミセス・ハドソンが出口の柱廊に入った時やんわりと息子に訊いた。

「ミス・ライトは貴族ではありません」息子はぶっきらぼうに言った。

「でもマレットさんがそうおっしゃいました」母はがっかりした様子で抗弁した。

「まもなくそうなるという意味でした」ローランドが言った。

「そうなるかどうかまだ分からないでしょう」ロデリックが反論した。

「まだそんなことを言うのか。もうお手上げだな」ローランドが語気を強めた。

第十八章

ロデリックは母親の胸像の制作をアトリエで開始したいと言い出し、ローランドも夫人に急いで同意なさったほうがよいですと進言した。もし本当にロデリックのインスピレーションが湧いたのなら、無駄にしたらもったいない、最近はめったに湧いてこなかったのですよ、と伝えた。こうしてミセス・ハドソンは、当分の間午前中はすべて息子のアトリエでモデルを務めることになった。といっても、夫人にとって、それは迷惑なことではなかった。夫人の古代美術への関心はもともとわずかだったし、美術館や教会をめぐり歩くのは老婦人にはきついと感じていたからだ。それゆえ、午後だけ馬車で市内を一巡することで、ローマ見物を済ませてよいのなら、夫人にとってはむしろありがたかった。それによってミス・ガーランドは午前中暇になったので、ローランドが彼女を案内するのが自然の成り行きとなった。母親の胸像を優先して婚約者をないがしろにしているとロデリックを責める気は、ローランドにはなかった。天才のインスピレーションは気まぐれで、機を逸するなどもってのほかだと分かっていた。しかし、メアリの気持ちはどうなのだろう?

婚約者でない男の案内に委ねられてもかまわないのか？　彼女がどう思っているのかを、知る機会はないだろう。メアリとローランドの間では、結婚については時々遠回しに言及する程度だったが、ローランドはそれに不満はなく、また深く知りたいとも思わなかった。時は五月で、爽やかな日が続き、ローマは魅力にあふれていた。こうして大自然の祝福を受けながら、メアリと二人で、あちらこちら見て回るのは、ローランドにとって実に快適だった。

毎朝二人の婦人の滞在する小さなホテルを訪ねると、ミセス・ハドソンはすでに息子のアトリエに出かけていて、メアリだけが開け放たれた窓のそばで、ローランドから借りた美術書や歴史書のページを繰っていた。メアリはいつも微笑を浮かべ、常に意欲的で、鋭敏で、何にでもすぐに反応した。生来真面目であり、状況しだいで悲しいこともあるだろうし、心中に疑念や悩みをかかえることもあるだろうが、何よりも若く、頑健であり、初々しく、人生を楽しむことができた。派手に楽しむわけではないが、驚くほど熱心にすべてを吸収しようとするのだった。娯楽や目先の快楽よりも、知識を得ることをより好んだ。知り得た事実を一つ一つ真面目に、心の奥底にそっとしまい込んでいく。その結果、知識が蓄積されていき、自分は「持参金」のない花嫁ではないと胸を張って言えるのだった。彼女は、何ごとであれ、分かったふりなどしない。どんな「知識」であれ、初めて接した時に自分の頭に入らなければ、つつましくそのまま遠ざかるに任せる。「知識」が山を登って頂上の向こう側に下りてゆくのを目で追いかけるに留めておく。そして時間の余裕が見つかった時に、急いで山を越えて追いつき、息を切らして「知識」の側に駆け寄り、秘密の教示を懇願するのだった。彼女は、いかなるものについても二番目によいものを最善だと取り違えることは決してないし、最高の作品を目のあたりにすれば、身近で鑑賞できる特権のありがたさを理解できる。こういったメアリの美質を知り、ローランドは非常な満足を覚えた。彼女は、深い意味がありそうな言葉をよく口にしたが、果たして、彼が推測するような意味で言ったのかどうかは、本人に確かめてみないと判断できなかった。それを確かめようと、ローランドはしばしば質問するのだが、その際には細心の注意が必要になる。羞恥心が強く用心深い彼女は、いろいろと問いただされると皮肉を言われているのかと思ってしまうのだ。メアリはこの世界で自分の生きるべき方向や、取捨選択すべきものを、ローランドとの交友で学びたいと願っているようだった。故郷にいたころは、ヨーロッパに目を向けて母国と比較したりする習慣などなく、せいぜい、ヨーロッパで暮らし国際状況にくわしい人物が近所に滞在すれば、その人の経験談に熱心に耳を傾けるくらいだった。このようにアメリカ人特有の純粋さと頑なさが残っていたため、どう生きるべきかへの希求も生真面目だった。加えて、これからの人生では、自分のことよりも結婚相手の人生をすばらしいものにするよう尽くすべきだという義務感も働いていた。

故郷でのメアリは「自然」とその素朴な法則を大事にするように育てられたのだが、ローマに来てローランドから「文化」のすばらしさをたっぷり教え込まれた。彼女は初々しい想像力で感応し、文化という未知のものを、いわばその隠れ家まで追いかけた。隠れ家では文化を深く理解するため知的な努力が要求され、努力を重ねるうちに文化との間に緊張感が生じ、その緊張から彼女は魅力的な女性に成長した。メアリはすべての面で確実なもの、最善のものを欲した。たゆまぬ向上心は感嘆すべきで、たとえ向上の成果を享受することになるのが自分でなくロデリックであっても、その努力を励まし続けようとローランドは思った。

純粋さと頑なさにもかかわらず、メアリが、生来美的感覚に優れているのは確かだった。ローマでその感覚を刺激するものを多く発見し、大いに喜んだ。ただ、派手さはなく態度は素朴で、話し方も訥々としている。つまり根本で、本人が認めているように、田舎娘だったのだ。ウエスト・ナザレスで生まれ、ウエスト・ナザレスで育ったことが彼女の基盤をなす、揺るぎない事実であった。しかし、ローマの文化の影響をまともに受けて、驚くほど知的成長を遂げつつある。「ああ、何というすばらしい成果だろう」とローランドは感激して独り言を言った。「環境のおかげで、人は、狭いところで堅苦しい観念しか持てなかった状態から抜け出して、眠っていた才能を開花させうるのだ」ローランドがメアリに「十年後のあなたにお目にかかりたい」と告げた時、彼女にだけでなく環境の感化力にも賛辞を呈したのだった。彼女に能力があるのは疑いの余地がない。期待して見守っていれば、必ずきれいに開花する。彼女は「並外れた人」なのだ。それに気づいてしまうと近寄りがたい気もしてくるが、とにかく、ローランドは（自分には無関係だと淋しく思いつつも）確信を抱いて、定まらぬ未来におけるこの若いアメリカ女性の変貌を観察していこうと思った。

二人はサンピエトロ大聖堂に足しげく通うことになった。聖堂の堂々たる華麗な正面（ファサード）の下で、何段もの黄色い階段を上がり、戸口の大きなカーテンを押し、広大な本堂に入った途端に、人間は広大な空間の中では微細な一点にすぎないと毎回思い知らされる。生まれ変わったような気分ですと、メアリはよく言った。バチカン教皇庁がまだ気前のいいころだったので、聖堂から古代彫刻を展示している付属博物館に移動するのは無料であり便利だった。ローランドとメアリはこの博物館の中でよく話し合った。ローランドは彼女に自分の芸術論を際限なく（ア・ペルト・ドゥ・ヴュ）展開した。彼女は作品についての感想などを買ったばかりらしいメモ帖に書き込んでいたが、ローランドは彼の説明をどの程度メモしているのか気になった。楽しい時間だった。冬の美術館は寒いので、彼もしばらく訪ねるのを控えていたのだが、今では太陽が列柱の立ち並ぶ広場に照り付け、広場にある二つの同じ形の噴水がまぶしく、暑いくらいの陽気になっていた。その点、絵画、彫刻が展示された広い陳列場は涼しくてありがたかった。観光客の集団はすでにほぼ全員が帰国した後で、ローランドとメアリは美しい「新回廊」を二人だけで半時間ほども独占することがしばしばあった。部屋の窓はどれも開け放たれていて、二人はその側でしばらく佇んでいた。窓から外を眺めると、暖かくよどんだ空気をすかして、市街地にある塔の向こうに、歴史に名高い柔らかな色彩の丘や、かつては壮麗だったらしい宮殿の庭園や、あるいは複雑に配置された建物の隙間から見える雑草の茂った無人の中庭などを眺めることができた。時にはラファエロのフレスコ画が展示された「ラファエロの間」に行き、それからシスティーナ礼拝堂へと移動することもあった。しかしメアリは絵画よりも彫像をゆっくり鑑賞して回るのが一番好きだった。「新回廊」に置かれた彫像中で最高とされているデモステネス像の前に立った時、メアリは「ロデリックが彫刻家で、画家でないのを嬉しく思っています」と言った。プライベートなことを自分から話したのは、おそらくこの時くらいしかなかった。言い方があまりにも生真面目だったので、ローランドはどうして嬉しいのか、その理由を尋ねた。「絵画もすばらしいと思いますが、彫刻はそれを上回ります。それに男性的ですから」というのが答えだった。

ローランドは時々、彼女に自分自身のことを語らせようと仕向けるのだが、そうした話題では彼女は沈黙しがちだった。ローランドからすれば、以前アメリカで会った時に比べると大人になり、社交性も身についたようなので、二年間どのように暮らしていたのか聞かせてほしかったのだ。「すっかり変わられましたね」と水を向けても、「それならアメリカで暮らしていても成長できるということになりますね」という答えが返ってくる。

「そう、そういう意欲があれば、むろんそうです。しかしあなたのおっしゃり方だと、意識的に自分を伸ばそうとは、なさらなかったようですね」

この質問に彼女は答えなかった。「ヨーロッパが、アメリカで想像していたより楽しい所だと認めますわ。ヨーロッパを低く見ていたわけではありませんけれど。あなたも、アメリカはご自分のお考え以上に良い所だとお認めにならなくては」

「あなたを生んだ国の欠点など一つも見出せませんよ」

「それでもあなたは、あたしに『変われ』とおっしゃるではありませんか。あなたのご意見だと、ヨーロッパに同化すべきだとおっしゃるのでしょう」

「一般原則として申しただけです。ぼくが今あなたに望んでいることを申しましょうか？アメリカがここまであなたを育ててきたのですから、仕上げもアメリカにさせましょう。今すぐにあなたを船でアメリカに送り返し、そこであなたがどう成長なさるか拝見したいものです。失礼に聞こえるでしょうか？　確かに、ぼくに冷静な知的好奇心があるのは認めます」

メアリは頭を横に振った。「アメリカの魔力はもう効きません。アメリカとのつながりは切れました。ヨーロッパに残るほうがいいですわ」

一般論ばかりをしているが、あなた自身はどうかと聞き出そうとすると、少しも応じない。ある時、ローランドは苛立ちのあまり、「あなたは秘密主義ですね」と言ったことがある。そう言われて彼女は少し赤面した。大事なことを何一つ打ち明けてくださらないのだから、もし「そうです」と認めてくれさえすれば、一つだけでもあなたの個人的な話を聞けたと満足できます、と言った。ところが、彼女は「秘密主義」であるのを否定するのだった。それに対する唯一の仕返しは、その後数回、たわむれに「ずるさ」と呼べる彼女の性質をからかうことだった。「あなたはフランス語でずる賢い（ソーノワ）という性質の持ち主ですね」と言った。彼女は、無関心に近い口調で、「そうでしょうかしら」と言い、それから、言われたことを完全に無視して、「アーキトレーブ（建築用語「台輪」。建築物の上層部を構成する重要な部分）の説明をもう一度お願いします、忘れたものですから」と言った。

メアリがこの種の専門用語について質問した時、ローランドは彼女の飽くなき事実への探求心を批判した。「学問的な話だと、すぐにのってくるのですね。普通の話題にはなかなか反応してくださらないのに」この言葉は批判といっても、冗談めかしたものであり、もし彼女が好奇心を抱いてその真意をよく探ってみれば、彼女への不断の愛が隠されていることに気づいてもよかったところだろう。

メアリは、個人的なことに触れられると常にそうしていたように、この時もちょっと眉をひそめた。しかし今回は素直に自分が知識を欲しているのを認めた。さらに「太陽が照っている間に干し草を作らねばなりませんもの。いざという時に備えて学問を身につけたいのです。自分が永遠にローマに留まるとは思えないのです」と付け加えた。

ローランドは、彼女が持つ知的探求心の本当の動機がどこにあるのか、自分には分かっているつもりだった。しかし、もし彼が、運命の女神はいずれあなたをひどく失望させるかもしれませんなどと、言い出したとしたら――むろんありえないことだが――彼女は、一瞬苦痛の表情を見せ、その直後に、「それなら、あたしは孤独になった時に備えて準備しているのだとでもお考えください」と言ったであろう。

しかし、批判に関していえば、メアリがローランドを批判することもあった。ある時、ローランドがガイドブックにある記述と違う説を述べたため、二人は議論になった。メアリはガイドブックの該当箇所を指で押さえながら話していたのだが、ローランドのほうでは、メアリがいつそこから指を離すのか、と待っていた。メアリがガイドブックを無視してローランドの見解を尊重してくれることに、どうしてそれほどこだわっているのか、理由はよく分からない。メアリが書物の説明だけにこだわる女性だなんて、ローランドも思っていなかったはずである。おそらく真相は、ローランドがガイドブックに嫉妬した、ということなのだろう。ローランド自身がメアリに対して歴史と芸術を学ぶように勧めながら、自分がまさかガイドブックの解説と張り合うなどと、どうして想像できただろう。そんなローランドの様子を不可解に思ったメアリは、意見の違いはひとまず置いて、彼の顔をまじまじと見て、眉をひそめた。同時に、思わずガイドブックを床に落としてしまった。彼女の狼狽ぶりを見てなぜか気をよくしたローランドは、ガイドブックを拾ってあげようともしなかった。

「マレットさん、あなたにしては珍しく矛盾したことをおっしゃいますのね」メアリが抗議した。

「矛盾なんて珍しくありませんよ」

「でもあなたのような手の込んだ矛盾は珍しいですよ。大聖堂に来た最初の日、あなたはあたしに気を引き立たせる言葉をおっしゃいました。ここのすべてに飛び込むようにと言われました。あたしもその気で、ちょっと背中を押してもらうのを待っていました。あなたは強く押しました。もう首まで水につかっています。それなのに、今は泳ぐ手伝いをするどころか、岸辺――優れた知識という岸辺――に立ってあたしに石を投げつけるのですね」

「石を投げつける？　何をおっしゃるのです？　救命具を投げてあげたのですよ。そんな批判を受けるなんて、ぼくは役目の果たし方がよほど下手だったのでしょうか？」

「役目？　何があなたの役目なのですか？」

彼は一瞬ためらった。「あなたの役に立つことです」

「あなたのことがよく分かりません」メアリはそう言うと、ガイドブックを拾い上げ、熱心に読み出した。

その日の夜に彼が言った次の言葉も、もしかすると彼女にはよく分からなかったかもしれない。「先日、時にはぼくが頼んだようにしてくださいと言ったのを覚えていますか？あのお願いを無言で受け入れてくださったと思ったのですが」

「無言で？」

「受け入れてくださった、といい気になっているわけではありません。ひとつお願いがあります。ぼくが石を投げつけるような失礼をしたら、さっきのように専門用語について質問をしてください。それでぼくが失礼なことをしたことに気づきますから。ちょっと言っていただけばすぐ分かります」

ある午前中、二人はパルティーノの丘にある「シーザーの宮殿」と呼ばれる廃墟にいた。よく日のあたる廃墟で、半分はすでに発掘され、そこが何だったのか確認されているが、残りの半分は崩れた建物が複雑にからみ合ったまま放置されている。この雑然とした、半ば崩れ行く廃墟ほど興味深い場所はローマでも他に見当たらない。ここを歩くと一歩進むごとに過去の遺物に出合うことになる。皇帝ネロの黄金の邸の遺跡だとされる、フレスコ画の描かれた湿気のある回廊を、巨大な東屋として利用できるのだ。また、春に開花したアーモンドの木陰で古代のラテン文字の碑文の上に座り、ローマ平野（カンパーニャ）の構成の見事さを堪能することもできる。ここで彼女と過ごした数時間はローランドの心に深い印象を刻んだ。一つには、この廃墟自体の魅力のせいだったが、加えて、ミス・ガーランドが一時間ほどの長きにわたって一度もガイドブックを開かなかったうえに、皇帝や執政官などについて、質問攻めにしてこなかったせいでもあった。メアリがここで最初に口を開いて言ったのは、ローマという所は非常に悲哀に満ちているように思えてきました、ということだった。砂まじりの熱風がわずかながら吹いていて、空気がよどみ、彼女は疲れた様子で、顔色がさえなかった。

「すべてのものが『万物空し』と語っているように思えます。もし誰かが実際に何かをなしているのであれば、それを否定する力を自分の内部に感じるでしょうけれど、でも怠惰に何もせずに、かつての豪華建造物の残骸に囲まれて来る年も来る年も暮らすのはさぞ憂鬱でしょうね。もしあたしがここに留まるのなら、永遠に『ふさぎ込む』か、あるいは、実際的な仕事に慰安を求めるでしょう」

「どういう仕事ですか?」

「土地の可愛い浮浪児たちのために学校を開きます。もっともあたしは上手に叱ることができないのではないかと心配ですけれど」

「ぼくも仕事をしていませんが、何とか元気にしています」ローランドが言った。

「あなたは、仕事をしていないようには見えませんわ」

「そう言ってくださってどうもありがとう。ノーサンプトンで仕事をするかしないかについて議論したのを覚えていますか?」

「森の中で? はい、はっきり覚えています。それで今回のヨーロッパ訪問は期待したとおりでしたか？」メアリが尋ねた。

「ええ、期待どおりだったと思います」

「幸福ですか？」メアリが尋ねた。

「そう見えませんか？」

「見えますわ。でも、あなたは……」彼女は一瞬ためらった。「実際に幸福であろうとなかろうと、幸福そうに見えるのだと思います」

「ぼくはさっきあちらで見た、発掘されたフレスコ画にあった古代の喜劇のお面と同じです。生来笑顔なのです」

「来年の冬もここに滞在していらっしゃいます？」

「多分そうなるでしょう」ローランドが言った。

「永遠にここに住むおつもりですか？」

「『永遠に』は長すぎます。一年また一年というような形で滞在するだけです」

「結婚は絶対になさいませんの？」

ローランドは笑った。「『永遠に』とか『絶対に』とか大げさな言葉がお好きですね。一生独身だと誓ったわけではありません」

「結婚なさりたくないのですか？」

「ぜひしたいです」ローランドが答えた。

これに対して、彼女は何も言わなかった。やがて「本でもお書きになったらいかがですか?」と言った。

ローランドは笑った。それから、前より明るい口調で「本ですか。どんな種類の本でしょう?」と尋ねた。

「歴史書、例えば、芸術史あるいは古代史です」

「学問もないし、才能もありませんから無理です」

彼女は敢えて反論しようとしなかったが、ただ自分はそんなことはないと思いますと言った。「何かご自分のためになる仕事をなさるべきですわ」

「ぼくのため? でもぼくは誰よりも自分本位に生きて……」

メアリが遮った。「よく見ていない人にどう見えるか分かりませんが、あたしたちは、あなたがあたしたちのために生きてこられたのを存じています」

彼女の声は少し震えていた。「あたしたち」という言葉は特別な思いをこめて言ったように聞こえた。おそらく前から言おうと思っていた言葉なのだろう。彼女はきっとローランドのこれまでの尽力に負い目を感じていてその感謝の意を今こそこの言葉で表すべきだと判断したのだろう、と彼は思った。

さらに続く口調も改まったもので、ローランドは自分の推測が正しかったと確信した。

「あたしたちの感謝の気持ちをお伝えしなくては。伯母はもうお伝えしたそうですね。もちろん、ロデリックもそう申し上げているでしょう。あたしも前からお礼が言いたかったのです。ありがとうございます」

ローランドは返事をしなかった。この時の彼の顔は、喜劇の仮面より悲劇の仮面にはるかに近かった。しかしメアリはガイドブックを取り出す最中だったため、その仮面を見ていなかった。

午後になると、いつも彼女はミセス・ハドソンの馬車見物に同行した。そしてローランドは夕刻にもメアリと会うことがよくあった。ピンチョの丘の坂道にあるホテルを訪ね、狭い居室でしばしば半時間ほどを費やした。この時、母親と食事をしにきたロデリックとも顔を合わせた。しかしロデリックとはそれ以外はめったに会わず、ミセス・ハドソンがローマに来たことについてのロデリックの感想を聞く機会は三週間のうち一度もなかった。

数週間過ぎても二人のアメリカ人女性がロデリックに与えた影響は不明のままだった。なぜかロデリックは自分の気持ちを隠しているように見えた。母親の胸像制作の仕事で忙しかったが、作業自体は順調に進んでいるようだった。ローランドがたまに顔を合わせた時など、ロデリックは、ポケットに両手を入れ、脚を伸ばし、天井を向き、目を虚空に据えて座っていることがよくあったが、未完成の状態でも傑作だとの手応えがある、アトリエの胸像に思いを馳せているようだった。故郷から来た二人について語ることがないとはいえ、彼の無口は必ずしも不満を意味しない。女性らしいやさしさに満ちた雰囲気に包まれて時間を過ごすのは、彼に得難い安らぎを与えているようだった。ロデリックは気が利くタイプではないので、ピクニックなどで二人を楽しませる計画は全部ローランドに任せた。それでも、女性たちの静かな気質におとなしく合わせ、批判したり、嫌味を言ったりすることは以前より少なくなった。ロデリックには義務感が欠けていると言ったローランドは、彼を不当に貶めていたのかもしれないと反省した。母親たちと一緒にホテルでの質素な夕飯を取るため社交上の付き合いも断っていた。彼の心がどこにあれ、肉体は母の傍らにあった。ミセス・ハドソンが幸福なのは、黒絹の晴れ着をまとっていることでも明らかだった。また、それまでは言いかけた言葉を遠慮のあまり途中で飲み込んでしまったが、最後まではっきり言うようになっていた。体の震えも消えた。怖くてずっと触れなかった毛むくじゃらの怪物が、わらとおが屑でできた動かぬ人形にすぎず、鼻をくすぐっても安全だと発見した子供のようだった。メアリがいまだにどこかにつけている「恋結び」のリボンがまだほどけていないのかどうか、いったい誰に分かろう。もっとも、メアリはもともと袖にそんなリボンをつけたことはなかったのかもしれないが。彼女はいつもテーブルのキャンドル近くに座り、針仕事をしていた。アメリカで最初に会った時と同じ姿勢だった。その後、別の姿勢の彼女を何度か目撃したが、これが彼女に一番よく似合っていた。

第十九章

ローランドが婦人たちのホテルへ二日間行けないことがあった。二日目の夕方遅くなって、ロデリックがローランドの部屋に突然現れ、まず母親の胸像が完成したと告げた。

「すばらしいよ」と断言した。「これまでの中でも最高の作品の一つだ」

「それはよかった。もうインスピレーションが涸れたなんて言わないことだな」

「なぜ？　今回が最後のインスピレーションかもしれないじゃないか。ああ、疲れた。自分で言うのもおかしいけれど、傑作だ。親には恩を受けているから親孝行すべきでしょう。これで母に十分孝行ができた」そう言ってから、しばらくの間部屋の中を歩き回っていた。どうやら目的が別にあるらしい。「じつはもう一つ言いたいことがあるんだ。ぜひともあなたに言いたいんだ」と話し出したかと思うと、頭を上げ、目を光らせ、ローランドの前に立ちはだかった。「あなたのアイデアは失敗だった」

「アイデア？」ローランドはおうむ返しに言った。

「母とメアリを呼んだことです」

「失敗だって？」

「無駄だった。二人はぼくの助けにはならなかった」

それ以上にロデリックが自分を驚かせることはないだろう、とローランドは思っていた。しかし、またもや彼は大きく目を見開いてこちらを睨んでいるではないか。

そして「もううんざりだ」と言葉を続けた。

「何てことを言うのだ」ローランドは声を高めた。

「まあ聞いてください」ロデリックは冷静な口調になって言った。「不満ではなく、事実を述べているだけです。二人には悪いけど、ひどく失望した」

「助けになるかどうか、まだ分からないだろう。二人に来てもらったことをまだ十分に生かしていないのだから」ローランドが言った。

「よくそんなことが言えますね。ぼくとしては誠実に付き合ったつもりです」

「ああ、そうだった。だから、うまくいくだろうと大いに期待していたのだ」ローランドが言った。

「だとすると、ぼくは誠実に付き合いすぎたのかもしれない。最初の四十八時間で、ぼくの期待は消え去ったけど、辛抱しようと頑張った。『宮の庭に立ち』、『主の霊が留まる』……そんな聖書の教えに従おうとしたんだ。その結果がこれだ。あと一週間辛抱し続けたら、あの二人を憎み始める。毒殺も辞さないかもしれない」

「何を言うのだ。あれほど非の打ちどころがないお二人なのに」

「そうかもしれないけど、聖書の教えが無神論者に無意味なように、ぼくにとってあの二人は、何の意味も持たない」

「一つ言えるのは」やがてローランドが言った。「君とミス・ガーランドの関係をぼくは何も理解できていないようだということだ」

ロデリックは肩をすくめ、両手を下ろした。「メアリはぼくに憧れている。そういうことです」そう言うと、不可解な微笑を浮かべた。

「婚約を破棄したのかい？」

「破棄したかって？　彼女の愛は月の光のようなものです。切ろうとしても方法がない」

「君の愛はもうなくなってしまったのか？」

ロデリックは手を頭にあてたまま、しばらくして言った。「彼女への愛は一かけらもなくなったみたいだ」

「メアリがどれほど魅力的な女性か、君には分かっていないんじゃないか。すばらしい人だよ」少し間を置いてからローランドが言った。

「そのとおり。さもなければプロポーズなどしなかったもの」

「でも、今は愛していないのだね？」

「彼女の悪口を言わせないで」ロデリックが答えた。

「ぼくに言えるのは、君は自分が手放したものの価値が分かっていないということだ」ロデリックはつと相手に視線を走らせた。「でもあなたには分かっている?」

「ああ、発見する時間を君がたっぷりくれたからね」ロデリックは、同意するように、苦笑いした。「ああ。あなたはその機会を生かしたようだ」

ローランドの頭にさまざまな思いが去来した。もしロデリックの決意が固いのなら反対することなどない。もしメアリとの婚約を破棄するのなら、介入する必要があろうか? 彼女を救う道は他にある。それを可能にするには多少の厚かましさが要る。ローランドは、「厚かましさ」を呼び出して、手助けを頼もうかと思った。しかし「厚かましさ」は、もしやってきたとしても、「良心」が立ちはだかるのを見出すことになろう。「良心」は簡潔な言葉しか持たないが、説得力がある。「彼女のためになることをせよ」とささやく声に従うことに決めて、ローランドはロデリックとの議論を再開し、「ミス・ガーランドが不当な扱いをされぬために、ぼくは何でもする」と言った。

「幸いにも、メアリはしっかりした女性です」ロデリックが言った。

「しっかりした女性なら、ひょっとすると君の愛を取り戻せるかもしれないだろう」

「何を言っているんだ。あなたの言葉は、要するに、自分が嫌っている女性に言い寄れとぼくに勧めているのと同じことになるじゃないか!」ロデリックが声をとがらせた。

「嫌っている？」

「彼女の恋人になれば、誰だって嫌うようになるさ。死ぬほど退屈な女と結婚しろと、本気で勧めるの？　彼女にはいずれぼくの気持ちを伝えるけど、でも、そうしたら彼女はどうなるだろう」ロデリックは苛々して尋ねた。

ローランドは、部屋の端から端まで何度も往復し、そして突然、立ち止まった。「好きにしたまえ。今言ったことをぼくにではなく、彼女に言えばいい」

「彼女に直接？　言うのは怖いなあ。手伝ってほしい」

「いいかげんにしてくれ。もう手伝いなどできない」ローランドが無理に微笑を浮かべて言った。

ロデリックは一瞬眉をひそめ迷ったが、帰ろうとして言った。「ではもうあなたには頼まない。それほど恐れることもないだろう」

「待ちたまえ」ロデリックがドアの取っ手に手をかけた時ローランドが言った。

ロデリックは立ち止まり、顔をしかめた。

「戻りたまえ。座って聞いてくれ。そんな状態ではいずれ後悔するに決まっている。君は自分が何を考え、どう感じているのか分かっていないのだから。自分の気持ちが分かっていないし、ミス・ガーランドを正しく評価もしていない。今は君に正確な判断はできない。よく見えていないし、聞こえていない。魔法にかけられているようなものだ。魔法の呪縛を打ち切るには、ローマを離れるしかない」

「ローマを離れるだって？　ローマをこれまでで一番大切に感じている時なのに？」

「そんなことはどうでもいい。すぐ離れるのだ」

「離れてどこへ行く？」

「どこでもいいから、母上と婚約者とだけになれる所に行くのだ」

「三人で？　ローランドは来ないの？」ロデリックが訊いた。

「お望みなら、同行しよう」

ロデリックはちょっと首を傾げ、ローランドを横目で見た。「あなたがよく分からない。メアリを、もっと好きになってくれるか、もっと嫌うかしてくれればいいのに」

ローランドは自分が赤面するのを覚えたが、相手の発言は無視した。「手伝ってくれと言われても、現状のままなら何もできないさ。だが、今後二ヵ月、ミス・ガーランドに何も言わず、君がローマから、いや、イタリアから離れ、その段階でなお婚約解消を望むのであれば、君の望む手伝いをしようじゃないか」

「では、あなたの手伝いなしでやってみよう。とにかく、そんな条件は無理だ。ぼくがローマを離れるのは、今ではなく、予定どおり六月末だ。ぼくの住居も母のホテルもそこまで契約済みだし、それに合わせて準備もしてある。六月末以降ならいいけど、その前には離れないよ」ロデリックが言った。

「君は正直じゃないな。留まる理由は住居の契約などとは無関係のはずだ」ローランドが言った。

ロデリックの顔には狼狽も怒りも浮かばない。「ぼくが正直でないとすれば、それは生まれて初めてのことです。本当の理由を知っているのなら、言ったらいい。いや、やめてください」ロデリックは慌てて言った。「あなたを煩わせることはない。あなたの言うとおりさ。離れたくない理由ははっきりしている。六月二十四日のクリスチーナ・ライトの結婚だ。あの人に関することなら、すべてに非常に関心があるんだ。結婚式にも出席したい」

「でも先日、サンピエトロ大聖堂で、式があるかどうかはっきりしないと君は言ったじゃないか」

「どうやらぼくの勘違いだったようだ。すでに招待状の送付も済んだと聞いた」

それを聞いてローランドは、すぐにローマを離れさせるのは無理でも、せめて最低限のことだけは守らせることで妥協することにした。「ならばクリスチーナの結婚式まで待つことに反対はしないから、しばらくの間、ぼくの助言を尊重して、ミス・ガーランドに婚約破棄を伝えるのだけは控えると約束してくれないか？」

「しばらくの間とは？　いつまで待てばいい？」ロデリックは強い口調だった。

「せっつかないでくれたまえ。アメリカでミス・ガーランドから君を奪ったこと、その結果ぼくが苦労していること、ぼくのもとに君を取り戻そうとしていること。せめてそれくらいのことは理解してほしい」

「ではそうしよう。あなたも自分にできることをしたらいい」手を差しのべながらロデリックが言った。「できることをしたらいい」その口調と握手は、約束を守るという証だった。こうして二人は別れた。

ロデリックの母親の胸像は、孝行の産物か否かはともかく、確かに見事な出来栄えだった。完成した後、ローランドはある夕刻にグロリアーニに出会った。この無遠慮な彫刻家は、すぐにロデリックの新作について尋ねてきた。「天上を飛んでいた天才が地上に舞い降りたと聞きました。何でも奇妙な老婆の像を作っているそうですな」

「奇妙な老婆ですって！　ロデリックの実母ですよ」

「それなら、ますます奇妙な話になる。テラコッタ用でしょうな？」

「いや違います。大理石の像にするのです」

「大理石とは、もったいない。一風変わった面白い作品だと聞きました。唇の薄い、地味な老婦人が、首を片側に傾げた像で、皺も見事だそうですな。心のやさしい代母（ゴッドマザー）と言ったところですか」

「見に行って、自分の目で判断されたらいい」ローランドが言った。

「いや、どうせ失望すると分かっている。わたしが彼に期待しているような作品じゃないでしょう。教会の中庭などに置くのにふさわしいものでしょう。彼がわたしの言葉に少しでも耳を傾けてくれればいいのだが」

しかしそれから一、二日して、ローランドは通りでまたグロリアーニに出会った。そしてロデリックのアトリエが近かったので、一緒に行こうと誘うと、グロリアーニは同意した。アトリエに入ると、ロデリックがいた。ロデリックの先輩彫刻家への態度はいつも決して友好的ではなかったが、この時も愛想が悪かった。しかしグロリアーニは本物の鑑賞家らしく、芸術家の態度など気にしなかった。腕がいいかどうかだけに関心があった。ミセス・ハドソンの胸像にはどこかグロリアーニの心を打つところがあったらしい。圧倒的な美意識を感じさせる精巧な作品であり、夫人のほっそりした内気そうな顔に迫力はないが、やさしさ、穏やかさ、精密さ、母親らしさを作者はこの上なく的確な技術で表現していた。実際のモデルの顔どおりに制作しただけなのに、非常に情が深い女性だという印象を与える。母の子への愛情を賛美する詩とも言える。グロリアーニは長い間熱心に眺めていた。ロデリックは隣の部屋に姿を消していた。

「参った。わたしの理解を超える名品だ」ようやくグロリアーニが言った。

「気に入ったのですね？」ローランドが尋ねた。

「気に入った？　もちろんですとも。絶品です。彼は母親を愛しているのですかな？　もしかしたら、いい息子なのかな？」グロリアーニはそう言って、ローランドを見すえた。

「ミセス・ハドソンは息子を溺愛しています」ローランドが微笑を浮かべて言った。

「それでは答えになっていません。でも結構です。わたしには関係ないことだから。ただ、わたし自身は心が冷たい奴だと世間に思われているので、もしこの種の作品を制作したら、インチキだの偽善者などと悪口を言われるでしょう。その点、彼ならば大丈夫。好きな仕事ができますな」グロリアーニが言った。そこにロデリックが現れたので、グロリアーニはロデリックに向かって言った。「君がわたしを嫌っているのは知っている。残念だ。でも君は強い」

「いえ、いえ、とても弱いです」とロデリックは短く答えた。

「去年、君の才能は長続きしないだろうと言ったが、わたしが間違っていた。君は大丈夫だ」

「いや、いや、駄目ですよ」ロデリックが反論した。

「でも、わたしはやはり愚か者だろう？　このような傑作を作れる限り、わたしは君の才能を認めるよ。愚か者と言われてもかまわない。わたしにほめられても、君は喜ばないだろうけど」

ロデリックは、妙に顔をこわばらせて相手を見ていた。しだいに紅潮し、一粒の悔し涙がこぼれ落ちた。ロデリックの目に涙を見たのは、ローランドには初めてのことだった。実際には、グロリアーニがこれほど真面目に作品を論じたことはなかったのだが、ロデリックのほうでは皮肉られたと感じて憤慨していたのだった。そして激しい罵りの言葉を口にしながら顔を背けた。グロリアーニは若者のナイーブな感情の起伏には慣れていたはずだったが、今回は戸惑った。「彼、どうしたのでしょう？」率直にローランドに尋ねた。ローランドはにこりとし、「天才はああいうものです」と言った。

グロリアーニは帰り際に、再度ミセス・ハドソンの胸像に目をやった。そして「すばらしいなあ。驚くほど純粋だ。彼に才能があるのは疑いないですよ」と言った。ロデリックに別れの挨拶をしようとしたが、まだグロリアーニに背を向けたままだった。「しかし、わたしは天才でなくてよかったです。そのおかげでわたしのアトリエは人気がありますからな」グロリアーニは笑いながら言った。

ミス・ガーランドのために一時的な安らぎを提供してあげられたと思ったローランドだったが、彼自身は最近気分が沈みがちだった。できるものなら理想的な生活を送りたいと頭では願うのだが、現実にはとても無理なようだ。ミス・ライトの結婚式がどうなっているのか気になったが、ローランドのもとに招待状はこない。彼女には時々会うし、カサマシマ公爵にも会ったが、この二人はいつも別々にいた。社会的に高い身分の者にふさわしく、それぞれが静かに幸福を味わっているかのようだった。

ローランドは以前からマダム・グランドーニに敬意を抱き、ずっと交友を続けていた。

いつでも隠し立てせずに話し合ってきたので、問題をかかえている今も、自分の立場をほぼ全部打ち明けてみた。マダムとは、ロデリックに関する話をよくしていたから、当然、母親と婚約者がやってきたことも話していたし、メアリ・ガーランドの魅力的な微笑についても告げていた。マダム・グランドーニは頭脳明晰な聞き手で、ローランドの問題を聞くと、すぐ一言でまとめた。「あなたは、ある時は彼女が平凡な顔立ちだと言い、別の時には美人だと言うのね。そのお嬢さんとミセス・ハドソンのお二人をわたしの家にご招待して、わたしの目で判断しましょう。ただ確実なのは、あなたが彼女に恋しているということね」

ローランドは答える代わりに、マダムの言葉を誰かに聞かれていないかと周囲を見回した。

「今恋しているだけでなく、この二年間ずっとその人を愛してきたのよ。あなたは、わたしたちドイツ人がいう『引っ込み思案』なのね。それも極端に。どうして今日までわたしに打ち明けなかったの？　もっと前に打ち明けてくれていれば、いろいろな手数がはぶけたのに。オーガスタ・ブランチャードのこともそうよ」ここで、夫人は最新情報を伝えてくれた。ミス・ブランチャードがレヴンワース氏と結婚するというのだ。彼女はアルバーノに一ヵ月滞在し、その間レヴンワース氏がご機嫌を取っていたのだから、婚約に至るのが自然の成り行きだった。ローランドは、彼女にご無沙汰していて悪かったと思っていたのだが、この話を聞いて、「自然の成り行きでしたね」と述べた。

「それはそうだけど、あなたが言うのは間違いよ」マダムははっきりと言った。「レヴンワース氏は自分の邸を飾るための作品をヨーロッパ中で探し回っていたのですから、美しい彼女を最高の収集品だと思ったのは、自然の成り行きだったでしょう。でも、ミス・ブランチャードがレヴンワース氏の求婚に同意したのは、自然の成り行きではありません。だって、もしあなたが彼女にプロポーズしていたら、喜んであなたを受け入れたでしょうから」

「ありえないことを想像していらっしゃる。彼女がわたしを好きだなんて、そんな素振りを見せたことなどありません」

「素振りって、あなた、何を言っているの？　彼女はあなたを惹きつけようと一生懸命だったのよ。レヴンワース氏の求婚に応じた時、あなたのことが念頭に浮かんだのは確かですよ」

「彼女の結婚の知らせがわたしに与える喜びを思ったのでしょう」

「喜びだなんて、何をおっしゃるの？　彼女は普通のいいお嬢さんだけど、女性らしい仕返しぐらい、したいと思うでしょう。レヴンワース氏はあなたより裕福ですから、ぜいたくな生活ができることを誇るかもしれませんね。彼女の件はさておき、わたし、あなたを許す前に、そのアメリカからいらしたお嬢さんと会います。もし良い方で、わたしが気に入れば、あなたを許すけれど、そうでなかったら、今後あなたの相談にのるのは考えなくてはね」

それはとても残念です、とローランドは答えた。それから、ミス・ガーランドへの恋心のせいでミス・ブランチャードを避けていたというのはあなたの勘違いです、ミス・ガーランドはロデリックと婚約しているのだから、自分には権利はないのです、と言った。

「それではこうしましょう。もしわたしがお嬢さんに会ってみて、彼女を気に入ったら、あなたは遠慮などせずに彼女を愛してもよろしいと思います。もしこれに失敗したりすると、ご自分だけでなく彼女にも、ひどい仕打ちをすることになるのよ。ハドソンさんは、その人をまったく愛していないわ。わたしに任せなさい。彼女がまだ受け入れていないあなたを、わたしがどんなに高く買っているか伝えます」

クリスチーナの結婚に関して、マダムは肯定的なことは何も言わなかった。クリスチーナは婚前の買い物、衣装合わせなどの合間を縫って、数回、短時間だけマダムを訪ねてきたが、その際、結婚のことを取るに足らぬことだと言ったという。クリスチーナの本心を知っている友人になら、そのように話しても大丈夫だと思ったのだろう。結婚を大真面目に考えているのはカサマシマ公爵だけでいい、とも言った。そして「この結婚は冷めた結婚です」とクリスチーナ自身が言ったけれど、それは、情熱的な結婚と比較しての発言でしょう、とマダムは説明した。

「何か助言はなさったのですか？」ローランドが尋ねた。

「ほとんど何も。言ったのは、せいぜい公爵のためになることばかり。クリスチーナの心の奥はわたしにも見当がつきませんからね。この結婚で金鉱が得られるかもしれないけど、金鉱は長い坑道の奥にあるでしょう。でもこの結婚自体は結構なもので、名誉というだけでなく堅実でもあります。まあ、クリスチーナのことだから惨めなものにしてしまうこともありうるでしょう。何しろ彼女は、この世には侵してはならぬ尊いものが存在している、などと思っていませんからね。カサマシマ公爵はというと、ああいう身分なのを短所だと考えなければ、非の打ちどころのない青年です。公爵の地位にある青年で、彼ほど相手の女性から結婚に値するか試された人は他にいないでしょう。結婚式の日取りは誰も知りません。案内状は、五、六回も日時を変更して印刷されたのですが、発送される直前にクリスチーナが反故にしてしまったのです。ローマには式の遅延をひどく非難している人がいます。暑さを逃れて避暑しようとしているのです。でも結婚式も見たいので、もし日時が定まれば、それに合わせて予定が組めるわけです。クリスチーナは、人々を一ヵ月ほど待たせて――そのためマラリア患者が十人も出たあげく――ある日の出の時刻に年寄りの神父と法定の保証人だけの結婚式を挙げてしまうかもしれません」

「というとやはり彼女はカトリックに改宗したのですか？」

「本人はそう言っています。ある日、朝目覚めたら、絶望の淵にいて、何か新しい刺激を求めたけれどなかなか思いつかないでいた。その時に突然、カトリック教会が鍵を握らせてくれるかも、望むものを与えてくれるかもしれない、という考えが頭に浮かび、そこで神父を呼びにやらせたのです。現れた神父がたまたま機転の利く人で、クリスチーナに関心を持たせるのに成功しました。彼女は黒衣をまとい、黒いヴェールに包まれ、一段と美しさを増してカトリック教会に入っていきました。公爵は敬虔なカトリック教徒で、それまでクリスチーナが新教徒であることをひどく悩んでいたので、大喜びしたようです。彼女の気まぐれでまた彼を苦しめませんように」

クリスチーナとロデリックの関係について、これまでも何度もマダムと話し合っていたので、ローランドは最新の懸念を強い口調で伝えた。「彼女はひどく芝居がかったことが好きだから、これからどんな派手な振る舞いをしでかすか心配しています。カトリックに転じたのもそうですが、結婚式を内輪で済ませて、ローマの人たちを失望させるかもしれませんね。もっと驚かせることをしかねませんが、わたしは覚悟ができています」

「ハドソンさんと駆け落ちするとか？」マダムが言った。

「ええ、どんなことでもありえます」ローランドが言った。

「ハドソンさんはそのつもりなのかしら？」夫人が尋ねた。

「彼女はそのつもりでしょうか？」

「二人は似た者同士ですからね。クリスチーナが世間をあっと言わせることをするというのは、あたっているわ。一生のうち何回かは欲得と関係のない気持ちから行動することだってあると思うのです。とても誇り高い。誇り高いというのは善良な女性の場合には、欠点になりえますが、悪女の場合には美徳になりうるのです。クリスチーナは自分が高く評価されることを望んでいるでしょ？　彼女は立派な女性に会うと、すぐそれと分かるのです。立派な女性と比較して――自分勝手な仕方で比較するのですけど――自分が霞んで見えると判断すると、自分を少しでも立派に見せようとして何でもやってのけます。それが良いことか、悪いことか、その時の状況しだいですが、多分ミセス・ライトを悲しませる行為になるでしょうね。きっと、常識外れの」

ローランドは、マダムとさらに意見交換してからいとまを告げ、別れ際にクリスチーナのことを思い浮かべて深く溜息をもらした。「あの人はわたしに死ぬほど迷惑をかけたのですから、憎んでもよいはずなのに、憎めないのです。感心することも多いし、哀れに思うことさえあるのです」と言った。

「わたしは、いつも憐れんでいます」マダムが言った。

この物分かりのよい女性は、翌日ノーサンプトンから来た女性たちを訪問した。彼女は内気な二人の心をたちまち魅了してしまい、その翌日の夜にマダムの家で開かれるパーティへの出席を受諾させた。マダム・グランドーニの訪問は、ミセス・ハドソンには驚きであったが楽しくもあった。翌日の再会までの間、とりとめなく何度もこんなことを口にしていた。「あの方がドイツ人ですって。あれほど英語がお上手なのに」と編み物をしながら、考えながら何度も言った。それから「あの方、思ったほどきちんとした服装をしていらっしゃらなかったわね。ウエストのあたりはとてもゆったりしていたわ。あれがこちらの流行なのかしら？」とか、「あの方、帽子をかぶるには、もうお年じゃないかしらね。わたしは帽子をかぶろうとは思わないわ」、あるいは「あの方の手を見た？　肥った方にしては、とてもきれいだったわね。指輪をいくつもはめていらしたけど、どれもあまりきれいなものでなかったわ。親御さんの形見でしょうね」、あるいは、「美人ではないけど、頭の切れる方だわ。どうして歯を何とかなさらないのかしら」とか。

パーティにはローランドも招かれたので、指示された時間に出かけた。メアリ・ガーランドのローマ社交界デビューに心密かに拍手を贈りたいと願ったのだ。二人の女性をエスコートしてロデリックも来ていたが、彼は無言で無関心な態度だった。ミス・ブランチャードもレヴンワース氏のエスコートで来ていた。他に十数人のさまざまな国籍の芸術家もいた。マダム・グランドーニのパーティはいつもそうなのだが、今回も気軽で友好的な集まりだった。途中ですばらしい音楽の演奏もあった。他のパーティでは依頼されても断るような歌手が、夫人のためなら歌うのだ。マダム自身もピアノ演奏は玄人はだしで、歌手はマダムの演奏で歌うのを特権のように思っていた。ローランドはさまざまな客と話したが、今夜は、生まれて初めて、話し相手に注意を集中することができなかった。メアリ・

ガーランドに注目せざるをえなかったのである。マダム・グランドーニは、ローランドがメアリのことをある時は平凡、ある時はきれいだと言うことを批判したが、今晩のメアリの外見を描写せよと命じられたならば、彼は迷わずに美人だと言ったであろう。これまでより垢抜けたドレスを身にまとい、それがよく似合っていたし、血色もよく、いつもより晴れやかに見えた。ジョークを言い合っている客たちの近くで、彼女は椅子に座り、楽しそうに笑いながら耳を傾けていた。

ローランドは部屋の反対側から眺めていた。ミス・ブランチャードの古典的な整った横顔を見て、いつもは美しいと感心していたのだが、今夜は小額の貨幣に刻まれた像程度の美しさしか感じなかった。彼女の側に立っているレヴンワース氏にロデリックが話しかけていた。彼は、氏にたいしてもううらみなど抱いていないようで、親しげに近寄り、両手をポケットに入れたまま壁を背にして、率直な明るい口調で話しかけているようだった。先日、失礼なことを思い切り言って気が晴れ、今はもう、不愉快な奴だとも感じないらしい。一方、レヴンワース氏のほうは、スプーンでお茶をかき混ぜながら、口を開けたり閉じたりして、ロデリックから視線をそらしている。まるで、ハエを追い払う眠そうな大型犬のようだ。

ローランドは、マダムからローランドが求婚すればミス・ブランチャードは応じてくれただろうと聞かされて以来、心が動揺していた。謙虚さゆえ、夫人の言葉をそのまま信じたわけではなかったが、もし信じたとすれば、彼女に近寄るのをためらったことだろう。ミス・ブランチャードと結婚するのがそれほど容易だと考えたことはなく、よほど熱心に求婚しなければ無理だと思い込んでいたのだ。結局この夜、彼女とは半時間ほど話をすることになった。そしてこれが、別れの会話であるかのように思えた。彼女との別れというより、自分にとって彼女がメアリの次に結婚したかった人かもしれぬという思いへの決別だった。レヴンワース氏との婚約にお祝いを述べた。その祝辞を彼女は澄ました態度で聞いていた。彼女はミセス・ブラウニングやジョルジュ・サンドなどの女流作家の言葉を引用する時にも常に澄ましていた。その一方、レヴンワース氏は富豪なのですよ、などと平然と言った。ローランドはすばらしい人物との結婚を大いに祝福しようと思っていたが、話しているうちにその気が失せた。そして、生まれつきの親しみやすさこそ、女性の持つ美徳だと考えている自分に気づいた。澄ましているミス・ブランチャードはその美徳に欠けるし、クリスチーナ・ライトは過剰に親しみやすすぎる。その点、すばらしいことに、メアリ・ガーランドは適度に親しみやすい、と思った。

ローランドは次の間にいたマダム・グランドーニの側に行った。マダムはお茶を入れるところだった。

「あなたには特に美味しく入れてあげましょうね。あなたを許すことに決めたのですから」マダムが言った。

ローランドはすぐさま満足の表情を見せたりしなかった。しかし、頬を少し紅潮させていかにも美味しそうにお茶を飲んだ。これだけで彼の満悦ぶりが見てとれる。やがて、メアリにあなたを推奨してあげましょうと、マダムが約束したのを思い出し、自分はこれまで過失を犯したことはあるが、良心に背くようなことは一つもしていません、などと口走りそうになった。しかし、彼女はそんな約束などすでに忘れているようだった。

「ミス・ガーランドは楽しい方ね。たくさん長所があるわ。思わず惚れ込んでしまいましたよ。お友だちになりたいと思います」マダムが言った。

「平凡な顔立ちで、単純だし、無知ですよ」ローランドはゆっくりと言った。

「本心では『美しく、賢く、知的です』と言いたいのでしょう？　あの方、アメリカで冬の夜に何万冊もの本を読んだのね」

「あなたは何でも見通す魔法使いです！　怖いから、もうあちらに行きますよ」ローランドがそう言って、立ち去ろうとして振り返った時、応接間で吠える耳ざわりな犬の鳴き声が聞こえた。二人は視線をかわした。

「あの人こそ魔法使いだわ」マダムが言った。「魔法使いとその手先のプードルね」それからすぐにその客の接待に向かった。

ローランドがついていくと、応接間の真ん中にクリスチーナがいて、困惑気味に周囲を見渡していた。その場に座り込んだステンテレッロは、訪問した主人への出迎えがないのに腹を立てて吠えているところだった。しかし、すぐにマダム・グランドーニが近づき、クリスチーナにやさしく歓迎のキスをした。

クリスチーナはあたりの来客を眺め、「これほど大勢、立派な方がいらしているなんて。もし知っていたら伺わなかったところだわ。お宅のメイドは何も言わなかった。あたしを招待客の一人だと思ったのでしょう。ご近所なのでちょっとだけお喋りに寄ったの。忙しくて、そういう機会がなくなってきました。おば様一人だろうと思って来たのです。ステンテレッロはお宅の猫と遊ばせようと思って。パーティだと知っていたら、中まで入らなかったかもしれません。でもこうなった以上、しばらくお邪魔させていただきます。これ、パーティ向きの衣装とは言えませんが、それほど場違いではないでしょう？　片隅にでもいれば、誰も気にしないでしょうし。ね、どうして招待してくださらなかったの？　こういうこぢんまりしたパーティってすてきじゃない！　あまり出席したことはないけど、ダンスがなく、お茶と楽しい会話だけなのね。お茶？　結構です。でもステンテレッロにビスケットをやってください。甘いビスケットを。おば様、どうして招いてくださらなかったの？　意地悪ね」クリスチーナはいつもの低い、冷たい、鋭い声で言いつのり、しだいに震え声になっていった。「あたしは、舞踏会や大きな晩餐会向きだから、こういうくつろいだ、小規模なパーティの場合は、大きな植木鉢や金メッキの燭台並みに締め出されるのね」

「あら、歓迎しますよ。ゆっくりなさってください」マダムが言った。「こう言っては不愉快に思われるかもしれないけれど、あなたが招かれないのは、あなたが立派すぎるからよ。そのドレスで十二分だわ、そんなにきれいな髮飾りがあるのですもの。片隅などとんでもない。それどころか、いらしたからには、皆さまに会っていただきましょう。皆さまに見えるようにそこにいらしてね」

「皆さん、あたしをじろじろ見ていらっしゃるようね。あたしがタランテラでも踊ると思っていらっしゃるのかしら？　どなたなの、あの方たち？　あたしが存じ上げている方たちかしら？」彼女は、腕をマダム・グランドーニの腕に回して、部屋の真ん中に立ち、ゆっくりとグループごとに客たちを順に見渡した。もちろん誰もが彼女を観察していた。銀糸で刺繡が施された東洋風のマントのフードを美しい頭に斜めにかぶり、右手できらきら光るマントの襞を握り、左手で上を向いたプードルの頭に飾ったリボンに触れながら、小さなランプの輪の中で立つ姿は、燦然と輝く絵画そのものだった。即席の活人画のようでもある。ローランドは、彼女の側にいたので、話しかけることができた。今夜の彼女は、目の輝きから判断すると、ローランドがこれまで目撃したことがないほど上機嫌に見えた。もっと単純な人の場合なら、やさしい気分になっていたせいだと考えてよいのだが、クリスチーナの場合は外面と内面は必ずしも一致しない。そう思って観察していると、彼女が「あの方たちのことを教えてくださらない？」と話しかけてきた。「お目にかかったことのない方が、ローマにこれほどいらっしゃると思ってもみなかったわ。どんなお話をしていらっしゃるの？　あたしにはついていけない難しいお話かしら。あそこでいつものように横顔を見せて座っているのはミス・ブランチャードね。切手に描かれている有名人みたい。それから黒服の上品なおばあ様はミセス・ハドソン。何てきちんとしていらっしゃるのでしょう。何てすてきな装いでしょう。それからもう一人はハドソンさんのフィアンセね」クリスチーナはそこで言葉を切り、メアリ・ガーランドをじっと眺めた。その様子を観察していたローランドは突然ある確信を得た。「ぜひあの方とお近づきになりたいわ」それまでローランドと話していた彼女はマダム・グランドーニのほうを向いて言った。「あの方、魅力的なお顔をしていらっしゃる。聖人みたい。ぜひ紹介してください」いいえ、考え直しました。自己紹介するわ。あの方のフィアンセのお友だちだと言います」マダム・グランドーニとローランドはどうなることかと視線をかわした。クリスチーナはマントを脱ぎ、ひとまとめにして部屋の片隅に放り投げた。愛犬に預けたのだろう。ステンテレッロはマントが盗まれないよう、さっそく上に乗って座った。クリスチーナは守護天使のような微笑を浮かべてゆっくり部屋を横切り、メアリに近づいて自己紹介した。クリスチーナは以前、あたしがその気になれば優雅に振る舞えるところを見せてあげましょうか、と言ったことがあったが、今その約束を果たしているとローランドは思った。クリスチーナの挨拶に答えるため、メアリはソファからゆっくり立ち上がり、探るような目で相手を見つめた。自分が関心を抱く若い二人の女性同士の劇的とも言える対面は、ローランドに名状しがたい不安感を与えた。思わず目をそらすと、その先にロデリックの姿が飛び込んできた。どこかの婦人の裾を踏んでいるのにも気づかずじっと立ち、そこからクリスチーナの一挙手一投足を真剣な目つきで追っていた。音楽の演奏がまた始まって、ローランドは隅に座って聞き入った。演奏が終わると、数人の客が帰り支度を始めた。ミセス・ハドソンもその一人で、マダム・グランドーニに挨拶に来た。おずおずとメアリの腕にすがるようにしている。メアリの目は輝き、顔は紅潮している。二人はロデリックを探したが、ロデリックは二人に背を向けて立っていた。クリスチーナは先刻メアリと話していたソファに一人で座り、客たちが部屋から出ていくのをぼんやりと眺めている。目はメアリと同じく輝いているが、顔は青ざめている。ロデリックが声をかけると、つと顔を上げた。それから無言の身振りでロデリックに向こうへ行くよう促した。それに応じて、ロデリックは母とメアリに合流してマダム・グランドーニに別れの挨拶をした。彼女に頼まれることには慣れていたので、すぐ側に行くと、そこに座ってくださいと言われた。いったいこれから何を話そうというのだろう？　こんなクリスチーナは初めてのような気がする、いや確かにそうだ。謙虚で、しおらしく、訴えかけるような態度で、それは彼女の高貴な美貌と大きなギャップがあった。クリスチーナのこのようなさまざまな変貌ぶりを、今後いったい何度目撃することになるのだろうかとローランドは考えていた。

「お話ししたいのはね」彼女が言った。「あたしは、ミス・ガーランドがとても好きになったということです。これは、あなたにとっても嬉しいことでしょ？」

「大喜びですとも！」ローランドが言った。

「まあ、その口調だと、信じていらっしゃらないようね」真面目に言った。

「信じるのが難しいことでしょうか？　もちろん信じます」

「世間の人が彼女を賛美するのはよく分かるけど、あたしが賛美するなんて信じがたい、そうではなくて？　でも本当に好きです。あなたにそう伝えたかったの。でもミス・ガーランドご本人には言えません。あたしのことをひどく悪い女だと思っているでしょうからね。もし彼女をあたしがどう思っているか正直に話したら、信じないどころか不愉快がるわ。無理もないでしょう。あの人には落ち着きがあり、そういう人の目には、あたしの振る舞いはさぞ常識外れに映るでしょうから。残念ながら、あたしには落ち着きがありません。腕に触れてごらんになれば、震えているのが分かるわ。でも、あたしはミス・ガーランドを、彼女の賛美者の誰にも負けないくらい賛美します。あなたは別よ。そのことは以前から分かっていました。第一、彼女はきれいだわ。でもご本人はそれに気づいていないようね」

「世間ではきれいだと思われていないようですよ」ローランドが言った。

「そのようね。でもそれは世間の人が洗練というものを知らないからよ。あの顔立ちには立派な性格、立派な生来の風格があります。いわゆる美人に生まれなかった女性は、賢い人ならば、ああいう顔になりたいと望むでしょう。多くの人に美しいと思われず、特に詮索好きな下品な男性によって、道を通る時に失礼な悪口を言われることもあるでしょう。でも、知性ある男性なら、ああいうお顔を見るのは人生の喜びの一つだと気づくでしょう。そういう男性は確実に存在します。それから、外観だけでなくすばらしい性質をお持ちです」

「すぐに気づかれたんですね」ローランドは微笑しながら言った。

「あなたの場合は、気づくのにどれほど掛かりましたの？　あたしは話しかける前に分かりました。先日サンピエトロ大聖堂でお見かけしましたね。あの時分かりました。あたしがどれくらい前から気づいていたかお知りになりたい？」

「いえいえ、ぼくとしては、そんなことを問いただす気はありません」

「十二月のママ主催の舞踏会を覚えていらっしゃる？　あなたとお話ししていて、あなたがあの人のことを口に出しました。『彼は婚約しています』とおっしゃっただけでしたが、それであなたがあの方を恋していらっしゃると分かりました。あなたが恋するならすばらしい性格の方だと推察したのです。だって、あなたはそういう女性がお好きですもの」

「これは、これは。あれだけの言葉からそこまでわかったのですねえ」

「ハドソンさんもあの方のことを口にしたことがありました」

「それはよかった」ローランドが言った。

「よかったかどうか分かりません。彼はあの人のことを好きではないのですから」ミス・ライトが言った。

「好きでないと、はっきり言ったのですか？」思わず口から出てしまったが、もし少しでも考える余裕があったなら思い留まっただろう。

クリスチーナはじっとローランドを見た。「いいえ」とようやく言った。「いくら彼だってそんな失礼なことは口にしません。でも彼の性格から分かったのよ。彼は完璧が嫌いだし、善良で無難というのも嫌いですもの。一か八かというのが好みなんです。気の毒に、それで失敗するかもしれないのに」

ローランドは黙っていた。詮索するのは好きではないが、相手の発言の真意がまったく理解できない。クリスチーナがプードルを呼ぶと、体を緊張させて近寄ってきた。頭を飾るバラ色のリボンをひねってなでてからマントを取ってくるように指示すると、命じられるまま、マントを大事そうに口に咥え、床をこすりながらクリスチーナのもとへ届けた。

「あたしはあの女性を高く評価します。正しく評価しています」彼女は真面目に言った。

「それをあなたにお伝えできて嬉しいわ。知性も勇気も熱意もある女性よ。彼女はあたしをまったく評価してくれません。でも問題はありません。だって、善良な女性が嫌うには何かもっともな理由があるのでしょうから」

「ミス・ガーランドに機会を与えれば、喜んであなたの友人になるでしょう」ローランドが言った。

「機会を与えれば、ですって？　あたしは与えましたよ。彼女はそれを活用しさえすればよかったのです。あたしが、あなたのことが大好きですと言ったら、彼女は不愉快なことを聞いたように眉をひそめたの。眉をひそめたお顔は、とてもきれいに見えました」クリスチーナはそう言ってから立ち上がり、マントをはおった。「あたしは女性を好きになることはあまりありません。実際、女性一般は好きではありません。でもあの人のことはもっと知りたいのです。できれば友だち関係を結びたいと思います。女性との交友も楽しいでしょう。でも駄目かしら。先方が、できれば避けたいというのならやっぱり駄目でしょう。あたしのことをどう思うか、尋ねてみてくださいませんか。ぜひ確かめてください。でもあたしは答えを知りたくないから、あなたの胸にしまっておいてください。本当に残念。これが人生なのね。よく『宿命だ』とか言うでしょう？　好きでもない人を喜ばせ、好きな人を不愉快にするのが人生なのね。しかし、あたしは彼女の良さを認め、正当に評価しています。それが一番重要よ。それがあたしに可能なのは、想像力があるからよ。彼女には全然ないわ。でもかまわないでしょ、他に欠点がまったくないのだから。正当に評価していています。そしてあなたのことも理解しています」クリスチーナは小声でそう言いながら、目ではマダム・グランドーニを探していた。戸口にいるのを見つけると、ローランドに手を差し出し別れの握手をした。そして、じっとローランドを見つめたが、そのきらきら輝く目の美しさはこの世のものとは思えなかった。「そうよ、あたしはあの方を正当に評価しています。でもあなたの彼女への評価はそれ以上だわね。彼女に自分の命を捧げているのだから」そう言葉を残したまま、振り返り、彼が返事をする前に立ち去った。それからマダム・グランドーニの所に行き、握手してから、額を差し出してキスをしてもらった。次の瞬間、姿はもうなかった。

「幸運な偶然でしたわ」マダムが言った。「クリスチーナが今夜ほどきれいに見えたことはなかったでしょう? おかげでパーティが盛り上がりました」

「きれいだったのは事実ですけれど、偶然ではなかったのです」ローランドが言った。

「偶然でないのなら、何なの?」

「計画的な訪問でした。メアリ・ガーランドに会いたかったのです。彼女がここにいるのを知っていたのです」

「どうして知ったの?」

「ロデリックから聞いたのでしょう」

「どうしてメアリ・ガーランドに会いたかったのです?」夫人が尋ねた。

「神のみぞ知る。わたしには見当もつきません」

「悪い女ね」マダム・グランドーニが小声で言った。

「いえ、今夜はそうおっしゃらないで。彼女はあまりにも美人だから」

「まあ、男の人って！　善良なあなたでも美人に弱いのね！」

「では言い換えましょう。彼女はあまりにも善人だから」

第二十章

翌日、ローランドは機会をとらえてメアリにクリスチーナをどう思ったか尋ねた。ボルゲーゼ公園内の美術館で美しい大理石彫刻が一般公開される、土曜日の午後のことだった。その展示を見にロデリックがミセス・ハドソンを連れていくと約束したのをメアリから聞いたので、ローランドも参加しようと、美術館で三人に合流したのだった。気候が暖かくなり、観光客は皆ローマを去った後で、四人でその場をほぼ独占できた。ミセス・ハドソンは息子に腕を取ってもらっていたのだが、それでも磨かれた大理石の床で滑るのではないかと怖がっていた。そのため、夫人は両手を組んで椅子に座ったまま、展示のために覆いを取り外した異教の像をおそるおそる眺めながら、三人が最初の部屋を見物して戻ってくるのを待つことにした。ロデリックは一人で別の部屋を見て回っていた。苛立ちを見せ、眉をひそめていたが、それは作品を鑑賞したい気分と心の動揺との葛藤のせいであろう。メアリはロデリックとは逆方向にゆっくり進んだ。ローランドの目には、彼女も心穏やかならぬように見えた。ガイドブックを開いているが、それはただ習慣でそうしているだけだった。ローランドが側に行くと、まもなく彼女は疲れたようにソファに座り、ガイドブックも閉じてしまった。クリスチーナの印象を突然尋ねたのは、その時だった。

メアリはその質問にいささかたじろいだ様子だった。ひょっとすると、ちょうどその時、クリスチーナのことを考えている最中だったのかもしれない。

「好きではありません」彼女はそっけなく言った。

「どういう人だと思いますか？」

「誠実でないと思います」苛立ちも辛辣さもないが、非常に強い口調だった。

「彼女は、あなたを喜ばせようと望み、実際そのように努めているように見えましたが……」ローランドは間を置いてから言った。

「そうでしょうか？　あの方はご自分の好奇心を満足させたいと思っただけです」

ローランドはこれに反論しようとは思わなかった。メアリとは、サンピエトロ大聖堂での出会い以後、クリスチーナについて話し合ったことはなかったのだが、メアリは恋をしている女の第六感でこの不可解な美女には自分を傷つける力があると察知したのだ。どれほど傷つける意志があるかは、彼女も察しえなかったが、とにかく昨夜の出会いでは警戒が解けなかったようだ。このような状況では、クリスチーナを貶すのも弁護するのも、ローランドには不相応に思えた。それゆえ、メアリがクリスチーナに不快な印象を与えられたと聞き出せただけで満足するしかなかった。そこで話題をフレスコ画や彫像に転じたのだが、今日のメアリには美術への関心はないようで、別のこと、つまりクリスチーナについてもっと知りたいようだった。だがそれをためらう理由もいろいろあった。ローランドに訊くのは、ロデリックがこの件に関して何も話してくれないのを認めることになるし、また、クリスチーナに嫉妬していると取られるのはプライドが許さなかった。彼女は数分間、傘の先端で館の美しい敷石を突きながら座っていた。プライドと不安が争っているようだった。そして結局、不安が勝った。

「ミス・ライトのことをよくご存じですか？」

「よく知っているとは言えませんが、何度も会っていますよ」

「好きですか？」

「そうでもあり、そうでなくもあります。気の毒に思っています」

メアリは、敷石に視線を落としていたが、急に顔を上げて言った。「気の毒？　なぜですの？」

「そうですね、彼女は不幸なのですよ」

「何か辛いことでもあるのですか？」

「そうですね、母親がとんでもない人で、ひどい育てられ方をされました」

メアリは一瞬沈黙した。それから、「あの方、とても美しくありません？」

と言った。

「あなたはそう思わないのですか?」ローランドが言った。

「女性の美しさは男性の考えしだいじゃありませんか?　あの方、とても賢い人でもありますね?」

「そうですとも。男の考えですが」

「美しい衣装をお持ちですね」

「何着も」

「上品な身のこなしも」

「ええ。常にというのではありませんけれど」

「とても裕福で」メアリが言った。

「そのようですね」

「多くの方に賛美されています」

「そのとおりです」

「イタリアの公爵と結婚することになっていますね」

「そういう噂です」

メアリはミセス・ハドソンの側に行こうとして立ち上がり、ローランドの説明には意味深長な無言で応じた。ようやく最後に「気の毒だなんて!」と言った。発言に皮肉がこめられているのは明白だった。

次の日の夜遅く、メイドが訪問客の名刺を持ってきた。こんな時間の訪問には驚いたが、名刺を見てほぼ合点がいった。騎士ジュゼッペ・ジャコーザとあったからだ。マダム・グランドーニ家でのパーティにクリスチーナが突然出現したことと関連がありそうだ。クリスチーナ問題でジャコーザが訪問したのに違いない、とローランドは思った。

何か重大な用事で来たのは明白だった。顔が蒼白で、ひどく真剣な表情だったからだ。冷たく黒い小さな目は熱を帯び、いつもの追従笑いは影をひそめていたが、それでも挨拶だけは、いつもどおり丁寧で落ち着いていた。

「お訪ねするよう一度ならずおっしゃっていただいていたのですが、これまでその機会を持てず失礼いたしました。この冬は非常に忙しくて自由な時間がございませんでした」ローランドは「遅くともしないよりまし」に相当するイタリア語の熟語を思い出してそう伝えた。そして座るように促し、葉巻を勧めた。客は葉巻の香りをそっと嗅ぎ、お差し支えなければ頂戴して後で味わわせてくださいと言った。重大な用件で来たので、ゆっくり葉巻を楽しむ余裕がないのだろうとローランドは推察した。「実を言いますと、お訪ねしたのはわたし自身の用事ではなく、間接的には関係があるにはあるのですが、ミセス・ライトの使者——特命公使——として派遣されたのです」

「ミセス・ライトのお役に立てるなら、喜んで何でもいたします」ローランドが答えた。

「ではさっそく申し上げますが、ライト家は今混乱状態にあります。奥様はとても悩んでいらっしゃいます。ひどく苦労されています」そう聞いて、ローランドはその悩みは五千フランくらいの借金で解決できる種類のものだろうかと想像した。しかし客は予想外のことを言い出した。「ミス・ライトが大罪を犯したのです。母親の胸に短剣を突き刺しました」

「短剣ですって！」ローランドが叫んだ。

ジャコーザは指を横に振り、否定した。「比喩で申しております。公爵との結婚を破棄したのです」

「破棄した？」

「それも突然です。公爵を追い出しました」ジャコーザはそう言いながら腕を組み、ローランドに不可解な視線を向けた。信じられぬことだが、その視線の奥に皮肉あるいは勝利の輝きがあるようにローランドには感じられた。しかし表面的には、ミセス・ライトの苦境に同情する使者としての性格を疑わせるものは一切ない。

ローランドは破棄の知らせを一種の激しい不快の思いで聞いた。マダム・グランドーニ家のパーティにおけるクリスチーナの異常な穏やかさの不吉な裏返しに思えた。パーティではあまりにもまっとうすぎる様子だったが、内面は異なっていたのか。あの時のメアリへの穏やかさと今の反逆がどう関係するのかは不明だが、関連ありだと直感した。彼女がメアリに会わなかったならば、公爵との婚約はそのままだったかもしれない。メアリにいささかの嫉妬を覚え、いたずら心から、彼女が婚約者の身分に安住しているのを脅かしてやりたくなり、公爵夫人になる輝かしい未来を放棄したのか？　そんな想像は途方もないことに思えた。しかしクリスチーナに初めて出会った時の「危険な女」という印象を思い出した。彼女は自分の破局が及ぼす影響を計算していたのだ。今はほくそ笑んでいるに違いない。三十分ほどの間、ローランドは彼女に不快感を覚え、面と向かって非難してやろうかとさえ思っていた。しかし実際にジャコーザに言ったのは、ただ一言、非常に残念ですね、という言葉だけだった。そして「驚きませんが」と付け加えた。

「驚かないですって？」

「彼女の場合にはどんなことでも起こりえますから。違いますか？」

ジャコーザの皮肉な顔に一瞬変化が見えたが、無言だった。そして、「すばらしい結婚でしたのに」とようやく言った。「わたしが尊敬する人物は多くないのですが、カサマシマ公爵は尊敬しております」

「非常に名誉ある若い方だと存じています」

「はあ、まだ若いのですが、古くからの伝統を引き継いでいらっしゃる。今は失望のあまり、ひょっとすると頭を撃って自殺なさっているかもしれません。一族の最後の方です。名門ですが、ミス・ライトが終わりにすることになりましょう」

「彼女は終わりにするつもりなのでしょうか？」

この時ジャコーザは明確な微笑を浮かべたが、彼の態度が平常とは違うという印象は変わらない、とローランドは感じた。「あなたはミス・ライトを注意深く観察されてこられましたな」ジャコーザが言った。「さて、用件ですが、ミセス・ライトはあなたのお知恵と親切心を高く評価していらして、娘に大きな影響力をお持ちだと信じていらっしゃいます」

「わたしが、ミス・ライトに影響力を？　まさか」

「ご謙遜なさいますな。奥様は、事態はまだ修復可能で、クリスチーナはあなたの言葉になら従うと信じておられます。それゆえ、取り返しがつかなくなる前に、いらしてくださるようにお願いしています」

「しかしですね、これはわたしには無関係なことじゃありませんか。そんな重大な事柄に責任を取ることはできませんよ」

ジャコーザは視線を床に落として、一瞬考えをめぐらせた。やがて顔を上げて、「遺憾ながら、クリスチーナの周囲には尊敬できる男性がおりません。父親はいませんし」

「おまけに母親は完璧な愚者ときている」ローランドは憂さ晴らしに大胆に言ってのけた。

ジャコーザは蒼白で、これ以上青くなりえないのだが、この時ばかりは、血の気がすっかり失せた。「奥様はそういう方ですが、あなたに必死に嘆願されているのです。美しい方ですのに、身だしなみを忘れ、涙を流し、絶望して、服装も整えずにあなたを待っています」と言った。ローランドは、ミセス・ライトの身なりかまわぬ姿を目撃することなどに興味を感じなかったが、クリスチーナに面と向かって母親へのひどい仕打ちを非難するのは、さぞいい気分だろうと想像した。

「それから、奥様はハドソンさんのことでもご相談したいとおっしゃっています」ジャコーザが付け加えた。

「お嬢さんの婚約解消はロデリックと関係があると奥様は見ていらっしゃるのですか?」

「密接にあると思っていらっしゃいます。ハドソンさんにローマから出ていっていただきたがっています」

「彼を追い出すにはローマ教皇からの命令書でも取らなければ無理です。わたしの手には負えません」

ジャコーザは丁重に同意した。「奥様も令嬢について同様なことで嘆いていらっしゃいます。明日にでもローマを離れたいのに、クリスチーナは一歩も動こうとしません。彼女の場合は教皇の命令書がきたところで駄目です」

「非凡な令嬢ですな、まったく」ローランドは苦々しく言った。

しかしジャコーザは立ち上がり、冷静に対応した。「芯の強さはたいしたものです」

クリスチーナの強情さに困っているくせに、彼女に芯の強さがあるのを喜んでいる。これには何か理由があるのだろうか？　ローランドがその点の矛盾を問いただそうとした時、ジャコーザが言葉を続けた。「しかし、結婚がまだ破綻から救えるものなら、そうすべきです。すばらしい結婚なのですから、何とか救いたいのです」

「ミス・ライトの強情を抑えれば救えるとおっしゃるのですか？」

「ミス・ライトは、いくら強情であっても、いずれは公爵を受け入れることになるのです」

「神様がそれを叶えてくだされればいいが」ローランドが言った。

「神様がそれと関わりを持つかどうかわたしには不明です」ジャコーザが真面目な顔で応えた。

ローランドが疑わしそうな目を向けると、ジャコーザは、その点には触れないでとでもいうように、口に指をあてた。そして、ローランドが翌日ミセス・ライトの家に参上すると約束すると、まもなくして引き上げていった。一人になったローランドは、いろいろ考えた。クリスチーナの大胆さ、クリスチーナの天邪鬼、ロデリックの予測できぬ未来、メアリ・ガーランドの明らかな苦悩、ジャコーザの曖昧な態度などなど。

翌朝、ローランドはまず、遠出の約束をしていたアメリカから来た二人の女性に、ミセス・ライトを訪問するため取り消さねばならぬことを詫びに行った。ホテルに着くと、ロデリックの母は涙を流して座っていた。何やら膝に手紙らしいものを開いていた。メアリ・ガーランドは窓辺に座っていて、ローランドを認めると心配と親しみとの混じった目を向けた。ミセス・ハドソンはすぐに椅子から立ち上がり、手紙を持ってローランドに近寄ってきた。

「息子は一体全体どうしたのでしょうか? もし病気なら、お願いですから、息子のもとへ連れていってくださいませ」

「ご心配には及びません。病気ではありませんよ。それは何ですか?」

「ひどい手紙です。一週間会えないと書いてあります。あの子の家へ是が非でも行きたいのです。心配で、心配でなりませんわ」

「家に行かれる必要はないと思いますよ。どうして手紙が届いたのですか?」

「一緒に出かけることになっていたのです。ええと、何とかいう所、そう、チェルヴァーラにね。昨日の朝約束したのです。夕飯に来ることになっていたのに、来なかったのです。それで今朝になってこの短い手紙が届きました。心配です。お読みになりますか?」

ローランドは手紙を受け取り、六行ほどの文に目を通した。「チェルヴァーラには行けない。他にすることがある。ここ一週間は忙しいから、その間は会えない。ぼくに会えなくても心配しないで。R.H.」

「何だ、これなら大丈夫です。ロデリックは、仕事を始めてそれに熱中しているだけです。これはむしろよい知らせです」そう言ったものの、ローランドにも自信はない。しかし、ミセス・ハドソンを不安なままに放っておくことなどとうていできなかった。メアリがこの説明にまったく納得せずに、窓辺から近寄ってきたので、さらに自信があるような態度を取らねばならなかった。

「息子は夜には仕事をしないのだから」ミセス・ハドソンが言った。「昨夜、せめて五分くらい来てくれたってよかったのに。どうしたら、こんな冷淡な手紙を母親とメアリに書けるというのでしょう？　わたしたちがあの子のどんな気に入らないことをしたというのかしら？　すべてはこの邪悪で、影響力の強い、異教の土地のせいです」抑えていたローマへの不信が一気に激しくあふれ出た。「マレットさん、あの子は熱病にかかっているのです。熱に浮かされているのですよ」

「そうではないと思います」メアリが落ち着いた口調で言った。

彼女がローランドから視線を外さぬため、二人の目が合い、ローランドは目をそらした。そういう自分に腹立ち、混乱をごまかすために床を見て考えているふりをした。しかしロデリックのせいでなぜ自分が恥じ入る必要があろう？「お聞きください、令息のことはもう諦めます。わたしはお役に立てません」と思わず言いそうになった。しかし思い直した。ライト家に行き、クリスチーナに言うべきことを早く伝えなければという気持ちのほうが強かった。帽子を手にした。

「ロデリックの所に寄って、無事を確認しておきます」大声で言った。「諦める」と言わないでよかったと思った。帰りしなにメアリを見ると、目には不安があったものの、眼差しは厳しくなく、ローランドを非難しておらず、親しみがこもっていたからだ。

ローランドはロデリックの住居へ急いだ。早い時間なので、アトリエよりも捕まえやすいと思ったのだった。はたして、ロデリックは居間にいた。暑さを避けるため、部屋の中を暗くしていた。カーペットも取り除かれ、しみのあるコンクリートの床に水がまかれ、香りの強い花々がまき散らされていた。ロデリックは白いドレッシングガウンを着てソファに横たわり、フレスコ画が描かれた天井を眺めていた。部屋は涼しくて心地よく、周囲にバラやすみれの香りが漂っている。いつもと変わった雰囲気だったが、ローランドは気に留めなかった。

「母上が君の手紙で病気ではないかとひどく心配されている。それで、確かめに来たのだ。ぼくは病気だとは思わなかったが」

ロデリックは、友人に向かって頭をわずかに動かす以外、じっとしたままだった。大きな白バラをしきりに鼻に近づけては嗅いでいた。部屋が暗いので顔色は青白くみえたが、きれいな目だけはきらきら光っていた。その目をじっとローランドに向けると、その姿はどこか座禅を組んだ仏教徒のようであった。ローランドの訪問によって、ようやく瞑想の対象が現世に戻ってきたようだ。「病気じゃないよ。むしろ元気いっぱいだ」と言った。

「あんな手紙を受け取り、おまけに君が姿を見せないから、母上は大変心配していらっしゃる。すぐ行って、安心させるといい」

「すぐ行く？　行くことが行かないよりも不親切になるというのが分からないの？　だから今は行かないほうが親切だと思う」そう言って大きなバラの香りを吸い込み、ローランドをじっと見た。「行ったら失礼になるもの」

「失礼？　説明してくれ。いったいどういう意味だ？」ローランドが言った。

「特にメアリに対してだよ。今のぼくの至福状態を見せたら気の毒だと思わない？　そうでしょう？　彼女と母の気持ちを傷つけるのはよくないでしょう？　昨夜ある知らせを聞いたんだ」

「ぼくも聞いた」ローランドは短く言った。「君がこんなふうに寝ているのは、嬉しいニュースを聞いたからなのかい？」

「両極端は一致する。うんと悲しくても起き上がれないけど、すごく嬉しくても起きられない」

「どうやってその情報を得た？　ミス・ライト本人から？」

「いやいや。彼女のメイドからさ。メイドはぼくにも親切なんだ」

「カサマシマ公爵の損は君の得というのは確かなのか？」

「何であれ、確かだという言い方はぼくの好みじゃない。傲慢は嫌いだ。不滅の神々を怒らせたくない。だからおとなしくしているんだ。でも嬉しくてたまらない。しばらく様子をうかがって待つつもりでいる」

「その後は？」

「クリスチーナが、公爵を追い出したのはぼくが彼女を愛していることを思い出したからだ、と告白することになるだろう」

これに対して、ローランドは、「ぼくはこれからミセス・ライトを訪問するところだ」とだけ言った。

「羨ましいな」ロデリックは落ち着いた口調で言った。

「夫人はぼくが令嬢に影響力があると思い込んでいて、ジャコーザを使者として寄こしたのだ。クリスチーナをどこまでぼくが説得できるのかは不明だが、君の利益になるようなことは言わないつもりだ。予め伝えておく」

ロデリックの目が少し光った。「どうぞご勝手に」

「君が卑劣な人間だと夫人に言うことになるだろうが、そのとおりだから仕方ない」ローランドが言った。

「あなたのいい所はいつだって信頼できることだ。友人を裏切るようなことは絶対口にしないから」

「君がここでごろりと横たわり、バラの香りを嗅ぎ、甘い夢を見ている間、母上とミス・

ガーランドは悲嘆に暮れている。それでもいいのか？」

「じゃあ、会いに行ってぼくの幸福を見せつけてもいいと言うの？　ぼくが今の幸福な気分に慣れるまで、ちょっと待ってほしいんだ。母たちには悪いことをしたけど、傷つけたうえに侮辱まで加えたりしないだけの礼節は心得ているつもりです。ぼくは大ばかかもしれないけど、今は幸せを嚙みしめていたい。幸福感を隠すのは不可能だし顔に出てしまう。そうすれば二人は不愉快に思うだろう。だから、危険人物のように蟄居するのさ」

「君の幸福感が減らず、危機感が大きくなることがないようにと願うことしかできないな」

ロデリックはバラの香りを嗅ぎながら再び目を閉じた。「万事神の思し召すままに」

この言葉を潮に、ローランドはようやくミセス・ライトの家に向かうことになった。家に着くと、待ちかまえていた夫人がすぐ出迎えた。ジャコーザが昨夜ローランドを訪ねた後、夫人は少し落ち着きを取り戻したものの、まだ興奮状態が残っていた。難破して溺れかけ、ローランドが海に浮かぶ唯一の帆柱であるかのように、すがりついてきた。たとえ感心できない理由によるものであれ、激しい悲哀には同情すべきものがある。ローランドは憐れみを覚えた。憐れみは愛情に類似するとどこかの作家が言ったそうだが、彼は夫人の大きな野心に対して、これまで以上に寛大な気持ちになった。

「娘に言ってやってください。頼んでください。命じてください」夫人は押しつけがましく、両手を振り回しながら激しい口調で言った。「あの子は、何を言っても聞き入れません。わたしたちの言葉を噴水の音くらいにしか思っていません。もしかすると、あなたの説得には応じるかもしれません。あなたには常に好意を抱いていましたから」

「わたしのことは嫌っていらっしゃいましたよ」ローランドは言った。「しかし今はそんなことはどうでもいいです。来るようにとおっしゃったので参上しました。お力になれるからではありません。わたしにはお嬢さんを説得することなどできません」

「何てむごいことをおっしゃるの。あの子を諫めてやって。そうしてくださるまではお帰ししません」夫人は激しながら言った。「こんなに惨めな女を見て助けるのを拒むなんて。こんな身なりですけど、尻込みなさらないでください。自分がどんな服装をしているかなどかまっていられません。このままで行けば、わたしたちは案山子（かかし）のように惨めになります。絶望し、悲哀に暮れ、血迷った女がお願いしているのです。どこからお話ししたらいいものやら。これまでずっと長い年月、わたしは毒蛇を大事にしてきたのです。あの子は、急に襲ってきて実の母親にかみつく蛇です。散々苦労し、祈ってきたのに。骨身惜しまず、世間の嘲笑に耐え、すべてあの子のためにと頑張り通してきたというのに。その果てに、こんな目に遭うとは。こんなに残酷なことはありえません。神も許されるはずがない。わたしは信心深いのです。神様はわたしをご存じです。神が信心の報いに美しい子を授けてくださったのです。あの子のためなら、わたしは地面に這いつくばり、踏みつけられてもかまいませんでした。あの子が欲しいと言えば、この目玉さえ与えてやってもいいと思いました。ところがどうでしょう？　ひどい、情のない、親不孝な娘になりました。マレットさん、あなたが唯一の味方です。他に頼れる人はローマ中に一人もいませんわ。信頼できる人はいません。わたしは、あなたをずっと尊敬してきました。最初にお目にかかった時、あなたが完璧な紳士で、どこにでもいる紳士とは全然違うとクリスチーナに申しました。どうか、失望させないでくださいませ。見放された気分でいます。世間の人たちは、わたしのパーティで飲食し、わたしの雇った楽団の演奏で踊ったりしたのに、誰一人苦境から救い出してくれないのです。パーティを開催するのに投じた費用を知ったら、誰だって少しは同情してくれてもいいのに。恩知らずの世間だわ、まったく」

血迷った怒りの発作の最中、ローランドは部屋を見渡して、次の間のソファに、どこかの王家の家令のような雰囲気で座っているジャコーザに気づいた。蒼白な顔で、じっと動かず、謎めいて見えた。

「奥様がハドソンのことを念頭に置いていらっしゃるのでしたら……」ローランドが言いかけた。

ミセス・ライトは顔と両手を上に向けた。「あの方のことはどうでもいいのです。昨夜クリスチーナが彼のことは気にしなくていいと申しました。彼のことを娘は少しも気にかけておりません。気にかけていたら、それなら理解できると思うこともあるくらいですけれど。でも娘が広いこの世で一番望んでいるのは、自分の邪悪な意志をつらぬき、母親を苦しめ残酷に恥じ入らせることだけです」

「お嬢さんがそうであれば、わたしは何のお役にも立ちませんし、こちらへの訪問自体が出すぎたことです。わたし自身、お嬢さんに申し上げたいことはありますが、カサマシマ公爵をお薦めするのは遠慮します。とうてい、わたしの手に負えません」

ミセス・ライトは怒りのあまり泣き出した。「あの方が公爵という身分だからなのね！　名門で、大富豪だからでしょ？　それであなたは彼を妬み、憎むのね。世間にそういう人がいるのは知っていましたけれど、あなたまでその一人だとは。マレットさん、一肌脱いでください。あの方の恵まれた身分を許し、正しいこと、理にかなったことをなさってください。悪いのは彼でもないし、わたしでもありません。公爵はこの世で一番善良で親切な青年です。道徳の面でもまともな方です。仮にぼろをまとっていたとしても、わたしは同じようにほめ称えます。大事なのは、まず人柄で、金銭は次ですもの。それがわたしのモットーです。嘘だと思われるのなら、ジャコーザに聞いてごらんなさい。わたしが、不道徳な男にクリスチーナを渡すとお思いですか？　大事な娘——たとえわたしに喜びを与えてくれなくなったとしても——自分の娘をとかくの噂のある男に渡すとお思い？　公爵は非の打ちどころがない方です。ヨーロッパのどこにも見当たりません。あの方がこの家でどんな扱いを受けたか、名も身分もない農民でさえ耐えられないものでした。クリスチーナはあの方に対して犬にもしないような仕打ちをするのです。軽蔑し、ぞんざいに扱い、意地悪をするのです。公爵はあちらこちらへ追いやられ、最後には自分の居場所が分からなくなってしまいました。今あなたが立っている所に蒼白になり涙を浮かべて、途方に暮れて立ち尽くしていました。名門で大富豪で献身的な愛を持つ方がですよ。それを見たわたしは、ひざまずいて『公爵様、わたしはあなたのいらっしゃる地面にキスしたい気分です。でもこの家にいらしてこういうひどい目に再び遭われるのを黙認するのは忍びないです。もういらっしゃいませんように』と申したのです。でもあの方はまた現れたのです。何度でも。そのたびに、侮辱されたのですけど、また現れて、クリスチーナとの結婚をそれまで以上に望むのです。わたしがお相手をして、クリスチーナへの想いを全部聞きました。わたしが娘の失礼を叱責しようとすると、公爵は許すようにと願いました。どう思われますか？　一度わたしは公爵を抱きしめてキスしました。本当です。公爵がそんな状態だと分かり、わたしを憐れんだ天国の天使たちがようやく結婚の承諾という贈物を与えてくださったかと信じた矢先に、こんなことになってしまって。こんな仕打ちは敵にも味わわせたくありません、本当に」

「お話を伺うと、公爵のためにも介入するのをお断りすべきだと思います」ローランドが言った。

ミセス・ライトはゆっくり涙をぬぐいながら、ローランドを厳しく見すえた。悲しみと怒りが強烈なあまり、夫人の物腰には一種の威厳がにじみ出ていて、ローランドは自分の発言が皮肉めいたのを恥じた。

「分かりました。あなたは良心的な方だけど、同情心は弱いのね。ご立派な良心だこと。それでご満足でしょうよ。神よ、お助けを！　あなたまで援助をお断りになるのでは、万事休すです。でもわたしも、これまで争いごとに打ち勝ってきたのだから勇気もありま す。ここで降参などするものですか。ジャコーザ、来て頂戴」

ジャコーザは立ち上がり、いつものように速やかにやってきた。何も言わずにローランドと握手をした。

「マレットさんはこの件での仲介をお断りになりました」夫人は言った。「時間が迫っているわ。一分も無駄にできません。公爵が今何をなさっているか分かったものじゃありません。頭のよい女ならどれほど醜くても今の公爵ならものにできます。さあ、それを阻止しなくては！　考えただけでもぞっとする」

ジャコーザはローランドを凝視した。昨夜も奇妙に見えた目つきが一層不可解になっている。ローランドに頼み込もうという熱心さと皮肉な歓喜とが入り混じった異様な目つきだ。

ローランドは眼前に展開する劇的な出来事に、今また何か新たな要素が加わったのを漠然と感じた。ジャコーザから夫人に目を転じると夫人はまだ涙の残る目で怒ったように床を睨んでいた。

「もし諫めの言葉をクリスチーナに言っていただければ」ジャコーザが低い、温和な、やや押しつけがましい声で言った。「思っていらっしゃるよりはるかに役に立つのですがね。幾人かの苦しみをやわらげてくださることになるのです。まず奥様、それから特にクリスチーナ。加えてよければ、このわたくしも」

この控えめな願いには非常に心を打つものがあった。ローランドは以前から正体不明のジャコーザに関心を寄せていたのだが、この発言にその生涯の謎めいた曖昧さが色濃く表れていると感じた。ジャコーザを眺めている間に突然ふとある考えが浮かんだ。奇妙な考えだったので、ローランドは視線を夫人に転じず、ジャコーザを眺め続けた。浮かんだ考えで心が動揺し、それを隠すように、「わたしの説得などお嬢さんには役立たずでしょう」と先ほどの言葉を繰りかえした。

ジャコーザは一歩進み出てローランドの胸に二本の指を置いた。「真実を知りたいとお望みですか？　ミス・ライトは誰の言うことも聞きません。例外的に、あなたの発言にだけは耳を傾けるのですよ」

ローランドにとっては驚きの連続だった。「それでは、もし言えることがあれば、言ってみましょう」と請け合った。この時、思い切ってミセス・ライトを見た。夫人はローランドの様子を横目で観察していたらしく、今の彼の発言を聞いてがっかりしたようだった。

「あなたが失敗しても、わたしたちにはまだ打つ手があるでしょう。でも、とにかく急いでください」夫人が言った。

ミセス・ライトがそう言った時、短く鋭いうなり声が聞こえてきた。皆がそちらを見ると、クリスチーナの真っ白な愛犬が大きな応接室の真ん中にいた。大事なご主人様の気分を害そうとする者どもに抗議をしようと頭を下げてうなっていたのだ。賢い犬だというクリスチーナの言葉は正しかった。驚異的な利発さだった。護衛の先兵を務めているのだ。

クリスチーナが隣の部屋からゆっくりと現れた。

「マレットさんのおっしゃることをよく聞くんですよ」母親が金切り声で言った。「そして聞いたことをじっくり考えるのです。マレットさんに私心がないのは確かですよ。わたしは三十分後に来ますからね」ミセス・ライトはジャコーザを引き連れて、そそくさと姿を消した。

クリスチーナはローランドを厳しい目で眺めただけで挨拶はしなかった。顔面蒼白だった。不思議なことに、最初は美貌がいささか減じたかに見えた。しかしすぐに分かったのだが、美しさの性格が変わっただけだった。いつもより華麗さがわずかに薄れたとしても、悲壮な気高さが心を打つ。目の翳り、表情の厳しさ、顔をしっかり上げた姿は、退位させられた王や有罪の判決を受けた殉教者のものだった。「どうしてこんな時間にいらしたの？」彼女が言った。

「母上が緊急の用事だと迎えを寄こしたのです。あなたと話す機会を得て喜んでいます」

「あたしを助けるためにいらしたの？　それとも悩ますため？」

「お助けする力はないし、悩ます気もありませんよ。質問をしたいというのが主な理由で参りました。まず最初に、決心はもう変わらないのですか？」

クリスチーナは下で組んでいた両手をほどき、美しい仕種で勢いよく左右に広げた。決心は変わらない、そう表していた。

「もしメアリ・ガーランドに会わなかったら、結果は違っていたのでしょうか？」

その言葉に彼女は急に関心を示してローランドを見ると、「面白いわね。じっくりお話ししましょう」と言い、椅子に座り、隣の椅子を彼に勧めた。

「お答えにならないのですか」ローランドが言った。

「あなたにそんな質問をする権利はないわ。でも気の利いた質問ですから答えてあげてもいいです。ええ、彼女に会わなかったら、決心しなかったでしょうよ」

「そうだろうと想像して、昨晩、あなたに腹が立ちました」

「あらまあ。今は怒っていらっしゃらないのかしら？」

「怒りは弱まりました」ローランドが言った。

「少しでも、あたしに腹を立てるなんて。どういうことか、お話しになったらいかが？」

「心の中を正直に言おうとしても、あなたと面と向かうと、悪く言うのは難しいのです」

「どうして？」

「ご自身でお分かりでしょう？　でも昨夜想像したことなら、今言えます。あなたが意図的にミス・ガーランドに手ひどい一撃を加えたと思ったのです。そう考えて正しいでしょうか？」

「ちょっと待ってください」相手を見つめたまま、考えるように首を片方に傾げた。それから冷淡な美しい微笑を顔全体に広げ、そんなことはしていないと仕種で示した。「あなたがどうしてそんな推理をされたのか、見当はつきますけど、正しくありません。ミス・ガーランドを傷つけようなどと思いませんでした。もし苦しめたとしたら大変申し訳ないと思います。あたしが恐縮しているのを信じるとおっしゃってください」

最後の言葉はひどく率直だったので、ローランドは知らず知らずのうちに「ええ、信じます」と答えた。

「それでもね、ある意味であなたの推測はあたっています」クリスチーナが言った。「前にも言いましたけど、あの婚約者にひどく感心したのです。嫉妬したと告白してもいいですわ。あの方の性格に嫉妬したのです。『彼女があたしの立場だったらカサマシマ公爵と結婚しないだろう』と思いました。そう思わざるをえなかったのです。そう何度も心の中で繰りかえすうちに、そこから一種のインスピレーションを得たのです。彼女より自分が劣る――つまり彼女ならしないようなことをあたしはする――と思うのは不愉快でした。あたしは生来悪い女かもしれないけれど、意図的に悪いことをすることはないと思いました。その結果として、公爵に向かって、あたしはあなたにとって身分の低い召し使いかもしれないけれど、どうしても結婚はできません、と告げることになったのです」

「嫉妬したのは本当にミス・ガーランドの性格にだけですか？　つまり、他の……」

「遠慮せずにおっしゃって。正直に話し合っているのですから」

「彼女のロデリックへの愛情に嫉妬したのでないのは確かですか？」

「確かかと言われると答えにくいけれど、それでもそのことに嫉妬したのでないと言えます。二つ根拠があり、一つは話せます。彼女の愛情をハドソンさんがいささかも考慮していないことです。だとすれば嫉妬するはずがないでしょ？」

「もう一つの根拠は？」

「申し訳ないけど、それはあたしの秘密」

ローランドはそれを聞いて、困惑し、魅了され、刺激された。そしてまもなく言った。

「わたしはカサマシマ公爵がいかにすばらしいかをあなたに申し上げることを母上に約束しました」

彼女は鬱陶しそうに頭を振った。「公爵が立派な人であることはよく存じていますから、あなたがおっしゃる必要なんてありません」

「母上がひどく嘆いていらっしゃるのもご存じですね？」「母の嘆きようはこれ見よがしでしょ？　この二十四時間、あたしが極悪の女であるかのように罵っています」美そのもののクリスチーナがそこに座り、このように言うのを見ていると、畏敬の念に打たれて彼女に敬意を表さざるをえなくなってしまう。「ミス・ガーランドに対して、軽んじていたかもしれませんが、今は違います。真実を話しているのだから、公爵へのあたしの気持ちをお話ししましょうか」彼女は穏やかな微笑を浮かべて言った。「話は簡単です。あたしはあの立派な公爵を愛していないのです。公爵の身分の人を愛さないと決めるのには面倒な手順が要りました。先ほどインスピレーションを得たと言いました。インスピレーションは有効でしたが、その後決定にいたるまでの過程が大変でした。今お話ししますが、分かってくださるかしら？　まず、ローマには世間というものが存在するでしょう？　立派な、華麗な、力強い、興味深い上流社会が。それがいかなるものか、経験からあたしは知っています。長所も知っています。もしあたしが、あたしなりのこだわりがあっても、それを全部忘れさえすれば、世間とあたしは親しくなれるでしょう。あたしは世間の長所を知り、世間も、敢えて言えば、あたしの長所を知るでしょう。社交界の一員になれば、すばらしいことがいろいろあるでしょう。あたしは公爵夫人になりたいし、もしなれば、最高の公爵夫人になるでしょう。巧みにそれらしく振る舞うことだってできるでしょう。ぜいたくが大好きです。大宴会も、憧れの眼差しで人に見られるのも大好き。あたしは堕落しているし、人を堕落させるし、堕落そのものだわ！　大好きなものと別れるのは辛いの！　ああ、神のお恵みを！」彼女の声は大きく震え出し、両手で顔を覆い、そのまましばらくじっとしていた。これまで抑えていた激しい動揺が、彼女の人をからかうような態度の奥にひそんでいるのに気づいたローランドは、結婚を断る判断に至るまでの葛藤がいかに厳しいものであったのかを容易に信じることができた。彼女はつと立ち上がり、後ろを向いて数歩進んだところで止まった。そしてしばらくするとまた彼と向き合ったが、目には涙が浮かび、頬は紅潮していた。「でもご心配は無用よ。もう決定したのですから。それに固守します。あたしはここに」そう言って胸を指した。「あるものを持っています。自分ならではのもので、とても大事なものです。『理想』とでも呼べるものです。どう呼んでも結構。とにかくそれはカサマシマ公爵家のダイアモンドよりきれいに輝いています」

「お答えになれない秘密もあるそうですが」ローランドはしばらくしてから言った。「その決定がどういう意味か、ロデリックにとっていかなる可能性が生じたのか、できれば知りたいのです。彼に希望はありますか？」

「あなたにくわしく話せないことです、彼のことは好きです」

「彼が求婚したら、承諾なさるでしょうか？」

「もう求婚されましたわ」

「再度求婚したら？」

「今は誰とも結婚しません」

「ロデリックは大いに期待しています」

「公爵と別れたのを知っているのですか？」クリスチーナが尋ねた。

「知って大喜びしています」

クリスチーナはプードルを引き寄せて、白い毛をなで始めた。「彼のことは大好きだわ」また言った。「以前よりもね。聖チェチーリア教会であなたからいろいろ伺ってからとても好意を持っています。あの人にはすばらしいところがあります。何も恐れないところです。破滅とか死さえも恐れないのです」

「可哀そうに。不都合なほど、きれいな男です」ローランドが残念そうに言った。

「きれい、そうね。お気の毒ですわ」

「母上は先ほどあなたがロデリックのことは、少しも気にかけていないとおっしゃっていました」

「そうですよ。恋人としては気にかけていません。だって気の毒だと思う人を恋人にしませんもの。それに、きれいな夫なんて望む人はいないじゃありませんか。彼が恋人や夫以外の立場ならいいのにと思います。例えば、弟ならいいと思います。弟なら求婚してこないし。弟ならこちらが愛せるし、可愛がることができますわ。世話をしたり、世間の荒波から救えたりします。あたしのほうが強いから、世間と彼との間に立つこともできる。そうよ、ハドソンさんが弟なら、あたしは一生独身のままでいいわ」

「これまでに彼にそう言ったことはありますか？」

「ええ、あるでしょう。ずいぶんたくさん話しましたからね。ご希望ならまた言ってもいいですよ」

「そこまでしていただくことはありません」

彼女に対する苛立ちと同情を天秤にかけて重さを量ると、どうやら同情に傾くと感じながら、ローランドはそこでためらっていた。やがて、奥の部屋の戸口のカーテンが上がり、ミセス・ライトが現れ、部屋に入ってきた。途中で立ち止まって、娘とローランドをじろりと見た。どうやらローランドの説得は失敗だったようだと気づくと、服が乱れるのもかまわずせかせかと立ち去っていった。クリスチーナがこれから無理やり母親の言葉に従わされるのを思い、ローランドはぞっとした。愛のない結婚を拒否する決断には痛々しい努力と緊張があったのだ。それが俗悪な世間第一主義の心卑しい母親によってすべて手荒くないがしろにされるのは哀れだった。母と争うために娘は持てる度胸のすべてを必要とするであろう。このような状況の彼女にロデリックを救うために力を貸せと頼むのは不謹慎に思える。

ローランドは帽子を取りながら、「先ほど助けるために来たのかとお尋ねでしたね。どのようにあなたをお助けできるのか分かれば、喜んでいたします」と言った。

クリスチーナは考え込んで立っていた。それから顔を上げて、「六ヵ月前にあたしのことをどう思うか話すと約束してくださったでしょ？　それを今果たしてくださいな」と言った。

ローランドは微笑を浮かべずにはいられなかった。マダム・グランドーニはクリスチーナが役者だと強調していたが、この要求が彼女の格調ある演技をかいま見させたようだった。見せ場をつくり、手ごたえを感じたので、今はカーテンの穴から観客の反応を確かめているところなのだ。彼が微笑を浮かべるのに気づいて、彼女は赤面したが、その美しさでいかなる過失も大目にみることしかできないだろう。

「あなたは、すばらしい女性です」彼は自信を持って言った。それから別れの握手の手を差し出した。

パーティの夜、女主人公に誇りと喜びを与えていたミセス・ライトの家には、一続きにいくつもの部屋が並んでいた。玄関にたどり着くには数多くの部屋を通過してゆくことになるが、ローランドは最初の部屋の一つで、狼狽したミセス・ライトの待ち伏せにあった。

「どうでしたの？　娘は耳を傾けました？　説得できました？」彼の腕をつかんで夫人が言った。

「後生ですから、奥様、お嬢さんをそっとしておいてあげてください。立派に行動していらっしゃいます」

「立派に行動ですって？　そんなことしか言えないの？　まっとうな助言をしなかったのでしょう。二人で共謀してわたしを殺そうとしているのね」

ローランドは夫人を何とかなだめようとしたが無駄だった。お嬢さんに無理強いするのは、残酷だし愚かしいと説得しようとしたが、夫人は耳を貸さず、深い嘆きのあまり、荒々しい言葉で不満を言い、あげくの果てに、娘は自分の財産であって、ローランドが介入するのは出すぎた行為で許しがたい、などとさえ言った。失望のあまり、夫人は気が動転してしまって手に負えず、ローランドとしては即刻引き上げるしかなかった。

一分後、別の部屋で椅子に座っているジャコーザと出くわした。膝に肘をつき、頭を垂れて考え込んでいたので、挨拶をするために体を揺すらねばならなかった。ジャコーザはローランドを鋭く見て、クリスチーナとの話し合いの結果を尋ねるように首を傾げた。

ローランドは駄目だったと身振りで示した。するとジャコーザは長い溜息をついた。

「でもミセス・ライトはさらに圧力をかけることを決めたようです」ローランドが言った。

「そうせざるをえないのです」ジャコーザが言った。

「そうでしょうか？」

「わたしは奥様には反対しません」

「ひどく残酷なことです」ローランドが言った。

ジャコーザは肩をすくめた。「やむをえません。世知辛い世の中ですから」

「世知辛さの上塗りなどすべきではない」ローランドが言った。

「いったいどうしろとおっしゃるのです？　すばらしい結婚じゃありませんか」ジャコーザが反論した。

「あなたには失望しました」ローランドが言った。「クリスチーナの態度の気高さがお分かりかと思っていましたのに。彼女は公爵を愛していない。それを結婚するか否かの基準にしているのです。道義的に正しいと思います」

ジャコーザはローランドの手を握り、目をそらしたまま椅子から立ち上がった。それから彼を見ながら指を二本立てて言った。

「わたしには心が二つございます。一つはわたしの心、もう一つは奥様に代表される世間のための心です。世間の心は罰あたりの娘に怒っていますし、わたしの心はクリスチーナに感心しております。二つの心はぶつかり合っております」

「わたしには二つの心を持つ人など理解できません」ローランドが言った。「もとより、あなたを理解しているとは申しません。しかし、あなたは何か秘密のカードを切ろうとしているようですね」

「それは奥様のカードで、わたしのではありません」ジャコーザが言った。

「いずれにせよ、彼女を脅迫するのでしょ？」

「ダモクレスの剣[*]です。髪一筋でぶら下がっています。クリスチーナは剣がいつ落ちてくるかもしれぬと感じながら決断を撤回するかどうか考える時間を十分に与えられます。剣の刃には見知らぬ文字で何ごとかが書かれています。頭をいくら絞っても、何だか分かりませんよ」

＊ギリシャの故事。ディオニシオス王の廷臣ダモクレスが王の身分を賛美したので、王は廷臣の頭上に毛髪一筋で剣を吊るし、王の身辺は危険に満ちていると覚らせた。

「おおよその見当はつきました」しばしの沈黙の後ローランドが言った。ジャコーザはうつろな目でローランドをじっと見つめた。「もっとも、それが何のことだかわたしには分からない兆しもありますが」ローランドが言った。

「お暇の時にでも考えることですな」ジャコーザが言った。「あ、奥様だ。すぐ参らねば。あなたがカトリック教徒だといいのですが。もしそうなら、教会を見つけしだい、中に入ってこれからの半時間わたしたちのために祈ってくださいとお願いするところです」

「わたしたちとは誰のことですか？」ローランドが尋ねた。

「全員ですよ。とにかく、覚えておいてください、わたしがクリスチーナを可愛がっていることを」

ミセス・ライトの衣擦れの音がした。ローランドが帰ろうとすると、ジャコーザはすぐに夫人のもとに急いだ。ローランドはそれからの数日間、ダモクレスの剣のことを考え続けた。

第二十一章

ローランドはしばらくロデリックと会う機会がなかった。しかしミセス・ハドソンをすぐに訪ね、令息は健康も気分も上々である旨を知らせた。その後も夫人とメアリを数回訪ねたが、肝心のロデリックが一向に現れないので、二人を安心させるのにはあまり役立たなかったし、ローランドも訪問を楽しめなかった。メアリの不安げな表情は彼の気持ちと重なっていた。彼もすっかり落ち込んで、あたかも台風の到来を予感し、来るなら来い、悩みを全部吹き飛ばしてくれ、と祈らんばかりの気持ちだった。フィレンツェ行きが決まってから三日目の午後にはサンピエトロ大聖堂へ行った。何か不愉快なことがあるたびに、よくここを訪れる。心の悩みからローマ特有の大雨による災害に至るまで、ここに詣でれば必ず忘れ去ることができるのだった。聖堂の中を三十分ほども歩いていると、柱の陰に隠れている小柄な人物に出くわした。聖堂内の光景の移り行く場面を記録しようとスケッチブックに描き写している画家だった。まもなくその画家がサム・シングルトンだと分かった。

シングルトンは、スケッチしているところをローランドに見つかると、あたかも悪さをしている現場をおさえられた子供のようにばつが悪そうにスケッチブックをポケットにしまい込んだ。ローランドにとってシングルトンと会うことはいつでも楽しかった。暑い日に長い間歩き回った後、道端に冷たい澄んだ水が湧き出ているところに出くわしたようなすがすがしさを味わえる。コップなどないので、管に直接口をつけて飲むのだが、それだけで心が清められたような気分になるのだ。この時も飾らぬ彼に会えて喜んだのも束の間、明日ローマを離れると聞き、ローランドは残念に思った。今日は大聖堂に別れを告げにやってきたのだったが、名残惜しいので最後の印象をスケッチしているのだという。一生懸命に働いて、ある程度稼いだので、夏の休暇を取ることにし、スイス、それからドイツ、さらにパリまで足を伸ばし、秋には家族の待つ故郷に帰る予定だとのことだった。ローランドが前に聞いたところでは、彼の家族は銀行の出納係の父と五人の未婚の姉妹で、そのうちの一人は成人学校で女性の権利について教えているという。全員ニューヨーク州のバッファロー在住で、シングルトンのローマ滞在中、強く帰国を促す手紙を何度も送ってきたのだという。シングルトン自身としてはもう一年ローマに滞在したかったのだが、家族の意向に従うことにしました、ローマで描きためたスケッチを持ち帰れば、故郷でいつまでもこちらの風景を思い出して描くことができるので、帰国してもいい気になっています。そんなことを、二人はしばらく話題にして喋り、ローランドは、スイスでシングルトンと再会し、一緒に見物できればうれしいと言った。それに対してシングルトンは、バッファローの家族が彼をあてにしていて離してくれないので、何年もローマに戻れないでしょう、と伝えた。

ローランドが尋ねた。

「バッファローで暮らすことになるのですか?」中央会衆席の見事な通路を眺めながら、

「家族の意向しだいですが、そうなるでしょう」シングルトンが答えた。「故郷でも満足のゆく生活が送れると思います。あちらで成功できれば、ローマでほどではなくても、成功を誇りに思えるでしょう。絵描きとしての成功の話です。ローマで描きためたスケッチが九百点もあるんです。それを眺めて元気を出すことにします。それに、わたしにとっては、ローマにいられないのならどの土地でも同じことです。ローマ滞在を継続できる方が羨ましいです。マレットさん、グロリアーニさん、それからとりわけハドソンさんが」

「ロデリックを羨ましがることはありませんよ。彼には羨むような点は何もないのだから」

シングルトンは、この発言を悪意のない冗談だと思って笑った。「そう、あの方は当代きっての芸術家ですからね。マレットさん、彼を世に出したのがわたしたちだと考えると嬉しいですね」

「ここだけの話ですが、わたしは彼に失望したのです」ローランドが小声で言った。

シングルトンはあっけに取られたように口を開け目を見開いた。「これは驚いた。いったいどんな大成功を期待なさっていたのですか?」

本当に、自分は何を期待していたのだろうか? ローランドは自問した。

「白状しますが、わたしにはあの方の作品の良し悪しなど分かりません。ただ魅了されるだけです。偉人として尊敬するだけです」

「厳密にいえば、ロデリックは偉人とは言えませんよ」ローランドが言った。

シングルトンは真顔で、泣き出しそうな声で、「何かまずいことでもあったのですか? あの方が何か非常識なことでもしたのですか?」とおずおずと尋ねた。ローランドが答えるのを躊躇していると、「何かあったとしても、おっしゃらないでください。伺っても信じません。ローマでの芸術家仲間との生活の思い出の中で、あの方は最高ですから。あの方の制作された彫刻と同様で、美しい汚れのない人物として抜きん出ています」

「そうであるといいのですけど」ローランドは重々しく言った。海には大きな魚も小さな魚もいて、小さなほうはしばしば大きなほうに飲み込まれるものだと思い起こした。シングルトンは、午後には他の名所をいくつか再訪するつもりだと言うので、ローランドは同行を申し出て、一緒に聖堂の出口に向かった。するとその時、背後でローランドを呼ぶ声が聞こえた。振り返るとマダム・グランドーニのメイドだった。奥様がここにいて、マレット様にご相談したいことがあるということだった。

仕方なく、ローランドはシングルトンに別れを告げ、メイドの後についていった。祭壇の背後の信者席の階段を上がると、そこの空いた場所を独り占めするようにしてマダムが待っていた。磨き上げた赤い大理石の床にショールを広げて気持ちよさそうに座っている。急いで伝えたいことがあるようなので、足早に近寄ると、マダムもすぐに貴重な情報を語り出した。

「驚いて声を上げないでください。教会ですから。いくら大きな聖堂でも、気をつけてください。実は、クリスチーナが今朝カサマシマ公爵と結婚しました」

ローランドは声を上げはしなかったが、短く深い吐息をついた。「結婚したですって？今朝ですか」

「本日午前七時に数人の立会人のもとで、いとも静穏に結婚し、新婚夫婦はその一時間後にローマを発ちました」

数分の間、ローランドはこれはひどい話だと頭をかかえた。彼がちらと目撃した家庭内での劇が最後までそのまま進行してしまったのだ。クリスチーナの抵抗を信じていたのに！　屈服したのは、母親の圧力が抵抗困難な、よほど容赦ないものだったからに違いない。クリスチーナは、理想の実現を阻止され、愛さぬ夫を伴って、今後いかなる世界に転がり込むのだろうか？　ローランドは身震いを禁じえなかったが、ただ想像することしかできなかった。何よりも彼女に同情したのだが、彼は次に公爵にも同情した（このことは作者として述べておく)。マダム・グランドーニは、不可解な出来事――公爵との婚約の破棄、さらに突然の呼び出し、慌ただしい結婚――の生じたいきさつに強い好奇心を示し、ローランドから事情を聞きたがった。そこでローランドは「知っていることはお話ししましょう」と言って、先日、ミセス・ライトの家へ行き、最初は夫人とその後はクリスチーナとさらにジャコーザとも話し合ったことなどをくわしく語った。

「よく分かったわ。興味をそそられるお話ね。でも納得しにくい、謎めいた点がいくつもあります。事情をあれこれ推測しても何とか理解できるのはその半分だけだわ」マダムが言った。

「そうですねえ。わたしは誰も非難したくありませんが、いくつか推理をしてみました。マダムのおっしゃる二、三の謎を解くには役立つかもしれません」ローランドが言った。

「謎の一つは、ジャコーザがこの問題にどう関わっているかです。わたしは、そのことが前から気になっていました」マダムが言った。

「二十三年前にアンコーナで、ミセス・ライトが不倫をしたのだとすれば、彼の役割が説明つきませんか?」ローランドが言った。

「なるほど。アンコーナでの生活は退屈で、ミセス・ライトは元気いっぱいだった。そしてジャコーザも、まあ二十三年前は魅力的だったということかしら。ミセス・ライトから持ちかけただけでなく、彼のほうもミセス・ライトに魅せられたというのが公平な見方でしょう」

「ジャコーザは世間にすべてを秘密にしておく埋め合わせとして、クリスチーナを溺愛することはできましたね」ローランドが言った。

「当然ね。でもどうしてクリスチーナが気づかなかったのかしら?」

「気づきそうになったとしても、母親がジャコーザを侮蔑的に扱うのを見て、まさか彼が父だとは思わなかったのでしょう。ミセス・ライトは、ジャコーザ相手に短時間にしろ夫を裏切った埋め合わせに、その後の二十年間ジャコーザを侮辱すれば自分の良心を満足させられる、という変な理屈を考え出したのでしょう。こうして夫人は不倫についての秘密を守ることができた。しかし夫人は、秘密は、何かに利用しなければ、いくら守っても守った甲斐がないのではないかと思っていたのです。するとついに、秘密を利用する機会が訪れました。『内輪の恥』を娘に明かし、娘にパニックを起こさせたのです」ローランドが説明した。

「でもよく分からない点がまだあります」マダム・グランドーニが言った。「でも、すさまじい

「わたしも道徳的な意味では理解できません」ローランドが言った。「わたしは、その場面を想像してみました。ミセス・ライトがクリスチーナに真相を打ち明けた直後の場面です。気の毒に、ジャコーザは死人のように蒼白になって無言のまま部屋の戸口に立っている。母娘は険悪な表情で対決。ミセス・ライトは背水の陣を敷いて一歩も譲らない。し

ばらくの後、ついに夫人が部屋から出てくる。手に娘の自筆の三行の手紙を握っている。それを公爵のもとへ持参するようジャコーザに命じる。ジャコーザはきわどい時に公爵に追いつき、公爵は直ちにクリスチーナのもとに現れる。公爵は、やっとクリスチーナと結婚できると思って来たのでしょうが、花嫁の表情を見てどう思ったか？　その点は不明のままです。こんなところじゃないでしょうか？」ローランドが言った。

「結局クリスチーナは公爵夫人になるのを拒否できなかったのね」マダムが言った。

「隠されていた出生の事実を聞かされ、その恥辱のゆえに屈服したのです。クリスチーナは、公爵との関係で彼女から条件を出すような立場にないこと、公爵側から条件を出されていないのに感謝すべきこと、を厳しく聞かされた。どうしても婚約破棄を固守するなら、契約違反を問われることになると知るべきである。さらに破棄宣言は、彼女でなく公爵側から言い渡され、世間に知られ詮索されることになるだろう。そのように言われたのではないでしょうか」ローランドが言った。

「そんなことを怖がれというなんて、おかしいし、でたらめだわ。だって世間はそんなことを気にするものですか」マダム・グランドーニは言った。

「ええ、わたしたちにはそう思えるのですがね。この上なくプライドの高いクリスチーナにしてみれば、誇りを傷つけられるのは深刻な問題だったのでしょう。それで、さまざまな可能性を考慮する時間もなく、恥辱を結婚で覆い隠すことに同意したのでしょう。結婚なら手を伸ばせば届くところにあり、あらゆる恥辱を隠してくれる。だから彼女もその点では安堵して結婚に同意したのです。クリスチーナが誕生したこと自体がスキャンダルでした。故ライト氏が裁判所で、妻とは喧嘩別れしていたからクリスチーナは自分の子供でないと申し立てたこと、その時の関係者がまだ生存していることなど、クリスチーナは聞かされたのかもしれません」

「そういうことかしら。でもまあ、クリスチーナは結婚することによって、母親と一緒に住まなくても済むわけですから、それだけは喜んだでしょう」マダム・グランドーニはローランドほど事態の深刻さを分析せずに言った。マダムはこの件に関して他にも感想を述べた。この物語とは直接関係のないものが多かったが、中には、ありそうな予測もあり、ローランドは憂鬱になった。

翌日の夜、ローランドがミセス・ハドソンを訪ねると、ロデリックが来ていた。つい先ほどやってきたばかりで、後で知ったのだが、ミセス・ハドソンを悲しませた例の手紙以来、ロデリックが現れたのは、その時が初めてだった。ソファにだらしなく腰かけ、顎を胸につけ前方を不吉な目で見ている。ローランドに視線を走らせたが、挨拶はしない。ローランドが着く直前に、ロデリックは女性たちを驚かせるようなことを言ったらしかった。ミセス・ハドソンは自分の席を離れて、ソファの端におずおずと座り、懇願するように息子の手を取ろうとしている。メアリは熱心に針仕事をしているふりをしていた。

ミセス・ハドソンはローランドを見て、神に感謝しているような表情を見せた。「嬉しいお知らせがあります。ロデリックがローマを離れるというのです」

「嬉しい知らせなどではありません。悲惨な知らせです」ロデリックが声を高めた。

「でもわたしたちはとても嬉しいのです。あなたも後になれば、きっと喜ぶわ。ひどくやせたわね。転地療養が必要よ。あなたの行きたい所ならどこへでも行きます。どこがいい？」

息子はゆっくりと頭をめぐらせ母親を見た。母は握っている息子の手を両の手で挟みやさしく握った。息子はしばらく黙って母を見ていた。「母さんも気の毒に」とようやく曖昧に言った。

「大切なロデリック」母は無邪気に信頼した口調で言った。

「どこに行くかなんてどうでもいい。どうだっていいんです、畜生！」ロデリックが言った。

「皆さんの前でそんな言い方してはいけません。メアリやマレットさんがいらっしゃるのに」

「メアリとマレットさんのいる所だって」ロデリックはかみつくような言い方をして、母に握られた手を振りほどいた。両肘を膝につき、両手で頭を支え、横を向いた。沈黙があった。ローランドはメアリを黙って見ていた。「メアリとマレットさんのいるところで礼儀正しくする必要などない」ロデリックがやがて言った。「メアリはぼくが立派な男だと信じるふりをしている。信じるべきだと思って信じているのなら、ぼくが何を言っても意見を変えないだろう。マレットさんは、ぼくが呆れた野郎だと思っている。だから二人がいるからって、言葉遣いを改める必要などあるものか、畜生」

「下品な言葉はやめて」ミセス・ハドソンが言った。「わたしたちは皆あなたを大切に思い、誇りにしているのよ。マレットさんもわたしたちも、あなたのしたいことを聞いて、希望に添うようにしてあげようと思っています」

ロデリックはソファから立ち上がり、部屋の中を歩き出したものの、自暴自棄になっているのは明らかだった。ミセス・ハドソンが、自分は薄氷を踏んでいるのだと気づかず、息子をとかくやさしく叱ろうとするのを、ローランドは不安そうに観察した。これではいつ何時雷が頭上に落ちてくるかわからない。

「後生だから、世話になっていることなど持ち出さないでよ」ロデリックが怒鳴った。「不愉快です。ローランドにも不愉快だろう。彼に大いに世話になっているのは分かっている。決して返済などできない。ぼくは破産している。どういう意味だか母さんには分からないだろうな」

母親は途方に暮れて座っていた。見かねてローランドが間に入った。「つまらぬことを母上に言うのはやめたまえ。怯えていらっしゃるよ」

「怯えている？　最後に怯えるより今怯えるほうがましでしょう！」

「まあ、ロデリックったら、いったいどういう意味なの？」母親は泣き声で言った。

「ぼくが激怒していて、乱暴で、失望の極みの惨めな男だっていうことさ」ロデリックはさらに続けた。「仕事が全然できないし、金儲けを考えることもできない。怒り、悲しみ、恥辱の気持ちに襲われて、自分でもどうすべきか分からないで困っている。どうすることもできない。母さんもぼくを助けられない。キス、涙、祈り——どれも無駄。メアリも助けにならない。ぼくを尊敬し、分厚い美術書を読んでいるけれど無駄さ。ローランドも無理だ。気前よく援助してくれ、よいお手本を示し、たっぷり友情を抱いてくれたけど、駄目だ。彼の親切はよく分かっている。でも、親切を今の千倍に増やしても、永遠に継続しても、やはり無駄なんだ！　母さんとメアリが助けてくれるかもしれないと一時は思った。だから呼んだんだ。しかし、何の解決にもならなかった。そんな考えは、とっとと捨てるが身のためさ。ついでに、ぼくを誇りに思うのもやめてくれ！　ぼくには誇れるものなど何もない。一年前ならこれでもとても立派な奴だったが、今はどうなったか分かる？　破滅してしまった」

ロデリックの発する声の響きには、聞く者の胸に痛切に響く迫力があった。従来の彼にしばしば見られたような、格好をつけるためとか、誇張した逆説的な発言などではない。人を傷つけるつもりもないし、不機嫌をぶつけようというのでもない。母親の信頼という重荷を取り払うため、やむをえず夢中で、必死に、誠実に語ったのだった。息子の手厳しい批判を聞いて、ミセス・ハドソンは茫然と無言で両手を握りしめて立ち尽くしていた。メアリは縫い物を置いてロデリックに近寄り腕に手を置き、心を痛めた様子で目を見つめた。彼は、手を振りほどくようなことはしなかったが、頭を左右に数回振り、彼女の力では癒されぬと、断固とした態度で示した。ローランドは、この一ヵ月の間、このような破局がいつ来るかと恐れていたので、いわば氷が割れ致命的な落下があり、むしろほっとした気分が強かった。しかし、一分後にはいつもの思慮深い態度がその気持ちに取って代わった。

「この場で、そういう話をしても何にもならない。母上を悩ませるだけじゃないか」

「楽しくてこんなことを言うとでも思うの？」ロデリックが怒鳴った。「悩んでいるのはあなたと母とメアリだけだと思うの？　ぼく自身はいい気分でいて、自分の楽しみのために皆を棒で殴っているとでも言うの？　運命をともにしているのだから、相互にはっきり理解し合うのがいい。ぼくが頼りにならないのを二人に知ってもらいたい。こういう言い方が冷淡なのは分かる。ぼくにうんざりだというのなら、それで結構。誰にもそうする権利はある」

「あなたの言いたいこと、別の機会まで頭にしまっておいたらどう？　あたしだけの時にして」メアリが言った。

「ああ、好きなだけ何回でも聞かせるよ。でも取っておいてもしょうがない。今喋りたい気分なんだ。言いたいのは単純なことで、取っておく価値もない。ぼくが敗残者だということ。それだけさ。一流の人間じゃない。二流か三流かそれ以下だ。何流でも好きに考えてくれ。どれでも同じさ」

メアリは横を向いて、両手で顔を覆った。めったに泣かないため、ロデリックは驚いたらしく、彼女を引き寄せて、口調を変えて話を続けた。「この件では君とぼくだけで話す価値もないんだ。君にもぼくにも楽しい話じゃない。この機会に洗いざらい話してしまい、忘れるほうがいい。君に言えないこともあるんだ。だって、君は好奇心旺盛だからね」

「あたしに言えないことなんて想像できない」メアリが言った。

「ぼくが何を言い出すか怖くないの？」ロデリックは相手を見ながら尋ねた。

彼女は突然横を向き、しばらく目を伏せてためらっていたが、やがて「あたしが聞くべきだと思うことは何でも聞きます」と言った。それから窓辺に戻り、縫い物を取り上げた。

「ひどい目に遭ったんだ」ロデリックが語り出した。「確かにぼくは大ばかだったが、だからと言って裏切りを承服できるわけではない」

「マレットさん、ロデリックが何を言っているのか、教えてください！」ミセス・ハドソンはローランドに命令するように言った。初めて耳にする口調だった。

「ローランドが二人に話しておいてくれればよかったんだ」ロデリックが言った。「ローランド、本当にそうなんだ。あなたがもっと前に二人に説明してくれていれば助かったのに。ぼくよりうまく話しただろうし、それに、ぼくの過ちを責めないで話してくれただろうから。母たちを失望させるにしても徐々にすべきだった。そうすれば苦痛も半減されただろうに。あなたはいつも穏便に済ませようとするあまり、母に真実を隠し続けてきたんだ。まったくあなたは弱虫だ」

「君を実際以上に評価するのが欠点だというのなら、簡単に修正できるよ」ローランドが笑いながら言った。

「いったいどういうことですの？」ミセス・ハドソンが熱心に尋ねた。

「ロデリックが挫折したということです。本人がそう言っていましたね」

メアリがローランドを睨み、それから立ち上がり、仕事を放り出して部屋を出た。ミセス・ハドソンは顔を上げ、遠慮しつつもローランドを非難した。「マレットさんからそんなことを聞くとは」夫人はひどく傷ついたようで、それを見たローランドは気の毒に思った。

しかしロデリック自身はと言えば、いかにも彼らしく、友人の発言に少しも腹を立てない。むしろ、ローランドの率直な話し方を歓迎するような表情を浮かべていた。ローランドは、これまで何回も見てきたことだが、ロデリックの性質には彼独特の矛盾する要素があると思わざるをえなかった。「母親らしい虚栄心に惑わされない目を持っていたならば、母さんだって見えたはずだよ。ぼくが決して順調でないことが」

「お金のことかしら？　だったら、ストライカーさんに連絡しなさい」ミセス・ハドソンが言った。

「お金？　ぼくには一文もない。とっくに破産している」ロデリックが言った。

「マレットさん、よくまあそんな目に遭わせますのね」

「わたしのお金はすべて彼のために使っていますよ」ローランドは不愉快になって言った。

「大丈夫、マレットさんが援助してくださるわ」夫人が言った。

「ローランドにはこれ以上頼まないで。ぼくが彼の金を搾り取ったんだから。まだ金が残っているのが不思議なくらいだ」

「ロデリック、あなた、持っていたお金はどうしたの？」

「全部使ってしまった。どうせたいした額ではないし。この冬は仕事をまったくしなかったもの」

「何もしなかった？」母親が言った。

「そう、仕事をしなかった。気づかなかったの？　母さんがしっかり見ていてくれれば、こんな嫌なことをわざわざ告白しないで済んだのに。ぼくが怠惰で、狂ったようになって、誘惑されているのが分からなかったの？」

「誘惑された？」夫人が尋ねた。

「いや、今は、もう終わった。でも、ぼくが堕落したことに気づかなかったの、母さんもメアリも？」

「ミス・ガーランドは気づいたと思うな」ローランドが言った。

「メアリは何も言いませんでしたよ」ミセス・ハドソンが大きな声で言った。

「よくできた方ですから」ローランドが言った。

「ロデリック、あなた、メアリを傷つけるようなことを何かしたのですか？」母親が尋ねた。

「別の女性のことを昼夜を問わず思い続けただけです」

ミセス・ハドソンは力尽きたようにソファに座り込んだ。「まあ、何ていうことでしょう。アメリカに帰ったほうがいいのじゃないかしら」

「クリスチーナにもう会わないようにするために？」ロデリックが言った。「彼女は自分の決めた道を歩き出した。ぼくのことなど全然気にかけていない。ぼくの頭は彼女のことでいっぱいだった。他のことを考えるのは不可能だった。彼女のためなら何もかも犠牲にする気だった。母さん、メアリ、ローランド、仕事、未来、財産、名誉などすべてだ。まったく見上げた心境さ。こんな話が母さんにとって不快なのは分かっているけれど、まったくの真実を伝えているんです。ぼくがどうして邪道に堕ちたのか、母さんに知ってほしい。クリスチーナはぼくの献身的な態度が気に入り、自分もお返しに犠牲を払うふりをした。彼女には玉の輿に乗る、またとない機会があった。公爵という身分を持つ、好きになれない青年との金銭ずくの結婚を母親に強要されていた。しかし公爵はいずれお払い箱にして、ぼくのために彼女自身を自由で清純な状態にしておくと、ぼくに信じ込ませた。ぼくにとって大きな名誉であり、ぼくが狂喜したのは想像がつくだろう。すっかり感激して、その幸福が到来する日を夢見て待っていた。ぼくが待つように、彼女はあらゆることをした。媚態と欺瞞の限りを尽くした」

「言葉が過ぎる！」ローランドが言った。

「クリスチーナを弁護するの？」ロデリックは再び怒り出した。「彼女がぼくをその気にさせなかったとでもいうの？」しだいに怒りを募らせて、自分の被った痛手を語るのに夢中になり、ミセス・ハドソンの苦痛や屈辱を見て見ぬふりをした。傷心のあまりぼくは泣き叫ぶんだ、苦痛のあまり痛みを周囲に発散させるんだ、そうしてどこが悪いというのか、と言わんばかりだった。ロデリックは、自分の幸不幸に関係がなければ、他者の幸不幸など決して考えない人間であり、自分の雄弁で母と婚約者がどれほど傷つこうと、まったくかまわない。そもそも気づいてさえいないだろう。しかもロデリックが身の不幸を語る動機は同情を買うためではない。同情されることに関心がなく、人の同情を活用するすべも知らなかった。ロデリックの変わっているところは、自分の感情を他人の感情から完全に切り離して扱うところだった。自分を人間全体の一部とは決して見ず、他から切り離された、独立した存在だと見なすことだった。そして喜怒いずれの場合でも、自分の感情だけを前面に押し出して肯定する。ロデリックのこのような性向は、ローランドにとっては既知のことだったが、今クリスチーナに裏切られた、というのを聞いて、改めて思い出した。彼女に裏切られたというが、彼の身分と仕事ができぬ今の状況から客観的に判断すれば、そのような主張は根拠に欠け、不当だと見るのが当然だ。それでも、ロデリックが自暴自棄になっているのを眼前にすると、ローランドの内部には、その激しさに同情心が頭をもたげてくるのだった。

「彼女がぼくに期待を持たせなかったとでもあなたは言うつもりなのか？」ロデリックが言った。「甘い言葉で何度もぼくを歓喜させ、もう一歩の所まで誘惑した、それが事実ではなかったと言うのか？　固い約束の言葉でいつまでも、いつまでもぼくを引き留めておいたじゃないか！　そもそも、彼女にとってぼくとのことは単なる遊びだったんだ。最初から誠実に付き合う気などなかったんだ。自分が誠実になりえない立場であるのを知っていたんだから。貪欲な悪女だ。悪女がどうして悪女なのか、そんなことは知るもんか。だが、男女関係を弄ぶなんて、ぼくには理解できない。自分が関わっていようといまいと、一般的に言って、男女関係というのは何よりも真面目なことなのに。ローランド、彼女を弁護するなんて、どうかしているよ。そもそも彼女に気をつけろと言ったのはあなたじゃないか。危険な女だと言ったね。あの時ぼくはせせら笑った。でもあなたの言ったとおりだった。絶世の美女である一方、ひどく冷淡で、嘘つきで、非情だ。非情な美を最高の値をつけた男に売ったんだ。買った男がいずれその正体を見破ればいい気味だ」

「ロデリック、そんな恐ろしい女をあなたはいったいどうして愛したの？」ミセス・ハドソンが悲嘆に暮れて言った。

「話せば長い話になるんだ、母さん」

ローランドは最近クリスチーナに同情を覚え、その気持ちは今も脈打っていた。そのため、一言言いたくなった。「ロデリック、君はね、最初は彼女をよく思いすぎていたが、今は悪く思いすぎている」

ロデリックは不気味とも言える目でローランドを睨んだ。「結局、あの女は天使だって言うのか！　あなたはそれを証明したいんだな。彼女を失った者に向かってよく言えるな。ふん、あなたはいつだって正しいんだ！　後生だから、一度くらい間違ってくれよ」

「ええ、そうです、マレットさん、後生だから、息子につらくあたらないでください」そういう夫人の口調は穏やかではあったが、その言葉にローランドは目を見張った。夫人にたいして驚きと不安を強く覚えたからだ。小柄で弱々しい、心やさしい初老の女性の心にローランドに対する敵意が芽生えてきたらしい。ミセス・ハドソンの母親らしい小さな心は容量がわずかなので、一度に一つの感情しか入らない。前にあった感謝を追い出し、今は非難が入り始めたらしい。夫人はロデリックの雄弁を聞きながらも、ロデリックが過失を犯したという告白を理解できなかったことは明らかだった。その部分を聞かずに全体をぼんやり憂鬱な気分で聞いていたのだ。ロデリックの置かれた状況すべてが災難によって暗黒になったと思い込み、息子が哀れだと見ることしかできなかった。ロデリックの芸術家としての栄光が夫人の理解を超えるものなので、ただただ貴重な尊敬すべき存在だと考えることにしたのだ。「災難に対して息子には何の責任もない。親子共通の不幸の責任はすべてマレットさんにある」と考えると夫人は非常に気分が落ち着いた。そもそもマレットさんは、わたしたちを幸福に、裕福にしてくれると約束したじゃありませんか？　それなのに、こんな結末になるなんて！　そう言われたような気がして、ローランドはこれから自分の試練が始まるのだと覚った。「ロデリック、あなた、すべてを忘れて仕事に打ち込んだらどう？」母親が言った。

「母さん、仕事ですって？」息子が言った。「仕事はもうできない。この冬中、仕事はしていない。もしぼくが仕事好きの人間なら、今回のショックで無気力状態から抜け出したかもしれない。でも今では、ぼくはここが空っぽなんだ」そう言って自分の頭をたたいた。「すきまが毎日広がっている」

「でもあなた、お母さんのすてきな彫刻を作ったじゃありませんか」ミセス・ハドソンがなだめるように言った。

「あの前後、ぼくはまったく仕事をしていなかった。儲かる仕事の注文が来たけど、苛立っていたものだから、依頼主の金持ちの紳士と喧嘩別れしてしまった。五千ドル、稼ぎそこなったんだ」

「何ですって？　五千ドルを捨てた！」ロデリックの話には、普段なら抽象的な議論もあるし、夫人の知らぬ話題もあって、よく理解できないのだが、ここで具体的な生々しい事実が出てきたため、夫人は愕然となり、しばしその事実と対決していた。息子の言葉を口中で数回繰りかえしていたが、やがてわっと泣き崩れた。ロデリックは母の傍らに駆け寄り、隣に座って、肩に腕を回しながら視線を冷たく床に落とし、母が泣きやむのを待った。母は息子の肩に頭をもたれ、張り裂けんばかりに泣いた。口も利かず、責めようともしないが、悲嘆にくれた涙は痛々しかった。そんな状態がしばらく続き、ローランドには耐えがたい時間が流れた。自分がせめて心やさしい人間らしく夫人の目に映ればいいと思いながら立ち尽くしていた。先ほど抱いた夫人に対する反感は完全に消え去り、同情のあまりいたたまれず、とりあえず立ち去ることにした。

翌朝、ローランドが家にいると、メイドが来訪者の名刺を持ってきた。名前を見て驚いた。ミセス・ハドソンとある。急いで居間に行くと、夫人はロデリックの腕に支えられるようにして立っていて、顔は蒼白だった。目を泣きはらし、唇は固く結んでいる。思いがけない来訪で、理由を知るのに時間を要した。ロデリックの表情から二人の来訪の目的を読み取ろうとするのは不可能だった。ロデリックの美しい顔は、このような場合、何のヒントも与えない。彼がローランドの家に来たのは数週間ぶりで、部屋に飾ってある自分の彫刻に見入っていた。夢中のあまり母の存在は忘れたかのようだった。一方、ミセス・ハドソンは威厳を保とうとしているのか、その姿には緊張感が漲っている。しかし、ローランド自身は夫人の様子から、今にも泣き出すのではないかともっぱら心配する有様だった。そもそも夫人は、威厳ある女性を演じられる人ではないのだ。夫人は、今後のことで相談に参りました、と切り出した。外国には不案内で、自分では決められず、わたしどもは行くあてもありません。これからどうしたらいいのでしょう？　それを聞いてロデリックはどう思っているのだろうと目を向けると、背中を見せたまま、聖堂の観光客のように首を傾げながら自作のアダム像を見て悦に入っていた。

「ロデリックは自分には分からない、どうでもいいなどと言いまして、すべてをあなたに委ねるそうです」ミセス・ハドソンが言った。

　ローランド以外の人間なら、むっとして、皮肉な微笑を浮かべ、「信頼していただけるのは嬉しいが、こういう問題はあなた方で相談して解決されるべきです」と言ったことであろう。たとえローランドのように、愛するメアリ・ガーランドの運命が問題の一部を占めているとと強く意識していたとしても、彼以外の人間ならすげなく対処したにちがいない。ところがローランドは、最初に浮かんだ皮肉な言葉を抑えて、夫人の頼みに親切に答えようとした。しかし今日は常のようには頭が働かなかった。というのは、ミセス・ハドソンの態度の微妙な変化が気になり、集中できないのだ。今日の夫人の訪問が、「面倒を見ます」というローランドのアメリカで最初にした約束を思い出させるためであるのは明らかだった。夫人は控えめな人なので、ローランドが約束を破ったとしても、自身が出向いて抗議すれば、約束を履行させうるなどとまでは、思わなかったであろう。しかし、小さな頭でいろいろ思案しているうちに、奇妙な考えに活路を見出したらしい。自分はこれまで弱気でマレットさんの言いなりになり、信用しすぎた。おかげであの人はこちらの知性だけでなく、社会的地位まで見下げるようになった。晴れ着で訪問すれば、知性と地位を見直させる効果を生むだろう。これまでマレットさんから受けた好意を清算できるだろうし、自分が「悪事には神の審判が下る」のを心得ていると彼に分からせられるだろう。以上が、小心な夫人の思いついたことだとローランドは思った。生まれて初めて交渉相手の顔を正面から見て、下を向くようなことは絶対にしないと決心した夫人は、実際しばらくの間、うまく揚った凧のように、頭を堂々と保ちながら弁じた。

「わたしどもには使えるお金があまりございません」夫人はローランドが黙っているので話し始めた。「ロデリックは、借金はあるけれど、お金は一文もないと申しています。息子は、わたしがストライカーさんに頼んでノーサンプトンの家を売って、送金してもらうようにと申します。お金が届いたら、自分に渡せと言うのです。そんなことしていいものでしょうか？　これほど恐ろしい話を聞いたことは一度もありません。あの家はわたしの唯一の資産ですから。でもロデリックが提案するのはこれだけです。いずれにせよ生活費を切り詰めなくてはなりません」

言い終わらぬうちに、夫人の声は震え出し、無理に作っていた高飛車な顔が、いつもの懇願するような表情に戻った。ローランドはロデリックに向かって、教師が生徒を諭すような口調で言った。

「彫像から離れてここに座って、ぼくの話を聞きたまえ」

ロデリックははっと驚いた表情を浮かべたが、硬い背もたれの古い椅子におとなしく座った。

「今後のことについて、母上にどういう提案をするつもりなんだい？」ローランドが尋ねた。

「提案？　提案などしないよ」

その口の利き方、眼差し、身振りにローランドは苛立ちを覚えて、一瞬言い返してやろうかと思ったが、抑えた。抑えてよかったと後で思った。「とにかく君は何かしなくてはならない。これからどうするか、自分のことは自分で決めなくては」

とならないぜ。だれれれへけど、それでは自分の意志ですることにはならないだろう。

「そんなこと言ったって」ロデリックが答えた。「問題はぼくには何もできないということなんだよ。言われればするけど、それでは自分の意志ですることにはならないだろう。ローマを離れなければならない？　ぼくにはその理由が分からない。いずれにせよ、ぼくらには金がない。汽車に乗るにも金が必要なのに」

ミセス・ハドソンはそっと手を絞るようにもんだ。「この子の今の言葉をお聞きになったでしょう。ローマを離れないなんて言っています。この季節には、まともなアメリカ人の家族は皆とっくに立ち去っていますのに。ローマという土地が不幸の原因です。ロデリックがのんびりしているのもローマが悪いのですよ」

「のんびりだって？　そのとおりさ。もしローマに来なかったら、成功しなかったろう。もし成功しなかったら、堕落することもなかっただろうけれど」

「堕落しただなんて。そんなこと言っておかしいわ」ミセス・ハドソンは小声で言った。「指図してくれたら何でもする。母に対してつらくあたるなんてこと、誓ってしていない。母さん、そうでしょ？　昨日は、意地悪するつもりはなかったけれど、たしかに意地が悪かったと思う。でも洗いざらい話してしまったほうがよかったでしょ？　悪事は必ず露顕する、というじゃないか。ぼくのもめごとも隠しおおせなかった。でもすべてをよく話し合って、解決したんだ。そうだよね。母さん？　今後のことは、ローランドに決めてもらおう。彼の提案が結局一番いいに決まっているさ」そう言って、ロデリックは先ほどまでずっと眺めていた自分の彫像を見にまた戻った。

ミセス・ハドソンは黙って床を見つめていた。ロデリックの顔にも声にも、昨日の言い争いの痕跡はなかった。良心がとがめている様子はまったくない。ローランドに向ける眼差しは、二人の間に意見の相違が一度でもあったとは思えぬほど率直で明るい。これまでずっとおたがいに尊重し合ってきたかのように振る舞っていた。

実は、数日前、ローランドはフィレンツェに住む知り合いから手紙をもらっていた。フィレンツェ近郊の、オリーブの木で覆われた丘に建つヴィラに暮らすスコットランドの育ちのよい女性で、彼女はそのヴィラの驚くほどの数の部屋を長期契約で借りていた。ごくわずかな料金なのに、どの部屋も、床は石作り、アーチ形の天井はフレスコ画で飾られている貴族的な邸宅で、紋章入りの窓の向こうに世界一美しい眺望が広がっていた。彼女は経済的に余裕のない身分であり、景色も結構だけど自分としては部屋代が安いからここで暮らしているだけで、仮に年に三百ポンドもあれば準男爵と結婚してグラスゴーにいる姉の近くで暮らすほうが好みだと公言してはばからなかった。この婦人が今年はグラスゴーに数週間行くので、その間ヴィラの部屋を又貸ししていくらか稼ぎたい、長期契約の条件に又貸しを承認する条項があるので問題ない、ごくわずかな部屋代でかまわないからマレットさんのローマの友人たちに口コミで宣伝していただきたい。そんな内容の手紙だった。ローランドはこの話をミセス・ハドソンに伝えた。手頃な費用でよい住居を探さなければならないのなら、これはうってつけですよ、と勧めた。さらに、夫人がホテルの定食に飽き飽きしている点にも触れ、フィレンツェの家でなら、イタリア人の料理女を雇って、ノーサンプトンの料理を教えて作らせたらいいと話した。これが夫人をとても喜ばせて、元気を取り戻したかに見えた（イタリアのホテルでの定食や家事一般についての夫人の感想は紙面に余裕があればくわしく論じる価値がありそうだ）。息子にノーサンプトンの料理を食べさせればもとに戻るかもしれないと考えると、それだけで気が晴れるようだったのだ。ローランドが夫人に説明している間、ロデリックはポケットに手をつっこんだまま部屋から部屋へゆっくりとぶらぶら歩き回っていた。ローランドが今後のことについて、少しでも考えさせようといくら試みても、まったく無関心だった。ローランドは計画の細部に至るまできちんと説明できる実際的な男だったから、フィレンツェにすぐ引っ越すことがいかに有利かを夫人に具体的に話すことができた。それに対して、夫人はためらいを見せた。明るい展望が開けると楽観的になってまた裏切られるのは怖いと思ったらしく、下を向いたり溜息をついたりして、なかなか承諾しようとしなかった。それでも、他によい計画があるはずもなく、ようやく最後には納得した。

この決定にロデリックは、微笑も浮かべず、溜息もつかずの態度で同意した。「フィレンツェのヴィラはいいな。ローランドの言うとおりがいい」

「そこであなたはもとのあなたになれるわ」夫人は言って、ショールの前を合わせた。

ロデリックは母親の腕に手を置き、もう一方の手で彫像群を指さした。「今はもう駄目だけれど、昔はああいうのを作ったんだよ。傑作でしょう」と言った。

母親はぼんやりと眺めた。ローランドが「あのころはすばらしく充実していたね」とロデリックに言った。

「うん、この彫刻は実にいいなあ」ロデリックが言った。

ローランドは肩をすくめた。これ以上何も言うことはないように思えた。しかし、親子が帰り際に、やはりもう少しロデリックに言っておくべきだという意識が働いた。「フィレンツェのヴィラ・パンドルフィーニは楽しく、快適だから、きっと満足できると思う。君が仕事をしようと、今のままでいようと。芸術家が住むにはうってつけのところだから。ぼくとしては仕事をしてくれると嬉しい」

「うん、そうだね」ロデリックは機嫌よく答えた。

「次に会う時には、フィレンツェでの成果を見せてくれ」ローランドが言った。

「次にだって？　一体全体あなたはどこに行くつもり？」ロデリックが問いただした。

「アルプスの向こうに行くつもりだが、まだ決めていない」

「アルプスの向こう？　ぼくから離れるの？」

ローランドはそのつもりだったが、ロデリックの一言で決心が揺らいだ。そしてミセス・ハドソンに目をやると、眉を逆立て、とがめるように口を少し開けている。夫人は、ローランドが彼女の人生に大混乱を来したことへの責任、そして息子の後見人としての責任を最後まで取るべきだと要求しているかのようだった。しかし、親子が思い描く期待は身勝手すぎると言えるのではないだろうか。それゆえ、物は試し、この際取引してみようか、という思いが頭にひらめいた。「ぼくに同行しろというのかい？」とまず念を押してみた。

「あなたが一緒でなければ、ぼくは行かない。それだけのことだ。あなたなしでこれからの六ヵ月をどうすればいいと言うんだ？」

「君が、ぼくと一緒に六ヵ月をどうやって過ごすか。それが問題だな」

「未来が行き止まりの空白だとは言わないが、ローランドがいなかったら、未来は空白どころか確実に破滅だ」ロデリックが言った。

「神様、お慈悲を」ミセス・ハドソンが言った。

ローランドは一緒にいてほしいというロデリックの願いを、仕事をすると誓わせる絶好の機会として活用しようと決めた。「ぼくが一緒なら仕事をしようと努力してみるのだね？」

ロデリックはこの時点までは、昨日の言い争いが遠い過去のことであるような顔をしていた。しかしこの発言を聞くや否や形相が一変した。顔を紅潮させ、しかめ面をし、怒り出した。「仕事をするだって？　まるでぼくが何もしてないみたいじゃないか。仕事、仕事だなんて気軽に言うな。後生だから、やめてくれ。さもないと気が狂う。好きで仕事をサボっているとでも思うのか？　好きでぶらぶらしているというのか？　あなたのために仕事をする前に、まずぼくが自分自身のために仕事をしようと毎日努力しているのが、どうして分からないんだ！」

「マレットさん、ここはわたしに任せてもうおやめください！」ミセス・ハドソンが哀れっぽく大声で言った。

ローランドは夫人のほうを向き、穏やかな口調で、フィレンツェにはご一緒します、と告げた。その時にはすでに、母親の悲しい怒りと息子の生来の意志薄弱との間を取り持つ苦労などは忘れることにした。同行すればミス・ガーランドと別れずに済むという喜びについてだけ考えることにしたのだ。それでも、ロデリックにとって未来が空白だとすれば、ローランドにとっても似たようなものだろう。それどころか困った事態が生じる嫌な予感がすることとさえあった。だがそんな予感は知らぬ振りをして、なるべく未来について考えないように心がけることにした。マダム・グランドーニに別れの挨拶に行った時、いつローマに戻るのかを聞かれ、もう戻らないか、戻ってきて永久に留まるか、どちらかです、と答えた。マダムに意味を問われたが、それは申せません、と答えた。マダムとの別れは辛かった。母親のように愛おしく思う彼のことを祝福し、あなたは世界一すばらしい人だと本気で言ってくれたので、余計に辛かった。

第二十二章

フィレンツェの門の一つから坂をまっすぐ上がっていくと、丘の頂上にある草の生い茂った小広場に出る。ヴィラ・パンドルフィーニは、この広場に面して建っている。館は正面から見ると横に長く、外壁はくすんだ黄色で、壁にはさまざまな大きさの窓があり、一階の窓以外は、どの階の窓も同一線上に並ばぬように作られている。館の中には、高く明るいアーチに囲まれた広くて涼しい内庭(コルティーレ)があり、ここには外部に通じる、見上げるような高さの蛇腹模様のドアがある。また内庭の隅には、中世に用いられた華麗な揚穀機の竪穴が残っている。

ヴィラの一部をなすミセス・ハドソンの部屋から出られる庭園は、丘の先端の断崖の上に築かれた広大な土台に支えられている。魅力的な庭園で、南側は花の咲いているオレンジの木々で仕切られ、何本ものイチジクの木が随所にあり、その大きな葉の陰で心地よい日陰が広がり、そこから低い欄干越しにトスカーナ地方に多数ある教会の厳かな風景が望める。部屋の天井は礼拝堂のように高く、王家の墓所を思わせるほどひんやりしている。

古い館全体を静寂、安全、平穏が支配しているので、人生に挫折した人には絶好の隠れ家と言えよう。夫人が使うことになったメイドは、小柄で褐色の肌のマッダレーナという名の現地の女性だった。真紅のネッカチーフで硬そうな黒髪を覆い、両端をとがった顎の先で結び、夕日の輝きのような微笑を浮かべている。その微笑をいかなる者にも、とりわけ自分が気にいらない相手にも向けるので、仮に嘘をついてばれたとしても平然とした顔で通せた。何ごとにも動揺せず、ふとした眼差し、言葉、動きなどを駆使して、陽気な雌狼のようにくったくなく振る舞った。絶やさぬ微笑こそ、憂鬱な女主人とかわす唯一の会話手段だった。夫人は料理、掃除、ベッド作りに関して、マッダレーナとよく分からぬままに言い合っていたおかげで、息子についての気掛かりをしばし忘れたようだった。傷心のミセス・ハドソンには、明るく強気のメイドの存在がよい気晴らしになったのだ。夫人からその話を聞いて、ローランドはひとまずほっとした。

ローランドの借りた部屋はフィレンツェ市街にさらに近いヴィラにあった。夏の午前中には、そこから天辺に花を飾った壁と壁の間の薄暗い入り組んだ小道を五分ほど歩いて、ロデリックたちを訪ねた。ヴィラ・パンドルフィーニでの生活は静かで単調なものだったが、夢のようにすばらしい、魅力的な環境を十分堪能できたはずだ。ここでの生活に暗い影がさすように感じることがあるとすれば、何世紀にもわたる過去の住人たちの不品行や不幸のせいなのだし、ほとんど感じられぬほどわずかではあるが華やかさがあるとすれば、これも過去の影響なのである。ロデリックはというと、フィレンツェへ着いてすぐに憂き世の辛さをぶちまけた。ロデリックが中心の一家では、家族の感情は彼しだいなので、その雰囲気は彼の芸術家としての才能の衰えを明確に反映していた。ローマを離れればロデリックの気分も変わるという明るい決まり文句など口にする者は、もう誰もいなかった。今の状況を知った後ではあまりにも愚かしい響きを持つからだ。フィレンツェに移ってもロデリックの不機嫌にはまったく変化が見られなかったので、周囲の者は、恐れていたとおりだと、その予想が的中したことを喜ぶことはできなかった。根本の泉が涸れてしまったのが不機嫌の原因だから、土地の変化などで蘇らせるのは所詮無理、不機嫌を治す有効な精神療法など存在しなかった。ロデリックはめったに乱暴なことはしなかったし、始終感じているに違いない苛立ちや倦怠感をあまり外に見せることもなかった。復活の奇跡がかろうじてありうるのだから、それを待つべきだと信じているようだった。そのためには、時計を眺めて時々口から出そうになる「くそ、まだか！」という言葉を抑えながら、じっと待ち続けるしかないのだが、ロデリックには普通の人の平凡な生活態度をとるのは無理だった。ずっと沈黙を守り、自分の首のみならず、他人の首までしめてやりたいという衝動が時々襲うのだ。そんな衝動と闘う人間に、周囲への愛想よさを期待することなど不可能だった。ロデリックは長時間沈黙し、時には昏睡状態に近いような深い無気力に襲われることもあったが、そういう場合、仰向けになって、脚を投げ出し、手をポケットにつっこんだまま、まぶしい夏の空をぼんやりと眺めていた。また一ダースあまりの本を地面に並べて、一冊選んで膝に載せるものの、結局本を開いたまま一ページも読まずに過ごすことになる。このような動きの鈍い時と入れ替りに、そわそわと動き回る時もあった。そんな時、どこかに外出しているのだが、どこで何をしているのかはっきりしたことは分からない。イタリアの夏をまるで火とかげ（サラマンダー）（火中に住んでいて焼けない伝説上の動物）のようにものともせず、真昼に丘の上を長時間散歩するのだ。また、午前中フィレンツェ市街に出かけることもあり、薄暗い路地をあてどなく歩いたり、教会や美術館などをぶらついたりしている。こういう場合には、以前と変わらないロデリックなので、ローランドも昔に戻った気分で喜んで同行することもあった。ミケランジェロの彫像や初期トスカーナ派の画家の絵の前では、ロデリックは自分の不成功を忘れて、以前のように侃々諤々の作品評価をめぐる論争をローランドと再開した。フィレンツェ市街でローマの知り合いに出会い、夜訪ねることもあった。一度ならず、メアリ・ガーランドを市街の散歩に誘い出し、ロデリック自身が一番好きな作品を見せたこともある。彫刻用の粘土をヴィラに届けさせ、作業用に使う部屋に運ばせたこともあった。しかし、その部屋には鍵をかけてしまい、その後粘土に触れることはなかった。ロデリックの目は曇り、手は冷たく、母親は息子が医者に診てもらうことを密かに祈った。しかし、時々祈りが声に出てしまうと、息子は急に大声で怒鳴り出すのだった。ぼくがこれまでにないほど健康なのを、母さんにも分かってほしいのに、と喚くのだ。しかし総体的には、ほとんど常に惨めな状態で、手のつけられぬほど怠惰だった。口論したり嫌味を言ったりしなかったのは、絶対にそうすまいと心に誓ったからにすぎなかった。ロデリックがそんな誓いを立てるなんて、普段の彼をよく知る者ならば「よく辛抱するなあ」とやさしく慰めてやりたい気持ちに駆られるはずだ。今の彼と話すには薄氷を踏む思いで臨まねばならず、話し相手は「この先危険」の標示板がいつ出るかとひやひや待つことになる。

ローランドにとっても、今は辛い時期だった。最後まで頑張ろうと誓ったものの、こんなことはこれが最後だとも思っていた。ミセス・ハドソンは、時間の半分を息子の傍らで気遣わしそうに見守ることに費やした。両手でハンカチをきつく握りしめている姿が、まるで一時間ほど泣いて流した涙をハンカチで拭い、絞っているように見える。残りの半分の時間は、ローランドをじっと見つめて、ごくわずかに、ごく控えめに、非難の目を向けるのだ。非難は言葉に現れずとも、夫人の心の中の空所で漠然とした奇怪な怪物のような姿をしているようだった。そういう夫人の挙動はずきずき痛む苦悩をローランドに与えた。ロデリックをローマで開花させようという計画を思いついた二年前の時点で、それに反対する母親の悲しそうな眼光を少しでも目撃していたならば、ロデリックの成功の見込みがどれほど大きくても、計画を断念しただろうとも思った。夫人の眼光はローランドの良心のもろい部分めがけて一時間ごとに注がれるため、慢性的に良心が痛むことになった。仮に夫人が能弁で、かつ俗悪な人であったならば、いくら非難されても、「何これくらい」と自分に言いきかせて、耐久力を発揮することが可能だったろう。しかし、上品で言葉少なく、憂鬱な表情を浮かべて、ひっそりと泣きながら座っている姿を見ると、自分が残忍な行為を犯したような気分にさせられるのだった。未亡人のなけなしの財産を預かり、投資で大穴を開けさせた無鉄砲な管財人の気分だった。そのため夫人に礼儀正しくするよう特に気を配った。もしかすると、気を使いすぎて、かえって夫人の目には、おざなりの礼儀正しさに映ったかもしれない。あるいはばかにされたと思ったかもしれない。もしローランドが突然ロデリックを見捨てたとすれば、残酷な裏切り者だと決めつけただろう。その一方、いつも親切にされていることに対して明確に感謝を表明することはないのだった。世の中には女性は一般に冷酷だと言う人がいる。それがどこまで真実かは分からぬが、ミセス・ハドソンが典型的な女性だとは言えるであろう。ローランドはハドソン一家のために自分の自由を確実に放棄したと何度も感じ、それにもかかわらず、いい年をした男が、いたずらをした学童でもあるかのように教室の隅に立たされるというのは何ともみっともないことではないか。

しかしロデリックのことでは、メアリが前にも助けてくれたし、今も救いだった。ローマからフィレンツェへ同行することが決まった時は、きっと彼女が救ってくれるというローランドの確信どおり実際手を貸してくれた。ただ、メアリの援助は以前と同様に、はっきりした言葉によるものではなかった。ローランドは自分がロデリックをローマに移住させた失敗を言葉に出して謝罪しなかったし、メアリもそれを許すと言ったわけではなかった。フィレンツェへの出発直前の悲惨な口論の時のロデリックのひどい状態を、当然ながら彼女は常に意識に上らせていて、そのことに率直に言及することもあった。もっとも、読者もご記憶のように、メアリは口論の途中で退席したのだ。つまりロデリックの大胆な告白の後半部分、クリスチーナに対する彼の情熱の告白を直接聞いたわけではなかった。しかし、メアリが多くのことを知りすぎていることは確実であり、したがって幸福ではありえないだろうとローランドは思った。ヴィラ・パンドルフィーニに落ち着いてからまもなく、ロデリックから、「メアリとじっくり話し合った」と聞いた。ローランドはそれについて質問しなかった。話し合いがどんな内容であったか、知らぬほうがよいと思ったのだ。もしそれが苦痛を与えるものであったなら、メアリのために無視したかった。もし和解の種を蒔くようなものであったなら、ローランド自身のために無視したかった。ローランドの心には、いくら打ち消しても繰りかえし浮かんでくるメアリと自分自身の未来の結びつきに関する想いがあり、それが常に意識の背景にあるので、厳しい現状を辛抱しようという気持ちになれるのだった。話し合いの内容を聞きたくなかった一因もそこにある。メアリとロデリックの間には正式の婚約破棄があったのか？　尋ねなかったが、ローランドはあれこれ考えずにはいられなかった。もし破棄しなかったとすれば、ロデリックが形式というものを完全に無視するせいであろう。しかし実際の話し合いがどうであったかはあまり問題ではない。というのは、たとえメアリが自分から申し出て関係を終わらせたとしても、彼女の心は決して自由を取り戻していないからだ。ロデリックとの結婚を諦めたとしても、愛するのをやめたわけでなく、ロデリックの欠点に対して彼女が慈悲心を使い果たすまでにまだ多くの時間を要すると、ローランドは思った。

メアリはロデリックの話をする時、やさしく扱う必要のある重病人であるかのように話す。それを偽りだとして彼女を非難できるとしても、病人扱いするふりをしているだけであり、実際はそんなことを彼女が信じているのではないのは確かだった。女性の中には世話と支配が好きで、男らしさに乏しく従順な男との交際を望む人もいる。そんな女性は、ローランドに言わせればペチコートをつけた男と同じであり、仮にメアリがそのような女性であるとしたら、ローランドは不愉快に感じたかもしれない。彼はメアリが女性的だと確信していた。メアリとクリスチーナとを比べた時、二人が大いに異なるからといって、メアリが注目に値する女性でないという意味には決してならない。もしクリスチーナが男らしい意志を持たぬロデリックを不満としてカサマシマ公爵と結婚した場合、メアリはクリスチーナが捨てた男で我慢するような女では決してない。クリスチーナは事あるごとに自分は複雑な性格で、微妙な心を持ち、万事を一ダースもの異なる見方で考えるのだと自らを誇っていた。一方メアリは、自分は単純な人間だと言っている。しかしローランドは、メアリが人間一般について多面的な理解力を持ち、クリスチーナより繊細な想像力や、より細やかな直観力を持つ人だと確信していた。メアリは素朴なしとやかさを持つ一方で、クリスチーナよりも優れた理知的な面も示すことができる。これはすばらしいことではないだろうか？　もしクリスチーナの心に、輪の中に輪があり、深みの中に深みがあるというようなまれに見る微妙な複雑さがあるとすれば、メアリにもそれに劣らぬ美点がある。メアリには、自分の心を深い井戸に譬えて、ぽんと小石を投げ入れ、小石が底でぼとんと音を立てるのを楽しむ、そんな都会的な趣味はないが、いくつもの精神面の長所を備えている。ノーサンプトンの楡の木の下でローマに旅立つロデリックに別れを告げた時、彼女は彼を立派な男だと信じた。そしてその信念は若く熱意あるロデリックの想像力に強く訴えかけ婚約に至ったのだ。彼女の信念が完全に弱まるには、ロデリックへの幻滅感がしだいに強くなり、他のすべての感情を消し去るまで待たねばならない。ローランドはそう思った。

メアリの顔にも態度にも、ベッドに横たわる病人を見守る人の多忙さによる疲れた様子があった。ロデリックの破産と挫折した野心は、彼を天才だと信じた娘の心にとってむごく重いものだった。彼女は、多額の銀行預金が家計を豊かにするように、優れた天分は、人間性を豊かにするものだと信じていたのだ。メアリのローランドに対する態度には、ミセス・ハドソンと異なり、とがめ立てるようなところがない。夫人は、ローランドがロデリックをローマに移住させて彼女たちの幸福を奪った、と思い込んでいる。メアリがローランドの失敗を責めないのは、彼女へのローランドの思慕を漠然と想像し、それを憐れんでいたからなのだろうか？　おそらくそう考えて正しいだろう。というのは、ローマを離れる直前、メアリはローランドの過ちに対し、自分がローランドに好意を抱いているため過ちを許すのだともとれる発言をしたからだった。さらにまた、人の失敗について、彼女は時に重く、時に軽く考えるようなのだ。フィレンツェに到着して、ローランドが一家のために手配した住居を見た時には、メアリはローランドをちらと見て短い丁寧な言葉をかけてくれた。その言葉は失敗の許しと積極的な感謝を併せているようだった。それは中庭でのことだった。大きな灰色の四角形状の中庭から見上げると、赤瓦の長い屋根にさえぎられながらも、イタリアの深い青空が広がっている。メアリはすぐにこの庭のたぐいまれな魅力に気づいた。彼女の理知的な目の動きでそれを察したローランドは、自分がヴィラの魅力を十分に評価していなかったと覚らされた。メアリは即座にフィレンツェと恋に落ち、テラスのあるこの中庭からたくさんの塔が建ち並ぶ市街地を眺めては、訪問したいと言った。それを聞いて、ローランドはぜひ彼女を案内したいと思った。しかし今は、ローマでの時と違い、ロデリックは仕事で忙しいわけではない。仕事を口実に案内を断ることなどできないはずなので、ローランドは「ぼくが案内しましょう」と気軽に申し出ることはできなかった。実際には、ロデリックが案内することはめったになかったため、ローランドは何回も美術館や教会に彼女を誘うことができた。しかしここでの散策はローマの時ほど楽しくないように感じられた。メアリは観光に夢中でなくなっていた。美しいものを見ても心の半分でしか見ていない。一度ならず、絵を熱心に見ている様子だったのに、実際はぼんやり眺めていただけだった。心ここにあらずということだったのだ。ラファエロやティツィアーノが描いた人物の上に、もっと鮮明なイメージが重なってしまうらしい。以前のようにローランドを質問攻めにすることもなくなったし、ガイドブックにも興味を失ったようだ。それでも、満足したと思える時もないではなかった。盛夏のフィレンツェは、旅行者が立ち去った後でがらんとしていて、普段に増して美的な雰囲気が充実している。ナイチンゲールが、聴く者が立ち去った後になって美しい声で歌うのと同じだ。教会の中は涼しく快適だが、灰色の大通りは蒸し暑く、鳩の尻尾模様のある多角形の敷石の多い舗道はゆっくり歩く者にはあまりに熱い。暑さが苦手なローランドは、もし一人なら不愉快であったろうが、盛夏にメアリと散歩した時ほど──たとえ彼女が考えごとをしていたにせよ──フィレンツェの魅力を感じたことはなかった。ある夜、翌日アカデミア美術館を訪ねる約束をした。翌日メアリはやってきたものの、何か嫌なことがあった様子だった。気軽に振る舞っているのだが、顔に涙の痕跡があった。どこか具合が悪いのですか、もし美術館訪問をやめたいとおっしゃるのなら、それでも結構ですとローランドが言った。彼女はややためらってから、予定どおりにするほうが良いですと答えた。「具合がよくないのですけれど、身体でなく心の病いですので、あなたとご一緒できることが治るのに役立ちます」

「しかしぼくがあなたの医者を務めるのなら、病気の原因を伺ったほうがいいですね」ローランドが言った。

「あまりくわしくはお話しできませんが、伯母があたしを不当に扱ったのです。こんなことは初めてです。あら、もう気分がよくなりましたわ」

この時の二人の会話をここに記録するのは、メアリが好意と感謝と信頼の気持ちを彼に抱いているという印象の正しさの証拠を得た、として彼が喜んだからである。ミセス・ハドソンは、息子のクリスチーナへの常軌を逸した情熱を遺憾に思うだけで、それがメアリにとって、いかに苦痛であるかに全然気づいていなかった。思いやりは息子だけに向けられ、フィアンセの心を憐れむことは、まったくなかった。夫人は姪のことを好きだったものの、この二年間、いわばロデリックを祭る社に仕える女司祭の助手として彼女を扱ってきた。息子はメアリに敬意を表して妻になってくれと頼んだのだが、夫人は婚約者としてのメアリに何か権利があるとは考えなかった。婚約というものを夫人がどう考えたかよく分からぬが、とにかくメアリが犠牲者だという認識はまったくなかった。「ロデリックはとても不幸で可哀そうだ」という思いがすべてに先行した。メアリの義務は、彼女の忍耐と祈りを夫人の忍耐と祈りに加えることだ。ロデリックは好きなように土地の女性に恋するかもしれないが、恋愛術に長けた外国の女性はプライドが高く裕福であり、ロデリックの恋は容易に成就しない。しかしロデリックの浮気をメアリが自分への侮辱として憤るのは出すぎたことだ。これが夫人の考えだった。夫人は物事を客観的に見る能力に欠けるので、息子の浮気は母親なら許せても、婚約者が許せないのは理解できない。メアリがいわば給料なしのメイドの地位に不満をもらすのは親心への挑戦だとさえ思った。ロデリックが楽に呼吸できるようにするためなら自分は息を止めてもいいと思っている。ところが、メアリはロデリックが呼吸できないと苦しんでいても、平然と眺めているではないか。今朝、ミセス・ハドソンはメアリとロデリックについて話していて、貞節が相手に対する献身の花だとすれば、男女双方とも貞節を守る義務があるという考えをメアリが述べたところ、夫人は、それを傲慢な説だと非難したらしい。夫人に理屈を説いても無駄だと思ったメアリが、夫人の狭量な道徳観に困惑しているのを知り、ローランドは、自分も夫人に困惑しているのだから、二人は被害者仲間だと思った。そして、そのことに、暗い今の時期にあってある種のぜいたくな喜びを見出したのである。

ヴィラ・パンドルフィーニに滞在する者は、全員、夜分になるとしばしば中庭に集まった。ローランドもほとんど毎晩やってきた。芳香に満ちた大気、はるかに霞む星明かり、暖かな暗闇の中でぼんやりと見える近隣のヴィラの銃眼模様の塔の魅力を味わい、さらに、憂鬱な気分でも可能な範囲内でお喋りをするのは、何とも楽しかった。ロデリックはいつも白い服を着て、落ち着かぬ幽霊のようにぶらぶらと歩き回っていた。ほとんど口を利かないが、時たま短い感想めいた言葉を発した。とっぴで皮肉なものばかりだった。ロデリックとしては、風変わりな皮肉や嫌味であっても、会話を楽しくしようとするつもりらしいので、ローランドは半ばうんざりしながら何とかユーモアで応じようと努めた。ローランドと二人だけの時にはロデリックもずっと口数が多くなり、以前共通に興味を抱いていたことなどを話題にした。昔と同じように、あるいは昔以上に、多くを語り合った。それでも最後には、ロデリックはうめき声を上げたり罵ったりするので、ローランドはそれが始まるや否や、背を向け耳をふさいだ。その様子をロデリックは、詫びもせずに眺めているのだった。ロデリックが中庭に現れないこともしばしばあったが、どこに出かけていたのか分からなかった。おそらくフィレンツェのどこかに行ったのだろうが、そこで何をしているのか見当もつかなかった。

暗い日々ではあったが、月日は静かに過ぎ、八月も終わりになった。ある夜、雲一つなく、満月があまりに巨大なので月光に照らされたすべてのものが小さく見えた。暑さは爽やかな西風でやわらぎ、そよ風が早めの収穫物の香りを運んできた。丘も、アルノ川の谷間も、小さく見える川も、サンタ・マリア・デル・フィオーレ大聖堂のドゥオーモも、あまりに強い月の光に照らされて、かえっていつもより茫漠と見える。ロデリックの姿はなく、ローランドは二人の女性と一時間ほど庭に座っていた。景色の厳かな華麗さに圧倒されて沈黙していたが、彼は思い切って言った。「人生にはこれからもいろいろなことがあるでしょうが、今夜の見事さは決して忘れないでしょうね」

「きっといまわの時に思い出すでしょう」メアリが言った。

「まあメアリったら。よくもそんなことを言うわね」ミセス・ハドソンには、神への冒瀆の言葉だと感じられたのだ。夫人は物の見方がしだいに狭量になってきたため、その時間の強烈な美しさを、恥知らずの汚れたものだと思ったのだろう。

その後はしばし沈黙が続いたが、やがてローランドがメアリに向かって何かをささやいた。返事がないのでメアリを見ると、彼女は頭を伯母の肩に置いてじっと座っていた。一方、ミセス・ハドソンは銀色の暗さの中でじっとローランドを見ていたが、その視線は、目にたたえた悲しい思いのためか厳めしい印象を与えた。その瞬間、悪意を持つ小柄の老妖精のような雰囲気さえ夫人はまとっていた。メアリは――ローランドがすぐに気づいたように――じっとしていたわけではなく、かすかに震えて泣いていた。あるいは、口を開けば涙が出てしまうため、沈黙して耐えている様子だった。ローランドは立ち上がり、突然のメアリの涙の理由を考えながらゆっくり歩き出した。女性が泣くことを、ローランドは普段、恐れていたのだが、今はある喜びを覚えた。もとの場所に戻ると、メアリはミセス・ハドソンの肩の上から頭を離し、涙もぬぐい去られていた。そしてローランドの側へ行き、しばらく一緒に欄干に寄りかかっていた。

「このような魅力的な世界に悩みがあるなど、あなたには不可解に思えるでしょうね」ローランドが言った。

「以前は、もし苦しみがやってきたら、じっと辛抱するつもりでいました。でもそれは故国でのことでした。故国ではここと違って、物事は人間に向かって楽しみについて語りかけません。ここでは、すべての物事に苦楽が混じっています。何を選び、何を信じたらいいのか分かりません。そこにある美——この夜この場所で奇妙な夏にみなぎる美——が人の心に忍び込んできて、そこに留まり、『人は苦しむためでなく楽しむために生まれてきた』とささやき続けます。この場所はあたしの忍耐心を弱めました。でも——何だか罪深いことを言っているみたいなのですが言ってしまいましょう——弱まって嬉しく感じています」

「もし罪深いとしても、ぼくが許します。ぼくにそんな権限はないでしょうが、人間は苦楽のいずれも経験するようにできているのです。おっしゃるように入り混じっています。今この場所も、苦楽の混じった不思議な世界の一部ですね。しかし、苦楽を交互に受け入れねばなりません」

ローランドがこう言った途端、ロデリックが非常に憂鬱な顔で家の中から現れてきた。ローランドの今の言葉は驚くほど適切だったことになる。ロデリックは一瞬怖い顔で景色を眺めた。

「美しい夜じゃない？」ミセス・ハドソンがおずおずと息子に近寄り腕に触れた。

ロデリックは髪の中に指を突っ込み、豊かな髪を握ったまま立っていた。「美しい？ むろん美しいさ！ あらゆるものが美を誇って、生意気で挑戦的で残忍だ。ぼく以外に醜いものはない——ぼくとぼくの頭以外は」

「ロデリックったら。もう少しやさしい言い方ができないの？」ミセス・ハドソンが言った。

ロデリックはすぐには答えなかったが、やがてそれまでと違う声で話し始めた。「ぼくが元気になるのを待つ必要はないと、皆に言おうと思って出てきたんだ。ぼくに変化なんか絶対に起きない。すべて終わった。フィレンツェに来た時、立ち直れるかなと思い、努力してきた。そう、頑張ったんだ！ でも駄目だった。ねぇ、ローランド、ぼく頑張っただろう？ でも失敗だった。さあ、ぼくのこと、好きなようにしてくれたまえ。庭の端にぼくを立たせて、射殺するのも一案だ」

「悪くない考えだ」ローランドが言った。「拳銃を取りに行ってこようか」

「何てひどいことを！」ミセス・ハドソンが叫んだ。

「結構だ。今夜は銃殺には最高の晩だ。そして、この庭に埋められたら幸運だ。だが、生き埋めでもいい。ノーサンプトンに連れ戻してくれ」

「ロデリック、あなた本当に帰国する気なの？」母親が訊いた。

「ああ、帰るよ。何もできずに人から施しを受けて生活するのなら、どこにいても同じことだもの。こんな状態じゃ、ぼくは何もできない。もしかするとノーサンプトンが好きになるかもしれない。死ぬまで無為徒食するのなら、ここよりあそこがいいだろう」

「帰るのね、帰るのね」ミセス・ハドソンが言った。「帰れば、安全だし、穏やかに暮らせるし、幸せになれるわ。哀れなお母さんと一緒に帰りましょう」

「じゃあ、すぐそうしよう」ロデリックが言った。

ミセス・ハドソンは息子の首に抱きついた。「明日発ちましょう。神様はわたしにご親切だわ」

メアリは黙っていた。しかしローランドを見る目には嘆願するようなものがうかがえた。その視線がローランドには嬉しかった。彼女に頼まれなくても、異議を申し立てようとしているところだったのだ。

「ロデリック、まさか本気じゃないだろうね？」ローランドが言った。

「本気かって？　もちろん、本気じゃないさ。頭が狂った者がどうして本気なんかになれるものか。愚か者にどうして理屈が分かるんだ？　しかし、ぼくは冗談を言っているのでもない。冗談を言う能力などまったくないんだから」

「帰国を望んでいるのかい？」ローランドが言った。

「望む？　ぼくはただ圧力に身を委ねるだけさ。母がぼくを連れ帰るのを望めば、それに対して抵抗はしない、それだけのことさ。いや、抵抗などしたくてもできない。そういう状態になった」

「じゃあ、ぼくが抵抗するよ。こんな状態で帰国するなんて、黙っていられない」

ロデリックがユーモアのセンスを失ったのは本当だろうが、彼が頭をかく様子は滑稽と言えそうだった。「あなたも変な人だなあ。『黙っていられない』なんて言ったりして。もうぼくのことなんて見放したのかと思っていたのに」

「もう一年、ここにいればどうだ」ローランドがあっさり言った。

「何もせずに？」

「ぼくがさせるよ。君が何かするように見届ける責任がある」

「誰に対して？」ロデリックが詰問した。

ローランドは答える前にメアリを見た。それに気づいてメアリはすぐ言った。「あたしは関係ありません」

「ぼく自身に対して責任がある」ローランドがきっぱり言った。

「あなたっていう人は」ロデリックが言った。

「マレットさん！　あなた、まだ満足しないのですか？」夫人は、ニオベー（ギリシャ神話。子供が多いのを自慢したため、傲慢の罪で神々に子供を射殺され、悲哀のあまり石になった母親）が、長男が倒れるのを見て攻めてきた射手に向かって叫んだ非難の言葉を浴びせてきた。「ロデリックをこれ以上ここに留めておくなんて自然の情に反します。心が折れた時には、生まれた土地が救いです。この件はわたしたちに任せてください」

これはほとんど正式の絶縁状だと、ローランドはしっかり心に留めた。ロデリックはしばらく沈黙していたが、突然両手で顔を覆い泣き出した。「とにかくこのひどいイタリアから連れ出してくれよ。ここでは、あらゆるものがぼくを嘲笑し、非難し、苦しめ、無視する。このやりきれない美の国から引きはがして、醜い土地の真ん中に連れていってほしい。大自然が粗野で、人間と風俗習慣が俗悪なところに置いてほしい。ドイツならひどく醜い所があるに違いない。そこに送り込んでくれよ」

ローランドは、ロデリックに、君がイタリアを出たいのなら、そうできる、よく考えて明日具体案を提示する、と答えた。そして、翌日、ミセス・ハドソンに、秋はスイスで過ごすことを提案した。「爽やかな天候、豊富で新鮮なミルク、そして格安のペンション。もっともスイスには、ロデリックの望む醜悪さはありませんが、彼の条件全部を満たすのは無理ですからね」

しかし、ミセス・ハドソンは感謝するどころか、同意もしなかった。ただ泣きながら、荷造りを始めた。満月の夜の口論の後でローランドはいくつかの疑問を抱いた。一つは、メアリはロデリックが正気に戻るのを待ちくたびれたのではないかということ。もう一つは、自分はここまでハドソン親子の力になってきたが、もう十分ではないかという思いだった。後者は、一家がいよいよフィレンツェを出る日の前日にメアリがローランドに言った次の言葉を聞いても変わることはなかった。

「伯母はこの間の満月の夜、自分たちに任せてくださいとあなたにお願いしましたでしょ？　伯母がどういう気で言ったのか、あたしには見当もつきません。気を悪くしていらっしゃらなければよろしいのですが」

「大丈夫です。これ以上干渉しないのが伯母様にとって望ましいのは分かりますから、今後は表立たず陰からお力になるだけにしようと思っています」

メアリはしばらく下を向いていたが、急に真剣な表情になり、「あたしとしては、ご一緒にいらしていただきたいと存じます」と言った。

これを聞いて、彼が同行したのは述べるまでもないだろう。

第二十三章

ローランドは、ルツェルンからそう苦労せずに行ける所にある、小さな山宿について非常に楽しい思い出を抱いていた。ずっと前、そこで至福の十日間を過ごしたのだった。リュックサックを背負って、スイス全土の半分ほどをてくてく歩き回っていた時のことだ。細身とは言えぬ体格なので宿に着いた時は疲れ果て、疲労困憊したと告白しても決して恥ずかしくないと思ったほどだった。宿は牛小屋と見紛うばかりで誰しもあっと驚くのだが、人気があり、いつも空腹な登山客で混雑していた。一面に花の咲くアルプス草原に囲まれ、険しく狭い谷間にあった。草原は斜面を描き、宿から緩やかに上り坂になっていて、遠方は険しい岩場の底部にまで及んでいる。日没後には、夕空を背景にした岩場のぎざぎざした輪郭の異様さに目を奪われる。スイスで、ローランドははるかに壮大な風景をいくつも見ていたが、この宿からの風景が一番印象深かった。その後、何度もスイスを旅行したのだが、もっとも快適だったのはいずれかと考えると、いつもこの谷間の草原の宿での八月の日々が浮かんだ。ワーズワスの詩集をポケットに入れ、太陽で暖まった丸石の転がった草原に身を横たえると、爽やかな空気が額のあたりに触れ、松の香りがふんわりと漂って鼻孔をくすぐる。牛の鈴（カウベル）の音を耳にし、巨大な山影が時間の経過とともに目の前を推移していく。山歩きで顔はすっかり日焼けし、宿のベッドと言えば屋根裏部屋のわら布団だった。しかも、大男のドイツの植物学者と一つのベッドで寝るので、開いた窓から吹き込む風で布団が揺れ、その都度男の体も大揺れする有様だった。わら布団に皮膚がひりひりし、よく眠れぬという欠点はあったが、そんなことなどあまり気にならなかった。何しろ、ユングフラウのよく見える緩やかな丘の頂上で、青空のもと、日がな一日のんびり過ごせるのだから。

ハドソン一家と一緒にフィレンツェを離れると決まった時、ローランドはこれらすべてを思い出した。さらに旅行の最盛期は過ぎているから、宿はいつもより空いているだろうし、料金も安いだろうと思い、すぐ宿の主人に連絡した。こうして九月初めに一行はローランドの案内で谷間の山の宿に落ち着いたのだった。イタリアとスイスの間のサンゴッタルド峠を全員同じ乗り物で越えた。フィレンツェからの旅の間、とりわけこのサンゴッタルド峠越えの期間は、全員の心に重苦しくのしかかっていた暗雲がほぼ消え、汽車でも駅伝馬車の中でも身を寄せて座り、相互にうらみもなく議論を戦わせる気力もない状態で顔を合わせていた。アペニン山脈とアルプス山脈の豪快な景色を楽しまずにはいられなかったし、全員、不愉快な話題は避けようという無言の取り決めがあったのだ。この思慮深い取り決めの効果はすばらしく、一週間誰もが温かい気分に浸っていた。ロデリックは乗り物の窓辺に座り、魅せられたように景色を眺め続け、何ごとにも口出ししなかった。旅の行程や準備などに少しも関心がなく、すべて人任せだ。誰の世話も焼かず、自分が人に迷惑をかけることもない。何を提案されても同意する。口数は少ない。一週間ほどもっぱら瞑想して過ごした。ミセス・ハドソンは息子から終始目を離さぬようにしていて、以前のロデリックならさぞ苛立ったであろうが、今は母親の目にまったく気づかぬようだし、何が身に降りかかろうとまったく意に介さずという態度であった。コモ湖畔で数日滞在したホテルには、周囲をキョウチクトウとギンバイカで覆われた柱廊式入り口があり、ベランダの階段を下りてゆくと縞模様の天幕を張った小型のボートの泊めてある船着き場にすぐ行けた。誰もがここはこの世の天国だと言った。午前中は、ヒマラヤスギが聳え立つ別荘沿いの小道を散策し、夜はボートで湖上に出て、月光のもと周囲一面の山々の描く稜線を眺め、オールが立てる銀色の水しぶきの音を聴いた。

ある日の午後、ロデリックとローランドは二人だけで遠出をした。湖畔に沿うコモ市に至る曲がりくねった歩道をたどり、いくつもの別荘の門とブドウ園のそばを通り、半ば破損した家々が密集する小さな村落を抜けた。家々はいくつものアーチ形建造物に支えられるようにして、かろうじて立っていて、家の下の部分は湖の灰緑色のさざ波に洗われていた。フレスコ画のある壁、崩れかけた鐘楼、草の茂った村の広場を過ぎると、なだらかな峡谷の入り口に出た。峡谷は、揺れるブドウの木と水気の多いオリーブの木と見事な栗の木が交互に植えられた森林の間をつらぬいて曲がりくねり、高い岩棚にまで伸びている。岩棚には白いチャペルが淡い色の木立の間で輝き、むき出しの岩肌がひび割れた口で湿気を含む光線を吸い込んでいた。すべてが絵のように美しい。昔の贈呈本や年鑑にあった鋼版印画、楽譜の装飾模様、劇場の緞帳などから想像するイタリアそのものだった。イタリアも世界も変化し続けているにもかかわらず、そこにあるのは誰もが頭に留めておきたいと願う昔ながらのロマンチックなイタリアだった。二人は、登り下り、くねくね曲がり、幅が二倍ほど広くなる湖畔の舗道に沿って歩き、ついに草の茂る岬に出た。一本の大きなイチジクの木があり、その下で寝そべった。ローランドは初秋の午後の夢のような穏やかさほど心が癒される経験をしたことはなかった。虹色の山々の懐に抱かれ、湖のさざ波がゆったりした間隔で白い小石を揺るがせるのを眺め、頭上の花綱のようなブドウの木が穏やかな大気の中でかすかに揺れるのを感じた。

ロデリックは両腕を頭の後ろに回し、手の平を枕にして横たわり、周囲を見渡した。「ここはぼくと相性がいい。ここでならすべてを忘れて幸せになることができる。ここにずっと滞在したらどうだろう？」長いことそのままの姿勢で、じっと考え込んでいるようだった。話しかけても何ごとか不明瞭に答えるだけで、やがて目を閉じた。ローランドにも、ここは長期滞在に適した、不快なことを全部忘れられる土地だと思えた。突然ロデリックが寝返り、顔を両腕の間に埋めた。ロデリックの身体の動きの奇妙さに先ほどから気づいていたが、それでも、彼がやっと体を起こして座る姿勢に戻った時、涙の跡を見つけてローランドは驚いた。ロデリックはローランドに顔を向け、両手を湖と山のほうに伸ばして、まるで胸がいっぱいで口が利けぬと無言で訴えるように振った。

やがて「友よ、ぼくを憐れんでくれ!」と大声でローランドに言った。「美しい世界を見て、これらすべてに対して自分がすでに死者であるのが、どういう気持ちか考えてくれ」

「死者?」

「死者だよ。生き埋めにされた者だ。開いた墓に埋められた状態で、流れゆく雲を見上げ、揺れる花の香りに包まれ、頭上で自然の成長する音を聞く。ぼくが感じているのはそれなんだ」

「それを聞いてよかった」ローランドが言った。「その種の死は復活に近いから」

「ひどい状態だ。ようやく気づいたのだが、ぼくは皆に迷惑かけてばかりいた。誰もが持てあましていただろうよ。申し訳なかった。お詫びに、どんなものでも差し出したい」

「過去のことは気にするな。将来、よい方向に向かえばいい」ローランドが言った。

「でも、ぼくには『将来』は存在しない。語っても無駄さ。しかし、ここに横たわると何か不思議なばねが働き出したみたいだ。心の一部が突然開いて、美と願望が侵入してきたようだ。ぼくは自分が失ったものが何か分かっている。それをひどいと思う。いいかい、ぼくは理解しているし、感じているんだよ。ぼくのことを、あいつは知覚が鈍った、もう無感覚で願望もない、などと言わないでほしい。あの男はすべての神経に生の美しさと快適さが通うのに気づいて胸を躍らせたと言ってくれ。彼は反抗し、抗議し、苦悩したと言ってくれ。目は見開かれ、心臓は狂わんばかりに激しく鼓動したまま生き埋めになったと言ってくれ。草の葉すべてに、道端のイバラすべてにしがみつきながら死んだと言ってくれ。まれに見る哀れな光景で、恥ずべきことで、正義に背くことで、自死だと言ってくれ！」

「おい、いったいどうした！　気でも狂ったのか？」ローランドが叫んだ。

「狂ってなどいない！　今ほど正気なことはない。愛想が悪くて申し訳ないし、これほど美しい場所で、これほど楽しい時に、人の気分を損ねるのは許しがたいが、言わせてくれ。ぼくは、イタリアにも、美にも、名誉にも、人生そのものにも別れを告げているんだ。ただ自分が失ったものを明確に理解したうえでのことだと知ってほしい。心臓の鼓動のたびに気づく。とりわけ美しいここで、美しいものすべてに、この世のすべてに、別れを告げるんだ！」

サンゴッタルド峠を越える途中でも、ロデリックはしばしば一人、馬車から降りて姿を消すことがあった。ジグザグした道を徒歩でどんどん先まで行く。身軽で細身のため巧みな歩みで、抜群の運動能力を示し、切り立った岩の割れ目の端を平然と歩いたり、険しい斜面で珍しい岩石を採集したり、切り立つ岩山の槍のようにとがった頂上で青空を背景に堂々と立つ姿が馬車から見られた。メアリ・ガーランドも歩くのは得意だったが、ミセス・ハドソンと一緒にいるため馬車の側から離れず、ローランドはメアリと一緒にいようとやはり馬車の近くにいた。イタリアからこの峠まで馬車に揺られてメアリとずっと一緒に登ってくるのがローランドにはとても楽しかった。ただ残念に思ったのは、アルプスとはいえここらはあまり標高も高くないため、越えるのに一週間ほどしか掛からないことだった。メアリはというと終始浮き浮きしていた。なぜなら生来山歩きが大好きなのに、イタリアへ来てからつい数週間前まで故郷のホリオーク山より高い山を見たことがなかったからだった。メアリはアルプスの評判どおりの見事さに感心した。ローランドは彼女が自然愛好者なのは知っていたが、山岳、岩石、植物に対する観察眼が優れていることに新たな驚きを覚えざるをえなかった。今の季節には野生の花はもう大方散っていたが、まだ残っている花もあり、メアリはどんな片隅に生えていても見つけ出した。前から知っている花にこの地で再会できて喜び、初めて出会った花ならさらに大喜びした。野原では特に目敏く花を見つけ、足取り軽く飛んでゆき、採集してきた。おかげで馬車の彼女の席には珍しい花が山積みになった。ローランドはむろん採集に率先して手を貸した。新種の花の一つは、彼が想像したより採るのが難しかった。ローランドはまずその花が生えている岩山の頂上を見上げて立ち、這い上がる危険度を推し量った。するとその時突然、以前ローマのコロッセオでロデリックが危険をものともせず、クリスチーナの反対を無視して花を取ろうとした時のことが頭に浮かんだ。似た状況で、メアリならどう反応するか、無性に知りたくなった。彼女はついさっき近くの草の茂る斜面を登っていき、その花には手が届かぬと知ったところだったのだ。ローランドが花を取ろうとして急な斜面を登り始めると、無理ですから諦めてくださいと心配して声をかけてきた。ローランドは愛する女性にやさしく気遣われた経験に乏しいので、たった三分間にせよ、メアリの心配りが嬉しかった。そのため、人に迷惑をかけるのを誰よりも嫌う男であったのだが、今度ばかりはさらにもうしばらく彼女に心配させてやろうと思った。

「花は取れますよ。ぼくに任せてください」

「欲しくありません！　危険をおかしてまで手に入れたくありません」彼女は声を高めた。

「ぼくに任せてくれませんか？」彼は相手を見ながらまた言った。

彼女は花を見、それから彼を見た。ローランドは、クリスチーナがしたように金切り声を上げ気を失うかと思ったが、メアリは「花よりもっと大切なものの場合ならよろしいのですが」と言うのみだった。ローランドは高所に登るのが得意なほうではないので、この斜面は楽ではなかった。それでも、慌てずに、頭を使い、狭い足場で踏ん張り、つかみやすい出っ張った石を見つけて、やっと花に届いた。花をボタンホールに挿して、下り始めた。見苦しく滑り落ちる危険が何度もあったのだが、どうにか切り抜けた。すらりと格好よくは下りられなかったが、無事に地面に立つことができた。もっとも無事以上のことは望まなかった。メアリに花を手渡す時、ローランドの顔は紅潮していたが、メアリは青ざめていた。登ってゆく彼の動きを固唾を呑んで見守っていたからだった。二人の間でこんなやりとりが行われていたことを、ミセス・ハドソンは馬車の幌の下で昼寝をしていたため、まったく知らなかった。メアリの視線は、中世の馬上槍試合で「美の女王」が勝者に公衆の面前で示した熱烈な称賛ほどではなかったかもしれないが、ローランドに十分な褒美を得たという満足を与えた。「どうしてあそこまでなさったの?」メアリが訊いた。

ローランドはためらった。「愛しているからです」と答えることもできなくはないように思えたが、結局、冷静に、「あなたのために何かしてあげたかったのです」と言うに留めた。

「もし落ちたりしたら!」

「落ちない自信がありました。あなたもそうでしょう?」

「あたしは何も信じませんでした。おっしゃったように、お任せしただけです」

「以上で証明終わり(クオド・エラト・デモンストランダム)」ローランドが大声で言った。「意味はおわかりでしたね」

一行が草茂る谷間の宿に落ち着いてからは、草地や岩場の斜面を登り下りする散策、狭い岩棚での花採集、遠出などを盛んに行うことになり、高原の爽やかな空気もあいまって、全員が快活になっていった。ミセス・ハドソンは、ヨーロッパの空気は健康に害をもたらすのではないかとの疑念を撤回し、エンゲルタール地方のそよ風の清らかさを認めざるをえなかった。夫人はイタリアに滞在していた時より確かに落ち着いた。夫人はアメリカ東北部の田舎育ちなので、草と岩だけが友という孤独な生活が身についていて、ローマとフィレンツェでは自然と十分なふれあいができなかったことが不満だったのである。エンゲルタール地方の素朴な宿は、部屋と部屋の間には板の仕切りしかないし、ミルク桶はひなたに出しっぱなし、お手伝いは田舎の骨ばった娘だったが、故郷での夏休み中の暮らしを思い出させた。ヴィラ・パンドルフィーニの美しい伝統ある部屋はもはや完全に記憶から消え去った。ヴィラでの暮らしは、理想的な住まいについての夫人の考えに修正を加えることはまったくなかったのだった。

ロデリックのほうは、引っ越しても心境自体は変わらなかった。コモ湖畔でのローランドとの激しい論争の中で見せた暗い苦しい内面に変化はなかったのである。しかし当地では絶望を隠し、平凡な日常生活を送ろうと必死に努めていた。それでも彼の心の重苦しさは容易に見てとれ、惰性で生き、動き、話しているだけだった。だが、コモ湖畔での告白があまりにも誠実なものだったので、ローランドはロデリックに批判的な態度を取るのを抑えていた。ロデリックの意志に訴えても無駄なのだ。意志が存在すべき場所は空虚なのだ。もっとも、不快な義務に対して反抗する力だけは依然として残っていて、ロデリックに意志がまったくないとの見解には反論がありえよう。彼の状態を説明するのに別の表現を用いるならば、狂気にはそれなりに一本筋が通っているとか、あるいは、彼の根性には覚醒時と就寝時があり、喜ばしい目的のためなら夜明けとともに起きることが可能だ、と述べてもいいだろう。ロデリックにとって人生最大の喜びは創作のためにインスピレーションを得ることだった。しかし、喜びを得るために必要な継続的な努力をしないのが問題なのだ。それでも、他者を巻き込まずに自分だけで絶望しているロデリックに同情しないことは不可能だろう。怒りをもっぱら自分に向けるようになった彼が万事に対して無関心になっても許すしかない。ロデリックは、スイスではイタリアにいた時より惨めな気分に襲われることが少なくなった、つまり、アルプス山脈のほうがアペニン山脈より彼の怠惰を嘲笑しないようだ、と率直に告白した。彼はしばしば一人で長時間外を歩き回っていた。目の回るような高所に登り、物音が一切聞こえぬ静寂の中で、誰にも踏みつけられていない苔の上に身を投げ出し、顔を帽子で覆い、何時間も身じろぎせずに横たわっていた。ローランドも一緒に散歩することもあった。ロデリックは自分から誘ったのではないが、ローランドの同行に感謝しているようだった。ローランドは原則として、ロデリックをまったく正常な人として扱い、すべて順調に運んでいると推定し、以前の成功にも、働けぬ現状にも一切言及せぬことにしていた。しかしもしロデリック本人から、自分の現状をどう思っているのかと質問されれば、ロデリックが目下成功と成功との間の哀れな合間（インタルード）にいると認めたうえで、さらに、君のその合間はずっと長引くかもしれないが、「待てば海路の日よりあり」だよと答えたであろう。

　メアリとロデリックの関係についてのローランドの関心は相変わらず十分に深かった。しかし他のさまざまな物事で心を煩わすのに忙しく、この面では新しい発見はほとんどなかった。それでも、スイスに着いてからロデリックはメアリとの交わりを以前よりは好んでいるように見えたので、愛情の再燃かとローランドは注目した。二人はよく並んで座っていたり、一緒に散歩したりした。時々メアリがロデリックに本を読んで聞かせていた。ある日、ロデリックがメアリの側で午前中のほとんどを岩場の陰に横たわって過ごしてからランチに戻ってきたので、何を読んでもらったのか訊いてみた。

「さあ分からない。本の中味は気にしない」というロデリックの答えを、近くにいたメアリが聞いていた。ローランドがメアリの顔を見、メアリはロデリックを鋭く、少し赤面しながら見た。「メアリの声を聴いていると、とても心が癒されるんだ」それを聞いて、メアリの赤面は深まり、恥ずかしそうに横を向いた。

　前に述べたように、フィレンツェで、ローランドはメアリのロデリックへの不変の愛情に関して失礼かもしれぬ推察をあれこれした。事実、彼女の愛情が多少揺らいだのではないかと想像することもあった。また、フィレンツェを離れる時、メアリが同行してほしいと頼んだことによって、ローランドは同行する決心をした。あの依頼は、ローランドの助けなしには婚約者としての立場を継続できないと告白したも同然ではなかったか？　ローランドは元来謙虚な性質だから、メアリがロデリックとローランドの二人を比較して、ローランドのほうが上だと考えたなどとは思いもしなかった。しかし、彼女の願いを叶えたのだから、ロデリックに向けている愛情の余剰だけでも返礼として自分に回してくれてもよいとは思った。もし今後、彼女がロデリックにはもううんざりしたから婚約を解消すると突然告白したならば、ローランドにとって望むところであろう。このような突然の思い切った告白を非難する者はいなかっただろう。彼女はこれまでロデリックに散々無視され、忘れられ、捨てられており、これほどの侮辱に耐えられるまともな女性など存在しない。世の中には、例えばスコットランド民謡で歌われるバード・ヘレンのように、何があろうとも男を愛し続け、いかなる扱いを受けようと耐える女もいるだろう。それもそれなりの美徳だろうが、メアリの愛はそれとは違うとローランドは確信していた。彼女は受け身の人ではない。じっと腹を立てず耐えるタイプではないし、偶然受ける余剰の愛で満足する人でもない。態度は控えめだが、プライドがあり、積極的だ。多くを求め、求めたものは自分のものとしたがるのだ。良いものを好み、自分がすでに失った良いものが、新たに獲得した良いもの同様に立派だったとは認めない人だ。二人が親しげにしているのを目撃した日は、ローランドにとって腹立たしい一日となった。昨日まで、あたしの不満を何とかしてくださいと頼んでいるものと——漠然とだったが——思わせておきながら、今日は、ロデリックの軽い誘いにすぐさま応じてぴったり寄り添い、ローランドのはかない夢をないがしろにしているではないか！　こんな目に遭うのはもう我慢できない、いくら冷静に考えても、彼女の態度は見苦しいし不愉快極まる。ローランドはきっぱり自分にそう言いきかせた。もうこの場から離れ、一家と一緒にいるのはやめよう。そう思ったものの、結局、ただ遠方まで歩き、宿を丸一日留守にしただけだった。そして戻ると、メアリが月光のもとでロデリックと一緒にいた。

落ち着かぬ気分の遠出中、ローランドは、少なくとも今後はメアリとロデリックのいかなる行動も、観察したり、気にかけたりすまいと決心した。しかし、その三日後には、機会をとらえてロデリックにメアリの話題を持ち出した。自分の首尾一貫性の欠如、弱気は承知していた。いわば禁断のリンゴに触れたくてうずうずしている指に、「触れてよい」と甘やかすことだった。この問題は前に話し合っていたのだから、議論を打ち切るより再燃させるほうが論理的だと思ったのだった。ロデリックがあの時語った二人の状況のその後を知りたいと思うのは当然ではないか？　ロデリックは婚約継続を約束したのだから、約束が守られたかどうかを確かめるのも許されよう。あの約束はメアリのためにロデリックに無理にさせたものだったし、今関心を寄せるのも「私心のない」ものだとは言えなかった。ローランドは自分が弱気だと認めざるをえなかった。自己に都合のよい論理を用いる人間だと非難されうるかもしれぬが、メアリに関して、ローランドが理性的でいられぬことは本書で何度も述べているとおりである。

「婚約破棄を思い留まるようにとのぼくの勧告を、今は不満に思っていないようだね」ローランドが言った。

ロデリックは、最近の癖で曖昧な、よく解せぬという目つきで相手を見て、「思い留まるように？」と反復した。

「ローマで婚約を破棄したいと君が言い出し、ぼくが、たとえどんなに細い糸一筋でしかつながっていないように思えても、破棄せぬようにと勧めたのを覚えていない？　もう少し様子を見るようにと勧めたはずだ。どうやら仲が戻ったようだね？」

「うん、そうだったな」ロデリックが言った。「覚えている。ぼくが彼女に貞節を守ることがあなたへの恩義みたいだとか、よく分からないことを言っていたね。同意したけど、後で考えて、おかしいと気づいた。そんなことを言うのはあなたしかいない。男が別の男に、『可愛い娘を愛するのをやめないことによってぼくを喜ばしてくれ』などと頼むなんて」

「みんな自分本位なんだよ。ある男はあることに関して自分本位を発揮し、別の男は別のことで自分本位をつらぬくのさ。ぼくはメアリが意気消沈しているのを見るのが嫌だった」

「あなたはメアリが好きだった。彼女の美徳をぼくに語って聞かせていただろう？　そうじゃないか」

「とてもすばらしい女性だと思っている」ローランドが言った。

「ぼくが婚約を破棄しないことで、あなたがメアリを幸福にしようとするなんて、そんなことを考えるのはローランドくらいだと、今も言っただろう？　あなたの独自性は認める。普通の男は自分が愛する女性を幸福にしたいのなら、自分でするものです。彼女の意気消沈もやさしい言葉をかける切っ掛けとして歓迎するものです。その点、あなたは変だよ」

「変でもかまわない。問題は、ぼくが変だったおかげで、君が喜んでいないかということだ。つまり、君は結局メアリを愛しているのを再発見したのではないか？」

「そうだね、ぼくの気持ちをうまく説明できるかどうか自信はないけど、語ってみようか。メアリがローマに着いた時、ぼくはもう好きではないと分かった。ぼくは気持ちをごまかさないで、そのことをはっきりさせようとした。しかし、ごまかすことで得るものもあるとあなたが言うものだから、ぼくも同意した。あれ以来、状況は変化していないと思う。メアリは前と同じく、あるいはそれ以上に立派だ。しかしぼくは愛していない。ぼくには好きなものなど、何もないのだから、メアリだけ例外にするほどのインスピレーションを彼女から受けないということだ。昔と今の違いは、今のぼくは自分が彼女を愛しているかどうかなどまったく気にならないということだ。もちろん、ぼくのような役立たずの男と結婚することなど、どんな女にもありえないことさ。だから、仮にメアリがぼくとの結婚を急いでいるとしたら、ぼくは彼女を軽蔑するだろう」

「君は愛しているのだ！」ローランドは非論理的なことを言ったが、もちろん、それをロデリックにはっきり否定させるための発言であるのはいうまでもない。

しかしその目的は失敗に終わった。ロデリックは肩をすくめ、頭を無責任に振るだけだった。「まあ、愛とでも何とでも言ってください。呼び方など気にしないから」

ローランドは非論理的なだけでなく少々不誠実だった。ロデリックが愛していると信じたわけではなかった。真実を知りたいがゆえに嘘をついたのだ。真実とは、ロデリックが再びある程度までメアリに魅力を感じているということだった。気の利く女性と一緒にいて癒される喜びを覚えたのだ。つい先日も、彼女の声は耳に快いと言っていた。これは男女関係においてはよい兆候だ。声が快いのなら、眼差しも良い感じであり、触れることは魔法の力を発揮したのだろう。声も目も手もすべての感覚が男を扱う技を覚えたのだろう。ローランドはこのように思いをめぐらせ、メアリが男扱いではヨーロッパの女性並みになったと想像した。

二人の関係がどうであるかについて探るのにメアリはほとんど役立たなかった。彼女の今述べた接触が愛情から出ているのか義務感からなのかも不明なままだった。ロデリックに再びやさしく扱われたのを喜んでいる証拠を探してみると、どうやら彼の親切を大げさに考えぬように気をつけているようだった。彼女のふとした眼差し、口調、身振りから推察すると、彼女は、これまでとは逆に、今度は自分がロデリックの好意に対して無関心になる番だと思っているらしい。ロデリック以外のものに関心を寄せるようになったのだ。「以外のもの」が何であるのか？　ローランドは頭をめぐらせた結果、二つあると思った。一つは、ヨーロッパに住んだことで視野が広がったことだ。若さと無知とノーサンプトン暮らしのために自分の将来については控えめにしか夢を抱いていなかったのだが、今は人生をもっと充実させるべきだと考えるように成長した。いわばアメリカで立てた誓いをヨーロッパで得た感情で改訂することの重要さを知った。もう一つの新しい関心事は特にローランドとの関係だった。自分のどういう点がメアリの考慮に値するのか、考えてみたのだが、ローランド自身には判断がつきかねた。自分は親切な男以上だが、献身的な男以下だ。彼女のために尽くしたいという願望を口に出したことはあるが、その報いを期待したことはない。しかし、報いられてもよいという思いが今漠然と頭に浮かんできた。しだいに妄想が働き、報いを願う気持ちが強まってきた。フィレンツェからスイスに来る時、メアリはローランドの彼女への親切をあてにして同行を頼んだのだから、その親切が役に立ったのならば、そう教えてくれてもいいはずだと考えた。しかし、いくら待っても無駄だった。そこである日、山の宿から五マイルの淋しい丘の頂上まで登り、物言わぬ岩石に向かって、「メアリは恩知らずだ」と小声でささやいた。それを聞いた岩石は反対しなかった。そこで翌日、自分が他の予定を変更して同行したためよい成果が得られたのだということに気づいているかどうかを多少くどく尋ねてみた。

「もちろん、あなたとご一緒できたのを喜んでいますわ」メアリは言った。

この返事に彼が満足しなかったのは言うまでもない。彼女自身が同行を望んだことを忘れてしまったようだ。そこで彼女が彼に頼んだ場所と時間も教えて、思い起こさせようとした。「テラスで、夜遅い時間でミセス・ハドソンは就寝し、ロデリックは留守でした」

メアリはすべてを覚えていた。しかしその記憶には気になることがあるらしかった。

「親切にしていただいたのはありがたかったのですが、ご負担だったのではありません？他になさりたいことがおありだったのではないかと気になっていました」

「あなたに親切を尽くすことがぼくには一番でした。犠牲を払ったわけではありませんし、たとえ犠牲を払ったにしても、ロデリックを前より良い状態にしたことで十分に報われました」

彼女はしばしの沈黙後に言った。「先ほどの質問ですけれど、どうしてお尋ねになりますの？ご自分で十分に判断なされるのに」

ローランドは赤面した。真実を打ち明けることで身のあかしを立てようと思った。「真実はこうです。ロデリックが立ち直るのにも関心がありますが、それは二の次です。あなたの幸福が一番大事なのです」

「なぜなのか分かりませんわ。あなたをあたし自身の味方にするようなことしましたでしょうか？　もしあなたが明日あたしどもを置いて、立ち去るとおっしゃっても、留まってくださいとは敢えて申さないでしょう。でもあなたが発つか留まるか、どちらにせよ、ロデリックのことを話すのはやめましょう」

「それではぼくの質問の答えになっていません。彼の状態はよくなりましたか？」

「いいえ！」彼女はそう言って、横を向いた。

ローランドは、慎重な口調で、あなたたちのもとから立ち去るつもりはないと告げた。

第二十四章

その後まもないある日のこと、ロデリックとローランドは宿の入り口に座って太陽が沈む様を眺めていた。その日はとりわけ美しく、鮮明な日没だった。ローランドはロデリックがクリスチーナ・ライトのことを今どう思っているのか探りを入れてみようと思った。

「彼女、今頃どこにいるのかな。公爵をどんな目に遭わせているのだろう?」

最初、ロデリックは何の反応も示さなかった。宿の正面から遠方に見える岩山の頂上の人影を眺めていた。その人影は谷間を下っている様子で、西の真紅の空を背景に浮かび上がり、まるで巨人のように見える。「クリスチーナ・ライトだって?」ようやく、あたかも夢想から覚めたように言った。「どこにいるか? 全然気にならない。われながら驚くよ」

「想いを断ち切れたのか?」

ロデリックはこの問いにすぐには答えず、しばらく考え込んでいた。やがて「彼女は詐欺師だ」とぶっきらぼうに言った。

「そうだろうな。でも世間にはもっと質の悪い詐欺師もいる」

「ぼくとの約束を破りやがった」ロデリックは乱暴に言った。

「彼女は本当に君を吹っ切れたのだろうか？」

「思い出させないでくれ」ロデリックが怒鳴った。「いや、思い出す必要などない。たった三ヵ月前のことだけど、十年も経ったみたいだ」そしてまた沈黙が訪れたが、しばらくして、ぽつりと語り出した。「彼女とぼくには将来があると信じていたんだ。あの女、ぼくを喜ばせてくれた、本当に喜ばせてくれたんだ。芸術家がそうされた場合には——ぼくのような粗末な芸術家の場合でも——どうなるかあなたにも分かるだろう？」そこで、また口を閉ざした。「ローランド、ぼくだけが目にした彼女の姿をあなたは見ていないし、興奮した瞬間の彼女の声をあなたは聞いていない。だが今更、そんな話をしても無駄だ。最初、彼女はぼくを本気でとりあってくれなかった。からかったり、軽くあしらったりした。しかしぼくはとうとう、自分がすばらしい男だと彼女に認めさせたんだ。考えてもみてくれ。あのクリスチーナ・ライトがぼくをすばらしい男だとついに言ったんだ。それまですばらしい男をずっと探していて、やっと見つかったと言うんだ。これからずっとおたがいの中に幸福を見出していこうと誓った。ぼくを喜ばせるために、ぼくが許可するまで結婚しないと約束してくれた。ぼく自身は彼女と結婚する気はなかったけれど、他の男が彼女をものにすると考えるのには耐えられなかった。それを分かったうえで、彼女は公爵を『ふる』と約束してくれた。彼女がそうしてくれると考えると、大理石像を仕上げたような快感を覚えた。それなのに、その約束が守られたかどうかは、誰もが知るとおりだ。結婚したと聞いた時は、仕上げた彫像が突然倒壊した気がした。ぼくにとって、その時点でクリスチーナは死んだ。ぼくは誇りを傷つけられ、欲望を妨げられ、信頼を裏切られた——ぼくの状態がどうであったか？　あなたなら分かるでしょう」

「公爵とのことは、彼女なりにベストを尽くしたのではないかと思うのだが」ローランドが言った。

「あれがベストだとすれば、粗末なものだ。彼女のことなど、この二ヵ月間ほとんど考えもしなかったけど、とにかく許したわけじゃない」

「君の復讐は遂げられたと考えていいと思う。彼女、幸福ではないらしいから」

「しかし同情などするものか」ロデリックはそう言ってから再び沈黙した。二人は座ったまま、岩山の凸凹のあるシルエットに沿って降りてくる大きな男に目を転じた。「あの巨人は誰だ？　どうしてこっちに向かって進んでくるんだろう。われわれは小さいし、巨人とは友だちになれない」ロデリックが言った。

「降りてくるのを待ってみよう。下に降りれば、案外、同じくらいの背丈かもしれないよ」

「だったら、ぼくと同じだ」ロデリックが応じた。「わずかな間だけ、すばらしい男に見えたのだから」そう言った時、男が地平線に隠れて、よく見えなくなった。突然ロデリックが、「もう一度だけ彼女に会いたい。見るだけでもいい」と言い出した。

「それは勧められないな」ローランドが言った。

「すべてはあの美しさのせいだ。美しさに比べれば、その他のことは問題じゃない。ぼくが愚かだったのは、あの美しさを自分の所有物だと考えたことだ。それでも、一時はぼくのものにしたんだ。あの女をぼくほど研究し、理解した者はいない。カサマシマ公爵ごとき間抜けは結婚した今だって、あの女のことを分かっちゃいない。もう一度だけあの美しさを見たい。もう一度見たいと思うものなど他にない」

「やはり勧められないよ」ローランドが言った。

「もう結構。忠告するのはやめてくれ。無駄だ」

夕闇が深まった。二人は、宿の前の広い空き地を横切って二人に近づく人物に気づいていなかった。突然、その人物が戸口と窓からの光の中に入ってくると、現れたのは、あの小柄なシングルトンだった。彼のほうも驚いて立ち止まり、目を丸くして二人を眺めた。岩山を下りる巨人はシングルトンだったのだ。それが分かるとロデリックは抑えがたく陽気に笑い出した。彼がこの三ヵ月間でこんなに笑ったのはこれが初めてだった。リュックサックとステッキだけ持ったシングルトンは、尊敬するロデリックから親しみのこもった歓迎を受けて、大喜びだった。宿に入るとさっそくリュックサックから十枚ほどの上手なスケッチを取り出した。リュックサックには、他に櫛一本と下着一枚しか入っていなかった。スイス全土の半分ほどの面積を踏破し、各地でスケッチを描いてきたのだった。大半の作品はインターラーケンでまとめて保管しているという。ローランドにスケッチをほめられて感激し、スケッチを宿まで送付するように電報を打った(スイスのすばらしい郵便配達のおかげですぐに届いた)。しばらく前から夜は温度が下がっていて、その夜も寒く、たまたま宿泊していた数人の客も一緒に全員が大きな丸太の焚火を囲んでいた。ロデリックは焚火から遠い暗がりにいて浮かない顔をしていたが、やがて他の客と一緒になってシングルトンの見せるスケッチに関心を示した。シングルトンは炉端で椅子の横木に足を載せて座り、顔を赤くして自作を一枚ずつ解説した。彼は六週間も徒歩旅行をしてきたため、エンゲルタールでしばらく休めるのを喜んだ。しかしゆっくり休息を取るのではなく、毎朝絵の道具をリュックサックに入れて、スケッチの新しい題材を求めて、宿を飛び出すのだった。ロデリックは最初の晩以外は、また明朗さを失い、シングルトンの熱心な仕事ぶりを驚き呆れたように眺めていた。一方シングルトンは、ロデリックの私生活での失意を知らず、相変わらず新進気鋭のアメリカ人芸術家として敬意を持って接した。ロデリックはシングルトンについて、あの画家は敏感なアンテナを持つ珍しい昆虫のようだと最初は言っていたのだが、数日経つうちに、わき目も振らず働く勤勉さに、自身の怠惰と比べて、不快感を持ち始めていった。真夏の暑い最中に、山腹に座り込み、白い日傘から背中がはみ出ているのも気にせず、夢中で描いているシングルトンの姿がロデリックには鬱陶（うっとう）しくなったのだろう。シングルトンから聞いた話では、ある日、ロデリックが丘に登って、仕事中のシングルトンの所にやってきた。

「君はいつもこんなふうに仕事をするんですか？」ロデリックが陰気な声で尋ねた。

「こんなふうに？」シングルトンは、いけないことをとがめられたのかと目をしばたたいた。

「君は決して止まることのない時計を思わせる。耳を澄ませば、チック、タックと聞こえる」

「そういうことですか。わたしはむらがありませんからね」シングルトンは無邪気に笑って言った。

「そう、安定しているんだ。そんなふうに仕事をするのが楽しい？」

シングルトンは振り向いて、また明るく微笑んだ。その間にも、ラクダの毛の絵筆の余分な水分を口で吸いとっていた。そして、神様に絵の才能の賦与を感謝しながら、「とても楽しいです」と答えた。

ロデリックはシングルトンをじっと眺めて立っていた。「くそ！」最後に真顔で言って、立ち去った。

その週の後半にローランドとロデリックは遠出をした。これまで東西南北あらゆる方向の地域を踏破してきたが、今日行く魅力的な森林のある峠は初めてだった。宿のある谷間を取り囲み、エンゲルベルクの谷に下ってゆく峠で、フィレンツェから馬車で宿まで来た時に通過していたので、すでに訪ねたような気になってこの日まで避けていた。しかし、もう行くべき所はすべて行ってしまったため、ロデリックが訪ねようと言い出したのだ。峠までの道は、半分はやせた土地、半分は牧場だった。この峠には、白い大きな僧院が谷間の草地から突如見えるという、スイスの風景には珍しい特徴があり、一味違った美しい観光地になっていた。シャレーや宿屋などがいくつもあり、人気のあるスイスの行楽地ならではの情景も見られる。例えば、切込み模様のある木製のベランダの下にはゆったりしたホームスパンの服を着た、やせて日焼けしたガイドたちが客待ち顔にたむろしている。どの店の戸口にも登山杖の束が置いてある。ワイシャツを着ない、日焼けしたイギリス人の登山者が大勢集まっている。ロデリックとローランドは一軒の宿の戸口に座って、一パイントのワインをしばらく楽しんでいたが、やがて疲れを知らぬロデリックが、谷間に突き出した断崖の天辺まで登ってくると言い出した。ガイドの一人に天辺からルツェルン湖が展望できると聞いたのだ。ガイドに「一時間もありゃあ往復できますとも」と聞いたものの、ローランドは宿まで戻るだけの力を温存する必要があるので諦めることにした。ロデリックが戻ってくるまで、ベンチで休んでいるか、あるいは、ぶらぶら歩いて僧院を見学してこようと思った。ロデリックは一人で出発し、その後ローランドは教会を兼ねた僧院に向かった。ここはスイスのカトリック教会の大部分と同様に、礼拝用具のひどさが目立つのだが、寒々とした古めかしい一風変わった面白さがあって、一見に値する。ローランドはアルプスに住む人の信仰心に思いをいたしながらしばらく内部に留まった。祭壇の近くまで来た時、西側の入り口から人が入ってくるのが見えたが気にも留めず、やがて壁の銘板の奇妙な古代ドイツ語の銘文を解読するのに夢中になった。意味がよく分からないのは変わったドイツ語のせいか難しい内容のせいか、いずれだろうと考えながら、その場を離れた時、驚いたことに、カサマシマ公爵夫妻が目の前に立っていた。

驚きはクリスチーナも同じだったらしく、最初、彼女は出会わなかったふりをするつもりのようだった。しかし公爵はきちんと挨拶し、クリスチーナも握手の手を差しのべてきた。ローランドはすぐ、エンゲルベルクにご滞在ですかと尋ねたが、クリスチーナは沈黙したままこちらを見るだけだった。しかし公爵は質問に答えて、スイスを一ヵ月周遊しているのですが、妻がルツェルンで体調を崩し、なかなか回復せず、医者の勧めで、エンゲルベルクの爽快な空気と山羊のミルクを一週間試すためにここに来たのだと語った。景色はすばらしいのですが、淋しい毎日でしてね、もう三日滞在せねばなりません。ローマの方にお会いできて嬉しいです、と愛想よく言った。

クリスチーナが押し黙ったまま、こちらをじっと見すえているようなので、ローランドは、最初は彼女らしい気取りのせいかとも思ったが、やがて本当に心が乱れていて、それを覚られまいとしているのだと気づいた。「このひどい場所から出ましょう。ここには人を苛立たせるものがあるわ」と言いながら、ゆっくりと教会から外に出て、谷間の心地いい風にあたった。ようやくローランドに「お会いできてとても嬉しいです」と言った。周囲を見渡して、教会の壁沿いに古い石のベンチを見つけた。一瞬公爵を見て、必要以上に愛想よく――ローランドにはそう思えたのだが――「ここに座って昔のお知り合いとお話ししたいの、二人だけで」と告げた。

「ああ、好きなように」公爵が答えた。

夫妻の口調はいずれも慎重だったが、クリスチーナはそっけなく、公爵は愛想がよいとローランドは思った。以前ジャコーザから、公爵は典型的なイタリア貴族だと聞かされたが、妻の横柄な口調をどう感じているのだろうか。公爵はイタリア人にしては感情的でないから先祖たちほど屈辱的には感じなかっただろうが、それでも、あまりにわがままな妻に対して怒りを抑え、妥協せねばならなかっただろう。微笑を浮かべて妻に「いつ戻ってくればよいかな?」と尋ねた。

「半時間ね」クリスチーナが答えた。

明るい光の中で、ローランドが受けた最初の印象は彼女が一段と美しくなったことだった。しかし三ヵ月でそれほど変わるはずもない。変わったのはローランドの彼女への評価と関係があった。あの結婚前夜の話し合いで彼はクリスチーナに対して相当好意を抱くようになったのだった。

「どうしてここに？　ずっと滞在なさっていますの？」クリスチーナが尋ねた。

「ここから十マイルのエンゲルタールに泊まっています。ここまで徒歩で来ました」

「お一人で？」

「ロデリックも一緒です」

「ここにいます？」

「三十分前に眺望を求めて岩山に登っていきました」

「お母さまと、それからフィアンセの方はどこですか？」

「皆エンゲルタールにいます」

「そこで何をなさっていますの？」

「あなたこそ、何をなさっているのですか？」ローランドが微笑しながら尋ねた。

「一週間が終わるのを指折り数えています。山は嫌い。気が滅入るから。ミス・ガーランドはお好きでしょうね」

「彼女は山岳愛好者だと思います」

「思うって、ご存じないの？　でもいいわ、もうミス・ガーランドのまねをするのはやめましたから」クリスチーナが言った。

「誰にせよ、あなたにはまねなど要りませんよ」

「そんなことおっしゃらないで」彼女は真剣な口調で言った。「では、今朝はここまで十マイルも歩いていらしたの？　そして同じ距離を戻るのですか？」

「ええ、夕食に戻ります」

「で、ハドソンさんも？」

「ロデリックは平気です。彼、歩くのが得意ですからね」

「男の方っていいわね。あたしも歩くのが得意なら山も楽しいのでしょうけれど。ここに座っていると、山があたしを見下ろして睨むのよ。公爵は徒歩では移動しません。ラバで行きます。ファウルホルンにも椅子駕籠（かご）で登りました」

「椅子駕籠？」

「人を運ぶ道具です。本来女が乗るものです」

ローランドは黙っていた。笑うべきか、ショックを受けるべきか、いずれも不適切に思えた。

「ハドソンさんとはここで落ち合うのですか？　ここに現れます？」

「もうまもなく戻ってきます」

「スイスの次はどうなさるおつもり？　ローマへ戻られますの？」

「さあどうなりますか。予定ははっきりしていません」

「ハドソンさんしだいということでしょうか？」

「まあそういうことです」

「彼のこと伺いたいわ。この前、あなたは困っていらいらなさったけど、彼の状態は変わらないのですか？」

ローランドは答えず、疑わしそうに相手を見た。ロデリックが不幸であることは告げないでおこうと直感的に思った。治してあげましょうと彼女が言い出すかもしれない。彼の躊躇に彼女はすぐ気づいた。

「隠し立てなど不要です。今は率直にお話しできる立場にあると思います。以前のあたしは、自分の発言をほんのわずかですが、気にしていましたでしょ？　でも今は全然気にしませんの。言いたいことを言います。行動も同じです。あたしの結婚を知って、彼はどうでしたか？」

「遺憾に思ったようです」

「憤激し、非難したのね？」ローランドが答えるのを躊躇すると、「軽蔑したのね？」と言った。

「どう思ったか、彼は話そうとしたのですが、ぼくが止めましたから、よく分かりません。ぼくは、あなたの結婚はぼくにもロデリックにも無関係だと言いました」

「見事なお答えだわ！　でも少し関係ありましたわ。あなたに打ち明けた、彼とかわした約束を考慮に入れますとね。ねぇ、あの朝あたしは立派な結論を出したでしょう？」

と、正直に申し上げられます」ローランドは思い切って言った。

「不誠実だったかどうか、今ではどうでもいいことです。まったく問題にならないことですわ。ねぇ、立派な結論だったでしょ？」

「ぼくがあなたのことをどう考えているかご存じのはずです」ローランドは言った。早朝までに彼女が結論を変えた原因を彼が知っているかどうか、問われるのをかわすために、ローランドはあたりさわりのない話題を取り上げて、「母上はお元気ですか？」と言った。

「すこぶる元気ですわ。ルッカ温泉のカジノに毎晩出かけて、知り合った人に、娘を著名な公爵に嫁がせたと喋り回っています」

ローランドは夫人の相棒についても知りたいと思った。どう切り出そうかと思案したが、結局直接尋ねることにした。「ジャコーザはお元気でしょうか？」

クリスチーナは躊躇したが、特に当惑した様子もなく答えた。「ジャコーザは年金を得て、故郷のアンコーナに戻り生涯そこで暮らします。とても親切な老人です」

「あの方に敬意を抱いています」ローランドはそう言いながら、年金は、公爵が結婚に関しての労に報いるために支払っているのだろうかと考えた。「それからあなたご自身はこれからどうなさるのですか？」

「イタリアへ行きます。ナポリへ」彼女は立ち上がり、一瞬谷間を見下ろし沈黙したまま立っていた。カサマシマ公爵が白い日傘をさして戻ってくる姿が見えた。

その姿をじっと見るクリスチーナの顔に、教会の中でも気になった奇妙な表情がまた浮かんだようにローランドは思った。再会した最初は輝くような美しさに幻惑され、数ヵ月の間に美しさが増しただけかと思ったが、その後、目の中に暗い光が一筋あるような気がしたのだった。悲哀と苦悩を不吉に暗示する重く暗い光だった。理想の挫折が露呈したのだろう。彼女の目は夫を眺めているうちに冷ややかになり、その一分後に、ローランドに移された時には、きわめて悲劇的であるように感じられた。そのため、ローランドは彼女に対して同情と恐怖の入り混じった独特の感情を抱いた。彼女に友情のあかしを差し出したいと望んだが、今後の彼女は友情などが入る余地のない方向へ進もうとしているように思えた。彼の好意が読めたようで、彼女は美しく、淋しげな微笑を浮かべ、「もう二度と会いませんように！」と言った。ローランドが抗議の眼差しを浮かべると、「あなたは、あたしの最善の部分をごらんになったのですもの！　あたしは誠実だった、と本気で繰りかえします。不誠実に見えるのは存じていますけれど」彼女は早口で続けた。「申し上げられないことがいろいろあります。ひょっとして察してくださったかもしれません。まあ、どうでもよろしいけれど。とにかく、あたしがベストを尽くしたのをあなたはご存じです。でもうまくいかなかったわ。打ちのめされ、心を踏みにじられました。相手のほうが上手だったわけね。でもそれは、また別のお話ですけど」

「あなたなら今後幸せになれる機会があると思いますが」ローランドは曖昧に言った。

「幸せですって? 今後は無我夢中になれる快楽を目指しますわ。無上の喜びを味わうように努めます。以前、あたしの半分は俗悪な世間の所有物だって言ったのを覚えていらっしゃる? その後、俗悪な世間があたしの全部を占拠してしまいました。向こうが占拠すると決めたのです。いつかそれを後悔させてやるわ」

「今後、あなたのお噂を聞くことになるのでしょうか」ローランドが言った。

「そうでしょうね。どんな噂でも、覚えておいてくださいね、あたしが一度は誠実だったことを!」

カサマシマ公爵が近づいてきた。ローランドは公爵を、クリスチーナが謎めいた反撃を仕掛け始めた「世間」の一部として大いに同情の目で眺めた。彼は善良な人で、妻に惚れ込んでいるのだから、けしからぬ行為などするはずはない。その一方、公爵という最高の身分でありながら「無害な」夫だとすれば、妻が不倫などした場合、妻だけが世間から後ろ指を指されるのは必定である。それゆえ、妻はいかに夫に不満であろうと逃げ道がないことになる。その意味で、公爵はクリスチーナの不幸な状況を深めるばかりなのだ。クリスチーナは自由に振る舞えた時は、それなりに公爵を尊重していたのだが、否応なしに彼と結婚するように強要された瞬間から嫌うようになったのだ。ローランドは公爵の順応性に富むイタリア人らしい顔を見て、妻のこのような心の動きすべてに十分気づいていることが分かった。公爵の顔には、他にも、先祖代々継承している自負、憤怒、偏執などの攻撃的な性向も読み取れ、この二人の結婚生活はこれからもさまざまな争いが絶えないだろうことが予想できた。

「ナポリにいらっしゃるのですか？」ローランドは他に話題がないので公爵に向かって言った。

「その前にパリに」クリスチーナがゆっくりした口調で答えた。「それからロンドン。ウィーンやサンクト・ペテルブルグにも参ります」

カサマシマ公爵は下を向いて、日傘の先端で地面を突いていた。ローランドはその様子を眺めていたが、クリスチーナは横を向いた。ローランドが顔を上げて、彼女を見ると、表情に変化が現れた。教会の壁に遮られてローランドには見えなかった何かを見たのだ。まもなくロデリックが姿を見せた。

クリスチーナに気づいて、愕然として立ち止まった。顔も体も疲れ切っていて、服はほこりだらけだ。彼女を頭の天辺から足のつま先まで眺めているうちに、ロデリックの頬は紅潮し、目は大きく見開かれた。クリスチーナも彼を見返した。二人の間には数分間気まずい沈黙があった。「具合が悪いのではありませんか？」彼女が言った。

ロデリックは答えない。あたかも彫像を眺めるように、じっと彼女を見続けるだけだ。ようやく「やっぱり美しい！」感嘆して叫んだ。

クリスチーナは微笑し、そこに立ったまましばらく谷間を見下ろしていた。ロデリックは公爵を凝視した。クリスチーナは握手の手をローランドに差し出し、「さようなら。将来、あたしの近くにいらっしゃることがあっても、会おうとなさらないでくださいね」と言った。それから間を置いてから、低い声で「あたしは誠実だったのです」とまた言った。そしてロデリックに向かって、山の頂上からの眺望についてありきたりの質問をした。しかし彼は何も言わず、彼女をじっと見つめるばかりだった。ローランドは最初、ロデリックが非難の言葉を浴びせるのではないかと心配したが、時間の経過とともに懸念は解消していった。ロデリックは彼女の美しさ以外のことはしだいに忘れていくようだった。そこに立って、ロデリックに自分の美しい姿を堪能させていたのだから、彼女はむしろそのことに気づいている、とローランドは確信した。「あなたにはさよならを言いません。また会いましょう」ロデリックにそう言って、彼女は去っていった。公爵はローランドに向かって丁寧に別れの挨拶をしたが、ロデリックには大げさにお辞儀をしただけだった。それも目に映らず、ロデリックはもっぱら草地を歩いてゆく彼女の姿を目で追っていた。ついにクリスチーナはホテルの入り口に着き、そこで立ち止まり、振り向いてロデリックを見た。

第二十五章

薄暗い中を宿に戻る間、ロデリックは不気味に押し黙っていた。

翌朝早く、行き先も告げずに一人で出ていった。軽い足取りでクリスチーナの滞在するエンゲルベルクに通じる岩だらけの山道を進む姿を、ローランドは目撃した。そして丸一日留守にして、戻ってからも何も語らず、疲れ果てたとだけつぶやいて早く床についた。彼が寝室に去ってから、メアリ・ガーランドがローランドのもとへやってきた。

「お訊きしたいことがあります。昨日エンゲルベルクでロデリックに何かありました?」

「何かが起きたと気づかれましたか?」

「ええ、間違いありません。何か辛いことがあったのですか?」

「彼にとって辛かったかどうか、分かりません。カサマシマ公爵夫人に出会ったのです」

ローランドが言った。

「そうでしたか」メアリはそれだけ言うと立ち去った。

短いやり取りだったが、ローランドはそこから大事なことを読み取った。どんなささいなことでもよく吟味して、隠れた意味を見つけるのが、ローランドの習性だった。慎重に探せば、何らかの兆しが発見できる。メアリが、ロデリック本人に訊けば分かることをわざわざローランドに質問したのは今回が初めてだった。ロデリックに尋ねてもどうせ返答を得られないと分かって、彼を見限ったのだ。これは注目すべきよい兆しだとローランドは大胆に判断した。

その翌朝は天気が悪かった。高所なので爽やかなはずの空気がよどんでいる。ローランドは、宿から見える場所でシングルトンが白い日傘の下でスケッチをしているのに気づき、側まで行って、しばらく周囲を散策した。その後、涼を求めて、ユングフラウが見える岩棚まで登った。しかしその日は白い頂上が、陰気な雲に隠れていて見えない。下方の谷間は灰褐色の靄で霞んでいる。ローランドはポケットに入れてきた本を取り出して開いたが、読む気になれなかった。心の中でさまざまな考えが渦巻いていて集中できない。一昨日のクリスチーナとの出会いの一部始終が脳裏に焼き付いていた。彼女の世をすねた姿勢は責められないし、避けられなかった悲劇的な結婚は気の毒だった。もしロデリックがクリスチーナの不満、不幸、怨念を知ったらいかなる結果になるか、それを想像してひどく心配になった。一方、ロデリックの今の状態がクリスチーナの心に何かを訴えたのはまず間違いない。万事に無関心で挑戦的な態度を取る今のロデリックは、クリスチーナにとって、獲得すべき魅力溢れる貴重品になったのだ。二人の関係はこれからいったいどうなるか？　彼女は、今後は良心に決別すると宣言していたではないか。世の中を快楽の園にでもしようということか。以前の彼女は、ロデリックの愛情を花に譬えれば、茎の部分を弄（もてあそ）んでいたのみだったが、今は慣れた手つきで花をむしり取り、大いに楽しもうと考えているようだ。だがいったいどうしてロデリックは、破滅の道へ突進せねばならないのか？　何ごとにつけ考えずにはいられない性質のローランドは、たとえ不快なことについて思案する場合でさえ、普段なら多少とも思考の喜びを覚えるのだが、今はただ不安感に捉われるだけだった。同時に、自分の道徳心が突然崩壊するのを意識していた。この二年間、よどみなく働いていた道徳心が急に動きを止め、停滞し出したのだ。ローランドは山に立ち込める土気色の靄を眺め、その汚濁が自分の停滞した道徳心に類似しているような気がした。まっとうな人間が他人の愚かさに付き合う限界に達してしまった。否、限界を越えてしまったのだ。この二年間、徹底的に愚弄され続けて、これ以上一歩も進めなくなった。忍耐心を取り戻そうとまた本に向かったが、助けにならず、投げ捨てた。帽子を目深にかぶり直して目を覆い、悪天候が自分の不快感に関係するのだろうかと冷静に考えた。横になった姿勢のまましばらくじっとしていたが、誰かが音もなく近寄ってきたような気配がして目を開けた。見上げるとロデリックが目の前に立っていた。こちらを凝視するロデリックの目には最近見せなかった鋭さがあった。態度にも鬼気迫るものがある。長年の習慣が出て、ローランドは「いったいどうしたのだ？」と尋ね、座るように勧めた。

ロデリックが特別の用事で来たのは明白だった。しばらく黙っていたのは、恥じているからではなく、別の理由のせいだった。

「お願いがある。金を貸してくれないか?」ようやく言った。

「いくら?」

「千フランほど」

ローランドはためらった。「余計な口出しは好まないが、千フランもの金で何をするつもりだ」

「インターラーケンに行く」

「いったい、なぜインターラーケンに?」

ロデリックは少しのためらいも見せずに答えた。「だって彼女がそこにいるから」

ローランドは笑い出したが、ロデリックは大真面目だった。「じゃあ、もう彼女を許したのか?」

「全然許してなどいない」

「理解できないな」

「ぼくにも理解できない。比類ない美しさしか理解できない。あの美しさがまたぼくを魅了したんだ。それに、来てくれと言った」

「彼女が来てくれと言ったのか?」

「ああ、そうだ。昨日、来てくれとはっきり言った」

「そうか。彼女は何て恥知らずなのだろう」

「そのとおりさ。ぼくもそう思っている」ロデリックが言った。

「一体全体、なぜ昨日彼女のところへ舞い戻ったりしたのだ?」ローランドが訊いた。

「なぜ雲から降り立ったばかりの麗しい女神をぼくが見出したか? なぜ会いに行ったか? いずれも理由はない。理由など考える間もなく、彼女の魔力に屈したんだ」

それを聞いて、ローランドはまた横になり、しばらく空を眺めていた。それからようやく体を起こして、「本気なのか?」と尋ねた。

「むろん本気さ」

「インターラーケンに行って、しばらく滞在するつもりか?」

「永遠に留まる」ロデリックは断固として言った。意見を変えることなど絶対にありえないと言わんばかりだった。

「その間、母上と従妹はここに放っておくつもりか? 季節はしだいに寒くなってくるのに」

「今日の天候ではそう思えないが」

「そうだな。でも今日の気温は例外だ」

「母たちにはルツェルンに戻ってもらってもいい。ローランドが面倒を見てくれるとあてにしていいね?」ロデリックが言った。

この瞬間、ローランドは草地にまた体を横たえた。少し考えた後、ロデリックと顔を合わせた。「インターラーケンへ行っていったいどうするつもりだ?」

「言葉にする必要などない。論より証拠さ。まあ一応説明すれば、こうだ。とにかくクリスチーナの近くにいたいんだ。何ごとであれ、ぼくがぜひともしたいと望むのは、本当に久しぶりだ。生身の人間に戻った気がする。さっきも言ったけど、彼女が目覚めさせてくれたんだ。元気が回復すれば、何かよいことも起きるかもしれない」それから宿の方角を指して、「あそこにいたのでは、死んだも同然だ」と付け加えた。

「目覚めて再び何かできそうだとは嬉しい」

「あまり期待しないでくれ。彼女のおかげで心臓の鼓動が聞こえ、視力も取り戻したというだけだから」

「元気が出た?」

「心が躍るようだ」

「確かに体調がよくなったように見える」ローランドが言った。

「それはありがたいな。さて、あなたの質問に答えたのだから、金を貸してくれるね?」

ローランドは頭を横に振った。「そういう目的では貸せないよ」

「貸せない?」

「ありえない。愚かな考えに手を貸すことはできない」

ロデリックは赤面した。目を見開いた。「それじゃあ、メアリに借りるさ」嫌味でなく、何が何でも金が必要だという意思を感じさせる言い方だった。

その途端、ローランドは折れた。ポケットから鍵束を出して草原に投げた。「真鍮の小さな鍵でぼくの洗面道具入れが開く。そこに金が入っている」

ロデリックは鍵束を拾わなかった。何かに気づいたようで、ローランドを横目で見た。

「ローランドはとてもメアリに気を遣うんだね」

「その点、君と正反対だ」と言った。それから、「君の考えは常軌を逸している」

「そうだろうさ。それだけぼくの願望が強いということでもある」

「そんなに元気が回復したのなら、他のことにそのエネルギーを使えばいいじゃないか。目が覚めたと聞いて嬉しく思う。ただ、もっとまともになってほしい。欲望を満たす力があるなら、まともに思考し、判断することもできるだろう。行くべきか、行かざるべきか、自分で判断できるはずだ。現状では、ここに留まるほうが君のためだ。自尊心を取り戻そうとする者ならそう考えるはずだ」

ロデリックはローランドの理屈を嫌った。聞いているうちに目に怒りが浮かんできた。

「聞きたくない」

しかしローランドはさらに言いつのった。「クリスチーナにまつわりつくことが君に役立つと信じているのか？　それとも、役に立たぬと思っているのか？　いずれにせよ、彼女からは離れているべきだ。役に立たぬなら、ここに留まるのが義務だし、たとえ役立つとしても、行かなくても何とかやっていけるよ」

「役に立つだって？」ロデリックが叫んだ。「役に立つか立たないか、そんなことは無関係だ！　ぼくは彼女が与えてくれるものが欲しい。それが何であれ、勝手に名をつけたらいい。ぼくは質問などせずに、与えられたものを受け入れ、それでやりきれない時間を満たすだけだ。だいたい、ぼくはあなたと論争するためにここに来たんじゃないぞ」

「ぼくだって論争などしたくない。抗議しているだけだ」ローランドは言った。

　ロデリックは少し考えた。「これまでは、あなたの親切を平然と受け入れてきたけれど、今回は何か引っかかる。あなたの金は借りたくない」

「これは親切からではない。強制されたから貸すだけだ」

「それでは、ぼくも強制された場合にだけ、受け取ることにする」と言った。それから突然立ち上がり、悠然と立ち去った。

　ロデリックの言葉は曖昧だった。ローランドは草地に寝転がって、どういう意味かと考えた。三十分も経たぬうちにロデリックが戻ってきた。急いで来たのか顔が紅潮し、額の汗をぬぐっている。こちらを見る目には、虚勢を張っているだけではないが、かといって絶対的な自信もないという心理がうかがわれる。

「やれることはやってきた。母には金がない。来週ロンドンから小切手が届くそうだ。ポケットには十フランしかなかった。メアリは財布を空にしてくれた。ちょうど三十四フランになった。これじゃ足りない」

「ミス・ガーランドに頼んだのか」ローランドは大声で言った。

「ああ、そうだ」

「目的も話したのか？」

「クリスチーナの名は出さなかった。でも気づいたと思う」

「何と言った？」

「何も言わない。財布を開けて振るっただけだ」

ローランドは寝返りを打ち、両手で顔を覆った。抑えがたい高揚感を覚えた。やっとの思いで喜びの声を抑えた。これで、彼女をロデリックに結びつけていた鎖の最後の輪が壊れたのだ。今後は自由の身だ！

もとの姿勢に戻ると、ロデリックはまだそこにいた。草原の鍵束には触れていない。

「なぜだか分からないが、あなたからは金をもらいたくないんだ」

「おそらく君にわずかばかりでも良識が残っているからだろう」ローランドが言った。

「いや、そうじゃない。本能的に嫌なんだ。何と言うか、むかつく」頭を両手で押さえるようにして、視線を地面に向けた。口をしっかり結び、ひどい嫌悪感に襲われているようだ。「あなたはぼくの計画をとても不愉快なものにしてしまったな」ロデリックは怒鳴った。

「だって、ぼくには不愉快な計画だとしか思えないのだから」

「そうなんだろうけど、あなたの判断などでぼくの行動が制限されることに怒りを覚える。ぼくの代わりに感じたり、見たりすることなんかできないくせに！　あなたにだって完全に無知な領域があるんだ。いいかい、ぼくはすごく苦しんだんだ」ロデリックはしだいに昔気質(かたぎ)のヴァージニア州人のような大げさで尊大な口調になってきた。「苦悩に苛まれてきたんだ。惨めさを忘れる機会を見つけたのに、あなたは、ぼくが半年もの間快適な日々を送ってきたのだから、そんな機会を生かしてはならないと言うのか？　そもそも、あなたはぼくに多くを求めすぎるよ。自分には主人公を演じる機会すらないくせに！　いまいましくて言っているわけじゃない。あなたの生まれつきの性質だから、変えられないのさ。でも、あなたが知らないことだってあるんだよ」

ローランドは目を見開き、じっと聞き入っていた。もしロデリックが自分の言葉にこれほど夢中になっていなければ、ローランドが青ざめたことに気づいたであろう。「ぼくが何に対して無知だって？」ローランドが尋ねた。

「主として女のことだ。女に関係することさ。あなたは、ぼくが知る限りでは女を知らない。女に影響されるのがどういうことか、それを理解する想像力も感受性もない」

「それはひどい批判だな」ローランドは真面目に言った。

「証拠もなく言っているわけではない」

「どんな証拠がある？」

「クリスチーナ・ライトの扱いさ。あなたは鈍感だ」

「鈍感？」ローランドは眉をひそめて訊いた。

「ああ鈍いんだよ。そんな男は幸運に浴するに値しない」ロデリックが言った。

「幸運？」

「それ見ろ、やはりそうだ。気づいていないじゃないか。あなたは彼女に気に入られている。クリスチーナは、あなたへの愛で死にそうだとは言わないが、あなたが好きなんだ」

「その話はそこまでにしておこうじゃないか」しばらく沈黙してからローランドが言った。

「ぼくは固執しないよ。彼女自身がそう言っただけだ」

「彼女自身が？」

「彼女がはっきり物を言う女だということくらい、あなただって気づいているだろう？　その彼女がぼくにそう言った。でもあなたには黙っていた。妬いたからではない。あなたの無知が、放置しておけばどれくらい続くか見ようという好奇心からだ」

「永遠に続いたろうよ。しかし、それでぼくの無知が証明されたとは思わない」

「そんなことを言うなよ。さもないと、あなたについて遠慮せずに勘ぐるぞ。念のために断っておくけど、これまではそんな推測をすることは避けてきたよ。でも、もうあなたにもうぬぼれがあるのだと思うことにする。まったくの話、ぼくがクリスチーナを追いかけるのにあなたが抗議するなんて、まったくもって許せない。自分が知らない種類の感情について勝手にルールを定めるなんてもってのほかだ。美しい女を良心のために断念せよなんて、よく言えるものだ。一度も情念の虜になったこともないくせに！」

「何てことを言う！」ローランドは怒鳴った。

「怒鳴るのは簡単さ。しかし、人には神経、感覚、妄想、情念があり、さらに体内のどこかに、わがままな悪魔がいて、こいつは丸一日、時には半年も寝ているが、いずれ起き出して、言うことを聞くまで肋骨を殴るんだ。もしそれが理解できないのなら、ぼくの言うままに信じて、肋骨を殴られている哀れな男の望みを叶えてくれ」

ローランドは、ロデリックの話を夢の中で聞いているかのように感じていた。それほどありえない言葉だった。傲慢で、ひどく利己的だ。現実にそんなことを口にする者などいないはずだ。しかし、ロデリックは格好のよい頭をバランスよく保ちながら、言いたい放題言って、満足したようにそこに座っているし、耳ざわりな発言のこだまが靄に霞む山腹にまだ残っているではないか。夢ではないのだ。ローランドは腹が立って抑制できなかった。ロデリックへのこれまでの好意はすべて無駄だったのか。怒りがこみあげてきた。それでも口を開いた時には憤激の口調にはならなかったから、ロデリックは言葉に隠された怒りの激しさに気づかなかったようだった。

「君は信じがたいほど恩知らずだ。傲慢で無意味なことを口走っている。ぼくの感覚や妄想なんて何も知らぬくせに。ぼくが愛したり、悩んだりしたことなどないなんて、分かったような口を利くのはやめたまえ。ぼくが怒りや不満を抑えて口に出さずにいれば、ぼくが鈍いだの無知だのと勝手に決めつける。ぼくだって君同様に女を愛した経験はある。敢えて言えば、君より深い愛情を抱くのだ。ぼくの愛は移り気ではない。受けるより多く与えたいと思っている。別の女のほうがきれいだからといって、前の女を捨てるようなことはしない。それに、美しい女が思いどおりにならなかったからといって、諦めて、真偽のほども疑わしい悪い噂を信じるようなこともしない。クリスチーナ・ライトにとって、ぼくがよい友人であったとすれば、彼女にとって君の愛よりぼくの友情のほうがありがたかったということだろう」

「愛、苦悩、沈黙、友情？　あなたが？　白状するけど、ぼくにはさっぱり分からない」

ロデリックがはっきりした口調で言った。

「分からないだろうな。君は慣れていないんだ。君は、ぼくが自分の気持ちを語るのを聞くのに慣れていない。自分の気持ちだけで手いっぱいなのさ。今後もそうであって結構だ。でも、ぼくが自分のことをなおざりにして君を優先したからと言って、そのお礼にぼくを変人扱いするのはやめてほしい」

「ということは、あなたがこれまで犠牲を払ったことがあるということ？」ロデリックが言った。

「むろんさ、それも一度だけじゃない。気づいたことがないというのか？」

「もし気づいたら、ぼくがそれを許したと思うかい？」ロデリックが叫んだ。

「友情ゆえの犠牲だから、犠牲を払うのは嫌ではなかった。でも、それを非難されるのはありがたくない」

ローランドの言葉は、状況を考えれば寛大な発言とも言えるものだが、ロデリックにはそう判断できなかった。「頼むから、もっと具体的に言ってくれ。いったい何が問題なんだ」

ローランドは顔をしかめた。ロデリックに寛大なのが分からないのなら、はっきり言ってきかせるしかない。「飛び切り自己中心的人物と暮らすには、常に犠牲が必要になる」

「ぼくが自己中心的？」

「気がつかなかったのか？」

「ぼくは、あなたが常に犠牲を払わねばならなかったほど、自己中心的だったというのか」ロデリックは不思議な口調で尋ねた。怒りでも不信感でもない。自分自身がどういう人間なのかを知りたいという、純粋な好奇心から出た言葉だった。

「君はわがままだ。自分のことだけを考え、自分だけを信じている。他人のことを考えるのは、自分に関係する場合だけだ。他人を自分にとって得かどうかで判断する。それを君は臆面もなくはっきり口にする。万事が君の天才肌と身勝手と一体化しているからだ。周囲の者は君の善も悪も一緒に受け入れ、君の優れた才能を考慮すればそれほど困ったことにならなくてよかったと喜ぶ始末だ。しかし、ぼくの場合のように、君を信じた者は信頼ゆえの高い税金を払わされたよ」

ロデリックは膝に両肘をついて、両手を握り合わせ、日よけのようにして目にかざした。その姿勢のまましばらくローランドを冷ややかに眺めていたが、やがて言った。「それではあなたをずいぶん不快にしたわけだね？」

「そのとおりさ」

「ぼくは頑固で、うぬぼれ屋で、恩知らずで、無関心で、がつがつしていて、性悪で、貪欲だというのだね？」

「君には虚栄心はないが、それ以外の不快なことのために、君を心の中で非難したよ」

「それでは憎みもしただろうね？」

「憎んだことはない。もし憎むなら、その前に手を切っただろう」

「でも別れたがったこともあったね。ぼくに勝手にしろという態度を取ったことがある」

「何度もあったさ。その都度我慢し許してきた」

「許したって？　ずっと辛抱していたのか？」

「ああ、そう言ってもいい」

「なぜこれまで黙っていたの？」

「愛情が怒りより強かったからだ。君を世に送り出し、誘惑にさらしたのはぼくだという責任を感じたから親切にしようと思ったのだ。嫌味は言いたくない──今は君の妙な言いがかりのせいで例外だ──という気持ちもあった」

ロデリックは、長い草の葉を地面から拾い、口に入れて噛んだ。ローランドはその表情と態度を見て当惑した。薄笑いを浮かべ、妙に落ち着き払っているようで、不愉快だった。やがて「ぼくはひどい奴だったというわけか」とロデリックが皮肉な口調で言った。

「君に皮肉を言わせるためにこんな話をしたのではない」ローランドが言った。

「もちろんさ。ぼくを啓蒙しようとしたのだろうさ」そう言うロデリックの目には一かけらの暖かみもなかった。

「ぼくは自分が安心していられるように語ったのだ。つまり、君が二度と再び先刻のようにぼくを誤解する危険がないように」

「つまり、ぼくはあなたに関して、ずっととんでもない間違いを犯していたんだね？」この口調には意図的な嘲笑はないが、無責任さがあり、やはり腹立たしく、ローランドは返事をしなかった。そこでロデリックは言葉を続けた。「ずっと恋していたんだね？　相手は誰？」

ローランドは、はっきりした打撃を与えてやりたくなった。「名前はメアリ・ガーランドだ」

目論見（もくろみ）は的中したようだ。驚きは大きく、ロデリックは赤面した。「メアリ・ガーランドだって？　神よ、われらを許したまえ」

ローランドは、ロデリックが「われら」と言ったのに注目した。ロデリックは草の上に寝転がり、しばらく空を見上げて横になっていたが、やがてさっと起き上がった。ローランドも相手が動揺したのを大いに喜びながら——そのことは述べておく——起き上がった。

「それでいつからなんだ？」ロデリックが強い口調で尋ねた。

「彼女を最初に知って以来さ」

「二年間か。打ち明けた？」

「いや」

「誰かに話した？」

「話すのは君が最初だ」ローランドが答えた。

「なぜぼくに黙っていた？」

「君が婚約していたから」

「でもあなたは婚約の継続を勧めたじゃないか！」

「それはまた別のことだよ」

「変だな。まるで小説みたいだ」

「くわしく論ずる必要などないさ。ぼくが打ち明けたのは、ぼくが普通と違う人間だという君の非難を論破するためだけだ」

そう聞かされても、ロデリックはまだこだわった。「それほど長い間か。ぼくがメアリを無視して、やりたい放題していた時もか。ぼくに言えばよかったのに」

「ぼくは、自分が適切だと判断したようにするのだ」

「あなたはメアリを高く買っているんだね？」

「非常に高く評価している」

「確かに、あなたは時々そう言っていたから、何となく気になったことがあった。でも、まさか恋しているとは気づかなかった。メアリがあなたを好きにならなかったのは残念だな」

ローランドは言うべきことは言ったので、これ以上会話を長引かせたくなかった。しかし、メアリの愛情については聞きたかったので、あえて黙っていた。

「いつの日か、愛してくれると期待しているんだろう？」ロデリックが尋ねた。

「そこまで話すつもりはなかったが、君が尋ねるから答えるよ。むろんそうだ、そう期待している」

「無理だと思うよ。メアリはぼくを理想化しているんだ。もしぼくと二度と会えなくなったら、記憶にあるぼくをさらに理想化するだろう」

鋭い洞察かもしれないし、愚かな想像かもしれない。そう思いながらローランドは横を向いた。口を開けば、自分が何を言い出すか怖かった。

「ぼくのメアリに対する無関心や無視をひどいと思っただろうな。もちろんそれ以外のことでだって、全体としてぼくはひどい奴に見えただろうなあ」

「人の目に自分がどう映るか、本当に気になるのか？」ローランドが訊いた。

「ああ、もちろん。これまでのぼくは非常に愚かだった。世間の人は、芸術家というのは認識力があると思っているのに。自己嫌悪を覚える」

「さあ、これでおたがい理解し合えただろう。今後は新たな出発をしようじゃないか」

「あなたがある程度悩んだのは分かったけど、あなたよりずっと多く悩んだ者がいるのも事実じゃないか？」ロデリックが言った。

「そうだろうな。だが苦悩は分量で測っても仕方がないだろう？」

ロデリックは登山杖を取り上げ、地面をじっと見つめて立っていた。「とにかく、ぼくはひどい奴だった」また繰りかえした。しかめ面をして顔を背けた。ローランドは相手の発言を否定しなかった。

両者はしばらく黙っていた。そしてついにロデリックは深い溜息をもらし、歩き始めた。「どこへ行く?」ローランドが訊いた。

「さあ、歩くだけさ。あなたが話したことを考えるんだ」

そう聞いて、ローランドは、ロデリックにしてはまともなことだと思った一方、なぜか困惑を覚えた。

「それほどまで自分がひどい人間だったことが何としても許せない。それほど無知で、恥知らずなぼくは、もう看板を下ろすほうがいい」ロデリックは続けた。

ローランドは決して微笑を浮かべるような気分ではなかったが、それでも、ロデリックが首尾一貫しているのを面白いと思った。自分の行動の格好の悪さに審美的な嫌悪を抱いたのだ。もっとも、自己中心は変わらない。人に与えた苦痛への謝罪もまったくない。ローランドは彼が行くままにしてしばらく立って眺めていた。すると突然、彼を見失いたくないという奇妙な、理屈に合わない衝動を覚えた。彼を止めてもう一度話し合いたいという願望が湧き、声をかけた。ロデリックが振り向いたので、「一緒に行きたい」と言った。

「一人でいたいんだ」ロデリックが答えた。

「そんなふうに考えるのなら、いっそのこと何にも考えないほうがいい」

「考えることはただ一つ。自分がひどい奴だったということ」そこまで言うと、杖を振りながら大股で悠然と進んでいった。ローランドはその姿をずっと追い続け、一分ほどしてからまた声をかけた。ロデリックは立ち止まり、黙ってローランドのほうを振り返った、それから前方を見て歩き出し、丘の頂上へと姿を消していった。

第二十六章

ローランドはその日の残りを何とか気分よく過ごそうとしたのだが、半ば憤慨し、半ば意気消沈したままだった。正しい振る舞いに対して非難を浴びたようなやりきれぬ気分だった。ロデリックはランチに戻らなかった。しかし、彼は遠くの山腹で思索にふけりたい気分になることがよくあり、それがほとんど習慣になっていたため驚くにはあたらなかった。ミセス・ハドソンは食事に現れたものの、息子に借金を申し込まれたことで、心配の種が増えてしまったのだろう、浮かない表情をしている。小柄なシングルトンはたっぷり仕事をしてきただけあって、旺盛な食欲を示した。ミス・ガーランドは、ロデリックがカサマシマ公爵夫人を追いかけるために金を貸したことで悩んでいるようだった。顔は青ざめ、沈黙したままだ。彼女はテーブルを離れる時、とても具合が悪そうだったので、ローランドは声をかけずにはいられなかった。二人は宿の前の草原に出た。

「頭痛がしますの」と言ってから、メアリは今にも降り出しそうな空を見上げ、どんよりした大気を感じ、「この天候のせいですわ」と言った。

ローランドは午後、セシーリア宛てに手紙を書こうとしたが、気は重いし、心は苦しかった。便箋に「ぼくは、理性が勝ちすぎると批判されるかもしれませんが、生来の癖はどうしようもないのです」と書き出しただけで、続く文章が浮かばない。鍵が必要になり、ポケットに手を入れたがない。ロデリックと横になって話し合った場所に置いたままだったことを思い出し、すぐ探しに行くと、投げた所にそのままあった。そしてその場でまた寝転がった。歩きたくない気分だった。朝と比べると、自分の気持ちが変わっているのに気づいた。自分は間違っていないという自信が消え、いつもの義務感が取って代わった。ただ、今は義務を果たすことなどできぬとも思った。うつぶせになって両腕に顔を埋めた。しばしその姿勢で、さまざまのことに思いをめぐらせた。その結果、ロデリックが午前中の議論で自分を負かしたという結論に達したのだが、そこに至るまでには何度も考えを変えなければならなかった。突然恐ろしい音が聞こえ、はっとした。すぐ雷鳴だと気づいた。体を起こすと、空一面の様相が一変したのが分かった。一日中駐屯地で待機していた雲軍団が移動し、戦闘準備のために陣地に集合しつつあるかのようだった。強風が吹き始め、濁った大気が暗く濃くなっている。不吉な予感のする光景だが、ローランドは、暴風が接近しているので、暫時様子を見るのがベストだと判断した。宿に戻る途中、仕事中のシングルトンに出会った。急速に沈むわずかな日の光の中でスケッチを描き終えようと必死になっていたが、同時に暗雲の動きにも警戒を怠っていなかった。

うに言った。

「とても興味深い嵐がやってきます。ぜひスケッチしたいのです」シングルトンは嬉しそ

ローランドは、もう絵の道具をまとめて避難したほうがいいと勧め、自分は宿に急いだ。宿に着く頃にはあたりは暗くなり、雷鳴が絶え間なく轟き、耳をつんざいた。雷鳴の只中で稲妻が走って消えた。稲妻がソプラノで、バスの雷鳴に向かって金切り声を上げているようだった。宿では、亭主と使用人一同が戸口に群がって外の様子を眺めていた。この地域でもまれにしかないほどの大暴風なのだろう。ローランドが戸口に近づくと、人々の開けてくれた通り道をかき分けるようにして、ミセス・ハドソンが現れた。顔面蒼白で全身がわなないている。

「わたしの息子はどこかしら？　どこなの？」と叫んでいた。「マレットさん、どうして息子と一緒じゃないの？　ロデリックを連れてきて！」

「どなたかハドソンさんを見かけませんでしたか？　戻っていないのですか？」という問いかけに、皆が頭を振り、深刻な表情を見せた。ローランドは夫人に「ロデリックはもちろんどこかのシャレーに避難していますよ」と言って安心させようとした。

「探しに行ってください！」母親は必死で叫んだ。「そこに立って喋っていないで。さもないと、わたしは死んでしまいます」外はもう真っ暗だった。シングルトンが絵具箱とイーゼルを持って急ぐ姿がかすかに見分けられる程度だった。「メアリはどこなの？　一体

全体メアリはどうしたの？　マレットさん、どうしてわたしたちをここに連れてきたの？」ミセス・ハドソンが泣き喚いた。

その時一段と激しい雷鳴とともに大きな稲妻が走った。宿で大騒ぎする様子が真夏の昼間のように照らし出された。稲妻の明るさで、宿近くの岩山の頂上にいる女性の姿が目に入った。暗闇の中でロデリックを探すメアリ・ガーランドだった。ローランドはすぐさま彼女を連れ戻すため飛び出していった。途中で、宿へ戻ってくるメアリと会った。手をつかんで宿まで急いで帰ったが、メアリがバルコニーへ一歩足を踏み入れた途端、ミセス・ハドソンが狂ったような悲鳴を上げて彼女の胸に倒れ掛かってきた。

「メアリ、見つけた？　見つからないの？」夫人は叫んだ。「マレットさんに、人を連れ、明かりや毛布を持って、探しに行くように頼んで。さあ早く、早く！　後生だから、助けに行って」

ミセス・ハドソンが大声を上げてとり乱す姿にローランドは動揺した。しかしローランドは、夫人は心配する必要はない、ロデリックは安全だ、と信じていた。ロデリックは羊飼いの小屋に避難したに違いないと、ローランドは夫人に言ったが、それは決していいかげんな推測ではなかった。そういう小屋は山腹に数多く存在していたし、それに嵐は急に襲ってきたわけではないのだから、十分に逃げる余裕があったはずなのだ。メアリは無言のまま立ち尽くし、ローランドのほうを見るばかりだった。夫人をなだめてくれるといいのだが、とローランドは願った。突然、メアリは「あなたにあの人を見つけられるでしょうか? 見つければ助かるのかしら?」と強い口調で彼に尋ねた。

この質問は、ローランドには、空を斜めに走る稲妻以上に強烈なショックだった。自分が彼女に強く信頼されているという夢が打ち砕かれた。しかし、質問に答える前に、嵐がもう一段、激しさを増してきた。雨が滝のように音を立てて降り始めた。誰もが慌てて室内に入ったが、明かりをつける間がないまま、カーペットの敷かれていない談話室に集まることになった。不気味な暗闇の中で、ローランドは腕にメアリの手が触れるのを感じた。一瞬、頼られていると感じるほど、しっかり触れられた気がした。先ほどの非常識な質問を撤回し、ロデリックの行方はローランドの推測に同意する、と伝える合図のようにも思えた。その一方、彼女が思わず声を強めたのは事実であり、本音が出たのだ。つまりロデリックを救うためならローランドなどどうなってもかまわないという思いが、直感的に彼女の頭に浮かんだのだ。彼女の気持ちはこれまではっきりつかめていなかったが、これで分かった。ローランドにはつらいことだったが。

しかし、はっきり分かってしまった以上、ローランドにとってその晩の恐ろしい暗い気分は、ますます深まるばかりだった。周囲にいる人々は姦しかった。絶え間ない雷鳴という伴奏があっても、喧噪がそれを上回った。宿泊客や使用人などが、ひっきりなしに喋りまくっていた。嵐を恐れて大げさに語る者がいる一方、これしきの嵐などと軽視する者もいて、ローランドはそのどちらにも悩まされた。この無秩序の中で、ようやく明かりがついた。最初に見えたのは、気絶したミセス・ハドソンが頑強な二人の使用人によって談話室から夫人の部屋へと運ばれていく姿だった。メアリが先に立ち、ローランドもできる範囲で手伝った。ようやく夫人を部屋のベッドに落ち着かせてから、メアリは彼を部屋から出てゆかせようとした。

「あなたがいらっしゃると伯母の具合が悪くなりますから」

仕方なく、ローランドは自分の部屋へ戻った。スイスの山の宿では部屋の間仕切りが薄いため、三室も離れているにもかかわらず、ミセス・ハドソンのうめき声が時々聞こえた。激しい嵐だったので、長く吹き荒れ、収まるまで三時間余りかかった。しかも風が収まった後も激しい雨は続いた。もう夜も更け、暗くて一間先も見えなかった。雨は深夜近くまでやまなかった。ローランドはメアリ・ガーランドの先ほどの言葉を考えながら、もっと気になったのはロデリックの行方だった。高所にあるシャレーは嫌な臭いがするけれど、アルプスの嵐の避難所として役立つはずだ。しかし、頭に浮かぶのは、ロデリックの声の響きほど甘美な音楽はなく、世界中のどの音楽にも勝るということだった。深夜に雨滴がついた窓を通して星が見えたので、ローランドは急いで階段を下ってバルコニーに出た。雨はやみ、雲間から星が見える。数分後、背後に足音がし、振り返るとメアリ・ガーランドがいた。ミセス・ハドソンの容態を尋ねると、伯母は泣き疲れて寝ました、と答える。彼女は暗闇を凝視していたが、ロデリックは避難所を見つけて無事だという意見を疑うような発言はしなかった。ロデリックはそのことに注目した。「これは他ならぬぼくが保証したから、安心しているのだ」と思った。メアリは彼に何か訊きたい様子で、すぐに口を開いた。「急に彼が遠出に出たのはなぜでしょう？　あたしは十一時に会ったのですが、その時はエンゲルベルクに行って泊まるつもりだと言っていました」

「インターラーケンに行く途上ですよ」ローランドが言った。

「そうですか」暗闇に表情を隠して言った。

「彼といくらか話し合いましてね。その時は、インターラーケン行きは断念したようでしたが」ローランドが言った。

「あなたが止めるように説得なさったのですか？」

「そうとも言えません。別の問題も議論して、それがインターラーケン行きを考え直させたようです」

メアリはしばしの沈黙の後、ローランドに尋ねた。「もし差し支えなければ教えてください。お二人は激しい口論でもなさったのですか？」

「彼にもぼくにも愉快なものではありませんでした」

「それでは、ロデリックはあなたと別れた時、苛立っていたのですね？」

「一緒に行きたいと言ったのですが、断られました」

メアリはバルコニーの端まで歩き、戻ってきた。「仮にエンゲルベルクへ行ったのだとすれば、向こうのホテルには嵐の前に到着したでしょうね？」

ローランドは急に腹立たしい気分に襲われた。「いろいろ考えても無駄ですよ。ここに戻ってきたとしても、すぐにまたインターラーケンに出発することだって、ありえますからね」

しかしメアリは彼の苛立ちに気づかぬようだった。「早めに戻ってくるでしょうか？」

「そう思います」ローランドは言った。

「あたしたちがとても心配していると思って、夜が明けたらすぐ戻るでしょうね」メアリが言った。

ローランドは、「ロデリックはよく人の気持ちを察しますから、そうするでしょう」と皮肉を言おうとしたが、やめて、代わりにあっさり「日の出には戻るでしょう」と言った。

メアリは、尋ねても返事のない暗闇をまたじっと見つめてから、無言で宿の中に入った。ローランドは、心配すまいと自分に言いきかせたにもかかわらず、その夜よく眠れなかった。夜明けになり、東に太陽が姿を現すや否や、外に出た。嵐が空気を洗い、雲一つない快晴だった。太陽がゆっくり昇るのを眺めながら、ロデリックが朝食前に戻ってこないとすれば理由は二つある、と想像した。一つは、山腹の地面が大雨でぬかってしまい、極端に歩行が困難になったこと。もう一つは、正直に言ってしまえば、彼は他人の心配などどこ吹く風だということ。

宿の朝食は早く、ロデリックはその時間までに現れなかった。ようやくローランドも周囲の人たちに、自分も心配になってきたと言い始めた。ミセス・ハドソンもメアリも部屋にこもったまま出てこない。部屋の中で二人が顔を見合わせ、ロデリックが戻れば何か聞こえるだろうと耳を澄ましている姿が思い浮かんだ。気の毒で、二人には近寄れない。宿の周辺にはティルツ登山のためのガイドが数名たむろしている。ローランドはそのガイド達を雇い、宿から朝食後の散歩で着ける範囲内のシャレーにロデリックがいないかどうか、手分けして全部調べてくるように命じた。それからサム・シングルトンを呼んだ。山登りに慣れているうえ、何ごとにも一生懸命に手助けをしてくれるので、一緒に捜索に加わってもらうことにした。宿が見えなくなる地点まで来た頃には、さすがのローランドも、ロデリックが戻ってくるだろう時間を超えたと認めざるをえなかった。

数時間にわたって探し回ったが、そこには山腹の静けさしかなかった。まもなくシングルトンとは別れ、それぞれ別の方向を探すことにした。そう決めた時、シングルトンの顔には、恐怖の表情が浮かんでいたが、それは急速に深まったローランドの恐怖心と同じ種類のものだった。天気は快晴で、陽光が山の隅々まで明るく照らしていた。嵐のため山裾は秋色が深まったようだった。地平線から聳え立つ、雪を頂く近隣の山々は、槍のようにとがっていたり、丸かったりと、いずれもまぶしく光っている。ローランドはいくつものシャレーを調べたものの、誰の姿もなかった。シャレーの汚れた戸を苛立ちで力いっぱいたたき、返事のない、間抜けな静寂に向かって、ロデリックの居所を尋ねてまわった。小屋の中には数ヵ月間一度も使われていないシャレーもあった。静寂は恐ろしかった。彼の苛立ちを嘲笑するようであり、大災害の襲う兆しのようでもあった。

静寂に囲まれて、ある小屋に、たった一人で気の毒なクレチン症患者が住んでいた。ローランドはよく考えもせずに、ロデリックのことを尋ねていた。甲状腺腫で腫れた首を見せながら、にこっと笑って答えたのは、自分の家族は山腹のあちらこちらに別れて暮らしているので、家族の居場所すら分からないということだった。その後も、ローランドは危険な場所に登り、不気味な割れ目や険しい岩棚の周囲を覗いて回った。先刻述べたように、強烈な陽光で奥まった内部の片隅でも明るく照らされているので、もし何かあれば、すぐ見えるはずだ。断崖絶壁のどこを探してもロデリックの姿はなく、途方に暮れ、気分が悪くなったので、昼頃に捜索を中断して一時間ほど大きな石の上で休息を取ることにした。なぜか分からないが、この二年間に起きた、忘れていたささいなことが鮮明に脳裏に浮かんできた。だが、突然聞こえてきた石の落下音で回想から覚めた。その時、目の前の険しい斜面を注意深く下っている人の姿が目に入った。シングルトンだった。ローランドに向かって手を振り、差し招いた。

「下に降りてください！　下に降りてください！」とシングルトンが叫んでいる。絶壁を下りながら、足掛かりを選び、足元を確かめ、シングルトンが時々眼下を覗いているのにローランドは気づいた。断崖の底の何かを見ている。その断崖は、垂直でなく傾斜しているので、十分に気をつけさえすれば、困難ではあっても下りることも不可能ではなさそうだった。

「何が見える？」ローランドが叫んだ。

シングルトンは立ち止まり、ローランドを見たが、ためらっている様子だった。ようやく、「下に降りてください！　下に降りてください！」とまた同じ言葉を繰りかえした。

ローランドのいる場所からの下降も険しかった。大急ぎで下ったためその時には気づかなかったが、後で振り返るとよく落下して首の骨を折らずに済んだものだとわれながら感心した。まわりの岩を伝って降りれば十分間くらいで底に到達できそうなのだが、半ばまで下ったところで断崖の底が目に入り、眩暈を覚えた。シングルトンが見たものをローランドも見たのだ。峡谷の岩の上に白い物体が転がっていた。その途端、前後を忘れてまた降下を急いだ。シングルトンが谷間に先に着いて、白い物体に駆け寄り、その前でひざまずいている。ローランドも追いつき、同じようにひざまずいた。昨日までの友人が、最期の息を引き取った瞬間のまま、眼前に横たわっている。目を大きく見開いて虚空を見つめていた。

見上げるような高所から転落したにもかかわらず、奇跡的にあまり損傷していなかった。雨が体を滝のように流れ過ぎ、服と髪は大波で海岸に打ち上げられたように濡れそぼっている。動かそうとすれば、ひどい骨折やすさまじい損傷が分かるのだろうが、一見したところ、不思議なほど生前とあまり変わらぬ様子をしていた。目は死者のものだったが、ローランドがそっと閉じると、顔全体が生き生きして見えた。雨で血はすべて流れ去っている。暴力の女神が仕事を済ませた後、自分のしたことを恥じてこっそり逃げたようだった。ロデリックの顔が女神を恥じ入らせたとしても不思議ではない。それほど美しかった。

「何てハンサムなのでしょう」シングルトンが言った。

二人はロデリックが落下した断崖をおそるおそる見上げた。崖は、その空虚な石の顔をさっきまで死者に向けていたが、今はもう上を向いている。死者は、閉じた目にあたる陽光を受ける以外には何もしないでよい境遇になったのだ。突然ローランドは憐憫と苦悩の嵐に襲われた。そしてその嵐もようやく収まった頃、シングルトンと遺体を宿まで移動させる手段を相談した。「三、四人ほどの人手が要るが、すぐ来てもらわねばならない。いったいここはどこなのだろう、見当もつかないが」とローランドが言った。

「宿から徒歩で三時間ほどの距離です。わたしが行ってきます。わたしなら迷いません」

「宿で誰と直面することになるか、忘れないでおいてくださいよ」ローランドが注意した。

「忘れません。ハドソンさんにはお世話になったのに、生前何もしてさしあげられなかった。今お返しできて幸いです」

シングルトンは出発した。一人残ったローランドはそこで七時間、遺体を見守ることになった。この時の寝ずの番は永久にローランドの記憶に残った。誰よりも理性的なローランドだが、最初の一時間ほどは極端に感情が乱れた。自分は極悪人だとの自責の念に駆られた。性悪で残忍で不正な男だ。昨日ロデリックを孤独な遠出に駆り立てたあの言葉を撤回できるのなら、死んでもいい。人間はやむなく愚かしい行為をするものだ、とロデリックがよく言ったが、自分こそそれを証明してしまった、と後悔した。ようやく少し落ち着きを取り戻し、頭上の崖が発する、山の犠牲者が出たことを密かに歓迎する声に耳が慣れると、いったいロデリックの身に何が起きたのかを考え始めた。考えても何にもならない。事実の絶対性の前では、どんな仮説も無意味になる。ロデリックは考えごとに夢中になり、未知の山に入り、しだいに遠く、高く登っていったのだろう。おそらく暴風の最初の攻撃にもろにさらされてしまったのだろうが、もしかすると、面白がって見物していたのかもしれない。ひょっとすると道に迷っただけかもしれない。嵐が彼を追い抜き、戻ろうとした時には遅すぎたのだろう。暗闇の中で崖を下ろうとして、足を滑らせたのだろう。落下距離は五十フィートか三百フィートか、遺体の状態からは短かかったように思えるが、それはもう問題ではない。すべてが終わった今、ロデリックの存在がこの二年間いかに大きかったか、ローランドは明確に覚った。ロデリックの死とともに、自分にはするべきことがなくなってしまったのだ。

シングルトンが四人の男を伴って戻ってきた。宿の主人も含まれていた。遺体を安全かつ丁寧に運ぶため、用意してきた椅子駕籠の骨組みで担架を作り、宿までの行路は遠回りになるものの、できる限り平坦な道をたどることにした。一行はゆっくり進み、もう永遠に到着できないのではないか、とローランドは不安を抱いた。しかし宿が見えてくると、今度は永遠に到着しないことを切に願った。宿の人々が出てきて、静かに、礼儀正しく迎えた。戸口に二人の遺族が体を抱き合って現れた。ミセス・ハドソンは両手を広げ、目が見えなくなったかのようによろめきながら歩き出した。しかし母親が息子のところにたどり着く前に、メアリ・ガーランドが伯母の側をすり抜けて走ってきた。人々が憐憫と恐怖の入り混じった顔で見守る面前で、大声で泣き叫びながら愛する者の亡骸の上に体を投げかけた。他の誰でもない、自分にこそそうする権利があるという強い信念を持つ女性の立派な態度だった。

その叫び声は、ローランドの耳に今も残っている。帰国後彼がメアリ・ガーランドを訪問するたびに――回数はごく少ないが――彼女はぼくに何て親切なんだろうと考えたり、アメリカに戻る憂鬱な船旅の間、ぼくが世話したことへの彼女の感謝に率直さがあり、率直さに感謝があったと思い出したりする際に、あの叫び声でいい気になるのを常に妨げられた。メアリ・ガーランドは今でもミセス・ハドソンと一緒にノーサンプトンで暮らしている。ローランドはここに住む従姉のセシーリアを以前よりもしばしば訪ねている。メアリを訪ねる時、ミセス・ハドソンには決して会わない。セシーリアは聡明で、彼の訪問は自分よりメアリに会うのが目的だと察していて、訪問への謝辞をほどほどに留めた。彼が現れると、「あなたほど落ち着きとは縁遠い人はいないわね」と言う。それに対してローランドは答える。「いえ、ぼくほどじっとして辛抱強い者はいませんよ」

青年彫刻家の外国体験と愛を描く心理小説家の処女作

解説

行方昭夫

ここに全訳した『ロデリック・ハドソン』は、ヘンリー・ジェイムズ自身が自信を持って敢えて第一作と称した（年譜参照）長編小説で、一八七四年の春にフィレンツェで書き始められました。発表はアメリカの文芸誌「アトランチック・マンスリー」誌で一八七五年一月から十二月まで毎月連載されました。これをわずかに修正したものが、同年十一月に単行本としてボストンのJ・R・オズグッド社から刊行されました。このアメリカ版に多少の修正を加えて、一八七八年にロンドンのマックミラン社からイギリス版が刊行。さらに、その後大幅な加筆修正が施されたニューヨーク版全集（一九〇七年）の第一巻を飾ることになります。

本書の翻訳は最初のイギリス版を底本とするペンギン版を使用しました。

執筆されてから百五十年近く経つわけですが、英米ではいまだにペンギン版その他の文庫に入っています。二十世紀に主流となる心理主義文学の開祖とされるジェイムズの事実上の処女作として確固たる地位を得ている証拠だと言えます。刊行当初から英米批評家の間で一定の評価を受けていたものの、『デイジー・ミラー』、『ねじの回転』、『ある婦人の肖像』ほど有名にはならなかったのですが、二十世紀半ばになって急に注目を浴び、それ以後評価が高まりました。ケンブリッジ大学の著名な文芸批評家のF・R・リーヴィスがその画期的な英国小説論『偉大な伝統』（一九四八年）で、弱冠三十一歳のジェイムズが執筆した本書について「古典と称される多数の小説などよりも、永久に読み継がれるべき卓越した作品であり……人生と人間に円熟した関心を抱く作家が、その関心を小説で扱うすべを心得ていることをよく示す作品である」と絶賛したのが切っ掛けとなったのです。英米でのジェイムズ人気に大きな影響を及ぼしました。日本では、ちょうどこの時期、世界文学全集が隆盛を極めていまして、その中でもっとも規模の大きさを誇った筑摩書房の『世界文学大系』全一〇二冊の一冊に本書が選ばれたのはリーヴィス説の直接の影響だったに違いありません。

ジェイムズは、イタリアのフィレンツェでこの小説の執筆を開始してから、ドイツ南西部のバーデンバーデン近くのシュヴァルツヴァルト、通称「黒い森」で過ごした夏に書き続け、秋に帰国後ボストン近郊で三ヵ月間継続して執筆し、その後ニューヨークで完成したのでした。作品の舞台はアメリカのニューイングランド、イタリアのローマとフィレンツェ、スイスの高原地方ですが、主要な舞台はローマです。

幼時から頻繁にアメリカとヨーロッパの間を行き来して暮らしたジェイムズでしたが、初めてローマを訪ねたのは一八六九年になってからでした。ローマ訪問の第一印象を「生まれて初めて自分は生きているのだな、と感じました」で始まる、感極まったような手紙で兄に書いています。その後、一八七二年末に再び訪ね、翌年の六月まで長期滞在し、そこで暮らす多くのアメリカの芸術家たち——画家、詩人、小説家、彫刻家など——と親しく接しました。寺院や美術館や貴族の館などを何度となく訪ねたのは言うまでもありません。『ロデリック・ハドソン』の中でローランドがメアリにローマを案内しますが、作者自身が母国から次々にやってくる家族や友人たちを何度も案内した経験の反映です。ジェイムズは国籍離脱者からなる社交界にも頻繁に出入りしました。『ロデリック・ハドソン』の筋や作中人物の着想はここでの見聞によって得られたと見てよいでしょう。また小説家としての修業時代に愛読した先達であるホーソーン（特に『大理石の牧神』）、ツルゲーネフ（特に『煙』）、デュマ・フィス（特に『クレマンソー事件』）などから学んだことも生かすことができました。ローランドがロデリックにヨーロッパで彫刻を勉強させるのに最適な土地として選んだのは当然ローマでした。クリスチーナ・ライトのモデルだとされる謎めいた美女エリーナ・ロウを目撃したのもこの時期でした。

十九世紀のアメリカの芸術家の多くがヨーロッパにやってきたのは、なぜでしょうか？当時のアメリカが芸術を育てるのに不適当だから、というのが彼らの口にする理由でした。ロデリックがマサチューセッツ州ノーサンプトンでストライカー氏の法律事務所での仕事について述べている不満は、単に彼がこの仕事が嫌いだというだけでなく、非道徳なものとして芸術を敵視する土地の環境すべてに向けられているのです。

『ロデリック・ハドソン』執筆のころに書かれたジェイムズの短編に「未来のマドンナ」という作品があります。フィレンツェに長年滞在し聖母マリアを描こうと苦闘するアメリカの画家が主人公ですが、彼は「アメリカ人は芸術から廃嫡された国民です。精妙な感覚、洗練された趣味、明敏な才能、創造の源泉の霊感もない……芸術家を育て、励まし、燃え立たせるものが母国には何もない」と嘆きます。ジェイムズ自身も、評伝『ホーソーン』の中で、ホーソーンが生きた時代のアメリカになかったものとして、「君主、宮廷、貴族、司祭、軍人、外交官、郷士、宮殿、城、荘園、草ぶき屋根の田舎家、蔦の生い茂った廃墟、大寺院」などなどを列挙して、そんな環境で芸術の花を咲かせることは困難だと述べました。それで母国を離れてヨーロッパで芸術家を志すアメリカ青年が多数いたのでした。

その中には大成功を収める者もいて、アメリカの国会議事堂上の「武装した自由の女神」像の制作者であるトーマス・クロフォード（彼がロデリックのモデルだとする批評家がいます）も代表的な例です。ジェイムズは夭折したクロフォードとは会えませんでしたが、もう一人の大成功を収めた「クレオパトラ」像で知られ、ジェイムズが後に伝記を執筆することになるW・W・ストーリーは長生きしたので、そのローマの豪邸でのパーティにはよく招かれました。この二人とは違い、生来の才能をローマで開花させられずに失意の生涯を送る者も多くいました。「未来のマドンナ」の画家が死んだ時には聖母像どころか一枚の絵も残せなかったのです。ジェイムズはローマのアメリカ芸術家村（コロニー）で成功例も失敗例も目撃し、挫折の危険も学びました。『ロデリック・ハドソン』を執筆していたのと同じ時期に、ジェイムズ自身が小説家としての成功を願って、ヨーロッパに定住すべきか否か考えていまして、作品の連載の最後の部分をニューヨークで書き上げて出版社に送った時点で母国を捨てる決意をかためて、パリに向かったのでした。

* * *

本書を読み終えた方は、この作品をどう受け取りましたか。読後感はいかがですか。仮に、この小説をまだ読んでいない人に作品の説明を求められて一口で答えれば、「前途有望な若いアメリカの彫刻家が、芸術好きな資産家の援助によりローマで学ぶことになる。最初は、文化的な雰囲気で刺激を受け才能を開花させるのだが、徐々にヨーロッパの過去の重圧に圧倒され、絶世の美女に翻弄され、絶望のあまり自殺する」ということになるでしょう。しかし、もちろん、かなり長い本書を読み終えた読者は、そう言えばそうだけど、もっといろいろある、と思われるに違いありません。「複雑な主題を持つ最初の長編小説」だとジェイムズ自身が述べています。確かに、どの作家の場合でもそうなのですが、その後ジェイムズが取り上げることになる主題の多くが、萌芽的にこの事実上の処女作に見出されます。以下、疑問に思われそうな問題点について、数名の男女の読者からの問いに私が答える形でこの小説を検討してみましょう。

問：本の題名は『**ロデリック・ハドソン**』であり、彼の栄光から挫折、破滅までの経緯が話の中心ではありますが、一方読者は最初から終わりまでローランド・マレットにも関心を持ち続けるような気がします。題名は『**ローランド・マレット**』としてもいいのではないかとさえ思います。

答：ロデリックをはじめ、他の作中人物や出来事などが、かなりの部分、ローランドの視点から、つまりローランドがどのように受け止めたかという目で描かれているというのは、そのとおりです。その点、作者があたかも神であるかのようにすべてを把握していて、作中人物の行動や動機など内面を描く作風とは違いますね。「視点の技法」といって、ジェイムズ文学の注目すべき特色の一つです。ジェイムズ自身、ニューヨーク版の序文で、この作品は**ローランドの意識の劇**（ドラマ）だと述べています。

問：そうですか。神ならざる視点となる人物というのは、真実を伝えようと努力はするのでしょうが、全能の神と違い、利己心などで真実が歪められる危険はないのでしょうか？

答：確かにありえます。そこで読者としては、書いてあることをすべて真実だとして、そのまま受け入れるのではなく、視点人物の内面にも関心を注ぎ、主体的に検証するという作業が必要になります。作業を面倒だとする読者もいましょうが、その一方、それを読書の喜びだとして歓迎する人もいます。

問：**ロデリック**が若い彫刻家なので、例えばジェイムズ・ジョイスの『若い芸術家の肖像』などのような芸術家の成長をたどる物語として読もうと思いました。事実、芸術と現実の人生や社会との関係、芸術への精進と私生活、想像力の枯渇などが問題になっています。しかし、その一方、アメリカの芸術家がヨーロッパで学び、暮らすことの影響を探りたいという意図も明らかに見えます。二つのテーマのいずれに力点が置かれているのでしょうか。

答：両者はからみ合っています。マサチューセッツ州のノーサンプトンでローランドがロデリックの「渇望」という彫刻のすばらしさに深い感銘を受ける様子などを描く冒頭の数章では、彫刻家としての成長に関心をそそられます。ロデリックがローマ到着後、古代彫刻の世界的な傑作に生まれて初めて身近に接し、熱心に技法を学び、かつ何を彫刻に刻む対象として選ぶかなどあれこれ考える姿は、母国での「渇望」（芸術的な影響不足）が癒されているのだな、と感知されます。事実、ローマ到着後、信じられぬすばやさで制作した「アダム」と「イブ」の大理石像は、ローマのアメリカ芸術家集団の中心人物であるグロリアーニ（W・W・ストーリーがモデルだとする批評家もいます）のみならず、外国人居留地やイタリアの芸術愛好家の間でも称賛を浴びます。クリスチーナ・ライトの胸像の美しさは社交界で大きな話題となり、注文客が何人も現れました。今後の制作予定として、ダビデやキリストなどの人物像や、美、勇気、英知などの寓意的な彫刻作品を挙げ、今後いかなる優秀な作品が生み出されるか、本人やローランドとともに読者も期待に胸を膨らませます。残念なのは、それが継続しないことです。裕福な実業家から高額で制作を依頼された「文化」を象徴する彫刻も、注文主の無理解に憤って途中まで制作した作品を壊そうとしてしまいます。制作意欲を失い、才能が枯渇するのがあまりに早すぎますから、**若い芸術家の肖像**という側面は本書全体の一部であるようです。

問：僕はこの本にロデリック以外にも多くの芸術家が登場するのに注目しました。世俗的ですが利口で洞察力もある彫刻家グロリアーニ、生真面目な風景画家シングルトン、繊細な花を描くオーガスタ・ブランチャードなど、目立つ人物の他にも、話題にされるだけなら何人もいます。ミセス・ライトの父も画家だし、マダム・グランドーニの再婚相手は音楽教師でした。このようにロデリックとは異なるタイプの芸術家が多数登場したり、話題にされたりするので、本書は芸術家を描く小説だという印象を私は持ちました。芸術家が働く土地の歴史と伝統、描くべき題材、パトロンとの付き合い、天分と努力、芸術への献身と恋愛への耽溺、彫刻と文学・絵画など芸術の他のジャンルとの比較、などの議論も多くあり、芸術と芸術家に関心のある者にとって、その面で大いに楽しめる作品だと思いました。

答：確かに、ジェイムズの長編小説の中でこれほど芸術家が現れる作品は他にありません。本書執筆当時、作者が主にアメリカからローマにやってきた芸術家の集団と親しく交わっていましたからね。彼らがアメリカ人であったので、ジェイムズが生涯探求し続けた**「国際状況のテーマ」**とからみ合ってきます。

問：そのことについては、講談社文芸文庫『ヘンリー・ジェイムズ傑作選』の解説によると、「ジェイムズは、芸術は滋味豊かなところ――歴史と伝統の存在するところ――にのみ花開く、と考えて母国アメリカを捨て、ヨーロッパに移住したのであったが、無条件にヨーロッパを受け入れ、全面的にアメリカを否定したのではなかった。円熟した文化と豊かな伝統を誇るヨーロッパに道徳的腐敗を見出し、低俗な趣味と浅薄な文明のアメリカに道徳的な潔癖さ、勇気、健康な魂を見過ごさなかった」とあります。この基本的な構図は、本書ではどうなっているのですか？

答：まずロデリックの感想を引用しましょう。「ヨーロッパに来てからの三ヵ月のように、毎日強烈な影響を受け、激しく感情を刺激されながら過ごしてきた場合、その時の影響や記憶はいったいどうなってしまうのだろう？　一週間に——時には一日に——至上の時間が二十分、極め付きの印象を与えられたことが二十回あった時もある。これほど充実し高揚した時期は生まれて初めてだ。一つの感動を追いかけるように、別の新たな感動が押しかけてきて、前のものを追い払ってしまう」（第五章）。これは作者自身が初めてローマに来た時の印象にそっくりです。短期間に五感の感度が増して成長したというのでしょう。才能も開花し、ヨーロッパ文化の申し子のようなクリスチーナ・ライトと知り合って魅了されても、最初は創作力を刺激されて、彼女をモデルにした、出来栄えの見事さで周囲を圧倒する傑作の胸像を刻みます。しかし、彼女の神秘的な魅力に惹かれ過ぎて、彫刻家としての創作意欲も創作力も失い始めます。読者の関心は二人の関係の紆余曲折に移っていきます。

問：ロデリック以上にアメリカ的な潔癖さ、勇気を持つ人物として僕はメアリ・ガーランドを思うのですが、彼女にとってのヨーロッパ経験は、ロデリックの場合とは違いますね。ヨーロッパの腐敗、堕落からは影響を受けないようですから。

答：彼女がローランドにイタリアの印象を尋ねられた時の返答を思い出しましょう。「以前は、もし苦しみがやってきたら、じっと辛抱するつもりでいました。でもそれは故国でのことでした。ここでは、すべての物事に苦楽が混じっています。何を選び、何を信じたらいいのか分かりません。アメリカではここと違って、物事は人間に向かって楽しみについて語りかけません。そこにある美――この夜この場所で奇妙な夏にみなぎる美――が人の心に忍び込んできて、そこに留まり、『人は苦しむためでなく楽しむために生まれてきた』とささやき続けます。この場所はあたしの忍耐心を弱めました。でも――何だか罪深いことを言っているみたいなのですが言ってしまいましょう――弱まって嬉しく感じています」（第二十二章）。この発言から、メアリは、アメリカでの感覚的な喜びを罪とする偏狭な考え方から解放されて、視野を広げ自由な考え方のできる大人に成長したことがうかがわれます。それでいて、ロデリックと違い、ヨーロッパ文化のマイナス面に悪影響を受けることはないのです。

問：ローランドのロデリックへの気持ちですが、友情以上のものがあるように私には感じられました。知り合ってすぐに友情が深まった時の喜びようや、その後ロデリックが、私にはひどくわがままと思える発言を繰りかえすようになってからも、辛抱強く耐える様が、そう思わせたのだと思います。同性愛的なものはないでしょうか？

答：ローランドの強い責任感では説明できませんか？　彼は厳格なピューリタンの父から責任感、義務感をたたき込まれています。セシーリア、ミセス・ハドソン、メアリたちへの、ロデリックを成功させるという約束を守らなくてはという義務感は、半端ではありません。

問：それは分かりますが、感覚的にロデリックの美しい容貌やスタイルのよさを好んでいる気がするのです。ジェイムズ自身が同性愛者だと聞いたことがあるのですが、その点はどうですか？

答：ジェイムズの伝記というと、二十世紀半ばのレオン・エデル著の五巻本が標準でして、そこでも同性愛の傾向は触れられていました。その後のフレッド・キャプラン著などの最新の伝記では、よりあからさまに既知の事柄として述べられています（ただし、フォースターやモームの場合と違い、心的なものだとされています）。ですから、作者と重なる部分の多いローランドのロデリックへの気持ちに、あなたのようなものを感じる人は少なくないと思います。

問：本書での男と男の関係はそういうものだとして、**男女関係**について、簡潔に述べるとすれば、メアリはロデリックを愛するが、ロデリックはクリスチーナを愛し、クリスチーナはローランドを愛しているが、ローランドはメアリを愛している、と言ってよいでしょうか。

答：どうでしょうね。メアリとロデリックとローランドの三人の関係については、その図式どおりだと思いますし、クリスチーナについても、まあそう言えなくもないでしょうが、「愛している」と言えるかどうか、私には断定できません。彼女は、誰にとっても神秘的で複雑ですから。

問：**クリスチーナ・ライト**が男の運命を狂わせる女（ファム・ファタル）であるのは、作品に登場した時から分かりますが、そのたぐいまれな美しさが、本書では繰りかえし謳われています。私の知っている限りでも、『デイジー・ミラー』や「モーヴ夫人」のヒロインも美人ですが、そのことに作者はあまりこだわっていないと思います。

答：長編小説では、『ある婦人の肖像』のイザベル、『鳩の翼』のケイトも美人だとされていますが、美貌はそれほど強調されていません。クリスチーナは例外です。伝記作家レオン・エデルの調査によると、彼女のモデルになったのは作者がローマ社交界で観察したミス・エリーナ・ロウという女性だったことは前に述べました。ボストン出身で、同じテーブルで食事をしたことはあったようですし、母国の友人らに、彼女は「美しく、神秘的で、憂鬱そうで、謎めいている……そう見えるだけなのか、それとも奥深いものが秘められているのか」などと手紙で記しています。多くの崇拝者がいるのも当然だとも伝えています。よほど強い印象を受けたに違いありません。

問：ジェイムズは、クリスチーナを本書の十一年後に刊行する小説『カサマシマ公爵夫人』にも登場させています。公爵と別居した後の彼女が主役になっているのではないにしても、再登場させるほど愛着があったのですね。『ロデリック・ハドソン』の面白さの魅力は、彼女のたぐいまれなる**美貌**と複雑極まる**性格**に負うところが多いような気がします。

答：同感です。彼女の生い立ち、教養の深さ、思考の複雑さなどをうかがわせる発言が多くでてきます。オーガスタ・ブランチャードは「聖母マリアと踊り子の両方を兼ね備えている」と評していますね。ロデリックとの関係では彼が一方的に情熱的に愛するのは明白ですが、彼女の気持ちは曖昧ですね。母はアメリカ人ですが、彼女はアメリカを知らず、ヨーロッパ人と見てよいでしょう。二人の間には、アメリカは単純、ヨーロッパは複雑という図式があてはまります。ロデリックに比べると深い知性を持ち、ヨーロッパ的な教養豊かなローランドと心を通わせるようになるのは自然の流れです。そのローランドの切なる願いを受け入れ、公爵との婚約を公表してロデリックに自分を諦めさせるという「親切な」決断をするのは、ローランドへの好意以外には考えられません。

問：クリスチーナが、自分の父が**ジャコーザ**だと世間に公表されるのを恐れて、公爵との結婚を承諾するのはどうしてですか？　自由奔放に振る舞い、世間体など無視する女性に思えるのに、どうしてその程度のことがミセス・ライトの持つ切り札になったのですか。

答：現代と違い、かれこれ百五十年近く前のことだからです。私生児だと分かれば、社交界で上を向いて歩けなくなるのです。彼女はプライドが人一倍高いので、世間に見下されることになるのは絶対に我慢ならないのです。本書を読んでいて、百五十年近く前に書かれていると気づくことはほとんどないのですが、この点では昔と今の差が歴然としています。

問：クリスチーナのローランドへの愛情について、ロデリックがローランドとの口論の場で指摘するのですが、ローランドはそれに反応を示しませんね。

答：ローランドが、クリスチーナと親しく会話している最中に、あまりの美しさに感動し、身近に接していて幸福感を覚える場面はいくつもあります。またクリスチーナの豊かな教養に魅力を覚えています。その一方、外面より内面を優先させる彼は、メアリ・ガーランドにより強く惹かれています。

問：ローランドとメアリの関係に興味を惹かれました。彼女の魅力はどういうものでしょうか？

答：**メアリ・ガーランド**の素朴さ、善良さ、健全さに加えて、知的好奇心の豊かさ、ヨーロッパの影響の柔軟な受け止め方などに、ローランドは強い魅力を覚えているのです。彼女がアメリカ的な無垢を脱して、ヨーロッパの経験によって、良い意味の洗練性（ソフィスティケーション）を獲得する過程は、くわしく描かれていませんが、推察はできます。なお、ヨーロッパ的な「洗練性」獲得の過程を中心に描いた作品の代表作として、小説『ある婦人の肖像』があります。

問：ぜひ読んでみたいです。本書をローランドのメアリへの恋心に興味を覚えて読むと、彼女への思いやりからローランドは、彼女のロデリックとの婚約が結婚に至る手助けをする一方で、彼女が、ロデリックの堕落のゆえに愛情を失うのを密かに期待しているようですね？

答：ええ、その点に注目して、ローランドはロデリックへの友情において純粋でない、と批判する批評家もいます。

問：ローランドのメアリへの思慕について、作者はよく分析していると感心しました。彼女のちょっとした言動を、ローランドはその時でも、後で思い返した時でも、意味を綿密に検討しています。

答：同感です。メアリとローランドについて、他の意見はありますか？

問：ローランドが、彼女の発する言葉について、ロデリックに嫌気がさしてきて、ローランドが好きになってきたあかしだと、無理にでも解釈しようとあがく箇所がいくつかあります。一方でメアリの愛を得たいと望みながら、ロデリックに婚約者を大事にせよと忠告しているのですから、矛盾していませんかね？

答：確かに深読みで、自分に都合よく解釈する場合も時にあると思います。しかし、ジェイムズは一般的に「深読み」に同情的です。ローランドのメアリへの愛は、私心を超えた純度の高い愛と、結ばれたいと願うエゴイスチックな恋心と、二つあるのではないでしょうか。

問：ローランドはメアリの幸福を願い、ライバルであるロデリックの成功、幸福をも願っていて、他者への思いやりに富む人物です。揺れ動く彼の心を細かく鮮明に描く作者の**心理分析**に敬意を覚えました。ローランドと作者は重なるのでしょう?

答：共感し重なる部分が多いのでそう思いがちですが、同一ではなく、作者はローランドを超え、客観的な立場を維持していると思います。

問：どうしても理解できない箇所があります。第十六章で描かれている、フィレンツェ郊外の丘の上の修道院での場面です。ローランドが、修道士に向かって悪魔を追い払ったと告白するのですが、作者の説明はないし、読者としてどう受け取るべきでしょう?

答：私もすぐに疑問には思いましたが、よく考えて、次のように解釈しました。この場面の直前で、ローランドは、昔の火刑の場合、炎の勢いを増すほうが死者に対する慈悲だというので、見物人は薪を火中に放り込んだという話を思い出し、ロデリックの破滅に手を貸したほうがよい、それがメアリにローランドに好意を抱かせるのに役立つという考えが一瞬脳裏をよぎります。自分の利益をロデリックの利益に先行させる自己本位の考えです。一瞬にせよそういう考えにとらわれたことをローランドは**悪魔の誘惑**だととらえたのだと思います。

問：ロデリックの最期は**自殺**でしょうか、それとも事故死でしょうか？

答：圧倒的に多くの批評家が自殺ないし自殺同然だと解しています。私も同意見です。

問：ロデリックの**目と髪の色**のことなんですが、第二章では黒髪、目は濃い灰色となっていますが、第九章では茶色の髪、青い目になっています。

答：え、本当ですか！　気づきませんでした。（慌ててページを繰り）そのとおりですね。作者がうっかりしたのでしょう。編集者も見逃したのでしょう。これまでその誤りを指摘した英米の批評家はいません。この時代の他の作者と比べると、ジェイムズは人物の外観の描写は少なく、内面描写により関心が深いのは事実ですが、それにしてもロデリックの外観についてそのような矛盾したことを述べるのには驚きます。無頓着というか、うっかりしたのでしょう。そういえば、ヨーロッパ出発の日についても、第一章では九月一日、第三章では九月五日になっています。

まだ問題点は残っているでしょうが、あとは本書を再度精読して各自で考えていただくことにしましょう。

＊　＊　＊

最後に本書と私の関係について述べさせていただきます。東京大学大学院での精読のゼミで一九八八年から二年以上かけて、取り組んだのが最初でした。十名ほどの出席者が毎回必死になって正確に読破しようと頑張りました。英文法、文体、語句、コンテクスト、作者の意図、作中人物の心理など、さまざまな角度から難解な原文の意味を知ろうとしたのです。翻訳があるというので利用した者が、あまり役に立たないと気づくのに時間はかかりませんでした。出席者全員が自分に予め割り当てられたページ以外も、よく調べよく考えてきたうえで真剣に議論するのですが、毎時間、真野泰君と新井潤美さんの解釈が他を圧しました。原文が特に曖昧な箇所では、二人の解釈もしばしば対立するので、全員で二人の「論争」を聞いてから、私が「ここは、真野説が（あるいは新井説が）しかじかの理由でより説得力があると思う」と結論を述べて、白熱した議論を終わらせたことが何回もありました。

その後、非常勤講師として出講していた日本女子大学英文科のゼミでも本書をテキストにしました。この時は、最初は二十名ほど出ていた学生が、難解さに閉口してしだいに脱落し、最後に四名だけ残りました。二年間で全部は無理でしたが、かなりの部分を講読できました。

以上のような経験があったにもかかわらず、今回改めて翻訳を始めると、正確に解釈するだけでも相当に骨を折りました。難解な原文の意味合いを正確に探る努力で多くの精力を使い、日本語としてなめらかに楽しく読める訳文の制作までには力が届かなかったこともありました。それに気づいたので、日本女子大のゼミ生であった鶴屋玲子さん、杉村紀子さん、佐藤恵美子さん、松沼真由子さんの四名に、草稿を読み、意味不明だったり分かりにくかったりする箇所を指摘するように依頼しました。全員よき家庭人となった今も英語と英米文学が好きで、快く引き受けてくれました。「同じ意味ですが、この表現のほうが分かりやすいのでは？」と代案を提示してくれることも多々ありました。

これに加えて、講談社文芸第一出版部担当部長の松沢賢二氏の卓越した日本語表現力の恩恵を受けることになりました。同氏は訳文の曖昧な箇所や不備な表現を数多く指摘し、代案を提示くださっただけでなく、文学読みとしての勘も抜群で、原文を見ていないのに、解釈上の誤りまで発見してくださいました。この文芸文庫で同氏にお世話になるのは五回目ですが、今回がもっとも多く面倒をかけました。

私事になりますが、妻恵美子からは、解釈、翻訳、鑑賞、校正など、あらゆる段階で細部にいたるまで援助を受けました。

問答の部分は、上記の二つのゼミの出席者から実際に出た質問と私の回答を参考にし、かつその後の内外の研究（里見・中村・難波江編著『ヘンリー・ジェイムズ、いま』所収の北原妙子「実人生とフィクション」など）による新しい知見も得て、執筆しました。
以上すべての方々のご協力に厚く感謝します。

二〇二一年五月一日

年譜

ヘンリー・ジェイムズ

一八四三年
四月一五日、ニューヨーク市で生まれる。父はスエーデンボルグやフーリエの思想に傾倒した裕福な宗教哲学者で、エマソンやソローと交際があった。ヘンリーは四男一女の次男で、一歳上のウィリアムは後年、著名な心理学者、哲学者になった。

一八四三—四四年（〇歳—一歳）
両親に連れられて何回もヨーロッパを訪ねる。

一八四五—五五年（二歳—一二歳）
ニューヨーク州のオールバニー市とニューヨーク市で子供時代を送る。型にはまった教育を嫌う父の方針により、正規の学校に通わず数人の家庭教師につく。

一八五五—五八年（一二歳—一五歳）
一家と共にヨーロッパに渡り、ジュネーブ、ロンドン、パリなどに滞在。それら各地の学校および家庭教師に学ぶ。

一八五八年（一五歳）
アメリカに帰り、ロードアイランド州のニューポートに移り住む。

一八五九年（一六歳）
一家と共にジュネーブに滞在、修学。

一八六〇年（一七歳）
夏、ボンに滞在。九月、ニューポートに帰

る。同地のウイリアム・モリス・ハントに絵画を学ぶ。ジョン・ラ・ファージュとの交友により文学に開眼。ミュッセやメリメの短編などを翻訳する。

一八六一年（一八歳）

四月、南北戦争はじまる。一〇月、近所に火事があり、その消火作業中に背中に負傷する。このため、二人の弟や友人たちのように従軍できず劣等感に悩む。

一八六二―六三年（一九歳―二〇歳）

一八六二年九月、ハーバード大学の法学部に入学。一年で退学し、創作を始める。

一八六四年（二一歳）

一家はニューポートからボストンへ移る。『コンチネンタル・マンスリー』誌、二月号に無署名で短編「間違いの悲劇」を発表。『ノースアメリカン・レビュー』誌の新しい編集者チャールズ・エリオット・ノートンとジェイムズ・ラッセル・ロウエルと知り合い、同誌に無署名の書評を載せる。

一八六五年（二二歳）

南北戦争終わる。署名入りの最初の短編「ある年の物語」を『アトランチック・マンスリー』誌、三月号に発表。これ以後同誌および『ネイション』誌に書評を載せ始める。

一八六六年（二三歳）

一家はマサチューセッツ州ケンブリッジに移る。

一八六八年（二五歳）

『アトランチック・マンスリー』誌、二月号に最初のゴチック物の短編「古衣裳物語」を発表。

一八六九―七〇年（二六歳―二七歳）

イギリス、フランス、スイス、イタリアを旅行する。一八七〇年三月、滞英中に好きだった従妹ミニー・テンプルの病死が報ぜられ深い衝撃を受ける。一八七〇年四月、帰国。

一八七一年（二八歳）

短編「情熱の巡礼」を『アトランチック・マンスリー』誌、三―四月号に発表。最初の長編『後見人と被後見人』を同誌に連載。

一八七二年（二九歳）
五月、『ネイション』誌と旅行記執筆の契約を結びヨーロッパに渡る。秋、パリに行き、フランス演劇に興味を抱く。年末、ローマへ。

一八七三年（三〇歳）
前半、ローマ滞在。社交界に出入り。

一八七四年（三一歳）
春、フィレンツェで長編『ロデリック・ハドソン』の執筆を始め、九月、帰国してから脱稿。

一八七五年（三二歳）
一月、表題作の他「古衣裳物語」、「モーヴ夫人」などを収める短編集『情熱の巡礼他』刊行。『ロデリック・ハドソン』の雑誌連載を始める。四月、『太平洋横断スケッチ』刊行。一〇月、ヨーロッパ永住の決意をかためてパリへ出発。同地でツルゲーネフと親交を結び、彼を通してフロベール、エドモンド・デュ・ゴンクール、ゾラ、ドーデなどと交際。一一月、『ロデリック・ハドソン』刊行。

一八七六年（三三歳）
六月、長編『アメリカ人』の連載を始める。フランス文人からは小説技法の面で多くを学んだが、その私生活には反発を感じ、一二月、ロンドンに移る。

一八七七年（三四歳）
五月、『アメリカ人』刊行。パリとローマ再訪。

一八七八年（三五歳）
三月、評論集『フランスの詩人と小説家』刊行。五月、『後見人と被後見人』刊行。六月から中編『デイジー・ミラー』を連載し、一躍有名人になりイギリス社交界に出入りする。七月から長編『ヨーロッパの人びと』を連載し、九月に刊行。秋、スコットランドを訪ねる。一二月、『デイジー・ミラー』刊行。

一八七九年（三六歳）

一月、中編『国際エピソード』刊行。春をイタリアで過ごし、九月から三ヵ月パリに滞在。一〇月、表題作の他「五十男の日記」、「ベンボリオ」などを収める短編集『未来のマドンナ他』、一二月、長編『信頼』、評伝『ホーソーン』刊行。

一八八〇年（三七歳）

三月、イタリアに出発、フィレンツェに落ち着く。四月、短編集『「五十男の日記」と「一束の手紙」』刊行。六月から長編『ワシントン・スクエア』を連載し一二月に刊行。一〇月から長編『ある婦人の肖像』を連載。

一八八一年（三八歳）

春をヴェネツィア、ミラノ、およびローマで、夏をスイスで、秋をスコットランドで過ごす。一一月、『ある婦人の肖像』刊行。前期の代表作であり、これによって国際状況をテーマとする特異な作家としての地位を確立。冬をアメリカで送る。

一八八二年（三九歳）

一月、母死す。『デイジー・ミラー』を脚色したが、上演されなかった。五月、イギリスに戻り、九月、フランスに渡ったが、一二月、父の死の報を受けて再び帰国。

一八八三年（四〇歳）

二月、表題作の他「視点」、「ボールパ館」などを収める短編集『ロンドン包囲他』刊行。夏までアメリカに滞在したが、その後イギリスに戻り、以後二〇年帰国しない。九月、劇『デイジー・ミラー』刊行。一一月、一四巻の『ヘンリー・ジェイムズ著作集』が出る。一二月、旅行記『土地の肖像』刊行。

一八八四年（四一歳）

年頭の数週間をパリで過ごし、ロンドンに戻る。九月、旅行記『フランス小旅行』刊行。

主要論文『小説芸術』を『ロングマンズ・マガジーン』誌の九月号に発表。一〇月、「バーベリナ夫人」、「ニューイングランドの冬」などを収める短編集『三都市物語』刊行。一一月、病気の妹アリスがイギリスに来て、一緒に暮らす。

一八八五年（四二歳）

二月、表題作の他「パンドラ」、「四度の出会い」などを収める短編集『ベルトラフィオの作者他』刊行。同月、長編『ボストンの人びと』の連載始める。五月、「移り気な男」、「風景画家」などを収める三巻の短編集『採録短編集』刊行。九月、長編『カサマシマ公爵夫人』の連載を始める。秋、パリに滞在。R・L・スティーヴンソンとの交友始まる。

一八八六年（四三歳）

二月、『ボストンの人びと』刊行。一〇月、『カサマシマ公爵夫人』刊行。二長編とも、ジェイムズとしてはもっともバルザック的な作。ロンドンでの住居をボルトン通りからケンジントンに引っ越す。

一八八七年（四四歳）

フィレンツェとヴェネツィアに長期滞在。ミス・コンスタンス・フェニモア・ウールスンと交わる。夏、ロンドンに戻る。

一八八八年（四五歳）

五月、評論『部分的肖像』刊行。六月、長編『リヴァーバレーター紙』刊行。九月、表題作と「現代の警告」とを収める短編集『アスパンの恋文他』刊行。スイス、イタリア、フランス旅行。小説が人気を呼ばぬことを苦にし、執筆中の長編『悲劇の詩神』以後は小説執筆を断念しようと考える。

一八八九年（四六歳）

一月から『悲劇の詩神』の連載を始める。四月、表題作の他「嘘つき」、「パタゴニア」などを収める短編集『ロンドンの生活他』刊行。劇作によって収入を増し、人気を得ようと決意。『アメリカ人』の脚色に着手。秋、パリ滞在。
一八九〇年（四七歳）
六月、『悲劇の詩神』刊行。夏をイタリアで過ごす。
一八九一年（四八歳）
九月からロンドンで『アメリカ人』の上演始まる。
一八九二年（四九歳）
二月、表題作の他「教え子」、「ブルックスミス」などを収める短編集『巨匠の教訓他』刊行。三月、アリスがイギリスで死亡。夏、イタリア旅行。
一八九三年（五〇歳）
三月、表題作の他「グレヴィル・フェイン」、「うら若き付き添う婦人」などを収める短編集『ほんもの他』、六月、表題作の他「オウエン・ウイングレイヴ」、「訪問」などを収める短編集『私生活他』、美術評論『絵画とテクスト』、評論『ロンドンと他の土地での評論』、九月、表題作の他「協力」などを収める短編集『時の車輪他』刊行。パリ、スイスを旅行する。
一八九四年（五一歳）
一月、ミス・ウールスンがヴェネツィアで自殺を遂げたのを知り、三月に同地に赴く。六月、戯曲集『劇二篇』刊行。一〇月、戯曲『ガイ・ドンヴィル』私家本刊行。一二月、戯曲集『続編』刊行。
一八九五年（五二歳）
一月、ロンドンで『ガイ・ドンヴィル』上演。挨拶のため舞台に出たジェイムズは観客から罵声を浴びる。劇作を断念し、再び新たな決意のもとに小説執筆に戻る。五月、「中年」、「コクソン基金」、「死者の祭壇」などを収める短編集『終結』刊行。
一八九六年（五三歳）
四月、長編『ポイントンの蒐集品』の連載始める。「絨毯の模様」、「この次こそ」などを収める短編集『困惑』刊行。七月、長編『もう一つの家』の連載を始め、一〇月に刊行。夏と秋を南イングランドのサセックス州で過ごす。

一八九七年（五四歳）

一月、長編『メイジーが知ったこと』の連載を始め、九月に刊行。二月、『ポイントンの蒐集品』刊行。九月、サセックス州のライの古い邸ラム・ハウスを入手し、これが永住の家となる。ロンドンに一部屋を契約してあって、しばしばそこに滞在。書痙を患い、そのため小説を口述筆記させる習慣がつく。

一八九八年（五五歳）

夏、ラム・ハウスに移転。後期の大作の執筆に着手。八月、中編『檻の中』刊行。一〇月、中編『ねじの回転』を含む短編集『二つの魔法』刊行。同月、長編『厄介な年頃』の連載を始める。この頃から、ウエルズ、コンラッドなどイギリス作家との交友が始まる。

一八九九年（五六歳）

四月、『厄介な年頃』刊行。夏をイタリアで過ごす。秋、兄ウィリアム夫婦がヨーロッパ旅行に来る。長編『使者たち』の執筆にかかる。

一九〇〇年（五七歳）

八月、「模造真珠」、「モード・イーヴリン」、「知恵の樹」などを収める短編集『滑らかな面』刊行。長編『過去の感覚』の執筆を始めるが途中で中止する。

一九〇一年（五八歳）

二月、書き下ろしの長編『聖なる泉』刊行。

一九〇二年（五九歳）

八月、書き下ろしの長編『鳩の翼』刊行。

一九〇三年（六〇歳）

一月、『使者たち』の連載を始め、九月に刊行。二月、「ジャングルの野獣」、「話の影」、「フリッカブリッジ」などを収める短編集

『よりよい種類』刊行。一〇月、伝記『ウィリアム・ウエットモア・ストーリーとその友人たち』刊行。

一九〇四年（六一歳）

八月末、二一年ぶりにアメリカへ向かう。ケンブリッジを中心に一〇ヵ月滞在。一一月、書き下ろしの長編『黄金の盃』刊行。一〇月、ニューヨークを訪問し、スクリブナーズ社とジェイムズ全集出版の打ち合わせを行う。

一九〇五年（六二歳）

アメリカ国内をニューイングランドからフロリダまで南下し、そこから大陸を横断して、四月、カリフォルニアに至る。各地でジェイムズが予想したより温かい歓迎を受けて、たびたび講演を依頼される。八月、ラム・ハウスに戻り、ニューヨーク版全集のために作品の選定、改訂、序文執筆の仕事に着手。一〇月、評論集『我々の言語の問題・バルザックの教訓』刊行。同月、旅行記『イギリス紀行』刊行。

一九〇六年（六三歳）

ニューヨーク版の仕事を続行。

一九〇七年（六四歳）

一月、旅行記『アメリカ印象記』刊行。三月、パリに三ヵ月滞在。イタリア訪問。一二月、ニューヨーク版の刊行始まる。

一九〇八年（六五歳）

戯曲の執筆を再び始め、三月、その一つ、劇『高値』がエジンバラで上演される。評論集『意見と批評』刊行。

一九〇九年（六六歳）

九月、短編『ジュリア・ブライド』刊行。一〇月、旅行記『イタリア紀行』刊行。夏から戯曲執筆。年末にひどく健康を害する。

一九一〇年（六七歳）

年初から床に就く。兄ウィリアムと共にドイツで保養し、その後共にアメリカに帰る。八月、弟ロバートスン死亡。兄も同月に死亡。翌年秋までケンブリッジ滞在。一〇月、「荒廃のベンチ」、「一巡の訪問」などを収める短編集『細かい粒』刊行。

一九一一年（六八歳）

五月、ハーバード大学より名誉学位を受ける。秋、ラム・ハウスに戻り、健康を回復。一〇月、長編『抗議』刊行。

一九一二年（六九歳）

健康すぐれず、ラム・ハウスからロンドンのチェルシーに一時的に移る。オックスフォード大学から名誉学位を受ける。

一九一三年（七〇歳）

三月、自伝『ある小さな少年と他の人びと』刊行。四月一五日、古稀を迎え、友人たちからジョン・S・サージェントによる肖像画を贈られる。

一九一四年（七一歳）

チェルシーで長編『象牙の塔』の執筆を始める。三月、自伝『息子と弟の覚え書き』刊行。七月、ラム・ハウスに戻る。八月、第一次大戦が勃発すると、傷病兵の慰安などで戦争協力。一〇月、評論集『小説家についての覚え書き』刊行。冬、中断していた『過去の感覚』の執筆始める。

一九一五年（七二歳）

七月、イギリスに帰化。同月、評論『精神の問題』刊行。一二月、卒中おこり肺炎を併発。

一九一六年

一月、ジョージ五世から「メリット勲位」を授与される。二月二八日、チェルシーで死亡。七二歳と一〇ヵ月だった。葬儀はチェルシー・オールド教会で行われ、遺骨はアメリカに運ばれ、ケンブリッジの家族の墓地に葬られる。

× × ×

一九一七年
九月、未完のまま『象牙の塔』と『過去の感覚』刊行。一〇月、未完の自伝『中年』刊行。
一九二〇年
四月、ラボック編『ジェイムズ書簡集』刊行。
一九二一―二三年
一月から全三五巻の全集がマクミラン社から刊行。
一九四七年
一〇月、F・O・マシーセンおよびK・B・マードック編『ジェイムズの創作ノート』刊行。
一九四九年
一〇月、レオン・エデル編『ジェイムズ全戯曲』刊行。
一九六一―六四年
レオン・エデル編『ジェイムズ中・短編全集』全一二巻刊行。スクリブナーズ社からニューヨーク版全集が再刊。
一九七四―八四年
エデル編『ジェイムズ書簡集』全四巻刊行。
一九八三―八五年
工藤好美監修、中村真一郎序『ヘンリー・ジェイムズ作品集』全八巻（国書刊行会）刊行。
一九八三―二〇一六年
『ライブラリー・オブ・アメリカ』は、一九八三年刊行の『長編小説　一八七一―一八八〇』から二〇一六年刊行の『全自伝』に至るまで、ほぼ全作品を解説、注付きで収める。
一九八七年
エデルおよびライオール・H・パワーズ編『ジェイムズの全創作ノート』刊行。

（訳者編）

ロデリック・ハドソン

ヘンリー・ジェイムズ　行方昭夫（なめかたあきお）訳

二〇二一年六月一〇日第一刷発行

発行者――鈴木章一
発行所――株式会社　講談社
東京都文京区音羽2・12・21　〒112-8001
電話　編集（03）5395・3513
　　　販売（03）5395・5817
　　　業務（03）5395・3615

デザイン――菊地信義
印刷――豊国印刷株式会社
製本――株式会社国宝社
本文データ制作――講談社デジタル製作

定価はカバーに表示してあります。

講談社文芸文庫

ISBN978-4-06-523615-4

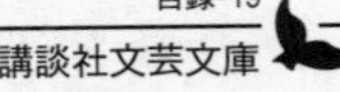

アポロニオス／岡 道男 訳
アルゴナウティカ　アルゴ船物語　岡 道男——解

荒井 献 編
新約聖書外典

荒井 献 編
使徒教父文書

アンダソン／小島信夫・浜本武雄 訳
ワインズバーグ・オハイオ　浜本武雄——解

ウルフ、T／大沢 衛 訳
天使よ故郷を見よ（上）（下）　後藤和彦——解

ゲーテ／柴田 翔 訳
親和力　柴田 翔——解

ゲーテ／柴田 翔 訳
ファウスト（上）（下）　柴田 翔——解

ジェイムズ、H／行方昭夫 訳
ヘンリー・ジェイムズ傑作選　行方昭夫——解

ジェイムズ、H／行方昭夫 訳
ロデリック・ハドソン　行方昭夫——解

関根正雄 編
旧約聖書外典（上）（下）

セルー、P／阿川弘之 訳
鉄道大バザール（上）（下）

ドストエフスキー／小沼文彦・工藤精一郎・原 卓也 訳
鰐　ドストエフスキー ユーモア小説集　沼野充義——編・解

ドストエフスキー／井桁貞義 訳
やさしい女｜白夜　井桁貞義——解

ナボコフ／富士川義之 訳
セバスチャン・ナイトの真実の生涯　富士川義之——解

▶解=解説を示す。　2021年6月現在

ハクスレー／行方昭夫 訳
モナリザの微笑　ハクスレー傑作選　行方昭夫──解

フォークナー／高橋正雄 訳
響きと怒り　高橋正雄──解

ベールイ／川端香男里 訳
ペテルブルグ(上)(下)　川端香男里─解

ボアゴベ／長島良三 訳
鉄仮面(上)(下)

ボッカッチョ／河島英昭 訳
デカメロン(上)(下)　河島英昭──解

マルロー／渡辺淳 訳
王道　渡辺 淳──解

ミラー、H／河野一郎 訳
南回帰線　河野一郎──解

メルヴィル／千石英世 訳
白鯨　モービィ・ディック(上)(下)　千石英世──解

モーム／行方昭夫 訳
聖火　行方昭夫──解

モーム／行方昭夫 訳
報いられたもの|働き手　行方昭夫──解

モーリアック／遠藤周作 訳
テレーズ・デスケルウ　若林 真──解

魯迅／駒田信二 訳
阿Q正伝|藤野先生　稲畑耕一郎─解

ロブ＝グリエ／平岡篤頼 訳
迷路のなかで　平岡篤頼──解

講談社文芸文庫

青木淳選——建築文学傑作選　青木 淳——解
青柳瑞穂——ささやかな日本発掘　高山鉄男——人／青柳いづみこ－年
青山光二——青春の賭け 小説織田作之助　高橋英夫——解／久米 勲——年
青山二郎——眼の哲学|利休伝ノート　森 孝——人／森 孝——年
阿川弘之——舷燈　岡田 睦——解／進藤純孝——案
阿川弘之——鮎の宿　岡田 睦——年
阿川弘之——桃の宿　半藤一利——解／岡田 睦——年
阿川弘之——論語知らずの論語読み　高島俊男——解／岡田 睦——年
阿川弘之——森の宿　岡田 睦——年
阿川弘之——亡き母や　小山鉄郎——解／岡田 睦——年
秋山駿——内部の人間の犯罪 秋山駿評論集　井口時男——解／著者——年
秋山駿——小林秀雄と中原中也　井口時男——解／著者他——年
芥川龍之介－上海游記|江南游記　伊藤桂一——解／藤本寿彦——年
芥川龍之介 文芸的な、余りに文芸的な|饒舌録ほか
谷崎潤一郎 芥川vs.谷崎論争 千葉俊二編　千葉俊二——解
安部公房——砂漠の思想　沼野充義——人／谷 真介——年
安部公房——終りし道の標べに　リービ英雄－解／谷 真介——案
阿部知二——冬の宿　黒井千次——解／森本 穫——年
安部ヨリミ－スフィンクスは笑う　三浦雅士——解
有吉佐和子－地唄|三婆 有吉佐和子作品集　宮内淳子——解／宮内淳子——年
有吉佐和子－有田川　半田美永——解／宮内淳子——年
安藤礼二——光の曼陀羅 日本文学論　大江健三郎賞選評－解／著者——年
李良枝——由煕|ナビ・タリョン　渡部直己——解／編集部——年
生島遼一——春夏秋冬　山田 稔——解／柿谷浩一——年
石川淳——黄金伝説|雪のイヴ　立石 伯——解／日高昭二——案
石川淳——普賢|佳人　立石 伯——解／石和 鷹——案
石川淳——焼跡のイエス|善財　立石 伯——解／立石 伯——年
石川淳——文林通言　池内 紀——解／立石 伯——年
石川淳——鷹　菅野昭正——解／立石 伯——解
石川啄木——雲は天才である　関川夏央——解／佐藤清文——年
石坂洋次郎－乳母車|最後の女 石坂洋次郎傑作短編選　三浦雅士——解／森 英一——年
石原吉郎——石原吉郎詩文集　佐々木幹郎－解／小柳玲子——年
石牟礼道子－妣たちの国 石牟礼道子詩歌文集　伊藤比呂美－解／渡辺京二——年
石牟礼道子－西南役伝説　赤坂憲雄——解／渡辺京二——年

▶解=解説 案=作家案内 人=人と作品 年=年譜を示す。

講談社文芸文庫

江藤 淳
蓮實重彥 ―オールド・ファッション 普通の会話　高橋源一郎―解
遠藤周作―青い小さな葡萄　上総英郎―解／古屋健三―案
遠藤周作―白い人｜黄色い人　若林 真―解／広石廉二―年
遠藤周作―遠藤周作短篇名作選　加藤宗哉―解／加藤宗哉―年
遠藤周作―『深い河』創作日記　加藤宗哉―解／加藤宗哉―年
遠藤周作―[ワイド版]哀歌　上総英郎―解／高山鉄男―案
大江健三郎-万延元年のフットボール　加藤典洋―解／古林 尚―案
大江健三郎-叫び声　新井敏記―解／井口時男―案
大江健三郎-みずから我が涙をぬぐいたまう日　渡辺広士―解／高田知波―案
大江健三郎-懐かしい年への手紙　小森陽一―解／黒古一夫―案
大江健三郎-静かな生活　伊丹十三―解／栗坪良樹―案
大江健三郎-僕が本当に若かった頃　井口時男―解／中島国彦―案
大江健三郎-新しい人よ眼ざめよ　リービ英雄-解／編集部―年
大岡昇平―中原中也　粟津則雄―解／佐々木幹郎-案
大岡昇平―幼年　高橋英夫―解／渡辺正彦―案
大岡昇平―花影　小谷野 敦―解／吉田凞生―年
大岡昇平―常識的文学論　樋口 覚―解／吉田凞生―年
大岡 信―私の万葉集一　東 直子―解
大岡 信―私の万葉集二　丸谷才一―解
大岡 信―私の万葉集三　嵐山光三郎-解
大岡 信―私の万葉集四　正岡子規―附
大岡 信―私の万葉集五　高橋順子―解
大岡 信―現代詩試論｜詩人の設計図　三浦雅士―解
大澤真幸―〈自由〉の条件
大西巨人―地獄変相奏鳴曲 第一楽章・第二楽章・第三楽章
大西巨人―地獄変相奏鳴曲 第四楽章　阿部和重―解／齋藤秀昭―年
大庭みな子-寂兮寥兮　水田宗子―解／著者―年
岡田 睦―明日なき身　富岡幸一郎-解／編集部―年
岡本かの子-食魔 岡本かの子食文学傑作選 大久保喬樹編　大久保喬樹-解／小松邦宏―年
岡本太郎―原色の呪文 現代の芸術精神　安藤礼二―解／岡本太郎記念館-年
小川国夫―アポロンの島　森川達也―解／山本恵一郎-年
小川国夫―試みの岸　長谷川郁夫-解／山本恵一郎-年
奥泉 光―石の来歴｜浪漫的な行軍の記録　前田 塁―解／著者―年

講談社文芸文庫

金子光晴 ―詩集「三人」　原 満三寿―解／編集部―年
鏑木清方 ―紫陽花舎随筆 山田肇選　鏑木清方記念美術館―年
嘉村礒多 ―業苦|崖の下　秋山 駿―解／太田静一―年
柄谷行人 ―意味という病　絓 秀実―解／曾根博義―案
柄谷行人 ―畏怖する人間　井口時男―解／三浦雅士―案
柄谷行人編―近代日本の批評 Ⅰ 昭和篇上
柄谷行人編―近代日本の批評 Ⅱ 昭和篇下
柄谷行人編―近代日本の批評 Ⅲ 明治・大正篇
柄谷行人 ―坂口安吾と中上健次　井口時男―解／関井光男―年
柄谷行人 ―日本近代文学の起源 原本　関井光男―年
柄谷行人
中上健次 ―柄谷行人中上健次全対話　高澤秀次―解
柄谷行人 ―反文学論　池田雄一―解／関井光男―年
柄谷行人
蓮實重彥 ―柄谷行人蓮實重彥全対話
柄谷行人 ―柄谷行人インタヴューズ1977-2001
柄谷行人 ―柄谷行人インタヴューズ2002-2013　丸川哲史―解／関井光男―年
柄谷行人 ―[ワイド版]意味という病　絓 秀実―解／曾根博義―案
柄谷行人 ―内省と遡行
柄谷行人
浅田 彰 ―柄谷行人浅田彰全対話
柄谷行人 ―柄谷行人対話篇 Ⅰ 1970-83
河井寬次郎-火の誓い　河井須也子-人／鷺 珠江―年
河井寬次郎-蝶が飛ぶ 葉っぱが飛ぶ　河井須也子-解／鷺 珠江―年
川喜田半泥子-随筆 泥仏堂日録　森 孝―解／森 孝―年
川崎長太郎-抹香町|路傍　秋山 駿―解／保昌正夫―年
川崎長太郎-鳳仙花　川村二郎―解／保昌正夫―年
川崎長太郎-老残|死に近く 川崎長太郎老境小説集　いしいしんじ-解／齋藤秀昭―年
川崎長太郎-泡|裸木 川崎長太郎花街小説集　齋藤秀昭―解／齋藤秀昭―年
川崎長太郎-ひかげの宿|山桜 川崎長太郎「抹香町」小説集　齋藤秀昭―解／齋藤秀昭―年
川端康成 ――草一花　勝又 浩―人／川端香男里-年
川端康成 ―水晶幻想|禽獣　高橋英夫―解／羽鳥徹哉―案
川端康成 ―反橋|しぐれ|たまゆら　竹西寛子―解／原 善―案
川端康成 ―たんぽぽ　秋山 駿―解／近藤裕子―案

講談社文芸文庫 

ヘンリー・ジェイムズ　行方昭夫 訳

ロデリック・ハドソン

解説＝行方昭夫　年譜＝行方昭夫

弱冠三十一歳で挑んだ初長篇は、数十年後、批評家から「永久に読み継がれるべき卓越した作品」と絶賛される。芸術と恋愛と人生の深淵を描く傑作小説、待望の新訳。

シＡ６

978-4-06-523615-4

ヘンリー・ジェイムズ　行方昭夫 訳

ヘンリー・ジェイムズ傑作選

解説＝行方昭夫　年譜＝行方昭夫

二十世紀文学の礎を築き、「心理小説」の先駆者として数多の傑作を著したジェイムズの、リーダブルで多彩な魅力を伝える全五篇。正確で流麗な翻訳による決定版。

シＡ５

978-4-06-290357-8